Lion Feuchtwanger

Briefwechsel mit Freunden 1933–1958

II

Lion Feuchtwanger

Briefwechsel mit Freunden

1933–1958

Band II

Aufbau-Verlag

Herausgegeben
von Harold von Hofe und Sigrid Washburn

Ludwig Marcuse

Marcuse und Feuchtwanger lernten sich am 10. Mai 1932 kennen, als sie Carl von Ossietzky zum Gefängnis in Berlin-Tegel begleiteten. In Sanary waren sie sechs Jahre lang Nachbarn. Als Marcuse 1939 nach Amerika flüchtete, gehörte er zu den ersten Emigranten, die in den vierziger Jahren in Südkalifornien ein »gigantisches Sanary« bildeten.

Marcuse fiel der Kampf um den Lebensunterhalt in Sanary schwer, denn die Tantiemen, die er bekam, waren minimal. Er versuchte Feuchtwanger 1936 dazu zu bewegen, ihm den Weg nach Moskau zu ebnen. Die Redaktion der Zeitschrift »Das Wort« stand ihm dort in Aussicht. Zwar setzte sich Feuchtwanger für Marcuse während seines Moskau-Aufenthalts 1936/37 ein, aber der Nachfolger Bredels als Redakteur der Zeitschrift wurde Fritz Erpenbeck. Marcuses Briefe spiegeln seine Enttäuschung darüber wider.

Seine damalige Einstellung zur Sowjetunion war eher positiv als negativ. Das lassen seine Briefe an Feuchtwanger und die beiden Artikel, die er in »Die Neue Weltbühne«, Nummer 21 und 22 von 1937 veröffentlichte, erkennen. Sie unterscheiden sich von den eindeutig negativen Äußerungen, die er 1960 rückblickend in seiner Autobiographie »Mein zwanzigstes Jahrhundert« machte.

Marcuse gehörte zu dem Freundeskreis in Pacific Palisades, der regelmäßig zu Leseabenden im Feuchtwanger-Haus eingeladen wurde. Wenn Thomas Mann zugegen war, äußerte sich dieser gewöhnlich als erster über den vorgelesenen Abschnitt; sonst war es Marcuse, der das Gespräch eröffnete.

Feuchtwanger hatte lange vor 1940 für Amerika typische Themen behandelt, in den Theaterstücken »Der Amerikaner oder Die entzauberte Stadt«, 1921, »Die Petroleuminseln«, 1923 und in »Pep. J. L. Wetcheeks amerikanisches Liederbuch«, 1928. Er war vertrauter mit der Kultur der Vereinigten Staaten als Marcuse. Dieser befaßte sich jedoch nach 1950 intensiv und systematisch mit amerikanischer Literatur und Philosophie. Auch bekannte er sich zuweilen in der ihm eigenen leidenschaftlichen Weise zu Amerika. Sein Brief vom 27. Januar 1954, in dem er sich auf antiamerikanische Werke bezieht, ist ein Gegenstück zu seinen spöttischen Veröffentlichungen über den Antiamerikanismus der damaligen Zeit.

In der umfassenden Charakterisierung seines Freundes Feuchtwanger schrieb Marcuse in der obengenannten Autobiographie von einem mächtigen Wall, der diesen sein Leben lang schützte. In dem vierfachen Wall war die innerste Linie sein Selbstbewußtsein; der Welterfolg bestätigte Feuchtwanger in der hohen Meinung, die er von sich hatte. Dann war da der Stolz auf seine Zugehörigkeit zum ältesten Kulturvolk überhaupt. Drittens glaubte Feuchtwanger fest an die Vernunft, »Gottes Erstgeborenes«. Der vierte Teil der Festung war die Bibliothek; er lebte wortwörtlich innerhalb der Weltliteratur. »Er umgab sich, wohin er auch verschlagen wurde, sofort mit Scharen von verehrten Toten aller Vergangenheiten.« Das seien wesentliche Merkmale des Menschen und Schriftstellers Lion Feuchtwanger, meinte Ludwig Marcuse.

398 Marcuse an Feuchtwanger

[Moskau]
10. März 1937

Lieber Feuchtwanger,

ich muß Ihnen mit der Hand schreiben, da ich diesen Brief nicht einem fremden Menschen diktieren will. Ich habe mit Absicht einige Wochen gewartet, bevor ich Ihnen schrieb; Sie sollten sich erst einmal erholen.

Hier war man ziemlich ratlos, als man von dem Prager Verbot hörte. Ich selbst fand dies Verbot begreiflich und auch in Ihrem Interesse; hätten Sie mich gefragt, ich hätte Ihnen von Prag ebenso abgeraten wie von Wien. Ich wundere mich, daß die Angriffe nicht noch viel heftiger waren. Übrigens – und *unter uns*!! – soll sich am schärfsten gegen Sie Werfel ausgesprochen haben. Von Hitler rede ich gar nicht – so was schadet Ihnen natürlich nichts! Für hier bleiben Sie natürlich, ob Sie nun dies oder jenes gesagt haben oder nicht, ein Sympathisierender, den man sehr gut gebrauchen kann. Ich weiß nicht, ob Sie unter dem süßen Weihrauch sich Illusionen gemacht haben – ich habe Sie manchmal nicht wiedererkannt: aber im großen ganzen können Sie, glaube ich, sehr befriedigt sein. Ich weiß nicht, ob ich mich klar ausdrücke: aber vielleicht unterhalten wir uns im Sommer weiter.

Von mir will ich Ihnen zunächst berichten, daß ich vor etwa zehn Tagen den »Wagner«-Vertrag mit dem »Kunst«-Verlag abgeschlossen habe. 25 Prozent Vorschuß – also 3000 Rubel, die aber schwer hereinzubringen sind. Ich verdanke diesen Vertrag Ihnen, wie ich alles Russische *ausschließlich* Ihnen verdanke: angefangen von der Reise hierher. Ich habe überhaupt Ihnen seit Jahren so viel zu verdanken und erinnere mich daran mit solcher Dankbarkeit, daß ich gewiß bei dieser Gelegenheit auch offenherzig sagen darf: Ihre Hilfe wäre eine weit wirksamere noch gewesen, wenn Sie sie nicht zum Teil selbst paralysiert hätten. Paralysiert dadurch, daß sie völlig unkritisch aufnahmen, was man Ihnen über Sascha und mich zugetragen hat; daß Sie sich gegen uns einnehmen ließen, uns offensichtlich aufgaben und allenthalben den Anstoß gaben zu einem allgemeinen Miesmachen. Das hat mir hier entscheidend geschadet!! Ich sage Ihnen das offen, weil ich bestimmt weiß, daß Sie die Tragweite Ihres Verhaltens uns gegenüber nicht gesehen haben – und weil Sie viel zuviel für uns getan haben, als daß ich in den Verdacht der Undankbarkeit kommen könnte. Sie haben nicht daran gedacht, lieber Feuchtwanger, daß man doch nicht nur über uns geklatscht hat. *Sie* haben meine Verteidigung und meine Hilfe nicht nötig gehabt, weil Ihr *offizielles* Prestige Sie unangreifbar machte – aber glauben Sie mir: nur durch dies Prestige hat sich Ihre Wirkung von meiner unterschieden. Ich kenne zu genau meine Fehler, als daß ich sie leugnen wollte: eine unerträgliche Ungeduld; eine sehr zu tadelnde Disziplinlosigkeit; eine Unfreundlichkeit im Umgang mit Menschen, die nicht zu rechtfertigen ist. Aber hätten Sie mich nicht kameradschaftlich zur Räson rufen sollen, statt meine Position so zu verschlechtern?!

Lieber Feuchtwanger, ich möchte den vorhergehenden Absatz wieder abschwächen: vielleicht ist das alles zu nackt gesagt und ließe sich charmanter umschreiben. Lassen wir das! Aber ich wäre mir sehr unehrlich vorgekommen, hätte ich mich vor diesem Brief gedrückt. Tun Sie mir nicht unrecht – und nehmen Sie das nicht als Zeichen einer tief betrüblichen Undankbarkeit.

Ich arbeite sehr viel am »Wagner« und hoffe, daß es nicht schlecht wird. Mein Plan ist folgender: drei Monate noch hierbleiben (solange habe ich bei *äußerster* Sparsamkeit zu leben!), dann durchs Mittelmeer nach Sanary. Ich denke, daß ich dann drei Viertel des »Wagner«-Buchs druckfertig mitbringe und im Sommer das letzte Viertel schreibe. Halten Sie das so für richtig? Bitte eine *offene* Antwort. Sie werden bestimmt fragen: Weshalb leben Sie im »Metropol« und zahlen 45 Rubel pro Tag? Es ist mir bisher noch nicht gelungen, ein anderes Zimmer zu finden. Ich habe schon mit dem Direktor, Scheinina usw. gesprochen. Natürlich esse ich hier nicht mehr. Der Gastronom schickt mir regelmäßig: so daß ich durch Essen einspare, was ich mit Wohnen sündige.

Ich sehe fast niemand mehr. Ich habe den Wunsch, nur zu arbeiten. Mit Bredel stehe ich sehr korrekt. Arbeite auch für ihn. Haben Sie übrigens das Buch erhalten, das über den ausführlichen Prozeß Bericht gibt? Sehr interessant! Leopold macht mir sehr große Kopfschmerzen. Ich wüßte gern *Ihren* Eindruck! Grüßen Sie Ihre Frau recht herzlich von mir.

Sagen Sie bitte Lola, daß ich ihr bald schreibe.

Denken Sie an mich besser, als ich verdiene.

Freundschaftlichst
Ihr Marcuse

Klappen Ihre hiesigen Abmachungen? Ich erledige Ihnen sie sehr gern, was Sie von dort nicht machen können!

399 Feuchtwanger an Marcuse

Sanary/Var
Villa Valmer
21. März 1937

Lieber Marcuse,

ich habe mich mit Ihrem Brief sehr gefreut, aber, Offenheit um Offenheit: er hat mir einiges Kopfschütteln verursacht. Wie, um Gottes willen, kommen Sie darauf, daß ich mich gegen Sie oder Sascha hätte einnehmen lassen? Ich habe Ihnen und Sascha sehr offen gesagt, woran man Anstoß nahm, und gerade daß ich es Ihnen offen sagte, beweist doch eigentlich, daß ich mich nicht gegen Sie einnehmen ließ. Und wie stellen Sie sich das vor, daß ich Stimmung gegen Sie gemacht haben soll? Es ist doch selbstverständlich, daß ich Ihre Partei ergriff und auf die Schwierigkeiten hinwies, mit denen Sie in Moskau zu kämpfen hatten. Ich darf sagen, daß ich mir redliche Mühe gab, Sie bei den Leuten, auf die es ankommt, zu unterstützen, und, wie es scheint, doch auch mit Erfolg.

Wenn Sie meinen Rat hören wollen, dann suchen Sie so lange wie möglich in Moskau zu bleiben. Falls Sie aber nach dem Westen zurückkehren, dann suchen Sie zu erreichen, daß man Ihnen vierteljährlich von dem Guthaben, das sich in Moskau wieder für Sie ansammeln wird, etwa je 300 Goldrubel übersendet.

Mit unserem Leopold habe ich in Paris ausführlich gesprochen. Er hat sich da leider in eine Sackgasse verrannt. Übrigens habe ich die Absicht, ein kleines Buch über meine Moskauer Eindrücke zu schreiben.

Lassen Sie es sich möglichst gut gehen, schimpfen Sie nicht zu viel auf mich und auf die Welt – beide meinen es besser mit Ihnen, als Sie denken –, und lassen Sie bald wieder von sich hören.

Herzlichst
Ihr

400 Feuchtwanger an Marcuse

Sanary/Var
Villa Valmer
6. April 1937

Lieber Marcuse,

ich ersehe aus Ihrem Brief, daß wir uns wohl bald in Sanary über alles werden aussprechen können. Ich weiß nicht, ob ich mich darüber freuen oder ob ich es – in Ihrem Interesse – bedauern soll.

Was »Das Wort« anlangt, so wissen wir alle, daß ungeheuer viel zu tun wäre. Aber es ist die alte Frage, wer hat die Zeit übrig, die dazu nötig wäre?

Von der Zweimonatsschrift Thomas Manns habe ich übrigens nichts gehört. Sie wissen, daß man in Sanary überhaupt nichts erfährt, wenn nicht Marcuse da ist.

Ich arbeite an dem Büchlein. Es wird natürlich auf beiden Seiten helles Geschrei geben, aber das bin ich nun nachgerade gewöhnt.

Was die 300 Goldrubel anlangt, so würde ich trotz allem die Kröte schlucken und bei den Stellen, die dafür maßgebend sind, ein deutliches Wort reden. Haben Sie übrigens Kolzow zu sehen gekriegt, der, wie mir Maria schreibt, auf kurze Zeit in M. ist? Wenn nicht, dann trachten Sie doch, ihn zu sehen, was auf dem Wege über Bredel ein leichtes sein muß.

Sehr herzlich und auf Wiedersehen

Ihr
Lion Feuchtwanger

401 Marcuse an Feuchtwanger

Moskau
Hotel Metropole
14. April [1937]

Lieber Feuchtwanger,

ich fahre morgen für vierzehn Tage in den Süden und bin am 1. Mai zur Mai-Feier wieder hier.

Ich schreibe Ihnen vor der Reise schnell noch ein paar Zeilen, weil Sie gewiß die Wirkung des veröffentlichten Teils Ihres Buches interessiert. Die paar Menschen, die mit mir bisher darüber gesprochen haben, sind absolut *positiv* eingestellt: man glaubt, daß das Buch hier einen großen Erfolg haben wird. Hier hält man also zu Ihnen, auch wenn Ihre Gedanken nicht sowjetistisch sind.

Sascha hat immer noch kein Visum. Jo. ist leider krank. [unleserlich] ist leider krank. Kol. ist im Sanatorium, vorläufig nicht zu sprechen; auch Bre. hat ihn nicht gesprochen. Schade! Das sind gerade die drei Leute, welche die Angelegenheit des Visums und des Geldes regeln könnten.

Wenn bis zum 1. Mai diese Schwierigkeiten nicht behoben werden können, fahre ich am 3. oder 4. Mai heraus... Sonst wenig Neues, das sich zwischen gepackten Koffern schnell berichten ließe. Gestern kam von Thomas Mann ein Brief und ein Buch, das er mir im Sommer versprochen hatte – mit einer sehr schmeichelhaften Widmung; er ist doch immer charmant – im Gegensatz zu Heinrich. Ach, da fällt mir ein: in einer Buchhandlung; sie: »Haben Sie etwas von Mann?« – »Von Thomas oder von Heinrich?« – »Nietschewo!!«

Gute Arbeit! Herzlichen Gruß an Ihre Frau und an Lola.

Herzlichst

Ihr
Marcuse

402 Marcuse an Feuchtwanger

[Moskau]
28. April [1937]

Lieber Feuchtwanger,

weshalb soll ich auf Sie schimpfen! Ich liege einsam bei meinen Schiffen, grolle still in mich hinein – und nur meine Leber weiß Bescheid. Ich möchte auf Ihren ersten Absatz nicht antworten; sonst halten Sie mich nicht nur für undankbar, sondern auch noch für einen Querulanten. Also, Schluß mit der Vergangenheit! Nun zur Zukunft.

Sie wissen wohl schon, daß Thomas Mann eine Zweimonatsschrift macht. Nun, ich will meine Kombinationen nicht hierhersetzen – jedenfalls liegen für »Das Wort« die dringendsten Aufgaben vor. Ich habe neulich sehr lange darüber mit W. B. gesprochen, dem auch völlig klar ist, daß jetzt erst recht große Anstrengungen gemacht werden müssen. Sie sind mir gewiß nicht böse, wenn ich nicht praktische Vorschläge mache; aber ich möchte mich nicht noch einmal vordrängen. Ich stehe mit W. B. sehr gut; er sieht auch ein, daß etwas geschehen muß. (Vielleicht wäre heute schon manches anders, wenn ich in meiner Ungeduld nicht eine falsche »Taktik« eingeschlagen hätte.) Hat übrigens H. Mann Ihnen geantwortet? Mir nicht!!! Zweitens und wirklich an *niemand*: Maria hat Ihnen wohl auch seinerzeit erzählt, daß ein Kongreß in Madrid diesen Frühling geplant ist. Wenn es dazu kommt: a) Gehen Sie hin? b) Raten Sie mir dazu? Antworten Sie mir darauf bitte vertraulich!!

Ihr Vorschlag mit den 300 Goldrubeln ist sehr gut – ich habe den Mut nicht dazu. Sie wissen doch am besten, daß ich mir das nicht leisten kann. Sehen Sie, lieber Feuchtwanger, das wird sich nie ändern. Ich bin schön artig und bescheiden – mehr kann ich nicht. Und das genügt nicht! Jetzt habe ich auf Bitten von Jo. im Klub des Finanz-Kommissariats gesprochen. Sehen Sie – und das habe ich wieder gesehen: es geht nicht. Sie kennen meine große Sympathie für die gewaltige Leistung hier. Aber – ich bin kein »Ingenieur der Seele«, nur ein bescheidener Reflektierer und Worte-Schnitzer. Hier ist eine große Zukunft – aber nicht für alle.

Von Herzen alles Gute für Ihr Buch!! Und tragen Sie mir nie etwas nach.

Ihr nicht sehr glücklicher

Marcuse

Augenblicklich geht nicht Luftpost. Sagen Sie Ihrer Frau, ich denke nicht selten an sie – und nicht nur, wenn ich Schmerzen habe. Ich bringe ihr ein glänzendes Rezept mit. An Lola schreibe [ich] morgen.

403 Marcuse an Feuchtwanger
(Aus einem Glückwunschbuch)

Beverly Hills
Sommer 1944

Lieber Feuchtwanger,

ich lernte Sie in Deutschland kennen an jenem Tage, den wir vielleicht einmal den ersten Tag der deutschen Schriftsteller-Emigration nennen werden. Wir begleiteten unsern gemeinsamen Freund Carl von Ossietzky bis ans Gefängnis, in das ihn die Weimarer Republik sperrte. Es war ein trauriger Tag. Sie hatten nicht Ihr freundliches Chinesen-Lächeln und mehr Ihre schlecht-gelaunteste Unterlippe.

Wir verlebten dann viele widrige (und gute) Jahre gemeinsam in Sanary, in freundlicher Nachbarschaft. Über Nachbarn denkt man bisweilen mehr nach als über andere Menschen – einfach deshalb, weil man sie so oft sieht. So dachte ich über Sie, lieber Feuchtwanger, eine ganze Menge nach – in den Jahren zwischen dem Auszug aus Deutschland und dem Krieg.

Mir fiel vor allem immer wieder Ihre Unerschütterlichkeit auf. Und ich fragte mich an manchem stürmischen

Tag: woraus ist sein haltbarer Wall gemacht? Ja, Sie haben die dickste Haut, die ich je an einem Menschen gesehen habe; sie läßt nicht einmal die feinsten Nadelstiche durch. Und dazu haben Sie dann noch, rund um sich herum, die dickste Weltanschauung; sie läßt nicht einmal die leisesten Zweifel durch. Sie haben vereinigt, was nach der offiziellen Phraseologie unvereinbar ist: Sie sind zugleich ein sehr vergnügter, sehr individualistischer Bürger – und ein sehr mißvergnügter, sehr planlustiger Revolutionär. Sie genießen sowohl die Freuden des isolierten einzelnen, der sich hinter hundert breiten Fenstern und einer herrlichen Bibliothek und einer sehr ausgeprägten Subjektivität sicher verschanzt hat – und Sie genießen dazu noch die unerschütterliche Hoffnung auf ein (ganz menschliches) ökonomisches Gesetz und auf die, welche ihm Beine machen.

Und dies ist nun das zweite, lieber Feuchtwanger, was mir an meinem Nachbarn sehr auffiel: Sie haben echten Mut. Sie treten nicht lauter oder leiser auf, je nachdem die Weltlage Ihre Politik mehr oder weniger amtlich macht. Sie gehen zwar auch mit Menschen um – sogar recht freundlich –, die Sie als Ihre Widersacher ablehnen; Sie unterhalten sich dann eben über die Zubereitung eines Steaks oder die Güte eines Weins. Aber Sie verleugnen nie, wo Sie stehen – und sei es noch so unpopulär in einem Kreis oder in einem Jahr...

Muß ein Glückwunsch immer mit einem Wunsch enden? Ach, lieber Feuchtwanger – und wenn Sie 120 werden: mir wird nie einfallen, was ich Ihnen zu allem noch hinzu wünschen kann. Von Polykrates bis zu Montaigne haben die Leute philosophiert: man soll niemand glücklich preisen vor seinem Tod. Weshalb eigentlich nicht? Sie haben einen bombenfesten Glauben an sich und den Lauf der Welt. Sie haben auch die schwärzesten Tage mit Gleichmut durchlebt. Sie haben Freude am Essen, am Schreiben, an Frauen, an Büchern, an schönen Einbänden, am Erfolg, am Niedergang unseres Feindes. Sie sind der einzige Mann meiner Bekanntschaft, den ich wage, glücklich zu preisen.

Ihr guter – bald näherer, bald fernerer Nachbar

Ludwig Marcuse

404 Marcuse an Feuchtwanger

[Beverly Hills, Calif.]
9. August 1951

Lieber Feuchtwanger,

so, nun falle ich auch unter die kleinen Sachen, welche Ihnen Ihre Zeit rauben.

Also, Nummer eins: Wissen Sie mir einen Rat, wie ich in den Besitz von Äußerungen über den Pessimismus im allgemeinen und Schopenhauers im besonderen kommen kann – zwischen Marx und Stalin. Vielleicht haben Sie zufällig solch ein Büchelchen. Oder Sie lassen sich, wenn Sie sowieso an einen kundigen Thebaner schreiben, etwas Brauchbares schicken. Ich wäre dankbar. –

Nummer zwei: Ich habe mir vor etwa drei Monaten »Who Is Who in America 1950–1951« gekauft. Ich weiß selbst nicht wieso. Würde es gerne für halben Preis abgeben. Wollen Sie es zufällig haben?

Um Ihnen das Leben zu erleichtern – antworten Sie nicht, wenn nichts zu antworten ist. Und lassen Sie uns bald zusammensein.

Herzlichst, auch für Marta und Hilde,

Ihr
Ludwig Marcuse

405 Marcuse an Feuchtwanger

[Beverly Hills, Calif.]
27. Januar 1954

Lieber Feuchtwanger,

was die Leute sagen, die sagen immer was. Dagegen antworte ich, wenn Freunde etwas sagen. Da Sie für Fakten zugänglich sind, möchte ich Ihnen einige geben. Ich habe in meinem New-Yorker Vortrag Jungk kaum erwähnt. Kersten zog in seinem Referat im »Aufbau« in einem Satz zusammen, was ich, Salomon, Jungk und Matthias betreffend, differenziert hatte. Hätte mich Jungk angefragt, hätte ich das schnell aufgeklärt.

Statt dessen beschuldigte er mich, daß ich vom Staat »ausgehalten« sei und deshalb »denunziere«. Auch rühmte er sich seiner Freundschaft mit Allan Dulles. Ich habe noch niemand in meinem Leben angezeigt, dagegen können Sie folgenden Fall von Anzeige nachprüfen. Jungk hat Dr. Weinberg seine Rechnung für die Entbindung seiner Frau nicht bezahlt. Darauf zwang ihn Weinberg durch seinen Rechtsanwalt zu zahlen. Als Jungk in Deutschland ankam, zeigte er Dr. Weinberg wegen »maltreatment« an. Die Anzeige wurde als unbegründet abgelehnt. Darauf zeigte ihn Jungk bei einer zweiten Standesorganisation an. Die Anzeige wurde wieder als unbegründet abgelehnt.

Auf den Fall selbst will ich nicht eingehen. Entweder Sie kennen mich nach einigen Jahrzehnten – oder das schönste Plädoyer ist umsonst. Aber Jungk zwingt mich, darauf öffentlich zu sprechen zu kommen. Ich habe mich dagegen zu wehren, daß man mir à la Jungk Motive unterschiebt. In meinem Manuskript hieß es: »Darf man diese Methode anwenden? Man darf nicht: ob es sich nun um Juden handelt oder um Amerikaner, um Deutsche, Russen oder um San Marino.« Dafür stehe ich ein.

Gestern erhielt ich einen Brief von einem großen Schweizer Verleger. Er schrieb unter anderem (im Anschluß an die

Jungk und Matthias): »Es ist unbedingt notwendig, daß gerade Persönlichkeiten wie Sie hier in Europa diese billige Publizistik, nach der heute so viele Verleger und Zeitungen gegen besseres Wissen gieren, mit aller Schärfe zurückweisen.«

Ich weiß, daß ich mit diesem Kampf nichts zu gewinnen habe. Aber fragen Sie bei Ihren Kämpfen danach, was Sie zu gewinnen haben? Und ich habe diesen Mann mir nicht ausgesucht (er wäre mir zu klein gewesen; sein neuster Artikel heißt: »Toynbee. Ein Wissenschaftler auf dem Wege zu Gott«..., merken Sie etwas, lieber Feuchtwanger?) – aber er hat sich mir aufgedrängt.

Herzlichst für Sie und Marta

Ihr
Marcuse

406 Marcuse an Feuchtwanger
(Aus einem Glückwunschbuch)

[Beverly Hills, Calif.]
16. Juni 1954

Lieber Lion Feuchtwanger,

unter den angenehmen Dingen, welche Jubiläen mit sich bringen (von den unangenehmen reden wir lieber gar nicht!), ist der Zwang für die Freunde des Jubilars, ihm Herzliches direkt ins Gesicht zu sagen. Auf diese Weise erfährt dann der Gefeierte alle zehn Jahre, daß er nicht nur Feinde hat.

Wir trafen uns zum ersten Mal in Berlin, als einige von uns, eine Ehren-Eskorte, den großen deutschen Märtyrer Carl von Ossietzky zum Gefängnis begleiteten. Wir wurden dann Nachbarn in Sanary und am Stillen Ozean – und ich lernte Sie kennen, soweit man so Überschwengliches behaupten darf. Es war vor allem ein Zug Ihrer Art, der mich sofort anzog. Ich kenne kaum einen anderen Zeitgenossen, der so innig mit Büchern zusammenlebt wie Sie; dessen gesellschaftliches Leben so sehr ein fast ausschließlicher und eifriger Verkehr mit den lebendigsten Toten ist.

Das andere, was meine freundschaftlichen Empfindungen für Sie immer stärker machte, war mir nicht so leicht zugänglich. Seit einem Vierteljahrhundert und bis zu diesem Tag fand ich, daß ich mit Ihnen hundert Jahre streiten könnte, vierundzwanzig Stunden den Tag. Aber alle diese Zwiste bezögen sich, auch im Jahre 2054, nur auf die Deutungen von Menschen und Ereignissen und die praktischen Konsequenzen. Die große feste Gemeinsamkeit, von der wir so selten redeten und die Sie in Ihren Romanen so unermüdlich dokumentierten, findet sich in unseren gemeinsamen Vorurteilen und, zu welchem Ende wir gemeinsam streiten: daß der Mensch weniger tötet, weniger tyrannisiert und freudiger lebt. Diese Verbundenheit im Ziel wurde verdeckt von dem, was unser beider Freud das Gesetz der kleinen Differenzen nennt, die sich immer so groß auszubreiten lieben. Aber dieser Tag heute ist eine gute Gelegenheit, Ihnen zu sagen, wie freundschaftlich ich das Verbindende als den mächtigen Unterstrom unter den vielen Meinungsverschiedenheiten des Tages fühle.

Altern heißt auch vereinsamen. Die Übriggebliebenen, die zusammengehören, rücken näher aneinander, wenn auch nur so, daß sie ab und zu einander ein gutes Wort sagen.

Sascha und ich verdanken Ihnen und Marta viele gute Stunden und freuen uns auf viele kommende.

Herzlichst
Ihr
Ludwig Marcuse

407 Marcuse an Marta Feuchtwanger

[Beverly Hills, Calif.]
9. Januar 1955

Liebe Marta,

eben kommt Sascha in mein Zimmer und stellt Ihre Blumen auf meinen Schreibtisch. Es ist wie ein Traum. Die besten Erinnerungen an Sanary kommen zurück. Dank!

Herzlichst für Sie beide

Ihr Marcuse

408 Feuchtwanger an Marcuse

24. Mai 1955

Lieber Marcuse,

vielen Dank für Ihren Heine- und Marx-Aufsatz. Ich habe ihn wie alles, was von Ihnen kommt, sehr aufmerksam gelesen. Sie stellen das ganze Material auf vorbildliche Art zusammen, aber Ihre Interpretation scheint mir doch ein wenig in der Richtung Leopold Schwarzschilds zu laufen.

Dank und Gruß

Ihr

409 Feuchtwanger an Marcuse

27. Juni 1955

Lieber Marcuse,

das einzige, was ich noch feststellen kann, ist, daß am 16. Mai in der »B. Z.« ein Aufsatz erschien unter dem Titel: »Thomas Manns ›unpolitischer‹ Besuch in Weimar«, in dem Thomas Mann angegriffen wurde, weil er »sich allen freundlich gemeinten Ratschlägen zum Trotz dem Regime der Gewalt ausgeliefert habe«.

Wenn sich noch Weiteres finden sollte, teile ich es Ihnen mit.

410 Marcuse an Feuchtwanger

1870 Benedict Canyon Drive
Beverly Hills, California
3. Juli 1955

Lieber Feuchtwanger

schönen Dank für die Ausschnitte. Ich wünsche uns allen, daß uns nichts Ärgeres geschehen soll. Ich glaube, Sie lesen mehr Ost- als West-Zeitungen. Die west-deutsche Presse überschlug sich geradezu in Lobpreisungen. Niemand zitierte zum Beispiel Thomas Mann, »Adel des Geistes«, 1938, das Kapitel »Schopenhauer«:

»Wir kennen die widermenschlichen Schrecken einer Doktrin, nach welcher es die Bestimmung des Menschen wäre, im Staate aufzugehen, kennen sie aus den Konsequenzen: denn der Faschismus sowohl wie der Kommunismus kommen von Hegel her, und Schopenhauer selbst hat die gedankliche Weiterführung der Hegelschen Staats-Verabsolutierung zum Kommunismus noch mit Augen gesehen.«

Ich fände es schnöde, wenn man solch einen Satz heute »benutzen« würde. Aber ich kann mir nicht helfen: er verführt mich zum Nachdenken über Thomas Mann, in dessen Verehrung wir uns begegnen. Ich selbst bin allerdings zu unqualifizierter Verehrung nicht geboren.

Herzlichst Ihr ruppiger und
freundschaftlich gesinnter
Marcuse

Balder Olden

In Nummer 62 der »PEN-News« meldete der PEN-Club im März 1934, eine Gruppe von exilierten deutschen Schriftstellern hätte sich entschlossen, eine PEN-Gruppe im Exil zu bilden. Balder Olden und Feuchtwanger – sie hatten sich bei Heinrich Mann in München kennengelernt – waren unter den ersten zwölf, die sich meldeten.

Olden floh 1933 nach Prag und 1935 nach Frankreich. In Paris trafen sich Feuchtwanger und Olden auf Zusammenkünften des Schutzverbandes Deutscher Schriftsteller. 1937 begegneten sie sich in Paris auf dem Internationalen PEN-Kongreß, wo Feuchtwanger als führende Persönlichkeit der deutschen Delegation am 22. Juni die Hauptrede hielt.

Olden schrieb Beiträge für eine Reihe von Exil-Zeitschriften und -Zeitungen. Im »Wort« veröffentlichte er 1937, Heft 6, eine Rezension des »Falschen Nero«: »Ein Roman?« fragte er und schlußfolgerte: »In Jahrzehnten vielleicht wird man dies Buch als Roman lesen können. Für uns ist es eine mit aller Kunst des großen Romanciers geschriebene Diagnose.«

Nachdem Olden in der Bretagne und Feuchtwanger in Les Milles interniert worden waren, sahen sie sich nicht mehr, und auch die Korrespondenz wurde nicht wieder aufgenommen.

411 Balder Olden an Feuchtwanger

23, avenue Charles Cazin
Le Lavandou (Var)
15. März 1937

Lieber Feuchtwanger,

nochmals Ihrer Frau und Ihnen tausend Dank für diesen festlichen Abend und Ihre große Gastfreundschaft. Unsere Diskussion über russische Probleme würde ich gern fortsetzen – kommen Sie doch einmal hierher! Es ist im Auto ja nur ein Katzensprung, und wir würden uns sehr freuen.

Unser Gespräch über den Prozeß hing an der Angel – wie Sie sehr deutlich formulierten –, ob ich richtig zitiere. Als das Protokoll endlich auftauchte, beherrschte ich es nicht genügend, um rasch die strittigen Stellen zu finden, die Begegnung Pjatakows mit einem Unbekannten im Tiergarten, der ihm die Aufforderung überbrachte, mit einem falschen Paß nach Oslo zu fliegen, die plötzliche Erkenntnis Radeks: »Das ist ja Tollhaus.«

Bitte lesen Sie Seite 64/65 und 136/137 nach – ich habe mich tatsächlich nicht geirrt.

Viele herzliche Grüße Ihnen allen

Ihr
Balder Olden

412 Balder Olden an Feuchtwanger

23, av. Ch. Cazin
Le Lavandou (Var)
8. April 1937

Lieber Feuchtwanger,

da Sie die große Freundlichkeit hatten, mir Hilfe anzubieten, bitte ich Sie um tausend Francs, als chèque barré, im gewöhnlichen Brief. Ich habe noch zweihundert Goldrubel vom Staatsverlag zu bekommen, die längst fällig sind. Sobald sie eingehen, schicke ich Ihnen das Geld zurück.

Hoffentlich genießen Sie diese Frühlingstage so intensiv wie wir! Herzliche Grüße Ihrer Frau und der Dame Lola.

Und vielen Dank im voraus –

Ihr
Balder Olden

413 Balder Olden an Feuchtwanger

Le Lavandou (Var)
14. Juli 1937

Lieber Feuchtwanger,

ich sage Ihnen sehr viel herzlichen Dank!

Zugleich auch danke ich Ihnen für viele Stunden genußreicher Spannung, die Ihr »Falscher Nero« mir gegeben hat, nicht nur Stunden, sondern ganze Nächte. Er ist eine nicht nur dichterische, sondern ungeheuer präzise Arbeit, zu der ich Ihnen auch Glückwünsche sage.

Bitte bestellen Sie Ihrer Frau und Mademoiselle Lola meine Empfehlungen.

Herzlichst
Ihr
Balder Olden

Franz Carl Weiskopf
und
Grete Weiskopf

Nachdem Weiskopf 1933 aus Deutschland ausgewiesen worden war, kehrte der gebürtige Prager in die Tschechoslowakei zurück und übernahm in Prag die Chefredaktion der Zeitschrift »Arbeiter-Illustrierte Zeitung« – später »Die Volks-Illustrierte«. Er emigrierte 1939 über Frankreich nach Amerika. Im folgenden Jahr lernte er in New York Feuchtwanger kennen, der ihm half, Fuß zu fassen.

Nach Ende des Krieges war Weiskopf Botschaftsrat der ČSR in Washington, Gesandter in Schweden und anschließend Botschafter in China. Im Jahr 1953 siedelte er in die DDR über. Gemeinsam mit Bredel leitete er in Berlin die Zeitschrift »Neue Deutsche Literatur«.

Der Briefwechsel rückt zwei den beiden Schriftstellern gemeinsame Wesenszüge – Basis ihrer freundschaftlichen Beziehung – ins Licht: Feuchtwanger, Kenner alter und neuer Kulturen, wußte die Nachdichtungen Weiskopfs aus dem Tschechischen, Slowakischen und Chinesischen als Beitrag zur Völkerverständigung zu schätzen. Beide waren Mittler zwischen andersgearteten Kulturen; beide suchten, zwischen den Völkern Brücken zu schlagen. Bei Weiskopf wie bei Feuchtwanger war internationale Verflochtenheit als Merkmal der Dichtung mit der Erkenntnis verkettet, daß ihre Heimat die deutsche Sprache war. Der sorgsame Umgang mit der Sprache und ein gepflegter Stil waren für Weiskopf und Feuchtwanger von grundlegender Bedeutung.

1935 veröffentlichte Weiskopf die Arbeit »Hier spricht die deutsche Literatur – Zweijahresbilanz der ›Verbrannten‹« im 19. Heft der antifaschistischen Wochenschrift »Der Gegen-Angriff«, Paris. Er zählt darin eine Reihe erschienener Werke auf; nur zwei davon versieht er mit einem

Kommentar: Brechts »Dreigroschenroman« sei »eine großartige Abrechnung mit dem Faschismus, voller überlegener Ironie, mit höchster Meisterschaft geschrieben«; und: »Das Schicksal des jüdischen Bürgertums im Dritten Reich hat Lion Feuchtwanger mit großer Kraft und außerordentlicher Lebendigkeit in seinen ›Geschwistern Oppenheim‹ dargestellt.«

Weiskopf war unter den Exilanten einer der ersten, der im nächsten Jahrzehnt einen Überblick über das deutsche Schrifttum im Exil gab. »Unter fremden Himmeln. Ein Abriß der deutschen Literatur im Exil« erschien 1948; der Untertitel lautet »Mit einem Anhang von Textproben aus Werken exilierter Schriftsteller«. Neben Hinweisen auf das Schaffen Feuchtwangers brachte er einen Auszug aus dem zwölften Kapitel des Ersten Buches von »Exil«: »Einer riecht die Heimat«.

Zwischen beiden Autoren gab es erstaunlich viele Übereinstimmungen. Sie trafen sich in ihrem Bemühen um »die Reinheit der Sprache«, um die angestrebte komplexe Darstellung zeitlich fixierter Gesellschaftsprozesse in Romanzyklen, in ihrem tätigen Einsatz für andere. Das meiste, was Feuchtwanger nach Weiskopfs Tod zur Charakterisierung seines Freundes und Kollegen in einem Gedenkaufsatz schrieb, hat Gültigkeit auch für ihn selbst. Weiskopf sah in Feuchtwanger einen tapferen Verfechter von Menschenwürde, bahnbrechend als Schriftsteller und zu denjenigen gehörend, die den modernen deutschen Roman schufen.

414 Weiskopf an Feuchtwanger

Die Volks-Illustrierte
Letohradská 32
Prag VII
14. September 1937

Lieber Herr Feuchtwanger,

ich wollte Ihnen schon die ganze Zeit über schreiben, wie sehr wir alle hier uns mit Ihnen solidarisch fühlen, gerade in der Zeit der Schwarzschildschen Goebbelsiade gegen Sie. Aber es kam immer wieder etwas dazwischen, und so komme ich erst heute dazu. Aber ich brauche Ihnen wohl nicht erst zu versichern, daß wir uns im Rahmen der hiesigen Möglichkeiten bemüht haben und noch bemühen, auf die Schwarzschildschen Pöbeleien so wirksam wie möglich zu antworten.

In der »Volks-Illustrierten« selbst haben wir Ihr Buch zweimal groß angezeigt und haben daraus zitiert. Die betreffenden Nummern gehen Ihnen mit gleicher Post zu. Sie hatten mir bei Ihrem Prager Aufenthalt zugesagt, ab und zu auch der »V.-I.« etwas von Ihren Arbeiten zur Veröffentlichung zu überlassen. Ich hoffe, daß Sie uns nicht vergessen haben. Und ich komme auch gleich mit einer kleinen Bitte:

Wir bereiten eine Sondernummer zum zwanzigsten Jahrestag des 7. November vor. In dieser Sondernummer wollen wir die Antworten auf eine Rundfrage veröffentlichen, die wir an hervorragende Vertreter des kulturellen und politischen Lebens richten.

Zu den ersten, an die wir uns in dieser Sache wenden, gehören selbstverständlich Sie. Bitte erschrecken Sie nicht, es handelt sich dabei nicht um irgendwelche große Artikelwünsche, es handelt sich nur um eine kurze Antwort auf die eine oder andere Teilfrage unserer Enquête. Diese Enquête lautet:

Welches ist Ihre Meinung über den Einfluß der UdSSR auf

den Kampf für die Erhaltung des Friedens,
die Erhaltung der Kultur,
die Bestrebungen zum Zusammenschluß der großen Arbeiterorganisationen,
die Fortentwicklung der Volksfrontidee,
die Entwicklung der Demokratie,
die Stellung der arbeitenden Menschen und der Arbeiterbewegung überhaupt?

Wir schließen diese Nummer redaktionell in den ersten Oktobertagen ab, und ich bitte Sie deshalb um freundliche Mitteilung, wann wir mit dem Einlangen Ihrer Antwort rechnen können.

Bei dieser Gelegenheit möchte ich noch auf eine andere Sache zu sprechen kommen. Man hörte zuerst, daß Ihr Rußland-Buch auch tschechisch herauskommen wird. Jetzt liegen die Verlagsprogramme vor, und da sehe ich, daß Borovỳ, der doch Ihr Verleger ist, das Buch nicht angezeigt hat. Also kommt es auch bei Borovỳ nicht im Herbst heraus, aber gerade jetzt wäre es gut und hätte besondere Chancen. Sollte, was ich nicht weiß, Borovỳ am Ende das Buch nicht herausbringen wollen, so gäbe es andere Möglichkeiten, das Buch schnell und gut herauszubringen. Die tschechische Volksbücherei (Lidovà kultura) z. B. würde es mit größtem Vergnügen unternehmen, das Buch zu edieren. Es käme dann noch vor Weihnachten heraus, in einer außerordentlich günstigen Situation, mitten in eine große Diskussion über Rußland-Bücher.

Wenn ich Ihnen dies schreibe und mich so in Ihre Angelegenheiten einmische, so geschieht das in diesem Falle auch aus einem großen allgemeinen Interesse, das wir alle hier an der schnellen Herausgabe Ihres Buches in tschechischer Sprache haben.

Ich hoffe auf eine baldige Antwort, danke Ihnen schon im voraus bestens und verbleibe mit herzlichen Grüßen

Ihr
Weiskopf

415 Feuchtwanger an Weiskopf

Sanary/Var
Villa Valmer
22. September 1937

Lieber Herr Weiskopf,

ich danke Ihnen sehr für Ihren Brief vom 14. September. Ich habe aber zum 20. Jahrestag der Oktoberrevolution so schrecklich viel geschrieben und so unendlich viel Rundfragen beantwortet, daß ich nun beim besten Willen einfach nicht mehr kann.

Was die tschechische Ausgabe des Rußlandbüchleins anlangt, so hat Borový zuerst erklärt, er wolle das Buch bringen; jetzt will er die Publikation aus vielen Gründen herausschieben. Ich habe Borový, mit dem ich bisher sehr gute Erfahrungen gemacht habe, freie Hand gelassen.

Ich danke Ihnen sehr herzlich für Ihr Interesse und werde vielleicht auf Ihren Vorschlag zurückkommen.

Mit vielen Grüßen und guten Wünschen

Ihr
Lion Feuchtwanger

416 Weiskopf an Feuchtwanger

Die Volks-Illustrierte
Letohradská 32
Prag VII
25. September 1937

Lieber Herr Feuchtwanger,

haben Sie vielen Dank für Ihr freundliches Schreiben vom 22. d. M. Ich kann mir sehr gut vorstellen, daß Sie zum 20. Jahrestag der Oktoberrevolution schon zuviel schreiben mußten, und ich möchte unter diesen Umständen nicht auf meiner Bitte bestehen. Aber vielleicht darf ich Ihnen den Vorschlag machen, uns die Kopie eines jener Artikel oder eine Rundfragenantwort zur Verfügung zu stellen, die Sie für eine russische Zeitung oder Zeitschrift geschrieben haben. Wir würden (eventuell mit voller Quellenangabe) den Artikel bringen, ohne daß Sie etwas Neues schreiben müßten. Uns wäre damit sehr gedient. Und nicht nur uns, sondern auch der Sache.

Bitte fassen Sie diesen Vorschlag nicht als Zudringlichkeit auf. Aber gerade der Umstand, daß unsere Zeitung heute die einzige deutsche antifaschistische Illustrierte ist und Zugang in Kreise hat, die sonst völlig unzugänglich sind, gibt – hoffe ich – meinem Vorschlag eine genügende Begründung.

Bitte entschuldigen Sie die nochmalige Störung. Ich bin mit den besten Grüßen

Ihr
Weiskopf

417 Feuchtwanger an Weiskopf

Sanary/Var
Villa Valmer
29. September 1937

Lieber Herr Weiskopf,

halten Sie mich bitte nicht für ungefällig, aber ich habe auch den deutschen Abdruck der Artikel, die in Frage kämen, bereits vergeben.

Bitte, glauben Sie mir aber, daß ich die »Volks-Illustrierte« nicht vergessen werde und daß ich, sowie ich irgend etwas habe, was halbwegs in Frage kommt, zunächst an Sie denken werde.

Mit herzlichen Grüßen und guten Wünschen

Ihr
Lion Feuchtwanger

418 Weiskopf an Feuchtwanger

Die Volks-Illustrierte
Letohradská 32
Prag VII
13. Oktober 1937

Lieber Herr Feuchtwanger,

vielen Dank für Ihren Brief vom 29. September, den ich allerdings mit einem weinenden Auge gelesen habe. Das lachende Auge hat mit Freude zur Kenntnis genommen, daß Sie die »V.-I.« nicht vergessen und bei nächster Gelegenheit mit einem Beitrag bedenken werden.

Mit herzlichen Grüßen

Ihr
Weiskopf

Ich hoffe, Sie erhalten die »V.-I.« regelmäßig.

419 Feuchtwanger an Weiskopf

St. Moritz Hotel
50 Central Park South
New York City
12. November 1940

Lieber Weiskopf,

in Ergänzung meines Telefongespräches teile ich Ihnen mit, daß ich heute folgendes Telegramm gekriegt habe:

»W3783 Tanger 25 9 1220

NLT Vikpress New York

For Wetcheek arriving Lisbonne twelfth need badly passage money for boat sailing twentieth fare 350 please help maximum address cooks thanks Lilo.«

Es handelt sich zweifellos um ein Telegramm von Lilo Aisler-Dammert. Ob sie allein nach Tanger gelangt ist oder mit ihrem Mann, dem Filmregisseur Henry Aisler, weiß ich nicht. Meine Sekretärin Lola Sernau hat mir mitgeteilt, daß sie aus dem Betrag, den ich ihr für ähnliche Zwecke in Frankreich hinterlassen hatte, Lilo Aisler-Dammert 13000 frs. gegeben hatte. Ich schicke ihr nun weitere $ 150 an Cooks in Lissabon. Mehr schicken kann ich ihr nicht, da meine Konten hier gesperrt sind und meine Mittel für Hilfszwecke überaus in Anspruch genommen werden. Es wäre schön, wenn eine der Organisationen die fehlende Summe auftreiben könnte.

Sowohl Lilo Dammert wie Henry Aisler verdienen in jeder Hinsicht Hilfe.

Herzlichen Dank im voraus für Ihre Bemühungen.

Viele Grüße

der Ihrige
Lion Feuchtwanger

420 Weiskopf an Feuchtwanger

308 East 15th Str.
New York City
15. November 1940

Lieber Lion Feuchtwanger,

ich möchte Ihnen nochmals bestens für Ihre freundliche Bereitschaft danken, die Empfehlung für die Guggenheimstiftung zu geben. Auch möchte ich Ihnen sagen, wie sehr ich Ihre kameradschaftliche und hilfsbereite Art zu schätzen weiß. In einer Konjunkturepoche für Wackelnde und Kaltherzige ist es doppelt schön, Kollegen von Ihrer Art zu begegnen.

Ich lege einen Zettel mit den Daten bei, die Sie haben wollten. Der Roman, auf den ich mich bei meiner »application« für die Guggenheimstiftung beziehe, ist gerade fertig geworden. Mein Verleger hat ihn auf seine Frühjahrsliste gesetzt. Wenn Sie – dem New-Yorker Trubel entronnen – in Kalifornien etwas mehr Muße haben werden, will ich Sie mal fragen, ob ich Ihnen den Roman schicken kann.

Die Mitteilung über Brecht habe ich gleich weitergegeben. Es wurde mir allerdings gesagt, daß Kortner selbst der beste Mann wäre, um ein respektables Affidavit zu verschaffen. Man wird mit ihm über die ganze Angelegenheit sprechen.

Ich hoffe, wir sehen uns beim PEN-Abend am 19. d. M.

Mit den herzlichsten Grüßen

Ihr Weiskopf

PS Ich lege einen Ausschnitt aus dem »Ledger«, Philadelphia, bei.

[Anlage]

Daten

Ich habe seit 1923 etwa 15 Bücher veröffentlicht: Gedichte, Reportagen, Novellen, Romane. Daneben immer literaturgeschichtliche und kritische Arbeiten.

Von den Novellen kennen Sie vielleicht die eine oder andere aus dem »Wort« (es waren Novellen mit slowakischem Hintergrund z. T. spanisch-slowakisch). Andere sind in den bei Malik und Kiepenheuer erschienenen Bänden »Wer keine Wahl hat«, »Flucht nach Frankreich«, »Der Traum des Friseurs Cimbura« und »24 neue deutsche Erzähler« erschienen. Auch hier ist die Szene slowakisch, tschechisch oder karpato-ukrainisch. Es sind Geschichten von kleinen Leuten – Bauern, Mittelständlern, Arbeitern aus Böhmen, aus der Slowakei.

Ich habe zwei Anthologien tschechischer und slowakischer Poesie übersetzt und herausgegeben: »Tschechische Lieder« und »Das Herz – ein Schild«. Die letztere wurde von der tschechischen Kritik, von der Übersetzervereinigung usw. als Standardübersetzung moderner tschechischer Lyrik bezeichnet. Diese Übersetzungen erhielten 1937 die Herderpreisehrung (gegründet vom Schutzverband und Präsidenten Beneš).

An Romanen sind bisher zwei erschienen: »Das Slawenlied« (Kiepenheuer) und »Die Versuchung« (Oprecht). Der erste behandelt die letzten Jahre des alten Österreich-Ungarn und die Geburt der Tschechoslowakei; der zweite spielt in Berlin 1931–33 am Vorabend und in den ersten Wochen des Dritten Reiches.

An literarhistorischen und kritischen Arbeiten habe ich veröffentlicht: »Das Leben Emile Zolas«, Kommentare zu Denise Leblond-Zolas Zolabiographie; »Das Geld in der Sprache Balzacs«; dann eine Anzahl von Essays [für] Zeitschriften. Vielleicht kennen Sie einige, die im »Wort« erschienen. Ein für »Editions du Sagittaire« geschriebenes Manuskript, »Deutsche Literatur seit 1933«, sollte 1939 erscheinen – jetzt hat der Adolf Manus, Korrekturen und Verlag.

Zur Zeit arbeite ich an einer Art »roman fleuve«. Sie und Zweig sind die einzigen, die in unserer deutschen Literatur etwas schaffen, was die Franzosen immer schon hatten; ich denke an Zweigs Grischa-Zyklus und an Ihre große Reihe »Erfolg–Oppenheims–Exil«. Ich versuche jetzt auch, ein solches breites Gesellschaftsbild zu geben. Der erste Roman einer Reihe, die »Von Krieg zu Krieg« heißen und die Zeit von 1913 bis 1939 umfassen soll, ist soeben fertig. Deutsch habe ich diesen Roman »Abschied vom Frieden« genannt, der amerikanische Verleger will einen andern Titel, »Danube Waltz on the Eve« oder ähnlich. Dieser Roman spielt 1913/14 und schließt am Tag des Sarajevoer Attentats. Es ist die Geschichte eines alten 48-Liberalen in Prag, seiner Familie, seiner Freunde in Prag, Wien. Es ist das letzte Jahr des Friedens mit allen Keimen des Kommenden: Krieg, soziale Umwälzungen, Aufstieg und Abstieg der Nachfolgestaaten etc. Es ist das letzte Jahr, bevor die runde Welt des Bürgers einen Sprung erhält.

421 Hilde Waldo an Weiskopf

50 Central Park South
New York City
22. Januar 1941

Sehr geehrter Herr Weiskopf,

in der Anlage übersende ich Ihnen im Auftrag von Herrn Feuchtwanger eine Kopie des Gutachtens, das er dem Guggenheim Memorial eingeschickt hatte.

Mit bestem Gruß

Hilde Waldo
(Sekretärin)

[Anlage]

January 22, 1941

(To: Guggenheim Memorial)

My attention has early been attracted by Franz Weiskopf, first by some short stories which appeared in German collections of short stories and described the life in Czechoslovakia and in the Karpato-Ukraine in a most colorful and vivid manner, but still psychologically credible, and with clever application of small naturalistic details so that I gained the impression this landscape has once and for all been conquered for literature. Later on I read two full-length novels by the applicant, "Das Slawen-Lied" and "Die Versuchung" ("The Temptation"), the second one of which seems to me an extraordinarily successful picture of postwar Germany.

Furthermore, I know a number of essays which are not quite equally good, but some of which, especially "Das Geld in der Sprache Balzacs" ("Money in the Language of Balzac"), represent original opinions in a most attractive manner.

It is beyond me to judge translations of Weiskopf's poetry from the Czech and Slovakian language, because I do not know those languages. All the same I may state that this poetry reads like very good and original German verses.

I would appreciate very much, if Weiskopf was given assistance. There can be no doubt about his creative abilities.

Lion Feuchtwanger

422 Feuchtwanger an Weiskopf

2088 Mandeville Canyon Road
West Los Angeles
27. Februar 1941

Lieber Herr Weiskopf,

meine Immigrations-Angelegenheit ist glücklich erledigt, d.h. ich sitze hier im Besitz eines richtigen Immigrations-Visums. Freilich habe ich noch mit mancherlei »red tape«-Geschichten zu tun, und es wird noch Zeit und

Mühe kosten, bis meine amerikanischen Konten freigegeben sind.

Auch die Angelegenheit der Lola marschiert, wie Sie aus der Abschrift eines Briefes an die »Writers« ersehen, die ich Ihnen beilege. Ich wäre Ihnen verbunden, wenn Sie Ihr möglichstes tun könnten, Lolas Angelegenheit zu beschleunigen.

Mit herzlichen Grüßen an Sie beide

Ihr
Lion Feuchtwanger

423 Weiskopf an Feuchtwanger

4. März 1941

Lieber Lion Feuchtwanger,

wir haben uns sehr gefreut, zu hören, daß Ihre Immigrationssache so glatt erledigt werden konnte. Hoffentlich kommen Sie jetzt zum Arbeiten, so wie Sie sich's gewünscht haben.

Ich habe sofort für Lola eine dringliche Empfehlung geschrieben und die Schriftsteller angeläutet und werde morgen mit einigen sprechen. Es sieht nur mit den Moneten im Augenblick windig aus, wie mir gesagt wurde. Jedenfalls: was ich tun kann, wird geschehen.

Ich hörte, daß Sie wegen Kantorowicz angefragt haben. Auch sah ich einen Brief von Liesl Frank in der gleichen Sache. Kantorowicz ist nun aber derjenige, für den bisher am meisten getan wurde. Vor kurzem gingen wieder 100 Dollars ab. Er hat offenbar, um »Dampf zu machen«, gleich an fünf, sechs verschiedene Stellen Geldhilferufe geschickt. Gestern schickte er wieder ein etwas mysteriöses Telegramm: er könne abfahren, wenn man Balder Olden von seinem Konto eine bestimmte Summe überweise. Nun mußte wieder zurückgefragt werden.

Ein Bekannter, der eben ankam, erzählte sehr schlimme

Dinge über Le Vernet. Täglich vier bis fünf Todesfälle. Auch außerhalb der Lager ist der Hunger groß. Friedrich Wolf sollte am 25. Februar abreisen, über Italien. Die Deutschen wollten ihn nicht mal im plombierten Wagen durchlassen.

Mit besten Grüßen von uns beiden an Sie und Ihre Frau

Ihr Weiskopf

424 Feuchtwanger an Weiskopf

Mandeville Canyon Road
Los Angeles, Calif.
12. März 1941

Lieber Weiskopf,

ich freue mich, Ihnen mitteilen zu können, daß ich nun für Brecht vier Affidavits aufgetrieben habe, die am 24. Februar per Luftpost an das amerikanische Konsulat in Helsingfors abgegangen sind.

Leider hat sich in der Sache Lolas schon wieder eine Verzögerung ergeben insofern, als ich ohne ihre Daten bin und infolgedessen ihr Affidavit nicht ausstellen lassen kann. Ich habe mir nun gedacht, daß Sie vielleicht bei den »Writers« die Daten finden im Zusammenhang mit der geplanten Anforderung eines mexikanischen Visums. Wenn Sie diese Daten sollten auftreiben können, wäre ich Ihnen sehr verbunden, wenn Sie sie mir so rasch wie möglich übersenden wollten.

Besteht eine Möglichkeit, daß man dem Staatsverlag in Moskau meine Adresse übermittelt und ihn ersucht, sich direkt mit mir ins Benehmen zu setzen? Ich möchte ihm dann gern das Manuskript des dritten »Josephus« schicken.

Alles Herzliche

Ihr
Lion Feuchtwanger

425 Weiskopf an Feuchtwanger

19. März 1941

Lieber Feuchtwanger,

die Nachricht über die Brecht-Affidavits war schön. Und ich kann mich gleich mit ähnlich guten Nachrichten revanchieren. Kantorowicz, Seghers, Frei, Balk haben das amerikanische Transitvisum erhalten bzw. fest versprochen und können über die Antillen und USA nach Mexiko fahren. Es wird allerdings noch eine Weile dauern, bis sie wirklich auf dem Weg sind, aber der schwerste Schritt scheint getan.

In der Lola-Sache habe ich sofort mit der Sekretärin des Schriftstellerkomitees telefoniert. Sie sucht gleich nach. Finden sich Lolas Daten im Archiv, dann werden sie Ihnen sofort mitgeteilt.

Ich hatte unterdessen Post von Lola. Gleich zwei Briefe auf einmal. (Vom 11. und 20. Februar.) In einem der Briefe gibt sie die Adressen ihrer Verwandten an, die Sie haben wollten:

1. Walter Loewendahl, 1755 Correa Way, Los Angeles
2. Paul E. Sernau, 20 West 22nd Str., New York City.

Auch teilt Lola mit, daß Ihre Bücherkisten am 13. Dezember von Marseille nach Cerbère und am 19. Dezember von dort nach Lissabon geschickt wurden, Bestimmungsort Los Angeles. Es sind 39 »caisses livre, 1 malle effets, 2 sacs effets, 3 rouleaux tapis«.

In der Sache des dritten »Josephus«-Bandes habe ich mit dem Kollegen Schneider sprechen können, der regelmäßig Bücher und Manuskripte für den Verlag drüben besorgt. Er hat versprochen, sofort zu schreiben, man möge sich – wie Sie es wünschen – direkt mit Ihnen in Verbindung setzen. Es wird wohl eine Weile dauern.

Wie geht es Ihnen? Haben Sie sich schon an die Arbeit machen können? Beste Grüße und Wünsche für Sie und Ihre Frau von uns beiden

Ihr Weiskopf

426 Feuchtwanger an Weiskopf

2088 Mandeville Canyon Road
West Los Angeles
23. März 1941

Lieber Weiskopf,

schönen Dank für Ihren Brief vom 19. März. Was Brecht anlangt, so höre ich, daß er sich sträubt wegzugehen, solange nicht Grete Steffin ein Visum hat, und ich fürchte, es wird schwer sein, für sie ein Visum aufzutreiben.

Von Lola kriege ich ziemlich verzweifelte Briefe und Telegramme. Ich habe, wie Sie vielleicht gehört haben, versucht, ihr über die »Writers« Geld telegrafisch anzuweisen. Ihre Daten für das Affidavit habe ich leider immer noch nicht.

Ich habe mich hier trotz Immigrationsvisums weiter mit allerlei bürokratischen Schwierigkeiten herumzuschlagen. Die Blockierung meines Kontos bleibt bestehen, und ein Navicert für meine in Lissabon lagernden Sachen zu erhalten ist ziemlich kompliziert.

Eine andere Sache: am 27. März wird Heinrich Mann siebzig Jahre alt. Es findet eine kleine Feier statt im Haus von Salka Viertel, 165 Mabery Road, Santa Monica. Ich werde dort sprechen. Thomas Mann kommt leider nicht. Es wäre gut, wenn man bei diesem Anlaß aus Heinrich Mann etwas mehr herzumachen suchte, als offenbar gewisse Kollegen von uns gewillt sind. Vielleicht können Sie erreichen, daß ein paar Organisationen, deutsche und amerikanische, Telegramme schicken oder dergleichen. Die Adresse Heinrich Manns ist: 264 S. Doheny Drive, Beverly Hills, Calif.

Alles Herzliche

Ihr
Lion Feuchtwanger

PS Brechts Kinder haben, wie ich höre, Skorbut. Könnte man nicht von New York aus veranlassen, daß nach Finnland Lebensmittelpakete an Brecht geschickt werden?

427 Weiskopf an Feuchtwanger

29. März 1941

Lieber Feuchtwanger,

haben Sie vielen Dank für Ihren Brief vom 23. d. M. Ich habe mit den hiesigen Kollegen wegen Paketsendungen an Brechts Kinder gesprochen. Es wurde zugesagt, daß etwas gemacht werden wird. In der Lola-Sache haben sich die Kollegen ja bereit erklärt, die Hälfte des Reisegelds – gemäß Ihrem Vorschlag – zu geben, sowie die Einnahmen aus dem Verkauf der signierten Bücher hereinkommen.

Aus Frankreich kamen endlich gute Nachrichten. Es rührt sich etwas. Anna Seghers mit Familie und die beiden Kantorowicz's sind abgefahren. Die Kinder von Bruno Frei bekommen in der allernächsten Zeit das USA-Visum. Er selbst kann dann sofort nach Mexiko abreisen.

Ich hatte noch, bevor Ihr Brief kam, an Heinrich Mann einen Brief mit meinen Glückwünschen und denen einiger unserer Freunde gesandt. Die armen Kerle haben eigens deswegen telegraphiert. Ich hatte aber noch eine alte Adresse (Cherokee Street). Hoffentlich wird ihm die Post nachgeschickt. Bitte sagen Sie ihm doch auf alle Fälle, daß ein Brief an ihn abgegangen ist. Ich hatte ihm übrigens schon vorher mal, gleich nach seiner Ankunft, geschrieben, aber es kam keine Antwort. Offenbar war er damals zu sehr von freundlicher Obhut umgeben.

Das Exiled Writers' Committee sandte ihm einen längeren Glückwunsch, ebenso einige deutsche und amerikanische Kollegen. Ich gab seine Adresse übrigens auch an

Dr. Kurt Rosenfeld. Der wollte auch englische Grüße übermitteln.

Herzliche Grüße von uns beiden an Sie und Ihre Frau

Ihr
Weiskopf

428 Feuchtwanger an Weiskopf

2088 Mandeville Canyon Road
West Los Angeles
5. April 1941

Lieber Weiskopf,

schönen Dank für Ihren Brief vom 29. März. Die Sache mit Brecht geht leider nicht recht vorwärts. Dabei sind alle Dokumente geliefert worden, die notwendig sein können, und auch Geld.

Von den »American Writers« habe ich in der Sache Lola auch nichts weiter gehört. Ich freue mich aber sehr über Ihre Nachrichten. Unglücklicherweise sind Lolas Daten nicht aufzutreiben.

In der Sache Bruno Frei habe ich an die »Writers« geschrieben gemäß den letzten Nachrichten, die wir hier hatten.

Heinrich Mann hat weder Ihren letzten Brief noch Ihren früheren bekommen. Ich habe ihm gleich telefoniert, er hat sich sehr gefreut.

Herzlichen Gruß an Sie beide

Ihr
Lion Feuchtwanger

429 Weiskopf an Feuchtwanger

19. April 1941

Lieber Feuchtwanger,

vielen Dank für Ihren Brief. Mittlerweile hat Heinrich Mann meinen Geburtstagswunsch erhalten und beantwortet. Der Brief hat ihn also nach Umwegen doch erreicht. Ich hatte ihm vorher noch eine Kopie geschickt.

Der Regisseur Dudow, den Sie kennen, hatte sich an mich gewandt. Ich solle doch nachforschen, weshalb er von Frau Dieterle nichts mehr gehört hat. Sie hatte ihn im Dezember telegrafisch aufgefordert, seine Daten für ein Affidavit und emergency-visa zu schicken. Da ich weiß, daß Frau Dieterle in einem Sanatorium ist, habe ich Frau Liesl Frank den Fall Dudow ans Herz gelegt. Er ist Bulgare und fürchtet, von der Schweiz nach Bulgarien abgeschoben zu werden. Vielleicht können Sie gelegentlich ein gutes Wort für ihn einlegen, wenn Sie Frau Frank sehen.

Rudolf Feistmann, der lang im Lager von Vernet war, traf hier ein. Seine Erzählungen geben ein sehr anschauliches, schreckliches Bild von der Existenz unserer Freunde in Le Vernet. Jetzt besteht die Gefahr, daß sie alle nach Afrika gebracht werden, um dort die Sahara-Autobahn zu bauen. Bei ihrem Zustand bedeutet das Verurteilung zum Tod.

Anna Seghers und Kantorowicz sind schon auf dem Weg herüber. Sie dürften in etwa zehn Tagen hier eintreffen.

Von Friedrich Wolf kam der erste Brief nach seiner Heimkehr an. Er fuhr in einem plombierten Wagen durch Italien und den Balkan – knapp bevor es dort losging. Er läßt Sie, Dieterle, Mittler herzlich grüßen. Der Brief von ihm wurde durch Mme. Strub-Saxer, Riehen bei Basel, Paradiesstr. 30, hergesandt, an einen amerikanischen Freund von Friedrich Wolf. Wenn Dieterle oder Mittler mit ihm korrespondieren wollen, können sie es offenbar über Mme. Strub tun.

Mit herzlichen Grüßen an Sie und Ihre Frau von uns beiden

Ihr Weiskopf

430 Feuchtwanger an Weiskopf

1650 North Amalfi Drive
Pacific Palisades
24. Juni 1941

Lieber Herr Weiskopf,

ich komme wieder einmal zu Ihnen in meinen Nöten um Lola Sernau. Es steht jetzt so, daß ich ihr ein finanzielles Affidavit ausgestellt habe. Es war nicht leicht, die dafür notwendigen Unterlagen zu beschaffen, da meine Bankkonten nach wie vor blockiert sind. Das Affidavit habe ich an den zuständigen amerikanischen Konsul in Zürich geschickt, und es scheint auch dort als gültig anerkannt worden zu sein.

Nun erhalte ich heute ein Telegramm von Lola. Es lautet folgendermaßen:

»Neueste Lage erfordert Überweisung Reisegeld ansonsten Überfahrt illusorisch Stop Telegrafische tausend DOLLAR unumgänglich notwendig.«

Der (von ihr wohl mißverstandene) Kern der Sache scheint zu sein, daß hier ein deposit für sie hinterlegt werden muß für die Überfahrt und ihre allenfallsigen Reisespesen. Tausend Dollar könnte ich nun niemals auftreiben, da ich schwerlich die Erlaubnis erhalten würde, den Betrag zu diesem Zweck von meinem gesperrten Konto abzuheben. (Die Amerikaner betrachten mich neuerdings sowohl als »French resident« wie als »German citizen«, so daß mein Konto aus doppelten Gründen gesperrt ist.) Ich könnte aber mit Ach und Krach vierhundert Dollar für Lola flüssig machen. Würden Sie mir nun helfen:

1. genau zu ermitteln, in welcher Höhe ein deposit und wo es zu hinterlegen ist, und

2. allenfalls den Restbetrag für ein solches deposit aufzubringen, sei es durch die »Writers«, sei es sonstwie.

Was hören Sie von Brecht? Ich war sehr froh, als wir ihm

hier mit Hilfe von Dieterles – Frau Dieterle hat sich großartig bewährt – die nötigen Affidavits endlich beschaffen konnten. Nun weiß ich zwar, daß er noch rechtzeitig von Helsinki abgefahren ist, aber ich habe keine Ahnung, wie und auf welchem Wege.

Wie sehr ich mich über die russischen Dinge gefreut habe, brauche ich Ihnen nicht erst zu sagen.

Im übrigen geht es mir hier leidlich gut. Das Buch über meine Erlebnisse in Frankreich habe ich abgeschlossen. Huebsch hat endlich einen Übersetzer für den dritten »Josephus« und einen für das Frankreichbuch gefunden. Dieses letztere wird unter dem Titel »The Devil in France« im September erscheinen, der dritte »Josephus« im März.

Lassen Sie mich doch bitte wissen, wie es Ihnen beiden geht!

Alles Herzliche
Ihr
Lion Feuchtwanger

PS Einen Brief, den ich in der Angelegenheit Lola Sernaus geschrieben habe, lege ich Ihnen in Abschrift bei.

431 Weiskopf an Feuchtwanger

»Yaddo«, Saratoga Springs, N. Y.
4. Juli 1941

Lieber Lion Feuchtwanger,

ich bin seit etwa drei Wochen hier in »Yaddo« und werde noch einige Zeit hierbleiben. So kann ich im Augenblick leider nicht persönlich die Ermittlungen vornehmen, über die Sie mir schrieben. Ich habe jedoch sofort an die Schriftsteller geschrieben und die Antwort erhalten, daß man recherchieren wird. Allerdings ist Jane Sherman auf Urlaub und auch Folsom im Begriff, auf Ferien zu gehen, außerdem ist gerade jetzt ein ganzer Trupp von emigrierten Schriftstellern auf Ellis Island, deren komplizierte Angelegenheiten unseren Kollegen viel zu schaffen machen. So kann es sein, daß die Recherchen etwas längere Zeit in Anspruch nehmen. Ich werde jedenfalls mahnen.

Von Brecht hörte ich nichts. Anna Seghers war auf der Reise nach Mexiko hier. Ich sah sie leider nicht. Sie hatte ein groteskes Abenteuer mit den Behörden auf Ellis Island. Ihre kleine Tochter war vom Schiffsarzt auf ein bloßes Augenzwinkern hin für schwer nervenkrank erklärt worden, und es war unmöglich, diese Fehldiagnose richtigzustellen. Als es endlich gelang, entfaltete St. Bürokratius alle seine Kräfte und verwickelte die Angelegenheit so hoffnungslos, daß Anna endlich abfuhr, ohne von Amerika mehr als Ellis Island gesehen zu haben. Kantorowicz und Frau sind in N. Y. Sie können noch nicht nach Mexiko weiterfahren, weil kein deutscher Staatsbürger die USA verlassen darf – wegen Gefahr von Vermögensverschiebung. Aus demselben Grunde werden Bruno Frei, Hans Marchwitza, Theodor Balk noch auf Ellis Island zurückgehalten, und die Behörden wollen sie sogar nach Trinidad zurückschicken, obwohl sie Immigrationsvisen nach Mexiko, Fahrkarten etc. haben und hier gar nicht bleiben wollten.

Wir haben uns sehr gefreut, daß Sie endlich zum ruhigen Arbeiten gekommen sind. Dem Frankreichbuch sehen wir schon mit allergrößtem Interesse entgegen. Wir haben in »Yaddo« – das ist eine Stiftung für »produktive Ferien« – beide an neuen Büchern zu arbeiten angefangen. Allerdings haben die neuesten Ereignisse nicht sehr zur Beförderung ruhiger Arbeit an Romanen beigetragen. Wir wußten ja immer, daß Hitler mal gegen Osten losgehen wird. Trotzdem war es ein Schock – und wir hätten uns gewünscht, es wäre erst viel, viel später dort losgegangen. Die Opfer werden schrecklich sein, und jede Freude bekommt dadurch einen sehr bitteren Tropfen. Natürlich sind wir fest überzeugt, daß Hitler sich den Kragen bricht und daß wir Prag, Paris und München um ein riesiges Stück nähergerückt sind.

Bitte geben Sie unsere besten Grüße an Ihre Frau und Heinrich Mann weiter.

Alles Herzliche
Ihr
Weiskopf

432 Weiskopf an Feuchtwanger

Dinner-Forum on »Europe Today«
425 Fourth Avenue
New York City
20. September 1941

Lieber Lion Feuchtwanger,

ich kam gerade in das Büro des Dinner-Committees, das genau das gleiche Ziel hat wie das vorjährige Unternehmen, an dem Sie so aktiv mitgeholfen haben. Die Freunde hier bitten mich nun, Ihnen zu schreiben, daß es von großem Nutzen wäre, wenn eine kurze Erklärung oder Begrüßung von Ihnen – ein paar Zeilen oder eine Seite – verlesen werden könnte. Können und wollen Sie eine solche Erklärung oder Begrüßung schicken? Auf der Liste der Personen, die von dem Ertrag des Banketts herübergeschafft werden sollen, sind auch neun Schriftsteller.

Ich benütze diese Gelegenheit, um auch einige Fragen zu stellen und Ihnen einiges von hier zu berichten. Wir haben jetzt ein halbes Dutzend unserer Freunde nach Mexiko gebracht, ein paar andere warten noch hier auf die Erlaubnis zur Weiterreise. Von Willi und Becher kamen verschiedene Nachrichten; beide sind aber beschäftigt, Willi augenscheinlich zeitweise an der Front. Bei dieser Gelegenheit möchte ich fragen, was eigentlich mit Brecht los ist. Haben Sie mit ihm gesprochen? Und was hat er von unseren Freunden, die er doch gesprochen haben muß, erzählt? Hier wundert man sich sehr, daß er mit niemand in Verbindung getreten ist, weder mit seinem früheren Verleger noch mit den amerikanischen Kollegen, die sich doch auch für ihn bemüht haben.

Wie geht Ihre Arbeit vorwärts? Ihr Frankreichbuch muß jetzt wohl bald erscheinen. Ich hoffe, es schnell zu lesen. Ich selbst habe ein neues Buch zu zwei Dritteln fertig und werde im nächsten Jahr zwei Bände draußen haben, wenn alles gut geht.

Hatten Sie Neuigkeiten von Europa, von Osteuropa? Von Prag kommen immer wieder Nachrichten über wachsende Sabotage und über die ungeheure Wirkung des Krieges im Osten auf die Moral der Tschechen.

Ich werde mich sehr freuen, wieder von Ihnen zu hören. Meine Frau läßt bestens grüßen. Mit den herzlichsten Empfehlungen und Wünschen für Ihre Frau und Sie selbst

bin ich
Ihr
Weiskopf

Die Erklärung wird an die Adresse des Dinner-Committees erbeten.

433 Feuchtwanger an Weiskopf

1650 North Amalfi Drive
Pacific Palisades
1. Oktober 1941

Lieber Weiskopf,

auf Ihren Brief hin habe ich dem Dinner-Forum ein paar Zeilen geschrieben, deutsch, von denen ich Ihnen einen Durchschlag beilege. Die paar Sätze müßten natürlich übersetzt werden.

Brecht ist hier angekommen nach einer unendlich langen Reise. Er hat zweimal ein letztes Schiff erwischt. Grete Steffin, um derentwillen er seine Abreise so lange verzögert hat, ist in Moskau gestorben. Er ist durchaus der alte, aber er hat es hier natürlich nicht leicht, insbesondere, da gerade das, was er macht, sehr schwer zu übersetzen ist.

Auch mein Frankreich-Buch ist sehr unglücklich übersetzt. Es ist besonders ärgerlich deshalb, weil wir alle monatelang nach einem Übersetzer gesucht haben. Immerhin wird es in einer recht zusammengeklitterten Übersetzung im November erscheinen.

Brecht hat natürlich in Moskau eine große Reihe unserer Bekannten gesprochen, aber alle seine Nachrichten sind ja veraltet durch den Krieg.

Alles Herzliche, auch für Ihre Frau,

Ihr
Lion Feuchtwanger

[Anlage]

1. Oktober 1941

Sie, meine Freunde, sind die letzte Hoffnung von Menschen, die für eine reine und große Sache gekämpft haben, die uns allen am Herzen liegt, und die dafür aufs scheußlichste betrogen und gemartert werden.

Wer wie ich die Hölle Frankreich kennengelernt hat, der wünscht aus heißem Verstehen heraus Ihrer Hilfsaktion breitesten Erfolg.

Lion Feuchtwanger

434 Weiskopf an Feuchtwanger

3. Dezember 1941

Lieber Lion Feuchtwanger,

ich habe eben ein paar von den glänzenden Besprechungen gelesen, die Ihr Frankreichbuch erhalten hat, und möchte Ihnen unsere besten Glückwünsche zur delivery dieses jüngsten Kindes schicken.

Sicher arbeiten Sie unterdessen schon an einem neuen Buch. Wir sind auch nicht müßig gewesen und hoffen, den Buchmarkt von 1942 zu überfluten.

Wie hat Ihnen die Zeitschrift der »Mexikaner« gefallen? Ich halte sie für eine Leistung trotz aller Schwächen. Aus London bekam ich übrigens eine sehr hübsch gemachte österreichische Zeitschrift »Zeitspiegel«. Es rührt sich jetzt überall was.

Ein letzter Transport von Schriftstellern aus Casablanca kommt dieser Tage direkt in Mexiko an. Wir haben hier auf einigen parties etwas Geld gemacht, das denen in Mexiko über die nächsten Monate hinweghelfen dürfte.

Es wird schön sein, von Ihnen wieder zu hören. Bitte übermitteln Sie beste Grüße an Heinrich Mann, wenn Sie ihn sehen.

Mit herzlichen Grüßen von uns beiden an Sie und Ihre Frau

Ihr
Weiskopf

435 Feuchtwanger an Weiskopf

1744 Mandeville Canyon Road
West Los Angeles
18. Dezember 1941

Lieber Weiskopf,

schönen Dank für Ihren Brief vom 3. Dezember.

Mir geht es leidlich. Ich habe mich weiter mit viel bürokratischem Dreck herumzuschlagen. Lolas amerikanisches Visum dürfte dieser Tage genehmigt werden, zu spät, natürlich, trotz heftigster Anstrengungen. Sie schrieb, daß es Rudolf Leonhard gesundheitlich so furchtbar schlecht gehe.

Die Rezensionen vom »Devil in France« sind wirklich sehr gut; aber sie erschienen in der denkbar schlechtesten Zeit.

Ich werde mich freuen, wenn endlich wieder etwas von Ihnen erscheinen wird.

Viele herzliche Grüße an Sie

Ihr
Lion Feuchtwanger

436 Weiskopf an Feuchtwanger

7. März 1942

Lieber Lion Feuchtwanger,

ich möchte Ihnen, etwas verspätet, aber darum nicht minder herzlich, zum Herauskommen des dritten »Josephus«-Bandes gratulieren.

Es sieht jetzt so aus, als müßten wir nicht mehr unendlich lange warten, bis wieder deutsche Bücher unserer Freunde in Deutschland erscheinen.

Vor ein paar Tagen kam eine Sendung kleiner Bücher an, die in M. für eine neue Leserkategorie – die Kriegsgefangenen – gedruckt werden. Haben Sie auch welche gekriegt?

Hier in New York scheint es endlich unter den Deutschen

etwas vorwärtszugehen. Die »Emergency Conference« vom letzten Sonntag war ein wirklicher Erfolg. Und »Kulturverband« und »Tribüne« haben auch ein paar gute Abende veranstaltet. Könnte man nicht mal für einen solchen Literaturabend ein Stück Originalmanuskript von Ihnen haben, das vorgelesen werden würde?

Von den »Mexikanern« hören Sie sicher direkt. Das »Freie Deutschland« wird jetzt schon in 2400 Exemplaren gedruckt und gewinnt Boden in Südamerika.

Kommen Sie nicht mal nach New York? Es wäre schön.

Mit den besten Grüßen von uns beiden

Ihr
F. C. Weiskopf

437 Feuchtwanger an Weiskopf

1744 Mandeville Canyon Road
West Los Angeles
17. März 1942

Lieber Weiskopf,

vielen Dank für Ihren Brief vom 7. März.

Jene kleinen Bücher aus Moskau hat mir Apletin geschickt. Einmal auch hatte ich den Besuch des Sowjet-Konsuls aus San Francisco. Dann hat mir der jiddische Schauspieler Michoels einen langen Brief geschrieben. Sonst aber höre ich nichts aus Moskau.

Wir haben, wie Sie wissen, Heinrich Mann, Brecht und ich, für die »Emergency Conference« einen Aufruf geschrieben. Leider aber hat man uns mit kleinbürgerlichen Änderungen fürchterlich in den Aufruf hereingepfuscht. Ich weiß nicht, was schließlich daraus geworden ist.

Wir mühen uns hier ab, die Möglichkeit zu bekommen, im Radio nach Deutschland zu sprechen. Die Sache ist aussichtsreich, aber es geht alles sehr zäh. Überdies sind wir ja hier an der Westküste leider noch von andern Problemen gequält.

Alles Herzliche Ihnen beiden

Ihr
Lion Feuchtwanger

PS Besteht irgendeine Möglichkeit, für Döblins Sohn, der immer noch in Frankreich ist, jetzt wahrscheinlich in Afrika, ein mexikanisches Visum zu kriegen? Döblin geht es furchtbar schlecht, und der Sohn scheint ohne mexikanisches Visum verloren.

438 Weiskopf an Feuchtwanger

29. März 1942

Lieber Feuchtwanger,

vielen Dank für Ihren letzten Brief. Ich nehme an, daß Sie in der Zwischenzeit mein Buch – »Dawn Breaks« – erhalten haben. Nehmen Sie es bitte als Zeichen meiner kameradschaftlichen Gefühle und meiner großen Achtung für einen Mann entgegen, der wie wenige verstanden hat, was die Aufgabe eines antifaschistischen Schriftstellers in unserer Zeit ist.

Ich habe den von Ihnen, Brecht und Mann gezeichneten Aufruf seinerzeit erhalten und Kurt Rosenfeld, der mir ihn sandte, sofort mitgeteilt, daß ich ihn mitunterzeichne. Ich fand nur, daß eine Unterscheidung zwischen den Nazis und dem deutschen Volk gerade in einem Aufruf deutscher Schriftsteller betont werden sollte. Aber ich gab das nur zu bedenken, nachdem ich vorher erklärt hatte, daß ich bereit sei, sofort mitzuunterschreiben. Über die weiteren Schicksale des Aufrufs bin ich nicht unterrichtet. Ich würde es beklagen, wenn er nicht herauskäme.

Wegen des Sohnes von Döblin habe ich sofort nach Mexiko geschrieben. Ich hatte auch Gelegenheit, mit Vicente

Lombardo Toledano darüber zu sprechen. Ich weiß aber nicht, ob ein Visum erteilt werden wird.

In letzter Zeit habe ich von zwei Seiten her gehört, daß Heinrich Mann sich in größten materiellen Schwierigkeiten befindet. Er soll nicht imstande sein, eine Bibliothek, die in New York lagert, nach Kalifornien zu transportieren, weil 100 oder 150 Dollar fehlen. Stimmt das? Ich möchte nicht undelikat eingreifen, deshalb frage ich bei Ihnen an. Es besteht nämlich eventuell eine Möglichkeit, etwas Geld für einen solchen Büchertransport zu kriegen. Allerdings erscheint es mir höchst unglaubhaft, daß Heinrich Mann nicht imstande sein sollte, von seinem Bruder oder sonstwie die notwendige Summe zu erhalten.

Mit den besten Grüßen von uns beiden

Ihr
F. C. Weiskopf

439 Feuchtwanger an Weiskopf

1744 Mandeville Canyon Road
West Los Angeles, Calif.
3. April 1942

Lieber Weiskopf,

schönen Dank für Ihren Brief vom 29. März.

Ihr Buch habe ich, mit unendlicher Verspätung, erst gestern bekommen.

Wir sind hier sehr behindert durch die Sondervorschriften für »feindliche Ausländer«. Brecht und ich fallen unter diese Kategorie. Wir dürfen nach acht Uhr abends nicht ausgehen und auch tagsüber nur fünf Meilen weit vom Hause, das heißt, es ist in dieser sehr weitläufigen Stadt jeder persönliche Verkehr praktisch unmöglich gemacht.

Auch sonst sieht es nicht gerade gut aus. Lola Sernau schreibt mir aus Ascona unterm 27. Februar:

»Rudolf Leonhard, Franz Dahlem, Siegfried Rädel, Heiner Rau und Heinrich Ebstein sind von Vernet nach Castres in das dortige Gefängnis gebracht worden, wo sie ohne Verbindung mit der Außenwelt sind, und sollen von dort aus ausgeliefert werden. Der auch in Vernet gewesene Erich Jungmann ist durch eine direkte Intervention von Mrs. Roosevelt freigelassen worden, nach Erhalt des mexikanischen Visums, und ist auch bereits auf dem Wege nach Mexiko vor vier Wochen von Frankreich abgereist. Bitte, können Sie nicht zur Rettung der oben angegebenen etwas unternehmen? Kann für Leonhard, der im Besitz des mexikanischen Visums ist, nichts vom Schriftstellerverband unternommen werden? Können Sie nicht alle in Frage kommenden Stellen alarmieren?«

Leider stellen die in Europa sich unsere Verhältnisse viel angenehmer vor, als sie wirklich sind. Auch wirtschaftlich geht es den meisten hier recht miserabel, und die wenigen, die noch ein bißchen was haben, werden so beansprucht, daß sie selber bald zusammenbrechen.

Ich lese Ihr Buch in den allernächsten Tagen und schreibe Ihnen dann darüber.

Alles Herzliche
Ihr
Feuchtwanger

440 Feuchtwanger an Weiskopf

1744 Mandeville Canyon Road
West Los Angeles, Calif.
14. April 1942

Lieber Weiskopf,

ich habe mittlerweile Ihr Buch gelesen. Es scheint mir erfreulich stark, besonders im ersten Teil. Der Schluß ist ein wenig gewagt. Aber im ganzen sind Menschen, Landschaften und Situationen überzeugend, und unter den vielen guten Büchern, welche die Untergrundbewegung in Europa zum Gegenstand haben, hält das Ihre einen Platz in der ersten Reihe.

Was Heinrich Mann anlangt, so hat er, abgesehen von der selbstverständlichen, regelmäßigen Unterstützung von seinem Bruder, jetzt einen einmaligen größeren Betrag von einer uns befreundeten Seite erhalten, der ihm über die nächsten Monate weghelfen wird. Es ist übrigens sehr wahrscheinlich, daß Heinrich Mann nach New York übersiedelt.

Alles Herzliche

Ihr
Lion Feuchtwanger

441 Weiskopf an Feuchtwanger

»Yaddo«, Saratoga Springs, N. Y.
18. Juni 1942

Lieber Feuchtwanger,

ich habe Ihnen noch für Ihren letzten Brief zu danken; in der letzten Zeit kam ich einfach nicht zur Erledigung meiner Korrespondenz. Jetzt sind wir wieder in »Yaddo«, fern von den Telefonklingeln der Stadt, und Briefschulden werden getilgt.

Von Willi Br[edel] kam ein langer Brief, der über zwei Monate auf dem Weg gewesen ist. Er schreibt sehr interessant über seine Erlebnisse während der großen Luftangriffe und über seine Erfahrungen mit gefangenen SS-Recken. Außer ihm sind noch Becher, Wolf und Weinert aus östlicheren Städten zurückgekehrt, alle übrigen noch in Mittelasien. Willi läßt Sie besonders warm grüßen. Er rechnet ganz bestimmt mit einem baldigen Wiedersehen mit »Girlanden und Musik am Hamburger Hafenkai«. Er verlangt

Material für die »IL«, die weiter erscheint. Ich soll auch einen Gruß an Heinrich Mann bestellen, aber ich erhielt auf meinen letzten Brief an H. M. keine Antwort. Ich hatte mich vergeblich bemüht, eine englische Ausgabe des »Französischen Tagebuchs« durchzudrücken; ich hatte nur eine Stimme gegen drei, und so wurde nichts draus. Kann es sein, daß Heinrich Mann deshalb verärgert ist? Ich wüßte zwar nicht, wie ich dazu käme, aber heutzutage geschehen ja unverständlichere Dinge.

Ich schreibe an einem neuen Buch über die serbischen Partisanen und Mihailović und mache nebenher meinen großen Roman »1913« für den Übersetzer fertig.

Sie sind sicher sehr fleißig. Wann gedenken Sie mal hierherzukommen?

Haben Sie kürzlich was von Lola gehört? Sie ist wohl noch in der Schweiz?

Seien Sie herzlich gegrüßt von uns beiden

Ihr
Weiskopf

442 Feuchtwanger an Weiskopf

1744 Mandeville Canyon Road
West Los Angeles
2. Juli 1942

Lieber Weiskopf,

schönen Dank für Ihren Brief vom 18. Juni.

Ich freue mich, daß Sie wieder einmal was aus Moskau gehört haben. Es ist schade, daß man die »IL« niemals zu Gesicht bekommt. Ich möchte gern sehen, wie sie jetzt ausschaut, und dann würde ich auch gern was hinschicken.

Wenn Heinrich Mann geschwiegen hat, so liegt darin bestimmt nicht die leiseste böse Absicht. Er weiß genau, wie ungeheuer schwer es ist, seine Bücher bei amerikanischen

Verlegern durchzusetzen. Wir alle bemühen uns darum und mit sehr geringem Erfolg.

Ich habe mit Freude eine ganze Reihe ausgezeichneter Rezensionen über Ihr Buch gelesen. Ich bin schon neugierig auf das nächste.

Die Vorschriften hier gegen die enemy aliens sind überaus störend; aber sie zwingen einen geradezu zur Arbeit.

Meine Pläne, nach New York zu fahren, habe ich vorläufig zurückgestellt.

Alles Herzliche

Ihr
Lion Feuchtwanger

443 Weiskopf an Feuchtwanger

»Yaddo«, Saratoga Springs, N. Y.
2. August 1942

Lieber Feuchtwanger,

vielen Dank für Ihren letzten Brief. Es ist schade, daß Sie Ihre Pläne, nach New York zu kommen, zurückgestellt haben. Hoffentlich nicht für allzulange. Es wäre schön, wieder einmal mit Ihnen zu sprechen.

Mein Buch hat tatsächlich gute Kritiken gehabt, und der Verleger ist auch zufrieden ... was will man mehr. Ich habe gerade gestern den letzten Federstrich an dem andern Roman getan, der im Spätherbst herauskommen soll. Ist Ihr neuer Roman wieder ein historischer? Ich hörte von irgend jemand, daß Sie ein Buch aus unserer Zeit schreiben. Stimmt das?

Die »IL« habe ich nicht zu Gesicht gekriegt. Aber ein amerikanischer Freund bekam einen Prospekt zugeschickt. Darin waren zwei russische Nummern der »IL« angezeigt. Es wird Sie vielleicht interessieren, daß u. a. genannt waren: Brecht, »Neun Einakter«; Heinrich Mann, »Der

Zeuge«; Friedrich Wolf, »Jules«; Erich Weinert und Brecht, »Gedichte«; Erik Jens Petersen, »Gedichte aus Vernet«. Ich erfuhr aus dem Prospekt, daß ein Roman von mir russisch herauskam, »Von Krieg zu Krieg«. Ein Roman von Kurella, »Der innere Schweinehund«, wird besprochen. Ihre und Manns Erklärung zum Hitlerüberfall auf die SU sind erwähnt.

Mit den besten Grüßen auch von meiner Frau

bin ich Ihr
F. C. Weiskopf

444 Feuchtwanger an Weiskopf

13827 Sunset Boulevard
Pacific Palisades, Calif.
12. Mai 1943

Lieber Weiskopf,

schönen Dank für Ihren Brief vom 6. Mai. Ihre Rezension von »Double, Double Toil and Trouble« in der »Saturday Review« habe ich gesehen und mich darüber sehr gefreut.

Ich bin gespannt auf das, was Brecht mir über Ihre Pläne eines deutschen Verlags erzählen wird.

Die »IL« bekomme ich, aber im allgemeinen geht die Verbindung sehr langsam. Ich habe am 7. Mai ein Telegramm bekommen, in dem mir Apletin mitteilt, daß ein Brief von mir an den Staatsverlag vom 10. März 1942 und der am gleichen Tage abgesandte zweite Teil meines Romans »Paris Gazette« erst jetzt, im Mai *1943*, in Moskau angekommen sei.

Alles übrige, was ich dem Staatsverlag oder der »IL« in der Zwischenzeit geschickt habe, scheint bisher nicht angekommen zu sein.

Ich freue mich sehr, daß Sie mit Knopf abgeschlossen haben. Das gewährleistet von vornherein einen Erfolg. Grüßen Sie, bitte, Mr. Knopf und vor allem Blanche Knopf.

Ihnen und Ihrer Frau alles Herzliche,

Ihr
Lion Feuchtwanger

445 Weiskopf an Feuchtwanger

308 East 15
New York 3
7. Juni 1944

Lieber Lion Feuchtwanger,

wenn ich's nicht schwarz auf weiß vor mir hätte, ich glaubte es nicht, aber da es Heinrich Mann schreibt, muß ich's glauben ... insgeheim bin ich allerdings immer noch (und unverbesserlich) davon überzeugt, daß Sie ein junger Vierziger sind, und im Vertrauen gesagt, Sie sind's auch.

Den schönsten Geburtstagswunsch hat Ihnen General Eisenhower erfüllt. Wenn man Ihnen wünscht, Sie mögen den nächsten Geburtstag schon in einer Welt ohne Adolf feiern, ist man am Ende ganz unoriginell. Ich komme in jeder Beziehung zu spät und mit leeren Händen.

Darf ich dennoch »post festum« und mit völlig abgeschnalltem Würdebart sagen, daß ich Sie als guten Kameraden, als großen Arbeiter, als standhaften und aufrechten Verfechter von Vernunft und Menschlichkeit sehr aufrichtig schätze und daß ich froh bin, daß es in unserer Literaturfamilie einen L. F. gibt.

Jetzt, da ich mir den vorhergehenden Absatz nochmals überlese, erscheint er mir etwas geschwollen. Aber ich will ihn lassen stahn, denn der Schein trügt, und ich [glaube,] es ist wirklich so, wie ich's gesagt habe.

Meine Frau schließt sich mir an, wenn ich Ihnen wünsche, was man bei uns in Böhmen und überhaupt im Slawischen einem Freund bei solcher Gelegenheit wünscht: »mnogaja ljeta!«

Ihr
F. C. Weiskopf

446 Feuchtwanger an Weiskopf

520 Paseo Miramar
Pacific Palisades
3. Juli 1944

Lieber Weiskopf!

Herzlichen Dank für Ihren besonders freundlichen Geburtstagsbrief.

Ich finde aber, daß ich viel mehr Anlaß habe, Ihnen Glück zu wünschen, als Sie mir. Ich habe »Firing Squad« gelesen, und es scheint mir unter allem, was Sie geschrieben, das weitaus Beste. Meisterlich ist die Art, wie Sie die Atmosphäre der Angst, die eine kleine Gruppe immer dichter umschließt, geradezu körperlich machen. Meisterlich ist es, wie Sie bewirken, daß man spürt: diese Angst ist nicht nur das Sondergefühl dieser einen kleinen Gruppe, sondern das Grundgefühl der deutschen Okkupationstruppen in allen eroberten Gebieten.

Das Buch erscheint mir literarisch und politisch außerordentlich verdienstlich.

Herzlichen Glückwunsch

immer Ihr
Lion Feuchtwanger

447 WEISKOPF AN FEUCHTWANGER
(Aus einem Glückwunschbuch)

Zum 7. Juli 1944

Die deutschen Romanschriftsteller haben es immer besonders schwer gehabt. Ihnen fehlte, was die Franzosen, die Engländer und Russen hatten: die Resonanz einer erwachsenen, zur Freiheit gereiften Nation. Um so höher muß die Leistung jener einzelnen bewertet werden, die unter widrigen Umständen, gegen größte Schwierigkeiten, den modernen deutschen Roman schufen. Lion Feuchtwanger gehört zu diesen Pionieren. An seinem sechzigsten Geburtstag grüßen wir Jüngeren ihn als Vorkämpfer, Lehrer und – vor allem – als klugen, guten Kameraden.

F. C. Weiskopf

448 WEISKOPF AN FEUCHTWANGER

308 East 15
New York 3
8. Juli 1944

Lieber Feuchtwanger,

vielen Dank für Ihren Brief mit Ihrem Urteil über »Firing Squad«. Ich brauche Ihnen sicher nicht zu sagen, wieviel ich gerade auf ein Urteil von Ihnen gebe, wie sehr es mich freut, daß dieser Roman Ihren Beifall findet.

Ich habe unterdessen erfahren, daß ich mit meinen Geburtstagswünschen nicht zu spät, wie ich fürchtete, sondern sogar ein bißchen zu früh gekommen bin. Ich wiederhole sie hiemit nochmals. Ich habe für die tschechischen Zeitungen etwas zu Ihrem Geburtstag geschrieben (für die Londoner und die hiesigen), und es war eine Freude zu sehen, wie sehr die Tschechen den deutschen Antinazi Feuchtwanger schätzen.

Ihr neues Buch wird ja gleich von Beginn an das haben,

was man hier einen skyrocketing success nennt; und das ist sehr schön. Meine beste Gratulation.

Mit freundlichsten Grüßen

Ihr Weiskopf

449 Weiskopf an Feuchtwanger

308 East 15
New York 3
18. Oktober 1945

Lieber Lion Feuchtwanger,

es ist eine kleine Ewigkeit her, daß ich Ihnen zuletzt geschrieben habe. Ich wollte Ihnen etwas in den kleinen Anekdotenband hineinschreiben, der von »Aurora« an Sie abging, aber ich war außerhalb New Yorks, und als ich zurückkam, war der Versand der »founders copies« und »complimentary copies« schon vollendet.

Jetzt kriege ich bald Ihre Novellen zu lesen, und ich freue mich schon darauf. Wann kommen Sie eigentlich englisch heraus?

Ich bereite für »Aurora« einen Abriß der deutschen Emigrationsliteratur vor. Pinthus wird dazu eine Bibliographie machen. So ein Buch wird gebraucht, nicht zuletzt dort, wo man von der Emigrationsliteratur nichts weiß – in Deutschland, Österreich. Es sollen auch kleine Proben in das Buch hinein. Von Ihnen möchte ich aus »Exil« einen Abschnitt nehmen. Und dann möchte ich Sie im Kapitel über die Schwierigkeiten des Schriftstellers im Exil zitieren. War das, was im »Freien Deutschland« gedruckt war, nicht bloß ein Auszug aus einem größeren Vortrag oder Essay? Und wenn ja – würden Sie mir das Manuskript des ganzen Essays leihen?

Wie geht es Ihnen immer? Wann kriegen wir den neuen Roman zu lesen, an dem Sie jetzt gearbeitet haben?

Ich grüße Sie herzlichst

Ihr F. C. Weiskopf

450 Feuchtwanger an Weiskopf

24. Oktober 1945

Lieber Weiskopf,

die »Anekdoten« habe ich vom Aurora-Verlag erhalten, und zwar zweimal, eine Founders-Kopie und eine Subskribenten-Kopie. Ich kannte viele der Geschichten, aber sie wirken gesammelt sehr repräsentativ, es ist ein sehr schöner Band.

Meinen Band von Short Stories hat Huebsch längst angekündigt, das Buch ist auch seit langem ausgedruckt, es sollte im Oktober und wird wohl im November erscheinen. Wenn Sie Huebsch anrufen, kann er Ihnen jetzt bestimmt das genaue Datum sagen.

Eine kurze Darstellung der Emigrations-Literatur scheint mir ein verdienstvolles Unternehmen. Das deutsche Manuskript des Vortrags über die Schwierigkeiten des Schriftstellers im Exil – ich habe diesen Vortrag hier auf der Universität gehalten – geht in den nächsten Tagen an Sie ab.

Das Buch, an dem ich jetzt im dritten Jahre arbeite, wird im nächsten Herbst erscheinen. Es ist ein sehr langer Roman, etwa 250000 Worte, der Titel der amerikanischen Ausgabe ist »The American Envoy«, der Titel der deutschen »Waffen für Amerika«. Ein sehr großer Teil des Manuskripts ist abgeliefert und in der Hand des Übersetzers. Ich habe mich verpflichtet, das fertige Manuskript spätestens am 30. April 1946 abzuliefern.

Alles Herzliche

Ihr
Lion Feuchtwanger

451 Weiskopf an Feuchtwanger

308 East 15
New York 3
9. November 1945

Lieber Feuchtwanger,

vielen Dank für Ihren freundlichen Brief und die Zusage, mir Ihren Essay über die Schwierigkeiten des Schriftstellers im Exil zukommen zu lassen. Ich nehme an, ich kriege ihn bald.

Dieser Tage wehte mir ein günstiger Wind die Berliner »Tägliche Rundschau« von Anfang Oktober auf den Tisch.

In dem Exemplar war ein Besuch Bechers bei Gerhart Hauptmann in Agnetendorf geschildert. Es ist zum Seekrankwerden. Hauptmann stellt sich wieder mal »zur Verfügung«, und »die Augen der ganzen Kulturwelt« sind angeblich auf ihn gerichtet. Ein paar Gedichte Hauptmanns sind abgedruckt, Knittelverschen höchst kindischer Art. Und dann ein paar Worte seines Dieners Stiev, ganz im Serenissimus-Stil. Man glaubt zu träumen.

Ja, richtig, Howard Fast (den Sie sicher als Autor von »Freedom Road« und »Citizen Tom Paine« kennen) bittet mich, Sie in seinem Namen um ein paar Worte über Bedrohung des freien Wortes als erste Handlung jedes Faschismus anzugehen. Er ist Vorsitzender der »Writers' Section« des »Independent Citizens' Committee of the Arts«, das eine so große Rolle bei der Wiederwahl Roosevelts spielte. Das Komitee steht mit der Hollywooder »Writers' Mobilization« in freundschaftlichsten Beziehungen. Die »Writers' Section« veranstaltet hier eine Kundgebung für die Freiheit des Worts und möchte von Ihnen, als Experten, ein paar Worte haben. Sie können in Deutsch sein. Fast dachte, es sei besser, die Bitte an Sie durch einen deutschen Kollegen zu schicken, und ich konnte ihn davon nicht abbringen. Seine Adresse ist: 315 Central Park West, New York. Wenn es Ihnen aber besser paßt, es mir zu schicken, ist es auch sehr recht. Ich bring's ihm dann.

Mit herzlichen Grüßen

Ihr
F. C. Weiskopf

452 Feuchtwanger an Weiskopf

520 Paseo Miramar
Pacific Palisades
16. November 1945

Lieber Weiskopf,

den Essay finden Sie in der Anlage; ich mußte ihn neu kopieren lassen.

Für Howard Fast, den ich sehr schätze und den ich zu grüßen bitte, lege ich Ihnen ein paar Zeilen für die Kundgebung der »Writers' Section« bei.

Mit herzlichem Gruß

Ihr
Lion Feuchtwanger

Anlagen

453 Weiskopf an Feuchtwanger

308 East 15
New York 3
20. Dezember 1945

Lieber Feuchtwanger,

vielen Dank für die Abschrift Ihres Vortrags über die Schwierigkeiten des Schriftstellers im Exil. Ein paar Zitate daraus werden sehr gut in das betreffende Kapitel der Literaturgeschichte des Exils passen.

Darf ich Sie nochmals um etwas bitten? Ich will Leseproben in den Band aufnehmen. Bei Ihnen dachte ich an eine page anthologique aus »Exil«. Dieser Roman ist hier deutsch nur teilweise, in der »IL«, zu haben, nicht als Buch. Haben Sie ein Exemplar? Ich dachte an eine von zwei Stellen, die ich in Erinnerung habe: eine mehr allgemeine über das Exil und dann ein Morgen von Sepp Trautwein allein zu Haus, während seine Frau weg ist. Oder haben Sie eine andere Präferenz? Vielleicht aus einem andern Buch? Die Stelle soll sechs bis acht Seiten nicht übersteigen.

Ich lege einen Ausschnitt aus der »Saturday Review« bei. Leider kriegte ich nicht mehr Raum. In »PM« wird eine zweite Rezension von mir erscheinen, dort kann ich ein bißchen ausführlicher sein.

Mit besten Weihnachts- und Neujahrswünschen

Ihr
F. C. Weiskopf

454 Feuchtwanger an Weiskopf

520 Paseo Miramar
Pacific Palisades
2. Januar 1946

Lieber Weiskopf,

zu Ihrem Brief vom 20. Dezember:

Auch ich denke, daß das eine oder andere Kapitel aus »Exil« sich gut in Ihren Band fügen würde. Das allgemeine Kapitel »Trübe Gäste« (1. Buch, 8. Kapitel) und Teile aus dem Kapitel »Einer riecht die Heimat im Exil« (1. Buch, 12. Kapitel) dürften sich gut dafür eignen. Leider aber habe ich von »Exil« nur ein einziges Exemplar, das ich begreiflicherweise ungern aus der Hand gebe. Könnte man nicht aus dem zweifellos in der »Public Library« in New York befindlichen Exemplar die betreffenden Seiten abfotografieren lassen?

Vielleicht auch kommt aus dem »Falschen Nero« das

Kapitel in Frage, das den Untergang von Goebbels und Göring darstellt; das wären Teile aus den beiden Schlußkapiteln des Buches (4. Buch, 17. und 18. Kapitel): »Der dreiköpfige Höllenhund« und »Auch er dient der Vernunft«.

Ich bin wohl vor meinen eigenen Büchern nicht objektiv genug, um da gut auszuwählen.

Ihre Rezension in der »Saturday Review« habe ich mit dankbarem Vergnügen gelesen. Schade, daß das Land so wenig Rezensenten Ihres Kalibers hat.

Soeben trifft von Knopf Ihr Buch ein. Ich freue mich darauf, es in den allernächsten Tagen zu lesen.

Ihnen und Ihrer Frau die herzlichsten Wünsche

Ihr
Lion Feuchtwanger

455 Weiskopf an Feuchtwanger

308 East 15
New York 3
5. Januar 1946

Lieber Feuchtwanger,

vielen Dank für Ihren Brief vom 2. d. M. Ich verstehe sehr gut, daß Sie Ihr Exemplar von »Exil« nicht aus der Hand geben wollen. Andrerseits gibt es in New York kein Exemplar. Die 42nd Street Library besitzt es nicht; die Ottendorfer Branch (mit der größten deutschen Sammlung) hat es auch nicht; weder bei Krause noch bei Rosenberg, noch bei Stechert ist es zu haben; Landshoff konnte auch kein Exemplar auftreiben. Vielleicht wär es das beste, man ließe aus Ihrem Exemplar die paar Seiten aus dem 12. Kapitel, Buch I (»Einer riecht die Heimat im Exil«) abphotographieren oder abschreiben. Ich würde Sie nicht so belästigen, wenn die Situation nicht wäre, wie sie eben ist. Es würde sich um etwa acht Seiten handeln; wenn es zehn sind, geht es auch.

Haben Sie gelesen, daß Bredel zum Doktor h. c. der Universität Rostock gemacht wurde? Ich hätte viel darum gegeben, den feierlichen Akt mitanzusehen. Willi im Talar etc. Ich hoffe, der Akt ist gefilmt worden.

Anbei noch eine Rezension Ihres Novellenbandes (im heutigen »PM«).

Ernst Glaeser hat versucht, Kontakt mit mir herzustellen. Er ließ vorsichtig anfragen, ob ich einen Brief von ihm annehmen würde. Er ist Redakteur der Heidelberger »Rhein-Neckar Zeitung« und schreibt dort Lobeshymnen auf dieselben emigrierten Schriftsteller, die er 1939 als Verderber Deutschlands beschimpft hat. Ein Charaktergigant par excellence. Er war übrigens neulich in Paris, als erster deutscher Autor, und hat dort wegen einer deutsch-französischen Zeitschrift »Le Rhin Der Rhein« verhandelt.

Meine Frau dankt für Ihre freundlichen Grüße und erwidert sie herzlich. Wir wünschen Ihnen beiden das Allerbeste im neuen Jahr.

Ihr F. C. Weiskopf

456 Feuchtwanger an Weiskopf

520 Paseo Miramar
Pacific Palisades
8. Januar 1946

Lieber Weiskopf,

Knopf hat mir Ihr Buch geschickt mit der Bitte, mich dazu zu äußern. Aber ich ziehe es vor, was ich zu sagen habe, Ihnen deutsch zu schicken mit der Bitte, es möglichst gut übersetzt an Knopf weiterzugeben zu beliebiger Verwertung. Mit herzlichem Gruß

Ihr
Lion Feuchtwanger

Anlage

Pacific Palisades
8. Januar 1946

»Twilight on the Danube«

Weiskopf beabsichtigt offenbar, eine Roman-Serie zu schreiben nach dem Vorbild der »Comédie humaine« Balzacs, eine »Comédie autrichienne«. Dieses Buch »Twilight on the Danube« ist ein vielversprechender Auftakt. Das ganze leichtsinnige, genußsüchtige Leben der letzten Jahre der österreichischen Monarchie ist darin, die Melodie eines frechen, rauschhaften Walzers, in den die Paukenschläge des herannahenden Zusammenbruchs hineindröhnen. Eine spannende Geschichte, kunstvoll gewoben aus dem gierigen Leben vieler Menschen, und dahinter groß die Politik, die das Schicksal ist.

Lion Feuchtwanger

457 Feuchtwanger an Weiskopf

520 Paseo Miramar
Pacific Palisades
10. Januar 1946

Lieber Weiskopf,

das Photographieren hier ist ziemlich umständlich; so habe ich mich entschlossen, Ihnen mein Exemplar von »Exil« zu schicken. Schauen Sie sich, bitte, die Kapitel, die in Frage kommen, an, lassen Sie das, wofür Sie sich entscheiden, abschreiben oder abphotographieren, und schikken Sie mir dann, bitte, das Buch versichert zurück.

Wir bekommen auch Bitten von deutschen Faschisten, ihnen zu bestätigen, daß sie keine sind. Besonders Thomas Mann wird überschwemmt mit solchen Briefen. Auch Brentano hat sich an ihn gewandt.

Das Exemplar von »Exil« geht heute an Sie ab.

Alles Herzliche
Ihr Lion Feuchtwanger

458 Weiskopf an Feuchtwanger

14. Januar 1946

Lieber Feuchtwanger,

ich habe Ihnen gleich doppelt zu danken, erstens für die Worte über »Twilight on the Danube« und zweitens für Ihre Hilfe in Sachen Ihres Romans »Exil«.

Bei Knopfs waren sie ebenso erfreut wie ich über Ihr Urteil, und ich soll Ihnen auch in Knopfs Namen herzlichst danken.

Auf Ihr Exemplar von »Exil« wird gut aufgepaßt werden. Ich lasse die betreffenden Seiten schnell photographieren und schicke das Buch dann gleich versichert zurück.

Ich habe eben die Korrekturen Ihres Novellenbands für Aurora gelesen, ich glaube, es wird ein schöner Band auch äußerlich.

Mit herzlichen Grüßen

Ihr
F. C. Weiskopf

PS Wissen Sie, daß Kiepenheuer im Kulturbund einen Vortrag »Verleger unter Hitler« gehalten hat und daß in der Privatbibliothek Alfred Rosenbergs Bücher von Molo mit untertänigsten Widmungen gefunden wurden? Molo ist daraufhin auf die schwarze Liste gesetzt worden.

459 Feuchtwanger an Weiskopf

520 Paseo Miramar
Pacific Palisades, Calif.
25. Januar 1946

Lieber Weiskopf,

Heinrich Mann, der in äußeren Dingen ziemlich hilflos ist, hat mich beziehungsweise meine Sekretärin gebeten, die kleine Vorrede zu tippen, die er für »Morgenröte« geschrieben hat. Wieland Herzfelde wird sie mittlerweile erhalten haben.

Nun ist in der »Saturday Review« ein ziemlich törichter Artikel von Lewis Mumford erschienen über den eingeborenen Faschismus der Deutschen. Vorher schon hat Mumford gelegentlich behauptet, der »Untertan« von Heinrich Mann erweise, daß auch die führenden deutschen Schriftsteller diese seine Meinung teilten. Wir finden nun, meine Sekretärin und ich, daß der Abdruck der Vorrede Heinrich Manns eine schlagende Widerlegung Mumfords wäre. (Unnötig zu sagen, daß Heinrich Mann weder von dem Artikel noch von der Existenz Mr. Mumfords etwas weiß.) Vielleicht können Sie bewirken, daß die »Saturday Review«, die sich zum besten literarischen Organ Amerikas entwickelt hat, Heinrich Manns Vorrede abdruckt.

Herzlichen Gruß

Ihr
Lion Feuchtwanger

PS Ich habe soeben mit Heinrich Mann telefoniert. Er würde es natürlich gerne sehen, wenn die Vorrede in »Saturday Review« erschiene.

460 Weiskopf an Feuchtwanger

308 East 15
New York 3, New York
31. Januar 1946

Lieber Feuchtwanger,

vielen Dank für »Exil«, aus dem ich nächster Tage die paar Seiten abschreiben lasse.

Ich bin sofort zu Cousins, dem Chefredakteur der »Saturday Review«, gegangen und hab ihm von Ihrer Anregung erzählt. Er kann die ganze Vorrede (17 Seiten) nicht bringen, wohl aber Teil I, der ja in sich geschlossen ist. Ich machte ihn auf Heinrich Manns 75. Geburtstag aufmerksam, und er möchte die Veröffentlichung mit einer Notiz zum Geburtstag bringen. Für die Notiz liefere ich ihm die Daten. Nun handelt sich's drum, so bald wie möglich eine gute Übersetzung von Teil I der Vorrede zu bekommen. Wenn Heinrich Manns Übersetzer es nicht schnell machen kann, findet sich sicher in Hollywood jemand anders, z. B. Guy Endor, der sehr gut übersetzt.

Ich erwarte also Ihren Bescheid und dann das englische Manus und bringe es gleich zu Cousins.

Mit herzlichen Grüßen

Ihr
F. C. Weiskopf

461 Feuchtwanger an Weiskopf

520 Paseo Miramar
Pacific Palisades, Calif.
4. Februar 1946

Lieber Weiskopf,

schönen Dank für Ihren Brief vom 31. Januar und für Ihre Bemühungen in Sachen Heinrich Mann. Ich weiß nicht, ob nicht vielleicht der zweite Teil mehr geeignet ist zum Abdruck in der »Saturday Review«; mir scheint, er liest sich wie eine Antwort auf den Artikel Mumford.

Was die Übersetzung anlangt, so weiß ich nicht, wer Heinrich Manns Übersetzer ist, er selber ist außerordentlich unpraktisch in all diesen Dingen. Lassen Sie mich Ihnen Folgendes vorschlagen. Ich schicke Ihnen morgen oder übermorgen nochmals Heinrich Manns Artikel, Sie lassen ihn dann in New York übersetzen von irgendwem, der Ihnen geeignet erscheint, allenfalls von den Nordens? (Huebsch weiß wohl die Adresse.) Die Kosten der Übersetzung zu tragen, erkläre ich mich bereit. Bitte, entscheiden Sie, ob der erste Teil oder der zweite Teil des Manuskripts sich besser zum Abdruck eignet, wenn Sie im Zweifel sein sollten, lassen Sie vielleicht das Ganze übersetzen, so daß dann Mr. Cousins selber entscheiden kann.

Nochmals vielen Dank und alles Herzliche

Ihr
Lion Feuchtwanger

462 Hilde Waldo an Weiskopf

520 Paseo Miramar
Pacific Palisades, Calif.
5. Februar 1946

Sehr geehrter Herr Weiskopf,

im Auftrag von Dr. Feuchtwanger schicke ich Ihnen in der Anlage eine Kopie von Heinrich Manns Einführung zur »Morgenröte«.

Hochachtungsvoll
Hilde Waldo
Sekretärin

Anlage

463 Weiskopf an Feuchtwanger

12. Februar 1946

Lieber Feuchtwanger,

gleich nach Einlangen Ihres Briefes vom 4. und des Manuskripts von Heinrich Mann machte ich mich auf die Übersetzersuche. Das ist auch in New York nicht einfach, besonders wenn es sich um kleinere Sachen handelt. Die Nordens sind nicht hier. Aber endlich erwischte ich Galston, der meinen vorletzten Roman und auch einige Ihrer Erzählungen gut übersetzt hat. Er macht sich gleich an die Arbeit. Zuerst verlangte er über $ 50,00, aber dann haben wir uns auf vierzig für das ganze Manus geeinigt. Das ist ein ziemlich niedriger Preis, wenn man alles in Betracht zieht. Wollen Sie ihm noch direkt schreiben? Oder ist es einfacher für Sie, den Scheck an mich zu schicken? Sowie die Übersetzung fertig ist, trag ich sie zu Cousins und lasse ihn dann, nach Ihrem Vorschlag, entscheiden, ob er den ersten oder zweiten Teil nehmen will; vielleicht nimmt er sogar beide, wenn er erst mal das Ganze in englisch hat.

Mit herzlichen Grüßen,

Ihr
F. C. Weiskopf

464 Feuchtwanger an Weiskopf

520 Paseo Miramar
Pacific Palisades, Calif.
16. Februar 1946

Lieber Weiskopf,

schönen Dank für Ihren Brief und für all die Mühe, die Sie sich in Sachen Heinrich Mann machen.

In der Anlage finden Sie den Scheck über vierzig Dollar für Mr. Galston. Bitte, haben Sie die Freundlichkeit, alles Weitere zu arrangieren.

Falls aus dem Abdruck des Artikels ein Honorar herausspringen sollte, bitte ich, mir daraus die vierzig Dollar wieder zuzustellen: falls nicht, ist es auch kein Unglück.

Alles Herzliche

Ihr
Lion Feuchtwanger

Scheck

465 Weiskopf an Feuchtwanger

308 East 15
New York
18. März 1946

Lieber Feuchtwanger,

ich war immer in Erwartung Ihres Herkommens, aber jetzt höre ich, daß Sie vorläufig nicht nach New York zu fahren beabsichtigen … da schreibe ich also. Die »Saturday Review« hat den ersten Teil des Vorworts von Heinrich Mann gebracht, sehr gut aufgemacht. Sie werden das Heft wohl zu Gesicht bekommen haben, wenn dieser Brief eintrifft. Ob ein Honorar gezahlt wird, weiß ich noch nicht, wenn ja, wird nach Ihren Wünschen verfahren. An Heinrich Mann hab ich ein Heft der »SRL« schicken lassen. Hier füge ich das Manus der ganzen Übersetzung bei; vielleicht will Heinrich Mann sie verwenden.

»Exil« sandte ich vor einigen Tagen versichert an Sie zurück. Vielen Dank.

Die Literaturgeschichte ist beinahe fertig, und Sie figurieren darin natürlich an mehreren Stellen und mit mehreren Zitaten und der Probe aus »Exil«.

Mit besten Grüßen und Wünschen

Ihr F. C. Weiskopf

466 Feuchtwanger an Weiskopf

25. März 1946

Lieber Weiskopf,

schönen Dank für Ihren Brief vom 18. März. Die »Saturday Review« mit dem Artikel von Heinrich Mann habe ich gesehen; er hat sich über Ihren Aufsatz sehr gefreut.

Das Manuskript der Übersetzung habe ich ihm geschickt. Auch »Exil« ist angekommen.

Viele Grüße
Ihr Lion Feuchtwanger

467 Weiskopf an Feuchtwanger

308 East 15
New York 3
15. März 1947

Lieber Feuchtwanger,

von Kesten habe ich gehört, daß es Ihnen gut geht und daß Sie, wie immer, rastlos an der Arbeit sind. Ich hoffe, bald »American Envoy« lesen zu können; die »Saturday Review« schrieb mir vor einiger Zeit, daß sie mich's besprechen lassen würde.

Ich schreibe Ihnen heute in einer besonderen Sache. Bodo Uhse bereitet sich zur Heimreise nach Deutschland vor. Sie kennen ihn, glaube ich, persönlich. Aber selbst wenn Sie ihn persönlich nicht kennen, ist es unnötig, Ihnen erst lang von seinen vielen ausgezeichneten Eigenschaften zu erzählen. Ich brauche Ihnen auch nicht erst zu sagen, was die Heimkehr nach Deutschland in materieller Hinsicht bedeutet. Uhse ist nicht imstande, sich allein die notwendigste Equipierung (warme Wäsche, Mantel, feste Schuhe) zu beschaffen; er steckt tief in Schulden, hat zwei Kinder etc. Ich kratze etwas Geld zusammen, um ihm die Anschaffung der nötigsten Dinge zu ermöglichen. Eine ganze Reihe von amerikanischen und europäischen Freunden haben schon Geld gegeben oder fest versprochen. Wollen Sie auch etwas schicken? Ich weiß, Sie bekommen viele ähnliche Ansuchen. Wer von uns bekommt sie nicht? Aber in Uhses Fall handelt sich's wirklich um eine Ausnahmesache.

Ich habe bisher etwa $ 120 beisammen; ich möchte im ganzen 250 aufbringen. Was immer Sie schicken, ist willkommen und wird mit Dank schon im voraus quittiert.

Vor kurzem schrieb Bredel zweimal ausführlich. Er betreut dreizehntausend Kulturbundmitglieder in Mecklenburg. Ich soll Ihnen beste Grüße von ihm bestellen. Aus München schreibt ziemlich regelmäßig Kästner. Ich kriege auch die Münchener »Neue Zeitung«, in der eine kleine Artikelserie von mir über die Exilliteratur erscheint.

Ich habe vor kurzem einen tschechoslowakischen Dienstpaß (passeport spécial) bekommen samt einem prächtigen Titel, der dazu gehört. Das gibt mir endlich etwas Bewegungsfreiheit, und ich denke daran, im Laufe dieses Jahres auf etwa acht Wochen nach Prag zu fahren, mit Abstechern. Alle diese Pläne sind noch pie in the sky, aber selbst eine Wolken-pie schmeckt süß.

Mit besten Empfehlungen an Sie beide von meiner Frau und mir

Ihr
F. C. Weiskopf

468 Feuchtwanger an Weiskopf

20. März 1947

Lieber Weiskopf,

in der Anlage ein Scheck für Bodo Uhse.

Ich habe mehrmals Briefe von Becher und Friedrich Wolf bekommen; sie klingen nicht sehr optimistisch. Friedrich Wolf hat mir auch vier seiner Bücher geschickt, die in Deutschland erschienen sind. Sie sind auffallend gut ausgestattet.

Ich freue mich, daß Sie einen so zweckdienlichen Paß bekommen haben.

Ich hoffe nur, Sie treten Ihre Europareise nicht allzu bald an. Ich höre von allen Seiten, daß solche Reisen noch überaus anstrengend sind.

Von der amerikanischen Fassung des »American Envoy« sind die galley proofs korrigiert, und das Buch dürfte im August erscheinen. Ich freue mich natürlich sehr, daß Sie das Buch für die »Saturday Review« besprechen. Ich nehme an, Huebsch wird Ihnen galley proofs schicken, sowie sie in revidierter Fassung vorliegen.

Ihnen beiden alles Herzliche

Ihr Lion Feuchtwanger

Scheck

469 Feuchtwanger an Weiskopf

520 Paseo Miramar
Pacific Palisades, Calif.
5. April 1947

Lieber Weiskopf,

ich bin ab 15. April in New York im Hotel St. Regis. Ich würde mich freuen, Sie einmal zu sehen.

Alles Herzliche

Ihr Lion Feuchtwanger

470 Weiskopf an Feuchtwanger

27. Februar 1948

Lieber Feuchtwanger,

schon längst wollte ich Ihnen schreiben, kam aber einfach nicht dazu, weil sich während meiner mehr als dreimonatigen Abwesenheit so riesig viel Arbeit angehäuft hatte, daß ich darin einfach ertrunken bin.

Ich war kurz in Frankreich, lang in der Tschechoslowakei, fünf Tage in Berlin, eine Woche in Polen. Noch jetzt, acht Wochen nach meiner Rückkehr, habe ich etwas von der europäischen Luft in Nase und Lunge, und das ist beinahe so gut wie Penicillin, wenn nicht besser.

Der allgemeine Eindruck, den man in Europa bekommt, ist der eines jungen, nicht eines alten Kontinents. Mit Recht schaut die Freiheitsstatue hinüber.

Paris war lieblich, wie immer, obwohl etwas heruntergekommen. Eine Jugendgeliebte, die man nach zwanzig Jahren wiedersieht – sie ist ein wenig verschlampt, hat gefärbtes Haar, ist aber immer noch voller Reiz. Erstaunlich und besorgniserregend die Apathie großer Kreise der Mittelschichten. Die De-Gaulle-Bewegung in manchem sehr ähnlich den Phänomenen, die wir in Österreich und Deutschland beobachten konnten. Allerdings gibt's viel aktivere Gegenkräfte. In Frankreich, wie überhaupt in Westeuropa, mit Ausnahme der Schweiz, ist eine Tatsache eklatant: es gibt keine solide kapitalistische Klasse mehr. Einzelne Kapitalisten und Gruppen, ja, aber selbst die haben kein Vertrauen zu sich selber, sehen sich in der Regel nurmehr als Filialleiter größerer Herrschaften an. Zweite eklatante Tatsache: überall, wo es verkommene Reste der Aristokratie, depossediertes Großbürgertum, entwurzelte, arbeitslose Generale, Schwarzmarktgrößen etc. gibt, dort kriegt man Loblieder auf die christliche Kultur, westliche Zivilisation u. a. zu hören. Man glaubt wahrhaftig, einer ungeheuren Vorstellung der »Dreigroschenoper« beizuwohnen, nur sind die Akteure noch etwas unter dem Niveau von Mackie Messer. Dritte eklatante Tatsache: selbst die Länder, die auf Hilfe von hier warten und mit ihr rechnen, sind nicht etwa dankbar. Abgesehen von offiziellen Lobsprüchen und gewerbsmäßigen Beteuerungen professioneller Westkreuzzügler, ist man im allgemeinen nur allzu bereit to bite the hand that feeds one. Weil man nämlich der Ansicht ist, daß diese Hilfe tausendfach verdient ist und außerdem aus höchst unaltruistischen Gründen gegeben wird.

Die Tschechoslowakei fand ich sehr weit vorgeschritten auf dem Wege der Rekonstruktion und der gesellschaftlichen Umformung. Was die Presse jetzt aufführt, ist natürlich super bunk. Die Entwicklung paßte gewissen Herrschaften nicht; sie versuchten, einen Kurswechsel zu erzwingen, die Wahlen zu beeinflussen, etwas Ähnliches zu drehen wie in Italien und Frankreich. Es ging daneben, und jetzt setzt es Krokodilstränen. Aber wozu davon reden? Es gibt so viel Besseres. Da war ich z. B. in der Slowakei und erkannte die Bauern dort einfach nicht wieder. Sie sind andere Menschen, seitdem die Bodenreform ernstlich in Angriff genommen, die Elektrifizierung begonnen, die Errichtung von Kulturhäusern beschlossen wurde. Und die neuen Industriebetriebe, z. B. Batovany. Amerikanischer Produktionsstandard und nationalisierte Betriebsleitung. Die Arbeiter haben den Gewinn davon. Für Schriftsteller ist das Land eine Art kleines Paradies. 50% Steuerermäßigung, Sozialversicherung, Kollektivverträge etc., etc. Natürlich gibt's auch Schattenseiten, aber das Positive überwiegt, und wie!

Berlin war ein phantastischer Eindruck. Die sauber aufgeräumte Ruinenstadt des Zentrums. Der Kurfürstendamm, oben pfui, unten hui, d. h. alle oberen Stockwerke zerstört, aber die Erdgeschosse repariert, mit Luxusläden darin. Nutten wie einst im Mai spazieren in roten Stiefeln auf und ab, englische und amerikanische Offiziersfrauen flanieren herum, es gibt alles zu kaufen (unter der Hand) von Pariser Modellen bis zu Diamantringen. Das Hansaviertel eine Mondlandschaft, ebenso das Lützowufer. Nachts kaum eine Menschenseele dort. Die ausländischen Missionen führen ein surrealistisches Inselleben in dieser Stadt der zerbombten Häuser, ungeheizten Notwohnungen, summenden Theater. Ein Kulturleben von besonderer Intensität z. T. infolge der Anwesenheit der vier Okkupationsmächte. Ein bedeutender Teil der Bevölkerung verbiestert. Die Jugend zwischen 17 und 20 sehr interessant: skeptisch bis zum Exzeß, lerneifrig, hungrig in jeder Beziehung. Da ist was zu machen, wenn – was zu machen ist.

Viele Kollegen fragten nach Ihnen. Immer wieder wollte man wissen, wie es Ihnen geht, wann Sie mal auf Besuch hinüberkommen. Bredel kam in seinem Dienstauto aus

Schwerin, trug mir besonders auf, Sie zu grüßen. Becher, ziemlich gealtert, würdig mit leichter zynischer Rücktrittsbremse, faßte die Situation so zusammen: »Wir alle sind überarbeitet. Aber nie hatten wir noch solche Möglichkeiten. Allerdings lastet die Zerrissenheit des Landes auf uns, auch die Okkupation. Und dann: man lebt unter einer Bevölkerung, die so wenig wie möglich aus ihrer Geschichte gelernt hat; jeder zweite hat eine Leiche im Keller liegen; es kommt nur drauf an, *wann* sie zu stinken beginnt. Immerhin haben wir schon eine Menge geschafft.« Und das haben sie wirklich.

Jedes Gespräch kam nach einer halben Stunde auf ein bestimmtes Gebiet: Essen. Auch bei denen, die nicht hungern. Pakete bedeuten viel mehr, als man sich vorstellen kann, nicht bloß in materieller Hinsicht.

Sie erinnern sich wohl noch an Maria? Die hat ein tragisches Ende gefunden: sie starb am Typhus in einem Evakuiertenlager während des ersten Kriegsjahres, als die Nazis knapp vor M[oskau] standen und die Zivilbevölkerung zum Teil evakuiert wurde.

Ich muß schließen. Wie geht es Ihnen? Sind Sie schon mitten in der Arbeit an einem neuen Roman? Ich hoffe, Ihnen in Kürze meinen Abriß der Exilliteratur schicken zu können; er wird schon gedruckt.

Mit besten Grüßen von meiner Frau und mir an Sie und Ihre Frau

Ihr
F. C. Weiskopf

PS Eben bekomme ich von Uhse einen Brief. Der Ärmste mußte bis jetzt in Mexiko sitzen; nun endlich hat er Reisepapiere. Er fährt am 25. März mit einem Frachtdampfer nach Frankreich, die Frau und zwei Kinder folgen. Er hat natürlich das Reisegeld, das er im Vorjahr hatte, aufgegessen und befindet sich in größten Schwierigkeiten. Glauben Sie, daß man ihm etwas Geld beschaffen kann?

471 Feuchtwanger an Weiskopf

9. März 1948

Lieber Weiskopf,

vielen Dank für Ihren anschaulichen Brief. Ihre europäischen Eindrücke decken sich im allgemeinen mit denen meiner dort lebenden Freunde.

Ich selber möchte gern einmal nach Europa, aber das ist schwierig schon aus Paßgründen, da ich ja, wie Sie wissen, immer noch enemy alien bin. Ich habe mich übrigens jetzt um die citizenship beworben, da die sieben Jahre um waren, in denen ich es tun mußte, wenn ich nicht meinen Status als Immigrant verlieren wollte. Ich bin neugierig, was dabei herauskommt.

Mittlerweile habe ich mich an das langwierige, aber vielversprechende Projekt gemacht, einen »Goya«-Roman zu schreiben. Wenn es gut geht, wird das erste der beiden Bücher im Juli 49 fertig, so daß es zu Weihnachten 49 erscheinen könnte.

Nach den Briefen Landshoffs scheint die Situation des deutschen Büchermarktes völlig verworren. Jedenfalls ist der zweite Teil von »Waffen für Amerika« längst gedruckt, aber noch immer nicht erschienen. Was unter anderm zur Folge hat, daß eine ganze Reihe von Übersetzungen aus dem englischen Text vorgenommen werden müssen.

Ich bin gespannt auf Ihre Übersicht der Exilliteratur.

Für Uhse lege ich Ihnen einen kleinen Scheck bei.

Alles Herzliche
Ihr
Lion Feuchtwanger

472 Weiskopf an Feuchtwanger

14. März 1948

Lieber Feuchtwanger,

besten Dank für Ihren Brief vom 9. d. M. Den Scheck hab ich gleich zu Geld gemacht und das Geld an Uhse weitergeschickt. Er fährt am 25. ab, und ich bin sicher, daß ihm der Betrag sehr gelegen kommt.

Ja, die Situation auf dem deutschen Buchmarkt ist völlig verworren. Ich hoffe nur, Landshoff gelingt es, mit österreichischen und deutschen Verlagen Vereinbarungen wegen des Drucks von Büchern außerhalb Hollands zu treffen. Oprecht macht es so und hat ganz gute Resultate erzielt.

Ich bin in die Diplomatie ... wie sagt man in solchem Fall? ... übersiedelt, immigriert? In Prag findet man offenbar, daß es an der Zeit ist, den schriftstellernden Diplomaten die diplomatisierenden Schriftsteller entgegenzustellen, und so bin ich Botschaftsrat geworden, was zunächst zur Folge hat, daß ich die halbe Woche in Washington verbringe. Es mag übrigens sein, daß ich im späten Frühjahr nach Europa reise.

Ich wünsche Ihrem »Goya« einen ebenso großen Erfolg wie ihn sein Vorgänger hatte und bin mit herzlichsten Grüßen

Ihr
F. C. Weiskopf

473 Feuchtwanger an Weiskopf

20. März 1948

Lieber Weiskopf,

herzliche Gratulation zu Ihrer Übersiedlung in die Diplomatie.

Wir haben uns, Heinrich Mann und ich, dieser Tage ausführlich über Sie unterhalten. Heinrich Mann, der Tscheche ist und nicht um die citizenship eingegeben hat, ist nun wohl Ihr Schutzbefohlener.

Mit vielen guten Wünschen

der Ihre
Lion Feuchtwanger

474 Feuchtwanger an Weiskopf

520 Paseo Miramar
Pacific Palisades, Calif.
25. Mai 1948

Lieber Weiskopf,

ich habe soeben Ihr Buch »Unter fremden Himmeln« bekommen. Es scheint mir besonders geglückt. Es ist weit mehr als eine systematische Darstellung der deutschen Literatur im Ausland und mehr als eine Anthologie. Das kleine Buch zeigt vielmehr darüber hinaus die innere Struktur der dargestellten Literatur auf und gibt den Blick frei auf die soziologischen und psychologischen Bedingungen, unter denen diese Literatur entstand. Überdies ist das Werk ungewöhnlich gut geschrieben. Herzlichen Glückwunsch.

Ihr
Lion Feuchtwanger

475 Feuchtwanger an Weiskopf

520 Paseo Miramar
Pacific Palisades, Calif.
28. Juli 1948

Lieber Weiskopf,

ich komme einmal wieder mit einer Bitte zu Ihnen.

Arnold Zweig ist vor einer Woche in Prag eingetroffen,

und er und Eislers haben mir gleich geschrieben. Er kam mit dem Flugzeug und hat alle seine Dinge, auch seine Manuskripte, in Palästina zurücklassen müssen. Nun benötigt, wie mir Lou Eisler schreibt, Frau Zweig dringend einen warmen Wintermantel. Darf ich Sie in dieser Angelegenheit behelligen? Ich möchte Frau Zweig gern den benötigten Mantel schicken; aber wir haben leider die Erfahrung machen müssen, daß unter zwei Paketen nach der Tschechoslowakei zumindest eines nicht eintrifft. Ich wäre Ihnen deshalb sehr verbunden, wenn Sie Frau Zweig den Mantel schicken wollten.

Ich denke es mir folgendermaßen: Sie haben die Freundlichkeit, den Mantel zu besorgen, auf meine Kosten natürlich. Es handelt sich um einen einfachen, aber warmen Mantel, Größe 14, ich denke mir, zu einem Preise bis ungefähr sechzig Dollar; man sagt mir, dergleichen ist im Osten in viel größerer Auswahl erhältlich als hier. Vielleicht kann man auch Zigaretten beipacken. (Die von mir an Eislers gesandten scheinen nicht angekommen zu sein.) Die Adresse ist:

Frau Arnold Zweig
c. o. Eisler
Zámek, Dobřiš
U Prahy
Czechoslovakia

Schönen Dank im voraus, und teilen Sie mir, bitte, gleich mit, was Sie für mich ausgelegt haben.

Ihnen beiden alles Herzliche

Ihr
Lion Feuchtwanger

476 Weiskopf an Feuchtwanger

Czechoslovak Embassy
Washington 8, D. C.
August 25th, 1948

Dear Feuchtwanger:

I have to apologize for being so late in answering your letter of July 28th. But I was not in New York for quite a time, roaming around on an official trip in the Middle West.

My wife will gladly purchase the coat for Mrs. Zweig and send it off to Prague. It can be done only by ordinary mail. There is no other way for sending such a big and heavy parcel. But until now all parcels we sent have safely arrived in Prague.

I shall send you word in a couple of days about the money laid out etc.

In the meantime, I am, with very best regards and wishes for Mrs. Feuchtwanger and yourself,

Yours cordially,
F. C. Weiskopf

477 Weiskopf an Feuchtwanger

31. August 1948

Lieber Feuchtwanger,

also der Mantel für Frau Zweig ist soeben abgegangen. Meine Frau hat ihn in einem der guten Geschäfte als »bargain« gekauft. Es ist ein $ 90 Mantel, »Lord & Taylor«, sehr warm und solide; der Preis war $ 65. Dazu kommen noch $ 1.85 für Porto, Verpackung etc.

Ich hoffe, Frau Zweig kriegt den Mantel bald und in gutem Zustand. Von unseren bisherigen Paketen ging nur ein einziges verloren, ganz am Anfang, sonst kamen bisher immer alle intakt an.

Ich nehme an, Sie avisieren das Paket, und Frau Zweig wird Ihnen dann den Empfang bestätigen.

Wir fahren um den 10. 9. herum auf etwa sechs Wochen in Ferien; ich brauche schon dringend etwas Urlaub.

Mit herzlichen Grüßen an Sie und Ihre Gattin

Ihr
F. C. Weiskopf

PS Wieder nimmt die Post keine eingeschriebenen oder versicherten Pakete nach drüben an.

478 Feuchtwanger an Weiskopf

1. September 1948

Lieber Weiskopf,

herzlichen Dank für die Mühe, die Sie in Sachen Zweig aufgewandt haben. Ich darf Ihnen einen Scheck zur Deckung Ihrer Auslagen beischließen.

Ich schreibe Zweig mit gleicher Post.

Ich kann mir denken, daß Sie Erholung dringlich benötigen.

Mit herzlichen Grüßen und Wünschen für Sie beide

immer Ihr
Lion Feuchtwanger

Scheck

479 Weiskopf an Feuchtwanger

2439 Massachusetts Ave.
Washington, D.C.
17. April 1949

Lieber Feuchtwanger,

mein Aufenthalt in Gottes eigenem Ländchen geht zu Ende; ich fahre am 28. ab, um einen neuen Posten – den des tschechosl. Gesandten in Stockholm – anzutreten.

Vor meiner Abreise möchte ich Ihnen noch alles Gute wünschen. Wenn Sie der Weg nach Europa führt, vergessen Sie bitte nicht, einen Abstecher nach Schweden zu machen.

Mit herzlichen Grüßen auch von meiner Frau

Ihr
F. C. Weiskopf

480 Feuchtwanger an Weiskopf

20. April 1949

Lieber Weiskopf,

ich höre von Ihrer Abreise mit einem nassen und einem heiteren Auge.

Ich gratuliere Ihnen sehr herzlich, aber wir sind jetzt sehr wenige, die hier zurückbleiben, und ich bedaure sehr aufrichtig, einen so verlässigen Freund nach Europa zu verlieren.

Sowie ich hier ein Papier kriegen kann, welches mir eine allenfallsige Rückkehr ermöglicht, fahre ich nach Europa.

Mit sehr herzlichen Grüßen und Wünschen für Sie beide

Ihr
Lion Feuchtwanger

481 Weiskopf an Feuchtwanger

Stockholm
Strandvägen 59
14. August 1949

Lieber Feuchtwanger,

erst heute komme ich dazu, Ihnen für die freundlichen Grüße und Wünsche, die Sie mir noch nach Washington sandten, zu danken. Ich fuhr auf langem Umweg hierher, kam anfangs Juni an, hatte gleich einen recht heißen Presseempfang, bändigte die hiesigen Journalisten ein wenig, gab meine Beglaubigungsschreiben bei Gustav, König der Goten und Schweden, ab, reiste zurück nach Prag, erledigte dort 1001 Sachen und kam erst vor paar Tagen wieder nach Stockholm zurück, wo ich mich langsam einzugewöhnen beginne.

Wie geht es Ihnen? Was machen Ihre europäischen Reisepläne? Ich fand den alten Erdteil gegenüber 47 recht verändert vor, den östlichen Teil günstig verändert. Es geht vorwärts, man hat ein gutes Gefühl, wenn man sieht, wie die Träume, die man in der Jugend hatte, materielle Gestalt annehmen.

Wenn Sie über Skandinavien kommen, wird es für mich, meine Frau und unsere ganze Legation ein besonderes Vergnügen sein, Sie hier zu begrüßen.

Mit herzlichen Grüßen von Haus zu Haus,

Ihr
F. C. Weiskopf

482 Feuchtwanger an Weiskopf

6. September 1949

Lieber Weiskopf,

schönen Dank für Ihren Brief vom 14. August.

Ich brauche Ihnen nicht zu sagen, wie gern ich nach Europa käme. Aber wie die Dinge hier nun einmal liegen, muß ich wohl, wenn ich hier weggehe, für immer gehen.

In Londoner Zeitungen las ich etwas vage Telegramme, daß ich in Moskau scharf angegriffen werde, es scheint wegen »Waffen für Amerika«. Jedenfalls schreibt mir meine tschechoslowakische Übersetzerin, daß Prag das Buch, nachdem es ausgedruckt war, verboten habe. Die Berliner Kollegen scheinen sich allesamt mit viel Wärme für mich einzusetzen, aber Genaues wissen sie wohl selber nicht. Wenn Sie, lieber Weiskopf, ergründen könnten, was eigentlich los ist, wäre ich Ihnen zu herzlichem Dank verbunden.

Heinrich Mann wurde ebenso wie ich von Berlin aus sehr dringlich aufgefordert zurückzukehren. Er hat gezögert, vor allem da der Arzt ihm wegen seines hohen Alters und seiner Gebrechlichkeit von der Reise abriet, und ein wenig wohl auch, weil er bestürzt war über die Angriffe auf mich. Jetzt, nachdem ihm Thomas Mann die Aufnahme, die er im Osten fand, außerordentlich rühmte, ist Heinrich wieder geneigt, nach Berlin zu reisen. Bitte haben Sie doch die Freundlichkeit, lieber Weiskopf, Ihren Kollegen in Washington zu ersuchen, Heinrich Mann, der sicherlich bei der Erledigung der Formalitäten auf die Hilfe der tschechischen Gesandtschaft angewiesen sein wird, auf jede Art zu unterstützen. (Heinrich Mann ist nach wie vor Tscheche.)

Seit der Vollendung von »Waffen für Amerika« schreibe ich an einem »Goya«-Roman, und das Manuskript wird, denke ich, im Frühjahr fertig, so daß das Buch im Herbst 50 erscheinen können wird. Huebsch ist übrigens zur Zeit in Schweden. Vor der Vollendung des »Goya« werde ich endgültige Entschlüsse nicht fassen.

Vielen Dank zuvor, und lassen Sie doch, bitte, bald wieder von sich hören.

Ihnen beiden die herzlichsten Grüße und Wünsche

Ihr
Lion Feuchtwanger

483 Weiskopf an Feuchtwanger

Vyslanectví
Republiky Československé
Stockholm
22. Oktober 1949

Lieber Feuchtwanger,

Ihr Brief vom 6. September blieb bisher unbeantwortet auf meinem Schreibtisch liegen, weil ich in Prag beim Schriftstellerverband in der Sache Ihres Romans »Waffen für Amerika« angefragt hatte und Ihnen erst schreiben wollte, wenn ich Ihnen etwas darüber würde sagen können. Ich werde nun aber in Kürze nach Prag fahren und hoffe dann, dort genauere Auskunft in Ihrer Angelegenheit zu erhalten. Ich schreibe Ihnen, sowie ich etwas Näheres weiß.

Die tschechoslowakische Botschaft in Washington, das Generalkonsulat in New York und besonders der dortige Kulturattaché Vrba sind von mir schon lange über Heinrich Manns Reiseabsichten informiert worden. Alle diese Stellen werden ihm hilfreich zur Seite stehen. Darüber habe ich auch ihm selbst geschrieben. Allerdings erhielt ich keine Antwort.

Unseres Bleibens hier wird nicht lange sein. Wir sind nun mal zu einem Vagantenleben (soll ich sagen bestimmt oder verurteilt oder glücklicherweise berufen?). Jedenfalls soll es zu meiner Versetzung auf einen wichtigen andern Posten kommen.

Mit herzlichen Grüßen von uns beiden an Ihre Frau und Sie

Ihr
F. C. W.

484 Feuchtwanger an Weiskopf

30. Oktober 1949

Lieber Weiskopf,

schönen Dank für Ihren Brief vom 22. Oktober.

Natürlich würde ich Ihnen sehr dankbar sein, wenn Sie mir Näheres mitteilen könnten über das Schicksal von »Waffen für Amerika« in der Tschechoslowakei. Die endgültige deutsche Ausgabe, die jetzt endlich in Deutschland selber erscheint, heißt übrigens »Die Füchse im Weinberg«.

Die tschechische Botschaft in Washington hat sich Heinrich Mann auf besonders hilfsbereite Art zur Verfügung gestellt. Heinrich Mann hat Ihren Brief übrigens sofort beantwortet. Das Schreiben muß verlorengegangen sein.

Ich bin begierig zu hören, wohin Sie nun verschlagen werden. Bitte, halten Sie mich auf dem laufenden.

Mit sehr herzlichen Grüßen an Sie beide

immer Ihr
Lion Feuchtwanger

485 Weiskopf an Feuchtwanger

Alcron Praha
Prag
5. Dezember 1949

Lieber Feuchtwanger,

Ihren Brief vom 30. Oktober bekam ich hierher nachgeschickt. Ich werde, wenn alles planmäßig klappt, am 19. d. M. nach Peking abreisen, um dort meinen neuen Botschafterposten anzutreten.

In der Sache Ihrer tschechischen Ausgaben habe ich hier folgendes in Erfahrung gebracht. Man schätzt Sie sehr als einen jener deutschen Schriftsteller, die dem Ungeist des Nazismus entgegengetreten sind. Und man ist deshalb bereit, Ihre Werke hier herauszugeben. Nur macht die Papiersituation – es gibt nicht genug Papier für die ungeheuer gestiegene Buch- und Zeitschriftenproduktion – eine gewisse Auswahl nötig, wobei zuerst die für das hiesige Publikum wichtigsten und geeignetesten Bücher an die Reihe kommen. Dazu rechnet man »Exil« und »Die Brüder Lautensack«, die gegenwärtig in allen Auslagen zu sehen sind. Andere Bücher werden etwas warten müssen. So geht es nicht nur Ihren Werken; das ist vielmehr ein sehr oft vorkommendes Phänomen.

Von Heinrich Mann bekam ich einen Brief und ein Telegramm. Ich habe sofort geantwortet, und ich hoffe, daß seine Reisepläne glatt verwirklicht werden werden. Bitte übergeben Sie ihm meine allerbesten Wünsche und Grüße.

Wenn Sie mir einmal schreiben wollen, so adressieren Sie bitte c/o Ministerstvo Zahr. Vecî, Praha IV. Post wird mir nach Peking nachgeschickt.

Ich wünsche Ihnen und Ihrer Gattin frohe Weihnachten und ein glückliches neues Jahr. Meine Frau schließt sich diesen Wünschen an.

Herzlich
Ihr F. C. Weiskopf

486 Feuchtwanger an Weiskopf

3. Januar 1950

Lieber Weiskopf,

vielen Dank für Ihren Brief vom 5. Dezember und für Ihre Nachrichten.

Was Sie mir über das Schicksal meiner Bücher in der Tschechoslowakei schreiben, klingt ja einigermaßen beruhigend.

Heinrich Mann geht es im Augenblick nicht sehr gut; doch hofft er, seine Reise im Frühjahr verwirklichen zu können. Für Ihre Wünsche und Grüße und für all Ihre Mühe läßt er Ihnen herzlich danken.

Übrigens habe ich dieser Tage tschechische Neuausgaben von »Exil« und von »Die Brüder Lautensack« erhalten, die ungewöhnlich geschmackvoll ausgestattet sind, besonders die Illustrationen haben mir gefallen.

Für Ihren Aufenthalt in Peking die herzlichsten Wünsche von uns beiden

Ihr
Lion Feuchtwanger

487 Feuchtwanger an Weiskopf

520 Paseo Miramar
Pacific Palisades
28. November 1951

Lieber Weiskopf,

der Aufbau-Verlag hat mir Ihre beiden letzten Gedichtbände geschickt.

Ich habe die beiden Bände mit höchster Teilnahme gelesen. Vor allem der »Gesang der gelben Erde« reißt einem eine ganz neue Welt auf und macht das neue China lebendiger als tausend Reportagen und Abhandlungen.

Ihre Nachdichtungen, lieber Weiskopf, sind reine Kunst.

Mit sehr herzlichen Grüßen und Wünschen

Ihr
Lion Feuchtwanger

488 Weiskopf an Feuchtwanger

Nan Chang Chieh 55
7. Januar 1952

Lieber Feuchtwanger,

vielen Dank für Ihren freundlichen Brief vom 28. November v.J. Es freut mich sehr zu hören, daß Sie die zwei Gedichtbände bekommen haben und daß die chinesischen

Dichtungen Ihnen gefallen. Mir selbst hat das Übersetzen ein ganz großes Vergnügen gemacht. Ich hoffe, Ihnen gewissermaßen als Prosaergänzung in nicht allzuferner Zukunft ein kleines Reisebuch schicken zu können, an dessen letzten Kapiteln ich gerade arbeite.

In den letzten Monaten müssen Ihnen wohl einige Male die Ohren »geklungen« haben. Wir sprachen öfters von Ihnen, besonders im August, am Ufer des Gelben Meeres, von dem aus man beinahe zu Ihnen hinübersehen könnte, wenn man ein genug starkes Fernrohr hätte. Wir lasen damals Ihren »Erfolg«, den wir schon kannten, nun aber in einer neuen schönen Ausgabe von Bredel geschickt bekamen.

Wie geht es Ihnen immerzu? Sie schreiben sicher wieder einen neuen Roman. Und wann gedenken Sie mal nach Europa zu »trippen«? Wir wollten das im Vorjahr tun, aber dann wurde nichts daraus, der schwarze Mann, genannt internationale Lage, kam dazwischen.

Wir beide wünschen Ihnen und Ihrer lieben Frau alles Gute im neuen Jahr.

Herzlich
Ihr
F. C. Weiskopf

489 Weiskopf an Feuchtwanger

Deutscher Schriftsteller-Verband
Berlin W 8
Friedrichstraße 169
1. März 1954

Lieber Lion Feuchtwanger!

Es ist ziemlich lange her, daß wir direkt voneinander gehört haben. Ihr letzter Brief erreichte mich noch in Peking. Ich antwortete damals gleich, weiß aber nicht, ob Sie meine

Antwort erhalten haben. In der Zwischenzeit bin ich nach Europa zurückgekehrt und vor einigen Monaten hierher übersiedelt. Eigentlich wollte ich für eine längere Zeit nur Bücher schreiben. Aber der Mensch denkt – und so bin ich wieder einmal zur Leitung einer Zeitschrift gekommen. Und wieder einmal mit Willi Bredel zusammen. Für diese Zeitschrift, die »Neue Deutsche Literatur«, die Sie ja kennen, möchte ich von Ihnen einen kleinen Beitrag haben, wenn möglich autobiographischer Natur. Es kann aber auch etwas ganz anderes sein. Wir möchten diesen Beitrag im Juni-Heft bringen, zusammen mit einigen Beiträgen über L. F., den wir an seinem 70. Geburtstag gebührend feiern wollen. Ich verrate Ihnen da ein Redaktionsgeheimnis und hoffe, daß Sie nun nicht aus Bescheidenheit unseren Wunsch abschlagen werden. Arnold Zweig, mit dem ich gestern beisammen war, versprach uns, auch noch aus einer uralten »Schaubühne« einen Beitrag von Ihnen herauszusuchen, und er will uns auch eine kleine Erinnerung an Sie geben. Es müssen Ihnen die Ohren tüchtig geklingelt haben, so viel haben wir von Ihnen gesprochen. Zweig sagte mir auch, daß Sie im Augenblick an einem neuen Roman mit dem Esther-Thema arbeiten. Wann können wir auf den Schlußband der »Wartesaal«-Reihe rechnen? Und was bereiten Sie noch für Ihre Leser vor? Dabei fällt mir ein, daß Sie vielleicht unter Ihren Manuskripten etwas über das Handwerk des Schriftstellers haben. Ein solches Manuskript wäre uns sehr willkommen, eventuell anstelle des oben erwähnten autobiographischen Beitrags. Jede Aussage eines unserer anerkannten Schriftsteller über handwerkliche Fragen ist von größtem Wert für den literarischen Nachwuchs, der in dieser Beziehung völlig voraussetzungslos ist.

Ich hoffe, es geht Ihnen und Ihrer Frau sehr gut. Schön wäre es, wenn Sie einmal herüber kämen. Dann könnten Sie sich davon überzeugen, was für ein lebhaftes Echo Ihre

Bücher in einer Leserschaft finden, die ganz anders ist als jene, derer wir uns noch aus den Jahren vor 1933 erinnern.

Ich grüße Sie sehr herzlich!

F. C. Weiskopf

Meine Frau schließt sich den Grüßen an Sie beide an.

490 Feuchtwanger an Weiskopf

520 Paseo Miramar
Pacific Palisades, Calif.
17. März 1954

Lieber Weiskopf,

ich habe mich sehr gefreut zu erfahren, daß Sie in Berlin sind. Ich habe Ihre anschaulichen Berichte aus China und Ihre so überaus glücklichen Nachdichtungen chinesischer Lyrik und Epik mit besonderer Teilnahme gelesen, und ich bin sehr froh, daß die Arbeit, mit der Sie jetzt beschäftigt sind, Ihnen Genugtuung schafft.

Sie fordern mich auf, für die »Neue Deutsche Literatur« über Handwerkliches zu schreiben. Das reizt mich sehr. Seit langem schon zum Beispiel beschäftigt mich ein Projekt, zu untersuchen, welche Richtung die Entwicklung der deutschen Sprache seit den Klassikern genommen hat und welche Folgerungen der Schriftsteller von heute daraus ziehen könnte. Aufgefallen ist mir, wie viele große Dichter und Schriftsteller des vergangenen Jahrhunderts in ihrem Vokabular und ihrer Satzgebung zeitgebunden waren, während andere, oft kleinere, die Entwicklung der Sprache vorausspürten und nur wenig Worte und Wendungen gebrauchten, die zu schnellem Veralten bestimmt waren. Ich denke oft darüber nach, welche unserer Wendungen in hundert oder gar in zweihundert Jahren obsolet klingen werden. Ich möchte schreiben zum Beispiel über den bevorstehenden

Untergang des Konjunktivs und die Veränderung, welche sicher die Regeln der Consecutio temporum erfahren werden. Ich ziehe aus diesen Theorien kühne, oder wenn Sie wollen, freche Folgerungen für meine eigene Praxis und möchte sie gerne einmal rechtfertigen.

(Eine persönliche Anmerkung: Sie kreiden's mir an, daß ich das Wort »trotzdem« als Bindewort des Nebensatzes anwende. Als alter Philolog muß ich mich dagegen wehren. Zwar rät Mensings Grammatik »trotzdem« als Bindewort des Nebensatzes »besser zu meiden«. So wird es aber nur in norddeutschen Schulen gelehrt, und wir Süddeutschen, »Hochdeutschen«, können uns, wenn wir's anders machen, nicht nur auf Goethe und Schiller berufen, sondern auch auf den Grimm, auf Hermann Paul, auf Moritz Heyne und zahllose andere Autoritäten der Sprachlehre.)

So gerne ich aber über solche technische Fragen schreiben möchte, ich muß es leider auf eine vorläufig nicht absehbare Zukunft verschieben. Ich stecke zu tief in anderer, drängender Arbeit.

Lassen Sie mich Ihnen deshalb zunächst einen andern Vorschlag machen. Ich will Ihnen aus einem Drama »Die Witwe Capet« die beiden Schluß-Szenen schicken. Dieses Stück habe ich bisher nur ein paar Freunden vorgelesen, ich habe es aus Gründen, die nichts mit der literarischen Qualität des Stückes zu tun haben, weder drucken noch spielen lassen. Ich lasse diese beiden Szenen abschreiben und schicke sie Ihnen bestimmt noch im Lauf des Monats. (Sie dürften zusammen etwa zehn Seiten der »Neuen Deutschen Literatur« füllen.) Ich überlasse es natürlich Ihnen, ob Sie die beiden Szenen abdrucken wollen oder nur eine oder gar keine.

Ich arbeite zur Zeit an einem Roman »Die Jüdin von Toledo«. Das Buch hat zum Gegenstand den gleichen Stoff, der dem Stück des Lope de Vega und dem Drama Grillparzers zugrunde liegt und der überliefert ist in der um 1230 geschriebenen Chronik Alfonsos des Weisen. Was mich an der überaus interessanten Fabel reizt, ist der soziologische Hintergrund, der die Geschehnisse möglich, ja, notwendig macht. Da sind die Kreuzzüge und die Judenhetzen in ihrem Gefolge, da ist der Heilige Krieg, der Kampf zwischen dem überzivilisierten spanischen Islam und dem rohen, eleganten christlichen Rittertum, da ist der erste Widerstand des aufkommenden bürgerlichen Humanismus gegen das Feudal-Kriegerische. Darstellen will ich die ungeheure Anziehungskraft, die das kämpferische Rittertum sogar auf seine Gegner ausübt, die Macht also des Zerstörungstriebs. Darstellen also will ich, welch ungeheure Widerstände der Kampf für den Frieden niederringen muß. Das Schicksal meines jüdischen Ministers Jehuda Ibn Esra wiederholt auf einer sehr viel höheren geistigen Ebene das Schicksal des Juden Süß.

Ich schreibe an diesem Buch nun schon beinahe zwei Jahre und hoffe, es im Herbst fertigstellen zu können.

Ich wünsche Ihnen, lieber Weiskopf, und der »Neuen Deutschen Literatur« herzlich alles Gute. Grüßen Sie, bitte, auch Bredel.

Immer
Ihr
Lion Feuchtwanger

491 Feuchtwanger an Weiskopf

24. März 1954

Lieber Weiskopf,

in der Anlage die beiden Szenen aus dem Stück »Die Witwe Capet«, von denen ich Ihnen schrieb.

Mit guten Grüßen und Wünschen

Ihr
Lion Feuchtwanger

492 Weiskopf an Feuchtwanger

25. März 1954

Lieber Lion Feuchtwanger!

Ihr Brief vom 17. März hat nicht nur mich, sondern auch viele andere hier erfreut. Haben Sie besten Dank dafür.

Ihr Angebot, uns zwei Szenen aus dem Drama »Die Witwe Capet« zu schicken, wird mit größtem Vergnügen angenommen. Wollen Sie ein übriges tun und in einem kleinen »Vorspann« etwas über das Stück sagen, damit der Leser weiß, um was es sich handelt? Ich möchte auch, falls es Ihnen recht ist, den drittletzten Abschnitt aus Ihrem Brief abdrucken. Es ist der Abschnitt über Ihre Arbeit an dem neuen Roman »Die Jüdin von Toledo«. Bitte schreiben Sie mir darüber ein Wörtchen.

Was Sie über Ihr Projekt einer Untersuchung der möglichen Entwicklung unserer Literatursprache schreiben, ist für mich ganz besonders interessant. Sie sollten unbedingt über diese Sache schreiben. Das wünsche ich mir nicht aus egoistisch-redaktionellen Gründen, sondern sozusagen ganz privat. Aber natürlich würden wir einen solchen Beitrag mit goldenen Lettern abdrucken.

Was Sie über die Anwendung des Wortes »trotzdem« schreiben, ist mir bekannt. Trotzdem glaube ich, daß es eine Verarmung der Sprache bedeutet, wenn man die Möglichkeit einer Unterscheidung zwischen »trotzdem« und »obwohl« etc. nicht ausnützt. Übrigens wird die strenge Unterscheidung nicht nur in den norddeutschen Schulen gelehrt. Wir Prager Deutschen gehören ja auch zu den Süddeutschen, den Hochdeutschen, und uns hat man dasselbe beigebracht.

Unsere Diskussion über die Sprache wollen wir übrigens fortsetzen. Ich selbst arbeite an zwei größeren Aufsätzen »Wortschatzgräberei« und »Falsche Metaphern«.

Auch auf dem kommenden Schriftstellerkongreß soll dem Problem der Sprachverluderung Aufmerksamkeit geschenkt werden. Wie schön wäre es, wenn wir Sie beim Kongreß hier begrüßen könnten. Und überhaupt wäre es schön, Sie hier zu haben. Sie können sich nicht vorstellen, wie sehr sich die Stellung des Schriftstellers und die Haltung des Lesepublikums zur Literatur geändert hat. Ich habe übrigens vor kurzem in einem großen Kreis von Arbeitern über Ihren Roman »Die Füchse im Weinberg« gesprochen. Sie hätten an den Fragen und Bemerkungen der Zuhörer Ihre helle Freude gehabt.

Ich will für heute schließen. Seien Sie herzlich gegrüßt, und geben Sie bitte unsere Grüße auch an Ihre liebe Frau weiter.

Ihr
F. C. Weiskopf

493 Feuchtwanger an Weiskopf

31. März 1954

Lieber Weiskopf,

schönen Dank für Ihren Brief vom 25. März.

Die beiden Szenen aus der »Witwe Capet« haben Sie jetzt wohl erhalten. Ich schicke Ihnen die paar einleitenden Sätze, die Sie wünschten. Wenn Sie es trotzdem für gefährlich halten, die Szenen zu veröffentlichen, könnte ich das durchaus verstehen.

Wenn Sie aus meinem Brief den Absatz über die »Jüdin von Toledo« abdrucken wollen, habe ich dagegen natürlich nichts einzuwenden.

In Eile und mit herzlichen Grüßen

Ihr überlasteter
Lion Feuchtwanger

494 Weiskopf an Feuchtwanger

Deutscher Schriftsteller-Verband
Redaktion »Neue Deutsche Literatur«
Berlin W 8, Friedrichstraße 169
4. August 1954

Lieber Feuchtwanger!

Die zwei Szenen aus Ihrem Stück »Die Witwe Capet« haben ein großes Interesse erweckt. Der Rundfunk wäre mit Freuden bereit, das Stück zu senden. Auch aus Bühnenkreisen meldet man sich mit Anfragen, ob evtl. eine Aufführung bei uns möglich wäre.

Haben Sie eigentlich nie daran gedacht, das Stück bei uns zu veröffentlichen oder aufführen zu lassen? Wir haben den Fragern geantwortet, daß wir uns bei Ihnen erkundigen wollten.

Mit herzlichen Grüßen

Ihr
Weiskopf

495 Feuchtwanger an Weiskopf

520 Paseo Miramar
Pacific Palisades, Calif.
19. August 1954

Lieber Weiskopf,

schönen Dank für Ihre Erinnerung an den »Kisch-Almanach«. Ich werde Ihnen den Beitrag rechtzeitig schicken; freilich werde ich infolge Überlastung mit dringlicher Arbeit ihn sehr kurz halten müssen.

Eine aufrichtige, große Freude hat mir Ihr Geschenk des »Liedes vom Karren« gemacht mit den schönen Inschriften. Sie wissen ja, wie sehr ich Ihre Nachdichtungen schätze, die durchaus als original deutsche Dichtungen wirken und doch die exotische Atmosphäre sichtlich eingefangen haben.

Das Heft der »Neuen Deutschen Literatur« mit der »Witwe Capet« habe ich leider noch nicht bekommen, wie überhaupt von jenen Zeitschriften und Zeitungen, die nach brieflichen Mitteilungen Aufsätze über mich brachten, noch nichts hier eingetroffen ist.

Mit sehr herzlichen Grüßen

wie stets
Ihr Lion Feuchtwanger

496 Feuchtwanger an Weiskopf

27. August 1954

Lieber Weiskopf,

Ihr Brief vom 4. August traf erst jetzt hier ein, und das Heft der »Neuen Deutschen Literatur« mit der »Witwe Capet«, auf das Sie Bezug nehmen, ist noch immer nicht angekommen. Vielleicht lassen Sie mir das Heft einmal mittels Briefpost schicken, nicht als Drucksache.

Natürlich werde ich mich freuen, wenn der Rundfunk das Stück sendet, und falls ein guter Regisseur sich für das Stück interessierte, wäre mir das eine große Genugtuung. Ich möchte aber vorher eine endgültige Fassung des Stükkes herstellen, und dazu komme ich kaum, bevor ich die »Jüdin von Toledo« abgeschlossen habe, das heißt etwa Mitte November.

Im November will ich dann auch dem Aufbau-Verlag vorschlagen, einen Sammelband zu veröffentlichen: »Stücke in Prosa«. In diesen Sammelband möchte ich dann »Die Witwe Capet« und »Wahn« aufnehmen.

Herzlichen Dank für Ihre Anteilnahme und gute Grüße und Wünsche

immer Ihr
Lion Feuchtwanger

497 Weiskopf an Feuchtwanger

Deutscher Schriftsteller-Verband
Redaktion »Neue Deutsche Literatur«
Berlin W 8, Friedrichstraße 169
25. September 1954

Lieber Lion Feuchtwanger!

Ich hoffe, Sie haben unterdessen das Heft der »NDL« mit den Beiträgen zu Ihrem Geburtstag erhalten. Wir haben es ein zweites Mal geschickt. Im Oktoberheft bringen wir Ihren Aufsatz über die Arbeit an dem Roman »Füchse im Weinberg«. Ein Vorabdruck davon war in dem Buch enthalten, das der Aufbau-Verlag zu Ihrem Geburtstag herausgegeben hat.

Haben Sie übrigens den Brief des wackeren Kunsthistorikers aus Thüringen gelesen, der uns des antisemitischen Formalismus oder des formalistischen Antisemitismus beschuldigt, weil wir Eva Herrmanns freundschaftliche Karikatur von Ihnen gebracht haben?

Nun komme ich mit einer Bitte: Wir möchten gern unseren Beitrag zu der Aristophanes-Ehrung dadurch leisten, daß wir eine hervorragende Übersetzung eines Aristophanischen Werkes bzw. einen Auszug daraus veröffentlichen. Hier können wir leider Ihre Aristophanes-Übersetzung nicht bekommen. Wäre es möglich, einen größeren Auszug von Ihnen zu erhalten?

Hier geht das Gerücht um, daß Sie im nächsten Jahr nach Europa kommen wollen. Das wäre sehr schön.

Mit herzlichen Grüßen

Ihr
F. C. Weiskopf

498 Feuchtwanger an Weiskopf

21. Oktober 1954

Lieber Weiskopf,

Ihr Brief vom 25. September traf heute hier ein. Bitte, schicken Sie doch Briefe mittels Luftpost.

Überhaupt wird die Postverbindung in letzter Zeit besonders schlecht. Jenes Heft der »Neuen Deutschen Literatur« mit der »Witwe Capet« ist noch immer nicht angekommen. Das letzte Heft der »Deutschen Literatur«, das ich erhalten habe, war Nummer 5. Heute traf überraschend Nummer 9 ein. Vielleicht schicken Sie ein oder zwei Exemplare des Heftes mit der »Witwe Capet« mit eingeschriebener Briefpost.

Übrigens habe ich mit Ausnahme des »Aufbau« und der »Weltbühne« aus Berlin nichts von dem erhalten, was dort anläßlich meines Geburtstags erschienen ist, weder den »Sonntag« noch »Sinn und Form«, Zeitschriften, die früher regelmäßig kamen. Seit Juni ist von diesen Zeitschriften nichts mehr gekommen.

Zurückkehrend zu Ihrem Brief vom 25. September, lassen Sie mich Ihnen mitteilen, daß meine Übersetzung des Aristophanischen »Frieden« mittlerweile in der DDR neu erschienen ist, und zwar in dem Bande »Stücke in Versen«, den im Juni der Greifenverlag herausgebracht hat.

Es ist mein herzlicher Wunsch, sehr bald nach Europa zu gehen. Leider aber hängt das, wie Sie wissen, nicht von mir allein ab.

Mit herzlichen Grüßen und Wünschen

wie stets
Ihr
Lion Feuchtwanger

499 Feuchtwanger an Weiskopf

25. Oktober 1954

Lieber Weiskopf,

es wurde hier in einem Avantgarde-Theater der Einakter eines jungen amerikanischen Schriftstellers gespielt, der mir sehr gefallen hat. Das Stück ist viel zu progressiv, als daß es den Broadway erreichen könnte. Anderenteils glaube ich, daß es vielleicht in Berlin interessiert. Der Autor heißt Marcus A. Williams.

Ich schicke Ihnen eine deutsche Roh-Übersetzung des Stückes, die meine Sekretärin, Hilde Waldo, angefertigt hat. Falls das Stück Sie interessieren sollte, schicke ich Ihnen den englischen Text.

Mit guten Grüßen und Wünschen

wie immer
Ihr
Lion Feuchtwanger

PS Die Nummer der »Neuen Deutschen Literatur« mit der »Witwe Capet« ist noch immer nicht hier eingetroffen.

500 Weiskopf an Feuchtwanger

»Neue Deutsche Literatur«
Redaktion
Berlin W 8, Friedrichstraße 169/170
4. November 1954

Lieber Feuchtwanger!

Vielen Dank für Ihren Brief vom 21. Oktober. Ich hoffe, daß in der Zwischenzeit doch die Hefte, die wir an Sie geschickt hatten, eingetroffen sind. Der Sicherheit wegen schicken wir das Geburtstagsheft nochmals als eingeschriebenen Brief ab.

Ich werde auch den Kollegen von den anderen Redaktionen, die Sie erwähnen, mitteilen, daß in der Zusendung Störungen eingetreten sind.

Ich war gerade in Polen und habe dort sehr großes Interesse für Ihre Werke wie überhaupt für die ganze deutsche Literatur gefunden. Man hat mich immer wieder nach Ihnen gefragt.

Könnten wir vielleicht mit einem kleinen Vorabdruck aus Ihrem neuen Roman rechnen? Das würde uns und unsere Leser außerordentlich freuen. Sie dürften ja jetzt mit dem Manuskript fertig sein. Ihr Wunsch, sehr bald nach Europa zu kommen, deckt sich mit meinem Wunsch und den Wünschen aller Ihrer vielen Freunde. Ich drücke kräftig die Daumen.

Mit herzlichsten Grüßen

Ihr
Weiskopf

501 Weiskopf an Feuchtwanger

»Neue Deutsche Literatur«
Redaktion
Berlin W 8, Friedrichstraße 169/170
26. November 1954

Lieber Feuchtwanger!

Vielen Dank für Ihren Brief vom 25. Oktober. Ich werde wegen des Einakters morgen oder übermorgen mit den Leuten vom Brecht-Ensemble sprechen. Sollten diese kein Interesse haben, werde ich es noch anderswo versuchen. Sowie ich Näheres erfahre, gebe ich Ihnen Bescheid.

Daß Sie die Nummer der »NDL« mit Ihrer »Witwe Capet« noch immer nicht bekommen haben, ist wahrhaftig ein Ärgernis. Wir haben schon dreimal ein Heft geschickt, das letzte Mal als Brief und noch dazu »eingeschrieben«. Wir werden es aber noch einmal versuchen. Sind wenigstens die andern Hefte angekommen, insbesondere Heft 10 mit Ihrem Beitrag »Arbeit an einem Roman«? Auch wüßte ich gern, ob zwei neue Bücher, die ich Ihnen geschickt habe, angekommen sind.

Wir bereiten uns langsam auf den 80. Geburtstag von Thomas Mann vor. Sie werden doch sicher zu diesem Anlaß etwas schreiben. Könnten wir dann nicht einen Vorabdruck davon bringen? Oder würden Sie vielleicht gar etwas Besonderes für uns schreiben wollen? Wir finden jetzt steigende Beachtung in Westdeutschland, aber auch in anderen westlichen Ländern, und im Osten benutzen fast alle Universitäten die »Neue Deutsche Literatur« als ihr erstes Informations- und Schulungsmaterial.

Weihnachten steht vor der Tür, und so nehme ich die Gelegenheit wahr, Ihnen und Ihrer lieben Frau das Beste zu den Festtagen und zum neuen Jahr zu wünschen.

Wie immer
Ihr
F. C. Weiskopf

502 Feuchtwanger an Weiskopf

7. Dezember 1954

Lieber Weiskopf,

vielen Dank für Ihre Bemühungen um den Einakter.

Die Nummer der »Neuen Deutschen Literatur« mit der »Witwe Capet« habe ich in der Zwischenzeit zweimal erhalten; Heft 10 ist aber noch nicht angekommen.

Es freut mich, daß die »Neue Deutsche Literatur« so viel beachtet wird. Auch ich lese sie mit besonderer Anteilnahme.

Ihnen und Ihrer Frau viele herzliche Grüße und Wünsche.

Ihr Lion Feuchtwanger

PS Bitte, adressieren Sie doch alle Postsendungen: Post Office Box 325, Pacific Palisades, California. Das hiesige Postamt bat darum, weil es die Aussortierung erleichtert.

503 Feuchtwanger an Weiskopf

16. Dezember 1954

Lieber Weiskopf,

in der Anlage ein kleiner Aufsatz über Thomas Manns neues Buch, den ich für amerikanische Zeitungen geschrieben habe.

Bitte, verwenden Sie ihn nach Belieben in der »Neuen Deutschen Literatur« oder wo immer Sie wollen.

Herzlich wie stets

Ihr
Lion Feuchtwanger

504 Weiskopf an Feuchtwanger

Berlin
23. Dezember 1954

Lieber Feuchtwanger!

Vielen Dank für Ihre zwei letzten Briefe, die in diesen Tagen fast gleichzeitig hier angekommen sind. Den kleinen Aufsatz über Thomas Manns »Felix Krull« werden wir natürlich in der »NDL« bringen. Es hat uns gefreut zu hören, daß die Belegexemplare endlich angekommen sind. Wahrscheinlich wird noch ein Exemplar eintrudeln. Bekommen Sie eigentlich regelmäßig unsere Zeitschrift, oder gibt es auch da Lücken?

Wir bereiten jetzt den Kongreß vor, der Mitte März stattfinden soll. Die Diskussion kommt etwas zögernd, aber doch in Gang. Wir werden auf dem Kongreß eine ganze Anzahl westdeutscher Gäste haben, wie sich denn überhaupt unsere Verbindungen mit den Schriftstellern in Westdeutschland erweitern.

Zu den Schiller-Feiern werden wir Thomas Mann in Weimar sehen, und es werden jetzt schon große Vorbereitungen für die Schiller-Feiern getroffen. Haben Sie sich nicht auch einmal mit dem Dramatiker oder Historiker Schiller auseinandergesetzt? Wenn ja, würde uns natürlich ein Beitrag von Ihnen ganz außerordentlich interessieren und erfreuen.

Mit herzlichen Grüßen und besten Wünschen für das neue Jahr

Ihr
F. C. Weiskopf

505 Weiskopf an Feuchtwanger

»Neue Deutsche Literatur«
Redaktion
Berlin W 8, Friedrichstraße 169/170
14. April 1955

Lieber Lion Feuchtwanger!

Ich komme wieder einmal mit einer kleinen Bitte. Wir wollen Thomas Mann anläßlich seines 80. Geburtstags ehren und hätten zu diesem Zweck gern einen Gruß von Ihnen an den Jubilar. Art und Umfang des Grußes bleiben Ihnen völlig überlassen. Es können zwei Zeilen oder 50 Seiten sein. Und bitte schicken Sie uns den Gruß mit Flugpost, wir möchten Ihre Unterschrift gern faksimilieren lassen, da brauchen wir das Manuskript so früh wie möglich. Von Arnold Zweig erfahre ich, daß Sie die »Jüdin von Toledo« zu Ende geschrieben haben. Meine herzlichsten Glückwünsche dazu. Und könnten wir vielleicht ein Stückchen aus dem Manuskript zum Vorabdruck haben, oder würden Sie uns etwas über diese Arbeit schreiben?

Mit herzlichsten Grüßen für Sie und Ihre liebe Frau

F. C. Weiskopf

506 Feuchtwanger an Weiskopf

20. April 1955

Lieber Weiskopf,

ich habe anläßlich seines (Thomas Manns) achtzigsten Geburtstags bereits an anderer Stelle ausgesagt, warum ich Thomas Mann liebe und verehre. Aber es ist mir eine Freude, auch in Ihrer wichtigen und schönen Zeitschrift zu wiederholen, wie tief ich ihn bewundere und wie eng und herzlich ich mich ihm verbunden fühle.

Mit guten Wünschen

wie stets
Ihr
Lion Feuchtwanger

507 Feuchtwanger an Grete Weiskopf

3. Oktober 1955

Liebe, verehrte Grete Weiskopf,

der Tod Ihres Mannes, den ich erst aus Ihrer Karte erfuhr, kam mir als ein rechter Schlag.

Ich habe Weiskopf von Jahr zu Jahr höher schätzen gelernt, den Mann, den Schriftsteller und den Freund, und ich war so gut wie sicher, ihn wiederzusehen.

Es war mir immer erstaunlich, wieviel Leben und Tätigkeit er in ein Jahr zusammendrängen konnte. Ich empfand es als ein kleines Wunder, daß jemand eigene schöpferische Bücher schreiben, schöpferische Nachdichtungen hervorbringen und gleichzeitig eine ausgezeichnete Zeitschrift leiten konnte. Der Tod dieses Mannes ist ein bitterer Verlust nicht nur für seine Freunde.

Mit tiefer Teilnahme und tausend Wünschen

Ihr
Lion Feuchtwanger

508 Grete Weiskopf an Feuchtwanger

Berlin O 17
Strausberger Platz 19
Hochhaus A Süd
14. Oktober 1955

Lieber, verehrter Herr Lion Feuchtwanger,

ich danke Ihnen für Ihren lieben Brief.

Franz war so sehr dem Leben verschworen, daß mir sein Tod noch immer ganz unfaßbar erscheint. Wie werde ich ohne seine Klugheit, ohne seine große Menschlichkeit, ohne sein beschwingendes Da-Sein leben können? Woher Kraft und Mut zur Arbeit nehmen? Sein Tod ist der erste Schmerz, den er mir im ganzen Leben verursacht hat. Wieviel habe ich ihm zu danken! Welches Glück war es für mich, sein Leben zu teilen!

Aber ich muß am Leben bleiben, ich habe viele Pflichten zu erfüllen. Zu ihnen gehört in erster Linie die Verwaltung des literarischen Nachlasses des teuren Toten. Darf ich noch eine Bitte aussprechen, lieber Herr Feuchtwanger? Ich glaube, ich spreche im Namen meines lieben Franz, wenn ich Sie bitte, weiter an der »NDL« mitzuarbeiten. Die »NDL« ist zu einer so wichtigen Zeitschrift geworden, die auch für Westdeutschland von Bedeutung ist. Wir alle müssen nun mithelfen, da FCW nicht mehr lebt.

Nochmals mit vielem Dank für Ihre Teilnahme und allen guten Wünschen

Ihre
Grete Weiskopf

PS Last but not least fällt mir noch ein Anliegen ein: Ich will Erinnerungen an FCW sammeln, von Freunden, Kollegen und Menschen, die ihm begegnet sind und denen sein Werk etwas bedeutet hat. Ist es sehr unbescheiden, lieber Herr Feuchtwanger, wenn ich auch Sie bitte, sich mit evtl. Erinnerungen zu beteiligen, um das Bild meines lieben Franz abzurunden?

509 Grete Weiskopf an Feuchtwanger

26. Dezember 1956

Lieber Herr Feuchtwanger,

ich danke Ihnen für die schnelle Antwort auf meinen letzten Brief.

Ich habe Ihnen vor einigen Tagen vom Aufbau-Verlag einen Kisch-Kalender zugehen lassen, den übrigens noch FCW redigiert hat. Etwas Ähnliches wollen wir auch über Weiskopf herausgeben. Die Beiträge müssen also Bezug auf FCW haben; sei es auf ihn persönlich, sei es auf seine Arbeit; am besten scheinen mir Beiträge, die beides in sich vereinigen. Redaktionsschluß ist der letzte Tag im Juni 1957.

Ich wäre sehr glücklich, wenn ich gerade von Ihnen einen Beitrag für das Buch bekäme; Franz hat Sie immer so geschätzt.

Kann ich hier etwas für Sie tun, für Sie erledigen? Ihre freundliche Bereitwilligkeit setzt mich sehr in Ihre Schuld.

Ich wünsche Ihnen, lieber Herr Feuchtwanger, alles erdenklich Gute fürs neue Jahr, vor allem Gesundheit und Schaffensfreude.

Mit sehr herzlichen Grüßen, auch an Ihre liebe Frau,

Ihre
Grete Weiskopf

510 Feuchtwanger an Grete Weiskopf

15. April 1957

Liebe Grete Weiskopf,

in der Anlage mein Beitrag zum Weiskopf-Kalender.

Alles Herzliche
Ihr
Lion Feuchtwanger

[Anlage]

April 1957

Ich kannte Weiskopf von früh an und habe ihn in vielen Ländern und in vielen Situationen gesehen. Er schien immer unverändert. Er trug bis zuletzt das Gesicht aus seiner frühen Zeit, das Gesicht eines sehr gescheiten, vernünftigen und wißbegierigen Knaben, der aufmerksam alles wahrnimmt, was um ihn vorgeht, und sich seine Gedanken darüber macht.

In der Tat wahrte er sich durch alle seine manchmal sehr bittern, enttäuschenden Erlebnisse hindurch knabenhafte Frische und jünglinghaften Optimismus. Ich habe ihn, der immer verwickelt war in zahllose schwierige und verantwortungsvolle Geschäfte, niemals müde gesehen, und ich habe niemals erlebt, daß er gezögert hätte, eine neue, mühsame Aufgabe zu übernehmen.

Weiskopf war ein schöpferischer Mensch. Er arbeitete an einem Romanzyklus, der die Tragikomödie der österreichisch-ungarischen Monarchie darstellen sollte von der Jahrhundertwende bis zu ihrem Zusammenbruch. Ein solches Werk erfordert den ganzen Mann, und niemand wußte das besser als Weiskopf. Trotzdem entzog er sich nicht den politischen Geschäften, mit denen die Verantwortlichen ihn betrauten, und schon gar nicht dem Amt des Erziehers zur wahren Literatur, für das er sich mit Recht berufen glaubte. Er kämpfte in einer wirren Zeit für die Reinheit der deutschen Sprache; er hatte die Gabe zu lehren und zu überzeugen, und er war unermüdlich bemüht, den Lässigen und Schlampern zu beweisen, daß Klarheit des Denkens nicht möglich ist ohne Klarheit der Sprache.

Wieviel Zeit, Nerven, Leben gab er hin, um eine wahrhaft gute literarische Zeitschrift zu schaffen. Wie viele glasklare, kenntnisreiche Essays schrieb er über die Reinheit des Wortes und der Form und über die Abgrenzung der einzelnen literarischen Gattungen. Was alles hat er getan, um Dichter zu fördern, die er als Dichter erkannt hatte.

Sein eigenes dichterisches Werk war reich genug, ein Leben zu füllen, seine Lehrtätigkeit füllte ein Leben. Ihn trieb es, darüber hinaus Mittler zu sein zwischen den Völkern und ihren Literaturen. Selber Lyriker von Rang, versagte er sich's oft und abermals, das eigene Gefühl in Versen auszudrücken, um seine Gabe in den Dienst anderer zu stellen. Seine Nachdichtungen aus dem Tschechischen und aus dem Chinesischen sind deutsche Verse, ohne doch den Duft der Fremde einzubüßen. Mich hat am tiefsten angerührt seine Nachdichtung »Des Tien Tschien Lied vom Karren«. Dieses schlichte und kunstvolle Werk allein sichert Weiskopf für immer einen Platz in der deutschen Literatur, vielleicht auch in der chinesischen; denn er hat dadurch den Dichtern des neuen China den Weg ins Herz Europas geöffnet.

Ich habe manches Mal mit Weiskopf über Stilfragen debattiert; ich habe mit vielen Dichtern über Stilfragen debattiert. Weiskopf war der höflichste. Er war geschmeidig, er war von fast chinesischer Höflichkeit auch im Widerspruch, aber er war sehr hartnäckig. Er hatte die Theorie des deutschen Wortes mit Leidenschaft studiert und wußte genau, was er wollte.

Er war der gefälligste und verlässigste Freund. Er verweigerte niemals einen Dienst. Er selber trug keinen Anstand, Leute, die er würdig fand, an mich zu verweisen, und ich konnte sicher sein, daß er für Hilfsbedürftige, die ich an ihn verwies, tun werde, was er konnte.

Franz Weiskopf, immer tätig, immer schaffend, wurde ohne Rast über den Globus gejagt, man wußte nie, wo er zu finden war, in New York, in Prag, in Peking. Doch wohin immer man ihm schrieb, man durfte sicher sein: Antwort wird kommen. Wann immer man ihn rief, Franz Weiskopf war zur Stelle, bereit, mit tätigem Rat zu mitteln und zu helfen.

511 Grete Weiskopf an Marta Feuchtwanger

Berlin o 17
Strausberger Platz 19
Hochhaus A Süd
28. Dezember 1958

Sehr verehrte, liebe Frau Feuchtwanger,

ich kenne Sie zwar nicht persönlich, mein lieber Mann und ich kannten aber Ihren lieben Mann. Und wir schätzten ihn und liebten ihn als großen Menschen und großen Schriftsteller.

Der Tod Lion Feuchtwangers hat mich tief getroffen; ist er doch einer der letzten Großen einer ganzen hochbegabten Schriftstellergeneration, deren Reihen sich in den letzten paar Jahren so erschreckend lichteten.

Abgesehen von seinem wunderbaren Werk besaß Lion Feuchtwanger viele großartige Eigenschaften, die wir in der Emigration besonders schätzen lernten: seine souveräne Haltung, seinen Mut, seine Unbestechlichkeit und seine Zuverlässigkeit. Darum geht sein Tod so sehr ans Herz.

Ich habe, liebe, sehr verehrte Frau Feuchtwanger, dasselbe durchgemacht, was Sie jetzt durchmachen, und ich mache es jetzt noch – nach drei Jahren – durch. Auch Sie haben, soviel ich weiß, keine Kinder. Unsere Männer waren ja auch unsere Kinder! Und es gibt eigentlich keinen Trost für einen solchen Schicksalsschlag.

Man muß in sich selbst Halt suchen. Und alles tun, was sich für das Werk des geliebten Menschen und was sich noch für sein Andenken tun läßt. Das heißt, es gibt sehr viele Aufgaben, die einen lang in Atem halten und in der schlimmsten Zeit am Leben erhalten. Und es gibt auch sonst noch vieles, wofür es zu leben gilt, wenn das Leben ohne den liebsten Menschen auch nicht sehr vergnüglich ist.

Ich wollte Ihnen schreiben, um Ihnen dies zu sagen. Sie sind nicht allein. Und ich wäre sehr froh, wenn es irgend etwas gäbe, womit ich Ihnen eine Freude machen könnte.

Mit tausend guten Wünschen,
Ihre
Grete Weiskopf

PS Im Weiskopf-Archiv gibt es eine ganze Anzahl von Briefen Ihres lieben Mannes. Soll ich für Sie Fotokopien anfertigen lassen, oder besitzen Sie Kopien? Und soll ich evtl. versuchen, Briefe Lion Feuchtwangers, die sich im Besitz von Menschen hier befinden, für Sie kopieren zu lassen? Das läßt sich übrigens gewiß auch durch die Akademie der Künste organisieren, deren Korrespondierendes Mitglied Ihr lieber Mann war und deren Mitglied auch ich bin.

Hanns und Lou Eisler

Es war Bertolt Brecht, der Feuchtwanger und Hanns Eisler 1928 in Berlin miteinander bekannt machte, als Eisler die Bühnenmusik zu »Kalkutta, 4. Mai« komponierte.

Das Exil führte Feuchtwanger und Eisler erst wieder 1940 in New York und dann 1942 in Südkalifornien zusammen, wo sich die freundschaftlichen Beziehungen durch persönlichen Kontakt vertieften. So fällt der größte Teil des Briefwechsels in die Jahre, die der Ausweisung Hanns und Lou Eislers aus den Vereinigten Staaten im Frühjahr 1947 folgten. Lion Feuchtwanger gehörte zu dem Freundeskreis, der sich für Eisler einsetzte, als sich dieser vor dem berüchtigten »Komitee zur Untersuchung unamerikanischer Tätigkeiten« verantworten mußte. Im Feuchtwanger-Archiv befinden sich drei von ihm verfaßte Entwürfe zweier Erklärungen für Eisler sowie eines Telegramms an den tschechoslowakischen Konsul Bohus Beneš. Auch verwaltete Feuchtwanger die in der überstürzten Abreise nach Europa zurückgelassene häusliche Habe und Bücher des Ehepaars und ließ ihnen Lebensmittelpakete zukommen, um die erste Zeit nach der Rückkehr zu überbrücken. Eisler wiederum setzte sich für die Aufführung des Stückes »Wahn oder Der Teufel in Boston« auf deutschen und österreichischen Bühnen ein, da dessen Inhalt ihm, selbst Opfer der modernen Hexenjagd, naheging.

Aussagen über Feuchtwangers Kunstauffassung, zum Beispiel im Umgang mit einer zeitgemäßen Adaption historischer Stoffe, finden sich in den Briefen vom Herbst 1952. Lou Eisler hatte ihm das Libretto »Johann Faustus« von Hanns Eisler geschickt. Die Meinung Feuchtwangers darüber war Eisler wohl deshalb so wichtig, weil die geplante Oper – der Text erschien 1952 im Aufbau-Verlag – in der

DDR heftige ästhetisch und kulturpolitisch motivierte Kritik auslöste, so daß Eisler die Komposition schließlich aufgab. Am 14. Mai 1953 schrieb er an Louise Eisler-Fischer: »Heute war in der Akademie große Faustdiskussion. Es wurde (mit Ausnahme Brechts und Zweigs) sehr scharf und wuchtig gegen mich vor allem diskutiert. [...] Enormer Artikel im ›N[euen] D[eutschland]‹ gegen ›Faustus‹.« Am 14. Mai 1953 war im »Neuen Deutschland« ein Beitrag erschienen, in dem Eislers »Johannes Faustus« als »pessimistisch, volksfremd, ausweglos, antinational« bezeichnet wurde. (Das Stück wurde 1983 im Berliner Ensemble als Schauspiel inszeniert.)

Feuchtwanger hatte Rühmendes über das Werk Eislers zu sagen. Daß er dem Libretto aber nicht ohne Vorbehalt gegenüberstand, geht sowohl aus seinen Briefen an Eisler als auch aus seinen Bemerkungen an Thomas Mann und Arnold Zweig vom Februar 1953 hervor. Eislers sonstige Erfolge in Europa waren für Feuchtwanger eine Quelle der Genugtuung und Freude. In Feuchtwanger sah Eisler den »freundlichen, weisen Kameraden«, den rechten Mann, »der sich in Freud und Leid gleich bewähren kann«.

512 Feuchtwanger an Hanns und Lou Eisler

2088 Mandeville Canyon Road
West Los Angeles, Calif.
11. März 1941

Liebe Eislers,

meine Immigrations-Angelegenheit ist nun glücklich erledigt, doch habe ich mich noch mit »red tape« von mancherlei Art herumzuschlagen.

Unser Radioprojekt habe ich nicht aus dem Kopf verloren. Ich rechne damit, daß entweder Ihr Weg Sie bald hierherführt oder der meine mich zurück nach New York, dann werden wir es fördern.

Alles Herzliche
Ihr
Lion Feuchtwanger

PS Es ist mir gelungen, für Brecht vier Affidavits aufzutreiben. Sie sind am 23. Februar bereits mittels Luftpost an den amerikanischen Konsul nach Helsingfors geschickt worden, und ich hoffe, daß, nun endlich diese erste Schwierigkeit überwunden ist, sich bald auch die Transportfrage wird regeln lassen.

513 Hanns Eisler an Feuchtwanger

122 Waverly Place
New York City
18. März 1941

Lieber Herr Feuchtwanger,

vielen Dank für Ihr Brieflein mit der guten Nachricht, die Affidavits für Brecht betreffend. Es ist hocherfreulich, daß Sie Ihre Immigrations-Angelegenheiten in Ordnung haben.

Ich stecke hier in einem Haufen von Arbeit, doch Ihre Radioidee bleibt nach wie vor sehr verlockend. Wir hoffen, im Mai in Hollywood zu sein. Vielleicht kann man dann an der Radiosache arbeiten.

Hoffentlich haben Sie halbwegs gute Laune und Zeit für Ihre Arbeit.

Mit den allerbesten Grüßen von Haus zu Haus

Ihr
Hanns Eisler

[Nachschrift Lou Eisler]

So long

Lou Eisler

514 Hanns Eisler an Feuchtwanger

7. Juli 1944

Verehrter Herr Feuchtwanger!

Die außerordentlich herzlichsten Wünsche zu Ihrem 60. Geburtstage! Nehmen Sie den folgenden »Geburtstag Canon« als kleines Zeichen meiner Bewunderung für den Schriftsteller und meines Respekts für den freundlichen, weisen Kameraden in guten und in schlechten Zeiten.

Ihr
Hanns Eisler

Canon
auf den 60. Geburtstag Lion Feuchtwangers

515 Feuchtwanger an Hanns und Lou Eisler

P.O.B. 325
Pacific Palisades, Calif.
14. April 1948

Liebe Eislers,

über Ihre Erlebnisse in Prag und in Wien haben wir nur Spärliches aus Radio- und Zeitungsnachrichten erfahren. Wir würden uns sehr freuen, wenn Ihr diese dürftigen Nachrichten ein wenig ergänzen wolltet.

Hier ist die allgemeine Situation ziemlich unverändert; ich habe den Eindruck, daß es hier ein ganz klein wenig besser aussieht.

Ich arbeite am »Goya«. Die Aufführung des »Teufels in Boston« scheint nun doch zustande zu kommen, und zwar ungefähr in der Besetzung, die ursprünglich vorgesehen war, freilich leider ohne Norman Lloyd. Eine entsprechende New-Yorker Aufführung ist beabsichtigt. Die deut sche Ausgabe ist inzwischen gedruckt, und ich mache mir die Freude, Euch, die Ihr solchen Anteil an der Entstehung des Stückes genommen habt, die erste Kopie zu schicken.

Ich hoffe sehr, daß die Hetze, in der Ihr in der letzten Zeit habt leben müssen, langsam abklingt.

Bitte schreibt, ob man Euch mit irgendwas helfen kann. Ein Lebensmittelpaket an Euch habe ich am 31. März durch die OSTRACO telegraphisch angewiesen.

Herzliche Grüße, auch von Marta und Hilde,

immer Euer
Lion Feuchtwanger

516 Hanns Eisler an Feuchtwanger

c/o Universal Edition
Karlsplatz 6
Wien 1
27. April 1948

Lieber, verehrter Doktor:

Vielen Dank für Ihre freundlichen Zeilen. Auch hat mich die Aufmerksamkeit, mir gleich ein Paket zu schicken, sehr gerührt.

Es macht mir große Freude zu denken, daß Sie jetzt in Kalifornien über Ihren »Goya« gebückt sitzen. Auch daß Ihr Stück aufgeführt wird, ist wunderbar, schade daß Norman Lloyd nicht mittun kann.

Nach einem wunderbaren Aufenthalt in Prag ist es nun die auch durch zwei Kriege nicht zerstörbare Lieblichkeit der Stadt Wien, die mir auf die Nerven geht. Es ist hier richtiges Nachkriegselend in scharfer Form für den kleinen Mann. Die Kunst ist hier sehr provinziell, ich sehe das am meisten in meinen Proben mit überarbeiteten, schlecht genährten Musikern, mit denen es eine Unverschämtheit wäre, ärgerlich zu werden, wenn sie patzen. Ich habe zwei Konzerte und einen Vortrag, dann fahren wir am 8. Mai nach Prag, wo ich wieder einen Vortrag habe und die Partitur für einen tschechischen Film schreibe. Auch habe ich mir eine kleine Konzerttournee zusammengestellt, die mich durch mehrere Länder führen soll.

Unserem Freunde Brecht habe ich geschrieben, er hat aber nicht geantwortet. Er sitzt noch immer in Zürich.

Trotz allen Schwierigkeiten und dem Provinzialismus hat mich Europa, selbst Wien, auf das äußerste beeindruckt, ich möchte sagen, inspiriert. Nicht einmal ein Komponist, dessen Kunst so abstrakt subjektiv erscheint, kann ohne die Konfrontation mit der Realität auf die Dauer durchkommen. Ich habe mehr Lust und Pläne zum Arbeiten denn je. Und kümmerliche Lebensumstände, die übrigens soweit noch ganz behaglich sind, wenn man vom Fleisch absieht, bestärken den Geist.

Wir sprechen viel von Ihnen und freuen uns über Ihren Ruhm und den Respekt, den Sie überall genießen. Mit besonders herzlichen Grüßen an Frau Marta und Fräulein Hilde bin ich

Ihr alter
Hanns Eisler

517 Feuchtwanger an Hanns und Lou Eisler

13. Mai 1948

Liebe Eislers,

schönen Dank für Euern Brief vom 27. April.

Hier sind die Dinge ziemlich unverändert. Von Brecht habe ich einen kurzen Brief. Er hat hier übrigens von einer amerikanischen Vereinigung für Kunst und Literatur einen Preis von tausend Dollar bekommen »zur Aufmunterung junger Schriftsteller«. Die »Los Angeles Times« berichtete darüber unter dem Titel »Santa Monica Writer Gets Award«.

Ich habe den »Goya« wieder beiseite legen müssen, teils wegen einer letzten Überfeilung des »Devil in Boston«, teils weil ich an ein neues Stück ging, »Die Witwe Capet«.

Was Sie über Europa schreiben, bestätigt, was wir über die Situation dachten, und klingt, trotz allem, recht tröstlich. Ich rechne ernstlich damit, im Jahr 49 hinüberzukommen.

Schreiben Sie bald wieder, und vor allem halten Sie mich über Ihre Adresse auf dem laufenden.

Alles Herzliche
Ihr
Lion Feuchtwanger

518 Hanns Eisler an Feuchtwanger

c/o Marie Friedova
Vyroba Filmu
Jindřišská 34
Praha II
1. Juli 1948

Lieber Herr Dr. Feuchtwanger:

Vielen Dank für Ihren Brief. Wir sitzen hier immer noch in großer Behaglichkeit in diesem hübschen Barockschloß, das selbst Ihrer gewaltigen Behausung überlegen ist.

Ich bin recht fleißig, denn die Ruhe und Gleichmäßigkeit des Lebens drängt zur Arbeit.

Brecht hat mir eine schöne Kantate geschickt, die »Koloman Wallisch Kantate«, sie ist nicht ganz gleichwertig, und vieles ist pedantisch und verschroben, trotzdem finden sich besonders in der Ballade wieder schöne Stellen. Ich hoffe, das für die Februarfeier in Wien fertigzukriegen, obwohl ich mit anderen Dingen beschäftigt bin.

Ich habe für den Herbst eine große Menge von Einladungen für Konzerte, vor allem nach Paris und gleich für drei. Darunter eines im Theater des Champs-Élysées. Wenn es mit den Visen klappt und die Krise sich etwas entspannt, dürfte es für mich ein interessantes Jahr geben.

Wir denken viel an Euch und verfolgen mit Interesse die Entwicklung in den Staaten. Selbst in unsere stille Klause dringt der Lärm der abscheulichen Hysterie des amerikanischen »big business«. In der ČSR herrscht die völligste Ruhe und Ordnung, die Leute sind optimistisch und freundlich, es gab eine Amnestie, man geht hier an den Aufbau des Sozialismus in einer besonders humanen Form heran.

Bitte schreiben Sie wieder ein paar Zeilen. Hoffentlich gehen Ihre Arbeiten vorwärts ohne viel Störung.

Nehmen Sie besonders herzliche Wünsche und Grüße zu Ihrem Geburtstag entgegen. Wir werden an Sie denken und Ihnen zum Wohle eine Flasche slowakischen Wein leeren.

Mit besonders herzlichen Grüßen auch an Frau Marta und Fräulein Hilde

Ihr sehr ergebener
Hanns Eisler

519 Feuchtwanger an Hanns und Lou Eisler

P.O.B. 325
Pacific Palisades, Calif.
11. Juli 1948

Liebe Eislers,

schönen Dank für Ihre Briefe zu meinem Geburtstag.

Ich hoffe, lieber Hanns, daß mein kleiner Artikel zu Ihrem Geburtstag Sie erreicht hat, ebenso wie unser Telegramm. Ich habe den Artikel, der auch hier veröffentlicht wurde, sehr rechtzeitig nach Deutschland geschickt, und ich hoffe, daß die Berliner Krise seine Ankunft nicht verzögert hat. Auf alle Fälle scheint es, daß Sie Ihren Geburtstag in verhältnismäßiger Ruhe und in einem angenehmen Rahmen haben verbringen können.

Ich habe mich manchmal als guter Prophet erwiesen, und ich hoffe, auch Ihr Fall wird diese meine Erfahrung bestätigen. Ich bin so gut wie sicher, daß das Ungemach, das Sie hier haben erleben müssen, Ihnen zuletzt Gutes bringen wird.

Uns geht es gleichmäßig gut, doch wird die Atmosphäre ringsum immer drückender.

Was die Sachen anlangt, die Sie bei Bekins untergestellt haben, so können Sie sie selbstverständlich ohne weiteres zu uns dirigieren; wir können sie sicherlich unterbringen und für Sie verwahren. Wenn Sie einmal einen ständigen Wohnsitz haben, schicken wir Ihnen dann das Gepäck gerne zu.

Geben Sie also, bitte, Bekins entsprechende Weisung.

Schreiben Sie bald wieder, und vor allem halten Sie uns über Ihre Adresse auf dem laufenden.

Mit vielen guten Wünschen und Grüßen, auch von Marta und Hilde.

520 Hanns Eisler an Feuchtwanger

Zámek, Dobřiš
U Prahy
Czeckoslovakia
12. Juli 1948

Sehr geehrter Herr Doktor:

Man schrieb mir gerade aus Berlin, daß Sie etwas über mich in der »Weltbühne« geschrieben haben. Ich bin sehr gerührt und danke Ihnen sehr, auch für das schöne Geburtstagstelegramm.

Wir haben in unserer Weise hier Ihren Geburtstag gefeiert, und eben lesen hier Freunde Ihr Stück. Ich höre von Natalie, daß Sie im ersten Akt noch Veränderungen vornehmen. Ist das nur für die amerikanische Bühne notwendig, oder wollen Sie es auch in der deutschen Ausgabe eingefügt wissen? Ich wäre Ihnen dankbar, wenn Sie mir darüber schreiben lassen, da ich Möglichkeiten sehe, sowohl in Berlin als auch in Wien eine rasche Aufführung des Stückes zu betreiben. Bitte sehen Sie darin keine Geschäftelhuberei meinerseits, ich erweise den Theatern eine Gefälligkeit, aber gewiß nicht Ihnen.

Im September werde ich nach Berlin gehen, zuerst für einen Besuch. Nach der langen Karenzzeit in Amerika werde ich jetzt so mit Anträgen für Konzerte, Aufführungen überhäuft, daß es mir kaum möglich ist, die Fülle der Möglichkeiten zu organisieren. Schwierig ist es nur, sich einen festen Platz für ruhige Arbeiten zu finden und sich nicht zu sehr von der eigentlichen Arbeit ablenken zu lassen.

Was macht der »Goya«? Wann können wir Sie in Europa sehen? Die herzlichsten Wünsche für Sie, Frau Marta und Fräulein Hilde

Ihr
Hanns Eisler

521 Feuchtwanger an Hanns und Lou Eisler

23. Juli 1948

Liebe Eislers,

schönen Dank für Euern Brief vom 12. Juli.

Um die hiesige Aufführung des »Devil in Boston« ist viel Hin und Her. Immerhin scheint es, daß diesmal die Proben wirklich Mitte August beginnen werden, so daß die Aufführung in der letzten Septemberwoche stattfindet. Ich habe die politischen Hintergründe der Hexenjagd sehr vereinfacht, wodurch insbesondere die Eingangsszenen des Stükkes sehr viel kürzer und sehr viel stärker werden und ebenso die Schlußszene. Ich denke, diese Veränderung macht das Stück objektiv besser, nicht nur für die amerikanische Bühne.

Ich bin sehr gespannt auf Ihren Bericht aus Berlin. Aus dem, was ich von dort höre, kann ich mir ein ziemlich deutliches Bild machen; aber die letzten Ereignisse haben wohl alles wiederum verändert.

Unter den neuen amerikanischen Büchern sind mir zwei sehr lesenswert erschienen, ein dickes Kriegsbuch von einem ganz jungen Menschen: Norman Mailer: »The Naked and the Dead«, erschienen im Verlag Rinehart and Company, Inc., New York, und ein sehr amüsanter kleiner Roman von Faure: »Lady Godiva and Master Tom«. Wenn Ihr einmal einen festen Wohnsitz habt, schicke ich Euch die beiden Bücher.

Mit herzlichen Grüßen und Wünschen

PS Wie ich 11. Juli schrieb, werden wir Eure bei Bekins untergestellten Sachen sehr gern für Sie aufbewahren. Ich brauche nicht zu sagen, daß, wenn bei Bekins Spesen darauf angelaufen sind, ich den Betrag gern auslegen werde.

522 Feuchtwanger an Hanns und Lou Eisler

P. O. B. 325
Pacific Palisades, Calif.
10. Juli 1949

Liebe Eislers,

herzlichen Dank für Eure freundlichen Geburtstagswünsche. Ich bedaure, daß wir so lange nichts von Ihnen gehört haben und nicht einmal genau wissen, wo eigentlich Sie sich befinden.

Ihnen, lieber Hanns, meinesteils die herzlichsten Geburtstagswünsche, die Sie hoffentlich nicht allzu verspätet erreichen.

Ich habe hier Besuch aus Berlin gehabt, leider aber kann ich trotzdem nicht klar übersehen, wie es eigentlich dort um die Aufnahme meiner Bücher steht. Die Nachrichten lauten höchst widerspruchsvoll. Übrigens ist die Reaktion auf meine Bücher auch hier nicht ganz einheitlich. Während ich auf der einen Seite sehr häufig angegriffen werde und viele Schwierigkeiten habe, werde ich andernteils von den verschiedensten Vereinigungen um Kundgebungen ersucht, zum Beispiel von der »American Legion«.

Trotz allem sieht es jetzt aus, als ob die meisten meiner Bücher bald nach Deutschland kommen könnten. Der Aufbau-Verlag hat mir einen Haufen Rezensionen des »Falschen Nero« und von »Erfolg« geschickt, und ich ersah daraus, daß der Widerhall erfreulich stark ist.

Von Arnold Zweig bekomme ich häufig Berichte.

Ich arbeite am »Goya«. Etwa zwei Drittel des Manuskripts sind fertig, ich rechne damit, daß ich im Frühjahr 50 das Ganze abschließen kann. Doch fürchte ich, daß gerade dieser erste Teil, der den spanischen Aufstand noch nicht umfaßt, auch wieder vielen Mißverständnissen ausgesetzt sein wird.

Lassen Sie uns doch bald wissen, ob wir hier was für Sie tun können.

523 Feuchtwanger an Hanns und Lou Eisler (Telegramm)

March 12, 1950

Our friend Heinrich Mann died.

Feuchtwanger

524 Feuchtwanger an Lou Eisler

15. März 1950

Liebste Lou,

zu Ihrem Brief vom 3. März.

Die Frage Ihres Gepäcks hat sich ja nun leider auf sehr traurige Art gelöst. Ich hatte schon mit Katia, welche die Vorbereitungen für Heinrichs Reise traf, eingehend über Ihr Gepäck gesprochen.

Heinrich Mann habe ich zum letzten Mal am Donnerstag gesehen. Er schien mir wieder etwas müder, war aber fest entschlossen, mit der »Batory« am 17. April zu fahren, und die Vorbereitungen waren auch weitgehend getroffen. Am Freitag habe ich mit ihm telefoniert. Ich konnte ihm mitteilen, daß die Frage der Wiederverfilmung von »Professor Unrat« sehr viel besser stehe; der »Alien Custodian« hatte einen sehr entgegenkommenden Brief geschrieben. An diesem Freitag hörte er bis elf Uhr nachts Radiomusik und ging dann zu Bett. Am andern Morgen, sehr früh, konnte seine Haushälterin ihn nicht erwecken und telefonierte sogleich mit dem Arzt. Der konstatierte, daß Heinrich einen Gehirnschlag erlitten hatte, im Schlaf, und daß der Fall hoffnungslos sei. Man rief einen zweiten Arzt und setzte ihn unter Oxygen. (Die Namen der Feuerwehrleute, welche den Oxygenapparat überbrachten, wurden in den Zeitungen genannt.) Heinrich Mann lebte noch bis Samstag nacht, bis 11 1/2 Uhr. Marta und ich haben ihn noch um 8 Uhr abends gesehen, Hilde noch um 11 Uhr. Er schien vollkommen unverändert und lebendig, doch er war ohne Bewußtsein. Er wird heute beerdigt, auf dem Friedhof in Santa Monica.

525 Feuchtwanger an Hanns Eisler

26. Juni 1950

Lieber Hanns Eisler,

wenn mich nicht alles täuscht, haben Sie dieser Tage Geburtstag. Ich möchte nicht verfehlen, Ihnen aufrichtig alles Gute zu wünschen und Ihnen zu sagen, daß wir sehr herzlich an Sie denken.

526 Feuchtwanger an Hanns Eisler

3. Juli 1952

Lieber Hanns,

ich erinnere mich, daß Sie ungefähr um die gleiche Zeit wie ich Geburtstag haben. Sehr, sehr herzliche und aufrichtige Gratulation.

Unter den Büchern, die wir an Lous Adresse schickten, ist ein etwas kindischer Roman von Irwin Shaw, in welchem eine Karikatur von Ihnen eine Hauptrolle spielt. Ich hoffe, Sie werden daran ebensoviel Spaß haben, wie ich an ähnlichen Karikaturen von mir gelegentlich hatte.

Über allerlei Kleinzeug, das hier in der Nähe groß ausschaut, schreibe ich demnächst mehr.

Nochmals die herzlichsten Grüße und Wünsche, auch von Marta und Hilde.

527 Hanns Eisler an Feuchtwanger

Zur Zeit Ahrenshoop Kr. Rostock
Haus Partikel
18. Juli 1952

Lieber Herr Feuchtwanger!

Ich danke Ihnen sehr für Ihre Geburtstagswünsche und erwidere sie auf das herzlichste. Wir sprechen viel über Sie, und es ist doch sehr schade, daß Sie nicht bei uns sind.

Die Bücher, die Sie mir schickten, habe ich durchgesehen. Es sind Schundromane, nicht einmal die Karikatur hat mir Spaß gemacht.

Herzliche Wünsche für Ihre Gesundheit und Arbeit

Ihr
Eisler

528 Lou Eisler an Feuchtwanger

Berlin
17. Oktober 1952

Liebster Lion!

Ich schicke Ihnen anbei (weil der Druck doch noch einige Zeit dauert) das Manuskript des Operntextes von Hanns' »Doktor Faustus«, die meiner Meinung nach absolut als selbständige literarische Arbeit zu werten ist. Hanns und ich wären Ihnen sehr dankbar, wenn Sie ein paar Zeilen darüber schreiben würden, Ihr Urteil ist sehr wichtig.

Ansonsten haben wir einen trüben Herbst. Ständigen Regen. Diesbezüglich haben Sie es mit Ihrem Klima besser getroffen, aber ich glaube, nur diesbezüglich.

Für nächste Woche hat sich Lola Humm-Sernau angesagt, und da werden wir viel über Sie sprechen.

Ich wäre Hilde sehr dankbar, wenn sie beiliegendes Abonnement erneuern könnte.

Bitte, schreiben Sie bald wieder

Ihrer
Lou

1 Anlage

Das Manuskript schicke ich als Luftpost-Drucksache. Bestätigen Sie es bitte sofort.

529 Feuchtwanger an Lou Eisler

27. Oktober 1952

Liebste Lou,

schönen Dank für die rasche Sendung des »Faustus«. Ich habe das Manuskript gleich gelesen und beeile mich, Ihnen darüber zu schreiben, weil ich glaube, daß der erste, unmittelbare Eindruck der richtige ist.

Ich weiß natürlich, daß das Buch ohne Musik nur ein Gerippe ist. Aber auch so ist die Wirkung stark. Die neue Ausdeutung der einzelnen Situationen der »Faust«-Geschichte ist schlagend, gescheit und grimmig witzig. Die Art, wie außer Goethe das »Volksbuch«, Marlowe und sogar Lessing herangezogen ist, ist tief erheiternd. Dabei hat die Handlung, so locker sie ist, Zusammenhang, ja, sie ist nicht ohne Spannung. Es ist ein Libretto, das sowohl dem Professor wie der Köchin Fleisch gibt.

Sachte kommen nun meine Einwände. Daß das Buch viel zu lang ist, brauche ich kaum zu erwähnen. Ein Musikdrama von heute ermüdet, wenn es viel länger ist als die »Götterdämmerung«. Die »Confessio«, auf die ich mich gefreut habe, fällt ab. Und [wo] mit so großer Kunst an vielen Stellen Simplizität, Saft, Volkstümlichkeit erreicht ist, manchmal ist da eine Primitivität, die gerade in ihrer Künstlichkeit verstimmt.

Sehr starke Striche und Verzicht auf allzu Primitives können bestimmt nicht schaden. Das Buch bleibt auch dann überreich.

Herzlichen Glückwunsch.

530 Feuchtwanger an Lou Eisler

10. November 1952

Liebste Lou,

da Sie mich dazu auffordern, versuche ich, die wenigen Vorschläge, die ich zum »Faustus« zu machen habe, genauer zu formulieren.

Was mir als allzu primitiv erscheint, ist die Figur des Hanswurst. Neben einigem Spaß, der wohl sehr wirksam ist, wie dem »Perlicke-Perlacke«, ist doch das ewige Gerede vom Essen allzu banal. Schön wäre es, wenn der Hanswurst neben dem schwachherzigen und schuldigen Intellektuellen was Positives vereinigen könnte, so wie etwa Sancho Pansa neben Don Quijote. Jetzt ist er gar so schwach, er ist eigentlich nicht da, und wo er entscheidende Handlungsmotive haben sollte, wie bei der Szene, da er den Vertrag mit Auerhahn abschließt und Gretchen verläßt, wird er ganz undeutlich. Ich weiß schon, daß es unmöglich ist, ihm die Kraft eines »Ulenspegel« zu geben, aber da die Schlußszene nach dem Untergang des Faustus zerläuft, wird man dem Stück sicher vorwerfen, daß ihm das Positive fehle. Wenn da Hanswurst der Fortinbras werden könnte, wäre es, glaube ich, vom formalistischen Standpunkt aus ebensogut wie vom politischen gut.

Es ist schwer, sich von einem Lager zum andern über den Ozean hin über solche Fragen zu unterhalten; aber ich hoffe, Hanns sieht, was ich meine.

Ich habe das Stück nochmals gelesen, und es scheint mir das zweite Mal noch grimmiger lustig.

531 Lou Eisler an Feuchtwanger

Berlin
8. Dezember 1952

Liebster Lion!

Wir fahren morgen nach Wien und bleiben über die Feiertage dort. Ich würde mich aber sehr freuen, von Ihnen zu hören. Meine Adresse: Hotel Carlton, Wien IV, Wiedner Hauptstr. 23/25.

Zu Ihrem Brief über »Faust«: Es war unmöglich, aus Hanswurst eine positive Figur zu machen. Er ist zwar »der Vertreter des Volkes und des gesunden Menschenverstandes«, aber wirklich nicht am Höheren interessiert, und am Schluß wird er für sein Spießertum auch gestraft, er bekommt eine Bißgurn zur Frau. Natürlich ist das Stück trübe, wie könnte es auch anders sein. – Und als positive Figur bleibt nur der Bauer-Invalide, Fischer und das Kind.

Alle meine Malerfreunde sind begeistert von Ihrem »Goya«. Auch die »Berliner Illustrierte« hat einen großen Erfolg damit und bringt es auch sehr hübsch illustriert mit den Goya-Bildern.

Aber was ist mit »Narrenweisheit«?? Ich kann überhaupt nicht begreifen, daß Sie das versprochene Manuskript nicht schicken, das ist doch schon so lange fällig!

Lieber Lion, ich schicke Ihnen eine Kleinigkeit zu Weihnachten, hoffentlich kommt es gut an, und wünsche Ihnen und den Ihren, Marta und Hilde, besonders gute Feiertage und ein sehr gutes neues Jahr.

Sehr herzliche Grüße von Hanns und mir

Ihre
Lou

532 Feuchtwanger an Hanns Eisler

28. Juni 1954

Lieber Hanns,

ich möchte nicht verfehlen, Ihnen sehr herzlich zum Geburtstag zu gratulieren.

Wir denken hier oft an Sie. Es ist ein Jammer, daß man nicht einmal wieder eine rechte Aussprache hat.

Lassen Sie doch einmal ausführlich von sich hören.

In alter Herzlichkeit

Ihr
Lion Feuchtwanger

Friedrich Wolf

Als Friedrich Wolf 1933 Deutschland verlassen mußte, führte ihn der Weg über Wien und Basel zunächst nach Frankreich, bevor er noch im gleichen Jahr Asyl in der Sowjetunion fand. Von dort aus unternahm er Vortragsreisen durch Skandinavien und die USA. Seine Absicht, 1938 am Spanischen Bürgerkrieg teilzunehmen, scheiterte: Die Internationalen Brigaden befanden sich in Auflösung, und Wolf mußte in Frankreich bleiben. In Sanary lernte er Feuchtwanger kennen.

Bei Ausbruch des zweiten Weltkrieges war Wolf in Paris. Wie viele deutsche Emigranten wurde er als Angehöriger einer für Frankreich feindlichen Nation interniert. Er kam zunächst in das Lager Le Vernet. Von den Briefen, die Feuchtwanger ihm dorthin schrieb, sind keine erhalten geblieben. Dann ereilte Feuchtwanger das gleiche Schicksal. Im Lager von Les Milles wären sie sich beinahe begegnet. Aber als Wolf dort eingeliefert wurde, befand sich Feuchtwanger bereits in dem »Geisterzug«, den er später in dem Erlebnisbericht »Der Teufel in Frankreich« eindrucksvoll beschrieb.

Noch 1949 erinnerte sich Wolf ihrer gemeinsamen Gespräche in Sanary über literarische Themen, Stil und Dichtung. Feuchtwanger hatte damals z. B. geäußert, er verfolge beim Schreiben keine belehrende Absicht; er schreibe, um sich auszudrücken. Wolf hatte ihm dagegen bewiesen, daß seine Werke »eine offensichtliche Tendenz als Rückgrat« haben; daß diese Werke nicht wie »neutrale« Laternenpfähle dastehen, sondern zu etwas tendieren, hinneigen.

Während Feuchtwangers Gepflogenheit, in der Entstehungsphase die einzelnen Fassungen seiner Werke auf unterschiedlich farbigem Papier abschreiben zu lassen, auf manche erheiternd wirkte, machte diese Form der Arbeitstechnik auf Wolf einen nachhaltigen Eindruck. In seinem Beitrag für den Band »Lion Feuchtwanger. Auswahl«, den der Greifenverlag 1949 herausbrachte, zitierte er Goethes Tagebuchnotiz: »Wenn der Künstler nicht zugleich Handwerker ist, so ist er nichts.« Feuchtwangers handwerkliche Gründlichkeit habe ihm damals sehr imponiert, erklärte Wolf.

Der Hauptteil des Briefwechsels fällt in die Jahre 1945 bis 1949. Wolf, wie viele andere, drang in Feuchtwanger, nach Deutschland zurückzukommen.

Für Feuchtwanger war Wolf »ein literarischer Nachfahre Friedrich Schillers«. In aristotelischer Tradition habe er es verstanden, »revolutionäre Gesinnung in spannende Handlung umzumünzen«, folgerte Feuchtwanger in seinem Essay in dem Wolf-Band »Ein Dichter seiner Zeit«, Greifenverlag 1948. Er war angetan von Wolfs »geradezu knabenhaft ungestümem Willen, die Welt aus dem, was sie ist, zu dem zu machen, was sie sein soll«.

Wolf schloß seine Ausführungen über Feuchtwanger in dem obenerwähnten Auswahlband mit Hinweisen auf stilistische Fragen. Der letzte Satz lautet: »Und wir selbst möchten gerne (in diesem Falle riskiere ich sogar eine Art Superlativ), sehr gerne uns mit Ihnen wieder *dauerhaft* unterhalten.« Wolf bezog sich auf eine Unterhaltung in Sanary, als Feuchtwanger ihm auseinandersetzte, wie gedankenlos man im Deutschen von superlativen Wendungen Gebrauch mache. Damals habe er von Feuchtwanger gelernt, daß »ein guter Mensch« mehr ist als »ein sehr guter Mensch«.

533 Feuchtwanger an Wolf

18. Mai 1941

Lieber Friedrich,

ich brauche Ihnen nicht sagen, wie herzlich wir uns gefreut haben, als wir von Ihrer glücklichen Ankunft hörten. Es schien uns in jeder Hinsicht ein glückliches Symptom.

Mir hier geht es nicht schlecht, nur komme ich zu keiner rechten Arbeit, da ich furchtbar viel Kleinzeug zu erledigen habe. Lola hier herüberzukriegen ist irrsinnig schwer, aber ich habe begründete Hoffnung, daß es zuletzt doch noch glückt.

Ich werde zusehen, Ihnen ein oder zwei Manuskripte oder gedruckte Bücher zu schicken zur Weitergabe an den Verlag.

Bitte grüßen Sie sehr herzlich alle Kollegen und versichern Sie ihnen, daß ich in jeder Hinsicht bin

Ihr alter
Lion Feuchtwanger

534 Feuchtwanger an Wolf

18. Dezember 1946

Lieber Friedrich Wolf,

Heinrich Mann zeigte mir einen Brief Bechers, aus dem ich ersah, daß Ihr im Prinzip bereit seid, einer Einladung nach London zum PEN-Klub Folge zu leisten. Ich habe in diesem Sinne an die zuständigen Stellen in London gekabelt, in Heinrich Manns und meinem Namen.

Ich bedaure, daß ich, abgesehen von gelegentlichen Briefen Bechers an Heinrich Mann, nichts von Euch höre. Ihre

Adresse, lieber Friedrich Wolf, verdanke ich einer Mitteilung Lolas aus der Schweiz. Daß Ihr gar so schweigsam seid, ist mir ehrlich leid und steht im Gegensatz zu dem Verhalten der Moskauer Freunde, die mir ziemlich regelmäßig berichten und mir literarisches Material und die russischen Ausgaben meiner neuen Bücher schicken.

Ich hoffe, daß Ruth Herrmann inzwischen glücklich in Berlin eingetroffen ist. Wir haben hier mit ihr unter einigen Schwierigkeiten wenigstens telefonischen Verkehr unterhalten.

Ich habe die letzten drei Jahre dazu verwandt, einen sehr langen Roman zu schreiben, dessen Stoffgebiet Sie interessieren wird; es geht um die Beziehungen zwischen der amerikanischen und der französischen Revolution, und die Helden des Buches sind Beaumarchais, Franklin, Louis und Toinette. Der erste Band der deutschen Ausgabe wird, wenn Sie diesen Brief erhalten, bereits erschienen sein; die englische und die amerikanische Ausgabe erscheint im Frühjahr.

Ich will hier noch eine Arbeit fertigmachen, die weniger umfangreich ist als der genannte Roman, und dann – es wird wohl Anfang 48 werden – zu längerem Aufenthalt nach Europa gehen. Ich möchte vor allen Dingen nach Paris, Moskau und Berlin.

Herzliche Grüße und Wünsche

Ihr
Lion Feuchtwanger

535 WOLF AN FEUCHTWANGER

Lindenpromenade 22
Berlin-Pankow
2. Januar 1947

Mein lieber Lion Feuchtwanger!

Ich bin ebenso erfreut über Ihr Lebenszeichen, wie Sie offenbar überrascht und ungehalten sind, von uns so wenig zu hören. Aber erst seit kurzem können wir aus unsrer unfreiwilligen »Igelstellung« uns über die Grenzen hinweg bemerkbar machen. Dabei tritt jetzt die seltsame Erscheinung ein, daß Ihr Brief ab 18. Dezember schneller mich über den halben Globus hinweg erreicht als die Post aus Stuttgart und Köln. Dies zu Ihrer Orientierung.

Inzwischen höre ich, daß Becher, Wolf und noch zwei andere Landsleute vom »Council of (?)« für Februar nach London eingeladen wurden (werden *sollen*). Das wäre sehr erfreulich, da andre Sendboten wie Geistliche und gewisse Politiker wohl etwas einseitig und meiner Meinung nach entschieden zu sehr fordernd und selbstbewußt auftraten. Wenn Sie jetzt hierherkämen, würden Sie sich gewiß wundern, wie munter die Hakenkreuzkarpfen heute wieder im deutschen Teich herumschwimmen. Eigentlich gab es ja überhaupt keine richtigen PGs, da jeder Nazi mindestens einen Schutzjuden hatte, den er im geheimen sogar grüßte; die andern rechtfertigen ihr Naziotentum unverblümt und erfolgreich damit, daß sie Mußnazis wurden, weil sie sonst »geschäftliche Nachteile« zu erwarten hatten. Furtwängler betonte letzthin vor der Prüfungskommission unter lautem Beifall seiner hiesigen Zuhörer, daß er stolz darauf sei, nicht emigriert, sondern hiergeblieben zu sein und quasi seine Pflicht getan zu haben. (Thomas Mann, Toscanini und wir andern Emigranten-Deserteure bekommen damit indirekt eine schlechte Zensur.) Das Aufwerfen der Schuldfrage – zumal von der Bühne herab – gilt fast schon als Landesverrat; davon könnte ich Ihnen ein Liedlein singen. Ein Theaterleiter, der nach dem Erfolg meines »Mamlock« mein neues, schärferes Stück: »Was der Mensch säet...« nachspielen wollte und mich in einem Brief dessen versicherte, sagte mir jüngst: »Ja, mein Lieber, das schrieb ich damals vor sechs Monaten!« Die hiesigen Bühnen beschäftigen sich z.Zt. mit Todesmystik, Schizophrenie und pseudoexpressionistischen Ausweichstücken. Genug davon!

Ihr neustes Opus interessiert mich gewaltig! Besonders das Thema um »Beaumarchais«. Ich möchte Ihnen u.a. gern meinen »Beaumarchais« (der letzte Spielzeit am Deutschen Theater hier lief) als Buch senden; ich werde es über amerikan. Freunde versuchen. Dort ist eine Szene, wo der Abgesandte des Philadelphia-Kongresses – Mr. Arthur Lee – direkt mit Beaumarchais verhandelt. Wollen Sie mir Ihr Werk nicht zukommen lassen? Möglichst im deutschen Urtext? Und besteht die Möglichkeit, daß wir es im hiesigen Aufbau-Verlag, der eben in hoher Auflage auch »Das siebte Kreuz« herausbrachte, nachdrucken? Und wie steht es mit Ihrem Roman der »résistance«? Oder ist es nur ein Szenarium (mit der Michèle Morgan), von dem mir Dieterle jüngst hier erzählte? Falls Lola die Bücher hat, so könnten Sie ihr kabeln, daß sie mir diese zustellt. – Und noch eine Bitte: Können Sie Neumanns Roman über die Geschwister Scholl (»There Were Six«) mir senden? – Ich habe mit Becher und unserm Verleger gesprochen, daß Sie nunmehr möglichst unsere Literatur erhalten. Bedenken Sie nur, daß wir an sich keine »air mail« senden können, und Bücher nur bei Gelegenheit.

Ruth ist seit einem Monat hier mit klein Kathrine, ein süßer Balg! Hoffentlich akklimatisiert sie sich gut. Vielen Dank, daß Sie dort sich noch bemühten! Greta Dich, die nach Stockholm heiratete, schrieb mir zum ersten Mal dieser Tage. Kantorowicz soll gerade in Bremen eingetrudelt sein. Was ist mit Brecht? Wir grüßen ihn alle, hören aber wenig von ihm und den andern, Eisler, Piscator. – Ernst

Busch ist hier, laboriert immer noch an seinem Schädelbruch – Gestapobunker in Moabit; er hält mit dem Spielen noch zurück, macht Schallplatten und inszeniert grade meine »Matrosen von Cattaro« im Theater am Schiffbauerdamm, das Fritz Wisten leitet. Zudem planen wir, da die hiesigen Hoftheater bereits wieder mächtige Angst vor der eigenen Courage haben, eine neue »Volksbühne«, nachdem Dr. Nestriepke Chef des Volksbildungsamtes der Stadt Berlin wurde.

So, lieber Feuchtwanger, jetzt können Sie sich aber nicht mehr beklagen! Jetzt wissen Sie, was hier am Nabel der Welt – als welchen sich Berlin unbestritten wieder fühlt – alles vorgeht! Natürlich erwarten wir Sie mit Hosianna!

Herzliche Grüße, und schreiben Sie wieder

Ihrem
Friedrich Wolf

536 Feuchtwanger an Wolf

1. Februar 1947

Lieber Friedrich Wolf,

ich habe Ihren Brief vom 2. Januar verhältnismäßig schnell erhalten.

Ich werde Ihnen in der allernächsten Zeit ausführlich schreiben. Für heute nur soviel: Die Gründung einer deutschen Gruppe des PEN-Klub ist nicht ganz einfach. Zustande kommen kann sie nur, wenn hier lebende prominente deutsche Schriftsteller mit in der Führung sind. Ich bin wegen der Regelung dieser Frage in ständiger Verbindung mit Robert Neumann in London und mit dem permanenten Sekretär des PEN-Klubs, Hermon Ould. Falls sich die Frage regeln läßt – und das ist, vorsichtig ausgedrückt, nicht aussichtslos –, dann würde eine Einladung zum Juni nach Zürich an Euch erfolgen.

Ich habe veranlaßt, daß der erste Band meines Beaumarchais-Franklin Romanes an Sie geschickt wird. Ich hoffe, er wird Sie bald erreichen. Von Ihrem »Beaumarchais« kenne ich eine frühe Fassung. Ich bin natürlich sehr begierig darauf, das Werk in seiner endgültigen Version kennenzulernen.

Den gewünschten Roman von Alfred Neumann lasse ich Ihnen schicken; auch ein Exemplar meines Romans »Simone«; das ist wohl das Buch, von dem Dieterle Ihnen erzählt hat. Es liegt auch in russischer Fassung vor, und Moskau hat es in verschiedenen Zeitschriften abgedruckt.

Mittlerweile habe ich auch von Becher Nachricht. Ich habe Pakete an Euch geschickt und veranlaßt, daß andere das gleiche tun. Ich hoffe, daß unsere Sendungen Euch bald erreichen.

Ich selber will, wie gesagt, Anfang 48 nach Berlin kommen. Herzliche Grüße, auch an Ruth,

Ihr
Lion Feuchtwanger

537 Wolf an Feuchtwanger

Lindenpromenade 22
Berlin-Pankow
19. Februar 1947

Lieber Lion Feuchtwanger!

Vielen Dank für Ihren Brief vom 1. 11. und vor allem auch für das köstliche Freßpaket! Dieses kam uns sehr gelegen, da meine Frau z. Zt. noch an den Folgen einer Operation leidet, und es auch in den besten Kliniken nur Bettelsüppchen gibt. Daß jeden Tag in der Presse offiziell 10–20 Berliner als Kältetote und Hungertote gemeldet werden, daran hat man sich gewöhnt; die Zahl ist natürlich wesentlich höher; und mir bleibt mehr und mehr der frühere Satz:

»Das alles hättet Ihr Euch 1933 überlegen müssen!« in der Kehle stecken.

Auf Ihre Bücher – besonders den Beaumarchais-Franklin – bin ich sehr begierig; ich dachte, die neue Version meines »Beaumarchais« sei lange in Ihren Händen; ich will versuchen, Ihnen meine beiden Dramensammelbände »Besinnung« und »Empörung« auf einem direkten Wege zukommen zu lassen.

Vom PEN-Klub, Robert Neumann, erwarten wir noch eine genaue Nachricht; es hieß einmal, Becher, Wolf, Wiechert und Karl Barth würden auf Einladung nach London fahren; aber das war wohl mehr ein Ondit. Jetzt ging eine Notiz durch die Presse, daß vom PEN nach Zürich folgende deutsche Vertreter für den Sommer eingeladen seien: Erich Kästner, Wiechert, Bergengruen (Poet) und Becher. Natürlich wäre ich selbst gern nach Zürich gefahren, wo 1934 mein »Mamlock« das Signal gab zum ersten Bühnenvorstoß gegen das III. Reich. Aber das hat man wohl inzwischen vergessen?

Heute ist im Theater am Schiffbauerdamm die Reprise Erstauff. meiner »Matrosen von Cattaro« mit Ernst Busch in der Hauptrolle; Busch führt auch Regie. Ich bin sehr gespannt, wie das heutige Publikum reagiert. Dann will Karl-Heinz Martin in 14 Tagen mit »Cyankali« (heute wieder eine höchst brennende Frage/§ 218) am Hebbeltheater herauskommen und die Neue Volksbühne mit meinem letzten Stück »Was der Mensch säet...« (zur Schuldfrage). Arbeit gibt es genug; aber der Arbeiter im Weinberg des Herrn sind sehr wenige brauchbare; zuviel Braunauer drängen sich wieder heran; Ihr wäret jetzt sehr nötig hier! Natürlich hat es mehr Disteln und Dornen als Trauben.

Bitte, wollen Sie auch Hanns Eisler recht herzlich von mir grüßen und ihm für den letzten Brief danken! Ich werde ihm später schreiben. Ruth arbeitet bereits hier in einem unsrer Verlage. Gerd erwarten wir ebenfalls. Er soll in Kuba mit einer Ausstellung großen Erfolg gehabt haben.

Ihnen, lieber Feuchtwanger, nochmals meinen Dank für Brief und Paket; und daß wir uns *spätestens* 1948 hier wiedersehen!

Ihr
Friedrich Wolf

538 Feuchtwanger an Wolf

18. März 1947

Lieber Friedrich Wolf,

schönen Dank für Ihren Brief vom 19. Februar. Wir erfahren hier ziemlich genau, wie schlecht es überall in Deutschland steht, und es ist uns leid, daß wir nur mit ein paar Paketen helfen können. Ein neues Paket ist übrigens unterwegs.

Herzlichen Dank auch für Ihre Bücher, die verhältnismäßig schnell hier angekommen sind. Den »Beaumarchais« habe ich natürlich gleich gelesen, und er scheint mir sehr geglückt und wirksam. Von den vier Dramen kannte ich »Mamlock« und »Wanner«. Ich bin froh, daß wir Sie jetzt nicht mehr so bruchstückweise zu lesen brauchen. Mein Roman »Waffen für Amerika« geht von ganz anderen Gesichtspunkten aus als Ihr »Beaumarchais«, und es ist sehr interessant, wie vollständig anders sich der gleiche Stoff präsentieren kann. Der erste Band der deutschen Ausgabe soll jetzt am 1. Mai ausgeliefert werden, und ich warte begierig auf den Eindruck, den Sie von dem Werke haben werden.

Was den PEN-Klub und die Generalversammlung in Zürich im Juni anlangt, so bin ich darüber in ständiger Korrespondenz mit Robert Neumann. Es ist nicht eben leicht, die verschiedenen Wünsche unter einen Hut zu bringen, da London nicht wünscht, daß die Deutschen dort zu einseitig vertreten seien. Ich glaube aber, es wird sich eine befriedigende Lösung finden lassen.

Ich höre mit Vergnügen, daß das Berliner Theater Ihnen wieder den verdienten Platz einräumt. Übrigens berichten die hiesigen deutschen Zeitungen ausführlich und ziemlich objektiv über die deutschen Theater-Angelegenheiten.

Von meinen Büchern habe ich drei an Frau Lang gesandt, nämlich »Unholdes Frankreich«, »Der falsche Nero« und »Exil«. Alle drei Bücher sollen im Querido Verlag in Amsterdam in neuer deutscher Ausgabe erscheinen, doch habe ich mit Landshoff vereinbart, daß ich die Lizenz für eines der drei Bücher an den Aufbau-Verlag vergeben kann, aber nur auf zwei Jahre. Das heißt also, alle allenfallsigen Neuauflagen des gewählten Buches können nur bis zum 1. Juli 1949 gedruckt werden. Am 1. Juli 1949 fallen die ausschließlichen Rechte der deutschen Ausgabe an den Querido Verlag zurück. Wenn Sie also eines der drei Bücher für geeignet halten, dann können Sie es im Aufbau-Verlag ohne weiteres drucken.

Herzliche Wünsche und Grüße

Ihr
Lion Feuchtwanger

Bitte, grüßen Sie Ernst Busch.

539 Wolf an Feuchtwanger

Elsa-Brandström-Straße 22
Berlin-Pankow
27. April 1947

Lieber Lion Feuchtwanger,

habe ich eigentlich Ihren Brief vom 18. III. bestätigt? Eben ruft mich Frau Lang an, daß die von Ihnen gesandten Bücher eingetroffen sind; ich werde sie übermorgen erhalten.

Inzwischen hat mich Aufbau-Verlag dringend um den »Falschen Nero« gebeten: Nun kann ich ihn dem Verlag geben; offenbar will man ihn nachdrucken; ich hatte den Verlag auch über Ihre Abmachungen mit Landshoff-Querido informiert.

Lola schrieb mir mehrfach aus Ascona; wir haben veranlaßt, daß sie zu der hiesigen Tagung im Juni/Juli (?) eingeladen wird. Wir erwarten auch Brecht, hören jedoch, daß die Segelei nach Germanien z.Zt. nicht ganz einfach ist. Übrigens erhielt ich auch von Brecht ein CARE-Paket; ich werde ihm dieser Tage schreiben; die Erzählung, die mir Frau Hauptmann schickte, erscheint in einer unserer literar. Zeitungen. (Dies, falls Sie Br. sehen oder mit ihm telefonieren.)

Im übrigen wird es hier immer unlustvoller; unsre »têtes carrées« sind unverbesserlich ... so voll innerer Verlogenheit und mangelndem Gerechtigkeitssinn; ich gerate immer wieder in Wut, wenn ich sehe, wie diese Volksgenossen sich auch heute noch um jeden Preis aus ihrer Schuld herausschwindeln wollen und wie es bereits heute als unpatriotisch gilt, von den Schweinereien der SS und auch der guten »kleinen PGs« zu sprechen, weil ja »die andern im Grunde nicht besser waren«. Das, was Gollancz in seinem Pseudohumanismus (oder in seiner Wichtigtuerei) treibt, ist für das deutsche Volk jedenfalls das reinste Gift! Er unterstützt – wollend oder nicht – die neue Dolchstoßlegende! Gollancz ist in Deutschland herumgereist und hat gepredigt, nicht bloß Hitlerdeutschland sei an dem Krieg und dem heutigen Elend schuld, sondern mehr oder weniger alle Regierungen Europas ..., eine halbe Wahrheit, die alle Nazis und halben Nazis wie Honig einsaugen. »Die andern« haben Hitler ja hochgepäppelt, indem sie Verträge mit ihm schlossen; »die andern« sind im Grunde genau so schuldig wie wir! Das ist hier das Echo auf die Christentümelei von Mr. Gollancz. Wir haben es jetzt furchtbar schwer; wenn man dem deutschen Volk bereits heute seine Schweinereien erläßt, dann wird man ihm nie seine Verpflichtungen klarmachen können.

Daß wir eine neue Volksbühne aufzubauen versuchen, schrieb ich Ihnen bereits; der Film DEFA befindet sich noch im embryonalen Stadium. Wenn Brecht herkommt, können wir vereint uns anstrengen, das Theater aus seinem versnobten Parvenütum herauszureißen.

Mir scheint, Ihr Plan, 1948 hier aufzukreuzen, ist gar nicht so dumm, falls Sie nicht die Absicht haben, bis zu den Knieen im Trümmerstaub zu stehen und zu retten suchen, was vielleicht noch zu retten ist ... gewiß eine wichtige Aufgabe, eine unerläßliche Aufgabe, wenn man bloß nicht immer wieder an demselben Punkt beginnen müßte.

Ich freue mich auf Ihre neuen Bücher, die mir Olga übermorgen mitbringt.

Heute nur dies Lebenszeichen, auch, daß ich mit dem Aufbau-Verlag Ihre Angelegenheit besprechen werde; sie erhalten dann Vertragsentwurf.

Herzliche Grüße
Ihr Wolf

Bitte grüßen Sie Brecht und alle Bekannten!

540 Wolf an Feuchtwanger

Elsa-Brandström-Straße 22
Berlin-Pankow
20. Juni 1947

Lieber Feuchtwanger,

gestern erhielten wir Ihr Paket – wunderbar mit holländischen Kulinarien, die uns grade wieder einmal wie gerufen kamen; vielen Dank! Wenn Sie 48 herkommen, müssen wir uns, soweit es geht, revanchieren

Inzwischen habe ich dem Aufbau-Verlag Ihre mir gesandten Bücher vorgelegt; er hat sich für »Der falsche Nero« entschieden und Ihnen wohl schon geschrieben. »Unholdes Frankreich« nehme ich mir mit auf die Sommerreise, da ich hier infolge all dieser teuflischen Sitzungen, Versammlungen nicht einmal zu meinen inzwischen reichlich abgelagerten Arbeiten mehr komme. Eines war wichtig: die Neugründung unserer Volksbühne, die heute wieder ein geistiger Kristallisationspunkt werden kann, wie 1890/91.

Brecht erwarten wir sehr hier; ebenso Viertel und Piscator, die mir wiederholt schrieben; ich veranlaßte, daß sie für Film und Theater nach hier geladen wurden; sie könnten, wenn sie wollen, in Arbeit und Aufträgen ersaufen.

Auch Lola schrieb; nun haben wir unsre Schriftstellertagung doch auf Herbst verschoben.

Ich werde veranlassen, daß man Ihnen unsre hiesigen Zeitschriften zuschickt, an denen ich mitarbeite: den »Ulenspiegel«, eine satirische Zweiwochenschrift mit amerik. Lizenz, und das »Theater der Zeit« mit russ. Lizenz.

Ihren Benjamin Franklin (Beaumarchais) erwarte ich unbedingt! – Ich selbst habe ein dramat. »Nocturno«, »Nachtschwalbe«, beendet, als Libretto für Boris Blacher; jetzt bin ich über einem Stück für unsre Jugend.

Herzliche Grüße
Ihr
Friedr. Wolf

Es wird Sie als Münchner interessieren, »Mamlock« lief an den Kammerspielen, München, über ein Jahr und über 100 x.

541 Feuchtwanger an Wolf

5. Juli 1947

Lieber Friedrich Wolf,

Ihr Brief vom 27. April erreichte mich in New York. Ich hatte dort eine schwere Zeit mit der Überarbeitung der englischen Übersetzung meines Romans »Waffen für Amerika«. Das Buch ist sehr lang, und vor der Türe meines Arbeitszimmers standen immerzu die Verleger und Vertreter des Buchklubs, um mir jede Seite aus der Hand zu reißen für die wartenden Maschinen. Unter diesen Umständen ist die endgültige Fassung der Übersetzung natürlich Flickwerk geworden. Aber wenigstens hat das Buch äußerlich einen großen Erfolg. Die Viking Press hat eine Erstauflage von 50000, die »Literary Guild« eine Erstauflage von 600000 Exemplaren garantiert, eine mächtige Gesellschaft hat die Filmrechte erworben, und ich habe die Gewißheit, daß das sehr progressive Buch eine sehr große Zahl von Lesern erreichen wird.

Ich schicke Ihnen den gedruckten ersten Band der deutschen Originalfassung. Natürlich möchte ich sehr gern, daß das Buch auch in Deutschland erscheint; aber da würde ich auf stärksten Widerstand bei dem Verleger der deutschen Ausgabe stoßen, bei Landshoff.

Brecht wird im September endgültig nach Europa fahren. Ich habe derartige Reisepläne bis zum Jahre 48 zurückgestellt aus vielen Gründen, die hier von allen unsern Freunden gebilligt werden.

Viele herzliche Grüße, und lassen Sie bald wieder von sich hören.

Immer
Ihr
Lion Feuchtwanger

542 Wolf an Feuchtwanger

Elsa-Brandström-Straße 22
Berlin-Pankow
30. Juli 1947

Lieber Lion Feuchtwanger,

Dank für Ihren Brief vom 5. VII. und für das neue CARE-Paket, das wir mit aufrichtiger und »schmeckerischer« Rührung uns einzuverleiben begonnen haben.

Vor allem auch meinen Glückwunsch zum großen Erfolg Ihres Romans. Bereits vor Wochen kursierten hier legendäre (astronomische) Berichte, besonders über den Filmabschluß. Ich selbst bin nun sehr begierig, bald das von Ihnen angekündigte deutsche Original zu erhalten. Heute sprach ich hierüber mit unserm Verlagsdirektor (Aufbau-Verlag), der sich auf alle Fälle sofort mein Exemplar erbat. »Der falsche Nero« erscheint demnächst. Denn bei der augenblicklichen Lage in Germanien (»in omnes divisa in partes quattuor«) kämen für Landshoff (Querido?) doch nur 2 oder 3 Zonen in Frage, während wir hier dieses Werk kaum in die Hände erhielten; so wird manches epische Werk heute z. B. in einer Zone aufgelegt, und der Verlag erteilt für den Nachdruck in einer andern Zone eine eigene Verlagserlaubnis. Mir erging es mit meinem »Russenpelz« und »Heimkehr der Söhne« so: beide Arbeiten erschienen vor etwa einem Jahr hier in einer Aufl. von 30000 (übrigens sofort vergriffen); jetzt werden sie für die *französ. Zone* in Konstanz von einem dort lizenzierten Verlag mit Genehmigung des Aufbau-Verlages nachgedruckt.

Dies wäre m. E. auch für Aufbau über Querido möglich und empfehlenswert, zumal wenn man ein fortschrittliches Werk jetzt hier verbreitet sehen will.

Von Lola fand ich einen Brief aus St. Moritz vor; ich will mir alle Mühe geben, daß sie zur Schriftstellertagung Mitte September herüber kann.

Wenn Brecht »endgültig« käme, so wäre das sehr gut; wir brauchen jetzt hier jeden Mann. Ich schrieb eben auch an Piscator, der gern kommen möchte. Allerdings scheint es mir, man muß sich im allgemeinen entscheiden, ob man »endgültig« kommt oder vorerst nicht.

Das gilt für Sterne erster Ordnung – die »citizen« sind – wie Sie, Thomas Mann, Dieterle natürlich nicht; aber für die »minores gentes«, selbst, wenn sie bei uns »principes« sind, ist das wohl zutreffend.

Ich lasse Ihnen durch meinen Verlag noch eine soeben erscheinende Broschüre »Zeitprobleme des Theaters« (mein Referat auf der Gründungstagung des neuen »Bundes deutscher Volksbühnen«) zugehen. Es wird Sie interessieren, mit welchen Geistern und Gespenstern wir wieder und immer noch zu kämpfen haben. Manchmal ist das Ganze wie ein Traum, und nicht einmal ein sehr amüsanter.

Mein neues Stück (heutige deutsche Jugend) mit dem vorläufigen Titel »Wie Tiere des Waldes« habe ich grade beendet. – Boris Blacher schrieb die Musik zu meinem dramatischen »Nocturno«, »Nachtschwalbe«, das im Herbst im Berliner Sender und dann in der Städt. Oper kommt ... der Versuch einer neuen Kammeroper, die ja bereits von Milhaud-Claudel, Strawinsky-Cocteau u. a. begonnen wurde.

Nun erwarte ich Ihren Roman und eine Generation, die nicht ewig die gleichen blutigen Torheiten begeht.

Herzliche Grüße
Ihr
Friedrich Wolf

543 Wolf an Feuchtwanger

Elsa-Brandström-Straße 22
Berlin-Pankow
15. September 1947

Lieber Lion Feuchtwanger,

anl. sende ich Ihnen einen Ausschnitt unsrer Ztg. »Sonntag« vom 7. IX. mit einem Artikel über Sie und der Vorankündigung des Ztg.-Abdrucks »Der falsche Nero«. Der »Sonntag« ist eine der besten literar. Wochenschriften Berlins.

Aufbau-Verlag wird den »Nero« sehr schnell herausbringen; wann kommt Ihr »Franklin«, dessen deutsche Ausgabe (Exemp.) Sie mir schon seit längerem versprochen haben?

Wir leben hier in Vorbereitung des 1. deutschen Schriftstellerkongresses, zu dem sich bereits über 60 Schriftsteller der Westzone und der Schweiz, Hollands, Englands angesagt haben. Das ist nicht wenig, da wir nur eine beschränkte Zahl einladen konnten und im deutschen Dichterwald aus der Nazizeit naturgemäß sich noch viele mißtönende Saatkrähen herumtreiben.

Lola Sernau wird auch kommen; sie freut sich, dies Trümmerberlin wiederzusehen; allerdings herrscht hier ein erstaunlich reges und scheinbar unverwüstliches Leben; das fällt vor allem den Fremden auf, die aus andern Bezirken Deutschlands kommen. Der Brennpunkt Ost-West/Nord-Süd macht sich da vorteilhaft bemerkbar. Hoffentlich sehen wir Sie 1948 bestimmt!

Ich habe ein neues Jugendstück »Wie Tiere des Waldes« beendet, das jetzt Karl-Heinz Martin im Hebbeltheater bringen will. Dann möchte ich Sie zu einer Enzyklopädie »Das Theater als Spiegel der Zeit« (1918–1933) einladen. Ich denke, Sie haben auch als wesentlicher Bühnenmann – zumal aus Ihrer Münchner Zeit – hier ein Wörtlein mitzureden. Die noch überlebenden 10–15 wirklichen Säulen des deutschen Theaters aus jenen Jahren sollen hier noch einmal zeigen, was das Deutsche Theater bedeutete... also 15 Beiträge, jeder etwa 2 Bogen zu einer bestimmten Frage. Ich lasse Ihnen unsern Konspekt zugehen.

Heute in Eile nur dies, mit herzlichsten Grüßen!

Ihr
Friedr. Wolf

544 Feuchtwanger an Wolf

17. Oktober 1947

Lieber Friedrich Wolf,

schönen Dank für den Ausschnitt aus dem »Sonntag«.

Ein Exemplar der deutschen Ausgabe von »Waffen für Amerika« ist seit langem an Sie unterwegs. Leider ist es nur der erste Teil des Romans. Der Querido Verlag kann den zweiten Band erst im Januar oder Februar herausbringen.

Es ist ein Jammer, daß das Buch nun in der riesigen amerikanischen Auflage vorliegt und in andern fremdsprachlichen Ausgaben, während von der deutschen Ausgabe nur ein paar Exemplare unter die Leser tröpfeln. Andernteils wäre das Buch, wenn ich es in Deutschland hätte erscheinen lassen, deutsch im Ausland überhaupt nicht zu haben, während jetzt wenigstens die verständigen und interessierten Leser den Unterschied zwischen der deutschen und den fremdsprachlichen Ausgaben sehen können.

Ich habe jetzt immerhin Lizenzen für vier meiner Bücher nach Deutschland vergeben. Ich habe die einzelnen Verlage immer angewiesen, sich mit dem Aufbau-Verlag ins Benehmen zu setzen, und das scheint ja auch geklappt zu haben.

Von Ihrem Schriftstellerkongreß habe ich leider nichts gehört. Ich versuchte, ein Begrüßungstelegramm zu schikken, aber es ging nicht durch, es wurde mir nur auf Rechnung gestellt.

Ich lese mit Vergnügen in vielen Zeitungen, auch in den deutschen Zeitungen in Amerika, daß Ihr Stück überall in Deutschland gespielt werde. Ich bin sehr neugierig auf Ihr neues Stück.

Wenn irgend es meine Zeit erlaubt, möchte ich an der Enzyklopädie des »Theaters als Spiegel der Zeit« mitarbeiten. Aber ich bin grauenvoll überlastet. Sowie ich den angekündigten Prospekt erhalte, schreibe ich Ihnen Endgültiges.

Herzlichen Gruß
immer Ihr
Lion Feuchtwanger

545 Feuchtwanger an Wolf

P. O. B. 325
Pacific Palisades, California
9. November 1947

Lieber Friedrich Wolf,

es ist mir bisher nicht geglückt, Ihnen meinen neuen Roman zu schicken. Aber ich schicke ihn jetzt an Becher und nehme an, daß er Ihnen das Exemplar geben wird.

Lassen Sie mich Ihnen bei dieser Gelegenheit sagen, daß ich mit besonderer Freude Ihren kleinen Aufsatz über Jean-Richard Bloch gelesen haben. Er ist von einer Wärme und Anschaulichkeit, die einen unmittelbar anpackt. Ich habe Bloch gut gekannt und weiß daher außerdem, wie treu Ihr Bild des Mannes ist.

Alles Herzliche
Ihr
Lion Feuchtwanger

546 Wolf an Feuchtwanger

Elsa-Brandström-Straße 22
Berlin-Pankow
1. Dezember 1947

Lieber Feuchtwanger,

schönsten Dank für Ihren Brief vom 9. XI. und das prächtige »Cosmopolitan Confiserie«-Paket, 510 Madison Ave., New York 22, das tadellos hier ankam; und diesem Cosmopolitischen können die früheren CARE-Pakete keinen Vergleich aushalten.

Von unserem Schriftstellerkongreß haben Sie wohl gelesen? Es war da öfters Windstärke 10, da man auf dem Rükken der »German writers« ganz lustig paukte. – Wie ich höre, ist Brecht in Zürich, und dürfen wir ihn 1948 hier erwarten. Schrieben Sie nicht, daß auch Sie 48 besuchsweise hier aufkreuzen wollen? Oder werden Sie erst eine ruhigere Brise abwarten? Ihr »Nero« läuft noch immer in unserem Journal. Aufbau-Verlag schrieb Ihnen wohl, daß er außer dem »Nero« noch »Exil« drucken will; ich gab schweren Herzens mein Exempl., das Sie mir 38 in Sanary dedizierten, zum Abschreiben. (Ein anderes war z. Zt. nicht aufzutreiben.) Ihr »Waffen für USA« (Franklin) kam bisher leider nicht. Ich werde morgen Becher fragen. Vielleicht könnten Sie dennoch *für Fr. W.* als dem Beaumarchaisspezialisten ein eigenes Exemplar einem Europafahrer mitgeben.

Wir stecken sonst (grade als Schriftsteller) mitten mang im europ. »Inferno«, bzw. »Purgatorio« – was z. Zt. keinen wesentlichen Unterschied ausmacht ... tausenderlei Feuerchen und Schwefel- und Natterzungen; »ut di bene vertant«!

Also, lieber Feuchtwanger, nochmals meinen Dank und Ihnen alle besten Wünsche ins neue Jahr!

Ihr Friedrich Wolf

547 Wolf an Feuchtwanger

Elsa-Brandström-Straße 22
Berlin-Pankow
21. April 1948

Lieber Lion Feuchtwanger!

Lassen Sie sich herzlichst danken für das ausgezeichnete FAT-Paket, das den Wölfen samt Töchterchen sehr mundete. Dieser Tage, da ich mit Kortner und Viertel zusammen war, haben wir öfters auch von Ihnen gesprochen und »Kalkutta 4. Mai« und der »Häßlichen Herzogin« gedacht. Ich selbst konzentriere mich mehr und mehr auf unsre neue Volksbühne, die an alter Stelle in neuer Schönheit und Funktion Anfang 1949 eröffnet werden soll. Fast schwieriger als die Holz- und Glasbeschaffung ist heute für uns die Frage der Dramenprodukte, zumal post 1945. Langsam und qualvoll schaut hier und da neues Brauchbares hervor... nicht zu vergleichen dem Sturm und Drang von 1918.

Brecht sitzt ja noch immer irgendwo in der Schweiz. Ihre Europafahrt wird kaum so schnell vonstatten gehn? Letzte Woche gab ich Kantor für »Ost und West« meine Exemplare »Der falsche Nero« und »Exil«; ich glaube für die Zeitschrift und für den Aufbau-Verlag (Nachwort). Schade, daß mir »Erfolg« auf der langen Wanderschaft abhanden kam und vor allem, daß ich Ihren Benjamin Franklin (»Waffen für USA«) noch immer nicht bekam. Können Sie da nicht etwas tun? Querido kann mir doch direkt senden! Bitte!

Mein Stück von: Liebe, Hetzjagd und Tod unsrer Jugend »Wie Tiere des Waldes« war am Schauspielhaus Leipzig ein starker Erfolg, es ist nächste Spielzeit auch für Berlin geplant. Ansonsten viel Kleinarbeit und die gute Absicht, in diesem meinem 60. Jahr mit einer Art Roman-Lebensbeichte (eines Toren) zu beginnen.

Heute nur dieses Wenige, lieber Feuchtwanger! Ihnen selbst gute Arbeit! Und senden Sie doch Ihre letzten Arbeiten recht bald!

Herzlichst
Ihr
Friedr. Wolf

548 Feuchtwanger an Wolf

22. Mai 1948

Lieber Friedrich Wolf,

ich freue mich sehr, daß Ihre Arbeit innern und äußern Erfolg hat. Über Ihr Stück »Wie die Tiere des Waldes« habe ich in der »Weltbühne« gelesen, die ich regelmäßig erhalte.

Ich selber habe ein Stück geschrieben, das hier und in New York im Herbst zur Aufführung kommt, in einer ausgezeichneten Besetzung. Der deutsche Text wird hier gedruckt, in einer sehr hübschen Ausgabe, und ich schicke Ihnen eine in allernächster Zeit. Es ist übrigens nicht einfach, Bücher nach Berlin zu senden, da offenbar die Bestimmungen häufig wechseln.

Überhaupt macht die Publikation der deutschen Ausgaben meiner Bücher sehr viel Mühe und Sorge. Natürlich liegt mir vor allem daran, daß meine Bücher in ihrer Originalfassung erscheinen und verbreitet werden. Aber das stößt auf zahllose Schwierigkeiten, beruhend entweder auf dem Ungeschick oder auf dem bösen Willen der holländischen und der schwedischen Verleger, welche die Rechte auf diese Ausgaben haben. So ist von der deutschen Ausgabe von »Waffen für Amerika« bis jetzt nur der erste Band erschienen, während der Querido Verlag in Amsterdam das fertige Manuskript schon beinahe zwei Jahre lang in Händen hat. Auch die Korrekturen habe ich schon vor ewigen Zeiten erledigt. Trotz häufigen und wortreichen Kabel-

und Briefwechsels mit Amsterdam geht die Veröffentlichung aus dunkeln Gründen nicht vonstatten, wiewohl das Buch mittlerweile in vielen andern Sprachen erschienen ist, zum Beispiel auch polnisch.

Ich beabsichtige nach wie vor, sobald wie möglich eine ausgedehnte Europareise zu unternehmen. Aber auch da stellen sich zahllose Schwierigkeiten in den Weg, von denen Ihr keine Ahnung habt.

Auf alle Fälle beauftrage ich Querido, Ihnen ein Exemplar von »Waffen für Amerika« zu schicken.

Mit sehr herzlichen Wünschen und Grüßen

Ihr
Lion Feuchtwanger

PS In der Anlage zwei Gutscheine, gegen die Sie ein Luftpostbrief-Formular eintauschen können.

549 Wolf an Feuchtwanger

Elsa-Brandström-Straße 22
Berlin-Pankow
15. September 1948

Lieber Lion Feuchtwanger,

nach längerer Abwesenheit von Berlin u. a. zum »Internationalen Kongreß der Kunstschaffenden« in Warschau und Breslau, an dem zahlreiche anglo-amerikanische Intellektuelle neben den Vertretern von 45 Nationen teilnahmen, bin ich grade heimgekehrt und muß übermorgen wieder auf Achse. Kantorowicz rief mich an, Sie hätten einen Beitrag zu einem Geburtstagsbüchlein gesandt. Furchtbare Tat... dieser 60. Jahrestag, an dem ich doch unschuldig bin. Ich bin gespannt, wie Sie den alten Steppenwolf gestäupt haben? Vor allem aber auch möchte ich Ihnen mit

Dank ein neues kulinarisches ACE-Paket, das vollständig und in bestem Zustande hier ankam, bestätigen.

Nun noch eins: vor 6 Wochen lieh ich der »Weltbühne« hier mein Exempl. »Waffen für Amerika« für eine Besprechung und evtl. Textprobe-Abdruck aus. Und nun, da ich selbst es lesen will, sucht die Redaktion seit Tagen krampfhaft; es ist mir sehr unangenehm. Ich insistiere, man muß es finden. Zugleich erbitte ich vom Aufbau-Verlag mir deren Exemplar, um Ihnen bald ein Wort hierüber zu schreiben.

Heute dies Kurze nur und herzliche Grüße

Ihr
Friedr. Wolf

Gelegentlich werde ich Ihnen meine neuen Arbeiten senden.

550 Wolf an Feuchtwanger

Lehnitz b. Oranienburg/Berlin
10. Februar 1949

Lieber Lion Feuchtwanger,

eine scheußliche schwere Ischias, die mich einfach hinwarf, hinderte mich, Ihnen längst zu schreiben und zu danken – für Ihren schönen Geburtstagsgruß im Büchlein – für den Jubelgreis und auch für das letzte Paket. Also ich hole dies hiermit nach, in Knieellenbogenlage krauchend. Zudem schrieb Lola, daß im Juli (?) 49 Ihr eigener 65. Ich habe Aufbau-Verlag u.a. verständigt, daß wir auch Ihrer gedenken. Man muß hier die Feste feiern, wie sie fallen – »sacro officio«.

Wie ich höre, will das Deutsche Theater Ihr neues Schauspiel bringen, und zwar sehr bald. Ursprünglich sollte jetzt mein Chinastück »Tai Yang« kommen; aber seit meiner

Bettlägerigkeit und Besetzungsnöten haben wir es verschoben. Brechts »Mutter Courage« war ein Riesenerfolg, den ich unter Betäubungsmitteln grade noch miterlebte (Ischias-verkrümmt). Vielleicht sind Sie zu Ihrer Premiere hier? Das wäre großartig! Dann sehen wir uns ja.

Heute nur dies!

Man hätte den »knabenhaften« Jubelgreis nicht so prononcieren sollen! Die Strafe folgte dieser Hybris auf dem Fuße.

Nochmals, lieber Feuchtwanger, vielen Dank und herzliche Grüße

Ihres alten
Fr. W.

551 Feuchtwanger an Wolf

2. Juni 1949

Lieber Friedrich Wolf,

ich höre mit herzlichem Bedauern, daß Sie so lange an Ischias darnieder – ich hoffe, sagen zu dürfen – lagen.

Von Brecht und vor allem von Arnold Zweig habe ich häufige Berichte, wenngleich man drüben immer voraussetzt, daß wir hier über jede Winzigkeit unterrichtet sind, während wir häufig das Elementarste nicht erfahren.

Was macht Ihr China-Stück?

Alles Herzliche
Ihr
Lion Feuchtwanger

PS Ich hoffe, daß das Paket, das an Sie unterwegs ist, nicht zu lange dauert.

552 Wolf an Feuchtwanger

Lehnitz b. Oranienburg/Berlin
28. Juni 1949

Lieber Lion Feuchtwanger,

Lola schreibt mir den 7. VII. als Ihren 65. Geburtstag. Da ich fürchte, daß unser Geburtstagsbüchlein sich verspätet, möchte ich Ihnen auf jeden Fall schon heute gratulieren, Ihnen noch eine lange gute Arbeitszeit und doch einmal die Heimkehr in Ihr altes Land wünschen. Es gibt gewiß auch für Sie mancherlei hier zu sehen und zu tun. Letzthin war ich einen Abend bei Brecht; er bewohnt ein schönes altes Arzthaus am Weißensee, mit großem parkartigem Garten, mitten in der Stadt, ganz verwunschen. Ich selbst habe mich an den Lehnitzsee zwischen Kiefern und Birken zurückgezogen; das heißt, das »zurück« stimmt nicht, da ich jeden 2.–3. Tag in Berlin bin.

Sie schrieben mir mehrfach, *1949* wollten Sie nach hier kommen! Bald ist das Jahr wieder um. Wann dürfen wir Sie erwarten?

Ich füge diesem Brief meinen kleinen Beitrag zu dem Geburtstagsbüchlein bei, das Kantor wieder ediert. Also, lieber Feuchtwanger, vergessen Sie uns nicht ganz am fernen Pazific und kommen Sie!

Herzliche Geburtstagsgrüße

Ihr
Friedrich Wolf

Sie fragen nach meinem Chinastück? Es ist für diese Spielzeit am Deutschen Theater Berlin, in Prag bei Burian, Warschau/Lodz, Léon Schiller angesetzt. Eben beende ich ein Szenarium für einen Film, der im August ins Atelier soll.

553 Wolf an Feuchtwanger

Lehnitz b. Oranienburg/Berlin
7. Juli 1949

Lieber Feuchtwanger!

Hoffentlich haben Sie meinen Geburtstagsbrief rechtzeitig erhalten! Das Geburtstagsbuch, das wir für Sie herausgeben, kam wahrscheinlich nicht rechtzeitig an. Dagegen finde ich heute den beigefügten Gruß von Pieck und Grotewohl, der Sie freuen wird. – Gestern sagte mir Helli Weigel, daß Brecht mit einem Nierenleiden (vermutlich Nierenstein) liegt; morgen will ich ihn besuchen.

Also, lieber Feuchtwanger, nochmals meine allerbesten Wünsche zum 65. und herzliche Grüße

Ihr Friedr. Wolf

anl. Presseausschnitt

554 Wolf an Feuchtwanger

Berlin
20. Juli 1949

Lieber Feuchtwanger,

eben sitze ich bei Marcuse, in Erinnerungen an die côte d'azur schwelgend und an mehr oder weniger »große Zeiten«. Ich benutze die Gelegenheit, Ihnen nochmals zum 65. (dem inzwischen verflossenen) alles Beste zu wünschen! Meine beiden Briefe – einen mit dem Geburtstagsmanuskript für das Jubilarbüchlein – erhielten Sie hoffentlich? Ich selbst möchte Ihr letztes CARE-Paket mit Schoko und Kaffee dankend bestätigen. Sie werden demnächst über Aufbau-Verlag einige theoret.-literarhistor. Bücher erhalten, die für L. Marcuse gedacht sind.

Heute nur dies Eilige und herzliche Grüße

Ihres
Friedr. Wolf

[Nachschrift Ludwig Marcuse]

Liebe Feuchtwangers;

1. herzlichsten Glückwunsch nachträglich.

2. Die besten Grüße von Ihrem teilweise deprimierten, teilweise aufgeregten, teilweise müden, teilweise unentwegten

M.

[Nachschrift Sascha Marcuse]

Wir haben Ihnen viel zu erzählen

Sascha

555 Feuchtwanger an Wolf

30. Juli 1949

Lieber Friedrich Wolf,

herzlichen Dank für Ihre Geburtstagswünsche und Ihren gescheiten, lustigen und freundschaftlichen Geburtstagsartikel.

Sie schreiben nichts über Ihre Gesundheit, aber daraus, daß Sie soviel arbeiten und herumfahren, darf ich wohl annehmen, daß es nicht schlecht um Sie steht.

Ich habe mehrmals angedeutet und auch Berliner Freunden, die mich hier besuchten, auseinandergesetzt, was mich vorläufig hier hält. Ich brauche Ihnen aber nicht zu sagen, wie sehr ich mich danach sehne, Deutschland und die deutschen Freunde einmal wiederzusehen.

Mit sehr herzlichen Grüßen

Ihr
Lion Feuchtwanger

Alfred Kantorowicz

Feuchtwanger und Kantorowicz lernten sich 1920 auf einem Künstlerfest in Schwabing kennen. Der Briefwechsel setzte jedoch erst 1941 ein, als Kantorowicz in New York Zuflucht gefunden hatte.

Nach der Machtübernahme Hitlers floh Kantorowicz nach Frankreich. In Paris war er leitender Sekretär der »Deutschen Freiheitsbibliothek«, einer »Sammelstelle für die in Deutschland verbrannten und verbotenen Bücher«. An ihrem Zustandekommen wirkten Lion Feuchtwanger, Bruno Frank, Heinrich Mann, Rudolf Olden und viele andere mit.

Kantorowicz nahm am Spanischen Bürgerkrieg teil, kehrte nach Frankreich zurück und wurde bei Beginn des zweiten Weltkrieges in Les Milles interniert. In seinem späteren Bericht über das Lagerleben erinnert er sich seines Lagergefährten Feuchtwanger, dem moralischer Mut »in hohem Maße zu eigen gewesen« sei. Durch seine Haltung wurde er »zu einem Mittelpunkt der Bedrängten und Hilfesuchenden des Lagers«, schrieb Kantorowicz in dem Band »Deutsche Schicksale«.

Auch Kantorowicz gelang wie Feuchtwanger die Flucht von Frankreich nach den USA. In ihren Briefen berichteten sie von persönlichen Problemen, von literarischen Plänen und von dem Bemühen, Exilanten Hilfe und Unterstützung zu gewähren.

1947 kehrte Kantorowicz nach Berlin zurück, gab 1947 bis 1949 die Zeitschrift »Ost und West« heraus und wurde an der Humboldt-Universität Professor für deutsche Literatur.

In den folgenden Jahren ist die Beschaffenheit des Nachlasses von Heinrich Mann der Hauptinhalt ihrer Briefe.

Heinrich Mann hatte Feuchtwanger kurz vor seinem Tod am 12. März 1950 vier Kisten mit Manuskripten und Briefen zur Durchsicht überlassen. Etwa um diese Zeit wurde Kantorowicz in Berlin damit beauftragt, eine Edition der Werke Heinrich Manns vorzubereiten.

Neben Arbeiten über Heinrich Mann publizierte Kantorowicz u. a. Aufsätze über Feuchtwanger. Erst eine zukünftige Generation, »die im Jahr zweitausend zur Reife kommt«, werde vielleicht »das rechte Verständnis und die gerechte Wertung« für Feuchtwanger finden, meinte er in einem Vortrag 1969.

Der Briefwechsel der fünfziger Jahre dokumentiert auch den Beginn der Feuchtwanger-Forschung. Kantorowicz vergab Seminararbeiten über »Erfolg«, »Jud Süß« und »Der falsche Nero«. Systematisch wissenschaftliches Ergründen seines Werks begann 1953 an der Humboldt-Universität mit der Dissertation Wolfgang Berndts, »Feuchtwangers frühe Romane ›Jud Süß‹ und ›Die häßliche Herzogin‹«.

Kantorowicz verstummte im Jahr 1954. Drei Tage nach Feuchtwangers Tod schrieb er an Marta Feuchtwanger, er habe nach seinem Weggang aus der DDR Mißverständnisse befürchtet, denen er sich »gerade bei einem durch Jahrzehnte von mir verehrten Mentor wie Feuchtwanger nicht aussetzen wollte«.

556 Kantorowicz an Feuchtwanger

New York
26. Juni 1941

Lieber Feuchtwanger,

ich teile Ihnen mit, daß wir – nach einer Reise von dreizehn Wochen Dauer via Martinique und San Domingo – vor einigen Tagen hier eingetroffen sind. Wir sollten nächsten Mittwoch nach Mexiko weiterreisen; ob das nach den neuesten Verfügungen, daß Leute, die in Deutschland geboren sind, nicht ausreisen dürfen, möglich sein wird, muß sich zeigen. Für uns wäre es kein Schrecken, hierbleiben zu müssen.

Unsere Abenteuer in Frankreich und auf der Reise zu erzählen ist in diesem Brief kein Platz. Meine letzte Verhaftung in Marseille, mein Abtransport in Handschellen, meine überraschende Freilassung, der Kampf ums Ausreisevisum, die abermalige Verhaftung, vierundzwanzig Stunden bevor das Schiff nach Martinique abfuhr, das Konzentrationslager in Martinique, die Rettung durch dominikanische Transitvisen – all das sind pikante Kapitelchen, die man überschriften könnte: »dernière image de la hospitalité française«. (Ich erfuhr, daß Sie ein Buch über eben diesen Gegenstand in Arbeit haben.)

Von Mexiko aus werden wir Ihnen unsere Adresse schreiben. Wir werden uns bemühen, von dort wieder hierher einreisen zu dürfen, denn trotz aller Schwierigkeiten sind die Arbeitsmöglichkeiten hier wohl doch ergiebiger als in Mexiko.

Wir machten die Fahrt mit Anna Seghers und ihrer Familie gemeinsam. Heute erwarten wir hier Bruno Frei, Hannes Marchwitza, Theo Balk, Ruth Jerusalem, Duncker,

Schroeder und andere sitzen in Casablanca fest. Leonhard ist wieder in Vernet. Joachim scheint noch in Sanary zu sein; er schrieb mir hierher, daß sein Vater in Gurs verreckt sei. Räderscheidts mußten Sanary verlassen, Ruth Herrmann, soviel ich weiß, auch.

Nachrichten erreichen mich über die Adresse der »Writers' League«, 381 Fourth Avenue.

Mit herzlichen Grüßen für Frau Marta und Sie

Ihr
A. Kantorowicz

557 Lion und Marta Feuchtwanger an Kantorowicz

July 1, 1941

Very happy about your letter stop after contradicting rumors about your escape we were worried please write more detailed best wishes to you both

Lion Marta Feuchtwanger

558 Alfred und Friedel Kantorowicz an Lion und Marta Feuchtwanger

381 Fourth Avenue
c/o American Writers League
New York City
10. Juli 1941

Liebe Marta, lieber Lion Feuchtwanger,

wir erhielten durch ein Ungeschick Ihren herzlichen telegrafischen Willkommensgruß erst heute. Er hat uns sehr große Freude bereitet. Die verschiedenen »rumors about our escape« waren nicht ganz unbegründet. Unser Herauskommen blieb bis zum happy end ein halsbrecherisches Unternehmen, durchsetzt mit dramatischen Zwischenfällen, noch im allerletzten Augenblick, bei der allerletzten Formalität im Hafenamt von Marseille schien alles verloren zu sein, irgendwelche Nazis, man weiß nicht, ob deutsche oder französische (stinken tun sie alle beide gleich stark), hatten da eine Art Steckbrief in die Kartothek des Hafenamtes lanciert, und alles wäre verloren gewesen, wenn nicht durch den wunderbarsten Zufall der entscheidende Oberste der Hafenpolizei durch einen patriotischen französischen Offizier von unserer Gefährdung durch die Nazis unterrichtet gewesen wäre und jene Kartothekkarte verschwinden ließ. Das sagt sich alles so in einem Atem hin, aber Sie haben ja auch einige Erfahrungen und ahnen daher vermutlich, was diese Monate von September bis März an abenteuerlichen Spannungen enthalten haben.

Am 24. März haben wir Marseille verlassen, am 18. Juni haben wir New York betreten. Dazwischen lag eine vierwöchige Fahrt auf einem schwimmenden Konzentrationslager, die außer Dreck und Hunger auch mannigfache Aufregungen brachte, so zum Beispiel gerieten wir in den seinerzeit so beschrieenen »Zwischenfall von Nemours«, mußten vor Gibraltar wieder umkehren, es hieß, wir könnten nicht mehr weiter, sondern würden nach Marseille zurückgebracht. Aber schließlich landeten wir doch in Martinique, wo ein beträchtlicher Teil der bewaffneten Macht bereits gegen uns aufgeboten war. Der Krieg gegen uns, der einzige Krieg, den die Franzosen geführt haben, setzte sich dort fort, wir kamen in ein besonders abscheuliches Konzentrationslager unter besonders abscheulichen klimatischen und sanitären Bedingungen bei völlig ungenießbarem Essen. Nach einem weiteren Monat voller dramatischer Zuspitzungen gelang es uns, auf einem dominikanischen Schiff zu entkommen. Von da an wurden die Schwierigkeiten zivil. Wir hatten noch einige Scherereien in Ciudad Trujillo und eine abschließende verhältnismäßig unbeträchtliche Episode hier auf Ellis Island. Aber nun sind wir hier.

Wir hätten längst weiterfahren sollen, aber Sie kennen wohl die Verordnung, nach der Leute, die in Deutschland geboren sind, das Land nicht verlassen dürfen. Die Entscheidung wird nun aber in einigen Tagen fallen. Wir werden vermutlich am Mittwoch, dem 23., nach Mexiko fahren.

Leider habe ich fast alle Manuskripte in Frankreich zurücklassen müssen – soweit sie nicht schon in Paris verlorengegangen waren. Desgleichen natürlich alle Bücher und überhaupt fast alles, was man besaß, man ist dankbar genug, das Leben gerettet zu haben. Die gute, treue Freundin Lola – was hören Sie von ihr? Wie geht es ihr? Welche Aussichten hat sie, aus dem europäischen Dschungel zu entkommen? – hat nun seinerzeit einige meiner Manuskripte, eine Anzahl von Tschapajew-Büchern und von »In unserem Lager ist Deutschland« und einige andere der mir wichtigsten Materialien in eine der Kisten verpackt, die unter der Adresse von Eva Herrmann an Sie gesandt worden und hoffentlich gut angekommen sind. Sie würden mir einen außerordentlichen Dienst erweisen, wenn Sie diese Bücher, Manuskripte und Materialien heraussuchen lassen würden und bereithielten, mir nach Mexiko zu senden, sobald ich mich dort seßhaft gemacht habe. Wir fangen unsere neue Existenz mit nichts anderem als mit diesen paar hoffentlich geretteten Arbeiten an. Das heißt, einen weiteren Durchschlag meines Spanien-Manuskriptes habe ich durchgebracht, und ich habe neulich einmal mit Huebsch über die Publikationsmöglichkeiten diskutiert; er meinte, es sei jetzt nicht die Zeit dafür. Ich machte ihm dann naiverweise den Vorschlag, ein Buch über unsere (zu verallgemeinernden) Erfahrungen in Frankreich zu schreiben und erfuhr bei dieser Gelegenheit, daß Sie ein solches Buch nahezu abgeschlossen haben, was nun allerdings mich und meinen Plan völlig ausschaltet. Um so gespannter bin ich auf die Lektüre Ihres Buches.

Wir würden uns sehr freuen, noch vor unserer Abreise von hier von Ihnen zu hören. Lassen Sie uns doch auch wissen, wie es Bruno Franks, Marcuses und anderen Freunden geht, die dort in Ihrer Nähe leben. An Heinrich Mann haben wir kürzlich geschrieben.

Mit sehr herzlichen Grüßen für Sie beide

Friedel und A. Kantorowicz

PS Ein Herr Hellin hat uns auszurichten: Dr. Franz Feigl, 12 traverse de Frioul, Marseille-Endoûme, hofft sehr, daß Sie ihm ein moralisches Affidavit verschaffen können.

559 Feuchtwanger an Kantorowicz

1650 North Amalfi Drive
Pacific Palisades
12. Juli 1941

Lieber Kantorowicz,

ich freue mich, wie schon gesagt, herzlich, daß Sie glücklich da sind. Man hat mich von Ihrer Abreise unterrichtet ungefähr um die Zeit, da sie wirklich stattfand, und ich habe mir denken können, mit wieviel schauerlichen und grotesken Zwischenfällen Ihre Reise verbunden sein mußte.

Was Ihre Manuskripte anlangt, so liegen sie vermutlich zusammen mit meinen ganzen Büchern in Lissabon. Dort liegen sie seit längerer Zeit, und das Ganze macht enorme

Lagerspesen. Bis jetzt habe ich schon über tausend Dollar bezahlt, aber es geht nicht weiter, aus jenen bürokratischen Gründen, mit denen Sie auf andern Gebieten sicher schon Erfahrung gemacht haben. Dazu kommt, daß wahrscheinlich die portugiesische Speditionsfirma den Abtransport böswillig verschleppt, um höhere Lagerspesen auflaufen zu lassen.

Ich hoffe, daß wir schließlich dennoch die ganze Geschichte kriegen. Nur muß man eben, wie mit allen Dingen hier, unendlich viel Geduld haben.

Ähnlich steht es mit der Veröffentlichung Ihres Spanienbuches. Es wird in absehbarer Zeit zwei Gelegenheiten geben, bei denen Sie es werden unterbringen können: einmal, wenn der Film von Hemingway erscheint, und das zweite Mal, wenn das amerikanische Publikum die Überlegenheit der Russen begriffen haben wird.

Lola ist nach wie vor in Ascona. Sie herauszukriegen ist beinahe unmöglich. Wäre sie in Frankreich gewesen, dann wäre sie längst hier. So aber sind die technischen Schwierigkeiten dermaßen gehäuft, daß ich wenig Hoffnung mehr habe. Ihr selber schreibe ich natürlich tröstlich, und wir zahlen auch immer wieder Depots für ihre Überfahrt ein und schicken immer wieder neue Schriftstücke, die verlangt werden. Aber ich sehe, wie gesagt, da sehr schwarz.

Uns selber geht es leidlich. Meine Konten sind blockiert, weil ich sowohl als Franzose wie als Deutscher betrachtet werde, und was ich verdiene, kann ich technisch nicht kriegen. Es ist alles unsäglich dumm.

Bitter vermisse ich meine Bücher; denn gerade für das, was ich schreiben möchte, brauche ich Material, das Material, das ich mir gesammelt habe.

In der Angelegenheit Feigl habe ich ziemlich viel tun können. Ich bin in direkter Verbindung mit Feigls Tochter, und ich denke, daß die neuen, am 1. Juli entstandenen Schwierigkeiten überwunden werden.

Bitte, halten Sie mich ja über Ihre Adresse auf dem laufenden.

Mit herzlichen Grüßen für Sie beide, auch von Marta,

Ihr
Lion Feuchtwanger

560 Kantorowicz an Feuchtwanger

568 Audubon Av.
New York
29. Dezember 1941

Lieber Feuchtwanger,

nehmen Sie und Frau Marta unsere Grüße und Wünsche zum neuen Jahr. Der Fortschritt, den dieses Jahr gebracht hat – richtiger wäre zu sagen: der sensationelle Umschwung, dessen Zeugen wir gegen alle odds doch noch haben sein dürfen –, macht uns zuversichtlich. Das letzte Jahresende verbrachten wir in der Küche Ihrer Villa; um es einmal schön warm zu haben, hatten wir eigenhändig einen Baum in der Cride gefällt, und wir heizten an mit einigen Brettern Ihrer Bibliotheksregale. Unser Freund Schroeder war zu Besuch gekommen, und mit ihm gemeinsam bewirteten wir den alten Hessel mit einem heißen Tee; es war der letzte Ausgang Hessels, wir brachten ihn nach Hause in sein Bett, zwei Tage später war er tot.

Jetzt sitzen wir in einer überheizten Wohnung in Manhattan, und Schroeder ist gerade wieder einmal angekommen; man hat ihn nämlich vor etwa einer Woche endlich aus Ellis Island entlassen. Wir versuchen krampfhaft, nicht an die zu denken, die noch drüben in den Lagern sitzen – soweit sie nicht schon den Nazis ausgeliefert worden sind; aber es gelingt uns schlecht, nicht an sie zu denken.

Ich las vom Erscheinen Ihres Buches über Les Milles.

Wollen Sie mir nicht ein Exemplar schicken? Frau Mosse, die heute telefonierte und ihrem Brief nochmalige Grüße durch diese Zeilen mitsenden läßt, sagt mir, daß ich darin vorkomme.

Friedel ist seit einigen Tagen vom Lande zurück und hilft, unsere neue Wohnung, ein Glücksfall von zwei Zimmern für wenig Geld, zu möblieren. Ich arbeite gerade an einem Essay: »Strategie der Antinazi-Propaganda«, den Del Vayo angefordert hat. Es ist die erste größere Arbeit, an die ich mich wieder wage. Unsere Erschöpfung nach den letzten Jahren war diesmal tief und dauerhaft. Wir kommen erst jetzt allmählich wieder auf die Beine. Wir sind immer noch als Transitäre hier; wer weiß, ob wir nicht eines Tages noch nach Mexiko müssen. Das wäre stupide. Man kann hier viel mehr gegen die Nazis tun als von dort aus.

Lassen Sie doch gelegentlich ein Wort von sich hören.

Alles Gute für 1942

Ihr aufrichtiger
A. Kantorowicz

561 Feuchtwanger an Kantorowicz

1744 Mandeville Canyon Road
West Los Angeles
6. Januar 1942

Lieber Kantorowicz,

es hat mich gefreut, endlich mal wieder von Ihnen zu hören. Hier war nie herauszufinden, wo Sie eigentlich steckten, ob in Mexiko oder noch hier im Lande.

Mir persönlich geht es im ganzen nicht schlecht, doch gut leider auch nicht. Die vielen Versuche, Lola hier herüberzubekommen, die viel Zeit, Mühe und Geld erforderten, sind ja jetzt leider wohl endgültig mißglückt. Hingegen sind ganz zuletzt noch meine Bücher angekommen und mit ihnen Ihr Manuskript. Gerade gestern enttauchte es einer Kiste, und heute geht es an Sie ab.

Ein Exemplar vom »Devil in France« möchte ich Ihnen gerne schicken. Aber die Viking Press ist ungeheuer karg in Freiexemplaren. Ich kämpfe darum mit Huebsch. Sowie ich was kriegen sollte, schicke ich Ihnen eines. Das Schicksal des Buches ist nicht gerade erfreulich. Es hat zwar eine ausgezeichnete Presse gehabt, allein seine Publikation fiel in die Wochen des beginnenden Krieges, und so scheint das Buch völlig versunken.

Auch sonst geht es mir wirtschaftlich nicht gerade sehr gut; es scheint, daß keiner von uns hier rechten Erfolg gehabt hat. Die einzigen erfolgreichen deutschen Autoren sind Valtin und Rauschning.

So tief ich es bedauere, daß nun jede Hoffnung verloren ist, Flüchtlinge aus Europa herüberzubekommen, so habe ich dadurch jetzt endlich ein bißchen Zeit zu arbeiten; denn bisher wurde wirklich meine ganze Zeit aufgefressen von red tape und von Bemühungen für die noch in Europa Befindlichen. Jetzt komme ich endlich dazu, mich wieder an literarische Arbeit zu machen. Ich schreibe an einem Roman, der das Schicksal eines Telepathen zum Gegenstand hat, der mit dem Dritten Reich verknüpft ist.

Marta hat einen kleinen Autounfall gehabt, von dem sie wiederhergestellt ist. Im übrigen gibt es hier viel zuviel Leute; es ist, als ob sich ganz Europa hier ein Stelldichein gegeben hätte. Läppischer Klatsch und kleine Verdrießlichkeiten hören nicht auf. Das Ganze ist wie ein gigantisches Sanary.

Ihnen und Friedel alles Herzliche, auch von Marta,

Ihr
Lion Feuchtwanger

562 Kantorowicz an Feuchtwanger

568 Audubon Avenue
New York, N. Y.
10. März 1942

Lieber Feuchtwanger,

wir haben die Chance, ein Arbeitsstipendium zu erhalten in der Form einer Einladung in das Schriftstellerheim nach Yaddo, Saratoga Springs, New York, für einige Sommermonate. Die Direktion dieser Stiftung hat unsere Eingabe freundlich berücksichtigt und verlangt nur noch einige Empfehlungsbriefe bekannter Schriftsteller zu unseren Gunsten. Würden Sie so freundlich sein, so bald wie möglich – die Entscheidung soll Ende März fallen – an die Direktion dieses Heims ein paar freundliche Worte über Friedel und mich zu schreiben (wobei wichtig ist, daß auch meiner literarischen Bemühungen gedacht wird). Die Anschrift ist: Miss Elizabeth Ames, Yaddo, Saratoga Springs, New York.

Wir sind hier ziemlich tätig, und wenn gegenwärtig auch noch neun Zehntel aller Bemühungen ins Leere verpuffen, so läßt sich doch das verbleibende Zehntel versprechend an.

Mit herzlichen Grüßen für Frau Marta und Sie

Ihr
A. Kantorowicz

563 Feuchtwanger an Kantorowicz

1744 Mandeville Canyon Road
West Los Angeles
17. März 1942

Lieber Kantorowicz,

mit gleicher Post geht das Empfehlungsschreiben an das Schriftstellerheim nach Yaddo ab.

Wir haben hier unser gerütteltes Maß an Schwierigkeiten, und äußerlich geht es eigentlich keinem einzigen von uns gut. Aber Sie kennen ja meinen Optimismus.

Ihnen beiden alles Herzliche

Ihr
Lion Feuchtwanger

564 Feuchtwanger an Kantorowicz

1744 Mandeville Canyon Road
West Los Angeles
26. März 1942

Lieber Kantorowicz,

ich schicke Ihnen in der Anlage ein Schreiben der »Yaddo«. Ich freue mich, daß Sie also einen Sommeraufenthalt zu haben scheinen.

Wir hier haben uns mit vielen Schwierigkeiten herumzuschlagen.

Lassen Sie doch einmal von sich hören.

Mit herzlichen Grüßen und Wünschen

Ihr
Lion Feuchtwanger

Anlage

565 Kantorowicz an Feuchtwanger

568 Audubon Ave.
New York City
13. Juni 1942

Lieber Feuchtwanger,

besten Dank für Ihre Nachricht und für Ihre Befürwortung unserer Einladung nach Yaddo. Friedel wird sie nötig haben; sie hat in den letzten Wochen wieder ein bißchen viel trouble gehabt, wohl noch im Zusammenhang mit ihrer Operation im vorigen Jahr; zum Glück ist jedenfalls keine neue Operation erforderlich.

Ich habe ein paar lectures an verschiedenen Hochschulen und Universitäten gegeben und denke daran, mir vielleicht eine lecture tour organisieren zu lassen. Für den Lebensunterhalt habe ich eine research Arbeit für den »Coordinator of Inter-American Affairs« gefunden – beileibe nicht den »Coordinator for Information«, in dessen deutscher Abteilung Leute, die wirklich gegen Hitler gekämpft haben und mit Anti-Nazi-Propaganda etwas anderes meinen als business, von vornherein hors de concours sind. Im Dienst der allgemeinen Kulturarbeit habe ich die »Tribüne« mit ins Leben gerufen, von deren Wirksamkeit Sie wahrscheinlich haben läuten hören. Und fürs Herz schreibe ich – da ich's nun mal, Maniak, der ich bin, trotz aller Erfahrungen nicht lassen kann – einen neuen Roman, der dazu vorbestimmt ist, in einer Schublade des Tages zu harren, da ein neues geschichtliches Ereignis seine Vernichtung fordert.

Am nächsten Donnerstag feiern wir den Jahrestag unserer Ankunft in Amerika, der auch insofern für uns bemerkenswert ist, als er mit Friedels Geburtstag zusammenfällt, und weil Friedel just an diesem Tage, ein Jahr zuvor, zusammen mit Frau Marta und den anderen Frauen nach Gurs eingeliefert worden ist. Nicht nur von diesem Blickwinkel aus betrachtet, hat sich, das muß man doch zugeben, unsere Lage seit dem 18. Juni 1940 beträchtlich verbessert. Wir sind übrigens gern hier in diesem Land; nicht nur, wenn wir die letzten Schreckensjahre in Frankreich zum Vergleich ziehen, sondern sogar gemessen an den ruhigeren Zeiten in Paris, ziehen wir das Leben in New York bei weitem vor. Die Stickluft, der Fremdenhaß, die Ungastlichkeit, die Préfecture, der Bürokratismus, die Auflösung der französischen Gesellschaft – alles, was uns das Leben in Frankreich seit 1933 so schwer, zeitweilig unerträglich machte, finden wir hier, wenn überhaupt, nur als ungefährliche und nicht charakteristische Auswüchse wieder. Wir haben Freunde unter den Amerikanern, wir fühlen uns, trotz geringfügiger, verständlicher Einschränkungen, die unser Status als »German-born aliens« mit sich bringt, frei und unbelästigt; unsere Transitvisen sind in Visitorvisen umgewandelt worden, und Arbeitserlaubnis haben wir auch.

Von den noch in Frankreich zurückgebliebenen Freunden kommen entsetzliche Nachrichten. Zum Beispiel von Rheinhardt, der am Verhungern ist. Ich habe seinen Namen auf die Liste des Hilfskomitees setzen lassen; man wird versuchen, ihm Pakete zu schicken. Die frühere Frau Rheinhardts, jetzige Frau Wohlmuth, müht sich sehr, ihm durch Sendungen, die sie mit Hilfe der Quäker organisieren kann, auch ein wenig Erleichterung zu verschaffen. Sie hat – ihr Mann ist Musiker und gegenwärtig arbeitslos – gar kein Geld, um ihre Hilfstätigkeit fortzusetzen, und sie fragt mich an, ob ich Rat wisse. Nun gibt es dort doch einige vermögliche Schriftsteller, die Rheinhardt kennen und schätzen; ich denke an Werfel und Thomas Mann. Können Sie von dort aus etwas tun? Kann das dortige Komitee, Frau Bruno Frank, in diesem Falle ein wenig mithelfen, sich mit den Kollegen und Freunden Rheinhardts in Verbindung setzen? Es handelt sich nicht um große Summen. Mit $ 50, selbst mit $ 30, ist schon einiges getan, und wenn dort ein paar Leute je $ 10 geben, so kann man ihm sehr viel helfen. Das Geld sollte zweckmäßig an Frau Wohlmuth (Felice G. Wohlmuth, 3606 Hamilton Street, Philadelphia, PA) geschickt werden. Sie hat die Möglichkeit, es in Lebensmittelpakete, die ihr Ziel erreichen, umzuwandeln. Vielleicht setzt sich das Komitee dort direkt mit Frau Wohlmuth in Verbindung.

Mit freundlichen Grüßen für Sie und Frau Marta

Ihr
A. Kantorowicz

566 Feuchtwanger an Kantorowicz

1744 Mandeville Canyon Road
West Los Angeles
18. Juni 1942

Lieber Kantorowicz,

schönen Dank für Ihren Brief vom 13. Juni. Ich beantworte ihn nächstens ausführlich.

Die Sache mit Rheinhardt habe ich an Liesl Frank weitergegeben.

Ihr macht Euch doch, glaube ich, über unsere wirtschaftlichen Bedingungen hier Vorstellungen, die nicht ganz richtig sind. Wirtschaftlich gut geht es hier eigentlich nur Werfel und Remarque; beide haben gerade erst je fünfhundert Dollar für bedürftige Schriftsteller gegeben, so daß man nicht gut schon wieder an sie herangehen kann. Wir andern haben schwerste Mühe, die gar nicht wenigen, völlig mittellosen Schriftsteller hier durchzuschleppen. Dazu kommt, daß die sehr lästigen Fremdenvorschriften hier, curfew und Fünf-Meilen-Zone, den meisten das Leben und die Wirtschaft peinlich erschweren.

Ich hoffe, daß für Rheinhardt vielleicht doch etwas geschehen kann.

Ihnen und Friedel alles Herzliche

Ihr
Lion Feuchtwanger

567 Kantorowicz an Feuchtwanger

72 West 102 Str.
New York
16. Januar 1943

Lieber Feuchtwanger,

seit einiger Zeit arbeite ich für »Columbia Broadcasting System« eine Serie von Hörspielen über hervorragende europäische Schriftsteller und geistige Führer aus. Die Hörspiele werden allwöchentlich auf Kurzwelle nach Südamerika gesandt. Die Resonanz ist stark und erfreulich. Es sind bereits (halbstündige) Hörspiele über Werk und Leben von Masaryk, Rolland, Th. Mann, Ossietzky, Lagerlöf, Undset, St. Zweig, Werfel, Rudolf Leonhard, Anna Seghers gesandt worden – was den Charakter der Serie wohl zugleich erklärt. Eines der nächsten in der Reihe wird ein Hörspiel über Ihr Werk und Ihr Leben sein. – Nun bin ich zwar seit 1921 ungefähr auf dem laufenden über Ihre literarische Produktion und den äußeren Ablauf Ihres Lebens, jedoch fehlen mir einige personelle Daten aus der vorhergehenden Zeit. Ich werde Sie daher bitten, mir einige Fragen zu beantworten, die ich anschließend enumeriere. Es bedarf kaum der Versicherung, daß bei Ausarbeitung und Sendung der gebotene Takt walten wird und daß vor allem vermieden werden soll, jemanden zu gefährden; gerade aus diesem Grunde bitte ich Sie selber um Ihre Mithilfe und Ihre Anweisungen.

Ich benutze die Gelegenheit, Ihnen mitzuteilen, daß wir uns nach einem schwierigen ersten Jahr nun – bis auf Widerruf – auf die Beine gestellt haben. Friedel ist Sekretärin des »German Department« der New York University, und ich habe neben (oder richtiger vor) der Serie von 26 Hörspielen für CBS eine interessante Arbeit in der listening station von CBS. Es scheint sich einzubürgern, daß die Kommentatoren während der Bearbeitung deutscher und teilweise europäischer Neuigkeiten meinen Rat einholen. So vermag ich auf diese Weise meinen bescheidenen Beitrag im Propagandakriege zu leisten; die Erfahrungen der letzten zehn Jahre sind jedenfalls nicht ganz verloren. – Nebenher gibt es Arbeit für die »Tribüne für Freie Deutsche Literatur«, die ja zwei bis drei Mal im Monat eine Veranstaltung zuwege bringt. Kaum daß dann noch Zeit bleibt, hin und wieder einen Artikel für »Free World«, »Freies Deutschland«, »German American« und diese oder jene andere Zeitschrift zu schreiben.

Friedel und ich werden uns freuen, wieder einmal von Ihnen persönlich zu hören.

Mit herzlichen Grüßen für Frau Marta und Sie

Ihr
A. Kantorowicz

PS Bitte beantworten Sie meine Fragen bald; das Hörspiel soll Anfang Februar gesandt werden.

568 Feuchtwanger an Kantorowicz

13827 Sunset Boulevard
Pacific Palisades
21. Januar 1943

Lieber Kantorowicz,

ich habe mich gefreut, wieder einmal von Ihnen zu hören und so verhältnismäßig Gutes.

Auch mir geht es nicht schlecht. Ich habe einen größeren Roman fertig. Der deutsche Titel ist »Die Zauberer«, der englische »Double, Double Toil and Trouble«, ein Zitat aus der Hexenszene in »Macbeth«. Der Roman handelt von den magischen und superstitiösen Hintergründen der Nazi, und es ist erfreulich, daß er, bevor er bei der Viking Press als Buch erscheint, von »Collier's« publiziert wird.

Wir leben hier sehr ruhig, ein bißchen wie in Sanary.

Ihre Frage beantworte ich in der Anlage.

Lassen Sie doch bald wieder von sich hören.

Viele schöne Grüße an Sie und Friedel, auch von Marta, herzlichst

Ihr
Lion Feuchtwanger

PS Bitte notieren Sie doch meine neue Adresse. Sie lautet: 13827 Sunset Boulevard, Pacific Palisades, California.

Anlage

Antworten

1) 7. Juli 1884 in München

2) Fabrikant

3) Vier Brüder und vier Schwestern, von denen eine in der Tschechoslowakei umgekommen ist; die übrigen sind über die ganze Welt verstreut, einer in England, drei in Palästina, zwei in Süd-Amerika, einer in New York.

4) In München und Berlin studiert, in München promoviert mit einer Arbeit über Heines »Rabbi von Bacherach«.

5) Frühzeitige seltsame Versuche literarischer Art. Gedichte in Jugendzeitschriften, Konzepte von Reden für andere gegen Honorierung, für bayrische Landtagsabgeordnete, Turnvereinpräsidenten u. a. Erster Erfolg: mit vierzehn Jahren preisgekrönt in einem Ausschreiben für Angellieder, natürlich ohne je geangelt zu haben.

6) Viel Literaturwissenschaftliches und Historisches. Frühe Stücke. Das erste aufgeführt, als ich neunzehn war; mit Krach durchgefallen. Dringliche Aufforderung eines Verwandten, fortan doch unter einem Pseudonym zu schreiben.

7) Vor dem Krieg. Marta Löffler.

8) & 9) Vom ersten Weltkrieg überrascht in Tunis. Von den Franzosen interniert. Mit Hilfe eines falschen maltesischen Passes und meiner Frau auf einem italienischen Schiff entkommen. Durch Italien nach Deutschland zurückgeflohen. Nach vier Monaten Heeresdienst verwendet zu literarischer Tätigkeit, die aber immerfort durch Zensur verboten wurde. Auf verhüllte oder auch offene Art gegen die deutschen Eroberungspläne geschrieben. Die »Perser« des Aischylos übersetzt, den »Frieden« des Aristophanes, ein Stück gegen den Imperialismus geschrieben, »Warren Hastings«, das während des Krieges von den Engländern scharf angegriffen und nach dem Krieg von ihnen gespielt wurde. Das Stück »Jud Süß« während des Krieges geschrieben. Es wird lange verboten »wegen Störung des konfessionellen Burgfriedens«, dann sehr erfolgreich an vielen deutschen Bühnen gespielt.

10) Die deutsche Revolution und den Hitler-Putsch in München miterlebt, immer heftig attackiert mit häufigen Haussuchungen und angedrohten oder wirklichen Verhaftungen. Die Nazi von Anfang an sehr heftig bekämpft. Viele persönliche Zusammenstöße mit Nazis. 1920–22: den Roman »Jud Süß« geschrieben, der aber drei Jahre lang keinen Verleger findet. 1925: nach Berlin übersiedelt, den Anti-Hitler-Roman »Erfolg« vollendet, den Roman: »Der jüdische Krieg« geschrieben, Bühnenerfolge mit »Kalkutta, 4. Mai«, »Die Petroleuminseln« und »Vasantasena«.

Am 1. Januar 1930 auf eine Rundfrage: »Was haben die deutschen Intellektuellen vom Dritten Reich zu erwarten?«

geantwortet und drucken lassen: »Ausrottung. Wenn ich heute durch die Straßen Berlins gehe, ist mir, als ginge ich durch eine Stadt von lauter künftigen Emigranten.« Daraufhin unlogischerweise in Berlin ein Haus gebaut und es so eingerichtet, daß ich es bis zu meinem Lebensende bewohnen konnte und wollte. Es sechs Monate lang bewohnt. Dann wurde es von Hitler konfisziert.

11) bis 14) Herbst 1932 in Amerika für eine Vortragsreise über das ganze Land von Oktober bis März. Am 30. Januar 1933, dem Tag, da Hitler zum Kanzler ernannt wurde, in Washington. Der deutsche Botschafter gibt ein Dinner für mich, dem sehr viele der offiziellen Persönlichkeiten Washingtons beiwohnen, und feiert mich als *den* Repräsentanten deutscher Kultur. Am nächsten Tag griffen sämtliche deutsche Zeitungen mich heftigst an, und ich wurde offiziell als Verräter und Feind des Vaterlandes erklärt.

12) 1932 bis 33 habe ich in Amerika mit zahllosen Vertretern aller Denkarten und aller Gesellschaftsschichten gesprochen. Ich habe mehrmals Mrs. Roosevelt getroffen, Staatsbeamte jeder Art, die Gouverneure mehrerer Staaten, und ich habe Tom Mooney im Gefängnis von St. Quentin aufgesucht. Ich habe führende Schriftsteller des Landes gesprochen, führende Anwälte und führende Industrielle. Es war während der Krise. Ich fand überall erstaunliches Verständnis dafür, daß eine gründliche Umgestaltung der gesamten Struktur des Landes notwendig sei, ich fand viel literarisches Interesse, aber auf der anderen Seite eine erstaunliche Unkenntnis aller europäischen Verhältnisse. Wenn ich auf die Gefahr Hitlers hinwies, fand ich höflichen Unglauben.

15) In England war ich seit 1926 ziemlich oft, und ich kam in nahe Berührung mit sehr vielen Mitgliedern der führenden Schichten. Meine Bücher wurden sehr viel und mit viel Verständnis gelesen; aber auch dort wurden sie mehr

ästhetisch gewertet, und ich fand mit meinen Warnungen vor Hitler keinen Glauben.

16) In der Emigration vollendete ich die »Josephus«-Trilogie, die das Problem Nationalismus, Kosmopolitismus behandelt, und ich schrieb die Romane »Die Oppermanns« und »Paris Gazette« (Exil), welche die Umschichtung der Welt von heute zeigen sollen, den Kampf zwischen Faschismus und Demokratie.

17) Von meinen Büchern haben internationale Auflagen von über eine Million erreicht: »Jud Süß«, »Die Oppermanns« und »Josephus«. Nach der Statistik des Völkerbundes stand ich im Jahre 1938 nach der Zahl der Sprachen, in die meine Werke übertragen waren, an zweiter Stelle. Ins Spanische und Portugiesische sind von meinen Büchern übersetzt: »Jud Süß«, »Die häßliche Herzogin«, »Die Oppermanns« und »Josephus«.

18) In Amerika kam ich an am 5. Oktober 1940. Ausreiseerlaubnis aus Frankreich hatte ich im Dezember 1939 erhalten, aber die faschistischen Kräfte in Frankreich bewirkten, daß diese Ausreiseerlaubnis nach zehn Tagen wieder zurückgenommen wurde, ehe ich ein Schiff nach Amerika erreichen konnte.

19) Soeben vollendet habe ich einen Roman, der Hitlers Wahrsager zum Helden hat und die magischen und abergläubischen Hintergründe des Dritten Reichs zum Gegenstand. Der Roman erscheint im Vorabdruck in »Collier's« und Ende April als Buch in der Viking Press. Beschäftigt bin ich jetzt mit den Vorarbeiten zu einem großen Roman über Goya.

569 Kantorowicz an Feuchtwanger
(Aus einem Glückwunschbuch)

New York
20. Juni 1944

Lion Feuchtwanger hat sich in den dreiundzwanzig Jahren unserer Bekanntschaft wenig verändert. Das wäre kein Kompliment, es könnte das Gegenteil eines Komplimentes sein, wenn Feuchtwanger nicht schon damals, im Beginne der zwanziger Jahre in München, ein geachteter aber noch nicht berühmter Autor, die ausgeglichene Weisheit erworben hätte, die seine Substanz als Schriftsteller, Denker und Mensch in den folgenden beiden entsetzlichen Jahrzehnten konservierte.

Er war damals, ein Mann von Ende Dreißig, bevor der Erfolg seines Romanes »Jud Süß« ihn weltberühmt machte, mehr als Dramatiker denn Romancier bekannt. Seine Dramen »Warren Hastings«, »Jud Süß« – vollendet etwa zehn Jahre bevor er die Arbeit an dem gleichnamigen Roman aufnahm – und das lyrische Schauspiel »Vasantasena« waren mit Erfolg auf Berliner, Münchener und anderen Bühnen des Reiches gespielt worden. Seine interessanteste und schwierigste dramatische Arbeit, das während des ersten Weltkrieges geschriebene Anti-Kriegs-Schauspiel »Thomas Wendt« – ein deutsches Gegenstück zu Karl Kraus' österreichischem Totentanz »Die letzten Tage der Menschheit« – blieb, sehr zu Unrecht, unaufgeführt (von einer einmaligen experimentellen Vorführung abgesehen, die es mir gelang, am Stadttheater Bielefeld durchzusetzen und einzuführen).

Feuchtwanger hatte schon in jener Zeit, ein Jahrzehnt vor der Auslieferung der Macht an die Nazis, manche der Charakteristiken der heraufkommenden Barbarei antizipiert. Szenen und Figuren seines historischen Romans »Jud Süß« reflektierten das Banausentum, die Roheit und die Pöbelexzesse nicht nur deutscher Vergangenheit, sondern, von damals aus gesehen, auch deutscher Zukunft. Der Roman »Erfolg«, den ich für das bislang gewichtigste der Feuchtwangerschen Bücher erachte, diese Darstellung der Nachkriegs-Reaktion im kleriko-faschistischen Bayern, der Brutstätte des Nazismus, war eine direkte Warnung und Voraussicht einer Entwicklung, die die Depravierten zu zeitweiligen Herren über Deutschland und Europa machte.

Feuchtwanger ist kein Ekstatiker. Er hat keine Gesichte, er verläßt sich nicht auf Ahnungen. Es war nicht eine seherische Gabe, die ihn die Gefahr voraussehen ließ, lange bevor sie von anderen erkannt wurde, sondern historische Studien und die Kraft seines Verstandes, die ihn die richtigen Schlüsse aus den Symptomen ziehen machten.

Die Warnung, die er in seinen Büchern aussprach, ist überhört worden; ja, er selber, der Mann Feuchtwanger, hat in seiner materiellen Existenz keine Konsequenzen aus der Einsicht des Schriftstellers Feuchtwanger gezogen. Man darf hier an die authentische, ihn bezeichnende Anekdote erinnern, daß er bereits 1930 im Kreise von Freunden in Berlin geäußert hat, ihm käme Berlin vor wie »eine Stadt voll von zukünftigen Emigranten«; und daß er dann mit viel Eifer daran gegangen ist, eine Villa im Grunewald bei Berlin zu erwerben und sie mit Geschmack komfortabel und prächtig auszustatten als eine Heimstätte für Lebenszeit. Wollte man ihn aber daran erinnern, so würde er mit seinen klugen Augen hinter den dicken Brillengläsern und seinem runzeligen Eulengesicht zu lächeln beginnen und mit einem fast unhörbaren, nach innen gekehrten Glucksen antworten: »Was wollen Sie – so ist der Mensch.«

Er, der von den Nazis mit besonderem Haß ausgezeichnete und von ihnen zu einem Symbol des ihnen Entgegengesetzten gemachte Humanist, entging dem Unvorstellbaren, das sie ihm zugedacht hatten, dadurch, daß er sich, als sie in Deutschland aufbrachen wie Pestgeschwüre, auf einer

Vortragsreise in den Vereinigten Staaten befand. Sieben Jahre später hätten sie ihn dann beinahe doch noch bekommen, dank der Komplizität ihrer französischen Gesinnungsfreunde, die Feuchtwanger, Fahne des Antinazismus, schon zu einer Zeit, da sie sich vorgeblich noch im Kriege gegen die Nazis befanden, in eines ihrer unsäglichen Lager gesperrt hatten und ihn nach dem Waffenstillstand in einem anderen Lager bereithielten für die Gestapo.

Daß er ihnen dort abermals entkam, ist der großherzigen Entschlossenheit amerikanischer Freunde zu danken, die ihn einfach aus dem Lager entführten; wie man sagt, war er nur mit einer Badehose bekleidet, als er in dem Auto seiner »Kidnapper« am Zufluchtsort ankam. Daß es mir nach meiner Flucht aus dem Lager, in dem wir vorsorglich zur Verfügung der Gestapo gehalten werden sollten, als erstem gelang, seine amerikanischen Freunde von seinem Aufenthaltsort und der Gefahr, die ihm drohte, zu verständigen, war mir eine um so größere Genugtuung, als ich gerade während der Zeit unserer gemeinsamen Haft Gelegenheit gehabt hatte, meine Achtung vor dem Schriftsteller und mein Vergnügen am Umgange mit dem geselligen und geistreichen Freunde Feuchtwanger sehr zu vertiefen durch die Beobachtung seiner Standhaftigkeit und Nervenbeherrschung in Wochen, da wir viel mehr als den Tod zu fürchten hatten und in denen es unter den Tausenden von Mitgefangenen immer wieder zu Szenen der Verzweiflung, Selbstmorden und hysterischen Ausbrüchen kam.

Es erwies sich, daß der Besitzer der Luxusvillen im Grunewald und in Sanary die Widerwärtigkeiten und physischen Strapazen des Konzentrationslagers mit einem Humor überkam, der ihn sehr bald zu einem Zentrum aller der Gequälten und Geängstigten machte. Sie suchten sich an seiner Ruhe und seinem Rate aufzurichten. Er war vom Morgen bis in die Nacht hinein umlagert von Hilfesuchenden, denen er in seiner leisen, eindringlichen Weise Mut zu-

zusprechen suchte – wiewohl nur wenige so gefährdet waren wie er selber. Er wurde unser Sprecher beim Kommandanten des Lagers. Es gehört durchaus zu seinem Bilde, daß er sich in dieser recht schweren Probe durchaus als der vernünftige Humanist bewährte, den wir nach der Lektüre seiner Bücher und aus der Erfahrung persönlichen Umganges im Alltagsleben in ihm erkannt hatten.

Die Kraft und vornehmlich die Redlichkeit seines Verstandes, die ihn als Schriftsteller bedeutend gemacht haben und die sein wesentliches Charakteristikum sind, haben ihn auch aus dieser Nerven- und Charakterprüfung unverändert und unbeschädigt hervorgehen lassen. Mit sechzig Jahren steht er noch in der Fülle ungebrochener Geistes- und Schaffenskraft unter uns – und immer, unverändert seit Jahrzehnten, auf der richtigen Seite, der Seite, die die Zukunft für sich hat. Welch ein Glück! Das andere Deutschland wird ihn brauchen in den Jahren, die nun kommen werden, seine Vernunft, seine Erfahrung, seine Bücher.

Es sind nicht viele, die so unbefleckt, so ungebrochen und so bereichert aus den nun nahezu zwölf Jahren unseres Exils hervorgehen. Wir dürfen ihm und uns dazu von Herzen gratulieren.

Alfred Kantorowicz

570 Kantorowicz an Feuchtwanger

Columbia Broadcasting System, Inc.
485 Madison Avenue, New York 22, N. Y.
Wickersham 2-2000
1. April 1945

Lieber Feuchtwanger,

entschuldigen Sie den Geschäftsbogen – ich benutze eine freie Stunde im office, um Ihnen sogleich zu schreiben, nachdem Marcuse mir mitgeteilt hat, Sie hätten einen Brief von Lola erhalten mit der wahrhaft sensationellen Botschaft: Leonhard sei am Leben!?

Ist das richtig? Bitte lassen Sie mich, uns sage ich wohl richtiger, doch gleich wissen, was Lola schreibt. Ich würde mich freuen, wenn Sie mir bei der Gelegenheit auch Lolas Adresse mitteilen; ich möchte ihr gern einen Gruß senden.

Wie geht es Ihnen? Woran arbeiten Sie? Was für Pläne haben Sie? Europa wird wohl für längere Zeit nicht sehr gastlich für unsereinen sein – aber ich beginne zu fürchten, daß auch Amerika nicht sehr gastlich sein wird. Man wird uns einerseits nicht hier einbürgern, weil wir »prematurely and excessively« gegen die Nazis gekämpft haben, und andererseits vielleicht auch nicht leicht hinauslassen aus Furcht, daß wir uns einfallen lassen könnten, drüben weiterhin für die Ausrottung des Naziübels zu kämpfen.

Ich höre den Goebbels immer noch berufsmäßig am Radio; bisweilen ist es sogar schon ein Vergnügen, und im allgemeinen hält es den guten Haß wach, wenn man tagein tagaus den Banditenjargon anhören muß. Aus Frankreich hatten wir einige nicht sehr gute Nachrichten. Joachim ist im Februar 1944 von der Gestapo verhaftet worden und seither verschollen. Alle meine Manuskripte, Tagebücher, Notizen, Briefe – von den Briefen meiner Mutter angefangen bis zur Korrespondenz mit Romain Rolland, Heinrich Mann und Hunderten von Freunden, unersetzliche Dokumente allgemeinen Wertes aus Spanien und aus Deutschland, die ausgesuchten Stücke aus dem Freiheits-Bibliotheks-Archiv, die alle in zwei riesigen Kisten in Bormes versteckt waren, sind ebenfalls von der Gestapo gefunden worden und mittlerweile natürlich in Rauch aufgegangen.

Freundliche Grüße für Sie und Marta

Ihr
A. Kantorowicz

571 Feuchtwanger an Kantorowicz

8. April 1945

Lieber Kantorowicz,

schönen Dank für Ihren Brief vom 1. April.

Meine Verbindung mit Lola ist sehr einseitig. Ich erhalte Briefe von ihr, aber sie hat offenbar bisher noch nie einen Brief von mir erhalten, wiewohl ich ihr viel geschrieben habe. Sie schreibt wegen der Zensur überaus vorsichtig, sie wendet zur Bezeichnung von Personen nur die Vornamen an. Aber es besteht kein Zweifel, daß ihre Meldung, »Rudolf lebt, und zwar in Marseille«, sich nur auf Leonhard beziehen kann. Es gibt keinen andern Rudolf unter unsern gemeinsamen Bekannten, und sie schreibt im gleichen Zusammenhang auch über »Friedrich«, unter dem zweifelsfrei Friedrich Wolf verstanden ist.

Lolas Adresse ist:

Lola Sernau-Humm
Casa Giardinetto
Ascona, Switzerland

Ich kann ihr aber, wie gesagt, nur kabeln. Ich habe sie mehrmals gebeten, sowie sie einen Brief von mir erhält, mir das sogleich durch Kabel zu bestätigen. Es ist aber bis jetzt keine solche Bestätigung eingetroffen, und in ihrem letzten Brief, der vom 28. Januar datiert ist, beklagt sie sich, daß sie von meinen Briefen keinen erhalten habe.

Ich nehme an, daß wir uns noch mindestens ein Jahr lang kaum von der Stelle werden rühren können, und ich zerbreche mir deshalb vorläufig noch nicht den Kopf, was ich dann anfangen soll. Ich arbeite viel und mit Freude unter nicht ungünstigen äußeren Umständen und bin nur etwas zu sehr abgehalten durch viel Kleinzeug, das immerzu andrängt.

Ich höre und glaube auch, Ihrem Brief entnehmen zu dürfen, daß Ihre Tätigkeit alles in allem Ihren Wünschen entgegenkommt und nützlich ist. Es ist mir sehr leid, daß Ihre Dokumente in Bormes vernichtet scheinen. Haben Sie übrigens etwas von Rheinhardt gehört?

Ihnen und Friedel alles Herzliche, auch von Marta,

Ihr
Lion Feuchtwanger

572 Kantorowicz an Feuchtwanger

72 West 102 Street
New York 25, N. Y.
26. Februar 1946

Lieber Feuchtwanger,

ich muß Ihnen doch wohl eine Kopie des Berichtes über das (authentische) Gespräch meines Vaters mit dem Gestapo-Beamten über Sie zusenden.

Wie geht es Ihnen? Was sind Ihre Pläne? Werden Sie wieder nach Europa gehen? Ich hatte einige Briefe und Nachrichten von Becher (durch Vermittlung Shirers). Man braucht uns dort drüben wohl sehr. Obgleich ich wirklich keine Illusionen habe über das, was uns dort erwartet, will ich mich nun langsam psychologisch auf die »Heimkehr« vorbereiten. Hier habe ich zwar einen job als Direktor der CBS short wave listening station zu verlieren, aber sonst nichts, und das ist nicht viel. Der Aurora Verlag wird mich ganz gewiß hier nicht vermissen.

Dieser Tage sahen wir Kischs und Katzens (Simone) auf der Durchreise nach der Tschechoslowakei. Es war ein bewegtes Wiedersehen nach siebenjähriger Trennung – und was für sieben Jahre!

Herzliche Grüße für Sie und Marta

Ihr
A. Kantorowicz

573 Feuchtwanger an Kantorowicz

520 Paseo Miramar
Pacific Palisades
2. März 1946

Lieber Kantorowicz,

ich habe mit Interesse, mit ehrlichem Vergnügen und ehrlichem Mitleid den erzählenden Essay gelesen, den Sie dem Andenken Ihres Vaters gewidmet haben. Die Seiten sind so lebendig, daß sie sicher noch lange Zeit in den Anthologien zu finden sein werden, die Berichte aus der Epoche der Nazis enthalten.

Lassen Sie doch einmal wieder von sich hören. Alles Herzliche, auch von Marta,

Ihr
Lion Feuchtwanger

574 Feuchtwanger an Kantorowicz

520 Paseo Miramar
Pacific Palisades
5. März 1946

Lieber Kantorowicz,

Ihr Brief hat sich mit dem meinen gekreuzt.

Was ich von Europa höre, gibt mir nicht den Eindruck, als ob dort nützliche Arbeit für mich zu tun wäre. Das soll nicht heißen, daß es mich nicht dringlich verlangte hinüberzugehen, und ich werde das auch tun, sobald das irgend geht. Aber vorläufig scheint es, als ob ich das, was ich noch schreiben möchte – und es ist, glaube ich, Nützliches und Sinnvolles darunter –, besser anderswo fertigmache.

Nach allem, was ich von drüben höre, würde ich auch an Ihrer Stelle die Rückkehr nicht überstürzen. Die Tür nach drüben steht Ihnen wohl Ende des Jahres oder Anfang des nächsten noch offen; die Tür hier schlagen Sie für immer zu, wenn Sie weggehen.

Uns hier geht es leidlich. Ich arbeite seit beinahe drei Jahren an einem großen historischen Roman, der die Beziehung zwischen der amerikanischen und französischen Revolution darstellt und dahinter das geschichtliche Verhältnis des heutigen Amerika zur Sowjetunion sichtbar werden läßt. Ich hoffe, daß der Roman im Herbst fertig wird, so daß er im Frühjahr 1947 erscheinen kann.

Ihnen und Friedel alles Herzliche, auch von Marta,

Ihr Lion Feuchtwanger

575 Kantorowicz an Feuchtwanger

Columbia Broadcasting System, Inc.
485 Madison Avenue
New York 22, N. Y.
8. März 1946

Lieber Feuchtwanger,

heute morgen kam Ihr zweiter Brief. Beide haben uns Freude gemacht. Besten Dank. Ihre Warnungen schlagen wir nicht in den Wind. Wir sind ohnehin frei von Illusionen. Es ist damit zu rechnen, daß wir nicht vor Ende des Jahres und möglicherweise erst im nächsten Frühjahr unsere Zelte hier abbrechen werden. Meine Situation unterscheidet sich von der Ihren. Ich komme hier nicht dazu zu schreiben; meine Arbeit bei CBS ist anstrengend, und seit ich Direktor meiner Abteilung geworden bin, mehr denn je. Ich muß aber schreiben; vielleicht, daß sich drüben eine bessere Möglichkeit dazu ergibt. Es ist ein gamble, ich weiß. In diesen letzten fünf Jahren haben sich wieder Manuskripte in meiner Schreibtischschublade angehäuft – alle mit Beziehung zu dem, was drüben vorgeht, geschrieben. Es sind einige gute Sachen darunter, ein nahezu abgeschlossener Roman, die 600 Seiten »Spanisches Tagebuch«, ein Essayband und der Beginn einer langen Revue der letzten Jahrzehnte mit autobiographischem »approach«. Etwa neun Zehntel der früher geschriebenen unveröffentlichten Manuskripte sind mir, wie Sie wissen, ja in Frankreich verlorengegangen; ich bin 46, und ich muß und will die, möglicherweise letzte, Chance nehmen, zu Wort zu kommen. Diese Chance wird, glaube ich, gefördert durch meine Anwesenheit drüben.

Ich lege Ihnen eine Kopie meines Briefes an den Aurora Verlag bei, als dessen Gründer Sie ja auch zeichnen. Sie wissen, daß ich nicht zu jenen neurotischen Autoren gehöre, die jedes Wort und jedes Komma für sakrosankt halten. Aber wie man meine Arbeit zugerichtet hat, das macht meine Bezeichnung »verkrüppelt« zu einem understatement. Ich möchte keine Intervention von Ihrer Seite und überhaupt keinen Lärm und Zank. Ich muß Ihnen nur die Mitteilung machen, daß ich die Veröffentlichung in dieser Form nicht dulden kann.

Mit sehr freundlichen Grüßen von uns beiden an Marta und Sie

Ihr
A. Kantorowicz

576 Kantorowicz an Feuchtwanger

Columbia Broadcasting System, Inc.
485 Madison Avenue
New York 22, N. Y.
28. April 1946

Lieber Feuchtwanger,

ich sende Ihnen inliegend den Durchschlag eines Briefes an den Aurora Verlag. Ich hoffe auf Ihre freundliche Intervention. Irre ich nicht, so kennen Sie ja wohl Teile der ersten Fassung des Manuskripts (es fand sich hier in einer Ihrer Bücherkisten wieder). Ich glaube, der Gegenstand und die Arbeit verdienen Publikation gerade jetzt und hier.

Hier ist alles unverändert. Der Frühling, der zwar keine sonstigen Hoffnungen bringt, bringt uns jedenfalls wieder einmal eine »raise« unserer nun auskömmlichen Gehälter, aber das ist wohl auch so ziemlich alles. Ehrenburg telefonierte; ich werde ihn morgen abend sehen.

Herzliche Grüße für Sie beide

Ihr
A. Kantorowicz

577 Feuchtwanger an Kantorowicz

2. Mai 1946

Lieber Kantorowicz,

ich bin durchaus Ihrer Meinung, daß jetzt eine gute Zeit ist, Ihr Madrider Tagebuch zu veröffentlichen. Ich schreibe mit gleicher Post an Herzfelde und lege ihm Ihr Manuskript ans Verlegerherz.

Bei uns geht es leidlich. Marta hat eine ernsthafte Operation hinter sich, die sie aber sehr gut überstanden hat. Wir erwarten Eva Boy, die schon in New York eingetroffen ist und die uns einen kurzen Besuch abstatten will, ehe sie in die Schweiz zurückfliegt.

Ich lese immer mit großem Interesse Ihre Berichte über das deutsche Radio.

Alles Herzliche

Ihr
Lion Feuchtwanger

578 Kantorowicz an Feuchtwanger

Columbia Broadcasting System, Inc.
485 Madison Avenue
New York 22, N.Y.
15. August 1946

Lieber Feuchtwanger,

wie ich Ihnen vor einiger Zeit schrieb, haben Friedel und ich uns entschlossen, nach Deutschland zurückzukehren, ohne Illusionen, aber doch mit der Hoffnung, daß wir dort etwas mehr tun – in meinem Falle: mehr publizieren können als gegenwärtig hier. Wir haben das erforderliche russische Visum bereits vor Wochen erhalten und warten nun auf das Exit Permit. Technische Schwierigkeiten, Mangel an Schiffsraum zum Beispiel, können unsere Abfahrt noch wochenlang, ja möglicherweise noch zwei Monate hinziehen; es kann aber auch rasch gehen, und wir müssen drauf gefaßt sein, von einer Woche zur anderen alle unsere Affären hier abzuwickeln; eine Chance besteht, daß wir Ende dieses oder Anfang nächsten Monats fahren. Deshalb will ich Ihnen und Marta lieber gleich heute – in einer freien Stunde, die mir in der letzten Woche fehlen mag – auf Wiedersehen sagen. Unsere Hoffnung, während unseres Aufenthaltes hier einmal die Westküste und bei dieser Gelegenheit auch Sie beide zu besuchen, hat sich nicht erfüllt. Wir fürchten, es werden nun noch Jahre vergehen, bis man sich wieder einmal sieht. Jedenfalls wollen wir Ihnen von Berlin aus gelegentlich schreiben. Becher teilte mir mit, daß eine Berufung an die Berliner Universität auf mich warte. Ich hoffe jedoch, daß mir Gelegenheit gegeben werden wird, am Berliner Rundfunk mitzuarbeiten. In welcher Zone von Berlin wir leben werden, wissen wir noch nicht. Mein Vater hatte ein Haus in der amerikanischen Zone, in einem wenig gebombten Distrikt; die Chancen, daß es noch steht, sind gut. Ich würde ohnehin gerne in der amerikanischen Zone leben, und ich will alles tun, um meine guten Beziehungen zu Amerika zu erhalten. Ich habe gerne hier gelebt, und trotz vielem, was nun atembeklemmend an Erfahrungen, die wir in Deutschland 1932 und in Frankreich 1938/39 machten, erinnert, fühle ich mich Amerika freundlich verbunden. Ich will versuchen, das Meine zu tun, eine intellektuelle Verständigung zwischen hüben und drüben anzubahnen (auch dieser Vorsatz ist nicht auf übertriebene Illusionen gegründet; ich weiß, wie schwer, ja nahezu hoffnungslos eine solche Initiative gegenwärtig ist).

Seit fast einem Jahre habe ich nichts mehr von Lola Sernau gehört. Bitte teilen Sie mir doch mit, ob sie noch in der Schweiz lebt (und wo); ich wollte ihr etwas von hier schikken.

Mit herzlichen Grüßen und Wünschen von Friedel und mir für Marta und Sie

Ihr
A. Kantorowicz

PS Wenn ich mal in den Grunewald komme, werde ich Ihr Haus von Ihnen grüßen. Da sind ja wohl amerikanische Offiziere mit deutschen girl friends drin, I guess.

579 Feuchtwanger an Kantorowicz

520 Paseo Miramar
Pacific Palisades, Calif.
19. August 1946

Lieber Kantorowicz,

ich höre mit gemischten Gefühlen von Ihrer und Friedels bevorstehender Abreise. Es tut mir besonders leid, daß wir Sie die ganze Zeit hier nicht gesehen haben. Es gibt so vieles, Allgemeines und Persönliches, über das ich mich gern mit Ihnen ausgesprochen hätte.

Ich wünsche Ihnen sehr herzlich, daß Sie in Deutschland auf Ihre Rechnung kommen. Sie haben ja mehr als andere die Fähigkeit, sich in neuen Verhältnissen schnell zurechtzufinden; wir alle haben da durch Erfahrung gelernt.

Grüßen Sie sehr herzlich jene Moskauer deutschen Freunde, die jetzt in Berlin sind. Ich bekomme aus Moskau viel Russisches zugeschickt, unter anderm auch einen russischen Abdruck der »Simone« in einer russischen Zeitschrift, aber von unsern deutschen Freunden habe ich mit Ausnahme von zwei ziemlich allgemeinen Briefen Bredels nichts gehört.

Sie haben wohl recht, wenn Sie sagen, daß vieles, was wir jetzt hier erleben, atembeklemmend an unsere Erfahrungen in Deutschland und Frankreich erinnert. Aber wir beide, Sie und ich, geben ja die Hoffnung nicht so leicht auf, und so hoffe ich, daß das neue große Unglück sich trotz allem vermeiden läßt. Sie, lieber Kantorowicz, haben oft Gedanken und Gefühle, die ich mit Ihnen teile, sehr klar und beschwingt ausgedrückt.

Lola Sernau ist zur Zeit in Frankreich, aber nur auf Wochen oder höchstens Monate. Wenn Sie in Deutschland sein werden, wird sie so gut wie sicher in die Schweiz zurückgekehrt sein. Ihre Schweizer Adresse lautet Casa Giardinetto, Ascona.

Ihnen beiden nochmals die herzlichsten Wünsche von Marta und mir, und lassen Sie ja, bitte, von sich hören. Schreiben Sie mir, bitte, auch aus Berlin, wenn ich hier etwas für Sie sollte tun können. Ich selber rechne damit, im Frühjahr 1948 nach Moskau und nach Berlin zu gehen.

Immer Ihr
Lion Feuchtwanger

580 Feuchtwanger an Kantorowicz

11. Juli 1947

Lieber Kantorowicz,

Ihr Brief erreichte mich in New York. Ich war dort auf zwei Monate, beschäftigt mit sehr harter Arbeit, der Überfeilung der englischen Version meines Romans, die sehr schlecht ausgefallen war. Da die »Literary Guild« das Buch erworben und ich also die Möglichkeit hatte, das progressive Werk in einer amerikanischen Erstauflage von 650000 Exemplaren erscheinen zu lassen, wollte ich die englische Version lesbar machen. Ich hatte aber sehr wenig Zeit, da Verlag und Druckerei drängten. Die amerikanische Ausgabe des Buches wird am 12. September erscheinen, und es ist schwer, eine so große Auflage in so kurzer Zeit zu drukken und zu binden. Ich war also Tag und Nacht beschäftigt, habe keinen Menschen in New York gesehen, kein Theater, kein Museum, und alle Leute verstimmt.

Was Sie mir berichten, ist erstaunlich insofern, als die Verdächtigungen gegen Sie von beiden Seiten kommen. Dagegen sollten doch nun gerade Sie gesichert sein. Daß Sie in Deutschland Kredit haben, ersehe ich auch aus anderen Briefen, und ich freue mich ehrlich darüber.

Daß Sie sich zufrieden fühlen, ist tröstlich zu wissen. Pakete an Sie sind unterwegs; ich hoffe, einiges ist schon angekommen.

Mit herzlichen Grüßen an Sie beide, auch von Marta,

immer Ihr
Lion Feuchtwanger

581 Kantorowicz an Feuchtwanger

Verlag Ost und West GMBH
Westerlandstraße 15
Berlin-Pankow
7. August 1947

Lieber Feuchtwanger,

nun habe ich Ihnen gleich für zwei Briefe zu danken, den aus New York und Ihre Sendung aus Hollywood. Ihr »Offener Brief an sieben Berliner Schauspieler« wäre, wie man zu sagen pflegt, ein »Fressen« gewesen vor ein paar Wochen, da Herr Werner Krauss mit Pauken- und Trompetenschall denazifiziert wurde. Bei dieser Gelegenheit wurde viel über seine Hauptmitwirkung in der Goebbelsschen Version Ihres »Jud Süß« geschrieben. Es kann aber sein, daß bei einem in Aussicht gestellten Wiederaufnahmeverfahren Ihr Beitrag zur Charakteristik der beteiligten Herren wiederum ganz besonders aktuell würde. Ich bin froh, das Manuskript in Händen zu haben.

Ich hoffe, daß Sie unterdessen durch Mrs. Dieterle, vielleicht aber auch durch direkte Sendung, ein Exemplar des ersten Heftes von »Ost und West« erhalten haben. Das zweite ist redaktionell fertig, aber wir haben, wie das hier so geht, noch kein Papier. (Neun Zehntel aller meiner Kräfte und Energien gehen im Kampf zur Überwindung der tausendfältigen technischen Schwierigkeiten unter – nur ein Zehntel bleibt mir für die wirklich redaktionelle Arbeit.) Es wäre mir sehr willkommen, gelegentlich ein Urteil oder eine Anregung von Ihnen zu hören. Ich brauche wohl nicht noch einmal zu wiederholen, wie sehr willkommen mir auch neuere Beiträge von Ihnen sein würden.

Soviel ich weiß, ist bereits eines Ihrer Pakete angekommen. Friedel hat dieses Ressort unter sich, und sie ist nun seit einer Woche verreist (nach München, wo sie zum ersten Mal seit sechzehn Jahren ihre überlebenden Angehörigen sehen wird). Herzlichen Dank, es war oder ist willkommen. Da ich dabei bin, darf ich Sie um eine Gefälligkeit bitten: Mir sind meine Vitamin-Pillen ausgegangen, und da ich in diesen letzten beiden Wochen überhaupt etwas erschlafft bin (was übrigens ganz andere natürliche Ursachen haben kann nach einem so arbeitsreichen Jahr), so rede ich mir ein, daß sie mir fehlen. Ich hatte mich gewöhnt an: Bexel, Vitamin B Complex Capsules. Wenn Sie dort ein paar hundert Stück in ein oder zwei Gläsern oder Schachteln auftreiben und mir – wenn möglich mit Flugpost – zusenden lassen könnten, so wäre ich Ihnen verpflichtet.

Wenn dieser Brief Sie erreicht, wird wohl auch Ihr Buch ausgeliefert werden. Ich hoffe doch, sehr bald ein Exemplar zu bekommen.

Hoffentlich haben Sie nun ein paar Wochen Ferien machen können in Ihrem schönen Kalifornien. Grüßen Sie Frau Marta herzlich. Ich drücke Ihnen die Hand.

Ihr
A. Kantorowicz

582 Kantorowicz an Feuchtwanger

Argentinische Allee 162 B
Berlin-Zehlendorf
22. Januar 1948

Lieber Feuchtwanger,

es ist ein Jammer, daß keines der 600 000 bis 800 000 Exemplare Ihres »Franklin«-Buches den Weg zu mir findet. Wir sind doch hier so begierig, Ihre neueren Arbeiten zu sehen. Lassen Sie uns doch den Kontakt halten. Einmal erhielt ich einen Beitrag von Ihnen, Ihren »Offenen Brief« an die Schauspieler, die in dem Film »Jud Süß« mitgewirkt haben. Ich hatte die Arbeit sofort in Satz gegeben, aber dann kam mir die »Weltbühne« mit der Veröffentlichung der gleichen Arbeit zuvor. Ich hätte so gerne einmal etwas von Ihnen. Können Sie mir nicht Teile aus dem deutschen Manuskript des »Franklin«-Buches senden? Das tut doch dem Verleger der deutschen Ausgabe ganz gewiß keinen Abbruch.

Erhalten Sie eigentlich »Ost und West« regelmäßig? Es macht Mühe und Freude, die einzelnen Nummern zusammenzustellen; mehr Mühe als man den Nummern ansieht, weil es ja hier so gar kein Material gibt.

Wie geht es Ihnen denn? Was sind Ihre Pläne, was Ihre Arbeiten?

Grüßen Sie Frau Marta sehr herzlich von uns beiden

Ihr aufrichtiger
A. Kantorowicz

583 Feuchtwanger an Kantorowicz

26. Februar 1948

Lieber Kantorowicz,

selbstverständlich lag mir daran und liegt mir daran, daß Sie meinen Roman »Waffen für Amerika« möglichst bald zu lesen bekommen. Ein amerikanisches Exemplar wollte ich Ihnen nicht schicken, da die Fassung gekürzt und die Übersetzung keineswegs ideal ist.

Sie können sich nicht vorstellen, wieviel Verdruß mir die Herausgabe der deutschen Version macht. Ich habe Vertrag mit dem Querido Verlag, und Landshoff hat auch den ersten Band des Werkes erscheinen lassen. Der zweite Band ist indes auch heute, achtzehn Monate nach Abschluß des Manuskripts, noch nicht veröffentlicht, gegen den Vertrag, und ich kann von Landshoff keinen endgültigen Bescheid bekommen, wann das Buch nun erscheint. Da Vertragsabschlüsse mit einer großen Reihe fremdsprachlicher Verleger vorliegen, hat das unzählige Verdrießlichkeiten zur Folge, und die fremden Ausgaben werden schließlich auf Grund der sehr unbefriedigenden englischen Übersetzung hergestellt. Was die Ursache der Verzögerung der deutschen Ausgabe ist, habe ich trotz eines umfangreichen Telegramm- und Briefwechsels mit Landshoff nicht herausbekommen können.

Ich gebe auf alle Fälle dem Querido Verlag in Amsterdam Weisung, Ihnen ein Exemplar des ersten Bandes von »Waffen für Amerika« und die Korrekturbogen des zweiten zu schicken. Sie können dann daraus veröffentlichen, was Ihnen geeignet erscheint, das heißt, ein Kapitel, von dem Sie glauben, daß es auch außerhalb des Zusammenhangs verstanden werden kann. Selbstverständlich bitte ich Sie, die Veröffentlichung im Rahmen von etwa höchstens dreißig Buchseiten zu halten.

»Ost und West« erhalte ich. Ich habe Ihnen ja seinerzeit über die erste Nummer geschrieben. Ich sehe mit Freude, wieviel ausgeglichener und repräsentativer die spätern Nummern wirken. Ich spreche oft mit Heinrich Mann über Sie und Ihre Tätigkeit.

Uns geht es hier im ganzen gut, wiewohl die Kette kleiner Verdrießlichkeiten niemals abreißt.

Ihnen und Friedel alles Herzliche, auch von Marta,

Ihr
Lion Feuchtwanger

PS Ich habe eine, wie mir scheint, sehr geglückte Novelle geschrieben: »Odysseus und die Schweine«. Ich lasse die deutsche Fassung abschreiben und schicke sie Ihnen in den nächsten Tagen mit Luftpost. Es sind sechs- bis siebentausend Worte.

584 Kantorowicz an Feuchtwanger

Argentinische Allee 162 B
Berlin-Zehlendorf
21. März 1948

Lieber Feuchtwanger,

herzlichen Dank für Ihren Brief. Gestern kam schon Ihre Novelle, und ich habe sie in der vergangenen Nacht gleich mit Spannung und mit wirklichem Vergnügen gelesen. Es ist viel Weisheit darin, zum Glück keine trockene schulmeisterliche Weisheit; Ihr überlegener, unaufdringlicher Humor wird die Lektüre auch für jene Leser vergnüglich machen, die nicht gewohnt sind, allzutief zu schürfen. Die anderen werden den doppelten Genuß haben: sowohl den einschichtigen an der Lektüre selbst, wie auch den komplexeren, zum Nachdenken angeregt zu werden. Ich werde die Arbeit gleich morgen in Satz gehen lassen. Ein einführender Artikel steht schon bereit. Er war geschrieben worden, einem Auszug aus dem »Exil« voranzustehen, den ich aus Mangel hier verfügbarer Arbeiten von Ihnen zu veröffentlichen entschlossen war. Ihre schöne Novelle ersetzt nun diesen Notbehelf aufs allerbeste. Wir freuen uns jetzt schon auf den ersten Band und die Druckbogen des zweiten Bandes von »Waffen für Amerika«.

Friedel und mir geht es gut. Die Arbeit macht Freude. Man trägt emsig Argumente zur Richtigstellung der wirklichen geistigen und sozialen Lage zusammen, hier eine Rede, dort ein Aufsatz, vielleicht einmal ein erfolgreiches Buch und eine gelungene Nummer der Zeitschrift. Aber bisweilen dünkt es einem, als sei man eine Ameise, die bis zur Erschöpfungsgrenze Strohhälmchen zum Bau einer wohnlichen Behausung hin und her schleppt, und dann kommt irgendein Banause aus irgendeinem Urwald und trampelt das Ganze mühelos und achtlos nieder. Ihre abgeklärte Weisheit habe ich noch nicht. Die unsägliche menschliche Dummheit und Gemeinheit, der wir Tag für Tag begegnen, nimmt mir immer noch oftmals den Atem. Es fällt mir schwer, darüber zu lächeln.

Grüßen Sie Heinrich Mann innigst von mir. Es ist mir ein angenehmes Bewußtsein, daß Sie dort unsere Tagesmühen hier freundlich kommentieren. Grüße auch an Marta. Wir hoffen immer noch, Sie alle in absehbarer Zeit wiederzusehen.

Herzlichst
Ihr
A. Kantorowicz

585 Feuchtwanger an Kantorowicz

26. April 1948

Lieber Kantorowicz,

ich freue mich, daß meine »Odysseus«-Novelle Ihnen gefallen hat, und wenn auch die englische Übersetzung diesmal verhältnismäßig gut ist, so liegt mir gerade in diesem Fall natürlich sehr viel mehr an der deutschen Veröffentlichung. Auch daß Sie einen einführenden Artikel geschrieben haben, ist mir besonders lieb. Ich erinnere mich mit Vergnügen, mit wieviel Verständnis und Einfühlung Sie früher über meine Arbeit geschrieben haben.

Soweit ich es überblicken kann, ist bisher von meinen Büchern, die seit 1932 geschrieben wurden, in Deutschland nur »Der falsche Nero« publiziert worden. Der Aufbau-Verlag hat mir mitgeteilt, daß »Erfolg« im Druck ist. Mir liegt vor allem an der Veröffentlichung von »Exil«. Dieses Buch will der Greifenverlag herausbringen, und er hat mir mitgeteilt, daß er diesen Plan auch mit Ihnen diskutiert hat. Ich habe nun besonderes Pech gehabt mit der Übermittlung des Buches an den Greifenverlag. Nicht nur ist das Exemplar, das an diesen direkt adressiert war, nicht angelangt, sondern auch andere Exemplare haben den Verlag nicht erreicht. Er hat nun, teilt er mir mit, von Ihnen einen Teil des Romans bekommen. Es dürfte sich vermutlich um einen Vorabdruck handeln. Nun möchte ich natürlich, daß gerade dieser Roman, der, wie mir scheint, meine literarische und politische Stellung während des Hitler-Regimes am deutlichsten zum Ausdruck bringt, in Deutschland in der authentischen Fassung veröffentlicht wird. Exemplare des Romans sind nur ganz wenige vorhanden; ich besitze nur mehr ein einziges. Ich gebe nun mit gleicher Post Werner Cahn, vom Querido Verlag in Amsterdam, Auftrag, wenn irgend möglich, ein Exemplar aufzutreiben und an Ihre Adresse zu schicken, und ich wäre Ihnen herzlich verbunden, wenn Sie dieses Exemplar an den Greifenverlag weiterleiten könnten. Falls das Buch nach einer andern Vorlage schon in Satz gegeben sein sollte, könnte es dann nach diesem authentischen Text korrigiert werden. Herzlichen Dank für Ihre Bemühungen.

Heinrich Mann muß seine Wohnung verlassen, und das ist auch hier ein ziemlich schwieriges Problem, für ihn aus äußern und innern Gründen ein doppelt schwieriges. Ich sehe ihn in den allernächsten Tagen und werde mich freuen, ihm Ihre Grüße zu bestellen.

Wenn unsere Dinge hier halbwegs programmäßig verlaufen, dann müßte ich im Laufe des Jahres 49 in der Lage sein, für längere Zeit nach Deutschland zu kommen.

Ihnen und Friedel alles Herzliche, auch von Marta,

immer Ihr
Lion Feuchtwanger

586 Kantorowicz an Feuchtwanger

Argentinische Allee 162 B
Berlin-Zehlendorf
11. Mai 1948

Lieber Feuchtwanger,

Ihre wirklich schöne »Odysseus«-Novelle ist im Mai-Heft erschienen. Meine Einführung aber mußte aus Platzmangel fortfallen. Ich gedenke, sie bei geeigneter Gelegenheit an anderer Stelle zu veröffentlichen, wahrscheinlich in dem zweiten Band von »Porträts«, den abzuliefern mich der Chronos-Verlag schon sehr drängt.

Ich will Ihnen gleich sagen, daß ein Exemplar des »Exil« bereits vor etwa sechs Wochen in meine Hände gelangt war. Ich habe es sogleich Herrn Dietz vom Greifenverlag, der damals gerade in Berlin war, persönlich übergeben. Ich darf annehmen, daß er sich inzwischen direkt mit Ihnen in Verbindung gesetzt hat. Das andere Exemplar, das mir jetzt durch Klaus Mann zugänglich gemacht worden ist, behalte ich für alle Fälle hier in Reserve. Gerne will ich mich um den Fortgang dieser Angelegenheit kümmern.

In diesen Tagen fahren Friedel und ich auf etwa sechs Wochen in die Westzonen. Zuerst soll ich die Paulskirche in Frankfurt einweihen helfen und danach viele Vorträge halten. Friedel wird unterdessen zu ihrer Familie nach München fahren, wo ich dann Anfang Juni auch sein werde. Auch sonst sind neben vielen Kontaktnahmen Reden zu halten. Es wird wohl Ende Juni werden, bevor ich wieder in Berlin bin. Bis dahin kann eine Antwort von Ihnen, gegebenenfalls mit neuen Instruktionen den Roman »Exil« betreffend, wohl hier sein.

Heinrich Manns neuestes Mißgeschick betrübt mich tief. Bei allem Für und Wider, vor allem unter der Berücksichtigung der gewiß bedenklichen physischen und mentalen Überanstrengung, die eine Heimkunft im Gefolge haben könnte, glaube ich doch, daß man ihm zuraten sollte, hierher zu übersiedeln, wo die Achtung und die Liebe so vieler deutscher Freunde ihm gewiß ist.

Mit sehr herzlichen Grüßen an Marta und Sie von Friedel und mir.

Ihr
A. Kantorowicz

587 Kantorowicz an Feuchtwanger

Argentinische Allee 162 B
Berlin-Zehlendorf
13. Juli 1948

Lieber Feuchtwanger,

der Greifenverlag teilt mir mit, daß Sie ihm die Erlaubnis zur Veröffentlichung Ihres Romans »Geschwister Oppermann« gegeben haben. Nun ist hier die große und vergebliche Suche nach einem Exemplar des Buches im Gange. Die Chancen, hier ein Exemplar aufzutreiben, scheinen mir sehr gering. Würden Sie nicht die Güte haben, in einem Paket, das Sie mir senden, ein Exemplar des Bandes einzulegen. Wenn Sie es als Drucksache oder Brief schicken, kommt es wohl nicht an, aber in einem Paket, in dem sich vielleicht noch ein Pfund Kaffee oder sonst irgendwelche Lebensmittel oder Kleidungsstücke befinden, geht es wohl recht gut mit, und niemand wird etwas dagegen haben, daß es hier anlangt. Ein Flugpostpaket würde die Sache beschleunigen. Schicken Sie es sobald wie möglich an meine Zehlendorfer Adresse.

Noch etwas anderes. Unser Friedrich Wolf wird im November sechzig Jahre, und wir bereiten für ihn eine Art Festschrift vor, ein Büchlein von etwa 120 oder 150 Seiten, das Leseproben seiner bekanntesten Werke enthält und das ihn nach Verdienst würdigen soll. Wir wären außerordentlich dankbar, wenn Sie uns einen kleinen, einleitenden Artikel, eine freundschaftliche Würdigung voranstellen würden. Sie haben doch verschiedentlich über Friedrich Wolf geschrieben, so ich mich recht erinnere 1938 eine Besprechung seiner Erzählung »Zwei an der Grenze« und wohl auch bei anderer Gelegenheit. Wahrscheinlich haben Sie diese Materialien noch dort und wohl auch einige der Bücher von Wolf. Es wird Ihnen gewiß nicht allzu schwerfallen und Ihnen nicht allzuviel Zeit nehmen. Dürfen wir auf Ihr Einverständnis hoffen? Das Büchlein soll übrigens auch im Greifenverlag herauskommen, und Wolf wünscht sehr, daß ich die Redaktion übernehme. Trotz der überwältigend vielen anderen Verpflichtungen, die ich habe, kann ich mich diesem Freundschaftsdienst wohl nicht entziehen. Senden Sie also, bitte, diesen Beitrag auch an mich. Ich danke Ihnen im voraus sehr.

Ich weiß nicht, wie man von dort die Lage in Berlin ansieht. Wir merken hier von dem »Kriegszustand« am allerwenigsten, trotz der goebbelsgleichen Hysterie der sozialdemokratischen Troglodyten, die jetzt the time of their lives haben. Die Währungsreform macht mir nicht als Schriftsteller, aber als Verleger und Geschäftsmann, wie allen anderen, einiges Kopfzerbrechen, aber wir haben uns schon wieder solide ausbalanciert. Ich habe ja jetzt auch eine Verlagslizenz und beginne mit den Veröffentlichungen einer Reihe literarischer und kulturpolitischer Bücher und Schriften. Mein »Spanisches Tagebuch« wird Anfang nächsten Monats im Aufbau-Verlag herauskommen. Ich sende Ihnen ein Exemplar. Auch eine Neuauflage des »Tschapajew«-Buches ist soeben im Greifenverlag erschienen. Mein Essayband »Vom moralischen Gewinn der Niederlage« wird Ende des Jahres erscheinen.

Den zweiten Band von »Waffen für Amerika« habe ich erhalten und mit wirklichem Genuß gelesen, auch schon Auszüge für eine Veröffentlichung in »Ost und West« gemacht;

ich denke sehr an das oder die »Voltaire«-Kapitel. Den ersten Band habe ich leider nicht erhalten. Vielleicht läßt sich auch der noch in einem Paket mitsenden.

Haben Sie Nr. 5 von »Ost und West« mit Ihrer »Odysseus«-Novelle schon erhalten? Wie gefallen Ihnen die Zeichnungen?

Mit allen guten Wünschen für Frau Marta und Sie, herzlichst

Ihr
A. Kantorowicz

588 Feuchtwanger an Kantorowicz

520 Paseo Miramar
Pacific Palisades, Calif.
16. August 1948

Lieber Kantorowicz,

schönen Dank für Ihren Brief vom 13. Juli. Selbstverständlich werde ich bemüht sein, Ihnen die »Geschwister Oppermann« zu schicken. Zunächst habe ich dem Querido Verlag Auftrag gegeben, Ihnen das Buch zuzustellen. Ich werde aber auch den von Ihnen vorgeschlagenen Weg einschlagen.

Den Artikel über Friedrich Wolf schreibe ich noch diese Woche. Ganz bestimmt geht er vor Ende August an Sie ab, und ich hoffe, er wird Sie rechtzeitig erreichen. Es wird natürlich ein kurzer Artikel sein, etwa 500 oder 1000 Worte höchstens.

Sich hier ein Bild zu machen von der Situation in Berlin, das heißt, von der Situation des einzelnen, ist so gut wie unmöglich. Auf alle Fälle freut es mich, daß Sie, wie es scheint, beruflich dadurch nicht allzu sehr gestört werden. Ich freue mich auf Ihre Bücher.

Den ersten Band von »Waffen für Amerika« sollten Sie

längst erhalten haben. Ich will mein Bestes tun, auch dieses Buch Ihnen zuzustellen. Abgesehen von den Voltaire-Kapiteln scheint mir das Kapitel »Franklin liest die Enzyklopädie« (zweiter Band Seite 56ff.) in sich geschlossen und also geeignet zum Abdruck.

»Ost und West« mit der »Odysseus«-Novelle hat mir sehr gut gefallen, auch die Zeichnungen. Auch die spätere Nummer mit der Rezension von Thomas Manns Buch habe ich mit größtem Interesse gelesen. Es ist erfreulich, daß Sie in so kurzer Zeit eine Zeitschrift zustande gebracht haben, so repräsentativ und mit so ausgeprägtem Gesicht.

Ihnen beiden alles Herzliche, auch von Marta,

Ihr
Lion Feuchtwanger

PS Ein Paket an Sie ist unterwegs.

589 Hilde Waldo an Kantorowicz

20. August 1948

Sehr geehrter Herr Doktor Kantorowicz,

im Auftrag Doktor Feuchtwangers schicke ich Ihnen in der Anlage den Aufsatz zum sechzigsten Geburtstag Friedrich Wolfs.

Mit schönen Empfehlungen

Hilde Waldo
Sekretärin

Anlage

590 Feuchtwanger an Kantorowicz

17. Dezember 1948

Lieber Kantorowicz,

ich muß Ihnen doch wieder einmal sagen, wie sehr mir Ihre Zeitschrift gefällt. Sie wird mit jeder Nummer besser und reichhaltiger, und insbesondere die Nummer zehn, die Oktobernummer, ist ein klassisches Beispiel dafür, wie eine Zeitschrift heute gemacht werden soll. In der Herausgabe von »Ost und West« haben Sie wirklich eine Aufgabe gefunden, die Sie besser durchführen können als irgendein anderer.

Ich hoffe, daß die kleine Gabe, die ich Ihnen schickte, Sie rechtzeitig zu Weihnachten erreicht.

Grüßen Sie alle Freunde.

Ihnen selbst und Friedel alles Herzliche

Ihr
Lion Feuchtwanger

591 Kantorowicz an Feuchtwanger

Berlin
5. Januar 1949

Lieber Feuchtwanger,

vielen Dank für Ihre freundlichen Zeilen. Wir bedürfen solcher Ermutigungen jetzt. Sie können sich wohl denken, daß es nicht ganz einfach war und ist, die Zeitschrift durch die verschiedenen Währungsreformen und Absperrungen hindurch auszubalancieren. Drei Viertel Deutschlands, die etwa zwei Drittel der Auflage abnahmen, sind nun gesperrt; auch das restierende Drittel ist notwendigerweise nach der Stabilisierung des Geldes geschrumpft. Zum Glück habe ich ja rechtzeitig einen Buchverlag ins Leben gerufen, dessen Produktion angelaufen und dessen Absatz noch erfreulich ist. Zu meiner Freude hat mir jetzt auch Arnold Zweig die Rechte für seine Novellenbände, Kurzromane und Essaybände gegeben. Alles in allem stehen wir nun nach ein paar kritischen Monaten wieder sicher auf den Beinen. Aber es hat viel Arbeit gemacht.

Dennoch habe ich während der Nachtstunden einen sehr umfänglichen Essayband abgeschlossen, der im Frühjahr vom Aufbau-Verlag unter dem Titel »Vom moralischen Gewinn der Niederlage« publiziert werden wird. Etwa um die gleiche Zeit wird auch der zweite Band meiner »Porträts« – in dem auch Sie sich porträtiert finden werden – im Chronos-Verlag, das heißt also im Westen Deutschlands, erscheinen. In meinem eigenen Verlag werde ich im Frühjahr meinen »Briefwechsel mit jungen Leuten« veröffentlichen. Es scheint, daß das Berliner Klima uns allen arbeitsmäßig bekömmlich ist. Haben Sie eigentlich das »Spanische Tagebuch« bekommen? Ich frage nicht, um eine Äußerung darüber anzumahnen, sondern nur, um mich zu vergewissern, ob es in Ihre Hände gekommen ist.

Mit Brecht, Zweig, Eislers, Klemperer, Scheers, Uhses, Hermlins und anderen haben wir Neujahr gefeiert. Wir sind guter Dinge. Ihr angekündigtes Paket ist gleich vielen anderen noch nicht angekommen; es kann aber doch im Laufe der nächsten Woche oder Monate noch durchkommen; ich gebe Ihnen dann sogleich Nachricht. Die Friedrich-Wolf-Broschüre mit Ihrer Einleitung ist rechtzeitig erschienen und bereits auf dem Wege nach dort.

Sehr herzliche Grüße für Marta und Sie

Ihr
A. Kantorowicz

592 Feuchtwanger an Kantorowicz

17.Januar 1949

Lieber Kantorowicz,

schönen Dank für Ihren Brief vom 5.Januar. Das »Spanische Tagebuch« habe ich bekommen. Ich kannte ja das meiste davon, aber es sieht, so zusammengefaßt, sehr repräsentativ aus, und es wird ja wohl eine Zeit kommen, da seine Wirkung noch viel stärker sein wird.

Ich hatte hier den Besuch Landshoffs vom Querido Verlag. Nach dessen Bericht dürfte sich in den allernächsten Wochen entscheiden, wieweit die von ihm gedruckten Bücher in Deutschland importiert werden können, und dann wird es für uns alle, die wir hier leben, viel leichter sein, über Verlagsrechte in Deutschland zu verfügen.

Lassen Sie, bitte, bald wieder von sich hören.

Mit herzlichen Grüßen

Ihr

Lion Feuchtwanger

593 Kantorowicz an Feuchtwanger

Berlin

29.Januar 1949

Lieber Feuchtwanger,

herzlichen Dank für Ihren Brief vom 17.Januar. Unterdessen ist vor zwei oder drei Tagen auch Ihr Paket hier angelangt, eines der wenigen, die letztlich durchkamen und somit eine erfreuliche Hilfe. Hier wird das Dasein immer schwieriger. Vor einigen Tagen wurde auf der Durchfahrt von meiner Druckerei zur Buchbinderei, die beide im sowjetischen Sektor liegen, aber durch einen Zipfel des amerikanischen Sektors voneinander getrennt sind, in jenem Zipfel über die Hälfte der Auflage von »Ost und West« und viele tausend Bücher meines Verlages beschlagnahmt. Arnold Zweig hat in dieser Angelegenheit einen schönen offenen Brief an die verantwortlichen Stellen der Militärregierung geschrieben. Der Brief ist heute überall abgedruckt, aber wird wohl wenig Erfolg haben. Es handelt sich nicht mehr um Fragen der Gesittung oder des Rechtes oder der Fairneß, sondern um nackte und brutale Gewaltmaßnahmen. Der Verlust beträgt immerhin 23.000,00 Mark, das wird meinen Verlag nicht töten, aber zu den vielen anderen Schwierigkeiten kommt dies als eine neue Schwierigkeit hinzu. Abgesehen von diesen Widerwärtigkeiten (zum Teil sogar durch sie), ist das Leben hier interessant und lebenswert. Trotz des für hiesige Verhältnisse horrenden Preises und trotz der Unmöglichkeit, in den Westsektoren oder Westzonen ein von einem sowjetisch lizenzierten Verlag herausgebrachtes Buch zu verkaufen, ist die erste Auflage meines »Spanischen Tagebuchs« schon vergriffen, und die im Nachdruck befindliche neue Auflage von 10000 Exemplaren bereits überfordert. Auch von meinen »Porträts« werden nun neue Auflagen herauskommen, in erweiterter Form; ich schrieb Ihnen schon, daß ein Porträt von Ihnen auch in dieser neuen Fassung der Sammlung sein wird. Mit Brechts und Arnold Zweig und vielen anderen unserer gemeinsamen Freunde sind wir oft zusammen. Schrieb ich Ihnen schon, daß die Aufführung von »Mutter Courage« ein grandioses Theaterereignis war, das an die besten Zeiten Berlins der zwanziger Jahre erinnert?

Ich höre, daß ein Schauspiel von Ihnen hier in den Händen der Theater sei. Ich will mich bemühen, mir, hoffentlich mit Ihrem Einverständnis, den Vorabdruck einer geeigneten Szene zu sichern.

Mit der gleichen Post sende ich Ihnen einige Exemplare der Ausgabe von »Exil«, die der Greifenverlag herausgebracht hat. Ich hoffe, die Bücher werden gut in Ihre Hände kommen.

Können Sie dort vielleicht irgendwo ein Exemplar von Tollers Autobiographie, möglichst die deutsche Fassung: »Eine Jugend in Deutschland« auftreiben und mir im Brief hersenden? Ich würde sehr gerne etwas daraus abdrucken, aber ich kann das Buch hier beim besten Willen nicht bekommen.

Mit sehr herzlichen Grüßen auch für Frau Marta

Ihr
A. Kantorowicz

594 Feuchtwanger an Kantorowicz

10. Februar 1949

Lieber Kantorowicz,

herzlichen Dank für Ihren Brief.

Es tut mir aufrichtig leid, daß Sie solche Schwierigkeiten haben. Aber ich weiß ja, daß Sie sich nicht so leicht unterkriegen lassen.

Ich freue mich aufrichtig über den Erfolg des »Spanischen Tagebuches«.

Das Deutsche Theater in Berlin teilte mir mit, daß es ein Stück von mir, »Wahn oder Der Teufel in Boston«, in allernächster Zeit spielen werde. Auch Bühnen der westlichen Zonen haben die Aufführungen angekündigt. Ich hoffe nur, daß Berlin nicht die gedruckte Fassung des Stückes hat, sondern die letzte, für die Bühne bearbeitete, nur im Manuskript vorliegende. Natürlich ist es mir sehr recht, wenn Sie daraus abdrucken wollen.

Noch eine Bitte: Von Wieland Herzfelde höre ich, daß der Aufbau-Verlag eine Ausgabe meiner Kurzgeschichten bringen will. Die letzte gedruckte Fassung, die dem Aufbau-Verlag höchstwahrscheinlich vorliegt, trägt den Titel: »Venedig (Texas) und vierzehn andere Erzählungen«. Ich würde aber gerne »Odysseus und die Schweine« dem Band beigefügt sehen. Wollen Sie die Freundlichkeit haben, dem Aufbau-Verlag das mitzuteilen und ihm ein Exemplar von »Odysseus und die Schweine« zur Verfügung zu stellen? Ich bitte darum, daß man die ganze Sammlung heißt: »Odysseus und die Schweine und fünfzehn andere Erzählungen«.

Ich werde versuchen, ein Exemplar von Tollers Autobiographie aufzutreiben.

Mit sehr herzlichen Grüßen an Sie beide

Ihr
Lion Feuchtwanger

595 Feuchtwanger an Kantorowicz

520 Paseo Miramar
Pacific Palisades, Calif.
30. Mai 1949

Lieber Kantorowicz,

Mitteilungen von Zweig und Brecht entnehme ich, daß »Waffen für Amerika« im Osten mißverstanden wurde. Beide Freunde beschränken sich indes auf vage Andeutungen.

Ich wäre Ihnen dankbar, wenn Sie mir Ausschnitte oder dergleichen schicken oder schicken lassen könnten, die mich aufklären, was eigentlich los ist.

Herzlichen Dank zuvor und viele Grüße

immer Ihr
Lion Feuchtwanger

596 Kantorowicz an Feuchtwanger

Berlin-Zehlendorf
Argentinische Allee 162 B
28. Juni 1949

Lieber Feuchtwanger,

ich finde Ihren Brief erst heute nach der Rückkehr von einer mehrwöchigen Reise durch die Westzonen vor. Der Roman »Waffen für Amerika« scheint von verschiedenen Kritikern in der Tat mißverstanden worden zu sein. Ihre Freunde hier, Zweig und Brecht und ich selber zu einem bescheidenen Teil, versuchen, diese Mißverständnisse aufzuklären, bislang mit dem Erfolg, daß hier meines Wissens keine Kritik an diesem Buch veröffentlicht worden ist. Ich zweifle nicht daran, daß diese Mißverständnisse sich bald aufklären werden.

Ihr Ihnen aufrichtig ergebener

A. Kantorowicz

597 Kantorowicz an Feuchtwanger

Berlin-Zehlendorf
Argentinische Allee 162 B
7. Juli 1949

Lieber Feuchtwanger,

ich übersende Ihnen anbei einen Ausschnitt aus der Berliner Zeitung »Neues Deutschland«, der Ihnen zeigen wird, mit welcher Freundschaft und Bewunderung Ihrer hier gedacht wird. Ich verrate auch wohl kein Geheimnis mehr, wenn ich Ihnen sage, daß hier ein Feuchtwanger-Bändchen in Arbeit ist, das neben Auszügen aus Ihren Büchern, Beiträge Ihrer guten Freunde enthält. Die Juni-Nummer von »Ost und West« mit dem schönen Aufsatz von Heinrich Mann über den Romanschriftsteller Feuchtwanger und

Bertolt Brechts »Gruß an Feuchtwanger« wird ja unterdessen in Ihren Händen sein.

Heute morgen waren Hanns und Lou Eisler, Herzfelde und andere Freunde bei mir zum Frühstück, und wir gedachten Ihrer und tranken eine gute starke Tasse Kaffee auf Ihr und Frau Martas Wohl. Unsere Wünsche sind herzlich und aufrichtig.

Ihr Ihnen stets ergebener

A. Kantorowicz

598 Feuchtwanger an Kantorowicz

1. August 1949

Lieber Kantorowicz,

ich habe lange nicht mehr von Ihnen gehört. Dafür aber habe ich die beiden Bücher »Begegnungen« und »Wunderliches Kind« erhalten, und es war mir eine rechte Freude, Ihren Verlegernamen den beiden zierlichen und doch gewichtigen Büchern eingedruckt zu sehen.

Ich höre, daß Sie sich besondere Mühe gaben, sowohl um die Mißverständnisse aufzuklären, die über meine Bücher im Schwange sind, wie um jene Anthologie, die im Greifenverlag erscheinen soll oder schon erschienen ist. Herzlichen Dank.

Ich habe schon wieder eine Bitte an Sie: Der Buchhändler Hugo Streisand, Eislebener Straße 4, Berlin W. 50, hat mir Bücher übersandt. Könnten Sie veranlassen, daß Wendt vom Aufbau-Verlag oder Eisenlohr DM West 254.40 überweist?

Herzlichen Dank für Ihre Bemühungen und alles Gute

Ihr
Lion Feuchtwanger

599 Feuchtwanger an Kantorowicz

16. August 1949

Lieber Kantorowicz,

einem Brief Arnold Zweigs entnehme ich, daß Sie dieser Tage fünfzig Jahre alt wurden oder werden.

Wir haben uns manchmal überlegt, wie alt Sie wohl sein könnten, aber darauf, daß Sie schon die Fünfzig erreicht haben, sind wir nicht gekommen.

Trotz allem, was Sie durchgemacht hatten, schauten Sie, als ich Sie das letzte Mal sah, so jungenhaft aus.

Sehr, sehr herzliche Glückwünsche also, von Marta und von mir.

Von hier aus hat man den Eindruck, daß Sie Genugtuung finden in Ihrem Leben und Ihrer Tätigkeit in Berlin, und soviel ist gewiß, daß Sie alle Ursache dazu haben. Ich danke Ihnen auch herzlich dafür, daß Sie sich meines Werkes sichtlich mit so freundschaftlicher Wärme annahmen.

Sehr viele gute Wünsche und Grüße

Immer Ihr
Lion Feuchtwanger

600 Kantorowicz an Feuchtwanger

Westerlandstr. 15
Berlin-Pankow
10. Januar 1950

Lieber Feuchtwanger,

vorgestern kam ein Paket von Ihnen hier an. Herzlichen Dank. Das ist nur ein Anlaß mehr, mich zu erinnern, daß ich Ihnen und Frau Marta noch gute Neujahrswünsche schuldig bin. Über das Ende von »Ost und West« sind Sie ja wohl unterrichtet. Ich erfuhr, daß Sie zugunsten der Zeitschrift interveniert haben. Auch dafür noch besten Dank. Der Verlag bleibt bestehen. Seine neueste Veröffentlichung haben wir unterdessen an Sie abgesandt, ein kleines, nicht sehr anspruchsvolles Büchlein von mir, »Deutsche Schicksale« betitelt, in das ich auch den Beitrag über Sie aufgenommen habe, der in dem immer noch nicht erschienenen Feuchtwanger-Buch des Greifenverlages stehen wird. Ich fahre jetzt, wie ich es in meinem Abschiedsartikel in »Ost und West« angekündigt habe, auf ein paar Wochen zur Erholung in den Harz (nach Schierke). Danach will ich mich an die Überarbeitung und die Zuendeführung meines Romans »Sohn des Bürgers« machen. Das, neben meiner weiteren Mitarbeit an der »Täglichen Rundschau« – die übrigens außerordentlich erzürnt darüber ist, daß man »Ost und West« liquidiert hat –, einem Ossietzky-Film, den ich im Frühjahr mit Eggebrecht gemeinsam schreiben werde, der Weiterführung des Buchverlages und meinen Vorlesungen an der Universität, ist ein volles Programm für die nächsten anderthalb Jahre. Irgendeine andere Stellung will ich nicht annehmen. Ich bin sehr froh, daß es mir gelungen ist, unabhängig zu bleiben, und ich bin gewiß, daß mir das auch weiterhin gelingen wird.

Sehr herzliche Grüße für Frau Marta und Sie

in Freundschaft wie stets
Ihr
A. Kantorowicz

601 Feuchtwanger an Kantorowicz

7. Februar 1950

Lieber Kantorowicz,

ich habe Ihr Buch »Deutsche Schicksale« und die drei letzten Hefte von »Ost und West«.

Lassen Sie mich, der ich Gelegenheit hatte, Ihre Entwicklung von sehr früh an zu beobachten, Ihnen bei dieser Gelegenheit sagen, wie viel sachlicher, männlicher, zielstrebiger

Ihr Stil geworden ist. Und es war eine Freude zu erleben, wie klar und eindeutig Sie Ihre Zeitschrift geführt haben, ohne doch die Weite des Blickes zu verlieren. Ich hoffe sehr, daß Sie jetzt, da Sie diese Bürde losgeworden sind, wenigstens mehr Zeit finden zu eigener schriftstellerischer Tätigkeit.

Alle guten Wünsche für Sie, Friedel und den Verlag.

Immer Ihr
Lion Feuchtwanger

602 Feuchtwanger an Kantorowicz

27. Februar 1950

Lieber Kantorowicz,

schönen Dank für Ihren Brief vom 10. Januar.

Es hat mir sehr leid getan, daß »Ost und West« einging. Wir haben, Heinrich Mann und ich, unser Bestes getan, es zu verhindern; aber es ist sehr schwer, von hier aus irgendeine Wirkung in Berlin zu erzielen.

Auf der andern Seite freut es mich, daß Sie jetzt so viel mehr Zeit haben werden für Ihre andere Tätigkeit. Ich habe ab und zu eine Fortsetzung Ihres Romans »Der Sohn des Bürgers« gelesen, aus vielen Gründen mit besonderem Interesse. Ich freue mich herzlich darauf, das Buch als Ganzes zu lesen.

Lassen Sie mich Ihnen bei dieser Gelegenheit sagen, daß nach meinem Empfinden die vielen bösen Dinge, die Sie durchzumachen hatten, Ihnen besonders gut bekommen sind. Nicht nur haben Sie jetzt in Wahrheit was zu sagen, Sie sagen es auch auf ruhige, sichere, überzeugende Art. Eigentlich sind Sie erst jetzt der geworden, der Sie sind.

Mit herzlichen Grüßen und Wünschen

der Ihre
Lion Feuchtwanger

PS Wenn es Ihnen nicht viel Mühe macht, würde ich mich freuen, wenn Sie mir, was von »Ost und West« erschienen ist, schicken wollen. Es sind mir naturgemäß ein paar Hefte abhanden gekommen.

603 Kantorowicz an Feuchtwanger

Berlin-Pankow
8. März 1950

Lieber Feuchtwanger,

herzlichen Dank für Ihre beiden Briefe vom 7. und 27. Februar. Die Versicherungen Ihrer Freundschaft sind eine Stärkung, und Ihre mich als Schriftsteller ermutigenden Worte sind mir gerade jetzt willkommen, da ich nach dem Ende der Bemühung um »Ost und West« einen neuen Abschnitt meiner literarischen Arbeit beginne. Ich selber weiß, daß ich sehr lange gebraucht habe, um halbwegs zu mir zu kommen. Von »jüdischer Frühreife« ist in meiner Entwicklung nichts zu merken. Viele andere sind mit dreißig Jahren soweit wie ich heute mit fünfzig. Das sage ich übrigens ganz ohne Bitterkeit, eher amüsiert. Nun soll sich in den nächsten Jahren zeigen, ob meine Vitalität als Schriftsteller mit der endlich gewonnenen Reife noch Schritt hält. Ich bin beim dritten Akt eines Schauspiels, das ich in einigen Wochen beendet zu haben hoffe. Dann beginnen die Vorlesungen und gleichzeitig die Arbeit am Ossietzky-Film. Erst in den Semesterferien werde ich dazu kommen, den »Sohn des Bürgers« zu überarbeiten und zu ergänzen. Die ersten 200 Seiten stehen. Auch der nicht in »Ost und West« veröffentlichte 4. Teil, der im Manuskript vorliegt, macht mir keine großen Sorgen. Aber die Mitte, etwa die Seiten von 200 bis 400 muß ich straffen und womöglich kompositorisch umbauen. Das wird noch Arbeit geben.

Mit gleicher Post lasse ich Ihnen die fünf gebundenen

Halbjahresbände von »Ost und West« übersenden. Hoffentlich kommen sie dort gut an. Ich wäre dankbar für eine Empfangsbestätigung, damit ich weiß, daß die dreißig Nummern der Zeitschrift komplett in Ihren Händen sind.

Mit sehr herzlichen Grüßen für Frau Marta und Sie

Ihr
Alfred Kantorowicz

604 Feuchtwanger an Kantorowicz

P.O.B. 325
Pacific Palisades
17. April 1950

Lieber Kantorowicz,

Ihre freundliche Sendung »Ost und West« ist soeben hier angelangt. Ich freue mich sehr, die Bände zu haben, und danke Ihnen herzlich. Die Bände stehen in meiner Bibliothek neben den guten Jahrgängen der »Neuen Rundschau«.

Alles Herzliche
Ihr
Lion Feuchtwanger

605 Feuchtwanger an Kantorowicz

7. August 1950

Lieber Kantorowicz,

seit langem habe ich nur auf Umwegen über Sie gehört. Ich würde mich freuen, wenn Sie mich wissen ließen, wie es Ihnen geht.

Eines noch, das Sie interessieren wird. Ich habe von Heinrich Mann kurz vor seinem Tode seine Manuskripte zur Durchsicht erhalten, es sind vier große Kisten. Es befindet sich unter den Manuskripten ein bisher unveröffentlichter halber Roman; leider haben wir vorläufig nur die letzte Hälfte entdecken können. Es besteht aber die Möglichkeit, daß sich unter dem noch nicht Überprüften die erste Hälfte findet. Sonst ist da ein Teil eines dramatischen Romans, der Friedrich den Großen zum Gegenstand hat; dieses Manuskript dürfte sich aber aus vielen Gründen vorläufig nicht zur Veröffentlichung eignen.

Wohl aber sind vorhanden die Manuskripte beinahe aller Aufsätze und Reden, die Heinrich Mann im Exil geschrieben und gehalten hat, und daraus ließe sich vermutlich ein ansehnlicher Band zusammenstellen.

Mit herzlichen Grüßen an Sie beide

Ihr
Lion Feuchtwanger

606 Kantorowicz an Feuchtwanger

Westerlandstr. 15
Berlin-Pankow
13. September 1950

Lieber Feuchtwanger,

herzlichen Dank für Ihre Mitteilung. Wir sind ja brennend an den Heinrich-Mann-Materialien interessiert. Das Heinrich-Mann-Archiv der Akademie der Künste, das unter meiner Leitung steht, ist dabei, alle verfügbaren Materialien gewissenhaft auszuwerten. Wir haben erst unlängst kostbare Stücke der Korrespondenz zwischen Thomas Mann und Heinrich Mann aus den Jahren 1910–1927 erhalten und mittlerweile entziffert. Auch Heinrich Manns etwa 4000 Bände starke Bibliothek ist eingetroffen und wird in diesen Tagen durchgesehen werden. Sie können sich also vorstellen, wie glücklich wir wären, die Heinrich-Mann-Manuskripte, die sich in Ihren Händen befinden, im Original oder in der Abschrift hierherzubekommen. Bitte, lassen Sie mich doch wissen, wie das am sichersten geschehen kann. Die Tochter und Erbin H. Manns, Frau Leonie Mann, hat mir in diesen Fragen plein pouvoir gegeben.

Danke für Ihre Nachfrage nach unserem Ergehen. Vielleicht sollte ich sagen, es geht uns der Weltlage angemessen. Friedel kehrt in diesen Tagen, hoffentlich halbwegs erholt, aus einem Sanatorium zurück. Ich bin im Sommer auch zusammengeklappt; erstaunlicherweise war es aber wiederum nicht das Herz und auch sonst nichts Organisches, nur der Kopf, die sogenannten Nerven, womit die Ärzte ja nichts anzufangen wissen. Meine Arbeitskraft ist im letzten halben Jahr sehr vermindert gewesen. Die Vorlesungen haben mich sehr angestrengt; zum Schreiben bin ich überhaupt nicht gekommen. Es scheint, daß die drei Wochen an der Ostsee, die ich jetzt hinter mir habe, mich wieder etwas auf die Beine gebracht haben; jedenfalls hat sich in den letzten zehn Tagen meine Schreibhemmung ein wenig gelöst. Im Winter werde [ich] mit meinen Vorlesungen in Berlin und Halle und mit der Arbeit am Heinrich-Mann-Archiv genug zu tun haben. Den Verlag will ich auflösen. Im nächsten Frühjahr möchte ich dann jedenfalls für ein Semester Urlaub erbitten, um den Roman doch einmal fertigzuschreiben.

Mit herzlichen Grüßen auch für Frau Marta

Ihr
A. Kantorowicz

607 Kantorowicz an Feuchtwanger

Westerlandstr. 15
Berlin-Pankow
22. September 1950

Lieber Feuchtwanger,

in Ergänzung zu meinem Brief vom 13. d. M. möchte ich Ihnen doch noch sagen, daß ich es für zweckmäßig hielte, wenn die in Ihrer Obhut befindlichen Heinrich-Mann-Materialien durch Vermittlung des tschechoslowakischen Konsulats oder der Gesandtschaft an Heinrich Manns Tochter, Frau Leonie Mann in Prag, Podolska 10, gesandt werden würden. Ich werde mich mit Frau Mann in dieser Frage in Verbindung setzen. Sie wird dann wohl das Weitere veranlassen.

Eine meiner Studentinnen beabsichtigt, im kommenden Semester mit einer Arbeit über Ihr Werk zu doktorieren, sie bat mich, ihr mit Material behilflich zu sein. Ich selber habe nur weniges von Ihnen hier. Da ich im übrigen im kommenden Semester auch ein Seminar über Lion Feuchtwanger plane, so ergibt sich die Frage, inwieweit Sie mir behilflich sein könnten, die hier noch nicht von Ihnen veröffentlichten Bücher und anderes Material (wichtige Artikel etc.) zugänglich zu machen. Es würde sich lohnen. Zu meinem nicht geringen Schrecken war auch das Seminar, das ich über Heinrich Mann und Thomas Mann im vergangenen Semester abhielt, von nahezu 200 Studenten belegt; im kommenden Semester wird das wohl kaum anders sein. Die intensive Arbeit leidet darunter, aber der extensiven soll jedenfalls Genüge getan werden. Ich bitte Sie sehr herzlich, mir doch »Waffen für Amerika« und Ihre neueren Arbeiten, aber auch, wenn irgend möglich, Ihre frühen Schauspiele zugänglich zu machen oder zugänglich machen zu lassen.

Mit sehr herzlichen Grüßen auch an Frau Marta

Ihr A. Kantorowicz

PS Sehr willkommen wäre auch eine Selbstdarstellung, die das Wesentliche und Wissenswerte aus Ihrem Werk und Leben zusammenfaßt.

608 Feuchtwanger an Kantorowicz

25. September 1950

Lieber Kantorowicz,

ich habe mit Freuden Ihren Brief vom 13. September bekommen. Ich hatte so lange nichts von Ihnen gehört, daß wir ernstlich besorgt waren. Es freut mich, daß Sie wieder an der Arbeit sind, und es hat sein Gutes, daß Sie sich nicht überanstrengen dürfen.

Zu den Heinrich-Mann-Manuskripten:

Es scheint, wie gesagt, außer dem Teilmanuskript des dramatischen Romans »Friedrich der Große« darunter so gut wie nichts vorhanden, das nicht schon veröffentlicht wäre. Ich schicke Ihnen zunächst einmal mittels eingeschriebener Briefpost einige Originalmanuskripte und Entwürfe zu Manuskripten von Aufsätzen.

Mir selber geht es gesundheitlich sehr gut, und meine Arbeit macht mir Freude. Aber Sie können sich ja vorstellen, wie bedrückend hier die Gesamtsituation ist und welche Wirkung sie auf mich hat.

Mit herzlichen Grüßen, auch für Friedel,

Immer Ihr
Lion Feuchtwanger

609 Hilde Waldo an Kantorowicz

2. Oktober 1950

Sehr geehrter Herr Kantorowicz,

im Anschluß an Dr. Feuchtwangers Brief vom 25. September, schicke ich Ihnen in der Anlage die nachstehend aufgeführten Manuskripte Heinrich Manns: –

1. Artikel zum 22. Juni 1942, Erster Jahrestag des Krieges der SU, geschrieben für »Tass«.

2. Manuskript »Über Schule und Erziehung«, erschienen im »Freien Deutschland« (Mexiko), 4. Jahrgang, No. 1, Dezember 1944.

3. Ms.: »Kisch, der Entdecker Amerikas«, erschienen im »Freien Deutschland« (Mexiko), 4. Jahrgang, No. 5, April 1945.

Für Bestätigung des Empfanges wäre ich Ihnen dankbar.

Mit schönen Empfehlungen

Ihre
Hilde Waldo
Sekretärin

610 Kantorowicz an Feuchtwanger

Deutsche Akademie der Künste
Robert-Koch-Platz 7
Berlin NW 7
25. Oktober 1950

Lieber Feuchtwanger!

Ich möchte Ihnen gleich den guten Empfang der drei Heinrich-Mann-Artikel bestätigen.

Die Artikel in »Freies Deutschland« waren ja bekannt, aber sie im Original zu besitzen ist wertvoll. Der dritte Artikel war mir unbekannt und ist somit um so wertvoller. Der rasche und gute Empfang macht uns die Hoffnung, auch die anderen von Ihnen erwähnten Manuskripte, vor allem natürlich die unveröffentlichten, bei guter Gelegenheit in unsere Sammlung einreihen zu können.

Natürlich sind wir nach wie vor etwas ängstlich, es könnte ein Manuskript verlorengehen, von dem noch keine Abschrift gemacht worden ist. Aber, ob man Ihnen zumuten darf, Abschriften oder Fotokopien dort vor der Absendung anfertigen zu lassen?

Das Semester hat begonnen. Ich muß nun außer in Berlin auch in Halle als Gastprofessor lesen und stecke nicht nur dadurch bis über die Ohren in Arbeit. Mein Schauspiel »Die Marquise und das Maquis«, das ich im Jahr 1944 dort drüben begann, ist jetzt abgeschlossen worden. Vielleicht kommt es in dieser Spielzeit zur Aufführung.

Mit freundschaftlichen Grüßen an Frau Marta und Sie

Ihr
A. Kantorowicz

611 Feuchtwanger an Kantorowicz

P.O.B. 325
Pacific Palisades
29. Oktober 1950

Lieber Kantorowicz,

Ihr Brief vom 22. September traf erst jetzt hier ein.

Lassen Sie mich, bitte, vor allem wissen, ob die Heinrich-Mann-Manuskripte, die ich Ihnen sandte, Sie erreicht haben.

»Waffen für Amerika« ist an Sie abgegangen. Bitte, lassen Sie mich wissen, was Sie von meinen Büchern haben; ich werde Ihnen dann das Fehlende schicken, soweit ich es auftreiben kann. Ich freue mich natürlich außerordentlich, daß Sie über mich lesen wollen, und werde mit Freuden mein Bestes tun, Ihnen behilflich zu sein. Ich denke noch oft und gern an den Mut und an die Mühe, mit der Sie als einziger »Thomas Wendt« aufgeführt haben.

Sowie ich Ihre Antwort habe, gehe ich auf beide Fragen – Heinrich-Mann-Manuskripte und Material zu einer Vorlesung über mich – sehr ausführlich ein.

Mit sehr herzlichen Grüßen, auch von Marta,

Ihr
Lion Feuchtwanger

612 Kantorowicz an Feuchtwanger

Westerlandstr. 15
Berlin-Pankow
8. November 1950

Lieber Feuchtwanger,

die Heinrich-Mann-Manuskripte sind schon vor etwa zwei Wochen hier eingetroffen. Ich hätte Ihnen den Empfang doch wohl gleich bestätigen sollen. Von Ihren Büchern besitze ich: »Erfolg«, »Exil«, »Der falsche Nero«, »Simone«, »Geschwister Oppermann« und »Odysseus und die Schweine« – sonst nichts, nicht einmal den »Jud Süß«, der hier nicht aufzutreiben ist. Auch nicht den »Jüdischen Krieg«, geschweige denn Ihre Schauspiele. Sie wissen ja besser als ich, was alles fehlt. Ich wäre auch im Interesse meiner vielen Studenten herzlich dankbar für eine möglichst vollständige Sammlung Ihrer Arbeiten.

Sehr herzliche Grüße auch von Friedel für Sie beide

Ihr
A. Kantorowicz

613 Feuchtwanger an Kantorowicz

14. November 1950

Lieber Kantorowicz,

Ihre Briefe vom 25. Oktober und 8. November habe ich bekommen.

Inzwischen habe ich auch einen Brief von Leonie Mann aus Prag.

Von den Heinrich-Mann-Manuskripten schicke ich Ihnen wieder einige mittels Briefpost und eingeschrieben. Ein Weg, größere Partien oder das Ganze auf einmal zu schikken, hat sich bis jetzt leider nicht finden lassen. Die Eislers, für die wir ein ähnliches Problem zu lösen haben, können Ihnen erzählen, welche Schwierigkeiten sich da türmen.

Von meinen eigenen Büchern schicke ich Ihnen alles, was sich auftreiben läßt, so rasch wie möglich. Einiges lasse ich Ihnen direkt durch den Verleger schicken (z. B. »Waffen für Amerika«). Bitte teilen Sie mir gleich nach Empfang mit, was Sie bekommen haben.

Mit sehr herzlichen Grüßen

Ihr
Lion Feuchtwanger

614 Feuchtwanger an Kantorowicz

22. November 1950

Lieber Kantorowicz,

mit gleicher Post geht an Sie ab ein Manuskript von Heinrich Mann: »La Nation Tragique«, das im September 1934 entstanden ist. Sie erhalten das Manuskript in allen Stadien, die es durchlief: die mit Bleistift geschriebene erste Fassung auf der Rückseite von Briefen (auch einen Brief von mir hat Heinrich dazu benützt), dann die endgültige, mit Tinte geschriebene Fassung und schließlich die Schreibmaschinenfassung.

Ich lege weiter bei einen von Heinrich Mann geschriebenen französischen Waschzettel für die französische Ausgabe von »Haß«. Der Waschzettel ist geschrieben auf die Rückseite eines Briefes des Verlags Gallimard.

Von meinen Büchern sind mittlerweile auch die drei Bände der »Josephus«-Trilogie an Sie abgegangen.

Mit sehr herzlichen Grüßen

Ihr
Lion Feuchtwanger

615 Hilde Waldo an Kantorowicz

22. November 1950

Sehr geehrter Herr Kantorowicz,

in der Anlage finden Sie, wie Ihnen Herr Feuchtwanger bereits ankündigte, das Manuskript Heinrich Manns von »Une Nation Tragique« in Bleistift, Tinte und in Schreibmaschine, sowie seinen französischen Waschzettel für »Haß«.

Mit besten Grüßen

Hilde Waldo
Sekretärin

Anlagen

616 Kantorowicz an Feuchtwanger

Westerlandstr. 15
Berlin-Pankow
18. Dezember 1950

Lieber Feuchtwanger,

nur rasch die freudige Mitteilung, daß in diesen Tagen hier Ihre Bücher: »Der Jüdische Krieg«, »Der Tag wird kommen«, »Die Söhne« und »Waffen für Amerika« eingegangen sind. Das ist eine große Hilfe und Freude. Ich hoffe, daß noch weitere Bücher und die Heinrich-Mann-Manuskripte hier anlangen.

Mit herzlichen Grüßen für heute in Eile

Ihr

A. Kantorowicz

PS Soeben kommt Heinrich Manns Manuskript »Une Nation Tragique«, sowie die Waschzettel für sein Buch »Der Haß«. Besten Dank.

617 Kantorowicz an Feuchtwanger

Westerlandstr. 15
Berlin-Pankow
19. Februar 1951

Lieber Feuchtwanger,

ich habe Ihnen noch mit Dank den Empfang von »Jud Süß« und »Pep« zu bestätigen.

In diesen Tagen sende ich gewissermaßen als Gegengabe einige Seminararbeiten meiner Studenten über Ihr Werk an Sie ab. Vielleicht interessiert es Sie, was die jungen Leute über den Eindruck, den Ihre Bücher machen, auszusagen haben. Hoffentlich kommen die Manuskripte gut durch. Ich würde mich über eine Empfangsbestätigung freuen.

Das Semester geht nun zu Ende; es war wieder einmal hoch an der Zeit, zu viel häufte sich in den letzten Wochen. Mein Schauspiel soll jetzt in die Proben kommen, und da wird auch noch viel auszufeilen sein. Daneben bedrängt mich immer noch der Ossietzky-Film, den ich mit Leonhard nun in neuer Fassung auszuarbeiten habe. Eine gewisse Entlastung wird die Liquidation des Verlages sein.

Die Heinrich-Mann-Ausgabe in fünfzehn Bänden ist beschlossen und in Arbeit. Als erste Erscheinung wird Band vier: »Die kleine Stadt« zum 80. Geburtstag Heinrich Manns am 27. März vorliegen. An diesem Tag wird in der Akademie der Künste auch die Heinrich-Mann-Büste des Bildhauers Professor Seitz enthüllt werden. Eine Berliner Straße und ein Platz werden nach meinem Vorschlag in Heinrich-Mann-Straße und Heinrich-Mann-Platz umbenannt werden. Übrigens, wir wären wohl sehr froh, wenn wir zu diesem Zeitpunkt eine Botschaft von Ihnen zum Gedenken Heinrich Manns haben könnten.

Mit sehr herzlichen Grüßen an Sie und Frau Marta

Ihr
A. Kantorowicz

618 Kantorowicz an Feuchtwanger

Deutsche Akademie der Künste
Heinrich-Mann-Archiv
Robert-Koch-Platz 7
Berlin NW 7
9. März 1951

Lieber Feuchtwanger!

Ich hoffe, daß dieser Brief Sie noch rechtzeitig erreichen wird. Wir werden am 80. Geburtstag von Heinrich Mann, dem 27. März, auf Anregung der Deutschen Akademie der Künste würdige Feiern veranstalten. Eine Ausstellung von Briefen, Manuskripten, Dokumenten, Fotos und Erinnerungsstücken wird an diesem Tage in der Deutschen Akademie eröffnet werden, und die von der Akademie in Auftrag gegebene Heinrich-Mann-Büste des Nationalpreisträgers Professor Gustav Seitz wird an diesem Tage enthüllt werden. Es ist vorgesehen, eine Straße und einen Platz Berlins in Heinrich-Mann-Straße und Heinrich-Mann-Platz umzubenennen; andere Feierlichkeiten des Berliner Magistrats sind geplant. Der Anteilnahme des Präsidenten und der Regierung der Deutschen Demokratischen Republik sind wir versichert. Es würde uns mit Freude erfüllen, lieber Feuchtwanger, wenn wir zu diesem Tage noch rechtzeitig einen Gruß oder eine Erklärung über die säkulare Bedeutung Heinrich Manns von Ihnen erhalten könnten.

Haben Sie die Arbeiten meiner Studenten über Sie unterdessen erhalten? Ich sandte sie vor etwa zwei Wochen an Sie ab. Zweig hat mich unterrichtet, daß Sie die Arbeit eines jungen Mannes aus der Provinz so günstig beurteilt haben; ich will gern mithelfen, ihm zur Immatrikulation an der Berliner Universität zu verhelfen. Ich hoffe, bald von Ihnen zu hören.

Mit sehr herzlichen Grüßen an Frau Marta und Sie

Ihr
A. Kantorowicz

619 Feuchtwanger an Kantorowicz

14. März 1951

Lieber Kantorowicz,

ich habe heute Ihren Brief erhalten und mich beeilt, Ihnen ein paar Worte über Heinrich Mann zu schreiben, die ich Ihnen für Ihre Feier beilege.

Die Arbeiten Ihrer Studenten, von denen Sie mir schreiben, habe ich noch nicht bekommen. Sendungen, die nicht mit Luftpost gehen, brauchen lange Zeit.

Der Student, über den ich Arnold Zweig schrieb, heißt Wolfgang Berndt (Saulstr. 9, Dorndorf bei Dornburg/Saale). Ich denke, Sie kennen ihn; jedenfalls hat er voll herzlicher Verehrung über Sie geschrieben. Wenn Sie ihm helfen könnten, würde das, glaube ich, verdienstvoll sein.

Mit sehr herzlichen Grüßen an Sie beide

Ihr
Lion Feuchtwanger

Anlage

Pacific Palisades, Calif.
14. März 1951

Lieber Alfred Kantorowicz, liebe Freunde!

Ich höre mit inniger Freude, daß Sie zum achtzigsten Geburtstag Heinrich Manns würdige Feiern vorbereiten.

Dieser große Schriftsteller wurde in der westlichen Welt, besonders in Amerika, wo er seine letzten Jahre verbrachte, übel verkannt. Er scherzte mit heiterer Resignation, sein Ruhm in Amerika stehe einzig und allein auf den hübschen Beinen der Marlene Dietrich, die, wie Sie sich erinnern, in dem Film gespielt hat, dem »Professor Unrat« zugrunde lag.

Aber wenn ein Schriftsteller unserer Zeit seines Nachruhms versichert ist, dann Heinrich Mann. Politische Vorurteile haben den Westen abgehalten, sich ernstlich mit seinem Werk zu beschäftigen. Die Zeit wird kommen – Sie, meine Freunde, sorgen dafür –, da diese Vorurteile verdunstet sein werden. Dann wird man erkennen, daß Heinrich Mann nicht für *ein* Land schrieb und nicht für *eine* Zeit. Sein Gegenstand war niemals der Tag, niemals nur die aktuelle Politik oder gar die aktuelle Politik eines einzelnen Landes. Sein Gegenstand war die Geschichte. Wenn so vieles in seinem Werk prophetisch wirkt, dann deshalb, weil er den geschichtlichen Ablauf darstellte, nicht nur das Geschehen des Tages. Es ist kein Zufall, daß sein letztes großes Werk, »Heinrich der Vierte«, ein historischer Roman im strengen Sinne war, ein Werk, das, innerlich und äußerlich größten Formates, eine Brücke schlägt von längst vergangenem Geschehen zu Ereignissen der Zukunft.

Diese seine Grundhaltung, über das Geschehen des Tages hinaus Geschichte darzustellen, sichert seinem Werk Bestand und Bedeutung auch für die Späteren.

Wenn die Wasser sich verlaufen, wenn man darangehen wird, zu registrieren, was geblieben ist, dann – das darf man heute schon mit Gewißheit sagen – wird man vier Bücher Heinrich Manns der Weltliteratur als dauernden Besitz zuzählen: »Professor Unrat«, »Die kleine Stadt«, »Der Untertan«, »Heinrich der Vierte«.

Heinrich Mann starb, bevor er seine Absicht, nach Deutschland zurückzukehren, wahrmachen konnte. Er starb einsam, verkannt, in bitterer Heiterkeit, enttäuscht vom Tage, doch voll Vertrauen in die Zukunft, enttäuscht von der Wirkungslosigkeit seines Werkes in der Gegenwart, doch voll Vertrauen in die Wirkung seiner Bücher auf die Späteren. Sie, meine Freunde, tragen dazu bei, daß die Zukunft, die Heinrich Mann vorhersah, ein Gutteil nähergerückt ist.

Lion Feuchtwanger

620 Feuchtwanger an Kantorowicz

26. März 1951

Lieber Kantorowicz,

endlich sind die beiden Seminararbeiten hier eingetroffen, deren Sendung Sie mir ankündigten.

Ich habe sie mit großem Interesse gelesen, und es freut mich herzlich, daß sich junge Menschen mit so viel Liebe und Verständnis mit meinem Werk befassen. Es ist sehr schade, daß ein großer Teil meiner Bücher nicht in der Deutschen Demokratischen Republik zu haben ist. Ich will mein Bestes tun, Bücher zu schicken.

Bitte, sagen Sie den Verfassern der beiden Aufsätze, wie sehr mich die Lektüre gefreut hat.

Mit herzlichen Grüßen und Wünschen

Ihr
Lion Feuchtwanger

621 Feuchtwanger an Kantorowicz

29. Mai 1951

Lieber Kantorowicz,

ich habe Ihren großen Essay über Heinrich Mann erhalten, und ich gratuliere Ihnen herzlich zu diesem ausgezeichneten Werk. Ich kenne keine zweite Würdigung Heinrich Manns, die seinen Platz in der Weltliteratur mit so warmen und gleichwohl sachlichen Worten festsetzte. Ihr Werk wird die Grundlage jeder künftigen Darstellung und Wertung Heinrich Manns bilden.

Schicken Sie mir doch, bitte, ein zweites Exemplar.

Mit herzlichen Grüßen und Wünschen

Ihr
Lion Feuchtwanger

622 Kantorowicz an Feuchtwanger

Westerlandstr. 15
Berlin-Pankow
3. September 1951

Lieber Feuchtwanger,

diesmal bin ich arg im Verzug mit der Beantwortung Ihres Briefes vom 29. Mai, in dem Sie so Schmeichelhaftes über meinen Heinrich-Mann-Aufsatz sagen. Es ging mir in diesem Sommer gesundheitlich und nervlich schlechter als seit vielen Jahren; ich bedurfte einer mehrmonatigen Arbeitsruhe und Zurückgezogenheit, um mich wieder notdürftig auszubalancieren. Auch jetzt bei Beginn des neuen Semesters fühle ich mich noch nicht sehr gekräftigt. Mein Arbeitshaushalt ist ganz in Unordnung geraten. Die erwünschten Änderungen meines Schauspiels, das, wie Sie ja wissen, nach zwei Aufführungen im Deutschen Theater zunächst abgesetzt wurde, habe ich immer noch nicht geschafft; es bleibt fraglich, ob ich im Laufe der nächsten Zeit den Forderungen des Tages nachkommen kann. Um so stärkender war Ihr Brief als eine der für mich selten gewordenen Freundschaftsbezeugungen.

Da es mir also gegenwärtig an Kraft und Mut gebricht, meine eigenen literarischen Arbeiten weiterzuführen, habe ich mich der Arbeit im Heinrich-Mann-Archiv, die mir Freude macht, angelegentlich hingeben können. Die Ausgabe der gesammelten Werke geht rasch vonstatten. Noch in diesem Jahre werden zumindest fünf Bände vorliegen, die »Schlaraffenland« und »Professor Unrat« (in einem Band), »Zwischen den Rassen«, »Die kleine Stadt«, »Untertan« und beide »Henri Quatre«-Bände umfassen. Zu meinem Leidwesen haben wir weder von Ihnen noch von Thomas Mann, auch nicht von Frau Leonie Mann neues Material bekommen. Schrieben Sie nicht kurz nach dem Tode Heinrich Manns, daß sich in seinem Nachlaß auch das Manuskript des »Fridericus«-Romans (oder Fragments) befände? Hat sich sonst nichts Neues oder Interessantes im Nachlaß, soweit er Ihnen zugänglich ist, gefunden? Ich wäre herzlich dankbar für Benachrichtigung.

Friedel ist sehr tätig. Wir haben im Sommer jedenfalls zwei Wochen gemeinsamen Urlaub machen können.

Ihren »Goya«-Roman habe ich leider noch nicht. Ich wäre dankbar für Zusendung.

Mit sehr herzlichen Grüßen wie immer

Ihr A. Kantorowicz

623 Feuchtwanger an Kantorowicz

2. Oktober 1951

Lieber Kantorowicz,

es ist mir leid, daß Sie einen so schlechten Sommer hatten. Ich habe freilich seit langem Furcht gehabt, Sie würden sich überarbeiten.

Auch mir selber ging es in letzter Zeit nicht allzu gut. Es waren freilich mehr kleinere Übel, die mich bedrängten, und die Anforderungen, die an mich gestellt werden, können sich nicht vergleichen mit denen, die das Leben in Berlin an einen Schriftsteller stellt.

Zu Heinrich Mann. Zweig hatte mich aufgefordert, den von Heinrich Mann eingeleiteten Nietzsche-Band an ihn zu schicken. Der ist natürlich nicht zu kriegen. Ich schicke Ihnen deshalb mein eigenes Exemplar und bitte Sie, Zweig davon zu verständigen, daß es an Sie abgegangen ist.

Das »Fridericus«-Fragment ist in einem solchen Zustand, daß es außer in einer philologischen Ausgabe kaum veröffentlicht werden kann; davon abgesehen bin ich so gut wie sicher, daß jetzt bei Ihnen die Veröffentlichung nicht erwünscht sein wird.

Ihnen beiden die herzlichsten Grüße und Wünsche

Ihr
Lion Feuchtwanger

624 Kantorowicz an Feuchtwanger

Westerlandstr. 15
Berlin-Pankow
18. Juli 1953

Lieber Feuchtwanger,

ich bin Ihnen seit langer Zeit einen Brief schuldig, auch Dank für das Paketchen mit dem vorgeschriebenen Inhalt, das uns als Zeichen Ihres Gedenkens erfreut hat – wenngleich wir zu für uns erschwinglichen Preisen den Inhalt hier frei in den Läden kaufen können. Materiell geht es uns gut, und das ist noch das Beste, was sich mitteilen läßt. Meine Arbeit an der Universität ist zu einem Zufluchtsort für mich geworden; zu den Vorzügen gehört, daß ich dort auch Ihnen begegne. Ihre neuen Bücher werden mit großem Interesse und mit steigender Bewunderung gelesen. Einige Partien aus »Füchse im Weinberg«, manches im »Goya« und vieles im »Rousseau« gehören zu den tiefen Eindrücken, die ich durch die Lektüre neuerer Werke der deutschen Literatur in den vergangenen Jahren empfing. Aber seltsamerweise macht mir auch der »junge Feuchtwanger« wieder zu schaffen. Der »Thomas Wendt« – über den ich in den Zusammenhängen der Kriegs- und Antikriegsliteratur am Ausgang des ersten Weltkrieges gelesen habe – hat gerade in der Ursprünglichkeit seiner Infragestellungen viel Gegenwartsbezüglichkeit. Dem Herrn Schulz bin ich in dieser oder jener Gestalt des öfteren begegnet, und der Vers, der das Motiv aller Schauspiele des Dramatikers Holthaus ist: »Und all dein Tun ist eine Spur im Schnee«, wird nach fünfunddreißig Jahren wieder zur Fragestellung.

Geschrieben habe ich nach bewährter alter Übung fast ausschließlich für die Schubladen; das wenige, was veröffentlicht wurde, ist unter meinem Niveau. In den Heinrich Mann allerdings habe ich mich nun tüchtig hineingearbeitet. Das Nachwort zu den Erzählungsbänden – die Sie doch wohl unterdessen erhalten haben? – hat mir Freude gemacht; auch die in den Bänden veröffentlichte starke Hälfte meines Manuskriptes kann bis auf einige (mit meinem Erschöpfungszustand zu entschuldigende) stilistische Schlampereien in den letzten Seiten im allgemeinen wohl bestehen. Ich habe jetzt die Zusammenstellung der großen Essays von Heinrich Mann beendet. Der erste Band wird im Umfang von etwa 900 Seiten noch in diesem Jahr erscheinen. Er umfaßt die Zeit von 1905 bis 1933. Der zweite Band, 1933 bis 1950, ist in Vorbereitung. Sorge macht mir der dritte, der manches aus dem Nachlaß, auch Briefe und Miszellen enthalten wird. Und hier bitte ich Sie sehr herzlich und sehr dringlich um Ihre Hilfe. Ich bitte Sie, mir (bzw. dem Heinrich-Mann-Archiv der Deutschen Akademie der Künste oder, wenn es für Sie bequemer ist, dem Aufbau-Verlag für mich) das »Fridericus«-Manuskript von Heinrich Mann zu senden und was sich dort noch an Interessantem in den Kisten finden mag, die bei Ihnen aufbewahrt sind. Sie dürfen ja gewiß sein, daß ich die Auswahl mit Takt, Verehrung und Liebe treffen werde. Sie dürfen mir alles anvertrauen, einschließlich der Briefe und auch das, was sich vielleicht für eine gegenwärtige Veröffentlichung nicht eignen würde. Ihnen brauche ich wohl kaum zu versichern, daß ich ein guter Sachwalter sein werde. Voreiligkeiten sind nicht zu befürchten.

Es wäre mir eine Freude, lieber Feuchtwanger, bei dieser Gelegenheit wieder einmal direkt von Ihnen zu hören. Ich sende Ihnen und Frau Marta freundliche Gedanken.

In alter Ergebenheit
Ihr
A. Kantorowicz

625 Feuchtwanger an Kantorowicz

4. August 1953

Lieber Kantorowicz,

ich habe mich herzlich gefreut, einmal wieder mehr von Ihnen zu hören.

Daß Sie sich mit dem »Thomas Wendt« befassen, hat mich angerührt. Ich habe das Stück seit der Zeit, da es bei Querido erschien – das wird so 1935 gewesen sein – nicht mehr gelesen. Und daß Sie das Buch gerade jetzt erwähnen, berührt mich deshalb, weil es mich darauf aufmerksam gemacht hat, was für tiefe, halb unbewußte Zusammenhänge zwischen allen Büchern eines Schriftstellers walten. Ich schreibe jetzt nämlich an einem ehrgeizigen Roman, »Die Jüdin von Toledo«, der sich müht, das Wesen des Feudalismus darzustellen und die Anfänge des Kampfes dagegen. Und was wir jetzt vor allem hier erleben, das sind ja wohl Nachklänge des Feudalismus, leider noch sehr laute Nachklänge.

Ihre Aufsätze über Heinrich Mann, die sogenannten Nachworte, habe ich mit größter Anteilnahme gelesen, das meiste zwei- und dreimal. Besonders interessiert hat mich das Nachwort zur »Eugénie«, das eine Menge Material enthielt, welches mir unbekannt war. Die Essays sind ungewöhnlich gut geschrieben und verbinden genaues Wissen mit liebevoller Einfühlung. Sie erfüllen Ihren Zweck, dem Leser zu zeigen, warum diese Romane große Kunst sind.

Das »Fridericus«-Manuskript werde ich Ihnen schicken, wiewohl ich sicher bin, daß, wenn überhaupt etwas, nur sehr weniges daraus veröffentlicht werden kann. Sonst dürfte sich in dem Nachlaß, so reichlich er aussieht, kaum etwas finden, was noch nicht veröffentlicht ist. Die ganzen Manuskripte sind, scheint mir, lediglich von philologischem Interesse. Heinrich Mann hat sich etwa auf Briefen, die er erhielt, die Antwort aufgesetzt oder sich am Rande Anmerkungen für die Antwort gemacht und dergleichen.

Eine ganz kleine Arbeit von Heinrich Mann kann ich Ihnen schicken, das ist eine Rezension meines Stückes »Jud Süß«, die er etwa 1917 im »Berliner Tageblatt« veröffentlicht hat. Ich habe sie irgendwo und lasse sie Ihnen abschreiben. (Das Manuskript habe ich nicht, sondern nur den Ausschnitt aus dem »Berliner Tageblatt«; die Rezension ist nicht gezeichnet.)

Das »Fridericus«-Manuskript schicke ich Ihnen also bestimmt, aber erst später, da ich das Manuskript gerade jetzt nicht dem Transport anvertrauen will.

Ihnen beiden die herzlichsten Grüße und Wünsche, auch von Marta,

Ihr alter
Feuchtwanger

626 Kantorowicz an Feuchtwanger

Westerlandstr. 15
Berlin-Pankow
17. Dezember 1953

Lieber Feuchtwanger,

man ist an mich herangetreten, das Nachwort zu Ihrem Buch »Unholdes Frankreich« zu schreiben. Ich höre, Sie selber haben diesen Wunsch ausgesprochen; schon darum will ich mich der reizvollen Aufgabe nicht entziehen. Hier haben unterdessen zwischen verständigen Lektoren Aussprachen darüber stattgefunden, daß diese oder jene sehr zeitbedingte Meinungsäußerung gegenwärtig zu Mißverständnissen Anlaß geben könnte. Dabei liegt Ihnen gewiß nichts ferner, als das französische Volk »unhold« zu finden. Könnten Sie sich wohl entschließen, für die vorzubereitende Ausgabe einen anderen Titel zu wählen? Wenn ich das Manuskript wieder durchgearbeitet habe, wozu ich jetzt in der Weihnachtszeit kommen werde, so kann es sein, daß ich noch diese oder jene Anfrage an Sie zu richten habe. Ich lasse im Januar wieder von mir hören und hoffe, bis dahin auch Ihren Rat in der Frage des Buchtitels erhalten zu haben.

Vor einiger Zeit veröffentlichte eine hiesige Zeitung den beiliegenden Aufsatz von mir über Sie. Natürlich mußte es wieder holterdipolter von einem Tag auf den anderen gehen, das erklärt die Flüchtigkeit; doch kann man auf dem engen Raum eines Zeitungsartikels ohnehin nicht viel mehr sagen.

Herzliche Grüße und gute Neujahrswünsche für Frau Marta und Sie

Ihr
A. Kantorowicz

627 Feuchtwanger an Kantorowicz

11. Januar 1954

Lieber Kantorowicz,

ich freue mich, daß Sie es übernommen haben, das Nachwort zu meinem Buch zu schreiben. Die Begleittexte, die Sie den Werken Heinrich Manns beigaben, habe ich mit hellem Vergnügen gelesen.

Selbstverständlich ist es mir recht, wenn dies oder jenes gestrichen wird, das zu Mißverständnissen führen könnte. Nur bitte ich Sie, darauf zu achten, daß dann die Übergänge nicht zu hart werden. Das Buch ist sehr sorgfältig geschrieben.

Was den Titel anlangt, so gebe ich ihn ungern preis. Gerade daß Frankreich zu einer bestimmten Zeit unhold war, scheint mir doch zu unterstreichen, daß es gemeinhin hold ist, wie auch der englische Titel »The Devil in France« betont, daß gemeinhin Gott es sich in Frankreich wohl sein läßt. Aber wenn der Titel ernstlich Anstoß erregt, dann schlagen Sie mir, bitte, andere Titel vor.

Die Lektüre Ihres Aufsatzes hat mir viel Freude gemacht. Ich muß so viel wohlmeinendes, doch ungereimtes Zeug über mich lesen, daß ein gescheites Urteil mir doppelt wohltut.

Ihnen beiden die herzlichsten Wünsche

Ihr
Lion Feuchtwanger

628 Kantorowicz an Feuchtwanger

Westerlandstr. 15
Berlin-Pankow
5. April 1954

Lieber Feuchtwanger,

mit nächster Post wird die soeben erschienene Nummer der »Neuen Deutschen Literatur« an Sie abgehen, die einen kleinen Beitrag über den »Thomas Wendt« enthält – eine allerdings beiläufige von meinen Vorlesungen abfallende Arbeit. Gewissenhafter habe ich mich bei der Besprechung des »Rousseau«-Romans bemüht, die demnächst in der hiesigen größten Tageszeitung erscheinen wird. (Sie erhalten den Beleg nach Veröffentlichung.) Ich habe zum Ausdruck gebracht, daß dieser Roman das bisher vorliegende Werk Ihrer reifen Zeit krönt. Einen Vorbehalt habe ich nicht verschwiegen. Mir ist nicht völlig klar geworden, welche Funktion die allzu breit angelegte, verwickelte Intrige der (wohl eigens für diesen Zweck von Ihnen um 19 Jahre verjüngten) Thérèse und ihres Nicolas im Rahmen der Gesamthandlung hat. Soll sich vom Sumpf dieser unmenschlichen Vorgänge die reine Lehre des Jean-Jacques Rousseau um so leuchtender erheben: der Gesellschaftsvertrag, die Verkündung der Menschenrechte? Verkörpert die Gefährtin eines der überragenden Geister sein irdisch Teil: die Natur selber, zu der er zurück wollte, »unberührt von allem Geist, ein Stück Erde... der Pfuhl, der Schmutz, aber auch das Licht, das sich im Pfuhl spiegelt«? Ist gerade Thérèse und sind die unsauberen Verstrickungen notwendig, die Gefühlserziehung und Bewußtseinsbildung des jungen Fernand deutlich und glaubhaft zu machen? Vielleicht klären Sie mich nachträglich noch auf, ich wäre dankbar.

Nach dem Ende dieser Arbeit mache ich mich nun an das Nachwort zu »Unholdes Frankreich«. Es ist keine Indiskretion, wenn ich Sie wissen lasse, daß man von verschiedenen

Seiten hier an mich herangetreten ist, eine ausführliche Würdigung zu Ihrem 70. Geburtstag zu schreiben. Ich will das in den Grenzen des in der kurzen Zeit Möglichen – ohne Anspruch auf Vollständigkeit oder Endgültigkeit – tun. Man hat mich bedrängt, bei diesem Anlaß auch etwas über Ihre Jugend, über Ihren Werdegang zu schreiben. Sie sind zeitlebens sehr sparsam mit autobiographischen Mitteilungen gewesen. Bin ich als ein Ihnen ergebener Freund berechtigt, solche autobiographische Mitteilungen von Ihnen zu erbitten? Ich entsinne mich dabei, daß ich vor zwölf Jahren einmal in aller Bescheidenheit solche Mitteilungen auch von Heinrich Mann erbat. Er sandte mir die sieben handschriftlichen Seiten stichwortartiger Notizen des Wesentlichsten, doch einige Monate später erhielt ich von ihm das erste Kapitel des »Zeitalter« und den Hinweis, daß meine Anfrage ihn veranlaßt habe, nun an die Ausarbeitung seiner Autobiograhie zu denken, die er dann in Gestalt des »Zeitalter« vorgelegt hat. Es ist vielleicht nicht ganz ausgeschlossen, daß eine solche Anregung von mir zum zweiten Male eine so glückliche Fügung erfährt. Ihr Lebensrückblick wäre über das Autobiographische hinaus ein Beitrag zur Zeitgeschichte, den wir mit wirklich brennendem Interesse erwarten und der über unsere Tage hinaus Zeugnis ablegen würde von den geistigen Kämpfen und Entwicklungen unserer »Übergangszeit«. Doch so lange können wir diesmal nicht warten. Ich muß meinen Beitrag spätestens Ende Mai abliefern, und wenn ich bis Mitte Mai von Ihnen eine autobiographische Skizze in Händen hätte, wäre ich erleichtert und dankbar.

Da ich schon beim Bitten bin, so möchte ich auch noch Ihre Hilfe in Anspruch nehmen für die Beschaffung einiger wichtiger Werke von Ihnen, die mir trotz allen Suchens hier immer noch nicht zugänglich sind. Ich habe zum Beispiel niemals den Roman »Die Brüder Lautensack« erhalten. Desgleichen fehlen mir alle Ihre Dramen und Schauspiele,

»Kalkutta«, »Hill«, »Wahn«, »Die Petroleuminseln«, »Der holländische Kaufmann«, »Die Kriegsgefangenen«, »Eduard II.«, auch »Thomas Wendt«, den ich nur vorübergehend leihweise erhielt – um nur die wichtigsten zu nennen. Ich hoffe, Sie können helfen, und ich darf versprechen, daß der Besitz zu mehr als meinem Privatvergnügen dienen wird.

Ich werde mich freuen, bald von Ihnen zu hören und bin für heute mit herzlichen Grüßen und Wünschen auch für Frau Marta

Ihr
A. Kantorowicz

629 Kantorowicz an Feuchtwanger

Westerlandstr. 15
Berlin-Pankow
8. April 1954

Lieber Feuchtwanger,

im Nachtrag zu meinem Brief vom 5. 4. möchte ich Ihnen nun doch rasch sagen, daß ich unterdessen die Schauspiele »Vasantasena«, »Petroleuminseln«, »Kalkutta«, »Wahn« und »Die Perser« durch einen Bühnenvertrieb hier erhalten habe. Andererseits ist mir eingefallen, daß ich vergaß, Sie nachzufragen, ob Sie mir direkt oder durch einen Hinweis, wo ich es hier finden könnte, Ihr Reisetagebuch von 1937 zugänglich machen könnten.

Wiederholte Grüße

Ihr
A. Kantorowicz

630 Feuchtwanger an Kantorowicz

16. April 1954

Lieber Kantorowicz,

schönen Dank für Ihren Brief vom 5. April.

Zu dem Problem Thérèse: Es ist, glaube ich, immer ein wenig mißlich, über die Entstehungsgeschichte eines Buches zu reden, aber lassen Sie mich Ihnen als einem guten Freund vertraulich mitteilen, daß mein »Rousseau« aus einem sehr persönlichen Erlebnis entstand, nämlich aus meiner Teilnahme an dem Altersschicksal Heinrich Manns, an seinen Beziehungen zu Nelly, die aus nächster Nähe mitzuerleben ich Gelegenheit hatte. Wenn wir uns einmal sehen werden, will ich Ihnen ausführlich davon erzählen. Aber was Heinrich Mann an Nelly sah und nicht sah und nicht sehen wollte, machten mir die Stellen in den »Confessions« über Thérèse graus und lebendig.

Dieses Erlebnis mischte sich auf eine, wie ich hoffe, organische Art mit einem andern: mit den Erfüllungen und den Enttäuschungen der großen Revolution, deren Mitspieler wir sind, und eine Erfahrung beleuchtete die andere. Selbstverständlich wollte ich mit »Narrenweisheit« nichts beweisen. Ich wollte darstellen das Verhältnis des geistigen Menschen zur äußern Wirklichkeit und zur innern Wahrheit.

Zu Ihrer Anregung, eine Autobiographie zu schreiben:

Es war lange ein Plan von mir, mein Leben darzustellen, aber da ist so viel Vordringlicheres, daß ich es immer wieder hinausschiebe. Auch bin ich ja, wie Sie wissen, ein sehr langsamer Arbeiter, und den rechten Stil für die Autobiographie zu finden, erfordert sicherlich viel Experimentieren. Ich schicke Ihnen gern ein paar Daten aus meiner Jugend, aber ich kann sie nur flüchtig hinwerfen und muß Sie deshalb bitten, sie nicht etwa wörtlich zu zitieren, sondern sie lediglich als Material zu benützen.

Ihnen beiden die herzlichsten Grüße und Wünsche

immer Ihr Lion Feuchtwanger

631 Feuchtwanger an Kantorowicz

P.O.B. 325
Pacific Palisades
4. Mai 1954

Lieber Kantorowicz,

ich habe gerade Ihren Aufsatz über »Thomas Wendt« bekommen. Ihn zu lesen hat mir wirklich das Herz gewärmt. Das war eine gute Zeit damals.

Mit guten Grüßen und Wünschen

Ihr
Lion Feuchtwanger

632 Kantorowicz an Feuchtwanger

Berlin-Pankow
Westerlandstraße 15
1. Juli 1954

Verehrter und lieber Lion Feuchtwanger,

meine Glückwünsche zu Ihrem 70. Geburtstag kommen aus guten Erinnerungen, die nun mehr als drei Jahrzehnte zurückgehen nach München, zur Zeit als »Vasantasena« in den »Kammerspielen« aufgeführt wurde, und Sie gerade an der »Häßlichen Herzogin« schrieben. Als wir uns achtzehn Jahre danach zum letzten Mal sahen, im Herbst 1940, in einer unbelebten Vorstadtstraße von Marseille, wo Sie verborgen lebten, waren Sie noch in dem Alter, das ich selber nun annähernd erreicht habe. Schon zu Ihrem 60. Geburtstag konnte ich Ihnen nur schriftlich Mitteilung von meiner Ergebenheit und dem Gefühl der Verbundenheit machen. Was ich damals schrieb, gilt unverändert – nur die Hoffnung auf ein persönliches Wiedersehen hat sich ein wenig gemindert. Doch habe ich gerade in den letzten Jahren mich Ihnen sehr nahe gefühlt. Wahrscheinlich verstehe ich vieles, was ich in Ihren Büchern las, jetzt besser als in vergangenen Jahren und Jahrzehnten. Ich habe es unterdessen erlebt; es ist mir vertraut aus eigener Erfahrung.

Sie werden unterdessen gehört haben, daß die Juristische Fakultät der Humboldt-Universität Ihnen aus Anlaß Ihres 70. Geburtstages den Dr. honoris causa verliehen hat. Diese Anregung also hat Bereitwilligkeit und Verständnis gefunden. Vor sieben Jahren, im Frühling 1947 – als alles noch um so vieles leichter war – , hatte ich zuletzt die Freude gehabt, eine gleiche Anregung durch die Promovierung Heinrich Manns zum Dr. honoris causa der philosophischen Fakultät der Humboldt-Universität erfüllt zu sehen. (Der Dr. phil. h.c. für Sie verbot sich ja nach den geltenden Regeln dadurch, da Sie ja seit bereits einem halben Jahrhundert Doktor der Philosophie der Münchener Universität sind.)

Ich bin in diesen Wochen sehr geplagt durch die Staatsexamens- und Doktorprüfungen und viele mit der Vorbereitung des neuen Studienjahres zusammenhängende dienstliche Verpflichtungen. Etwa Mitte Juli werde ich an die Ostsee fahren, nach Bansin, in die Nähe Heringsdorfs, wo man mir, dessen Vorfahren väterlicherseits ja alteingesessene Usedomer waren, ein Häuschen zur Verfügung gestellt hat. Dort will ich die Sommermonate mit der Frau verbringen, mit der ich nun seit zwei Jahren eng verbunden bin, Seka von Achenbach, und ihren Kindern, die ich als meine betrachte. Sie haben ja gewiß gehört, daß ich von Friedel geschieden bin. Wir sind in herzlicher Freundschaft weiterhin verbunden. Sie läßt Sie sehr grüßen und Ihnen und Frau Marta viel Gutes wünschen. Vielleicht werde ich mich Ende Juli oder im August nach einem sehr hektischen Jahr so weit sammeln können, Ihnen ausführlich über vieles zu schreiben.

Mit herzlichen Grüßen für Sie beide

Ihr Ihnen beständig ergebener
A. Kantorowicz

633 Feuchtwanger an Kantorowicz

9. Mai 1957

Lieber Kantorowicz,

Ihr hübsches opusculum hat mir viel Spaß gemacht. Natürlich weiß ich aus vielen persönlichen Gründen das kleine Buch besser zu würdigen als wohl die meisten andern, aber ich denke, auch der unbefangene Leser wird seine Freude daran haben. Es tut wohl, Episoden aus so finstern Zeiten so leicht und locker erzählt zu hören.

Lola Sernau war hier und hat viel von Ihnen berichtet.

Ich kann mir denken, daß Sie viel zu tun haben, aber es wäre schön, wenn Sie einmal wieder ausführlich schrieben.

Alles Herzliche, auch von Marta, die Ihr Buch gleichfalls mit viel Vergnügen gelesen hat,

Immer Ihr
Lion Feuchtwanger

Alfred Döblin

Döblin flüchtete 1933 über Zürich nach Paris. Dort schloß er sich antifaschistischen Organisationen an und wurde französischer Staatsbürger. Am 10. Juni 1940, zwei Wochen vor dem Waffenstillstand, verließ er Paris und begab sich auf die abenteuerliche Flucht über Tours, Toulouse und Marseille nach Spanien, Portugal und schließlich Amerika. Vierzehn Tage bevor Feuchtwanger in New York eintraf, lief sein Schiff in den Hafen ein. Kurz danach fuhr er nach Los Angeles weiter. – In seinem Erinnerungsbuch »Die Schicksalsreise« (1949) konstatiert er, er habe in den folgenden Jahren »die Existenz eines Einsiedlers« geführt: »Das Land im ganzen, Amerika, gefiel mir sehr. Es tat mir wohl, aber es nahm mich nicht an, es war nicht mein Land oder: Ich war nicht ein Mann für dieses Land.« Wenige Monate nach Kriegsende, im Oktober 1945, kehrte er nach Europa zurück.

Vor 1933 befaßte sich Feuchtwanger als Literaturkritiker mit zwei Werken Döblins. In der »Schaubühne« brachte er am 12. September 1916 seine Verehrung für Döblin und den Roman »Die drei Sprünge des Wang-lun« zum Ausdruck. Das Werk sei »ungefähr die Erfüllung dessen, was Goethe träumte, als er den ›West-östlichen Divan‹ konzipierte: östliches Fühlen und Denken, in eine vollendete westliche Kunstform gezwungen«. Am 26. Mai 1921 schrieb er in der »Weltbühne« voller Bewunderung und Begeisterung über Döblins »Wallenstein«. Jahrzehnte später, in dem Essay »Das Haus der Desdemona oder Größe und Grenzen der historischen Dichtung«, bekannte er sich im wesentlichen zu seiner früheren Ansicht, aber er schränkte ein: der zweibandige Roman »Wallenstein« habe doch »in aller Großartigkeit etwas Fragmentarisches«, weil Döblin seine Assoziationen nicht zügelte. Feuchtwanger sah darin eine Ursache für die geringere Wirksamkeit des Romans. Denn »ein verhältnismäßig unbedeutendes Buch von ihm, ›Berlin Alexanderplatz‹, das eine erzählbare Handlung hat«, habe Wirkung getan, »während seine großen Werke sicherlich durch den Mangel eines erzählbar komponierten Inhalts die Leser nur befremdeten und so gut wie ohne Wirkung blieben«.

Döblin litt unter der Uninteressiertheit amerikanischer Verleger, unter den Lebensumständen in Los Angeles. Feuchtwangers »Schloß am Meer«, Thomas Manns Haus und das von Werfel im feudalen Bedford Drive in Beverly Hills gaben ihm Anlaß zu Vergleichen mit seiner mißlichen Lage.

Nach dem zweiten Weltkrieg arbeiteten Döblin und Feuchtwanger gelegentlich zusammen, als Döblin in Baden-Baden die Leitung der Literaturzeitschrift »Das goldene Tor« übernommen hatte. Feuchtwanger hielt ihn für einen der bedeutendsten Schriftsteller des zwanzigsten Jahrhunderts.

634 Feuchtwanger an Döblin

West Los Angeles, Calif.
1744 Mandeville Canyon Road
3. April 1942

Lieber Döblin,

aus New York von der »League of Writers« schreibt man mir: »Wegen des Sohnes von Döblin haben wir sofort nach Mexiko geschrieben. Wir hatten auch Gelegenheit, mit Vincente Lombardo Toledano darüber zu sprechen. Die Angelegenheit ist nicht hoffnungslos.«

Alles Herzliche
Ihr

635 Döblin an Feuchtwanger

Hollywood, im 11. Jahre der deutschen Barbarei und unseres Exils
[7. Juli 1944]

Lieber Feuchtwanger,
verehrter Jubelgreis,

nun sind also auch Sie soweit, sechzig Jahre – Sie erinnern sich des altrömischen Spruchs: »sexagenarii de ponte« – stürzt die Sechzigjährigen von der Brücke! Nun denken Sie einmal, wie sich die Zeiten gewandelt haben: man gratuliert dem Mann und sich, daß er noch da ist.

Erwarten Sie von mir keine »appreciation of the man and his work«, wir kennen uns zu gut, ich will Ihnen in ganzer ehrlicher Herzlichkeit auf meine Weise gratulieren (und zwar wie immer: zu lang; bitte nehmen Sie die Striche vor).

Lieber Feuchtwanger, ich sah Sie zuletzt vor zwei Wochen in Santa Monica. Ich staunte. Wie Sie kräftig und frisch waren. Wie gut im Fleisch. Solide Expansion. Ich sah kein graues Haar. Aber das Greisenalter ist da, lieber Freund, Sie bemerken es nicht! Ich habe Sorgen, daß es Sie unvorbereitet überfällt. Und da muß ich, der Ihnen schon um einige Jahre voraus ist, Ihnen zu Hilfe kommen. Ihnen einiges aus der Schreckenskammer des Alterns erzählen, damit Sie vorbereitet und vor allem gerüstet sind. Wie stattet man sich aus, wenn man die Schwelle des Greisenalters überschreitet?

Beschaffen Sie sich zunächst einen kleinen Metallbecher, in Blech oder Email, und stellen Sie ihn bei Tisch unter Ihren Teller. (Sie können solche Becher billig in jedem Dimestore erstehen, die ganze Altersausstattung ist billig, natürlich, weil auf Massenkonsum berechnet.) Der Becher ist für die Zähne bestimmt, die Ihnen in Sukzession ausfallen werden. Sie lassen sie in den Becher fallen, das gibt einen schönen Klang. Allmählich füllt sich der Becher. Sie beschaffen sich mehrere Becher, und jeder gibt einen anderen Klang. Wenn Sie sich zu Tisch setzen, fangen sie an zu klappern, es ist eine wunderbare Musik, leicht zu erlernen, mit vielen Varianten. Sie können sich bei jedem Zahn an die Tafelfreuden erinnern, die er Ihnen verschafft hat (früher; man kommt dabei über den augenblicklichen Grießbrei hinweg).

Und das Alter hilft Ihnen, Ihre Memoiren zu schreiben, leicht, originell und absolut persönlich. Sie kleben in ein Manuskriptheft mit gewöhnlichem Leim jedes Ihrer Haare ein, das Ihnen ausfällt, und schreiben das Datum darunter, einschließlich Lebensumstände, Gemütslage. Mit Ehrerbietung fixieren Sie jedes Haar. Sie haben es sich nicht ausraufen müssen, milde wie Gras ist es gewelkt, und da sieht man dann seitenlang die braunen und dunklen Haare, glatt, blank, dann entfärben sie sich, werden grau, brüchig, trocken, spalten sich. Die Natur hat für Sie ein Werk geschrieben. Sie lesen es aufmerksam und oft, mit Genuß, es gibt Ihnen viele Gedanken ein, nur Ihnen.

Ich muß mich kurz fassen. Es ließe sich noch allerlei über das nachlassende Augenlicht sagen, woraus man auf besondere Weise Kapital schlagen kann (man verzichtet zum Beispiel, noch mehr wie sonst, zu lesen, was andere geschrieben haben), über Schwerhörigkeit etc. Interessant ist auch das Problem der Fortbewegung angesichts der fortschreitenden Muskelstarre; Sie könnten sich (aber das ist teuer) mit einem Motor vorfahren und hinter sich eine Raketenzündung anbringen; für kleine Strecken und zu Hause setzt man den Greis in einen Kinderwagen, seine Frau hebt ihn hinein – wunderbar, quasi zu einer neuen Jugend, belebt sich das familiäre Beisammensein.

Ach, lieber Feuchtwanger, das sind nur äußere Dinge. Für die inneren Dinge, worin Sie ein ganzer Kerl sind, brauche ich Ihnen keine Ratschläge zu geben. In früheren Jahren haben Sie, haben wir alle, nur Stammesgefühle, Familiengefühle abgelebt. Jetzt beginnt ein neues Kapitel. Die Individualität, die Person, das »Ich« meldet sich mehr und mehr; es ist das Jüngste und Späteste in uns. Das ist die Blüte. Und nur wer älter wird, erlebt sie. Langsam gewinnt man das Recht, wirklich mit dem eigenen Namen zu unterzeichnen.

Viel Glück auf den Weg, lieber Feuchtwanger, lieber Freund. Ich erhebe mein Blechbecherchen und klappere es Ihnen zum Wohle! Viel Glück und weiter mit der alten Tapferkeit!

Ihr
Alfred Döblin

636 Döblin an Feuchtwanger

Baden-Baden
25. November 1945

Lieber Feuchtwanger,

ich sehe Sie in Ihrem Schloß am Meer und entbiete Ihnen aus meiner einsamen Studentenbude in B. B. meinen Gruß, Ihnen und Ihrer l. Frau. Meine Frau und Junge sitzen in Paris 14 (chez Tonnelat, 95 bld. Jourdan), einlogiert, es gibt keine leeren noch möbl. Räume, die Stadt belegt jetzt unter Dekret die großen unbenutzten Wohnungen mit denen ohne Obdach. Jedoch sind diese Räume meist nicht heizbar und selten mit Küche. Auch m. Frau wandert ins Restaurant. Drüben in Paris ist die Kost schmal, hier gut und ausreichend. Hier ist es auch bei den Ansässigen in bezug auf Nahrung besser als in Paris.

Lieber Feuchtwanger: da meine erste Arbeit jetzt hier darin besteht, eine seriöse liter. Ztschft. (Monatssch.) von dem normalen Umfang (100–150 S.) vorzubereiten, so wollte ich Sie bitten (Sie wie unsere anderen Freunde, von denen ich einigen direkt schreibe), daran mitzuarbeiten, indem Sie Stücke aus Ihrer laufenden Produktion geben (5 bis 20 Seiten Umfang) evtl. auch Älteres, bisher hier Unbekanntes. Im Moment wollte ich nur Ihr prinzipielles Ja, das Sie mir mögl. gleich, airmail zukommenlassen. Technische Details später. Ich schreibe auch den Manns u. Brecht. Vielleicht lassen Sie es auch andere wissen und bitten Sie sie, mir ihre Bereitschaft zur Mitarbeit mitzuteilen. Soviel, wie gesagt, für heute. Ich hoffe, bald von Ihnen zu hören.

Es grüßt sehr herzlich, im Gedenken der schönen Tage von Kalifornien, Sie und Ihre Frau

Alfred Döblin

637 Feuchtwanger an Döblin

520 Paseo Miramar
Pacific Palisades, Calif.
12. Dezember 1945

Lieber Döblin,

ich habe soeben Ihren Brief vom 25. November erhalten. Ich danke Ihnen sehr und werde Ihnen demnächst ausführlich antworten. Auch Ihrer Frau werde ich schreiben; ich hoffe, daß man ihr etwas schicken kann.

Ihnen wollte ich, da Sie den Bescheid sogleich haben wollten, für heute nur mitteilen, daß ich selbstverständlich gern an Ihrer Zeitschrift mitarbeiten werde.

Alles Herzliche, auch von Marta,

immer Ihr

638 Döblin an Feuchtwanger

Baden-Baden
14. Oktober 1946

Lieber Feuchtwanger!

Die erste Nummer meiner Monatsschrift »Das goldene Tor« geht Ihnen mit gleicher Post zu. Falls Sie den Wunsch haben, in ihr etwas zu publizieren, etwa aus einem Roman usw. oder aus einem Drama, so sind Sie eingeladen. Es würde mich freuen, auch sonst von Ihnen zu hören, wie es Ihnen geht, Ihrer Frau und was Sie produzieren. Ich sitze noch immer am selben Fleck in Baden-Baden, habe soeben ein neues Buch vollendet und natürlich viel Arbeit für den Dienst. Es erscheinen von mir schon dieses Jahr mehrere Bücher. Was sind Ihre Zukunftspläne? Werden Sie einmal hierher kommen, wenigstens zu Besuch? Das Leben ist hier noch sehr schwer für die Einheimischen, die Wohnungsnot sehr groß. Die geistige Depression scheint langsam nachzulassen.

Es würde mich freuen, von Ihnen zu hören, lieber Feuchtwanger.

Schöne Grüße

Ihr
Alfred Döblin

639 Feuchtwanger an Döblin

24. Oktober 1946

Lieber Döblin,

ich habe mich gefreut, einmal wieder von Ihnen zu hören. Alles in allem scheint es Ihnen ja leidlich zu gehen. Ich habe dieser Tage wieder »Sieger und Besiegte« gelesen, das ich ja schon kannte. Es liest sich gut und frisch trotz allem, was die törichten Verleger über den Stoff sagen.

Ich höre mit Freuden, daß Ihre Bücher wieder erscheinen, und ich bin sehr begierig darauf.

Ich lege Ihnen für das »Goldene Tor« einen Aufsatz bei, der, glaube ich, zumindest historisches Interesse hat. Außerdem schicke ich Ihnen die deutsche Fassung der Kurzgeschichten »Venedig, Texas«, aus der Sie nach Belieben abdrucken mögen. Soviel mir bekannt ist, konnte das Buch bisher nicht nach Deutschland importiert werden. Außerdem gebe ich dem Querido Verlag Weisung, den ersten Band meines Romans »Waffen für Amerika«, der in diesen Wochen deutsch in Amsterdam erscheint, sogleich an Sie zu senden. Auch daraus können Sie abdrucken, was Ihnen abdruckenswert erscheint. Es ist leider sicher, daß dieser Roman »Waffen für Amerika« noch nicht so bald in Deutschland vertrieben werden kann.

Ich lege soeben letzte Hand an diesen sehr umfangreichen Roman »Waffen für Amerika«, der die Zusammenhänge zwischen der amerikanischen und der französischen Revolution und die Beziehungen zwischen Amerika und Europa, insbesondere Frankreich, darstellt. Ich habe drei

Jahre an dem Buch gearbeitet. Man sitzt hier weiter im Wartesaal. Ich beabsichtige auf alle Fälle, im Frühjahr 48 auf längere Zeit nach Europa zu gehen, und rechne mit Bestimmtheit darauf, Sie bei dieser Gelegenheit zu sehen.

Ihnen beiden sehr herzliche Grüße und Wünsche, auch von Marta.

Immer Ihr

640 Döblin an Feuchtwanger

Baden-Baden
18. Dezember 1946

Lieber Feuchtwanger!

Vielen Dank für Ihr Schreiben vom 24. 10. Ihren Aufsatz bzw. Rede über »Der Schriftsteller im Exil« habe ich erhalten. Ich gebe ihn in die Januarnummer unserer Zeitschrift. Vielen Dank auch für den Band »Venedig, Texas«, den ich erhielt. Vom Querido Verlag, Amsterdam, habe ich nichts über Ihren Roman »Waffen für Amerika« gehört. Sie klagen, lieber Feuchtwanger, daß dieser Roman sobald nicht in Deutschland wird vertrieben werden können. Aber wenn Sie wüßten, wie wenig Bücher hier überhaupt vertrieben werden können, aus Papiermangel und vielen anderen Mängeln. Das Thema Ihres Buches »Waffen für Amerika« ist natürlich interessant. Der Titel klingt nach einer Propagandaschrift aus dem Krieg. Falls es wirklich ein Roman ist, würde ich Ihnen zu einem anderen Titel raten. Sie schreiben, man säße drüben weiter im Wartesaal. Worauf warten Sie? Man muß doch nicht glauben, daß einem die gebratenen Tauben in den Mund fliegen. Man muß hier sein und sich selber die Tauben holen und braten. Es ist durchaus vernünftig, daß Sie schreiben, Sie wollen auf alle Fälle einmal nach Europa kommen. Aber warum erst im Frühjahr 1948? Gesetzt, daß man sich wie im Wartesaal fühlt.

Seien Sie und Ihre Frau schönstens gegrüßt auch von meiner Frau, die sich jetzt wieder hier befindet. Von mir sind drei Werke herausgekommen: Ein Religionsgespräch, die Ihnen bekannte Erzählung »Der Oberst und der Dichter« und eine Neuauflage des »Wang-lun«. Da ist alles, in Auflage von 5000, in ein bis zwei Wochen vergriffen. Man kauft eben alles, das besagt nichts über die Qualität. Ich selbst habe meinen Roman »Hamlet« beendet, er wird eben abgeschrieben. Die Sachen werden einem aus der Hand gerissen, aber ich weiß noch nicht, wann ich ihn werde erscheinen lassen. Die Zeitschrift lasse ich Ihnen laufend zugehen. Schöne Grüße an Brecht und Marcuse.

Herzlich

Ihr
Alfred Döblin

641 Feuchtwanger an Döblin

14. September 1953

Lieber Alfred Döblin,

ich erfahre erst heute von Ihrem Geburtstag. Sehr, sehr herzliche Wünsche.

Ich bedaure oft, daß Sie nicht mehr hier sind. Und ich greife sehr oft zu Ihren Büchern. Sie wissen, wie viel sie mir bedeuten.

Mit aufrichtigen Grüßen und Wünschen

Bruno Frank

Die Spärlichkeit der erhaltenen Korrespondenz zwischen Feuchtwanger und Bruno Frank läßt sich einerseits mit dem Verlust vieler Briefe während der Emigrationsjahre erklären. Andererseits entfiel durch die enge Nachbarschaft der beiden Schriftsteller im Exil die Notwendigkeit schriftlicher Kommunikation.

Sie trafen sich während des ersten Weltkrieges am Stammtisch Wedekinds in der Münchener Torggelstube und wurden beste Freunde. Es war eine »seltene« Freundschaft in diesen Kreisen, erinnerte sich Marta Feuchtwanger. Bruno Frank war der einzige Schriftsteller, mit dem Feuchtwanger auf du und du stand. Trotz politischer Meinungsverschiedenheiten dauerte die Freundschaft bis zum frühen Tod Franks; aber sie hatte mancherlei Prüfungen zu bestehen.

Frank litt unter dem herzlichen Verhältnis Feuchtwangers mit Brecht, gegen den er eine unüberwindliche Abneigung empfand. Auch stieß der Roman »Erfolg« auf heftige Kritik bei Frank, da er fand, Feuchtwanger habe es zu arg mit seiner Heimatstadt München getrieben. Er weigerte sich, ein Vorwort für eine Neuauflage zu schreiben mit der Begründung, daß er – Frank – zu unbedeutend sei.

Als sich beide am Anfang der Exiljahre kurze Zeit in Lugano aufhielten, wurde die Freundschaft erneut auf die Probe gestellt. Frank wollte sich dort nicht mit Feuchtwanger sehen lassen. Er fürchtete, die Beziehung könnte in politischer Hinsicht nachteilig für ihn sein und ihn um die Gunst der Verleger bringen.

In Südfrankreich wurden die Unstimmigkeiten durch offene Aussprachen beigelegt. »Mit Franks ist jetzt besonders gut auszukommen«, berichtete er Arnold Zweig am

25. April 1934. Und zwei Jahre später: »Ich habe mit Franks in London wirklich ein paar besonders nette Wochen verlebt, ungetrübt von der Erinnerung an jene Münchener Episode« (Feuchtwanger an Zweig, 24. Juli 1936). Über Feuchtwanger hatte Frank im 11. Heft der »Sammlung« 1934 geschrieben, der Sinn seines Lebenswerks sei »Vorrang der Betrachtung und Weisheit vor der Tat«; hingegen hindere das Feuchtwanger nicht, zur Tat aufzurufen und sich im Exil »höchst männlich« zu bewähren.

Da Feuchtwanger ein freundschaftliches Streitgespräch dem Briefschreiben vorzog, wurde der Kontakt auf diese Art in Kalifornien aufrechterhalten. Über den Freund, der 1945 dort starb, sagte Feuchtwanger: »Im Exil, umgeben von den Lauten fremder Sprachen, kämpfte er darum, die Reinheit und den Adel des deutschen Wortes zu bewahren. Es glückte ihm.«

513 North Camden Drive
Beverly Hills, California
13. Dezember 1942

Mein lieber Lion,

ich fand es ganz besonders nett von Dir, mich dies angenehme Ereignis gleich wissen zu lassen. Ich freue mich von Herzen mit Dir und für Dich. Denn dieser Abdruck bedeutet ganz sicherlich den Film und ist auch ein großartiger Start für das Buch. Und auf *alle* Fälle bedeutet er Arbeitsruhe für ein paar Jahre – und also – und dabei klopfe ich auf Holz und sehe mich nach einem Marienkäfer um – für immer. Inzwischen machst Du den »Goya«. Herrlicher Stoff, um den ich Dich beneide. (Ich kenne ihn gut, da ich einmal, für ein Kapitelchen, über den lange Studien betrieben habe.)

Ich ärgere mich ja oft über Dich und wünsche, Du residiertest nicht immer im innersten Kern der verwirrendsten Wahrheit. Aber wenn Dir was Gutes passiert, dann merke ich, daß das alles doch nur äußerlich ist und daß es mir wohltut, Dich von Athene *und* Hermes nach Verdienst behandelt zu sehen.

Grüße Marta sehr, und sei mir sehr herzlich gegrüßt.

Dein
Bruno Frank

643 Feuchtwanger an Frank

520 Paseo Miramar
Pacific Palisades, Calif.
23. März 1944

Lieber Frank,

Huebsch sendet mir den beiliegenden Artikel mit der Aufforderung, ihn an Dich weiterzugeben. Er schreibt: »I think that you may enjoy the enclosed little article by Professor Whyte and perhaps Bruno Frank, too, would like to read it. Will you send it to him in due course? It need not be returned to me.«

Hoffentlich sieht man sich bald.

Herzlichst Dein
Lion F.

Anlage

644 Frank an Feuchtwanger
(Aus einem Glückwunschbuch)

7. Juli 1944

»Si quis, tota die currens, pervenit ad vesperam, satis est«, spricht Petrarca. Aber Dein Fazit, lieber Lion, sieht noch schöner, erfreulicher, aus. Du bist nie gerannt, hast nie den Atem verloren; mit festem und stetigem Schritt bist Du vorwärts gegangen und bist, lange vor Abend, auf die Höhe gelangt.

Ich wünsche Dir von Herzen viele glückliche Jahre, im Genuß Deiner Gaben, voller Gesundheit und einer sich erhellenden Welt.

Dein Bruno Frank

Robert Neumann

Im Juli 1938 sahen sie sich in Sanary: Robert Neumann, aus dem englischen Exil auf einer Reise nach Wien, erfuhr in Bern von dem Einmarsch der Hitlertruppen in Österreich. Auf der Rückfahrt nach England machte er in Frankreich Station, um Feuchtwanger, Marcuse, Werfel, Arnold Zweig zu besuchen. Zum engeren Freundeskreis Feuchtwangers gehörte Neumann nicht. Beide hatten sich Anfang der dreißiger Jahre kennengelernt; Briefe wechselten sie erst seit 1946. Der Parodienband »Mit fremden Federn« hatte Robert Neumanns literarischen Erfolg begründet. Auch später kam er auf dieses Genre häufig zurück. Der Versuch, Feuchtwanger zu parodieren, sei mißlungen, gesteht er in seinen Erinnerungen »Ein leichtes Leben«. Allerdings ist seine Begründung wenig überzeugend, »der internationalen Breitenwirkung zulieb und wohl auch seinem Erfolg zulieb« habe Feuchtwanger »seine Prosa so sehr übersetzbar und international gemacht, daß sie schließlich unparodierbar wurde wie die Requisiten aus einem Ärzteschrank«.

Die Unzulänglichkeit von Übersetzungen belletristischer Texte sind Hauptthema der ersten Briefe. Anlaß bot die teilweise unbefriedigende Übertragung des Romans »Waffen für Amerika« durch William Rose ins Englische. Feuchtwanger erhoffte von Neumann als Teilhaber des Verlages Hutchinson & Co. – die auf ihn eingetragene Abteilung hieß Hutchinson International Authors, London – Unterstützung bei der Veröffentlichung seiner Romane in England. Später versuchte Feuchtwanger seinerseits, Romane Neumanns bei amerikanischen Verlagen unterzubringen. Das literarische Schaffen beider, Möglichkeiten der Publizierung und Übersetzungsprobleme stehen also im Mittelpunkt des Briefwechsels. Auch das Schicksal Arnold Zweigs ist mehrfach Gegenstand ihrer Erörterungen.

Feuchtwanger habe, schrieb Neumann in seinen Erinnerungen, über ein ganz ungewöhnliches Maß an Zivilcourage verfügt: »Innerlich war er ein Athlet. Auch sein Sozialismus war ehrlich. Er war von ungewöhnlicher Großzügigkeit, wo es um Hilfe für Kameraden ging.«

645 Feuchtwanger an Neumann

18. Dezember 1946

Lieber Robert Neumann,

ich danke Ihnen herzlich für Ihr Buch. Mir scheint es das Beste, was Sie geschrieben haben. In seiner schauerlichen und grotesken Bitterkeit erinnert es an Swift oder häufiger an Grimmelshausen. Ich bin sicher, daß es unter den Büchern unserer Zeit eines der wenigen ist, von denen man noch nach uns sprechen wird.

Trotzdem, lieber Robert Neumann, müssen Sie mir mein altes ceterum censeo erlauben, die Anmerkung, daß das Buch vielleicht noch großartiger geworden wäre, wenn Sie sich hätten entschließen können, von der Heftigkeit der Gebärde, Farbe, des Tones ein wenig wegzunehmen.

Ihnen beiden die herzlichsten Wünsche

Ihr alter

646 Feuchtwanger an Neumann

18. März 1947

Lieber Robert Neumann,

ich habe von Mrs. Webb einen Brief über »Waffen für Amerika« erhalten, in dem sie sich etwas bitter über die Länge des Romans ausläßt. Auch legt sie ein Urteil ihres readers bei, der tadelnd anmerkt, daß über die meisten der Menschen des Romans Biographien bereits existierten, so daß das Buch wenig neues Material bringe. Es ist unter den Umständen kaum zu erwarten, daß der Verlag mit viel Enthusiasmus an die Publikation des Werkes herangeht, da er überdings noch glaubt, daß in der Frage der amerikanischen Revolution dem Standpunkt Englands zu wenig Rechnung getragen wird.

Es wäre schön, lieber Robert Neumann, wenn es Ihnen gelänge, alle diese Umstände zu beseitigen und zu erwirken, daß die Veröffentlichung des Buches nicht mit halbem Herzen vorgenommen wird.

Auch an der Übersetzung Roses habe ich nicht ganz die Freude gehabt, die ich mir davon versprach. Zweifellos ist Rose ein ausgezeichneter Übersetzer, und einzelne Kapitel, besonders diejenigen, in denen Franklin die tragende Figur ist, sind wunderbar geglückt. Aber zwei Umstände haben verhindert, daß die Übersetzung das wurde, was sie hätte werden können. Einmal war Rose zweifellos überarbeitet und in zu großer Eile, und infolgedessen sind viele Partien schlampig übersetzt und schwierige Stellen einfach ausgelassen. Zum zweiten hat Rose manchmal Prinzipien, die den Grundsätzen meiner Diktion zuwiderlaufen. Wir, Sie und ich, haben uns oftmals über das Thema »Überfärbung« auseinandergesetzt. Ich glaube, ich bin ein wenig empfindlich gegen Überfärbung und habe in diesem Buch mein Bestes getan, sie zu vermeiden. Leider aber scheint Rose nicht dieser Meinung zu sein, er hat sehr viel Farbe weggenommen, es ist vieles recht blaß, und wo ich mich deutlich oder gar gehoben aussprach, finde ich im englischen Text vorsichtige understatements. Aktionen, die mir wichtig erscheinen, sind in den Nebensatz gedrängt, und wenn ich einem Menschen oder einer Situation zwei Attribute mitgebe, dann ist sehr oft das eine weggelassen, und häufig dasjenige, an dem mir liegt. Ich habe auch bestimmte Prinzipien bezüglich der Einteilung des Textes in Absätze, Prinzipien, die Rose sichtlich nicht teilt, und so gehen im englischen Text die meisten Absätze trennungslos ineinander über, wodurch die von mir angestrebte Klarheit der Handlung manchmal verlorengeht. Es ist schade, daß Rose mir nicht die ersten hundert Seiten seiner Übersetzung rechtzeitig übersendet hat; dann hätte man sich wahrscheinlich mühelos über die meisten dieser Punkte verständigen können. Jetzt, da ich den englischen Text in der gedruckten amerikanischen Korrektur zu sehen bekomme, macht das manche Schwierigkeit.

Bei allem ist Roses Übersetzung bei weitem die beste unter allen Übertragungen meiner Bücher, die ich seit zehn Jahren zu sehen bekam, und ich würde ohne Bedenken Rose zum Übersetzer meines nächsten Buches wählen, besonders da ich nun weiß, worüber ich mich mit ihm rechtzeitig zu verständigen habe.

Mir das vom Herzen geschrieben habend, danke ich Ihnen von neuem für all die Mühe, die Sie sich mit dem Buch gemacht haben.

Alles Herzliche
Ihr

PS Soviel ich weiß, wird Huebsch die von ihm und mir revidierten Korrekturbögen an Hutchinson schicken.

647 Neumann an Feuchtwanger

London NW 3
March 25, 1947

My dear Lion Feuchtwanger,

I shouldn't worry about that reader's report they sent you. The reader is our most excellent "middle-brow"; she is sure to turn against anything really bad and against anything outstandingly good; she is an exact thermometer of the "good" book-buyer's taste; but beyond that I shouldn't take her literary opinions too seriously. It is true that she herself wrote potboiling biographies on a number of the characters in your book, but what does that mean? Somebody might say that my "Children of Vienna" are not "new" because there were books before both about children and about Vienna. No, you can be quite sure that Hutchinson's are full of admiration and enthusiasm about yourself and about your outstanding work; and that more care and thought is being given to it than to a good number of others put together.

What worries them is not an artistic but a purely commercial consideration. There exist no real price limits for books, but no novel has so far been sold on a large scale if it was priced above S 12/6. And at that price, it is practically impossible to produce your book. To be exact, it can just be produced without one single penny profit for the publisher if he prints and sells completely a first edition of 20.000. I have gone into production figures with Mrs. Webb last week, and am satisfied that that exactly is the position. And the situation is aggravated by the slump which set in a few months ago and is just now as bad as in the worst years before the war. That can of course change by the time the book comes out, but just now it is awful. Hutchinson's published Turgenjev's "A Nobleman's Nest" the other day in an excellent new translation, excellently produced; it had been out of print for many years; a year ago you would have expected to sell 30.000 of that easily; they sold 1350! A sale of 5000 for a first-rate novel is again a "good sale". So you see their problem with your book. At the moment they are still thinking hard. Maybe they will in spite of it all raise the price. Or they will try very hard to sell it to the Book Society, just to get the large printing figure that is necessary to keep the price down. Anyway, you can be quite sure that they are doing their very best. Mrs. Webb will write to you about it all as soon as they have solved the problem.

As for the translation, I only skipped through it, and I found it very readable indeed. Rose is, as you probably know, the Reader in German Literature in the London

School of Economics (London University). He is a most serious and conscientious man, who is as keenly alive to the problems of translation as you and I. In fact, I went to a lecture of his on the subject a short while ago. He has his fixed ideas, as we all, and one of them is that German is tautological and pleonastic, repetitive and redundantly sound-painting – anything but logical and precise. He regards you as one of the foremost German stylists because you are freer of those vices than the rest of us. But still he would in a translation reduce three of your attributes to two or two to one. (I shudder to think what he would do to our poor Arnold Zweig; in fact, he would refuse to translate him at all.) The result of his method is bound to be prosaic, pedestrian, colorless, but unobtrusively precise; and that, believe me, is a great deal, as I know now, having seen the goods delivered by more "inspired" translators. Think of the mess Eric Sutton made of "Axe of Wandsbek". What worried me in your case was not Rose's dryness but that remark of our reader's referring to his use of cheap coin in the matter of metaphors. (Something costing "a pretty penny", etc.) It is a pedestrian's effort to sit on a horse. My advice to you is that you watch out for such instances rather than for those of undercoloring. And above all, get in touch with Rose directly; he is not vain, and I think if you wrap every criticism in some flattering tissue paper, you will find him quite cooperative. Write to him c/o Mrs. Webb. I myself shall by then be away; and quite generally my participation in current affairs of the firm is most sporadic; I am getting panicly about time, I want to write a lot, and I leave to Mrs. Webb everything except the most general issues of literary policy, which we discuss over lunch from time to time; and even there my influence is limited and purely advisory.

Rolly and I go to the Continent in a few weeks, we want to go everywhere, including USA. I hope to be in New York for the First Night of "Children of Vienna" next autumn or winter; Garson Kanin (of "Born Yesterday" fame) is dramatizing and producing it.

All good wishes to you both, from both of us.

Yours ever,
Robert Neumann

648 Feuchtwanger an Neumann

31. März 1947

Lieber Robert Neumann,

schönen Dank für ihren Brief vom 25. März.

An Rose habe ich mittlerweile geschrieben, und ich denke, ich habe Ihren Rat befolgt, schon bevor er kam.

Das Problem, vor welches mein Buch Hutchinson stellt, ist ganz ähnlich wie das, welches die Viking Press bedrängt. Man hat hier eine Zeitlang mit der Idee gespielt, das Buch in zwei Bänden erscheinen zu lassen, ist jetzt aber davon endgültig wieder abgekommen. Ich nehme an, das Buch wird in London schwerlich vor dem Herbst erscheinen, und dann werden sich ja wohl vollkommen andere Probleme präsentieren.

Ich höre mit einigem Neid, daß Sie und Rolly nach dem Kontinent gehen. Ich bin im Begriff, auf einige Wochen nach New York zu gehen.

Daß Garson Kanin "Children of Vienna" aufführt, ist eine überaus erfreuliche Nachricht. Er ist ein ausgezeichneter Könner und verdient den Ruf, den er hat. Ich sehe in dieser Aufführung für Sie sehr große Möglichkeiten, ganz abgesehen davon, daß ich mich herzlich darauf freue, Sie bei dieser Gelegenheit zu sehen.

Mit vielen guten Wünschen von uns beiden

649 Feuchtwanger an Neumann

21. September 1947

Lieber Robert Neumann,

in der Anlage der Durchschlag eines Briefes an Rose. Ich habe, wie Sie sehen, Rose wie ein weiches Ei behandelt.

Ich wäre Ihnen herzlich verbunden, wenn Sie sich der Angelegenheit annehmen wollten.

Mit vielen Grüßen

der Ihre

PS Der Roman hat bei der amerikanischen Presse einen geradezu enthusiastischen Erfolg.

650 Neumann an Feuchtwanger

The Old Cottage
Cranbrook
Kent
6. März 1948

Mein lieber Lion Feuchtwanger,

Arnold Zweig sendet ein SOS – und natürlich gehört er dort weg. Aber ich kann kein Geld für ihn bekommen; er hatte einen sehr großen Vorschuß und trotz ausgezeichneter Kritiken sind die Verkäufe seines Buches bisher gering. Können Sie dort etwas für ihn tun? Seine Filmrechte sollten doch eigentlich verkäuflich sein. Aber der richtige Platz für ihn wäre wahrscheinlich Berlin – das ist seine Stadt, dort wäre er berühmt und erfolgreich und »reich« (besonders wenn man ihm genug Pakete schickt).

Ich hoffe, es geht Ihnen gut. Wir haben uns in dieses uralte kleine Haus auf dem Land zurückgezogen, und ich bin's zufrieden – bis auf eine böse Neuritis im Bein, die schmerzlich und deprimierend ist. Wir hören gelegentlich von Lola, die uns letzten Sommer in Ascona sehr ans Herz gewachsen ist.

Alles Herzliche Ihnen beiden und E. H. von Rolly und von Ihrem

Robert Neumann

651 Feuchtwanger an Neumann

29. März 1948

Lieber Robert Neumann,

ich stehe mit Arnold Zweig in ständiger Verbindung und habe mein Bestes getan, ihm wirtschaftlich zu helfen. Es sind eine ganze Reihe äußerer und innerer Gründe, die ihn verhindert haben, Palästina bis jetzt zu verlassen. Nach allem, was ich aus Berlin höre, möchte ich ihm nicht zuraten, dorthin zu gehen. Es ist beinahe ausgeschlossen und auf alle Fälle überaus langwierig, ihm ein Visum hieher zu verschaffen, nach USA, ganz abgesehen davon, daß seine finanziellen Aussichten hier überaus dunkel wären. Das »Beil« hat auch hier ausgezeichnete Presse gehabt, und die Viking Press hat viel für das Buch getan. Doch war der finanzielle Erfolg schwach, und der Vorschuß ist noch lange nicht gedeckt. Vorläufig also sehe ich nur sehr geringe Möglichkeiten, Zweig aus Palästina herauszuhelfen. Sein älterer Sohn ist übrigens, wie Sie vielleicht wissen, hier in Los Angeles, und ich sehe ihn häufig.

Mir geht es gut. Die Post freilich, die aus Europa kommt, ist zumeist überaus bedrückend, und die politische Situation hier überaus beklemmend.

Ihnen und Rolly alles Herzliche

652 Feuchtwanger an Neumann

1. August 1949

Lieber Robert Neumann,

vielen Dank für die Übersendung von »Blind Man's Buff«.

Mir scheint das Buch unter allem, was Sie geschrieben haben, das am besten geglückte. Es liest sich wie eine wilde Ballade; ich habe immer an Bürgers »Lenore« denken müssen. Hier wird auch das, was mich zuweilen an Ihrer Diktion störte, das Gehetzte, Gejagte, Starkfarbige zum Vorteil, die Atemlosigkeit ist hier ein innerer Bestandteil. Herzliche Gratulation.

Übrigens scheint mir, daß dieses Buch sich besonders gut zur Verfilmung eignete. Wenn Sie wollen, gebe ich es Interessenten.

Mit vielen Grüßen und guten Wünschen für Sie beide und an Lola, die, wie ich höre, auf dem Weg zu Ihnen ist.

653 Neumann an Feuchtwanger

The Pest House
Cranbrook
Kent, England
13. August 1949

Lieber Lion Feuchtwanger,

ich danke Ihnen sehr herzlich für Ihre guten Worte über »Blind Man's Buff«, und es ist ganz besonders freundschaftlich von Ihnen, daß Sie etwas für dieses Buch tun wollen. Eine Hollywooder Gesellschaft, die eben »Children of Vienna« und »Inquest« gekauft hat, hat eine Option für »Blind Man's Buff«, die erst im Oktober abläuft – und sie wird wohl verfallen, denn ich glaube, die Leute sind mit zweien meiner Copyrights fürs erste hinlänglich »eingedeckt«. Immerhin – das ist eine Option; erlauben Sie mir also, bitte, Ihnen noch einmal in zwei Monaten darüber zu schreiben. Aber es gibt da eine andere Sache, die für mich dringlicher und ein wenig demütigend ist und die ich Ihnen sagen will. Dutton's, die in den letzten Jahren meine Bücher in USA verlegt haben, sagen, daß »Blind Man's Buff« eine bittere Enttäuschung für sie sei: langweilig und voll Ungerechtigkeit für den American Way of Life und die moralische Mission der amerikanischen Okkupationstruppen in Europa. Das heißt: ich bin ohne amerikanischen Verleger. Ich dachte an unsern Freund Huebsch, aber der sagte mir schon zur Zeit meiner Anfänge, daß ich eigentlich das Romanschreiben aufgeben und mich nur auf short stories spezialisieren sollte. Ich kann mich also nicht gut an ihn wenden. Denken Sie, daß Sie ihm das Buch privat zu lesen geben könnten, als Privatlektüre, nicht als ein von mir kommendes offizielles Offert? Ich wäre Ihnen überaus dankbar! Oder wenn Sie das für falsch halten – haben Sie vielleicht eine andere nahe Beziehung zu einem Verleger, der »progressiv« genug ist, in dieser hysterischen Zeit? Sie täten mir einen sehr großen Dienst. Das ist das erste meiner Bücher (und es gibt bei Gott schlechte darunter), das in Amerika Schwierigkeiten begegnet.

Lola hat sich eben gemeldet. Sie kommt nächste Woche heraus. Ich freue mich darauf, dann wenigstens auf diesem Umwege zu erfahren, wie Sie sich das Leben dort eingerichtet haben. Übrigens gibt es einige Aussicht, daß wir Sie im nächsten Jahr dort aufsuchen – da Sie ja nun doch nie herüberzukommen scheinen.

Alles Herzliche, auch von Rolly, auch an Ihre Frau. Und nochmals vielen Dank für Ihre Kameradschaftlichkeit.

Ihr alter

Robert Neumann

654 Feuchtwanger an Neumann

P.O.B. 325
Pacific Palisades, Calif.
25. August 1949

Lieber Robert Neumann,

zu Ihrem Brief vom 13. August:

Sie lassen es mich also wissen, wenn »Blind Man's Buff« für Filmverhandlungen frei geworden ist.

Huebsch war leider zu der Zeit, da Ihr Brief hier eintraf, im Begriff, nach Europa zu fahren. Wenn sich bis zu seiner Rückkehr Mitte Oktober nicht andere Möglichkeiten hier in Amerika für das Buch ergeben haben sollten, werde ich es ihm natürlich mit Freuden schicken und mit dringlicher Empfehlung, es zu lesen. Ich verstehe nicht, daß dieses Buch hier auf Schwierigkeiten stößt. Wenn Sie nichts dagegen haben, werde ich es dem jungen Knittel schicken, dem Mann der Luise Rainer, der einer der gescheitesten und fortschrittlichsten Verleger in diesem Lande ist.

Alles Herzliche

PS Schicken Sie doch, wenn möglich, noch ein Exemplar von »Blind Man's Buff«.

655 Neumann an Feuchtwanger

The Pest House
Cranbrook, Kent
30. August 1949

Lieber Lion Feuchtwanger,

das ist wirklich außerordentlich reizend von Ihnen. Ja, ich würde gern mit Knittel arbeiten: ich habe von ihm außerordentlich Günstiges gehört. Ich schicke Ihnen heute ein Exemplar. Haben Sie sehr vielen Dank.

Lola war hier. Wir haben uns gefreut, sie in besonders guter Form zu finden und in zuversichtlicherer Stimmung als im vorigen Jahr. Übrigens werden wir sie möglicherweise für ein paar Stunden wiedersehen. Wir fahren morgen langsam mit dem Wagen über Frankreich-Deutschland und die Schweiz zum PEN-Kongreß in Venedig.

Eben kam »Odysseus« von Hutchinson's. Ich freue mich darauf, es auf der Fahrt zu lesen.

Nochmals Dank, und alles Herzliche von uns beiden!

Ihr
Robert Neumann

656 Neumann an Feuchtwanger

Cranbrook, Kent
6. Oktober 1949

Lieber Lion Feuchtwanger,

wir sind eben vom »Continent« heimgekommen – Sie wurden in Venedig von vielen sehr vermißt –, und eben waren auch unsere amerikanischen Film-Freunde wieder hier, darunter Forrest Judd, der ein Funktionär der Firma ist, die »Children of Vienna« und »Inquest« kauft, und der mir sagte, er sei kürzlich bei Ihnen gewesen und habe Sie sehr positiv über »Blind Man's Buff« sprechen gehört. Er teile Ihre Meinung, aber er könne nicht mehr erwerben, als er schon erworben habe – und wenn Sie also eine Möglichkeit für »Blind Man's Buff« wüßten, wolle er nicht im Wege stehen. Das heißt: die Rechte sind nun frei, und ich werde Ihnen sehr aufrichtig dankbar sein, wenn Sie das Buch an die Leute, die Sie im Auge haben, weitergeben wollen. (Wenn die übrigens mit Judd's Firma, »Kildine«, zusammenarbeiten wollen, läßt sich das wahrscheinlich arrangieren – aber das muß nicht sein.)

Es wäre sehr viel von unserer Reise zu erzählen – vor allem aus Deutschland, das ein höllisches Land ist –, aber das wartet wohl am besten, bis wir Sie sehen. Geht alles gut, und erfüllen die Hollywooder Leute ihre Verträge, so hoffen wir im Frühling dort zu sein.

Alles Herzliche Ihnen beiden von uns beiden, und nochmals herzlichsten Dank für Ihre Freundschaftlichkeit und Hilfsbereitschaft – auch in Sachen des Buchverlags, bezüglich dessen ich mit großer Erwartung auf die Nachrichten Ihres Verlegerfreundes warte. – Gibt es irgend etwas, das ich hier für Sie tun könnte? Sie wissen, ich täte es mit größter Freude. – In Venedig traf ich unter ungezählten anderen Dr. Horovitz (Phaidon Verlag, und East & West Library), der mich bat, bei Hutchinson's dahin zu intervenieren, daß sie ihm eine Lizenz für eine große Volksausgabe von »Jud Süß« und/oder »Jüdischer Krieg« geben; er habe sich darum bemüht, sei aber abschlägig beschieden worden. Ich habe eben an Mrs. Webb geschrieben, um ihren Standpunkt kennenzulernen. (Ich bin an der Firma nicht mehr beteiligt – es ging nicht länger aus der Ferne –, ich komme nur alle zwei oder drei Monate nach London.)

Alles Herzliche Ihres

Robert Neumann

657 Feuchtwanger an Neumann

17. Oktober 1949

Lieber Robert Neumann,

schönen Dank für Ihren Brief vom 6. Oktober.

»Blind Man's Buff« gebe ich also jenen Filminteressenten, von denen ich Ihnen schrieb. Von Knittel habe ich noch keine Nachricht; ich höre, er ist in Europa. Auch Huebsch wird Ende November wieder zurück sein.

Über eine richtige Volksausgabe des »Jud Süß« oder des »Josephus« würde ich mich natürlich sehr freuen.

Ich hoffe sehr, daß wir Sie nun wirklich bald einmal zu sehen bekommen.

Ihnen beiden alles Herzliche

PS Von der Verfilmung von »Children of Vienna« ist übrigens in den hiesigen Zeitungen sehr viel die Rede.

658 Neumann an Feuchtwanger

Savile Club,
69, Brook Street, W. 1.
21. Januar 1953

Lieber Lion Feuchtwanger,

Katherine Webb war gestern hier, und wir sprachen viel über Sie (sie sagte mir, daß Sie Viking Press verlassen hätten und fragte sich und mich nach Ihren Gründen) – und heute morgen kam Ihr »Josephus«, ein Teil Ihres Werkes, den ich immer besonders geliebt und bewundert habe und den ich nie besaß. Haben Sie vielen herzlichen Dank!

Auch Ihre »Narrenweisheit« liegt auf meinem Tisch – und ich habe sie noch nicht gelesen: ich habe nichts gelesen in diesen letzten Wochen, ich bin plötzlich ernsthaft erkrankt, es ist »nichts Organisches«, sondern ein allgemeiner extremer Erschöpfungszustand, der beharrlicher ist, als die Ärzte zu erwarten schienen. Das Jahr 1952 war einfach zu viel für mich, mit den Anstrengungen eines Aufenthalts in Indien, den Erregungen, die mit Rollys Trennung von mir verbunden waren (davon hat Ihnen ja wahrscheinlich Lola berichtet) – nun, und noch allerlei. Genug davon.

Ich frage mich, was wir für unsern Arnold Zweig tun können. Sie wissen ja wohl, daß er durch Becher in der Akademie ersetzt worden ist. Er ist zweifellos gefährdet. Andererseits kann ich nicht ermessen, ob auch er das fühlt und ob er weg will. Es ist ja so schwer, all das von hier aus zu beurteilen. Wie denken Sie darüber? PEN und Hutchinson's würden wohl mit vorübergehenden Einladungen kooperieren, aber er könnte im englischen »Raum« nicht auf die Dauer leben, die Bücher, die ich von Hutchinson's drucken ließ, waren große Mißerfolge. (Anders wäre es vielleicht in Westdeutschland.) Aber, wie gesagt, man kann ja gar nicht sagen, ob er will – und ob er könnte, wenn er wollte.

Es wäre in diesem Zusammenhang, und in vielen Zusammenhängen, mehr zu besprechen, als sich in einem Brief so einfach besprechen läßt. Ich hoffe, es kommt doch noch einmal eine Gelegenheit für ein langes und gutes Gespräch zwischen uns. Und ich hoffe sehr, es geht Ihnen gut. Grüßen Sie Ihre Frau, und grüßen Sie die sicherlich unverändert liebreizende Eva H., wenn Sie ihr schreiben. Ich war im Sommer sehr vorübergehend in Sanary, das sich kaum verändert hat – nur sind eben alle, die wir kannten, verdorben, gestorben oder ausgewandert. Es war gespenstisch. (Nur Hilde [unleserlich] ist noch dort – ein wackliges Weiblein.)

Ihr alter
Robert Neumann

Haben Sie »Insurrection in Poshansk« bekommen – englisch oder deutsch? Ich ließ es Ihnen im vorigen Frühsommer schicken. Wenn Sie's nicht haben, gebe ich nochmals Auftrag. Ein gleichzeitig geschriebener Roman »Sur les pas de Morell« ist bisher nur französisch erschienen.

659 Feuchtwanger an Neumann

10. Februar 1953

Lieber Robert Neumann,

es war mir eine Freude, einmal wieder von Ihnen zu hören.

Von Viking Press wegzugehen ist mir nicht leicht gefallen. Seit über fünfundzwanzig Jahren hat Viking Press alles von mir publiziert, und die vier letzten Bücher, die sie gebracht haben, waren große Erfolge, alle vier erschienen in einem der beiden großen Buchklubs. Aber Huebsch, mit dem ich eng befreundet und dem ich zu großem Dank verpflichtet bin, ist nicht mehr jung, er verbringt einen großen Teil des Jahres in Europa und zieht sich immer mehr vom Verlag zurück. Die andern Herren aber denken nicht so literarisch wie er, mit der Ausstattung insbesondere meines »Goya« war ich recht unzufrieden, und ich konnte meine Wünsche nicht durchdrücken. Da es den Anschein hatte, als ob es mit »Narrenweisheit« ähnlich gehen würde, bin ich weggegangen, übrigens im besten Einvernehmen und in aller Freundschaft mit Huebsch.

Es ist mir leid zu hören, daß es Ihnen nicht gut geht, aber ich habe immer befürchtet, daß Sie mit Ihrer Energie und Ihrem Talent zu wenig sparsam umgehen würden. Sie erinnern sich unserer Gespräche von der Überfärbung.

Mit Arnold Zweig, Hanns Eisler und Brecht bin ich in ständiger Verbindung. Auch Lola ist zur Zeit in Berlin. Die Berichte, die ich von dort erhalte, sind nicht eben sehr klar, aber soviel ist sicher, daß das, was man in den Zeitungen zu lesen bekommen [kann], maßlos übertrieben ist. Vorläufig kann von ernsthafter Gefahr wohl kaum die Rede sein. Zweig selber ist freilich sehr naiv, und er hat gerade jetzt in einer Ostberliner Zeitschrift einen Offenen Brief an mich veröffentlicht, in welchem er den Zionismus mit ebenso glühender wie Don Quichotescher Tapferkeit verteidigt.

Hier ist, wie Sie wissen, die politische Atmosphäre auch sehr drückend, und Thomas Mann und Chaplin raten mir dringlich, in die Schweiz zu gehen. Ich aber bekenne mich nach vielen Erfahrungen zu dem Grundsatz: »quieta non movere«, und dies ist nicht etwa fatalistische Bequemlichkeit.

Äußerlich lebt es sich hier nicht schlecht, und ich arbeite mit Freude.

Vor einiger Zeit sah es so aus, als ob man hier ernstlich daran dächte, aus einem Ihrer Bücher einen Film zu machen, und ich hatte sehr gehofft, Sie hier zu sehen. Ganz aufgegeben habe ich diese Hoffnung auch jetzt noch nicht, ebensowenig wie die, selbst eine längere Reise nach Europa unternehmen zu können, ohne hier zu viel aufs Spiel zu setzen.

Eva Herrmann, die hier lebt, läßt Sie sehr herzlich grüßen.

Mit vielen ehrlichen guten Wünschen, denen sich auch Marta anschließt,

Ihr

660 Feuchtwanger an Neumann

Post Office Box 325
15. November 1954

Lieber Robert Neumann,

Mr. Huebsch von der Viking Press erzählt mir, daß Sie in einem westdeutschen Rundfunk über den »Josephus« gesprochen haben. Ich habe mich herzlich gefreut, auf diese Art wieder von Ihnen zu hören.

Ich hoffe, daß Sie gesundheitlich wieder auf der Höhe sind und daß es Ihnen auch sonst gut geht; Ihr letzter Brief – er liegt bedauerlich lange zurück – klang recht niedergeschlagen.

Ich kann im ganzen nicht klagen außer über die drükkende politische Atmosphäre. Das Land ist ja recht ausgedehnt, und ich habe Freude, bei meiner Arbeit zu bleiben; aber es ist ärgerlich, daß ich nicht hinaus kann, und das Bewußtsein, daß ich dieses Schicksal mit vielen Intellektuellen teile, hilft wenig.

Da haben es unsere Freunde im Osten besser. Zweig,

Brecht, die Seghers, Weiskopf reisen nach Belieben herum, von Peking bis Amsterdam und Stockholm und Rom, ganz zu schweigen von München und Hamburg.

Meine Arbeit macht mir viel Freude. Ich lege soeben letzte Hand an einen Roman »Die Jüdin von Toledo«, der die Anziehungskraft des Rittertums, des Krieges darzustellen versucht und den Übergang des Feudalismus in ein frühes bürgerliches Händlertum. Neun Zehntel des Manuskripts sind abgeliefert, und ich glaube, der Roman ist geglückt.

Ein paar groteske Erlebnisse hat das Buch schon vor seinem Erscheinen. Der westdeutsche Buchklub, der es erworben hat, und die hiesige Film Company, die eine Option auf das Buch hat, verlangen beide unabhängig voneinander eine Änderung des Titels; »Die Jüdin von Toledo« sei zu controversial.

Mit den Übersetzern habe ich nach wie vor Pech. »Die Jüdin von Toledo« wird von den Kaisers übersetzt, die Sie vielleicht kennen. Ich weiß nicht, ob es gute Übersetzer sind, aber soviel weiß ich, daß sie, obwohl große Teile des Manuskripts schon seit Februar in London sind, noch nicht damit begonnen haben, und da der Roman immerhin 150.000 Worte hat, so wird sich durch die Verzögerung der Übersetzung das Erscheinen um mindestens ein halbes Jahr verzögern. Es ist schade, daß ich für dieses Buch nicht William Rose habe, der gerade dafür der rechte Mann gewesen wäre.

Lassen Sie doch, lieber Robert Neumann, wieder einmal von sich hören.

Mit herzlichen Grüßen, auch von Marta,

Ihr

661 Neumann an Feuchtwanger

The Pest House
Cranbrook, Kent
England
11. Dezember 1954

Lieber Lion Feuchtwanger,

nein, der Robert Neumann, der über Ihren (von mir seit langen Jahren sehr bewunderten) »Josephus« sprach, ist, glaube ich, ein westdeutscher Radiojournalist; ich bin ihm dankbar dafür, daß er mir diese Nachricht von Ihnen gebracht hat. Und ich freue mich besonders zu hören, daß es mit Ihrer Arbeit so gut weitergeht. Auch Mrs. Webb hat gelegentlich davon berichtet. – Wenn Sie mit Ihren Übersetzern nicht zufrieden sind, so kann ich hier gern für Sie Umschau halten; es sollte nicht allzu schwer sein, den richtigen zu finden.

Warum bleiben Sie dort, lieber Freund? Warum leben Sie nicht in Frankreich oder der Schweiz? Man würde Sie doch wohl von dort fortlassen, wenn Sie endgültig abreisen wollen – und das könnte Ihrem großen amerikanischen Erfolg doch nicht so ernsthaft Abbruch tun, daß Sie nicht auch auf Grund reduzierter amerikanischer Einkünfte in Europa bequem und sogar in großem Wohlstande leben könnten. Es ist uns ein Rätsel, warum Sie dort bleiben. Oder ist es tatsächlich so, daß man Sie nicht abfahren läßt? Das wäre doch ein Fall, von dem wir (ich meine diesmal den Internationalen PEN) gerne Genaueres wüßten. Wenn ich Ihnen irgendwie dienlich sein kann, so sagen Sie es, bitte.

Ich habe Brecht in Amsterdam im Sommer auf dem PEN-Kongreß getroffen; zum erstenmal, wie das der Zufall so will; er hat mir starken Eindruck gemacht. Auch Arnold Zweig war dort; gealtert wie wir alle, aber agil und egozentrisch wie eh und je; sooft wir miteinander sprechen wollten, zog seine Frau ihn fort; es kam kaum ein Kontakt zustande, zu meinem Bedauern.

Ja, danke, es geht mir gut, touch wood, und die Depression ist überwunden. Ich lebe in meinem Landhaus und komme sehr selten in die Stadt; das ist ein sechshundert Jahre altes Haus mit einem alten Garten und mit einer dramatischen Historie, die ich nächstens einmal schreiben will (in ihrer Verquicktheit mit meinem Leben von Tag zu Tag und mit meiner Biographie, wenn das geht). Was diese Biographie anlangt, so hat sie sich inzwischen in heiterer Weise weitergeschrieben: ich habe wieder geheiratet, meine Frau ist eine deutsch-polnische Tänzerin, sie ist vierundzwanzig Jahre alt.

Ich arbeite eine Menge; ein neuer Roman ist beinahe fertig; und ein neues deutsches Parodienbuch geht eben in Druck. On revient toujours.

Alles Herzliche, auch an Frau Marta,

Ihr alter
Robert Neumann

662 Feuchtwanger an Neumann

P.O.B. 325
Pacific Palisades, Cal.
24. Dezember 1954

Lieber Robert Neumann,

vielen Dank für Ihren Brief vom 11. Dezember.

Es ist nicht eben so, daß man mich nicht abfahren ließe; aber es bedeutete wohl, daß ich mein Haus verlöre und die Bibliothek, an der ich sehr hänge und die mir für meine Arbeit schwer entbehrlich ist. Ich möchte mich nicht wieder abhängig machen von öffentlichen Bibliotheken, auch dauerte es sicher sehr lange, bis ich mir wieder halbwegs annehmbare Arbeitsbedingungen schaffen könnte, und so jung bin ich nicht mehr, daß ich viel Zeit auf dergleichen Dinge verwenden möchte.

Was Sie von Ihrem Leben erzählen, klingt erfreulich und beruhigend und macht mich sehr neugierig auf das Buch, in dem Sie es darstellen wollen.

Bitte, seien Sie im neuen Jahr nicht so schweigsam.

Alles Herzliche, auch von Marta

663 Feuchtwanger an Neumann

13. Mai 1957

Lieber Robert Neumann,

ich habe Ihre »Erinnerungen« gekriegt und sie sogleich gelesen. Mit hohem Genuß. Ich finde das Buch besonders geglückt. Leichtes und Schweres mischt sich zwanglos, es ist alles persönlich und doch aus der Distanz gesehen, es ist locker erzählt, und die Kunst und meisterliche Technik, die hinter der ganzen Komposition steckt, drängt sich niemals in den Vordergrund. Herzlichen Glückwunsch!

Und da wir beim Glückwünschen sind, möchte ich Ihnen auch herzlich zu Ihrem Geburtstag gratulieren. Sie tun in Ihrem Buch, als seien Sie wunder wie alt. Lassen Sie sich von einem wahrhaft alten Manne versichern, daß das siebente Jahrzehnt für einen Schriftsteller, der was kann, das beste ist. Ich bin tief überzeugt, daß wir von Ihnen noch vieles zu erwarten haben.

Ihnen und Ihrem Haus alles Gute, auch von Marta,

immer Ihr

664 Neumann an Feuchtwanger

The Pest House
Cranbrook, Kent
England
5. November 1957

Lieber Lion Feuchtwanger,

das soll nur eine kurze Zeile sein, um Ihnen zu sagen, daß ich Ihren »Jefta« mit ganz großer Bewunderung gelesen habe. Das ist ein wunderbar geglücktes Buch, von edler Einfachheit und Ökonomie – ich gratuliere Ihnen von Herzen! Ich höre eben mit Freuden, daß Hutchinson's die englische Ausgabe vorbereiten. Die Firma ist unter einem neuen Mann von ungemeiner Tüchtigkeit – Robert Lusty – von Grund auf reorganisiert worden und hat jetzt einen erstklassigen Ruf. Auch ich bin (als Autor) zu ihr zurückgekehrt.

Grüßen Sie Ihre Frau, und seien Sie selbst aufs wärmste gegrüßt von Ihrem

Robert Neumann

665 Feuchtwanger an Neumann

P.O.B. 325
Pacific Palisades, Calif.
30. November 1957

Lieber Robert Neumann,

ich freue mich herzlich, daß der »Jefta« Ihnen Eindruck gemacht hat. Das ist ein schwieriges Buch, und man muß es mit Liebe lesen, wenn man etwas davon haben will. Um so größere Genugtuung ist es mir, daß Ihnen das Buch was gegeben hat.

Ich habe die üblichen Schwierigkeiten mit der Übersetzung. Sie sind ja dieser Sorge ledig, da Sie, wenn Sie auch nicht mehr englisch schreiben, die Übersetzung immerhin erfolgreich überwachen können. Ich weiß immer nur, wie es nicht sein soll, und der Übersetzer weiß nicht, wie es sein soll.

Ich freue mich, daß wir wieder unter einer verlegerischen Decke stecken.

Mit herzlichen Grüßen, auch von Marta,

Ihr

Anhang

Anmerkungen

Die Ziffern links sind die Briefnummern. Allgemeine Angaben zu Personen finden sich im Register dieses Bandes.

Lion Feuchtwanger – Ludwig Marcuse

398 *Prager Verbot* – S. Brief 285 und die zweite Anm. dazu.
gegen Sie Werfel – Auf einer der Veranstaltungen des XV. Internationalen PEN-Kongresses im Juni 1937 wurde Feuchtwanger von Werfel wegen seiner positiven Haltung zur Sowjetunion angegriffen.
»Wagner«-Vertrag – »Das denkwürdige Leben des Richard Wagner« wurde erst 1963 vom Szczesny Verlag in München herausgegeben.
Ihnen verdanke – Feuchtwanger setzte sich dafür ein, daß Marcuse die Stelle des Chefredakteurs der Zeitschrift »Das Wort« erhielt. Er wurde von Michail Kolzow unterstützt. Da Marcuse als eigenmächtiger und eigenwilliger Mensch galt, wurde das vermutlich von Becher, Bredel, Lukács und Friedrich Wolf verhindert. Feuchtwanger nahm das nicht unkritisch auf, aber er gab nach, als er einsah, daß der Außenseiter Marcuse keine Aussichten hatte, Chefredakteur zu werden.
Bredel – Bredel war Mitarbeiter der Redaktion »Das Wort«; 1936 als geschäftsführender Redakteur.
das Buch ... Prozeß – »Prozeßbericht über die Strafsache des sowjetfeindlichen Trotzkistischen Zentrums, verhandelt vor dem Militärkollegium des Obersten Gerichtshofes der UdSSR«, Moskau, 1937.
Leopold – Leopold Schwarzschild.

399 *Anstoß nahm* – In seiner Autobiographie, »Mein zwanzigstes Jahrhundert«, München, 1960, räumte Marcuse ein, u.a. »taktische« Fehler gemacht zu haben, indem er seine Frau Sascha zu Verhandlungen schickte, anstatt sie selber zu führen.
ein kleines Buch – »Moskau 1937. Ein Reisebericht für meine Freunde«, Amsterdam, 1937.

400 *Zweimonatsschrift* – Zweimonatsschrift für freie deutsche Kultur »Maß und Wert«, Zürich, herausgegeben von Thomas Mann und Konrad Falke.

400 *Büchlein* – S. letzte Anm. zu Brief 399.
Maria – Maria Osten.
M. – Moskau.

401 *Mai-Feier* – Siehe Ludwig Marcuse, »Der Erste Mai«, in »Die Neue Weltbühne«, Prag, Paris, Nr. 22, 1937.
des veröffentlichten Teils – Marcuse bezieht sich auf Feuchtwangers Aufsatz über Gide, »Der Ästhet in der Sowjetunion«, in »Das Wort«, Moskau, Heft 2, Februar 1937.
Jo. – Johannes R. Becher.
Kol. – Michail Kolzow.
Bre. – Willi Bredel.
Thomas Mann … ein Buch – »Leiden und Größe der Meister. Neue Aufsätze«, Berlin, S. Fischer Verlag, 1935. Es war die erste Buchveröffentlichung von »Leiden und Größe Richard Wagners«.

402 *W.B.* – Willi Bredel.
falsche »Taktik« – S. Brief 399 und die erste Anm. dazu.
Kongreß in Madrid – Der II. Internationale Schriftstellerkongreß zur Verteidigung der Kultur fand vom 4. bis 17. Juli 1937 in Valencia, Madrid, Barcelona und Paris statt.
Gehen Sie hin? – Feuchtwanger nahm nicht teil. S. Brief 291.
Jo. – Johannes R. Becher.
meine Sympathie – S. Ludwig Marcuse, »Gespräch mit meinen Freunden«, in »Die Neue Weltbühne«, Prag, Paris, Nr. 21, 1937.
meine Sympathie – S. Ludwig Marcuse, »Gespräch mit meinen Freunden«, in: »Die Neue Weltbühne«, Prag, Paris, Nr. 21, 1937. Zusammenfassend meint er, für jedes Baby werde gesorgt, als käme es gerade auf dieses Baby an, jeder dürfe studieren, was er wolle, niemand sei verurteilt zu einem Beruf, den er nicht mag. Marcuses Schlußfolgerung lautet: »Wer von uns an dem, was dort geschieht, nicht den herzlichsten Anteil nimmt, lebt an der größten sittlichen Leistung dieser Tage vorbei.«
»Ingenieur der Seele« – oder auch »Techniker der Seele« sollte – nach Stalin – der Schriftsteller sein.

403 *Lieber Feuchtwanger* – Dieser Brief ist Teil des Glückwunschbuches zum 60. Geburtstag. S. Anm. zu Brief 321.
unsern gemeinsamen Freund – Feuchtwanger, Marcuse und Arnold Zweig gehörten zu den Freunden, die am 10. Mai 1932 Carl von Ossietzky zum Gefängnis Berlin-Tegel begleiteten.

404 *Pessimismus im allgemeinen* – Marcuse arbeitete an seinem Buch »Pessimismus. Ein Stadium der Reife«, Hamburg, 1953.
einen kundigen Thebaner – In Marcuses »Pessimismus. Ein Stadium der Reife« erhellen die ersten Sätze, daß er Thebaner mit Urpessimi-

sten gleichsetzt. Erwähnt werden Hesiod, Ödipus und Heraklit aus Böotien bzw. Theben. »Von Hesiod stammt, was im ›Ödipus zu Colonus‹ die Jahrtausend-Prägung erhielt: ›Das Beste ist, nicht geboren zu sein, oder, wenn schon geboren, dann bald wieder von hinnen zu gehen‹ ... Heraklit verglich die Zeit mit einem spielenden, sich im Brettspiel übenden Kind – und dies Kind hat die Königsgewalt.«

404 *»Who is Who in America 1950–1951«* – (engl.) »Wer ist Wer in Amerika«.

405 *in meinem New-Yorker Vortrag* – Am 20. Dezember 1953 sprach Marcuse bei einer Veranstaltung des »New World Clubs« und des »Aufbau«, New York über »Europa gegen Amerika. Die Probleme und Hintergründe des neuen Anti-Amerikanismus«.

Kersten zog in seinem Referat – Kurt Kersten, »Was verbirgt sich unter Anti-Amerikanismus? Ludwig Marcuses Antwort«, »Aufbau«, New York, 25. Dezember 1953.

Salomon, Jungk und Matthias – Marcuse bezieht sich auf drei Werke, in denen die Autoren Amerika scharfer Kritik unterziehen. Ernst von Salomon, »Der Fragebogen«, Hamburg, 1951 und 1953; Robert Jungk, »Die Zukunft hat schon begonnen; Amerikas Allmacht und Ohnmacht«, Stuttgart, 1953; Leo L. Matthias, »Die Entdeckung Amerikas Anno 1953 oder Das geordnete Chaos«, Hamburg, 1953. Siehe auch Ludwig Marcuse, »Der europäische Anti-Amerikanismus«, in »Neue Schweizer Rundschau«, Zürich, Nr. 2, 1953 und »Aufbau« New York, 25. September 1953 (Teil eins), 9. Oktober 1953 (Teil zwei), sowie Ludwig Marcuse, »The Anti-American Witch-Hunt in the Year 1953« (Die antiamerikanische Hexenjagd im Jahr 1953), in »Partisan Review«, New York, Mai–Juni 1954. Marcuse wendet sich gegen den in Salomons »Fragebogen« vertretenen Standpunkt, daß Amerika nicht besser sei als Hitler-Deutschland; bei Jungk gegen die Auffassung, die USA wolle das Universum erobern und den Thron Gottes besteigen; bei Matthias gegen die Vorstellung, die Erwerbsgesellschaft Amerika sei eine Büchse der Pandora, aus der die sozialpolitischen und im breitesten Sinne kulturellen Übel in der Welt des zwanzigsten Jahrhunderts entsprungen sind.

Freundschaft mit Allan Dulles – Dulles wurde 1953 Chef der CIA (Central Intelligence Agency), der zentralen Organisation des amerikanischen Geheimdienstes.

maltreatment – Die übliche Bezeichnung ist »malpractice« (engl.), Kunstfehler eines Arztes.

Brief ... Schweizer Verleger – Der Brief befindet sich nicht im Nachlaß Marcuses

405 *»Toynbee. Ein Wissenschaftler auf dem Wege zu Gott«* – Robert Jungk, »Arnold J. Toynbee – ein Historiker auf dem Wege zu Gott«, in »Sonntagsblatt«, Hamburg, Nr. 1, 1954.
406 *Carl von Ossietzky* – S. Anm. zwei zu Brief 403.
408 *Heine- und Marx-Aufsatz* – Ludwig Marcuse, »Heine und Marx. Eine Geschichte und eine Legende«, in »Der Monat«, Berlin, Heft 64, 1954.
410 *Ausschnitte* – Nicht ermittelt.
»Schopenhauer« – Geschrieben als Vorwort für eine Schopenhauer-Auswahl, die 1938 bei Bermann-Fischer in Stockholm erschien. Die Sammlung »Adel des Geistes«, Bermann-Fischer, Stockholm, 1945, enthält auch diesen Essay.

Lion Feuchtwanger – Balder Olden

411 *den Prozeß* – Der Prozeß gegen Karl Radek und Mitglieder des »Trotzkistischen Zentrums« vom 23. bis 30. Januar 1937 in Moskau.
das Protokoll – »Prozeßbericht über die Strafsache des sowjetfeindlichen Trotzkistischen Zentrums verhandelt vor dem Militärkollegium des Obersten Gerichtshofes der UdSSR«, herausgegeben vom Volkskommissariat für Justizwesen der UdSSR, Moskau, 1937.
»Das ist ja Tollhaus« – Auf Seite 137 des in Anm. zwei genannten Protokolls steht: »Radek: Daher die Schlußfolgerung: Restauration des Kapitalismus unter den Verhältnissen des Jahres 1935. Einfach ›mir nichts dir nichts‹ um der schönen Augen Trotzkis willen sollte das Land zum Kapitalismus zurückkehren. – Als ich das las, kam mir das als Tollhaus vor.«
412 *chèque barré* – (franz.) Barscheck.
vom Staatsverlag – Balder Oldens zuerst als »Dawn of Darkness« bei Jarrolds, London, 1933 erschienene Roman wurde unter dem deutschen Titel »Roman eines Nazi« vom Staatsverlag Moskau während dieser Zeit herausgebracht.
Dame Lola – Lola Sernau, Feuchtwangers Sekretärin.
413 *Ihr »Falscher Nero«* – S. die zweite Anm. zum Brief 17.

Lion Feuchtwanger – F. C. Weiskopf

414 *Schwarzschildschen Pöbeleien* – Leopold Schwarzschild hatte in einem Aufsatz Feuchtwangers Reisebericht scharf angegriffen. S. Brief 293 und die zweite Anm. dazu.

414 *der »Volks-Illustrierten«* – Weiskopf leitete ab 1933 unter Mitarbeit von Fritz Erpenbeck, Hermann Leupold und Louis Fürnberg in Prag die Redaktion der »Arbeiter-Illustrierten Zeitung« (AIZ), die von 1936 an »Die Volks-Illustrierte« hieß.
Ihr Buch – »Moskau 1937. Ein Reisebericht für meine Freunde«, Amsterdam, 1937.
Enquête – (franz.) Umfrage.
Rußland-Buch auch tschechisch – Eine tschechische Ausgabe von »Moskau 1937« ist nicht erschienen.

418 *»V.-I.«* – »Die Volks-Illustrierte«.

419 *For Wetcheek ...* – (engl.) Für Wetcheek Ankunft Lissabon zwölften brauche dringend Reisegeld für Schiff Abfahrt zwanzigsten Fahrgeld 350 bitte Maximalhilfe Adresse Cooks Dank.
Wetcheek – (engl.) feuchte Wange. Pseudonym Feuchtwangers.
Lilo Aisler-Dammert – S. Brief 310.

420 *Guggenheimstiftung* – Im Jahre 1925 gründeten Simon Guggenheim und seine Frau die John Simon Guggenheim Memorial Foundation (Stiftung zum Gedenken ihres Sohnes). Die Stiftung fördert und unterstützt Forscher und Künstler.
Roman – »Abschied vom Frieden (1913–1914)«; die englische Übersetzung, »Twilight on the Danube« (Zwielicht an der Donau), kam 1946 bei Alfred A. Knopf in New York und Hutchinson, London, heraus. Die deutsche Originalfassung kam 1950 beim Dietz Verlag Berlin heraus.
application – (engl.) Bewerbung, Antrag.
Affidavit – (engl.) Bürgschaftserklärung für Einwanderer.
PEN-Abend – Das amerikanische PEN-Zentrum veranstaltete am 19. November 1940 ein Bankett im Algonquin Hotel in New York zu Ehren ausländischer PEN-Club-Mitglieder, die im Herbst 1940 Bücher in den Vereinigten Staaten veröffentlichten.
»Ledger« – Der Ausschnitt aus der Zeitung in Philadelphia befindet sich nicht im Feuchtwanger-Archiv.
roman fleuve – (franz.) Romanzyklus. Von dem geplanten Romanzyklus erschienen »Abschied vom Frieden (1913–1914)« (s. zweite Anm. zu diesem Brief) und »Kinder ihrer Zeit«, Berlin, 1951 (1955 unter dem Titel »Inmitten des Stroms«); der dritte Band »Welt in Wehen« blieb Fragment.

421 *Sekretärin* – Hilde Waldo.
Guggenheim Memorial – S. Brief 420 und die erste Anm. dazu.
My attention ... – (engl.) Vor Jahren wurde ich auf Franz Weiskopf aufmerksam, erst auf Novellen, die in deutschen Novellensammlungen erschienen und das Leben in der Tschechoslowakei und der Kar-

pato-Ukraine in bunter und lebhafter Weise schilderten. Dabei waren sie auch psychologisch glaubwürdig. Durch seine geschickte Einflechtung von kleinen naturalistischen Details gewann ich den Eindruck, daß das Landschaftliche ein für allemal für die Literatur erobert worden ist. Später las ich längere Romane des Bewerbers, »Das Slawenlied« und »Die Versuchung«; letzterer Roman scheint mir ein außerordentlich naturgetreues Bild des Nachkrieg-Deutschland zu sein.

Ich kenne ferner eine Reihe von Essays, die nicht ganz so gut sind, einige aber, besonders »Das Geld in der Sprache Balzacs«, stellen originelle Ansichten in einer reizvollen Weise dar.

Weiskopfs Übersetzungen aus den tschechischen und slowakischen Sprachen kann ich nicht beurteilen, da ich die Sprachen nicht kann. Trotzdem muß ich sagen, daß die Gedichte sich wie sehr gute und originelle deutsche Verse lesen.

Ich würde es zu schätzen wissen, wenn man Weiskopf unterstützen könnte. Über seine schöpferischen Fähigkeiten besteht kein Zweifel. Lion Feuchtwanger.

422 *Immigrations-Angelegenheiten* – Von Kalifornien aus fuhren Lion und Marta Feuchtwanger nach Nogales, Mexiko, um unter der mexikanischen Einwanderungsquote in die USA einzuwandern.
red tape – (engl.) Bürokratisches.
Konten – Etliche Monate später wurden Feuchtwangers Konten durch die Hilfe des Finanzministers Henry Morgenthau freigegeben.
»Writers« – Exiled Writers' Committee. Das Komitee Exilierter Schriftsteller wurde 1939 in New York zur Unterstützung emigrierter Autoren gegründet.

423 *Lola* – S. Brief 533 und die zweite Anm. dazu.
Schriftsteller – S. Brief 422.
Le Vernet – Bei Ausbruch des zweiten Weltkrieges wurde Friedrich Wolf in dem französischen Lager Le Vernet interniert. Er konnte durch die Hilfe der Sowjetunion befreit werden. S. auch Brief 429 und die erste Anm. zu Brief 533.

424 *Affidavit* – Bürgschaftserklärung für Einwanderer.
»Writers« – Exiled Writers' Committee; s. letzte Anm. zu Brief 422.
Staatsverlag – Der Moskauer Verlag brachte 1937 die ersten zwei Bände der »Josephus«-Trilogie heraus.

425 *Brecht* – S. Brief 38 und die zweite und siebente Anm. dazu.
Schriftstellerkomitee – S. Brief 422 und die letzte Anm. dazu.
Bücherkisten – Nur ein Teil der Bücher, die von Sanary über Marseille und Cerbère nach Lissabon geschickt wurden, kam nach Auskunft Marta Feuchtwangers in Los Angeles an.

425 *caisses livre* ... – (franz.) Bücherkisten, ein Koffer mit persönlichen Dingen, zwei Reisetaschen mit persönlichen Dingen, drei aufgerollte Teppiche.

»Josephus« – S. Brief 20 und die fünfte Anm. dazu.

426 *Brecht* ... *Steffin* – S. Brief 38 und die sechste Anm. dazu.

Writers – S. die letzte Anm. zu Brief 422.

Blockierung meines Kontos – S. Brief 422 und die dritte Anm. dazu.

Navicert – Ein während des Krieges benötigter Geleitschein für neutrale Schiffe.

eine kleine Feier statt – S. Brief 314 und die Anm. dazu.

dort sprechen – Das Manuskript der »Rede zum siebzigsten Geburtstag von Heinrich Mann« befindet sich im Archiv der Feuchtwanger-Bibliothek.

Thomas Mann kommt leider nicht – Thomas Mann nahm am 27. März 1941 in Berkeley, Kalifornien, die Ehrendoktorwürde der University of California entgegen. Die Feier zu Heinrich Manns 70. Geburtstag fand am 2. Mai 1941 statt. Thomas Mann hielt die »Rede zum 70. Geburtstag Heinrich Manns«, ursprünglich für die Zeitschrift »Decision« bestimmt, sie wurde aber dort nicht veröffentlicht.

Telegramme schicken oder dergleichen – Weiskopf schrieb zweimal. Vom »4th American Writers' Congress« der »League of American Writers« erhielt Heinrich Mann einen ausführlichen Brief, in dem ihm auch Glückwünsche von vielen Exilanten übermittelt wurden. S. auch die zwei letzten Absätze des Briefes 427. Im Feuchtwanger-Archiv befinden sich zahlreiche Telegramme an Heinrich Mann zu seinem 70. Geburtstag, darunter auch die Briefe Weiskopfs.

427 *Verkauf der signierten Bücher* – Mehrere Komitees und Organisationen verkauften und versteigerten Bücher, um Mittel für die Unterstützung von Exilanten zu beschaffen. Worauf sich Weiskopf hier bezog, war nicht zu ermitteln.

Anna Seghers ... – Sie waren unter den Flüchtlingen, die mit dem Frachter »Paul Lemerly« Richtung Martinique fuhren.

alte Adresse – Von 1941 bis 1946 war Heinrich Manns Adresse 264 South Doheny Drive, Beverly Hills, California.

»Exiled Writers' Committee« – S. die vierte Anm. zu Brief 422.

428 *»American Writers«* – Gemeint ist das »Exiled Writers Committee.«

Bruno Frei – Frei mußte nach Mexiko weiterreisen, wo er sich bis zur Rückkehr nach Wien 1947 aufhielt.

429 *emergency visa* – (engl.) Notvisum.

Anna Seghers – S. Brief 427 und die zweite Anm. dazu.

430 *deposit* – (engl.) Einzahlung.

French resident – (engl.) französischer Einwohner.

430 *German citizen* – (engl.) deutscher Staatsbürger.
Brecht – S. Brief 38 und die zweite und siebente Anm. dazu und den Brief 433.
die russischen Dinge – Bezieht sich möglicherweise auf den guten Ausgang von Brechts Bemühungen, Europa zu verlassen. Am 30. Mai 1941 bestieg er in Moskau den Zug nach Wladiwostok und dort am 13. Juni das Schiff, das ihn nach Kalifornien brachte.
Erlebnisse in Frankreich – »Unholdes Frankreich« erschien 1942 im Verlag El Libro Libre, México.
»Josephus« – S. Brief 20 und die fünfte Anm. dazu.
Übersetzer – Caroline Oram übersetzte »Der Tag wird kommen«, dritter Band der »Josephus«-Trilogie; Elisabeth Abbott übersetzte »Unholdes Frankreich«.

431 *Ellis Island* – Insel in der New-Yorker Bucht, zu der Zeit und bis 1954 Einreise-Kontrollstelle.
Frankreichbuch – »Unholdes Frankreich« (»Der Teufel in Frankreich«).
beide an neuen Büchern – Weiskopf arbeitete an seinem Roman »Vor einem neuen Tag«, El Libro Libre, México, 1944, dessen englische Übersetzung »Dawn Breaks« 1942 bei Duell, Sloan and Pearce, New York erschien. Grete Weiskopf arbeitete vermutlich an dem Kinderbuch »Die Fahne des Pfeiferhänsleins«, das unter dem Pseudonym Alex Wedding 1948 im Verlag Neues Leben, Berlin, erschien.
die neuesten Ereignisse – Am 22. Juni 1941 hatte Deutschland die Sowjetunion überfallen.

432 *das gleiche Ziel* – Gelder zu beschaffen, um Emigranten zu unterstützen.
das ... Unternehmen – In beiden Jahren förderte u. a. das erwähnte »Exiled Writers' Committee« die Aktion.
Begrüßung – S. Anlage zu Brief 433.
neun Schriftsteller – Welche neun unter denen, die noch in Europa waren, ist nicht zu ermitteln.
Willi – Willi Bredel. S. Brief 368 und die zweite Anm. dazu.
Becher – Becher war in dieser Zeit in der »Deutschen Unterabteilung« bei der Politischen Hauptverwaltung der Roten Armee tätig, die die propagandistische Arbeit an den Fronten und unter den Kriegsgefangenen organisierte. S. auch »Exil in der UdSSR«, hrsg. von Klaus Jarmatz, Simone Barck und Peter Diezel, Leipzig 1979, S. 359 ff.
ein neues Buch – »Vor einem neuen Tag«. S. Brief 431 und die dritte Anm. dazu.

433 *Brecht ... angekommen* – S. Brief 38 und die letzte Anm. dazu.

433 *Frankreich-Buch* – Die Viking Press brachte die englische Übersetzung unter dem Titel »The Devil in France« 1941 in New York heraus.

434 *Besprechungen* – Eine Rezension von Ralph Thompson erschien ohne Titel am 24. November 1941 in der »New York Times«; eine andere unter der Überschrift »A Refugee's Epic of Stupidity« (Eines Flüchtlings Epos der Dummheit) am 30. November 1941 in der »New York Herald Tribune«.

delivery – (engl.) Entbindung, Geburt.

neuen Buch – 1941 arbeitete Feuchtwanger an dem Roman »Die Brüder Lautensack«; s. Brief 561 und die vierte Anm. dazu.

Zeitschrift der »Mexikaner« – Gemeint sind die in Mexiko lebenden Exilanten und die von ihnen herausgegebene Zeitschrift »Freies Deutschland«, die von Bruno Frei mitbegründet wurde und deren Chefredakteur seit 1942 Alexander Abusch war.

»Zeitspiegel« – Die Wochenzeitung wurde 1939–1943 von der Association of Austrians in Great Britain im Austrian Center, London herausgegeben.

Transport ... aus Casablanca – Am 16. Dezember 1941 traf das portugiesische Schiff »Serpa Pinto« in Veracruz ein. Mit ihm kamen u. a. Alexander Abusch, Lenka Reiner und Walter Janka.

435 *Rezensionen* – S. Brief 434 und die erste Anm. dazu.

denkbar schlechtesten Zeit – Am 7. Dezember fand der Überfall japanischer Trägerflugzeuge auf den Flotten- und Luftstützpunkt der USA, Pearl Harbor, statt. Am 11. Dezember 1941 erklärten Deutschland und Italien Amerika den Krieg.

436 *»Josephus«* – S. Brief 20 und die fünfte Anm. dazu.

M. – Moskau. S. Brief 437 und die erste Anm. dazu.

»Emergency Conference« – S. Brief 317 und die dritte Anm. dazu.

Kulturverband – Der Deutschamerikanische Kulturverband, eine Dachorganisation aus deutschsprachigen Organisationen, Vereinen und Einzelmitgliedschaften, wurde 1935 in New York gegründet. Er gab die Losung aus »Für deutsche Kultur gegen Nazibarbarei«.

»Tribüne« – »Die Tribüne«, Forum »für freie deutsche Literatur und Kunst«, war 1941 in New York gegründet worden. F.C. Weiskopf und Ernst Waldinger gehörten zu den ständigen Mitarbeitern; Sekretär war Friedrich G. Alexan. Zu den Mitgliedern zählten auch Oskar Maria Graf, Wieland Herzfelde, Stefan Heym, Berthold Viertel. »Die Tribüne« organisierte zahlreiche antifaschistische Veranstaltungen, Autorenabende, Theateraufführungen und Kleinkunstprogramme.

»Mexikanern« – S. Brief 434 und die vierte Anm. dazu.

437 *Bücher aus Moskau* – Welche Bücher es waren, läßt sich nicht feststellen. Die wichtigsten Verlage waren in der Sowjetunion die Verlagsgenossenschaft ausländischer Arbeiter in der UdSSR, Das Internationale Buch, der Verlag für fremdsprachige Literatur und der Staats-Verlag für nationale Minderheiten. »In diesen und einer Reihe kleinerer Unternehmen sind in der Zeit 1933 bis 1945 281 Werke exilierter Schriftsteller, Wissenschaftler und Künstler in einer Mindestauflage von 2179675 Exemplaren erschienen.« (Aus »Exil in der UdSSR«, hrsg. von Klaus Jarmatz, Simone Barck und Peter Diezel, Leipzig 1979, S. 232 ff.)

Michoels ... Brief – Der jiddische Schauspieler schrieb Feuchtwanger am 28. September 1941, um ihn zu bitten, an die Juden in der ganzen Welt einen Appell zu richten, den Faschismus rückhaltlos zu bekämpfen.

Heinrich Mann, Brecht und ich – S. die zweite Anm. zu Brief 317.

Radio nach Deutschland zu sprechen – Das Projekt kam nicht zustande.

Westküste ... Problemen – Feuchtwanger bezieht sich auf das Ausgehverbot und die allgemeinen Befürchtungen, daß man an der Westküste von den Japanern angegriffen würde.

Döblin ... Sohn – S. Brief 438 und die dritte Anm. dazu.

438 *»Dawn Breaks«* – Titel der englischen Übersetzung von Weiskopfs Roman »Vor einem neuen Tag«.

Aufruf – S. Brief 317 und die zweite Anm. dazu.

Sohnes von Döblin – Es gelang Döblin, die Schwierigkeiten zu überwinden und dem Sohn Klaus die Einwanderung zu ermöglichen.

Heinrich Mann – Er wurde u. a. von Thomas Mann und von Feuchtwanger unterstützt.

439 *Ihr Buch* – »Vor einem neuen Tag«, México, 1944.

440 *Ihr Buch* – »Vor einem neuen Tag«, México, 1944.

einmaligen größeren Betrag – Er wurde Heinrich Mann vom Konsul der Sowjetunion überbracht. Es handelte sich um Tantiemen aus der Sowjetunion.

Heinrich Mann nach New York – Er übersiedelte nicht nach New York.

441 *»IL«* – »Internationale Literatur«. S. vierte Anm. zu Brief 443.

Ausgabe des französischen Tagebuchs – Heinrich Mann begann am 8. September 1939 ein Kriegstagebuch und führte es ein Jahr. Im Frühjahr 1941 schrieb er eine Einleitung. Der Titel des auf zwei Teile geplanten Werkes lautet: »Zur Zeit von Winston Churchill«. Eine Veröffentlichung kam nicht mehr zustande.

441 *die serbischen Partisanen* – Der Plan, einen Roman über den jugoslawischen Offizier Draža Mihajlović (1893–1946) zu schreiben, wurde nicht realisiert.

»1913« – Der endgültige Titel lautete »Abschied vom Frieden«, s. Brief 420 und die zweite Anm. dazu.

442 *ausgezeichneter Rezensionen* – Rezensionen von »Dawn Breaks«, der Übersetzung des Romans »Vor einem neuen Tag«, erschienen am 15. März 1942 in »Library Journal«, New York; am 29. März in »New York Herald Tribune Books«; am 4. April in »Saturday Review of Literature«; am 6. April in »New Republic«, Washington; am 19. April in »The New York Times Book Review«; am 1. Juli in »Booklist«, Chicago und in der Sommernummer von »Yale Review«, New Haven, Connecticut.

enemy aliens – (engl.) feindliche Ausländer. S. auch Brief 437 und die fünfte Anm. dazu.

443 *Kritiken* – S. Brief 442 und die erste Anm. dazu.

dem andern Roman – »Himmelfahrtskommando« erschien zuerst in englischer Übersetzung von James A. Galston unter dem Titel »The Firing Squad« 1944 bei Alfred A. Knopf in New York und bei Hutchinson in London; in deutsch dann 1945 beim Verlag Bermann-Fischer, Stockholm.

ein Buch aus unserer Zeit – »Die Brüder Lautensack«, London, 1945. S. auch Brief 561 und die vierte Anm. dazu.

»IL« – Die Zeitschrift »Internationale Literatur. Deutsche Blätter«, Zentralorgan der Internationalen Vereinigung Revolutionärer Schriftsteller, erschien von 1931 bis 1945 in Moskau.

Erklärung zum Hitlerüberfall auf die SU – S. Brief 317 und die zweite Anm. dazu.

444 *Rezension ... »Saturday Review«* – Die Rezension des Romans »Die Brüder Lautensack« in der Übersetzung von Caroline Oram erschien am 24. April 1943 in der »Saturday Review of Literature« unter dem Titel »Der Fuehrer's Soothsayer«.

Ihre Pläne eines deutschen Verlags – Die Rede ist vom Aurora-Verlag, der 1945 als Gemeinschaftsunternehmen, an dem sich u. a. Brecht, Feuchtwanger, Herzfelde, Heinrich Mann und Weiskopf beteiligten, in New York ins Leben gerufen wurde.

»Paris Gazette« – Titel der englischen Übersetzung des Romans »Exil«, die 1940 bei Viking Press, New York und Hutchinson, London, erschien.

Knopf – S. die zweite Anm. zu Brief 420.

445 *Geburtstagswunsch ... erfüllt* – Gemeint ist die Großlandung der Westalliierten in der Normandie am 6. Juni 1944.

445 *post festum* – Weiskopf irrte sich im Datum des Geburtstages Feuchtwangers. S. Brief 448.
mnogaja ljeta – (slowak.) noch viele Jahre.

446 *»Firing Squad«* – (engl.) Exekutionskommando. Titel der englischen Übersetzung von Weiskopfs Roman »Himmelfahrtskommando«. S. auch Brief 443 und die zweite Anm. dazu.

447 *Die deutschen Romanschriftsteller* – Der Brief Weiskopfs war Teil des Glückwunschbuches zu Feuchtwangers 60. Geburtstag. S. die erste Anm. zu Brief 321.

448 *die tschechischen Zeitungen* – Weiskopf schrieb zuweilen für die Exil-Publikation »New Yorkske Listy«. Weiteres war nicht zu ermitteln.
Ihr neues Buch – »Simone«. Die englische Übersetzung von Feuchtwangers Roman »Simone« von G. A. Hermann erschien 1944 bei der Viking Press, New York.
skyrocketing success – (engl.) Erfolg ohne Grenzen.

449 *Aurora* – Bei dem Anekdotenband, der 1945 im Aurora-Verlag erschien, handelt es sich um Weiskopfs »Die Unbesiegbaren. Berichte, Anekdoten, Legenden 1933–1945«.
founders copies – (engl.) Gründerexemplare. Weiskopf war an dem Aurora-Verlag, einem Gemeinschaftsunternehmen, beteiligt.
complimentary copies – (engl.) Freiexemplare.
Ihre Novellen – Der Aurora-Verlag brachte »Venedig (Texas) und andere Erzählungen« 1945 heraus. Bei Viking Press, New York, war 1945 »Stories From Far and Near« erschienen.
Abriß – Der Dietz Verlag, Berlin, brachte »Unter fremden Himmeln. Ein Abriß der deutschen Literatur im Exil 1933–1947« 1948 heraus.
aus »Exil« – Weiskopf brachte sechs Seiten aus dem Kapitel »Einer riecht die Heimat im Exil«.
Schwierigkeiten – »Arbeitsprobleme des Schriftstellers im Exil« erschien im März 1944 in »Freies Deutschland«, México.
Vortrag – Feuchtwanger hielt den Vortrag im Herbst 1943 an der University of California, Los Angeles. Weiskopf brachte in dem Band »Unter fremden Himmeln«, und zwar in dem Kapitel »Das bittere Brot«, einen Auszug.
neuen Roman – »Waffen für Amerika« (späterer Titel »Die Füchse im Weinberg«), Querido Verlag, Amsterdam, 1947/1948.

450 *Anekdoten ... Vortrag* – S. die ersten acht Anm. zu Brief 449 in bezug auf sämtliche Anspielungen.
»Waffen für Amerika« – Der Titel der französischen Übersetzung ist »L'Émissaire«, der der englischen Übersetzung lautet »Proud Destiny« (Stolze Bestimmung).

451 *Gerhart Hauptmann* – Becher besuchte Hauptmann am 3. Oktober 1945 in nun zu Polen gehörendem Agnetendorf. Schilderungen dieses Besuchs erschienen in der »Täglichen Rundschau«, Berlin, vom 11. Oktober 1945 und vom 21. Oktober 1945.

»Freedom Road« und »Citizen Tom Paine« – »Freedom Road« (Straße zur Freiheit) erschien 1944 bei Duell, Sloan & Pearce in New York, »Citizen Tom Paine« (Bürger Tom Paine) 1943 bei Duell, Sloan & Pearce.

»Writers Section« – (engl.) Schriftstellergruppe des Unabhängigen Bürger-Komitees der Künste (Geisteswissenschaften).

Writers Mobilization – (engl.) Aktivierung der Schriftsteller.

Kundgebung – Am 4. Dezember 1945 fand in Madison Square Garden New York eine Massenkundgebung gegen Atomwaffen unter der Schirmherrschaft des »Independent Citizens Committee of the Arts and Sciences« (Unabhängiges Bürger-Komitee der Künste und Wissenschaften) statt.

452 *den Essay* – S. Brief 449 und Anm. sieben und acht dazu.

für Howard Fast – Kopien dieser Zeilen befinden sich nicht im Feuchtwanger-Archiv.

453 *Abschrift Ihres Vortrags* – S. Brief 449 und Anm. sieben und acht dazu.

page anthologique aus »Exil« – Über die Seiten aus »Exil« für die Anthologie s. Brief 449 und die sechste Anm. dazu.

»Saturday Review« – Weiskopfs Rezension von Feuchtwangers Erzählungsband »Stories from Far and Near« war überschrieben »With Vistas« und erschien am 15. Dezember 1945 in der »Saturday Review of Literature«, New York.

PM – (lat.) Post meridiem, nachmittags. Die 1940 gegründete liberale New-Yorker Bildzeitung, »PM's Weekly«, die 1948–1949, den letzten Jahren ihres Bestehens, unter dem Namen »Star« erschien, brachte die Rezension am 5. Januar 1946.

454 *aus »Exil«* – S. Brief 449 und die sechste Anm. dazu.

Public Library – (engl.) Öffentliche Bibliothek.

Rezension in der »Saturday Review« – S. Brief 453 und die dritte Anm. dazu.

von Knopf Ihr Buch – Die englische Übersetzung von »Abschied vom Frieden«; s. auch zweite Anm. zu Brief 420.

455 *Branch* – (engl.) Zweig, Nebenstelle.

Krause ... Rosenberg ... Stechert – Buchhandlungen.

Bredel zum Doktor h. c. – Die erste Ehrendoktorwürde der philosophischen Fakultät an der Rostocker Universität wurde nach dem Kriege am 3. November 1945 Willi Bredel verliehen. S. auch Brief 371.

455 *»PM«* – S. Brief 453 und die letzte Anm. dazu.
Ernst Glaeser – Der durch den Roman »Jahrgang 1902« bekannt gewordene Autor emigrierte 1933 in die Schweiz, kehrte aber 1939 nach Deutschland zurück und war Hauptschriftleiter der Wehrmachtszeitung »Adler im Süden«. Die geplante Zeitschrift »Le Rhin Der Rhein« kam nicht zustande.

456 *Ihr Buch* – »Abschied vom Frieden«. S. Brief 420 und die zweite Anm. dazu. In dem Brief vom Alfred Knopf Verlag an Feuchtwanger vom 21. Dezember heißt es: »On January 17th we will publish Franz Weiskopf's new novel ›Twilight On The Danube‹. We are sending you a copy under separate cover. / I hope you will be interested in reading this and shall appreciate whatever comments you wish to make ...« (Am 17. Januar beabsichtigen wir, Franz Weiskopfs neuen Roman »Twilight On the Danube« zu veröffentlichen. Wir schicken Ihnen mit getrennter Post ein Exemplar. / Ich hoffe, Sie werden daran interessiert sein, es zu lesen, und wir werden Ihren Kommentar jeglicher Art darüber schätzen.)
»Comédie humaine« – (franz.) »Menschliche Komödie«, vielbändige Romanfolge von Honoré de Balzac, in der er ein Gesamtbild der Gesellschaft seiner Zeit geben wollte.
»Comédie autrichienne« – (franz.) österreichische Komödie.

458 *doppelt zu danken* – S. die Anlage zu Brief 456 und die Briefe 454, 457.
Korrekturen – Im Aurora-Verlag erschien 1946 »Venedig (Texas) und vierzehn andere Erzählungen«.
Kulturbund – Im Juli 1945 war im sowjetischen Sektor Berlins der Kulturbund zur demokratischen Erneuerung Deutschlands gegründet worden.
Bücher von Molo – Klaus Mann berichtet das gleiche. Am 30. September 1945 schrieb er seiner Mutter von einem Besuch bei Becher. Dieser habe ihm von Rosenberg gewidmeten Werken Molos erzählt, die sich in der Privatbibliothek Alfred Rosenbergs befanden.

459 *»Morgenröte«* – »Morgenröte. Ein Lesebuch«, eine Anthologie »Vers und Prosa klassischer und zeitgenössischer Autoren«, Aurora-Verlag, New York, 1947. Heinrich Mann schrieb die Einführung. S. auch die erste Anm. zu den Briefen 325, 326.
»Saturday Review« ... Lewis Mumford – Mumfords »A Letter to a German Professor« (Brief an einen deutschen Professor) erschien am 19. Januar 1946.
Vorher schon ... – Mumfords »A Letter to a German Writer« (Brief an einen deutschen Schriftsteller) erschien am 8. Dezember 1945 in der »Saturday Review«, New York.

460 *»Saturday Review«* – S. Brief 459 und Brief 326 und die Anm. dazu.
Notiz zum Geburtstag – »Heinrich Mann: Dreamer and Realist« (Heinrich Mann: Träumer und Realist) erschien am 16. März 1946.

461 *Sachen Heinrich Mann* – S. Brief 459.

462 *Heinrich Manns Einführung* – S. Brief 459 und die erste Anm. dazu.

464 *Sachen Heinrich Mann* – S. Brief 459.

465 *des Vorworts von Heinrich Mann* – S. Brief 459 und die erste Anm. dazu.
»SRL« – »Saturday Review of Literature«.
Literaturgeschichte – »Unter fremden Himmeln. Ein Abriß der deutschen Literatur im Exil 1933–1947«, Berlin, 1948.

466 *Artikel von Heinrich Mann* – S. Brief 459 und Brief 326.

467 *»American Envoy«* – Der Titel der englischen Übersetzung von »Waffen für Amerika« (später »Die Füchse im Weinberg«), die 1947 von der Viking Press in New York und 1948 von Hutchinson in London herausgebracht wurde, ist »Proud Destiny«.
»Saturday Review« – Weiskopfs Rezension erschien am 12. September 1947 in der »Saturday Review of Literature«.
Artikelserie – »Die Neue Zeitung«, München, »Eine amerikanische Zeitung für die deutsche Bevölkerung«, brachte Weiskopfs Artikel über Exilliteratur am 24. Juni, 9. August, 23. September, 21. Oktober, 8. November, 23. Dezember 1946, 7. Februar, 3. März, 9. Mai, 13. Juni und 7. Juli 1947.
prächtigen Titel – Botschaftsrat an der Botschaft der Tschechoslowakei in Washington.
pie in the sky – (engl.) Hier: goldene Berge; leere Versprechungen.
pie – (engl.) Pastete, Torte.

468 *Bücher geschickt* – »Beaumarchais oder Die Geburt des Figaro«, »Besinnung«, »Empörung«; s. Briefe 537 und 538.
galley proofs – (engl.) Korrekturfahnen.
»Saturday Review« – S. die zweite Anm. zu Brief 467.

470 *to bite the hand ...* – (engl.) Die Hand dessen zu beißen, der einen nährt.
bunk – (engl.) Blödsinn.
einen Kurswechsel – Am 20. Februar 1948 demissionierten zwölf Minister bürgerlicher Parteien der ČSR. Sie wollten damit eine Regierungskrise herbeiführen. Die Regierung ersetzte die Minister durch Politiker, die hinter dem Regierungsprogramm standen. Am 25. Februar bestätigte Staatspräsident Klement Gottwald auf einer Großkundgebung auf dem Prager Wenzelsplatz den Fortbestand der volksdemokratischen Ordnung.
Maria – Maria Osten.

470 *neuen Roman* – Feuchtwanger arbeitete 1948–1950 an »Goya oder Der arge Weg der Erkenntnis«.

471 *enemy alien* – (engl.) feindlicher Ausländer.

citizenship – (engl.) Staatsbürgerrecht.

»Goya«-Roman – »Goya oder Der arge Weg der Erkenntnis«; es wurde nur ein Band. S. Brief 54 und die vierte Anm. dazu und Brief 62 und die zweite Anm. dazu.

aus dem englischen Text – Es handelt sich um Übersetzungen ins Spanische und Portugiesische in Südamerika. Zur Verfügung stand Feuchtwanger nur der englische Text, der in der Ausgabe der Viking Press, New York, 1947 gedruckt vorlag. Diesen ließ Feuchtwanger nach Südamerika schicken.

Übersicht der Exilliteratur – S. Brief 449 und die fünfte Anm. dazu.

473 *Heinrich Mann, der Tscheche ist* – Am 25. August 1933 war Heinrich Mann die deutsche Staatsbürgerschaft aberkannt worden. Auf Veranlassung des tschechoslowakischen Staatspräsidenten erhielt er Mitte der dreißiger Jahre die tschechoslowakische Staatsbürgerschaft.

475 *Arnold Zweig ... in Prag eingetroffen* – S. die Briefe von Dezember 1947 bis Dezember 1948 und die Anmerkungen dazu in »Lion Feuchtwanger Arnold Zweig. Briefwechsel 1933–1958«, hrsg. von Harold von Hofe, Aufbau-Verlag, Berlin, 1984.

476 *Dear Feuchtwanger* – (engl.) Lieber Feuchtwanger: Entschuldigen Sie bitte, daß ich jetzt erst Ihren lieben Brief vom 28. Juli beantwortete. Eine Zeitlang war ich aber nicht in New York, sondern reiste offiziell im Mittelwesten herum. Meine Frau besorgt gern einen Mantel für Frau Zweig und schickt ihn ihr nach Prag. Es geht aber nur mit gewöhnlicher Post, anders geht es mit einem so großen und schweren Paket nicht. Bisher sind alle Pakete in Prag gut angekommen. Über das Geld, das wir ausgegeben haben, gebe ich Ihnen in ein paar Tagen Bescheid. Inzwischen die allerbesten Grüße und Wünsche für Ihre Frau und für Sie.

477 *bargain* – (engl.) Gelegenheitskauf.

»Lord and Taylor« – Besseres New-Yorker Geschäft für Damen- und Herrenbekleidung.

482 *in Moskau scharf angegriffen* – S. Brief 60 und die sechste Anm. dazu.

Berliner Kollegen – Brecht, Arnold Zweig und Kantorowicz schrieben für die Juni-Nummer, »Ost und West«, 1949, zum 65. Geburtstag Feuchtwangers je einen Artikel zu seiner Rechtfertigung. S. Brief 60 und die sechste Anm. dazu.

die er im Osten fand – Am 25. April 1949 erhielt Heinrich Mann den Nationalpreis I. Klasse für Kunst und Literatur. Paul Wandel, Minister für Volksbildung der DDR 1949–1952, lud ihn am 23. Mai 1949 ein, in Berlin das Präsidium der Deutschen Akademie der Künste zu übernehmen.

482 *»Goya«* – »Goya oder Der arge Weg der Erkenntnis«, Frankfurt am Main, 1951.

483 *»Waffen für Amerika«* – S. Brief 482.
Heinrich Manns Reiseabsichten – S. die dritte Anm. zu Brief 482.

485 *Ihrer tschechischen Ausgaben* – In Prag erschienen 1949 »Exil«, »Die Brüder Lautensack« und »Jud Süß«.
Heinrich Mann – S. die dritte Anm. zu Brief 482.

486 *Bücher in der Tschechoslowakei* – S. die erste Anm. zu Brief 485.

487 *Gedichtbände* – »Brot und Sterne. Nachdichtungen tschechischer und slowakischer Lyrik« kam 1951 im Dietz Verlag Berlin heraus. Es ist eine erweiterte Neuauflage von Weiskopfs »Das Herz – ein Schild«, 1937. Die Nachdichtungen aus dem Chinesischen, »Gesang der gelben Erde«, kamen ebenfalls 1951 bei Dietz in Berlin heraus.

488 *Gedichtbände* – S. Brief 487 und die Anm. dazu.
Reisebuch – Die Reportage über das neue China »Die Reise nach Kanton – Bericht, Erzählung, Poesie und weitere Bedeutung« erschien 1953 beim Dietz Verlag Berlin.
»Erfolg« – S. Brief 369 und die Anm. dazu.
einen neuen Roman – Feuchtwanger arbeitete an »Narrenweisheit oder Tod und Verklärung des Jean-Jacques Rousseau« von 1950 bis 1952. Der Roman erschien 1952 in Frankfurt am Main.

489 *Peking* – Weiskopf war von 1950 bis 1952 Botschafter der Tschechoslowakischen Volksrepublik in Peking.
»Neue Deutsche Literatur« – Weiskopf leitete mit Willi Bredel die Zeitschrift von 1954 bis zu seinem Tode 1955. S. Brief 377 und die zweite Anm. dazu und Brief 490.
Arnold Zweig – »Freundschaft mit Feuchtwanger« erschien in »Neue Deutsche Literatur«, Berlin, Heft 7, 1954 sowie in »Der Greifenalmanach, Zum 70. Geburtstag Lion Feuchtwangers und zum 35jährigen Bestehen des Greifenverlages«, hrsg. von Karl Dietz, Greifenverlag zu Rudolstadt, 1954.
Esther-Thema – Am 1. Februar 1954 schrieb Feuchtwanger an Zweig, er habe den Esther-Plan aufgegeben und arbeite an dem Roman »Die Jüdin von Toledo«. S. Brief 373 in »Lion Feuchtwanger Arnold Zweig. Briefwechsel 1933–1958«, hrsg. von Harold von Hofe, Aufbau-Verlag, Berlin, 1984.
»Wartesaal«-Reihe – Einen vierten Band, der ihm einst vorschwebte, hat Feuchtwanger nicht geschrieben. Zu der Wartesaal-Trilogie gehören die Romane »Erfolg«, »Die Geschwister Oppermann«, »Exil«.

490 *Nachdichtungen* – S. Brief 487 und die Anm. dazu.
consecutio temporum – (lat.) Zeitenfolge.
Mensings Grammatik – In der Feuchtwanger-Bibliothek befindet sich Otto Mensings »Deutsche Sprachlehre für höhere Schulen«, die 32. Auflage von Ausgabe C. Der Band erschien 1935 bei L. Ellermann in Dresden.
»Die Witwe Capet« – S. Brief 377 und die zweite Anm. dazu sowie Brief 534 und die letzte Anm. dazu.
»Die Jüdin von Toledo« – S. Brief 141 und die siebente Anm. dazu.
Lope de Vega – Lope de Vegas »Las paces de los reyes Judîa de Toledo« (Der Friede der Könige und die Jüdin von Toledo) erschien 1616.
Drama Grillparzers – Die Uraufführung der Tragödie »Die Jüdin von Toledo« war 1872 in Prag.
491 *die beiden Szenen* – S. Brief 490.
492 *»Witwe Capet« ... »Vorspann«* – Weiskopf brachte »Dritter Akt, dritte Szene, mit einer Einführung von Lion Feuchtwanger« in »Neue Deutsche Literatur«, Berlin, Heft 7, 1954.
an zwei größeren Aufsätzen – Weiskopf arbeitete an »Verteidigung der deutschen Sprache. Versuche«, Aufbau-Verlag, 1955.
Schriftsteller-Kongreß – Der für 1955 geplante IV. Deutsche Schriftstellerkongreß wurde u.a. wegen der 1955 stattfindenden Schiller-Feiern verschoben und fand vom 9. bis 14. Januar 1956 statt.
493 *zwei Szenen* – S. Brief 490.
einleitende Sätze – S. Brief 492 und die erste Anm. dazu.
Absatz über die »Jüdin von Toledo« – S. Brief 490.
494 *das Stück ... veröffentlichen* – »Die Witwe Capet« wurde 1956 vom Greifenverlag in Rudolstadt veröffentlicht. Am 11. November 1955 wurde es als Hörspiel in einer Bearbeitung von Günther Rücker im Deutschlandsender übertragen. Siehe Brief 64 und die zweite Anm. dazu.
495 *Kisch-Almanach* – Der »Kisch-Kalender« wurde von Weiskopf und Dieter Noll herausgegeben und kam 1955 im Aufbau-Verlag heraus. Der Beitrag von Feuchtwanger, »Egon Erwin Kisch«, steht auf Seite 8.
»Liedes vom Karren« – »Des Tien Tschien Lied vom Karren«, Nachdichtung aus dem Chinesischen, kam 1953 bei Dietz in Berlin heraus. Die »Inschriften« lauten: »Für Lion Feuchtwanger / von einem schönen Abend mit dem Autor dieses Buches und dem Professor für deutsche Literatur an der Universität Peking / Feng Dschi.« Es folgen achtzehn Unterschriften.

495 *Heft der »Neuen Deutschen Literatur«* – S. Brief 492 und die erste Anm. dazu.

496 *»Stücke in Prosa«* – Der Band »Stücke in Prosa« erschien 1958 im Greifenverlag zu Rudolstadt.

»Die Witwe Capet« und »Wahn« – »Die Witwe Capet« erschien 1956 im Greifenverlag, »Wahn oder Der Teufel in Boston« 1948 in Los Angeles, Pazifische Presse.

497 *Heft der »NDL«* – »Neue Deutsche Literatur«, Berlin, Heft 7, 1954.

Oktoberheft – S. die zweite Anm. zu Brief 377.

zu Ihrem Geburtstag – »Lion Feuchtwanger zum 70. Geburtstag. Worte seiner Freunde« brachte der Aufbau-Verlag 1954 heraus.

Brief des wackeren Kunsthistorikers – Bernhard Wächter, seinerzeit Professor am Kunsthistorischen Institut der Friedrich-Schiller-Universität Jena, in einem Leserbrief vom September 1954 an die »Neue Deutsche Literatur«. In der Antwort wies die Redaktion darauf hin, daß die Karikatur (NDL, Heft 7, 1954) vor dem Kriege in Klaus Manns »Die Sammlung« erschienen sei und von Feuchtwanger gebilligt worden war.

Aristophanes Ehrung – S. den Schluß der Anm. zwei zu Brief 377.

498 *»Aufbau«* – S. Brief 497 und die dritte Anm. dazu.

Weltbühne – Am 14. Juli 1954 wurde Ernst Blochs »Goya in Wallstreet« aus dem Band »Lion Feuchtwanger zum 70. Geburtstag«, Aufbau-Verlag, in der »Weltbühne«, 9. Jg., Nr. 28, nachgedruckt.

»Sinn und Form« – Arnold Zweig veröffentlichte »Für Lion Feuchtwanger zum 7. Juli 1954« in Heft 3, 1954 von »Sinn und Form«. S. auch den »Almanach« des Greifenverlags von 1954.

»Stücke in Versen« – S. Brief 497 und Anm. zwei zum Brief 377.

499 *Einakter* – Die Übersetzung Hilde Waldos heißt »Gebt dem armen Blinden«. Der Titel des Stückes von Alan Marcus lautet »Pity for the Blind« (Mitleid für die Blinden) und hat den Untertitel »A Contemporary Comedy in One Act which, alas, is not so much fantasy as we might wish« (Eine zeitgenössische Komödie, die leider nicht so sehr einer ausschweifenden Phantasie entspringt, als man sich wünschen dürfte). Die unveröffentlichten Manuskripte liegen im Feuchtwanger-Archiv.

500 *Polen ... großes Interesse* – »Erfolg« kam 1954 und »Der falsche Nero« 1956 bei Cytelnik und »Waffen für Amerika« 1956 bei P. I. W. in Warschau heraus.

501 *wegen des Einakters* – S. Brief 499 und die Anm. dazu.

»Arbeit an einem Roman« – S. Brief 377 und die zweite Anm. dazu.

Geburtstag von Thomas Mann – S. Brief 506.

503 *Aufsatz über Thomas Manns neues Buch* – S. vierte Anm. zu Brief 151.

504 *Aufsatz über Thomas Mann* – S. Brief 151 und die vierte Anm. dazu.

Kongreß ... Mitte März – S. die dritte Anm. zu Brief 492.

Schiller-Feiern – Sie fanden in der ersten Maihälfte 1955 im Deutschen Nationaltheater Weimar statt. Thomas Mann hielt dort die Festrede. S. die letzte Anm. zu Brief 154.

Dramatiker Schiller – Am 4. August 1935 schrieb Feuchtwanger an Arnold Zweig, er habe, als er jung war, Schillers »Demetrius« (1805) zu ergänzen versucht. Siehe Brief 36 in »Lion Feuchtwanger Arnold Zweig. Briefwechsel 1933–1958«, hrsg. von Harold von Hofe, Aufbau-Verlag, Berlin, 1984. Weitere Beschäftigung Feuchtwangers mit dem Werk Schillers ist nicht bekannt.

505 *Gruß ... an den Jubilar* – S. Brief 506.

»Jüdin von Toledo« – S. Brief 141 und die siebente Anm. dazu. Über einen Vorabdruck s. Brief 500.

506 *an anderer Stelle* – S. Brief 154 und die erste Anm. dazu.

507 *Tod Ihres Mannes* – Weiskopf starb am 14. September 1955. Die gedruckte Todesanzeige ist ohne Datum. Der Text lautet: »Herausgerissen aus der Fülle des Daseins, aus der Fülle seiner Arbeit, starb Franz Carl Weiskopf, mein wunderbarer Lebensgefährte in guten und bösen Tagen.«

Last but not least – (engl.) nicht zuletzt.

509 *Kisch-Kalender* – S. Brief 495 und die erste Anm. dazu.

über Weiskopf – S. die Anlage zu Brief 510. Die Auswahl und Zusammenstellung wurden von Grete Weiskopf, Stephan Hermlin und Franziska Arndt besorgt. Der Dietz Verlag brachte »Erinnerungen an einen Freund. Ein Gedenkbuch für F. C. Weiskopf« 1963 in Berlin heraus. Neben Feuchtwangers Beitrag enthält der Band auch Feuchtwangers Briefe an Weiskopf vom 3. Juli 1944, 25. Mai 1948 und 28. November 1951 und Weiskopfs Briefe an Feuchtwanger vom 8. Juli 1944 und 27. Februar 1948.

510 *Roman-Zyklus* – S. Brief 420 und die siebente Anm. dazu.

literarische Zeitschrift – Die Monatsschrift »Neue Deutsche Literatur«, herausgegeben vom Deutschen Schriftstellerverband, erschien ab Januar 1953. Geleitet wurde die Redaktion von Willi Bredel und, ab 1954, von F. C. Weiskopf.

Essays – Feuchtwanger bezieht sich u. a. auf die Bände »Verteidigung der deutschen Sprache«, 1955 und »Literarische Streifzüge«, 1956 im Aufbau-Verlag.

»Des Tien Tschien Lied vom Karren« – S. Brief 495 und die zweite Anm. dazu.

Stilfragen – S. Brief 490 und Brief 492.

511 *Weiskopf-Archiv* – Es befindet sich in der Akademie der Künste der Deutschen Demokratischen Republik, Berlin.

Lion Feuchtwanger – Hanns und Lou Eisler

512 *red tape* – (engl.) bürokratische Angelegenheiten.
Unser Radioprojekt – Es wurde nicht verwirklicht.
für Brecht vier Affidavits – S. Brief 36 und die erste Anm. dazu.
513 *So long* – (engl.) Bis dann.
514 *Verehrter Herr Feuchtwanger!* – Brief und »Canon« sind Teile eines Buches, welches Feuchtwanger zum sechzigsten Geburtstag von seinen Freunden überreicht wurde. Der unveröffentlichte Band mit zum großen Teil handgeschriebenen Beiträgen befindet sich im Feuchtwanger-Archiv.
rip. ad inf. – (ital.) ripetere ad infinito: unendlich wiederholen.
515 *»Goya«* – Von 1948 bis 1950 arbeitete Feuchtwanger mit kurzen Unterbrechungen an seinem Roman »Goya oder Der arge Weg der Erkenntnis«, der 1951 im Neuen Verlag, Frankfurt am Main erschien und 1952 im Greifenverlag zu Rudolstadt.
»Teufel in Boston« – Feuchtwangers Schauspiel »Wahn oder Der Teufel in Boston« erschien 1948 bei der Pazifischen Presse, Los Angeles. S. auch die zweite Anm. zu Brief 548.
516 *am 8. Mai nach Prag* – Eisler nahm am II. Internationalen Kongreß der Komponisten und Musikkritiker, der vom 20. bis 29. Mai 1948 in Prag tagte, teil. Er hielt den Vortrag »Gesellschaftliche Grundfragen der modernen Musik«, der in »Aufbau«, Berlin, Jg. 4, 1948, Heft 7, erschien.
Partitur für einen tschechischen Film – Es war der Film »Treff-As«, der 1949 unter der Regie von Geyer in Prag gedreht wurde.
517 *Von Brecht hatte ich einen kurzen Brief* – S. Brief 52.
von einer Vereinigung – S. Brief 53 und die zwei Anmerkungen dazu.
»Los Angeles Times« – Im Archiv der »Los Angeles Times« befindet sich kein Beleg für einen solchen Artikel.
Santa Monica Writer Gets Award – (engl.) Santa Monica Schriftsteller wird Auszeichnung verliehen.
»Devil in Boston« – S. Anm. zwei zu Brief 548.
»Die Witwe Capet« – S. Brief 64 und Anm. zwei dazu.
518 *Brecht hat mir eine schöne Kantate geschickt* – Eisler komponierte nicht die geplante Kantate über den ungarischen Freiheitskämpfer Koloman Wallisch nach dem Text von Brecht (»Koloman-Wallisch-Kantate«, Fragment).

518 *Februarfeier in Wien* – Vermutlich eine Gedenkfeier zum fünfzehnten Jahrestag des Februaraufstandes in Österreich am 12. Februar 1934, bei dem der Arbeiterführer und Funktionär der sozialdemokratischen Partei Österreichs, Koloman Wallisch, leitenden Anteil hatte. Wallisch, der seit 1919 in Österreich lebte, wurde unmittelbar nach dem Aufstand hingerichtet.

für den Herbst – Im Sommer 1948 komponierte Eisler die Bühnenmusik für Nestroys Lustspiel »Höllenangst« (1849), mit dem das Theater in der Scala in Wien am 16. September 1948 eröffnet wurde. Vom 24. bis 27. August 1948 war er Delegierter auf dem »Weltfriedenskongreß der Intellektuellen« in Wrocław, und am 24. Oktober 1948 nahm er an der »Friedenskundgebung der Kulturschaffenden« in Berlin teil.

519 *mein kleiner Artikel* – Lion Feuchtwanger, »Hanns Eisler zum fünfzigsten Geburtstag«, in »Die Weltbühne«, 3. Jg., Heft 27, 1948. In den Vereinigten Staaten erschien der Artikel in »Austro-American Tribune«, New York, Juli 1948.

Telegramm – Eine Kopie des Telegramms zum 6. Juli 1948 befindet sich nicht im Feuchtwanger-Archiv.

Berliner Krise – S. Brief 248 und die Anm. dazu.

Ungemach, das Sie hier haben erleben müssen – Eisler wurde – auch im Zusammenhang mit der gerichtlichen Verfolgung seines Bruders Gerhart, der in den Vereinigten Staaten als »Agent Moskaus« verhaftet worden war – zum ersten Mal am 11. Mai 1947 von dem antikommunistischen Ausschuß zur Untersuchung unamerikanischer Tätigkeit in Los Angeles verhört; das Hauptverhör fand in Washington vom 24. bis 26. September statt. Am 26. März 1948 wurde ihm die Ausreise aus den Vereinigten Staaten gestattet.

Bekins – Amerikanische Speditionsfirma.

520 *in der »Weltbühne«* – S. die erste Anm. zum Brief 519.

Ihr Stück – »Wahn oder Der Teufel in Boston«; siehe Anm. zwei zu Brief 548.

Natalie – Natalie Harris.

521 *»Devil in Boston«* – S. Anm. zwei zu Brief 548.

Unter den neuen amerikanischen Büchern – Norman Mailer, »The Naked and the Dead« (Die Nackten und die Toten) erschien 1948 bei Rinehart and Company, Inc., New York; »Lady Godiva and Master Tom« von Raoul Cohen Faure erschien 1948 bei Harper and Brothers, New York.

522 *Besuch aus Berlin* – Im Juni 1949 besuchte der Theaterkritiker Friedrich Luft Feuchtwanger.

»American Legion« – (engl.) Verband der Kriegs-Veteranen.

522 *Rezensionen* – Der Aufbau-Verlag, Berlin, brachte den Roman »Der falsche Nero« 1947 in zwei Auflagen. Eine Neuausgabe von »Erfolg« erschien 1948 im Aufbau-Verlag, Berlin. Im Feuchtwanger-Archiv befinden sich: das Manuskript der Sendung vom Nordwestdeutschen Rundfunk am 18. Januar 1948 »Der falsche Nero« sowie folgende Ankündigungen, Ausschnitte und Rezensionen des Romans: »Neues Deutschland«, Berlin, 12. Dezember 1947; »Nacht-Expreß«, Berlin, 15. Dezember 1947; »Frankfurter Neue Presse«, Frankfurt am Main, 5. Januar 1948; »Dena«, Berlin, 7. Januar 1948; »Das Sächsische Tageblatt«, Dresden, 13. Januar 1948; »Allgemeine Deutsche Nachrichten«, Berlin, 28. Januar 1948; Friedrich Schulze, »Der falsche Nero«, in »Aufbau«, Berlin, Nr. 2, Februar 1948; Jul Hufschmid, »Neuer Feuchtwanger«, in »Münchner Kulturpresse«, München, 2. Februar 1948; »Volksstimme«, Magdeburg, 11. Februar 1948; J. K., »Alles ist schon dagewesen«, in »Berliner Zeitung«, Berlin, 14. Februar 1948; Dr. Eska, »Alles ist schon dagewesen«, in »Neue Welt«, München, 19. Februar 1948; Hans Grave, »Ein geschichtliches Ereignis«, in »Der Tagesspiegel«, Berlin, 6. März 1948; »Junge Welt«, Berlin, 24. März 1948; »Das Ziel«, Mainz, Nr. 7, April 1948; »Der Morgen«, Berlin, 4. April 1948; »Lilith«, Berlin, 16. April 1948; »Tatsachen«, Berlin, 17. Mai 1948; Gottfried Eisenmann, in »Das Forum«, Berlin, Nr. 7, Juni 1948; »Nürnberger Nachrichten«, Nürnberg, 19. Juni 1948; »Leipziger Volkszeitung«, Leipzig, 7. Juli 1948; »Neues Leben«, Berlin, Nr. 8, August 1948; »Unsere Stimme«, Schwenningen, 28. August 1948; »Start«, Berlin, 1. Oktober 1948; »Fuldaer Volkszeitung«, Fulda, 8. Juli 1949. Über die Neuausgabe des Romans »Erfolg« befinden sich folgende Dokumente im Feuchtwanger-Archiv: Manuskripte von den Radiosendungen des Mitteldeutschen Rundfunks, Landessender Dresden, 15. Oktober 1948; des Landessenders Schwerin, 1. November 1948; Rias, Berlin, 5. November 1948; Berliner Rundfunk, 26. November 1948; Friedrich Sally Großhut, »Lion Feuchtwanger ›Erfolg‹« (Manuskript); Rezensionen, Ankündigungen und Ausschnitte wie folgt: »Die Stadtverwaltung«, Berlin, Nr. 10, 1948; »Neues Deutschland«, Berlin, 10. Oktober 1948; Alfred Kantorowicz, »Lion Feuchtwangers Meisterwerk«, in »Berliner Rundfunk Literaturzeitung«, Berlin, 14. November 1948 (Manuskript); »Deutschlands Stimme«, Berlin, 21. November 1948; »Ein Redner namens Rupert«, in »Leipziger Volkszeitung«, Leipzig, 28. November 1948; Herbert Roch, »Lion Feuchtwanger ›Erfolg‹«, in »Ost und West«, Berlin, Nr. 12, 1948; »Der Wegweiser«, Berlin, Nr. 12, 1948; Walter Kiewert, »Lion Feuchtwanger ›Erfolg‹«, in »Vorwärts«, Berlin, 1. Dezember 1948;

»Neues Leben«, Berlin, Nr. 12, Dezember 1948; bz, »Ein neuer Romantyp«, in »Neue Zeit«, Berlin, 11. Dezember 1948; »Fuldaer Volkszeitung«, Fulda, 29. Dezember 1948; »Europäische Illustrierte«, Baden-Baden, Nr. 2, Januar 1949; Joachim H. Seyppel, in »Berliner Montags-Echo«; Haruspex, »Die Bücherseite«, in »Die Weltbühne«, Berlin, 11. Januar 1949.

523 *Our friend...* – (engl.) Unser Freund Heinrich Mann gestorben 12. März 1950.

524 *Katia* – Katia Mann.

Heinrichs – Heinrich Mann war am 12. März 1950 gestorben und wurde am 15. März auf dem Woodlawn Friedhof in Santa Monica, Kalifornien beigesetzt.

Wiederverfilmung von »Professor Unrat« – Eine Wiederverfilmung des Filmes »Der Blaue Engel« (UFA, 1930, Erich Pommer, Produzent, Joseph von Sternberg, Regisseur) erfolgte 1959: »The Blue Angel«, Twentieth Century Fox, Hollywood, Kalifornien, Jack Cummings, Produzent.

Alien Custodian – (engl.) Ausländischer Vormund. Nicht ermittelt.

in den Zeitungen – Am 13. März 1950 druckte die »Los Angeles Times«, Los Angeles, den Artikel »Thomas Mann's Brother Dies of Heart Attack« (Thomas Manns Bruder stirbt durch Herzinfarkt), am folgenden Tag erschien ein kurzer Nachruf. Die Namen der Feuerwehrleute wurden nicht genannt.

526 *etwas kindischer Roman* – Es ist der Roman »The Troubled Air« (Die gestörte Atmosphäre) von Irwin Shaw, Random House, New York, 1951, in welchem die Figur des Komponisten Manfred Pokorny eine Karikatur Eislers ist.

ähnliche Karikaturen von mir – Nicht ermittelt.

Über allerlei Kleinzeug – Feuchtwanger war dabei, seinen amerikanischen Verleger zu wechseln. Er ging von der Viking Press, New York, zu Julian Messner, Filiale von Simon and Schuster, New York. Außerdem überarbeitete er den englischen Text seines Romans »Narrenweisheit oder Tod und Verklärung des Jean-Jacques Rousseau«. Die amerikanische Ausgabe »Tis Folly to Be Wise« in der Übersetzung von Helen T. Lowe-Porter erschien 1953 bei Julian Messner, New York.

527 *Die Bücher* – S. Brief 526 und die erste Anm. dazu.

528 *das Manuskript des Operntextes* – Eislers Libretto zu der von ihm geplanten Oper »Johann Faustus« erschien 1952 im Aufbau-Verlag, Berlin. Das Buch löste so heftige Kritik aus, daß Eisler die Komposition der Oper aufgab. Das »Neue Deutschland« veröffentlichte am 14. Mai 1953 einen umfangreichen Beitrag »Das ›Faust‹-Problem

und die deutsche Geschichte. Bemerkungen aus Anlaß des Erscheinens des Operntextes ›Johann Faustus‹ von Hanns Eisler«, gezeichnet »Redaktionskollegium Neues Deutschland«. Darin wird u. a. kritisiert, daß »die ganze Grundkonzeption dieses ›Johann Faustus‹ auf völlig unhaltbaren politischen und ideologischen Voraussetzungen aufgebaut ist«. Außerdem würde mit solchen kosmopolitischen Auffassungen »der Zerstörung der nationalen Kulturen durch den Amerikanismus Vorschub geleistet«. Das Libretto wurde als Schauspiel (nach Aufführungen in der BRD) 1983 im Berliner Ensemble inszeniert.

528 *beiliegendes Abonnement* – Nicht ermittelt.

529 *Sendung des »Faustus«* – S. Brief 528 und die erste Anm. dazu.

Goethe – »Faust. Eine Tragödie« (1808), »Der Tragödie zweiter Teil« (1832).

»Volksbuch« – »Historia von D. Johann Fausten, dem weitbeschreyten Zauberer und Schwartzkünstler« (1587).

Marlowe – Christopher Marlowe, »Tragical History of Doctor Faustus« (1588–1592).

Lessing – Gotthold Ephraim Lessing, »D. Faust« (Fragment); siehe auch Lessings Darlegung in »Briefe, die neueste Literatur betreffend«, siebzehnter Brief.

»Götterdämmerung« – »Die Götterdämmerung«, letzter Teil »Der Ring der Nibelungen, ein Bühnenfestspiel für drei Tage und einen Vorabend« (1874) von Richard Wagner.

»Confessio« – Dritter Akt, Ende der 5. Szene (S. 73–77) in Hanns Eisler, »Johann Faustus«, Aufbau-Verlag, Berlin, 1952.

530 *da Sie mich dazu auffordern* – In einem undatierten Brief Lou Eislers an Feuchtwanger (Anfang November 1952) heißt es: »Gerade kam Ihr Brief mit der Kritik des ›Faustus‹. Sehr interessant! Aber wenn Sie Zeit haben, möchte ich *sehr* gerne mehr Details. Ihre Vorschläge: wo soll man kürzen, wo ist zu Primitives, wo fällt die ›Confessio‹ ab? Gerade Ihre Einwände sind wichtig …«

»Perlicke-Perlacke« – Erster Akt, fünfte Szene in »Johann Faustus« von Eisler. Mit dieser Zauberformel kann Hanswurst die Teufel erscheinen und verschwinden lassen.

Sancho Pansa neben Don Quixote – Hauptpersonen des Romans »Don Quijote« (1605–1615) von Miguel de Cervantes Saavedra.

Vertrag mit Auerhahn – Hanns Eisler, »Johann Faustus«, zweiter Akt, siebente Szene, S. 58–60.

»Ulenspegel« – Schalkfigur aus dem um 1483 herausgekommenen »Volksbuch«, Vorlage für das älteste noch erhaltene »Volksbuch vom Till Eulenspiegel« (1515).

530 *Fortinbras* – Fortinbras, Prinz von Norwegen. Gestalt aus Shakespeares »Hamlet« (1603).

531 *Bißgurn* – (bayr., österr., ung.) Zänkische Frau, in Eislers »Johann Faustus«, dritter Akt, Ende der siebenten Szene.
Bauer-Invalide ... das Kind – Es sind die Figuren Karl und Knabe.
Fischer – Dritter Akt, Chorszene.
»Goya« – S. Brief 515 und die erste Anm. dazu.
»Narrenweisheit« – S. Brief 126 und die fünfte Anm. dazu.

Lion Feuchtwanger – Friedrich Wolf

533 *glücklichen Ankunft* – nach seiner Internierung in den südfranzösischen Lagern Le Vernet und Les Milles von 1939 bis 1941 war es Wolf gelungen, als naturalisierter sowjetischer Staatsbürger im Frühjahr 1941 wieder nach Moskau zurückzukehren.
Lola – Lola Humm-Sernau, Feuchtwangers Sekretärin in Berlin und Sanary, war es nicht möglich, als nichtgefährdete Person (sie war mit dem Schweizer Fritz Humm verheiratet) in die Vereinigten Staaten einzuwandern.
Verlag – Staatsverlag, Moskau.

534 *nach London zum PEN-Klub* – Das PEN-Zentrum deutschsprachiger Autoren im Ausland, das 1934 als Nachfolgeorganisation des deutschen PEN-Clubs gegründet worden war und seinen Sitz in London hatte, beschäftigte sich zu dieser Zeit mit der Wiedereinrichtung des PEN in Deutschland. Ein entsprechender Antrag wurde auf dem Internationalen PEN-Kongreß vom 2. bis 6. Juni 1947 in Zürich gestellt. Das Komitee zur Wiedereinrichtung eines deutschen PEN-Zentrums tagte 1948 in Kopenhagen.
zuständigen Stellen in London – Feuchtwanger stand in dieser Angelegenheit mit dem Sekretär des PEN-Clubs, Hermon Ould, und mit Robert Neumann in London in Verbindung.
Ruth Herrmann – Ruth Herrmann hatte in Kuba gelebt.
einen sehr langen Roman – »Waffen für Amerika« (späterer Titel »Die Füchse im Weinberg«) erschien in zwei Bänden 1947 und 1948 bei Querido, Amsterdam; die amerikanische Ausgabe »Proud Destiny« in der Übersetzung von Moray Firth (Pseudonym für William Rose) 1947 bei Viking Press, New York. Die »Literary Guild« (Büchergilde), New York, brachte das Buch 1947 für ihre Mitglieder.
noch eine Arbeit – Es war das Drama »Die Witwe Capet«, das erst im Jahr 1956 im Greifenverlag zu Rudolstadt erschien. S. auch Brief 64 und die dritte Anm. dazu.

535 *»Council of (?)«* – (engl.) Rat des ... Wolf hatte eine Einladung vom »British Council for German Democracy« (Britischer Rat für deutsche Demokratie) zu einer Studienreise im September 1947 nach London erhalten. Die Reise kam jedoch nicht zustande.

Erfolg meines »Mamlock« – Wolfs Schauspiel von 1933 »Professor Mamlock« war 1934 in jiddischer Sprache am Kaminski-Theater in Warschau mit Alexander Granach in der Titelrolle uraufgeführt worden. Die erste Aufführung in Deutschland war im Januar 1946 am Berliner Hebbeltheater.

»Was der Mensch säet ...« – Das 1945 in der Emigration geschriebene Schauspiel wurde zuerst in einer Hörspielbearbeitung Wolfs Anfang 1946 vom Berliner Rundfunk gesendet. Die Uraufführung des Schauspiels fand am 6. Mai 1955 im Thomas-Münzer-Theater in Eisleben statt. Das Deutsche Theater in Berlin hatte eine Aufführung aus ästhetischen und thematischen Gründen abgelehnt: »Die Sprache ist Papier. Die Fabel ist konstruiert und völlig unwahrscheinlich.« (Aus der Dokumentation von Lew Hohmann: »Bilder einer deutschen Biographie«, Berlin, 1988.)

die hiesigen Bühnen – Wolf äußerte in dieser Zeit in vielen Briefen und Aufsätzen seinen Unwillen über die Spielplanpolitik der deutschen Theater. Seiner Meinung nach sollten vor allem Stücke antifaschistischer Thematik aufgeführt werden. Am 10. September 1946 schrieb er z. B. an Wsewolod Wischnewski: »Genug gute deutsche antifaschistische Stücke sind da; aber die Theaterleiter – auch in der sowjetischen Zone (Leipzig, Dresden, Berlin) – bevorzugen heute die anglofranzösischen snobistischen ... Stücke eines Anouilh, Thornton Wilder oder des deutschen Mitläufers Ambesser, deren Tendenz eine Verherrlichung des Todes ist im Sinne Jean Sartres.«

Ihr neustes Opus – »Waffen für Amerika«; s. Anm. vier zu Brief 534.

meinen »Beaumarchais« – Das im Lager Le Vernet 1941 geschriebene Stück »Beaumarchais oder Die Geburt des Figaro« wurde im März 1946 am Deutschen Theater in Berlin uraufgeführt. Der Aufbau-Verlag, Berlin, brachte »Beaumarchais oder Die Geburt des Figaro. Ein Schauspiel in 11 Bildern«, 1946.

eine Szene – Es ist der Anfang des zweiten Bildes.

»Das siebte Kreuz« – Den Roman »Das siebte Kreuz« von Anna Seghers, zuerst 1942 im Verlag El Libro Libre, México, erschienen, brachte der Aufbau-Verlag, Berlin, 1946 heraus.

Roman der résistance – »Simone«, Feuchtwangers Roman von 1944, erzählt die Geschichte des Mädchens Simone, das, von der Lektüre der Jeanne d'Arc angeregt, das Benzinlager ihres Onkels anzündet, damit es den Deutschen nicht in die Hände fällt.

535 *Szenarium* – Obwohl Feuchtwanger Theater-, Film- und Buchrechte an die Filmgesellschaft Metro-Goldwyn-Mayer verkauft hatte (s. die Briefe 41–46), kam es nicht zu einer Verfilmung von »Simone«.
Neumanns Roman – Der Roman von Alfred Neumann »Es waren ihrer sechs«, Neuer Verlag, Stockholm, 1944, war in der englischen Übersetzung von Anatol Murad als »Six of Them« bei Macmillan Company, New York, 1945 erschienen.
air mail – (engl.) Luftpost.
Ruth ... klein Kathrine – Ruth Herrmann und Katharina Herrmann, Tochter von Ruth Herrmann und Friedrich Wolf.
»Matrosen von Cattaro« – Das Stück »Die Matrosen von Cattaro« schrieb Wolf 1930. Es erschien im gleichen Jahr im Internationalen Arbeiter-Verlag, Berlin. Uraufführungen fanden im November 1930 an der Volksbühne in Berlin und im Lobe-Theater in Breslau statt. In der ersten Nachkriegssaison wurde es in Görlitz und Rostock gebracht. Die Aufführung im Theater am Schiffbauerdamm, Berlin, fand am 19. Februar 1947 statt. S. Brief 537.

536 *Juni nach Zürich* – Auf dem XIX. Internationalen PEN-Kongreß, der vom 2. bis 6. Juni 1946 in Zürich stattfand, wurde die Frage der Wiedereinrichtung eines deutschen PEN-Klubs leidenschaftlich debattiert. Zunächst sollten als deutsche Gäste und Sprecher Ernst Wiechert, Erich Kästner und Johannes R. Becher eingeladen werden.
Beaumarchais-Franklin Roman – »Waffen für Amerika«.
eine frühe Fassung – Das Stück erschien in »Internationale Literatur«, Moskau, Heft 11, November 1941.
»Simone« – S. die Anm. zu Brief 41. Die russische Fassung des Romans erschien 1946 im Staatsverlag, Moskau, in der Übersetzung von I. A. Gorkina.
von Becher Nachricht – S. Brief 231.

537 *Beaumarchais-Franklin* – »Waffen für Amerika«.
»Besinnung« und »Empörung« – Die ersten zwei Bände einer vierbändigen Dramen-Ausgabe waren 1946 beim Aufbau-Verlag erschienen: »Empörung. Vier Dramen«. (»Der Arme Konrad«, »Beaumarchais«, »Die Matrosen von Cattaro«, »Kolonne Hund«). Und »Besinnung. Vier Dramen« (»Professor Mamlock«, »Patrioten«, »Doktor Wanner«, »Was der Mensch säet«).
Vom PEN-Klub – S. die erste Anm. zu Brief 536.
mein »Mamlock« – Wolfs Schauspiel »Professor Mamlock«, zuerst im Januar 1934 in jiddischer Sprache in Warschau aufgeführt, erlebte im gleichen Jahr seine deutschsprachige Aufführung am Schauspielhaus in Zürich.

537 *»Matrosen von Cattaro«* – S. Brief 535 und die letzte Anm. dazu.
»Cyankali« – Die Uraufführung des Stückes hatte am 9. Oktober 1929 im Lessingtheater, Berlin, stattgefunden. Die Volksbühne des Hebbeltheaters, Berlin, brachte das Stück Anfang März 1947.
§ 218 – Der § 218 des »Reichsstrafgesetzbuches« lautet: »Eine Frau, die ihre Frucht im Mutterleib oder durch Abtreibung tötet oder die Tötung durch einen anderen zuläßt, wird mit Gefängnis bestraft. – Ebenso wird ein anderer bestraft, der eine Frucht im Mutterleib oder durch Abtreibung tötet. – Der Versuch ist strafbar. – Wer die im Abs. 2 bezeichnete Tat ohne Einwilligung der Schwangeren oder gewerbsmäßig begeht, wird mit Zuchthaus bestraft. Ebenso wird bestraft, wer einer Schwangeren ein Mittel oder Werkzeug zur Abtreibung der Frucht gewerbsmäßig verschafft. Sind mildernde Umstände vorhanden, so tritt Gefängnisstrafe nicht unter drei Monaten ein.« (Aus: Frank, Reinhard, »Das Strafgesetzbuch für das Deutsche Reich«, 18. Auflage, 1931.)
»Was der Mensch säet ...« – S. dritte Anm. zu Brief 535.
Braunauer – Umschreibung für Nationalsozialisten. Braunau a. Inn war der Geburtsort Hitlers.
Gerd – Gerd Caden, Freund von Ruth Herrmann.

538 *Ihre Bücher* – Feuchtwanger hatte die Bücher »Beaumarchais« mit der Widmung »Lion Feuchtwanger zum gleichen Thema mit herzlichem Gruß! Friedrich Wolf, Berlin, 2. 1. 1947« und »Besinnung« mit der Widmung »Für Lion Feuchtwanger kameradschaftlich, Friedrich Wolf, Berlin, 2. 1. 1947« erhalten.
»Mamlock« – »Professor Mamlock«, s. vierte Anm. zu Brief 537.
»Wanner« – Wolfs Schauspiel »Dr. Lilli Wanner« war in »Internationale Literatur«, Moskau, Heft 10, Oktober 1944 erschienen.
PEN-Klub ... in Zürich – S. die erste Anm. zu Brief 534.
»Unholdes Frankreich« – Der Erlebnisbericht Feuchtwangers »Unholdes Frankreich« (»Der Teufel in Frankreich«) erschien 1942 im Verlag El Libro Libre, México. Der Querido Verlag, Amsterdam, brachte keine Neuauflage heraus.
»Der falsche Nero« – Die Erstausgabe erschien im Querido Verlag, Amsterdam, 1936. Der Verlag druckte keine Neuausgabe.
»Exil« – Die Erstausgabe erschien 1940 bei Querido, Amsterdam. Eine Neuausgabe erschien nicht in diesem Verlag.

539 *hiesigen Tagung* – Der Erste Deutsche Schriftstellerkongreß, der von der Sektion Literatur des Kulturbundes zur demokratischen Erneuerung Deutschlands vorbereitet und vom Schutzverband Deutscher Autoren einberufen wurde, fand vom 4. bis 8. Oktober 1947 in Berlin statt.

539 *Die Erzählung* – Nicht ermittelt.
têtes carrées – (franz.) Quadratköpfe.
Gollancz – Sir Victor Gollancz trat nach 1945 als einer der ersten Engländer jüdischen Glaubens für eine Verständigung mit Deutschland ein.
DEFA – Die Deutsche Film AG (DEFA) war am 17. Mai 1946 in Potsdam-Babelsberg gegründet worden.

540 *unsere Schriftstellertagung* – S. Brief 539 und die erste Anm. dazu.
»Ulenspiegel« ... »Theater der Zeit« – Die beiden Zeitschriften erschienen in Berlin mit Lizenzen der amerikanischen bzw. sowjetischen Militärregierungen.
»Nachtschwalbe« – Die Kurzoper »Die Nachtschwalbe« (Musik Boris Blacher) löste bei ihrer Uraufführung am 22. Februar 1948 in Leipzig einen Theaterskandal aus und wurde nach der dritten Aufführung abgesetzt. Die Oper wurde durch Zwischenrufe und Trillerpfeifen gestört. Walther Pollatschek schrieb in dem Band »Das Bühnenwerk Friedrich Wolfs«, Berlin, 1958, es habe sich um einen organisierten Skandal gehandelt. Man habe sich gegen das Werk Friedrich Wolfs gewandt, um »gegen die Gesellschaftsordnung zu demonstrieren«.
Stück für unsere Jugend – Die Uraufführung des Schauspiels »Wie Tiere des Waldes« fand im Juni 1948 in Leipzig statt. Vom Deutschen Theater in Berlin war das Stück abgelehnt worden. Intendant Wolfgang Langhoff begründete seine Entscheidung in einem Brief an Friedrich Wolf u. a. damit, daß »das ganze Lebensgefühl dieser jungen Menschen durch eine psychologisierend romantische Brille gesehen« sei. Es entstehe ein Widerspruch zwischen den gesellschaftlich objektiven Kräften, die das Schicksal der damaligen Jugend bestimmten, »und den zufälligen psychologischen Veranlagungen der im Stück auftretenden Personen«.
»Mamlock« – S. vierte Anm. zu Brief 537.

541 *eine schwere Zeit* – Die englische Übersetzung des Romans »Waffen für Amerika« (»Proud Destiny«) von William Rose (Ps. Moray Firth) für die englische Ausgabe, die 1948 bei Hutchinson, London, erschien, mußte für die amerikanische Ausgabe bei Viking Press, New York, und Literary Guild, New York, 1947, gekürzt werden.
mächtige Gesellschaft – Feuchtwanger hatte die Filmrechte für »Waffen für Amerika« im April 1947 an die Filmgesellschaft Enterprise Productions, Inc., Los Angeles, Kalifornien, verkauft. Der Film wurde jedoch nicht gedreht.
den gedruckten ersten Band – »Waffen für Amerika« erschien in zwei Bänden 1947 und 1948 unter dem Titel »Die Füchse im Weinberg« bei Querido, Amsterdam.

541 *Brecht wird im September* – Bertolt Brecht verließ die Vereinigten Staaten am 31. Oktober 1947.

aus vielen Gründen – Als Staatenloser war Feuchtwanger in Gefahr, nach einer Ausreise aus den Vereinigten Staaten keine Wiedereinreisegenehmigung zu bekommen.

542 *Verlagsdirektor* – Der Aufbau-Verlag wurde zu dieser Zeit von Erich Wendt geleitet.

mein Exemplar – Feuchtwangers Roman »Die Füchse im Weinberg« erschien erst im Jahr 1952 im Aufbau-Verlag, Berlin.

»Der falsche Nero« – Der Roman wurde 1947 vom Aufbau-Verlag, Berlin, gebracht.

in omnes divisa... – (lat.) Das Ganze ist in vier Teile geteilt.

»Russenpelz« und »Heimkehr der Söhne« – Die Erzählungen »Der Russenpelz« und »Heimkehr der Söhne. Eine Novelle« waren zuerst 1942 und 1944 im Verlag für fremdsprachige Literatur, Moskau, erschienen, bevor sie 1946 vom Aufbau-Verlag, Berlin, gedruckt wurden. »Der Russenpelz« erschien 1948 in einer Lizenzausgabe bei Wulff, Überlingen.

Schriftstellertagung – S. Brief 539 und die erste Anm. dazu.

citizen – (engl.) Staatsbürger.

minores gentes – (lat.) Altrömische Bürger von geringer politischer Bedeutung.

principes – (lat.) Altrömische Senatoren von großem politischem Einfluß.

»Zeitprobleme des Theaters« – Wolfs Referat kam 1947 im Verlag Bruno Henschel & Sohn, Berlin, heraus.

Gründungstagung – Die Gründungsversammlung des Bundes Deutscher Volksbühnen hatte vom 16. bis 18. Mai 1947 in Berlin stattgefunden.

neues Stück – »Wie Tiere des Waldes«. S. Brief 540 und die vierte Anm. dazu.

dramatischen »Nocturno« – S. die dritte Anm. zu Brief 540.

543 *Ausschnitt unsrer Ztg.* – Die literarische Wochenzeitung »Sonntag«, Berlin, brachte am 7. September 1947 den Artikel »Lion Feuchtwanger« von Paul Wiegler; darunter steht die Vorankündigung der Redaktion: »›Der falsche Nero‹ Roman von Lion Feuchtwanger. Mit diesem Roman beginnen wir in der nächsten Nummer.«

Aufbau Verlag wird den »Nero« – Der Aufbau-Verlag, Berlin, druckte 1947 den Roman »Der falsche Nero«.

Ihr »Franklin« – »Waffen für Amerika« (späterer Titel »Die Füchse im Weinberg«).

1. deutschen Schriftstellerkongresses – S. Brief 539 und die erste Anm.

543 *»Wie Tiere des Waldes«* – S. Anm. vier zu Brief 540. In Berlin gastierte das Theater von Halle mit seiner Inszenierung im Dezember 1948 im Theater am Schiffbauerdamm. Anlaß war der 60. Geburtstag von Wolf.

»Das Theater als Spiegel der Zeit« – Das Werk kam nicht zustande.

544 *»Waffen für Amerika«* – S. Brief 541 und die erste und dritte Anm. dazu.

Lizenzen – Feuchtwanger hatte Lizenzen für »Unholdes Frankreich«, »Exil« und »Der falsche Nero« an den Greifenverlag zu Rudolstadt und für »Erfolg« an den Aufbau-Verlag, Berlin, vergeben.

545 *meinen neuen Roman* – »Waffen für Amerika«.

Ihren kleinen Aufsatz – Friedrich Wolf, »Jean-Richard Bloch«, Rede auf der Gedächtnisfeier für Jean-Richard Bloch im Haus des Kulturbundes zur demokratischen Erneuerung Deutschlands in Berlin am 2. April 1947; veröffentlicht in »Ost und West«, Berlin, Nr. 3, September 1947.

546 *Schriftstellerkongreß* – S. Brief 539 und die erste Anm. dazu.

German writers – (engl.) deutsche Schriftsteller.

Ihr »Nero« – S. Brief 543 und die erste Anm. dazu.

außer dem »Nero« noch »Exil« drucken will – S. Brief 543 und die zweite Anm. dazu. Feuchtwangers Roman »Exil« kam 1948 im Greifenverlag zu Rudolstadt heraus und erst 1956 im Aufbau-Verlag, Berlin.

»Waffen für USA« – Der Roman »Waffen für Amerika«.

Inferno, bzw. Purgatorio – (lat./it.) Hölle bzw. Fegefeuer.

ut die bene vertant – (lat.) daß es die Götter gut ausgehen lassen mögen!

547 *FAT-Paket* – Wolf prägte den Ausdruck; fat (engl.) bedeutet dick, fett.

Töchterchen – Katharina Herrmann.

»Kalkutta 4. Mai« – Die 1925 gemeinsam mit Brecht überarbeitete Fassung von Feuchtwangers Drama »Warren Hastings, Gouverneur von Indien«. Die Bühnenausgabe des »Hasting« erschien 1916 bei Georg Müller, München, die Uraufführung war am 23. September 1916 im Schauspielhaus München. »Kalkutta 4. Mai« wurde 1927 in der vom Propyläen-Verlag, Berlin, herausgebrachten Sammlung «3 angelsächsische Stücke« veröffentlicht. Das Schauspiel wurde 1927 gleichzeitig im Neuen Schauspielhaus Königsberg und im Stadttheater Krefeld uraufgeführt.

»Häßliche Herzogin« – Feuchtwangers Roman »Die häßliche Herzogin Margarete Maultasch« war 1923 beim Volksverband der Bücherfreunde, Berlin, erschienen.

547 *unsere neue Volksbühne* – Die »Volksbühne am Bülowplatz«, am 30. Dezember 1914 eröffnet, war 1945 durch Bomben zerstört worden. Am 21. April 1954 wurde die neu erbaute Volksbühne an alter Stelle (jetzt Luxemburgplatz) unter Intendant Fritz Wisten mit Friedrich Schillers »Wilhelm Tell« wiedereröffnet.

Kantor – Alfred Kantorowicz, Herausgeber der Zeitschrift »Ost und West«, Berlin.

für die Zeitschrift – »Ost und West« brachte keine Rezensionen dieser Romane.

Ihren Benjamin Franklin – Der Roman »Waffen für Amerika«, später »Die Füchse im Weinberg«.

»Wie Tiere des Waldes« – S. Anm. vier zu Brief 540 sowie Anm. fünf zu Brief 543.

Roman-Lebensbeichte – Er wurde nicht geschrieben.

548 *Ihr Stück* – Die Rezension von Rolf Hartmann »Wie Tiere des Waldes« erschien in »Die Weltbühne«, Berlin, Jg. 3, Nr. 16, 20. April 1948.

ein Stück geschrieben – Feuchtwangers Stück »Wahn oder Der Teufel in Boston«, Pazifische Presse, Los Angeles, 1948, wurde in der englischen Fassung »The Devil in Boston« erst am 20. Februar 1952 im Circle Theatre, Hollywood, Kalifornien uraufgeführt. Am 1. Februar 1953 fand im Barbizon-Plaza Theater in New York eine Uraufführung der jiddischen Fassung in der Übersetzung von N. Buchwald statt. Die Uraufführung der deutschen Fassung war am 15. März 1949 im Kleinen Theater am Zoo, Frankfurt am Main. Die Regie hatte Fred Schroer. Die Kammerspiele des Deutschen Theaters, Berlin, brachten das Stück am 25. März 1949 unter der Regie von Wolfgang Kühne.

holländischen und der schwedischen Verleger – Feuchtwangers Verleger für die deutschen Ausgaben seiner Bücher waren in Holland der Querido Verlag (Fritz Landshoff), Amsterdam, und Neuer Verlag bzw. Ljus Förlaget (Knut Viggo Korfitsen), Stockholm.

»Waffen für Amerika« – S. Brief 534 und die vierte Anm. dazu.

in vielen anderen Sprachen – Zu dieser Zeit war der Roman »Waffen für Amerika« in folgenden Sprachen erschienen: dänisch bei Steen Hasselbach, Kopenhagen, 1948; englisch bei Hutchinson, London, 1948; bei Viking Press, New York, 1947; polnisch bei Kukrowski, Warschau, 1948; portugiesisch bei Pongetti, Rio de Janeiro, 1948 und schwedisch bei Norstedt, Stockholm, 1947.

zahllose Schwierigkeiten – S. Brief 541 und die letzte Anm. dazu.

549 *»Internationalen Kongreß der Kunstschaffenden«* – Der Kongreß in Wrocław vom 25. bis 27. August 1948, der von Schriftstellern und

Intellektuellen besucht wurde, wurde zum Ausgangspunkt der Weltfriedensbewegung. Nach dem Kongreß machte Wolf eine Reise nach Warschau und kehrte Anfang September nach Berlin zurück.

549 *Geburtstagsbüchlein* – Lion Feuchtwanger, »Friedrich Wolf zu seinem sechzigsten Geburtstag«, in »Friedrich Wolf, ein Dichter seiner Zeit«, hrsg. von Alfred Kantorowicz, Greifenverlag zu Rudolstadt, 1948.

dieser 60. Jahrestag – 23. Dezember 1948.

lieh ich der »Weltbühne« – »Die Weltbühne«, Berlin, brachte zu dieser Zeit keine Besprechung oder Textprobe von Feuchtwangers Roman »Die Füchse im Weinberg«. In Heft 9/10, Jg. 3, September/Oktober 1948 veröffentlichte sie jedoch eine Textprobe aus Feuchtwangers Bericht »Der Teufel in Frankreich« (»Unholdes Frankreich«).

550 *sacro officio* – (lat./it.) heiliger Dienst.

Ihr neues Schauspiel – »Wahn oder Der Teufel in Boston«. S. Brief 548 und die zweite Anm. dazu.

mein Chinastück – Wolf hatte »Tai Yang erwacht« 1930 geschrieben; Uraufführung war Anfang 1931 in Berlin. Die erste Wiederaufführung nach dem Krieg erfolgte am 9. Dezember 1949 in Weimar. Das Deutsche Theater Berlin brachte das Schauspiel unter der Regie von Wolfgang Langhoff als Festaufführung zum 70. Geburtstage Stalins am 21. Dezember 1949 heraus.

»Mutter Courage« – Brechts Drama »Mutter Courage und ihre Kinder« – geschrieben 1939, Uraufführung am 19. April 1941 im Zürcher Schauspielhaus – wurde am 11. Januar 1949 im Deutschen Theater, Berlin, mit Helene Weigel in der Hauptrolle aufgeführt.

551 *China-Stück* – »Tai Yang erwacht«. S. die dritte Anm. zu Brief 550.

552 *Geburtstagsbüchlein* – »Lion Feuchtwanger. Auswahl«, hrsg. von Alfred Kantorowicz, Greifenverlag zu Rudolstadt, 1949. Wolf schrieb den Beitrag »Geburtstagsbrief statt eines Traktats an den Jubilar«.

Chinastück – »Tai Yang erwacht« wurde vom Theater Divadlo 49 in Prag für den 28. Oktober 1949 angesetzt. Das Polnische Staatstheater in Warschau brachte das Stück im Oktober 1950.

Szenarium für einen Film – Es ist vermutlich der DEFA-Film »Bürgermeister Anna«, dessen Premiere im März 1950 stattfand. (Die Bühnenbearbeitung des Stückes stellte Friedrich Wolf erst im Februar 1950 fertig, und seine Uraufführung fand am 14. Oktober 1950 in Dresden statt.) Außerdem war Friedrich Wolfs Film »Der Rat der Götter« in der Regie von Kurt Maetzig zu dieser Zeit bei der DEFA in Produktion; Premiere war am 12. Mai 1950.

553 *Geburtstagsbuch* – S. die erste Anm. zu Brief 552.

beigefügten Gruß – Er befindet sich nicht im Feuchtwanger-Archiv.

554 *Erinnerungen an die côte d'azur* – Ludwig und Sascha Marcuse, Friedrich Wolf, Marta und Lion Feuchtwanger lebten in den dreißiger Jahren in unmittelbarer Nachbarschaft im südfranzösischen Exil.
Geburtstagsmanuskript – S. Brief 552 und die erste Anm. dazu.
M. – Ludwig Marcuse.
Sascha – Sascha Marcuse.

555 *Geburtstagsartikel* – S. Brief 552 und die erste Anm. dazu.
was mich vorläufig hier hält – S. die fünfte Anm. zu Brief 541.

Lion Feuchtwanger – Alfred Kantorowicz

556 *dernière image...* – (franz.) letztes Bild der französischen Gastfreundschaft.
Buch über eben diesen Gegenstand – »Unholdes Frankreich« (späterer Titel »Der Teufel in Frankreich«), México, 1942.
»Writers' League« – Der linksgerichtete Schriftstellerverband »League of American Writers«, New York.

557 *Very happy...* – (engl.) Freue mich sehr über Ihren Brief. Nach den sich widersprechenden Gerüchten über Ihre Flucht haben wir uns Sorgen gemacht. Schreiben Sie uns bitte Einzelheiten. Beste Wünsche für Sie beide.
Einzelheiten – S. Brief 558.

558 *rumors about our escape* – (engl.) S. Brief 557.
Zwischenfall von Nemours – In den Wirren der Jahre 1940–1941 wurden Schiffe wiederholt von den Engländern gekapert. Andere mußten vor Gibraltar wieder umkehren und in Häfen von Nordafrika anlegen, bevor sie nach Martinique oder New York weiterfahren durften.
Ellis Island – Insel in der New-Yorker Bucht; bis 1954 Einreise-Kontrollstelle.
Tschapajew-Bücher – »Tschapajew. Das Bataillon der 21 Nationen, dargestellt in Aufzeichnungen seiner Mitkämpfer«, redigiert von Kantorowicz, erschien bei Colectiva Torrent, Madrid, 1938. Das Bataillon der Dreizehnten Brigade war benannt nach Wassili Iwanowitsch Tschapajew, Divisionskommandeur gegen den Admiral Alexander Koltschak, 1918–1919 Oberbefehlshaber der konterrevolutionären Regierung in Sibirien.
»In unserem Lager ist Deutschland« – Der Band erschien 1936 in Paris.
Spanien-Manuskript – Es erschien unter dem Titel »Spanisches Tagebuch« 1948 im Aufbau Verlag, Berlin.

558 *Lektüre Ihres Buches* – »Unholdes Frankreich« (später »Der Teufel in Frankreich«), México, 1942.

559 *Ihres Spanienbuches* – S. sechste Anm. zu Brief 558.

Film von Hemingway – Zwischen 1937 und 1938 hielt sich Ernest Hemingway mehrmals als Kriegsberichterstatter an Schauplätzen des Spanischen Bürgerkrieges auf. Der Film »Wem die Stunde schlägt« wurde nach dem gleichnamigen Roman Hemingways gedreht.

Konten ... blockiert – Einige Monate später wurden Feuchtwangers Konten durch die Hilfe des Finanzministers Henry Morgenthau freigegeben.

Angelegenheit Feigl – S. die Nachschrift zu Brief 558.

560 *odds* – (engl.) Aussicht auf Erfolg.

Cride – Halbinsel zwischen Sanary und Bandol.

Ihres Buches über Les Milles – »Unholdes Frankreich« (späterer Titel »Der Teufel in Frankreich«), México, 1942.

daß ich darin vorkomme – Feuchtwanger nannte in dem Erlebnisbericht »Unholdes Frankreich« kaum Namen, um niemand zu gefährden.

»Strategie der Antinazi Propaganda« – Der Artikel wurde vermutlich nicht veröffentlicht.

561 *Ihr Manuskript* – S. Brief 558 und die sechste Anm. dazu und Brief 559.

»Devil in France« – Die englische Übersetzung von »Unholdes Frankreich« (später »Der Teufel in Frankreich«) wurde 1941 von der Viking Press in New York herausgebracht.

red tape – (engl.) Bürokratisches.

Roman... Telepathen – Der Hellseher und Astrologe Hitlers Eric Jan van Hanussen. Feuchtwanger schrieb an dem Roman »Die Brüder Lautensack« seit 1941. Die englische Übersetzung »Double Double Toil and Trouble« (Zitat aus Shakespeares »Macbeth«: »Mehre, mehre Qual und Mühe«) brachte The Viking Press, New York, 1943 heraus. Die deutsche Erstausgabe wurde 1945 vom Verlag Hamish Hamilton in London veröffentlicht.

563 *Empfehlungsschreiben* – Der in englischer Sprache an Elizabeth Ames verfaßte Brief lautet in deutscher Übersetzung: Sehr geehrtes Fräulein Ames. Man hat mich gebeten, eine Aussage über Dr. Alfred Kantorowicz und Friedel Kantorowicz zu machen. Ich kenne sie beide seit vielen Jahren. Seit den Anfängen Hitlers hat Alfred Kantorowicz bewiesen, daß er ein leidenschaftlicher und intelligenter Kämpfer für die Demokratie im Kampf gegen Hitler ist. Er hat sowohl eine Reihe ausgezeichneter, geistsprühender Artikel als auch eine Anzahl von äußerst wirkungsvollen Broschüren veröffentlicht. Als die Faschisten

Spanien an sich rissen, begaben sich Alfred Kantorowicz und seine Frau nach Spanien und erzielten erstaunliche Leistungen, militärisch sowohl als auch journalistisch. Man findet in den Büchern von Kantorowicz glänzend geschriebene Schilderungen von Episoden in dem Kampf um Spanien. Das literarische Werk von beiden verdient, auf jede Weise gefördert zu werden. Lion Feuchtwanger.

564 *Anlage* – Der Brief von Elizabeth Ames, Verwaltungsbeamtin, datiert 19. Mai 1942, lautet in der Übersetzung: Haben Sie vielen Dank für Ihren umsichtigen Brief betreffs Herrn und Frau Kantorowicz, die wir eingeladen haben, im Sommer nach Yaddo zu kommen.

565 *trouble* – (engl.) Schwierigkeiten.

lectures – (engl.) Vorlesungen, Vorträge.

lecture tour – (engl.) Vortragsreise. Ob sie zustande kam, war nicht zu ermitteln.

research – (engl.) Forschung.

»Coordinator...« – Beim »Coordinator of Inter-American Affairs« ging es um Handelspolitik und Kulturabkommen der USA mit den Ländern in Nord-, Mittel- und Südamerika. Das »Office of Information« hieß eigentlich »Office of Information for the Armed Services« (engl.) Informationsamt für die (Gesamt-) Streitkräfte.

business – (engl.) Geschäftsmacherei.

hors de concours – (franz.) außer Konkurrenz.

»Tribüne« – »Die Tribüne«, Forum »für freie deutsche Literatur und Kunst«. S. die fünfte Anm. zu Brief 436.

Maniak – maniac (engl.) bedeutet »Wahnsinniger«.

einen neuen Roman – Kantorowicz veröffentlichte seinen Roman »Der Sohn des Bürgers« nach dem Krieg in der Zeitschrift »Ost und West« 1947 ff.

Gurs – Internierungslager in Südfrankreich.

German-born aliens – (engl.) deutsch-gebürtige Ausländer.

Rheinhardt – Emil Alphons Rheinhardt starb in Dachau.

das dortige Komitee – Liesl Frank engagierte sich im »European Film Fund«, dem Hilfskomitee in Südkalifornien.

566 *curfew* – (engl.) Ausgehverbot.

567 *»Columbia Broadcasting System«* – CBS. Rundfunk- und später auch Fernsehsendernetz.

Hörspiel über Ihr Werk – Frank Miller, Vizepräsident, und Bernie S. Krause, Geschäftsführer und Direktor von CBS, schrieben dem Herausgeber im November 1985, CBS habe keine Akten betreffs Kurzwellensendungen während des zweiten Weltkrieges.

German Department – (engl.) Deutsches Institut.

listening station – (engl.) Abhördienst.

567 *hin und wieder einen Artikel* – Für die in Mexiko erscheinende Zeitschrift »Freies Deutschland« schrieb Kantorowicz von der ersten Nummer im November 1941 an wiederholt Beiträge. Gelegentlich veröffentlichte er Artikel in deutscher Sprache in der Zeitschrift »The German American«, die ab Mai 1942 in New York herausgegeben wurde, und in englischer Übersetzung oder in Zusammenarbeit mit englischsprachigen Schriftstellern in »Free World«, »The Nation«, »The New Republic« und in »The New York Times Magazine«, New York.

568 *»Die Zauberer«* – Der deutsche Titel des Romans über den Hellseher und Astrologen Hitlers, Eric Jan van Hanussen, ist »Die Brüder Lautensack«. Die Shakespeareschen Worte lauten in deutscher Übersetzung »Mehre, mehre Qual und Mühe«.

»Collier's« – Die Wochenzeitschrift »Collier's«, New York, brachte 1943 einen Vorabdruck in acht Folgen von Feuchtwangers »Die Brüder Lautensack«.

Antworten – Die Fragen befinden sich nicht im Feuchtwanger-Archiv.

Fabrikant – Beruf des Vaters von Lion Feuchtwanger.

»Rabbi von Bacherach« – Der Titel der Promotion lautete: »Heinrich Heines Fragment ›Der Rabbi von Bacherach‹. Eine kritische Studie«. Die Schrift wurde 1907 von Lindauer in München veröffentlicht.

als ich neunzehn war – Als Feuchtwanger einundzwanzig war, wurden »König Saul. Dramatische Studie in einem Akt« und »Prinzessin Hilde. Romantisches Drama« am 25. September 1905 im Münchener Volkstheater aufgeführt.

deutsche Botschafter – Friedrich Wilhelm von Prittwitz und Gaffron. Kurz nachdem Hitler zum Kanzler ernannt wurde, trat der Botschafter aus Protest von seinem Amt zurück.

Mooney – Thomas Mooney verfocht tatkräftig die Rechte der amerikanischen Arbeiterschaft und den Frieden; er wurde 1917 verurteilt und 1939 aus dem Zuchthaus entlassen.

569 *Lion Feuchtwanger hat sich* – Dieser Brief ist Teil des Glückwunschbuches, welches Feuchtwanger von seinen Freunden zum sechzigsten Geburtstag überreicht wurde. S. die Anm. zu Brief 321.

»Warren Hastings« – »Warren Hastings, Gouverneur von Indien« entstand zwischen 1915 und 1916 und erschien 1916 im Georg Müller Verlag, München und Berlin. Eine zweite Fassung (1925) trägt den Titel »Kalkutta, 4. Mai«.

»Jud Süß« – Das Drama entstand 1916–1917 und erschien 1918 im Georg Müller Verlag, München. Den gleichnamigen Roman, geschrieben 1921–1922, brachte der Drei-Masken-Verlag, München, 1925 heraus.

569 *»Vasantasena«* – Feuchtwangers Bearbeitung des indischen Schauspiels »Mricchakatika« (Das irdene Wägelchen) entstand 1915 und erschien 1916 unter dem Titel »Vasantasena. Ein Schauspiel in drei Akten (sieben Bildern). Nach dem Indischen des Königs Sudraka« im Georg Müller Verlag, München.

»Thomas Wendt« – »Thomas Wendt. Ein dramatischer Roman« entstand 1919 und erschien 1920 im Georg Müller Verlag, München. Die überarbeitete Fassung von 1934 trägt den Titel »Neunzehnhundertachtzehn«, veröffentlicht in »Stücke in Prosa«, Amsterdam, 1936.

»Die letzten Tage der Menschheit« – Das Drama von Karl Kraus erschien 1918–1919 als Sonderhefte seiner kulturkritischen Zeitschrift »Die Fackel«. Die Buchausgabe folgte 1922 im Verlag »Die Fackel«, Wien.

»Erfolg« – Der Roman »Erfolg« entstand 1927–1929 und erschien 1930 bei Kiepenheuer, Berlin.

570 *office* – (engl.) Büro.

Leonhard – Rudolf Leonhard hatte während des Krieges in Marseille und Paris mit Hilfe der französischen Widerstandsbewegung im Untergrund gelebt.

Woran arbeiten Sie? – An dem Roman »Waffen für Amerika«; s. Brief 534 und die vierte Anm. dazu.

prematurely and excessively – (engl.) verfrüht und übermäßig.

Freiheits-Bibliothek – Die Deutsche Freiheitsbibliothek, eine Sammelstelle für die in Deutschland verbrannten und verbotenen Bücher, wurde am 10. Mai 1934 in Paris eröffnet. Im September 1939 wurde die Deutsche Freiheitsbibliothek von französischer Polizei beschlagnahmt. Die Bestände sind vermutlich in die Hände der Nazis gefallen.

571 *Rheinhardt* – S. Brief 565 und die dreizehnte Anm. dazu.

572 *Gespräch meines Vaters* – Die Kopie befindet sich nicht im Feuchtwanger-Archiv. S. »Ein Bürger alten Schlages. Dem Andenken meines Vaters« in: »Der Weg«, Berlin 5, 1950, Nr. 2 und 3.

»CBS short wave listening station« – S. Brief 567 und die erste und vierte Anm. dazu

573 *Essay* – S. Brief 572 und die erste Anm. dazu

574 *historischen Roman* – »Waffen für Amerika« (späterer Titel »Die Füchse im Weinberg«).

575 *gamble* – (engl.) Risiko.

Roman – »Der Sohn des Bürgers« erschien unter dem Pseudonym Helmuth Campe in der Zeitschrift »Ost und West«, von Heft 6, 1947 bis Heft 10, 1949.

575 *»Spanisches Tagebuch«* – S. Brief 558 und die sechste Anm. dazu.
Essayband – »Porträts. Deutsche Schicksale« kam 1947 im Chronos-Verlag, Berlin, heraus. Kantorowicz war Mitherausgeber des Bandes »Verboten und verbrannt. Deutsche Literatur 12 Jahre unterdrückt«, der 1947 bei Ullstein, Berlin und Kindler, München erschien. In seinem eigenen Verlag brachte er 1949 »Deutsche Schicksale. Neue Porträts« heraus, und im Aufbau-Verlag erschien 1949 »Vom moralischen Gewinn der Niederlage. Artikel und Ansprachen«.
approach – (engl.) Einstellung, Herangehen.
Kopie ... Aurora Verlag – Die Kopie befindet sich nicht im Feuchtwanger-Archiv. Der Aurora Verlag brachte kein Werk von Kantorowicz heraus.
understatement – (engl.) Untertreibung.

576 *Teile der ersten Fassung* – Kantorowicz meint »Spanisches Tagebuch«, das 1948 im Aufbau-Verlag, Berlin, erschien.
raise – (engl.) Aufbesserung.

577 *Madrider Tagebuch* – S. Brief 576 und die erste Anm. dazu.
mit gleicher Post – Feuchtwangers Brief lautete: »Lieber Wieland Herzfelde, Kantorowicz schreibt mir wegen seines Madrider Tagebuches. Soweit ich das Manuskript im Kopf habe, ist es etwas ungleich, aber es enthält viele Teile, die mir der Veröffentlichung sehr wert erscheinen und denen wohl gerade jetzt eine besondere Aktualität eignet. Ich würde mich freuen, wenn Sie die Veröffentlichung in wohlwollende Erwägung zögen.« Der Feuchtwanger-Herzfelde Briefwechsel befindet sich im Feuchtwanger-Archiv.

578 *Exit Permit* – (engl.) Ausreiseerlaubnis.
Girl friends ... I guess – (engl.) Freundinnen ... stelle ich mir vor.

579 *»Simone«* – Die Übersetzung von I.A.Gorkina erschien 1946 im Staatsverlag, Moskau.
was wir jetzt hier erleben – Die McCarthy-Zeit bahnte sich an.

580 *Ihr Brief* – Der Brief fehlt.
Überfeilung der englischen Version – S. Brief 541 und die erste Anm. dazu.

581 *der beteiligten Herren* – In »Offener Brief an sieben Berliner Schauspieler« (er wurde zunächst in englischer Übersetzung 1941 im »Atlantic Monthley«, Boston, im gleichen Jahr auf deutsch im New-Yorker »Aufbau« und 1947 in der »Weltbühne« Nr. 17 gedruckt) hatte sich Feuchtwanger an die Darsteller des Films »Jud Süß« gewandt. »Sie haben«, heißt es u. a., »aus meinem Roman ›Jud Süß‹ mit Hinzufügung von ein bißchen Tosca einen wüst antisemitischen Hetzfilm im Sinne Streichers und seines ›Stürmers‹ gemacht.« Er wendet sich

dann im einzelnen an Werner Krauß, Eugen Klöpfer, Heinrich George, Albert Florath, Veit Harlan: »Man wird mit Aug und Ohr nachprüfen können, wie Sie alle dazu beigetragen haben, die Geschichte jenes Juden, von dem Sie alle wußten, daß er ein großer Mann war, ins genaue Gegenteil zu verkehren. Und Sie werden nicht die bescheidenste Ausrede haben, denn Sie sind sich alle klar darüber gewesen, daß von Anfang an hinter diesem Film nicht die Spur eines künstlerischen Willens stand, sondern nur eine Tendenz, deren Dummheit und Gemeinheit allen bewußt war.«

581 *»Ost und West«* – Von Juli 1947 bis Dezember 1949 gab Kantorowicz in Berlin die Zeitschrift »Ost und West. Beiträge zu kulturellen und politischen Fragen der Zeit« heraus.

582 *Ihres »Franklin-Buches«* – »Waffen für Amerika« (späterer Titel »Die Füchse im Weinberg«). Benjamin Franklin, nordamerikanischer Staatsmann, erster Gesandter der USA in Europa, ist eine der zentralen Figuren des Romans.

Ihren »Offenen Brief« S. Brief 581 und die erste Anm. dazu.

Teile ... des »Franklin-Buches« – Unter dem Titel »Voltaires letzter Kampf« brachte Kantorowicz in Heft 5, Mai 1948 in »Ost und West« einen Auszug.

583 *Übersetzung keineswegs ideal* – Der ursprüngliche Übersetzer, William Rose, fand die Übersetzung durch die Kürzungen so schlecht, daß er sich davon distanzierte und von dem Pseudonym Moray Firth Gebrauch machte.

Reihe fremdsprachlicher Verleger – S. fünfte Anm. zu Brief 548.

Sie können ... veröffentlichen ... – S. Brief 582 und die dritte Anm. dazu.

»Ost und West« ... seinerzeit – Eine Kopie eines solchen Schreibens befindet sich nicht im Feuchtwanger-Archiv.

»Odysseus und die Schweine« – Der Band »Odysseus und die Schweine und zwölf andere Erzählungen« kam 1950 im Aufbau-Verlag heraus. Die Erzählung war zuvor in »Ost und West«, Heft 5, Mai 1948 erschienen.

584 *Ihre Novelle* – »Odysseus und die Schweine«. S. Brief 583 und die fünfte Anm. dazu sowie Brief 586.

585 *englische Übersetzung* – Die Übersetzung von Barrows Mussey, »Odysseus and the Swine and Other Stories«, erschien 1949 bei Hutchinson in London.

»Der falsche Nero« ... »Erfolg« ... »Exil« – Im Aufbau-Verlag erschien »Der falsche Nero« 1947 und »Erfolg« 1948. Der Greifenverlag zu Rudolstadt brachte »Exil« 1948 heraus.

585 *Heinrich Mann ... Wohnung* – Heinrich Mann zog von 301 South Swall Drive, Beverly Hills nach 2145 Montana Avenue, Santa Monica.

586 *Porträts* – »Deutsche Schicksale. Neue Porträts«; s. Brief 575 und die vierte Anm. dazu.

Paulskirche – Kantorowicz nahm an der Einweihungsfeier nicht teil.

Heinrich Manns neuestes Mißgeschick – S. Brief 585 und die dritte Anm. dazu.

587 *»Geschwister Oppermann«* – Der Greifenverlag brachte den Roman 1949 heraus.

Friedrich Wolf – Alfred Kantorowicz gab 1948 im Greifenverlag zu Rudolstadt den Band »Friedrich Wolf, ein Dichter seiner Zeit« heraus. Feuchtwanger schrieb dafür »Friedrich Wolf zu seinem sechzigsten Geburtstag«.

»Zwei an der Grenze« – Veröffentlicht in »Die neue Weltbühne«, Nr. 52, Prag, 1938.

Kriegszustand – S. Brief 248 und die erste Anm. dazu.

Troglodyten – Höhlenmenschen.

»the time of their lives« – (engl.) Hier: ihre große Zeit haben.

Währungsreform – Sie trat am 21. Juni 1948 in den westlichen Besatzungszonen bzw. Sektoren Berlins in Kraft. Auf dem Gebiet der sowjetischen Zone wurde sie am 24. Juni 1948 durchgeführt.

»Spanisches Tagebuch« – S. Brief 558 und die sechste Anm. dazu.

Neuauflage des »Tschapajew«-Buches – S. Brief 558 und die vierte Anm. dazu. Der gekürzte Nachdruck erschien 1948 im Greifenverlag.

»Vom moralischen Gewinn der Niederlage« – Der Band mit »Artikeln und Ansprachen« erschien 1949 im Aufbau-Verlag.

»Voltaire«-Kapitel – S. Brief 582 und die dritte Anm. dazu.

Zeichnungen – Die Zeichnungen sind von Bruno Merbitz.

588 *über Friedrich Wolf* – S. Brief 549 und die zweite Anm. dazu.

Thomas Manns Buch – Die Rezension von Hans Mayer, »Dr. Faustus«, erschien in »Ost und West«, Heft 6, Juni 1948. Siehe auch Walter Pollatschek, »Thomas Manns ›Neue Studien‹«, »Ost und West«, Heft 9, September 1948.

591 *Buchverlag ins Leben gerufen* – Im Verlag Kantorowicz, Berlin, erschien 1949 u. a. Zweigs »Stufen« (Fünf Erzählungen).

»Vom moralischen Gewinn der Niederlage« – S. Brief 587 und die zehnte Anm. dazu.

»Porträts« ... Chronos Verlag – S. Brief 575 und die vierte Anm. dazu.

»Briefwechsel mit jungen Leuten« – »Suchende Jugend. Briefwechsel mit jungen Leuten«, eingef. durch einen Brief von Thomas Mann, er-

schien 1949 im Verlag von Kantorowicz, Berlin, Ost und West-Buchreihe Band 9.

591 *Friedrich-Wolf-Broschüre* – S. die zweite Anm. zu Brief 549.

593 *offenen Brief* – Arnold Zweigs »Offener Brief an den amerikanischen Militärkommandanten« erschien in Heft 2, 1949 von »Ost und West«.

Aufführung von »Mutter Courage« – Brechts »Mutter Courage und ihre Kinder« hatte am 11. Januar 1949 im Berliner Deutschen Theater mit Helene Weigel in der Hauptrolle Premiere.

Schauspiel von Ihnen – »Wahn oder Der Teufel in Boston«. S. auch die zweite Anm. zu Brief 548.

»Exil« – Der Greifenverlag zu Rudolstadt brachte »Exil« 1948, 1949, 1951 und 1952 heraus.

»Eine Jugend in Deutschland« – Ernst Tollers Autobiographie kam 1933 bei Querido, Amsterdam, heraus.

594 *»Wahn oder Der Teufel in Boston«* – S. Brief 548 und die zweite Anm. dazu.

»Venedig (Texas) und vierzehn andere Erzählungen« – Es ist die Ausgabe, die der Aurora-Verlag, New York 1946 herausbrachte. Der Aufbau-Verlag, Berlin, druckte 1950 »Odysseus und die Schweine und zwölf andere Erzählungen«.

Tollers Autobiographie – S. Brief 593 und die letzte Anm. dazu.

595 *im Osten mißverstanden* – In einer sowjetischen Zeitung wurde Feuchtwanger vorgeworfen, er stütze mit »Waffen für Amerika« die Weltherrschaftspläne der USA. S. Brief 60 und die sechste Anm.

597 *Ausschnitt aus ... »Neues Deutschland«* – Die Zeitung »Neues Deutschland« brachte am 7. Juli 1949 »Gruß und Einladung an Lion Feuchtwanger«, ein Glückwunschschreiben von Wilhelm Pieck und Otto Grotewohl, und den mit A. B. gezeichneten Beitrag »Romane gegen Untertanengeist«.

Feuchtwanger-Bändchen – »Lion Feuchtwanger. Auswahl«, hrsg. von Alfred Kantorowicz, Greifenverlag zu Rudolstadt, 1949.

Aufsatz von Heinrich Mann – »Der Roman. Typ Feuchtwanger«, geschrieben zu Feuchtwangers 65. Geburtstag. (S. Heinrich Mann, Essays, Dritter Band, Aufbau-Verlag, Berlin 1962.)

»Gruß an Feuchtwanger« – In der Juni-Nummer der Zeitschrift »Ost und West« erschien »Gruß an Feuchtwanger« von Brecht.

598 *»Begegnungen«* – Maximilian Scheers »Begegnungen in Europa und Amerika«, Berlin: Kantorowicz 1949, Ost und West-Buchreihe Band 8.

»Wunderliches Kind« – »Bettina von Arnim: Du wunderliches Kind«. Ein Auszug aus »Goethes Briefwechsel mit einem Kinde« (1835) er-

schien mit einer Einführung von Kantorowicz 1949 im Verlag Kantorowicz, Ost und West-Buchreihe.

598 *Mißverständnisse* – S. Brief 60 und die sechste Anm. dazu sowie Brief 332 und die sechste Anm. dazu.

Anthologie – S. Brief 597 und die zweite Anm. dazu.

599 *fünfzig Jahre* – Kantorowicz wurde am 12. August 1899 geboren.

600 *Ende von »Ost und West«* – Das letzte Heft erschien im Dezember 1949. Feuchtwanger und Heinrich Mann setzten sich bei Paul Wandel, Minister für Volksbildung der DDR, vergebens für ein Fortbestehen der Zeitschrift ein.

»Deutsche Schicksale« – S. Brief 575 und die vierte Anm. dazu.

Feuchtwanger-Buch – S. Brief 597 und die zweite Anm. dazu.

»Sohn des Bürgers« – S. Brief 575 und die zweite Anm. dazu.

»Tägliche Rundschau« – Seit Mai 1945 für die deutsche Bevölkerung von der Sowjetischen Militäradministration herausgegebene Zeitung für Politik, Wirtschaft und Kultur.

Ossietzky-Film – Der Film kam nicht zustande.

602 *daß »Ost und West« einging* – S. Brief 600 und die erste Anm. dazu.

603 *dritten Akt eines Schauspiels* – »Die Verbündeten«. S. Brief 610 und die zweite Anm. dazu.

»Sohn des Bürgers« – S. Brief 575 und die zweite Anm. dazu und Brief 600.

604 *den guten Jahrgängen der »Neuen Rundschau«* – Die »Neue Rundschau« erschien als Monatsschrift bis 1944 in Berlin, 1945–1949 als Vierteljahrschrift in Stockholm, seit 1950 in Frankfurt a. M.

605 *Heinrich Mann ... Manuskripte* – Von den Manuskripten, die Heinrich Mann Feuchtwanger zur Durchsicht gegeben hat, ist im Feuchtwanger-Kantorowicz Briefwechsel bis zum 5. April 1954 wiederholt die Rede. Feuchtwanger ließ das meiste dem Heinrich-Mann-Archiv der Akademie der Künste in Berlin zukommen. Einige Materialien befinden sich noch im Feuchtwanger-Archiv.

Friedrich den Großen zum Gegenstand – Das Romanfragment »Die traurige Geschichte von Friedrich dem Großen« erschien 1960 im Aufbau-Verlag mit einem Vorwort von Bodo Uhse.

Aufsätze und Reden – Feuchtwanger ließ dem Heinrich-Mann-Archiv in der Deutschen Akademie der Künste in Berlin die Manuskripte zukommen.

606 *plein pouvoir* – (franz.) Vollmacht.

Roman – »Der Sohn des Bürgers«. S. Brief 575 und die zweite Anm. dazu.

607 *eine meiner Studentinnen* – Die Arbeit kam nicht zustande. Wolfgang Berndt schrieb 1953 an der Humboldt-Universität die erste Feucht-

wanger-Dissertation, »Die frühen historischen Romane Lion Feuchtwangers«.

607 *Selbstdarstellung* – S. die »Antworten«, die Feuchtwanger Kantorowicz am 21. Januar 1943 zukommen ließ. S. auch Feuchtwangers »Versuch einer Selbstbiographie« in dem von Wolfgang Berndt herausgegebenen Band »Centum opuscula«, Greifenverlag zu Rudolstadt, 1956.

608 *bedrückend hier die Gesamtsituation* – Feuchtwanger bezieht sich auf die Diffamierungen in der McCarthy-Zeit.

610 *Heinrich-Mann-Artikel* – S. Brief 609.

»Die Marquise und das Maquis« – Der endgültige Titel lautet »Die Verbündeten«. Das Stück kam 1950 im Aufbau-Bühnen-Vertrieb in maschinenschriftlicher Vervielfältigung heraus. Die Uraufführung fand am 4. Juni 1951 in den Kammerspielen des Deutschen Theaters in Berlin statt.

611 *Heinrich-Mann-Manuskripts* – S. Brief 610.

»Thomas Wendt« – In dem Band »Deutsche Schicksale«, der 1949 im Alfred Kantorowicz Verlag, Berlin, erschien, schreibt Kantorowicz auf S. 111: »Seine interessanteste und schwierigste dramatische Arbeit, das während des Ersten Weltkriegs geschriebene Anti-Kriegsschauspiel ›Thomas Wendt‹, ... blieb sehr zu Unrecht unaufgeführt (von einer einmaligen experimentellen Matinee am Stadttheater Bielefeld abgesehen).« Angesichts Protestkundgebungen von »treudeutschen« Wanderbrüdern gegen das »revolutionäre Drama« hielt Kantorowicz am 16. November 1924, sechs Tage vor der Aufführung, in Bielefeld einen Vortrag über »Thomas Wendt«, in dem er u. a. ausführte: »Wenn eine Tendenz im ›Thomas Wendt‹ ist, so ist es die resignierte Abkehr von der Tat, der schmerzlichen Erkenntnis von der Sinnlosigkeit der aktiven Handlung. Tief menschlich also und gar nicht politisch oder gar parteipolitisch« (»Westfälische Neueste Nachrichten«, Bielefeld, Nr. 270, 17. November 1924, S. 2f.). Die Aufführung fand am 22. November 1924 im Stadttheater Bielefeld statt. Hans Abrell führte Regie, Albert Steffahn spielte die Rolle des Thomas Wendt. Die Kritik von Hans Havemann war wohlwollend positiv (»Westfälische Neueste Nachrichten«, Bielefeld, Nr. 275, 24. November 1924, S. 2f.). S. auch Anm. fünf zu Brief 569.

614 *»La Nation Tragique«* – »Une nation tragique« erschien am 7. Oktober 1934 in der Zeitung »La Dépêche«, Toulouse.

»Haß« – Den Essayband »Der Haß« brachte der Querido Verlag 1933 in Amsterdam heraus. Die französische Ausgabe erschien im selben Jahr bei Gallimard in Paris.

617 *Seminararbeiten* – Sie befinden sich im Feuchtwanger-Archiv. Die Arbeit von Irmgard Schütze ist zweiteilig: »Lion Feuchtwangers Leben und Werk« und »Untersuchungen zum Roman ›Erfolg‹«. Der Titel von Wernfried Kobosils Arbeit lautet »Lion Feuchtwangers Entwicklung von ›Jud Süß‹ zu ›Der falsche Nero‹«.
Mein Schauspiel – S. Brief 610 und die zweite Anm. dazu.
Ossietzky-Film – S. Brief 600 und die letzte Anm. dazu.
»Die kleine Stadt« – Der Roman erschien zuerst 1909 im Insel-Verlag, Leipzig.
zum Gedenken Heinrich Manns – S. Brief 619.

618 *Gruß oder eine Erklärung* – S. Brief 619.
Arbeiten – S. Brief 617 und die erste Anm. dazu.
Arbeit eines jungen Mannes – Am 26. Februar 1951 schrieb Feuchtwanger an Zweig: »... ein gewisser Wolfgang Berndt ... hat mir eine lange Examensarbeit geschickt, die meine in Berlin erschienenen Bücher zum Gegenstand hat ... Er möchte sich in Berlin immatrikulieren lassen.« S. Brief 310 in »Lion Feuchtwanger Arnold Zweig, Briefwechsel 1933–1958«, hrsg. von Harold von Hofe, Aufbau-Verlag, Berlin, 1984. Wolfgang Berndts Staatsexamenarbeit wurde an der Friedrich-Schiller-Universität in Jena vorgelegt. Sie hat die »Wartesaal«-Trilogie zum Gegenstand.

619 *in dem Film* – »Der Blaue Engel«, UFA, 1930; Produzent: Erich Pommer, Regisseur: Joseph von Sternberg.
»Professor Unrat« – »Professor Unrat oder Das Ende eines Tyrannen«, Albert Langen Verlag, München, 1905.
»Heinrich der Vierte« – Heinrich Manns zweibändiges Romanwerk aus den Jahren 1935 und 1938 »Die Jugend des Königs Henri Quatre« und »Die Vollendung des Königs Henri Quatre«.
»Die kleine Stadt« – S. vierte Anm. zu Brief 617.
»Der Untertan« – Der Roman erschien 1916 als Privatdruck im Kurt Wolff Verlag, Leipzig und München. Die offizielle Erstauflage folgte 1918 im gleichen Verlag.

621 *Essay über Heinrich Mann* – Kantorowicz schrieb den Text zu der Gedenkausstellung »Aus dem Lebenswerk des Dichters Heinrich Mann«. Der Essay wurde von der Deutschen Akademie der Künste 1951 in Berlin herausgebracht.

622 *Heinrich-Mann-Aufsatz* – S. Brief 621 und die Anm. dazu.
Aufführung im Deutschen Theater – Am 2. Juni war die Pressevorführung von dem Schauspiel »Die Verbündeten«. Die Premiere fand am 4. Juni statt. Es kam zu keiner weiteren Vorstellung, das Stück wurde vom Spielplan abgesetzt. Die Gründe dafür mögen wohl ungefähr identisch sein mit den Einwänden, die der Rezensent Heinz Lüdecke

im »Neuen Deutschland« vom 9. Juni 1951 unter der Überschrift: »Ein Schauspiel gegen die Kriegstreiber. ›Die Verbündeten‹ von Alfred Kantorowicz in den Kammerspielen des Deutschen Theaters Berlin« vorbrachte. »Das Maquis ist nicht richtig gezeichnet, der Patriotismus des französischen Volkes und die nationale Führerschaft seiner Widerstandsbewegung werden verdunkelt, die gewaltige Tat der Sowjetarmee wird gestaltungsmäßig überhaupt nicht in Rechnung gesetzt. Der Widerstandsgruppe des Stücks fehlt die straffe politische und organisatorische Struktur, die innere patriotische Disziplin, die in Wirklichkeit der Bürge für die Vertreibung des deutschen Faschismus aus Frankreich war. Das alles hat zur Folge, daß die Höhepunkte der Handlung im Negativen liegen und daß das Stück den Zuschauer ohne Perspektive und ermutigende Anleitung entläßt.« Kritik gab es auch für die Regie (Wolfgang Heinz), die »die Entgleisungen ins Kolportagehafte« nicht verhindert, sondern das Gegenteil getan habe. – Verlangte Änderungen nahm Kantorowicz nicht vor: »Ein Stück nach dem Geschmack des Kultursekretariats zu schreiben war ich unfähig«, schrieb Kantorowicz im zweiten Teil seines Werkes »Deutsches Tagebuch«, München 1961, S. 205.

622 *neues Material* – Ab Mai 1951 übergab Leonie Mann, Heinrich Manns Tochter, die Bibliothek und den Nachlaß, der in ihrem Besitz war, der Deutschen Akademie der Künste, Berlin. Auch Feuchtwanger ließ der Akademie die Heinrich-Mann-Dokumente aus seinem Besitz (bis auf Briefe, Aufzeichnungen und einige Manuskripte) zukommen.

623 *Nietzsche-Band* – Der von Heinrich Mann herausgegebene Band erschien 1939 unter dem Titel »The Living Thoughts of Nietzsche« (Lebendige Gedanken Nietzsches) bei Longmans, Green, New York und bei Cassell, London. Bei Correa, Paris lautet der Titel »Les pages immortelles de Nietzsche« (Die unsterblichen Seiten Nietzsches).

624 *Schulz ... Holthaus* – Gestalten aus Feuchtwangers Schauspiel »Thomas Wendt«. Schulz ist ein Großindustrieller, dessen Lebensmaxime lautet: »... in der Wirklichkeit muß man mit den gegebenen Faktoren rechnen: Wirtschaft, Export, Import, Valuta.« Der Dichter Richard Holthaus, Skeptiker und Pessimist, dessen Welthaltung auf Betrachtung, nicht auf Tat und Erfolg gerichtet ist, wurde von Feuchtwanger in seiner Neubearbeitung »Neunzehnhundertachtzehn« nicht wieder aufgenommen.

Heinrich Mann ... Nachwort – Kantorowicz gab als Leiter des Heinrich-Mann-Archivs der Akademie der Künste Heinrich Manns »Ausgewählte Werke in Einzelausgaben« 1951–1956 in zwölf Bänden heraus.

625 *»Thomas Wendt«* – Es war eins der »Stücke in Prosa«, die der Querido Verlag 1936 in Amsterdam herausbrachte.
»Die Jüdin von Toledo« – S. Brief 141 und die siebente Anm. dazu.
»Eugénie« – »Eugénie oder die Bürgerzeit« erschien 1928 bei Paul Zsolnay in Berlin.
»Fridericus«-Manuskript – S. Brief 605 und die zweite Anm. dazu.
Heinrich Mann ... Rezension – »›Jud Süß‹. Ein Bühnenstück von Lion Feuchtwanger« erschien am 20. Oktober 1917 im »Berliner Tageblatt«.

626 *»Unholdes Frankreich«* – Der Greifenverlag zu Rudolstadt brachte den Band 1954 unter dem Titel »Der Teufel in Frankreich« mit diesem Nachwort neu heraus.
beiliegenden Aufsatz – Im Feuchtwanger-Archiv befindet sich ein mit der Maschine geschriebenes Manuskript von Kantorowicz, »Feuchtwangers Meisterwerk« (»Erfolg«), mit dem Vermerk »Berliner Rundfunk Literaturzeitung«.

627 *dies oder jenes gestrichen* – Für die Ausgabe des Aufbau-Verlages »Der Teufel in Frankreich« 1982 wurde wieder der Text des deutschen Erstdrucks, Verlag El Libro Libre, México 1942, zugrunde gelegt.
Lektüre Ihres Aufsatzes – S. Brief 626 und die zweite Anm. dazu.

628 *Beitrag über den »Thomas Wendt«* – Der Aufsatz »Lion Feuchtwangers dramatischer Roman ›Thomas Wendt‹« erschien in der »NDL«, Heft 4, 1954.
»unberührt von allem Geist« – Die Überlegung des Jüngers Fernand im zwölften Kapitel des ersten Teils von »Narrenweisheit oder Tod und Verklärung des Jean Jaques Rousseau«.
»Unholdes Frankreich« – S. Brief 626 und die erste Anm. dazu.
Würdigung zu Ihrem 70. – »Lion Feuchtwanger zum 70. Geburtstag. Worte seiner Freunde« erschien 1954 im Aufbau-Verlag, Berlin.
autobiographische Mitteilungen – S. Brief 607 und die zweite Anm. dazu.
»Zeitalter« – Heinrich Manns autobiographisches Buch »Ein Zeitalter wird besichtigt«, Stockholm, 1945.

629 *Reisetagebuch von 1937* – »Moskau 1937«, Amsterdam, 1937.

630 *Problem Thérèse* – S. die Anfrage Kantorowicz' in Brief 628 nach der Funktion der Intrige von Thérèse und Nicola in Feuchtwangers Roman »Narrenweisheit«. Thérèse le Vasseur stammte aus bescheidenen Verhältnissen und lebte mit Rousseau erst in freier und dann in legalisierter Ehe.
Nelly – Zweite Frau von Heinrich Mann.
Daten aus meiner Jugend – Eine Kopie dieses Dokuments befindet sich nicht im Feuchtwanger-Archiv.

631 *Aufsatz* – S. Brief 628 und die erste Anm. dazu.

632 *»Vasantasena«* – Feuchtwangers Stück wurde 1922 in den Münchener Kammerspielen aufgeführt. Die Uraufführung war am 4. März 1916 im Großherzoglichen Hof- und Nationaltheater von Mannheim. S. auch vierte Anm. zu Brief 569.

»Häßliche Herzogin« – Der Roman »Die häßliche Herzogin Margarete Maultasch« war 1923 in Berlin erschienen.

60. Geburtstag – S. Brief 569.

Juristische Fakultät – S. Brief 150 und den Schluß der zweiten Anm.

seit einem halben Jahrhundert – Feuchtwanger promovierte 1907 zum Dr. phil. an der Universität München.

633 *Ihr hübsches »opusculum«* – »Meine Kleider«, autobiographische Episoden, erschien 1957 im Aufbau-Verlag, Berlin.

Lion Feuchtwanger – Alfred Döblin

634 *»League of Writers«* – »Writers' League«, am. Schriftstellerverband.

Sohnes von Döblin – Klaus Döblin wurde die Einreise ermöglicht.

635 *appreciation* ... – (engl.) Würdigung des Menschen und seines Werkes.

Dimestore – Billiges Warenhaus.

636 *Ztschft. (Monatssch.)* – »Das goldene Tor« erschien von September 1946 bis April 1951.

638 *neues Buch* – Den Roman »Hamlet oder Die lange Nacht nimmt ein Ende« beendete Döblin 1946.

mehrere Bücher – S. die Briefe 639 und 640.

639 *»Sieger und Besiegte«* – Der Auszug aus dem vierbändigen Romanwerk »November 1918« wurde 1946 vom Aurora-Verlag in New York herausgebracht.

»Venedig, Texas« – Der Aurora-Verlag brachte »Venedig (Texas) und vierzehn andere Erzählungen« 1946 in New York heraus.

»Waffen für Amerika« ... nicht ... in Deutschland vertrieben – Laut Bestimmungen der Alliierten durften Bücher, die in Holland erschienen, zu der Zeit nicht in Deutschland vertrieben werden.

640 *»Der Schriftsteller im Exil«* – Die Zeitschrift »Das goldene Tor« brachte den Aufsatz nicht im Januar, sondern in Heft 2, 1947.

einem anderen Titel – Der andere Titel lautet »Die Füchse im Weinberg«.

Ein Religionsgespräch – »Der unsterbliche Mensch. Ein Religionsgespräch« erschien 1946 bei Alber in Freiburg bzw. München.

640 *»Der Oberst und der Dichter«* – »Der Oberst und der Dichter oder Das menschliche Herz« erschien 1946 bei Alber in München.
»Wang-lun« – Die Neuausgabe des Romans »Die drei Sprünge des Wang-lun« erschien 1946 bei Keppler in Baden-Baden.

Lion Feuchtwanger – Bruno Frank

642 *angenehme Ereignis* – Die zu der Zeit populäre Wochenzeitschrift »Collier's«, New York, brachte vom 6. März bis 24. April 1943 einen Vorabdruck in acht Teilen von Feuchtwangers Roman »Double, Double Toil and Trouble« (»Die Brüder Lautensack«). Mit dem Honorar waren Marta und Lion Feuchtwanger imstande, sich in Pacific Palisades ein Haus zu kaufen, das Feuchtwanger bis zu seinem Tode bewohnte und in welchem Marta Feuchtwanger Nachlaß, Bibliothek und Archiv verwaltete. Das Buch erschien im April 1943 bei der Viking Press, New York, und bei Hamilton, London. Die deutsche Erstausgabe »Die Brüder Lautensack« kam 1944 bei Hamilton, London, heraus.
»Goya« – Feuchtwanger schrieb zunächst den Roman »Waffen für Amerika« (späterer Titel »Die Füchse im Weinberg«), Querido Verlag, Amsterdam 1947 und 1948. Erst in den Jahren 1948–1950 arbeitete Feuchtwanger an seinem Roman »Goya oder Der arge Weg der Erkenntnis«, der 1951 im Neuen Verlag, Frankfurt am Main erschien und 1952 beim Greifenverlag zu Rudolstadt.
für ein Kapitelchen – Bruno Frank, »Der Reisepaß«, Querido Verlag, Amsterdam, 1937. Die Goya-Passagen befinden sich im vierten Teil dieses Romans.
Athene und Hermes – Athene, griechische Göttin u.a. der Künste; Hermes, griechischer Gott u.a. des Handels und Verkehrs, Götterbote.

643 *beiliegenden Artikel* – Nicht ermittelt.
I think that you… – (engl.) Ich glaube, daß Ihnen der beiliegende kleine Artikel von Professor Whyte Freude machen dürfte; vielleicht würde ihn Bruno Frank auch gern lesen. Würden Sie ihn gelegentlich an ihn schicken? Er braucht nicht an mich zurückgeschickt zu werden.

644 *7. Juli 1944* – Dieser Brief ist Teil eines Buches, welches Feuchtwanger zum sechzigsten Geburtstag von seinen Freunden überreicht wurde. S. die erste Anm. zu Brief 321.
Si quis… – (lat.) Wenn einer, nachdem er den ganzen Tag gerannt war, den Abend erreicht, ist es genug.

Lion Feuchtwanger – Robert Neumann

645 *Ihr Buch* – »Children of Vienna« kam englisch 1946 bei Gollancz in London heraus. Die deutsche Erstausgabe »Kinder von Wien« erschien 1948 bei Querido in Amsterdam.
ceterum cenceo – (lat.) übrigens bin ich der Meinung.

646 *readers* – (engl.) Leser, Lektoren.
Diese Umstände zu beseitigen – Da Neumann 1947 noch in der Redaktion des Hutchinson Verlags tätig war, konnte er sich für Feuchtwanger und dessen »Waffen für Amerika« bis zu einem gewissen Grad einsetzen. Hingegen konnte er nicht veranlassen, daß man die Übersetzung von William Rose überprüfte und revidierte, wie es bei der amerikanischen Ausgabe der Viking Press der Fall war. Aus dem Grunde unterscheidet sich die New-Yorker Ausgabe in frappanter Weise von der, die bei Hutchinson in London erschien.
Übersetzung Roses – Feuchtwanger hat die Übersetzung zusammen mit Robert O. Ballou und Hilde Waldo gründlich überarbeitet.

647 *My dear* – (engl.) Lieber Lion Feuchtwanger, ich würde mir keine Gedanken machen über den Bericht dieser Lektorin, den man Ihnen zugeschickt hat. Diese Lektorin ist unsere beste Vertreterin der »intellektuellen Mittelmäßigkeit«; man kann sich darauf verlassen, daß sie sehr Schlechtes und sehr Gutes verwirft; sie ist ein genaues Thermometer des Geschmacks des »guten« Buchkäufers; aber darüberhinaus würde ich ihre literarischen Meinungen nicht zu ernst nehmen. In der Tat hat sie selber kitschige Biographien über einige Charaktere in Ihrem Buch verfaßt, aber was bedeutet das? Man könnte sagen, daß mein »Children of Vienna« nichts »Neues« ist, da es schon Bücher gegeben hatte über Kinder und über Wien. Nein, Sie können ganz sicher sein, daß man bei Hutchinson voller Bewunderung und Begeisterung für Sie und Ihr ausgezeichnetes Werk ist und daß man Ihnen größere Sorgfalt und Überlegung angedeihen läßt, als einer großen Zahl von anderen zusammengenommen.

Worum es den Leuten hier geht, ist weniger künstlerisches als kommerzielles Anliegen. Es existieren keine wirklichen Preisgrenzen für Bücher, aber bisher ist noch kein Roman in großen Auflagen verkauft worden, wenn er über $ 12/6 gekostet hat. Und zu diesem Preis ist es praktisch unmöglich, Ihr Buch zu verlegen. Genauer gesagt, kann es gerade ohne jeglichen Gewinn für den Verleger herausgebracht werden, wenn er eine erste Auflage von 20000 druckt und ausverkauft. Ich habe vorige Woche mit Frau Webb die Herstellungskosten besprochen und habe mich vergewissert, daß dem wirklich so ist. Dazu hat sich die Situation durch die schlechte Konjunktur, die seit einigen

Monaten herrscht, verschlechtert, und z. Zt. ist sie genauso schlimm, wie in den schlechtesten Jahren vor dem Krieg. Das kann sich natürlich ändern, wenn das Buch einmal auf dem Markt ist, aber im Augenblick ist es schrecklich. Hutchinson verlegte kürzlich Turgenjews »Adelsnest« in einer ausgezeichneten neuen Übersetzung und Aufmachung; es war lange Jahre vergriffen; noch vor einem Jahr hätte man leicht 30 000 Exemplare davon verkaufen können; 1350 wurden verkauft! Ein Absatz von 5000 für einen erstklassigen Roman ist wieder »ein gutes Geschäft«. Sie können sicher das Problem mit Ihrem Buch verstehen. Im Moment ist man hier noch sehr am Überlegen. Vielleicht wird man trotz allem den Preis erhöhen. Oder man wird versuchen, es an die Buchgesellschaft zu verkaufen, nur um die große Auflage zu erzielen, die notwendig ist, um den Preis niedrigzuhalten. Wie dem auch sei, Sie können sicher sein, daß sie hier ihr Bestes tun. Frau Webb wird Ihnen über alles schreiben, sobald das Problem gelöst ist.

Was die Übersetzung anbelangt, habe ich sie nur überflogen und fand, daß sie sich sehr gut lesen läßt. Rose ist, wie Sie wahrscheinlich wissen, außerordentlicher Professor für Deutsche Literatur an der »London School of Economics« (Londoner Universität). Er ist ein äußerst seriöser und gewissenhafter Mensch, der den Problemen der Übertragung ebenso bewußt begegnet wie Sie und ich. Unlängst hörte ich übrigens eine seiner Vorlesungen über dieses Thema. Er hat auch ganz bestimmte feste Überzeugungen wie wir alle, und eine davon ist, daß die deutsche Sprache tautologisch und pleonastisch, sich wiederholend und übermäßig lautmalend ist – und keineswegs logisch und präzise. Er hält Sie für einen der bedeutendsten deutschen Meister des Stils, weil Sie weniger als wir alle diesem Laster verfallen sind. Aber dennoch würde er in einer Übersetzung drei Ihrer Attribute auf zwei und zwei auf eines reduzieren. (Ich schaudere bei dem Gedanken, was er unserem armen Arnold Zweig antun würde; er würde sich bestimmt weigern, ihn überhaupt zu übersetzen.) Das Ergebnis seiner Methode muß ja prosaisch, schwunglos, farblos, aber auch wiederum zurückhaltend-präzise ausfallen; und glauben Sie mir, das will schon viel heißen, denn nun weiß ich es, da ich das Machwerk von »beseelteren« Übersetzern gesehen habe. Denken Sie an den Unfug, den Eric Sutton mit dem »Beil von Wandsbek« getrieben hat. Was mich in Ihrem Fall beunruhigt hat, war weniger Roses Trockenheit, sondern eher jene Bemerkung unserer Lektorin hinsichtlich seines Gebrauchs von billiger Münze bei Metaphern. (So wie etwas, was »a pretty penny« kostet, usw.). Man könnte das mit dem Versuch eines Fußgängers vergleichen, zu Pferde zu sitzen. Ich würde Ihnen raten, diesen Beispielen mehr Beachtung zu schenken als denen der Farblosigkeit. Und vor allem setzen Sie sich mit Rose direkt in Verbindung; er ist nicht eitel, und ich glaube, daß, wenn Sie jeglicher Kritik Ihrerseits eine schmeichelnde Verpackung geben, Sie ihn ganz entgegenkommend finden werden. Schreiben Sie ihm an Frau Webbs Adresse. Ich selber werde dann nicht hier sein; überhaupt ist meine Teilnahme an den laufenden Geschäften der Firma äußerst sporadisch geworden; mir wird angst, wenn ich an die Zeit denke; ich will eine Menge schreiben, und so überlasse ich alles der Frau Webb, außer den Unterweisungen, die literarische Grundlinien betreffen, die wir gelegentlich beim Mittagessen besprechen; und auch hier beschränkt sich mein Einfluß lediglich auf die Beratung.

In ein paar Wochen fahren Rolly und ich aufs Festland. Wir wollen überall hin, auch in die USA. Ich hoffe, im Herbst oder Winter zur Premiere von »Children of Vienna« in New York zu sein; Garson Kanin (bekannt durch »Born Yesterday«) dramatisiert und produziert es. Alle guten Wünsche an Sie beide von uns beiden. Immer Ihr Robert Neumann.

647 *»Das Beil von Wandsbek«* – Neuer Verlag, Stockholm, brachte 1948 die deutsche Ausgabe heraus. In der Übersetzung von Eric Sutton erschien die englische Ausgabe 1947 bei der Viking Press, New York und 1948 bei Hutchinson, London.

»Born Yesterday« – Regie führte der Autor des Schauspiels »Born Yesterday« Garson Kanin. Die Premiere war am 2. Februar 1946 im Lyceum-Theater, New York. Eine Bühnenbearbeitung des Romans »Kinder von Wien« kam nicht zustande.

648 *An Rose* – Feuchtwanger schrieb William Rose über »einige seiner Einwände« am 21. März 1947. S. auch die zweite Anm. zu Brief 646.

649 *Durchschlag eines Briefes* – Am 21. September 1947 schrieb Feuchtwanger Rose eine Reihe von Einzelheiten über seine »Bedenken«.

bei der amerikanischen Presse – Von Fanny Butcher erschien eine enthusiastische Rezension am 14. September 1947 in der »Chicago Tribune«, von Orville Prescott am 12. September 1947 in der »New York Times« und von Charles Lee am 14. September 1947 in der »New York Times Book Review«.

650 *sendet ein SOS* – Arnold Zweig traf am 19. Oktober 1948 in Berlin ein.

Verkäufe seines Buches – »Das Beil von Wandsbek«. S. auch erste Anm. zu Brief 647.

E. H. – Eva Herrmann.

Rolly – Kosename für Franziska Becker, zweite Frau von Robert Neumann.

651 *Das »Beil«* – Richard Plant veröffentlichte eine wohlwollende Kritik am 26. Oktober 1947 in der »New York Times Book Review«. Für den Dezember 1947 stellte Book-of-the-Month »Das Beil von Wandsbek« seinen Lesern »zur Wahl«. Benjamin Huebsch von der Viking Press hatte sich dafür eingesetzt.
ältester Sohn – Michael Zweig.

652 *»Blind Man's Buff«* – (engl.) Blindekuhspiel. Den Band brachte 1949 Hutchinson, London, heraus.
Bürgers »Lenore« – Die Ballade von Gottfried August Bürger erschien im »Göttinger Musenalmanach auf das Jahr 1774«.

653 *Hollywooder Gesellschaft* – Am 6. Oktober 1949 schreibt Neumann von der Gesellschaft »Kildine«. Weder im »Film Daily, Yearbook of Motion Pictures« noch im »International Motion Picture Almanac« wird der Name »Kildine« in den Jahren 1945 bis 1950 erwähnt. Forrest Judd, auf den sich Neumann bezieht, war Story Editor bei Monogram Studios.
»Inquest« – »The Inquest« erschien 1944 bei Hutchinson, New York. Die deutsche Fassung erschien 1950 unter dem Titel »Bibiana Santis« (später »Treibgut«) bei Desch in München.
American Way of Life – (engl.) Amerikanische Lebensweise.
als Privatlektüre – Die Viking Press brachte den Roman nicht heraus.

654 *dem jungen Knittel* – Robert Knittel war literarischer Leiter von Little, Brown & Company, Boston.

655 *»Odysseus«* – Der Band erschien unter dem Titel »Odysseus and the Swine and Other Stories« 1949 bei Hutchinson in London.

656 *Venedig* – Der PEN-Klub tagte 1949 in Venedig. S. Brief 655.
Nachrichten Ihres Verlegerfreundes – Robert Knittel war nicht in der Lage, etwas zu unternehmen.
Volksausgabe – Die Ausgabe kam nicht zustande.
Firma – Hutchinson & Co., London.

657 *»Blind Man's Buff«* – Die Filmrechte wurden nicht gekauft.

658 *Viking Press verlassen* – Die amerikanische Ausgabe von »Narrenweisheit oder Tod und Verklärung des Jean-Jacques Rousseau« kam 1953 bei Julian Messner in New York heraus.
»Josephus« – Die Frankfurter Verlagsanstalt brachte die »Josephus«-Trilogie 1952 in einem Band heraus.
durch ... Becher ersetzt – Johannes R. Becher war der Nachfolger Zweigs als Präsident der Deutschen Akademie der Künste.
Eva H. – Eva Herrmann.
»Insurrection in Poshansk« – Die englische Ausgabe kam 1952 bei Hutchinson in London heraus. Die deutsche Ausgabe, »Die Puppen von Poshansk« erschien 1952 bei Desch in München.

658 *»Sur les pas de Morell«* – (franz.) In Morells Fußtapfen. Der Band erschien 1952 bei Calmann-Lévy in Paris.

659 *von Viking Press wegzugehen* – S. Brief 658 und die erste Anm. dazu.

die letzten vier Bücher – »This is the Hour, a Goya Novel«, 1951, »Proud Destiny« (»Waffen für Amerika«), 1947, »Simone«, 1944, »Double, Double, Toil and Trouble« (»Die Brüder Lautensack«), 1943.

Offener Brief an mich – Zweig ließ Feuchtwanger am 24. Januar 1953 eine Kopie des »Offenen Briefes« zukommen. Dieser wurde aber nicht veröffentlicht.

quieta non movere – (lat.) das Ruhende nicht stören. (Wird des öfteren als Grundsatz Bismarckscher Politik zitiert.)

aus einem Ihrer Bücher – »Kinder von Wien«.

660 *über den »Josephus« gesprochen* – S. den ersten Satz von Brief 661.

»Die Jüdin von Toledo« – Der Roman erschien 1955 unter dem Titel »Spanische Ballade« bei Rowohlt in Hamburg und unter dem Titel »Die Jüdin von Toledo« im Aufbau-Verlag, Berlin.

die hiesige Film Company – Metro-Goldwyn-Mayer und Feuchtwanger unterschrieben den Vertrag am 6. Juli 1954.

controversial – (engl.) umstritten.

ein halbes Jahr verzögern – »Raquel: The Jewess of Toledo« (»Die Jüdin von Toledo«) erschien 1956 bei Julian Messner in New York und bei Hutchinson, London.

661 *touch wood* – (engl.) unberufen.

Landhaus – Sein Buch darüber, »Mein altes Haus in Kent. Erinnerungen an Menschen und Gespenster«, erschien 1957 bei Desch, Wien, München, Basel.

ein neuer Roman – Es dürfte sich um »Meine schöne Mama« handeln. Er schrieb den Roman zusammen mit seiner Frau (Pseudonym Mathilde Walewska).

Parodienbuch – »Der Parodien 1. und 2. Band« erschien 1955 bei Desch, Wien, München, Basel.

On revient toujours – (franz.) Man kommt immer wieder darauf zurück.

662 *daß ich mein Haus verlöre* – Feuchtwanger befürchtete, daß man ihm nicht gestatten würde, wieder einzureisen.

neugierig auf das Buch – S. Brief 661 und die zweite Anm. dazu.

663 *»Erinnerungen«* – S. Brief 661 und die zweite Anm. dazu.

Geburtstag – Neumann wurde am 22. Mai 1897 geboren.

664 *»Jefta«* – »Jefta und seine Tochter« erschien 1957 im Aufbau-Verlag, Berlin, und bei Rowohlt, Hamburg. Hutchinson brachte »Jephtah

and His Daughter« 1958 in London heraus. Bei Putnam, New York war die Schreibweise 1958 »Jephta and His Daughter«.

665 *Schwierigkeiten mit der Übersetzung* – Ernst K. Kaiser und Eithne Wilkins, die »Die Jüdin von Toledo« übersetzt hatten, übertrugen auch »Jefta und seine Tochter«.

unter einer verlegerischen Decke – Bei Hutchinson in London.

Register zu Band 1 und 2

Aufgenommen wurden Namen, Werke, Periodika und Verlage, die in den Briefen bzw. Anmerkungen genannt werden. Die Ziffern vor den Namen bezeichnen die Briefnummern.

Personen und Werke

Periodika

Verlage

Zu dieser Ausgabe

Die Originale der Briefe, die an Feuchtwanger geschrieben wurden, befinden sich zum großen Teil im Feuchtwanger-Archiv in Pacific Palisades, Kalifornien; ebenso die Durchschläge bzw. Fotokopien der meisten Briefe Feuchtwangers. Der Leiter des Bertolt-Brecht-Archivs Berlin, Dr. Gerhard Seidel, ließ uns 26 Briefe und ein Telegramm Feuchtwangers an Brecht, die in Kalifornien nicht vorlagen, zukommen. Auch Dr. Sigrid Anger, Professor Dr. Ulrich Dietzel und Dr. Rolf Harder von der Akademie der Künste der DDR haben uns geholfen, Lücken zu schließen.

Die vorliegende Ausgabe enthält sämtliche verfügbaren Briefe, die zwischen Feuchtwanger und dem jeweiligen Korrespondenzpartner zwischen 1933 und 1958 gewechselt wurden. Lediglich bei Lou Eisler haben wir uns auf eine Auswahl derjenigen beschränkt, die sich inhaltlich auf Hanns Eisler oder Eisler-Feuchtwanger-Angelegenheiten beziehen. Briefe, die in den Archivbeständen fehlen, müssen als verloren gelten. Verluste sind hauptsächlich den Wirren des Exils zuzuschreiben.

Für die Anordnung der einzelnen Briefwechsel war die Chronologie des jeweils ersten nach dem 1. Januar 1933 geschriebenen Briefes maßgeblich. Diese Sortierung hat gegenüber anderen von uns erwogenen Möglichkeiten den Vorteil, daß sie die für Feuchtwanger wichtigsten freundschaftlichen Beziehungen (Brecht, Heinrich Mann, Thomas Mann) in den ersten Teil der Ausgabe rückt. Das gilt allerdings nur für diese drei. Die Reihenfolge der übrigen ist kein Gradmesser für das persönliche Verhältnis zueinander.

Hinzufügungen der Herausgeber wurden in eckigen Klammern ergänzt. Fehlende Unterschriften blieben unberücksichtigt; die entsprechenden Briefe wurden nach dem Durchschlag gedruckt, auf dem mögliche handschriftliche Nachbemerkungen und auch der Namenszug fehlen. Das gilt auch für nicht vermerkte Ortsbezeichnungen bei den Datumsangaben auf den Briefen Feuchtwangers. Sie wurden seit 1943 sämtlich in Pacific Palisades geschrieben.

Den umfangreichen Briefwechsel mit Fritz Landshoff bringen wir hier nicht. Das Hauptthema der Briefe ist die Veröffentlichung der Werke Feuchtwangers nach der Kapitulation des niederländischen Heeres am 14. Mai 1940. Der größte Teil der Korrespondenz befaßt sich mit dem Verlegen der Werke nach Kriegsende 1945, vor allem mit dem Roman, den Feuchtwanger »Die Drohnen«, »Der Amerikanische Emissär«, dann »Waffen für Amerika« und schließlich »Die Füchse im Weinberg« nannte. Am 11. September 1945 schrieb Feuchtwanger Landshoff, er habe sich entschlossen, ihm und dem Querido Verlag das Werk zu überlassen. Bis die Bände 1947 und 1948 endlich erschienen, hatte Landshoff zahllose materielle und bürokratische Nachkriegsprobleme zu lösen. Wir erwähnen einige davon: Kälte, Strom- und Kohlenmangel, Papierknappheit und Papierzuweisungen, Transitvisen, Aus- und Einreisegenehmigungen, Devisensperre, Nationalität des Autors und des Verlegers, internationale Handelsverträge, die das Drukken und die Auslieferungen in einem Land erlaubten und in einem anderen, in erster Linie Deutschland, verboten. Nach Deutschland wurden die ersten Bände von »Waffen für Amerika« erst im Juli 1949 geliefert.

Im Sommer 1949 trennten sich die Wege Feuchtwangers und Landshoffs, mit dem er seit 1926 zusammengearbeitet hatte. Der Briefwechsel ist für Feuchtwangers Beziehungen zum Querido Verlag bzw. Bermann-Fischer/Querido Verlag, zu anderen Verlegern und Verlagsfragen überhaupt von Bedeutung.

Orthographie und Interpunktion wurden den heute geltenden Regeln angeglichen, ohne den Lautstand zu verändern. Fehlerhafte Schreibungen, auch von Eigennamen, sind korrigiert. Titel wurden in Anführungszeichen gesetzt.

Die Anmerkungen beschränken sich zumeist auf knappe Hinweise. Einige Textbezüge ließen sich nicht aufspüren oder ausführlich kommentieren. Das Register enthält nur solche Angaben, die für das Textverständnis wichtig sind.

Vielen Freunden, Bekannten, Kollegen und Mitarbeitern möchten wir unseren Dank aussprechen. Frau Marta Feuchtwanger, deren Hilfe in einer langen Reihe von Fragen unentbehrlich war, gilt unser innigster Dank. Wir wurden auch immer wieder von Hilde Waldo und Erna Lemberger, denen wir herzlich danken, reichlich unterstützt. In der Universitätsbibliothek, University of Southern California, fühlen wir uns einer Reihe von Herren und Damen für ihre Mithilfe zu Dank verpflichtet. Für zahlreiche bibliographische Hinweise möchten wir vor allem Marion Shulman Dank aussprechen. Auch Reza Amini und Heidi Pizzaro waren stets bereit, behilflich zu sein. In dieser Beziehung sprechen wir auch Professor Dr. Hans Wysling des Thomas-Mann-Archivs, Zürich, Berthold Spangenberg des Ellermann Verlags und der Bayerischen Staatsbibliothek unseren aufrichtigsten Dank aus.

Für Auskunft und Hinweise in bezug auf den Briefwechsel mit Alfred Kantorowicz verdanken wir Professor Dr. Ingrid Kantorowicz sehr viel. Sachdienliche Angaben haben wir auch von Professor Dr. Horst Gronemeyer und Dr. Rolf Burmeister der Staats- und Universitätsbibliothek Hamburg erhalten.

Für zusätzliche Auskünfte und Hinweise danken wir vielen hilfsbereiten Menschen. Wir führen die Namen in alphabetischer Reihenfolge an: Professor Dr. Albrecht Betz,

Technische Hochschule Aachen; Rachel Freudenburg, Wayne State University; Charlotte Gröninger, Essen; Inge Hähnel, Eichenau; Walter Janka, Kleinmachnow; Professor Dr. Klaus Jarmatz, Akademie für Gesellschaftswissenschaften, Berlin; Gerhard Kaspar, Liga für Völkerfreundschaft; Professor Dr. James K. Lyon, University of California, San Diego; Anita Naef, München; Konrad Paul, Aufbau-Verlag; Professor Dr. Margarita Pazi, University of Tel-Aviv; Ursel Perl, Universität des Saarlandes; Professor Dr. Joseph Pischel, Universität Rostock; Anna Zanco Prestel, München; Betty Smith, Long Beach, Kalifornien; Professor Dr. Guy Stern, Wayne State University; Anne Titz, Bonn und Dr. Erika Zabrsa, Österreichischer Bundestheaterverband.

In besonders herzlicher Weise sprechen wir den Mitarbeitern des Aufbau-Verlags, Dr. Gotthard Erler, Paul Gerhard Wenzlaff und Gisela Lüttig unseren Dank aus.

Durch den Ralph und Joan Hovel Fonds und den Irene Neuse Memorial Fonds wurde unsere Arbeit, den Feuchtwanger-Briefwechsel Lesern und Forschern zugänglich zu machen, wesentlich gefördert.

H. v. H.

Inhalt

Lion Feuchtwanger – Ludwig Marcuse

Lion Feuchtwanger – Balder Olden

Lion Feuchtwanger – F. C. Weiskopf

Lion Feuchtwanger – Hanns und Lou Eisler

Lion Feuchtwanger – Friedrich Wolf

Lion Feuchtwanger – Alfred Kantorowicz

Lion Feuchtwanger – Alfred Döblin

Lion Feuchtwanger – Bruno Frank

Lion Feuchtwanger – Robert Neumann

Anhang

Feuchtwanger, Briefwechsel 1–2
ISBN 3-351-01665-4
Bd. 2
ISBN 3-351-01667-0

1. Auflage 1991

Einbandgestaltung Mathias Rohde
Typographie Peter Birmele
Offizin Andersen Nexö Leipzig GmbH, Graphischer Großbetrieb
Printed in Germany

Lion Feuchtwanger

Briefwechsel mit Freunden 1933–1958

I

Lion Feuchtwanger

Briefwechsel mit Freunden

1933–1958

Band I

Aufbau-Verlag

Herausgegeben
von Harold von Hofe und Sigrid Washburn

Vorwort

Als Feuchtwanger sich 1932 am Bahnhof Zoo in Berlin von Brecht verabschiedete, um eine Vortragsreise nach England und Amerika anzutreten, erwog er nicht, eventuell im Ausland zu bleiben. Da die Nationalsozialisten in den Novemberwahlen 1932 Reichstagssitze verloren hatten, erklärte der immer noch optimistische Feuchtwanger, die Deutschen seien im Begriff, gegen die Hitler-Auswüchse vorzugehen.

Am 30. Januar 1933 setzte ihn Friedrich W. von Prittwitz und Gaffron, deutscher Botschafter in Washington mit antinazistischer Gesinnung, über die Machtergreifung der Nationalsozialisten in Kenntnis. Nun lautete Feuchtwangers ahnungsvolle Schlußfolgerung: »Hitler bedeutet Krieg.« – Wenige Monate später kam er in seinem Roman »Die Geschwister Oppermann« auf diese Prognose zurück: »... wodurch kann diese Herrschaft der Völkischen abgelöst werden als durch Krieg und Jahre des Blutes...!« heißt es dort.

Die Ernennung Hitlers zum Reichskanzler war zwangsläufig von einschneidender Bedeutung für Feuchtwangers Leben und Schaffen. Am 18. März 1928 hatte Feuchtwanger in der »Frankfurter Zeitung« eine vernichtende Erklärung über die Darstellungsweise der politischen Rechtfertigungsschrift »Mein Kampf« abgegeben. Indem er über Hitler spottete, setzte er sich damals etwas zu leichtfertig über die Gefährlichkeit des Nationalismus hinweg. In einem Gegenangriff der Nazis stand die Thematik des Romans »Erfolg« im Vordergrund. Am 17. Oktober 1931 hieß es im »Völkischen Beobachter«, Feuchtwanger habe sich »einen zukünftigen Emigrantenpaß reichlich verdient«.

Die Emigration war für Feuchtwanger lebensrettend. In dem Glauben befangen, Hitlers Regime könne sich nur kurze Zeit halten, sah er allerdings nicht voraus, daß er nie nach Deutschland zurückkommen sollte.

In Sanary wirkten sich Emigration und Zeitgeschehen unmittelbar sowohl in der Stoff- und Themenwahl als auch in der Struktur des ersten im Exil geschriebenen Werkes aus. Im Gegensatz zu dem Zeitgeschichtsroman »Erfolg«, der aus der Perspektive eines Historikers des Jahres 2000 Geschehnisse in der Weimarer Republik darstellt, ist der Roman »Die Geschwister Oppermann« ein Zeitroman von bestürzender Aktualität, der sofort wirken, das heißt die Welt aufklären sollte. Die Kernpunkte sind nationalsozialistische Gewalttätigkeit, Freiheitsberaubung und die Folgen des antisemitischen Terrors auf wirtschaftlicher und wissenschaftlicher Ebene, in der Schule und im Bereich der Kunst. Damit das Werk noch 1933 erscheinen und »seine Wirkung tun« konnte, schrieb Feuchtwanger bis zu zehn Seiten am Tag. An dem Roman »Erfolg« hatte er vier Jahre gearbeitet; das Manuskript von »Geschwister Oppermann« schickte er bereits fünf Monate nach Beginn der Niederschrift an den Querido Verlag.

Feuchtwanger war im In- und Ausland einer der meistgelesenen deutschsprachigen Schriftsteller der Weimarer Republik. Vor allem in England und Amerika bekam er gute, zuweilen glänzende Kritiken und hatte große Publikumserfolge. Noch bevor der Roman »Die Geschwister Oppermann« Ende des Jahres in deutsch erschien, wurden Übersetzungen vorbereitet. In Dänemark, England, Frankreich, Holland, Norwegen, Polen, in der Tschechoslowakei und in den USA kam das Buch 1934 heraus, in der UdSSR und in Ungarn 1935. Feuchtwanger gehörte zu den wenigen Autoren, denen während des Exils das quälende Suchen nach Verlagen erspart blieb. Da er in seinen Briefen ständig auf seine im Entstehen begriffenen Werke, auf Veröffentlichungs- und Übersetzungsprobleme eingeht, werden im folgenden die deutschen Erstausgaben seit 1933 aufgeführt:

1933 »Die Geschwister Oppenheim« (späterer Titel »Die Geschwister Oppermann«), Amsterdam, Querido Verlag

1933 »Die Aufgabe des Judentums« (Mitverfasser Arnold Zweig), Paris, Europäischer Merkur

1934 »Marianne in Indien und sieben andere Erzählungen«, Paris, Europäischer Merkur

1935 »Die Söhne«, Amsterdam, Querido Verlag

1936 »Der falsche Nero«, Amsterdam, Querido Verlag

1937 »Moskau 1937. Ein Reisebericht für meine Freunde«, Amsterdam, Querido Verlag

1940 »Exil«, Amsterdam, Querido Verlag

1942 »Unholdes Frankreich« (späterer Titel »Der Teufel in Frankreich«), Mexico, El Libro Libre

1944 »Die Brüder Lautensack«, London, Hamish Hamilton

1945 »Simone«, Stockholm, Neuer Verlag

1945 »Der Tag wird kommen«, Stockholm, Bermann-Fischer

1947 »Waffen für Amerika« (späterer Titel »Die Füchse im Weinberg«), Amsterdam, Querido Verlag

1948 »Wahn oder Der Teufel in Boston«, Los Angeles, Pazifische Presse

1951 »Goya oder Der arge Weg der Erkenntnis«, Frankfurt a. M., Neuer Verlag

1952 »Narrenweisheit oder Tod und Verklärung des Jean-Jacques Rousseau«, Frankfurt a. M., Frankfurter Verlagsanstalt

1955 »Spanische Ballade« (späterer Titel »Die Jüdin von Toledo«), Hamburg, Rowohlt Verlag

1956 »Die Witwe Capet«, Rudolstadt, Greifenverlag

1957 »Jefta und seine Tochter«, Berlin, Aufbau-Verlag

Die Briefe geben Auskunft über Feuchtwangers eigenes literarisches Schaffen, über sein gesellschaftliches Wirken, seine Aktivitäten innerhalb verschiedener Emigrationsorganisationen, über seine Mitarbeit an Exilzeitschriften usw. In Verbänden, die der Zusammenführung der Emigranten und dem Kampf gegen das nazistische Deutschland dienten, mitzuarbeiten war ihm selbstverständliche Pflicht.

Schon 1933 wurde er Mitglied des Schutzverbandes Deutscher Schriftsteller, von 1935 an gehörte er dem Vorstand an, 1938 dem Präsidium; 1934 war er an der Gründung der Bibliothek der verbrannten Bücher bzw. der Deutschen Freiheitsbibliothek beteiligt und wurde zum Ehrenpräsidenten ernannt. Auf dem 1. Internationalen Kongreß zur Verteidigung der Kultur 1935 in Paris hielt er den Vortrag »Vom Sinn und Unsinn des historischen Romans«. Auf dem PEN-Club-Kongreß 1937 brachte er als Vertreter der Deutschen eine Resolution für Ossietzky und gegen die Verfolgung deutscher Schriftsteller durch. Im selben Jahr nahm er an der Eröffnungskundgebung der Ausstellung »Das deutsche Buch in Paris 1837–1937« teil. Es war eine Gegenveranstaltung zur Ausstellung des Naziregimes auf der Pariser Weltausstellung. In ihren Briefen von 1937 befaßten sich Heinrich Mann und Feuchtwanger fast ausschließlich mit der Förderung einer Gruppe von Intellektuellen im Rahmen der Volksfront.

Nach der Flucht aus dem von Deutschen besetzten Frankreich fanden Marta und Lion Feuchtwanger in Kalifornien Zuflucht. Abermals erwarben sie ein Haus, aber Feuchtwanger, der noch 1946 von seiner »Wartesaal«-Situation sprach, ließ keinen Zweifel darüber, daß er es als Provisorium betrachtete. Ein großes Haus, eine erlesene Bibliothek mit den Werken der Weltliteratur, sprachwissenschaftlichen Schriften (z. B. allen Bänden des Grimmschen Wörterbuches, die bis 1958 erschienen waren), zahlreichen fremdsprachigen Nachschlagewerken neben deutschen Wörterbüchern und Enzyklopädien – das war die Welt, in der Feuchtwanger bis zu seinem Tod als Staatenloser lebte.

Los Angeles und Umgebung waren im ersten Jahrzehnt des Asyls in Kalifornien das, was Feuchtwanger im Brief vom 9. Juli 1941 an Arnold Zweig als »eine Art gigantisches Sanary« charakterisierte: eine große Emigrantenkolonie, unvergleichlich größer als die in Sanary. Brecht war einer der letzten, der in Los Angeles eintraf. Marta Feuchtwanger holte ihn am 21. Juli 1941 in San Pedro, dem Hafen von Los Angeles, ab. Lion und Marta Feuchtwanger besorgten ihm Unterkunft und waren ihm in mancher Hinsicht behilflich, in den USA Fuß zu fassen. Wie schon in München fanden in Kalifornien beide Schriftsteller Interesse an einem Projekt. Ihre Aufmerksamkeit galt diesmal der Jeanne-d'Arc-Thematik. Von Oktober 1942 bis Februar 1943 arbeiten sie gemeinsam an »Simone« bzw. »Die Gesichte der Simone Machard«. Film- und theaterinszenatorische Fragen sollten bis zu Brechts Tod Gegenstand ihrer Korrespondenz bleiben.

Als es in den Nachkriegsjahren leichter wurde, Briefe miteinander zu wechseln, teilweise aber auch notwendiger, weil viele Emigranten nach Europa zurückkehrten, wurde der Kreis der Briefschreiber größer. Für Feuchtwanger galt, was Gottfried Keller über das Briefeschreiben vermerkte: Man solle sich Briefe nach getaner Arbeit gestatten. Die »getane Arbeit« spielt in vielen Mitteilungen an seine Freunde eine Rolle; Betrachtungen über seine Romane beleuchten die Entstehungsgeschichte, thematisches Anliegen usw.

Zu einer Rückkehr nach Deutschland konnte sich Feuchtwanger nicht entschließen; selbst die Absicht eines Besuchs gab er schließlich auf: Die Zeit der Untersuchung »unamerikanischen Verhaltens« war angebrochen und brachte für Feuchtwanger Überwachung und Verhöre mit sich. Man verdächtigte ihn der Spionage. Die umfangreiche Akte, die uns vom Federal Bureau of Investigation zugestellt wurde, enthält z.B. lange Auszüge aus dem Erlebnisbericht »Moskau 1937«. Da sein Antrag auf amerikanische Staatsbürgerschaft zurückgewiesen wurde, befürchtete er, die Behörden würden ihm nach einer Europareise die Rückkehr nicht gestatten. Sein Haus, seine Bibliothek, die Arbeitsbedingungen, die er sich geschaffen hatte, das alles war längst kein Provisorium mehr. – Zweimal setzte sich Feuchtwanger mit dem McCarthyismus literarisch auseinander: in seinem Schauspiel »Wahn oder Der Teufel in Boston«, für dessen Aufführung in Europa sich Eisler – selber ein Opfer der politischen Vorgänge der McCarthy-Periode – einsetzte, und in dem Roman »Goya«. Daß es sich bei der Beschreibung der Caprichos Goyas und der Inquisition nicht allein um eine historische Darstellung handelt, sondern daß darin »ohne die geringste Aufdringlichkeit sich aufdrängende Bezüge aufs Heutige« sind, erkannte im Gegensatz zu den meisten Rezensenten Thomas Mann sofort.

In den fünfziger Jahren wiederholt sich in den Briefen die Formulierung vom »langsamen Fortschreiten« der verschiedenen Romane – das waren zwischen 1951 und 1957 »Goya«, »Narrenweisheit«, »Spanische Ballade«, »Jefta und seine Tochter«. Langsam arbeiten bedeutete für Feuchtwanger, die bei ihm üblichen fünf Entstehungsphasen einzuhalten. Äußerlich sichtbar wurde das an dem unterschiedlich getönten Papier: die erste Fassung eines Manuskripts entstand auf blauem Papier, jede weitere auf immer hellerem, bis zur letzten Fassung, die auf weißes Papier geschrieben wurde. Nur einmal in seinem Leben, im Falle des Romans »Die Geschwister Oppermann«, hat er überstürzt gearbeitet.

Wegen der »törichten Mißverständnisse« (Brecht), die der Roman »Waffen für Amerika« in der UdSSR hervorgerufen hatte – in einem Artikel, veröffentlicht von »Nowy

Mir«, war der Autor des Formalismus und Kosmopolitismus bezichtigt worden –, änderte Feuchtwanger den Titel des Romans in »Die Füchse im Weinberg«. Von der Zeit an befürchtete er noch mehr als beim »Josephus«, daß Leser und Kritiker seine Romane mißverstehen und falsch interpretieren könnten. Lesungen vor Freunden in seinem Haus mit anschließenden Gesprächen waren ihm deshalb besonders wichtig.

Der Tod und der literarische Nachlaß Heinrich Manns, postume Veröffentlichung und wissenschaftliche Forschung sind ebenfalls Themen der Briefe in den fünfziger Jahren. Feuchtwanger war mit Heinrich Mann, seinem vertrautesten Freund in Kalifornien, zwei Tage vor dessen Tod noch zusammen, telefonierte am vorletzten Tag seines Lebens mit ihm und war noch einmal bei ihm, nachdem er von dem Hirnschlag erfahren hatte. (Brief Feuchtwangers an Lou Eisler vom 15. März 1950.) Vor seinem Tod hatte Heinrich Mann einige Kisten mit Manuskripten und Briefen bei Feuchtwanger untergestellt. Wie Feuchtwanger über diesen Teil des Nachlasses verfügte, wird in zahlreichen Briefen an Kantorowicz dokumentiert.

Der Gedanke, daß seine Briefe an die Freunde einmal der Nachwelt gehören würden, lag Feuchtwanger fern. Die reichhaltige Korrespondenz diente zum einen praktischen Zwecken und zum andern der Aufrechterhaltung des freundschaftlichen Kontaktes während der fortschreitenden Isolation im Exil. Sie konnte und sollte ihm jedoch nicht den persönlichen und direkten Gedankenaustausch ersetzen, »... denn das Wesentliche läßt sich schriftlich ja kaum mitteilen«, heißt es im Brief an Erika Mann vom 3. Oktober 1955. Seine Energie und Konzentration gehörten dem Werk. Feuchtwangers erstes im amerikanischen Exil geschriebenes Buch, »Der Teufel in Frankreich«, enthält eine Selbstdarstellung, die in ihrer Spontanität und Offenheit ein glaubwürdiges Bild seiner Arbeitsweise und seiner Auffassung der eigenen Berufung als Schriftsteller gibt; besonders überzeugend, da er sie im Augenblick der größten Turbulenz und Entwurzelung formuliert hatte: »In jahrzehntelangem Training hatte ich mir die Fähigkeit erworben, mich, was immer geschehen mochte, während meiner Arbeit auf diese Arbeit zu konzentrieren. Gemeinhin waren überdies, wenn ich mit einem Werk beschäftigt war, nicht nur die Stunden der Arbeit, sondern mein ganzes Leben erfüllt von diesem Werk, dergestalt, daß ich automatisch alles, was ich sah, hörte, las, lebte, auf das Werk bezog.« Der Glaube an die Bedeutung seines Werkes half ihm, diese schwerste Zeit mit einiger Gelassenheit und großer Zuversicht zu überstehen: »Es sind vierzehn Bücher, die ich so in meinem Innern trage, vierzehn Bücher, die ich noch schreiben muß, weil ich annehme, daß nur ich sie schreiben kann, und weil ich glaube, daß sie höchst wichtig sind … auch für die Welt.«

Die Überzeugung, daß allein sein *Werk* zu der Welt sprechen sollte, machte Feuchtwanger zu einem nicht außergewöhnlichen Briefschreiber. Daß er aber dennoch seine ihm so kostbare Zeit darauf verwendete, bezeugt, daß er zeit seines Lebens ein guter und verläßlicher Freund blieb. Darüber hinaus geben diese Briefe, bar jeglicher dichterischer Ausschmückungen, ein Bild aus dem Alltag des Menschen Lion Feuchtwanger und seiner Zeit.

Harold von Hofe

Bertolt Brecht
Helene Weigel

Die enge Freundschaft zwischen Feuchtwanger und Brecht und die Rolle des Mentors, die der Ältere im Leben des Jüngeren spielte, räumen diesem Briefwechsel einen gewissen Vorrang vor den anderen ein. Sie lernten sich im Frühjahr 1919 kennen. Brecht, Medizinstudent in München, brachte dem damals als Dramatiker bekannten Feuchtwanger das Manuskript seines Schauspiels »Spartakus«. Von der Qualität des Stückes und dem Talent des jungen Mannes überzeugt, setzte sich Feuchtwanger für eine Aufführung bei den Münchner Kammerspielen ein. Der Titel lautete nun: »Trommeln in der Nacht«.

Die Briefe aus den dreißiger Jahren spiegeln wenig von den Einschränkungen des Exils und von dem Kampf um ein literarisches Leben außerhalb Deutschlands wider, wie es beispielsweise in der Korrespondenz mit Zweig der Fall ist. Aufschlußreich sind sie hingegen für das politische Denken, für die weltanschauliche Position Feuchtwangers. Ihre teilweise auseinandergehenden Ansichten – Brecht war im Gegensatz zu Feuchtwanger Marxist – sind nicht unmittelbarer Gegenstand ihrer Briefe, sondern äußern sich z. B. in gelegentlichen Anspielungen oder ironischen Bemerkungen. Selbst die Grußformel »Ihr alter idealistischer Feuchtwanger« ist nicht nur eine Floskel, sie unterstreicht seine Überzeugung von der Autonomie des Geistes. Was sich also in den Briefen als Resultat einer Denkhaltung zeigt, spricht Feuchtwanger in seinem Essay von 1931 »Mein Roman ›Erfolg‹« direkter aus: »Ich bin weder Fatalist noch Marxist, der glaubt, daß einzig ökonomische und materielle Gesetze die Welt machen. Ich bin auch kein Individualist, der meint, daß jeder Mensch Herr seiner Zukunft sein kann.« Auch Johannes R. Becher, der 1934 über antifaschistische

Schriftsteller schrieb, stellte im 5. Heft der »Internationalen Literatur« fest: »Lion Feuchtwanger hat ... dazu beigetragen, das wirkliche Gesicht ... der nationalsozialistischen Diktatur zu entlarven... Er selbst hat von der proletarischen Revolution gesprochen, aber er schreckt noch zurück vor ihr...«

Brecht macht Feuchtwanger »... nicht ohne leisen Vorwurf« zum Beispiel einmal darauf aufmerksam, daß er pseudo-marxistischen Ideen aufgesessen sei. Dagegen äußert er völlige Zustimmung zu Feuchtwangers Bericht »Moskau 37«. Noch zwölf Jahre nach Erscheinen des Buches stellt er in einem Aufsatz für die Zeitschrift »Ost und West« anerkennend fest: »Wie selten ist es, daß der Kenner älterer Kulturen eine neue zu erkennen weiß!«

In den Briefen der Jahre 1939 bis 1941 geht es unter anderem um Brechts Übersiedlung von Finnland nach Amerika. Es war nicht zuletzt Feuchtwangers Bemühen zu verdanken, daß Brecht schließlich in den USA Asyl fand. Inhaltliche, konzeptionelle und vertragliche Fragen einer in Aussicht stehenden Verfilmung von »Simone« bzw. »Die Gesichte der Simone Machard« stehen im Mittelpunkt der Briefe zwischen 1943/44. In den fünfziger Jahren dann ist das Schauspiel wiederum häufig Gegenstand gemeinsamer Überlegungen. Es geht um die Möglichkeiten seiner Aufführung und darum, ob die Hauptrolle tatsächlich von einem Kind besetzt werden muß.

In der Korrespondenz Feuchtwanger – Brecht verstehen sich Verbundenheit und gegenseitige Wertschätzung von selbst. Im zwanzigsten Jahrhundert, erklärte Feuchtwanger, hatte Deutschland einen einzigen Sprachschöpfer: Brecht. Feuchtwanger war einer meiner wenigen Lehrmeister, bezeugte Brecht.

1 Brecht an Feuchtwanger

4. Mai 1933

Lieber Doktor,

würden Sie mir schreiben, *womöglich depeschieren*, wann Sie *nicht* in Bandol sind. Und wann Sie durch Paris kämen!

Herzlich
Ihr alter
brecht

2 Feuchtwanger an Brecht

Bandol (Var)
Hotel La Réserve
16. Mai 1933

Lieber Brecht,

ich habe mich hier jetzt gewissermaßen festgesetzt. Ich habe nämlich ein sehr nett gelegenes Häuslein zwischen Bandol und Sanary gemietet, und Marta ist bereits intensiv damit beschäftigt, es wohnlich einzurichten. Es wird freilich noch etwa drei Wochen dauern, bis ich einziehen kann, und es ist möglich, daß ich in der Zwischenzeit einmal acht Tage nach London gehe. Auf alle Fälle wäre es nett, wenn Sie, bevor Sie nach Paris fahren, herunterkämen. Sie sind herzlichst eingeladen, bei uns zu wohnen, so daß Ihr Besuch unter keinen Umständen an der Geldfrage scheitern soll. Wenn ich nach London gehen sollte, dann etwa vom 25. Mai bis 4. oder 5. Juni; aber es wäre sehr anstrengend, und die Filmgesellschaft, die einen (mäßigen) Film von mir drehen will, hat sich bereit erklärt, mir Regisseur, Szenarioschreiber usw. hierherzuschicken.

Übrigens ist auch Thomas Mann hier, er wohnt in einem Hotel fünf Minuten von hier entfernt, und er kommt jeden Nachmittag mit seiner ganzen Familie herüber zu einem Trauertee. Wir schauen dann sehnsüchtig nach einem weißen Haus, in dem Herr Huxley wohnt, ganz unverfolgt und sicher.

Über den Sommer hinaus habe ich noch keine Pläne; aber halten Sie mich bestimmt über Ihre jeweilige Adresse auf dem laufenden, weil es sehr wahrscheinlich ist, daß ich über Paris komme. Übrigens machen mir holländische Verleger dringliche Verlagsangebote über deutsche Ausgaben meiner Bücher. Sie wollen alle herunterkommen, aber es ist möglich, daß ich auch einmal nach Amsterdam fahre, und dann werde ich Ihnen zuliebe vielleicht acht Tage Frost in Ihrem Thule auf mich nehmen.

Herzliche Grüße auch an Helli. Auch Marta lädt Sie dringend ein, doch herunterzukommen. Sie wird Ihnen besonders viel Reis und Kalbfleisch vorsetzen und nur sehr wenig Fische.

Ihr
Lion Feuchtwanger

PS Auch Huebsch von der Viking Press wird mich hier aufsuchen. Er weiß, trotz dem débâcle der »Dreigroschenoper«, Ihre short stories zu schätzen, und ich will ihm hier vorschlagen, allenfalls meine short stories und die Ihren in einem Bande vereint zu bringen. Schreiben Sie recht bald.

3 Feuchtwanger an Helene Weigel

Sanary (Var)
Villa Lazare
La Plage, La Gorguette
11. Juli 1933

Liebe Helli,

Ihren Brief vom 1. Juli habe ich gekriegt. Ich glaube, Sie können mir direkt schreiben, wenn Sie den Brief einschreiben lassen. Übrigens genügt die einfache Adresse: Villa Lazare, La Plage, La Gorguette, Sanary (Var) ohne Nennung meines Namens. Dann aber nicht Einschreiben.

Unserer alten Freundin schicke ich was; nicht so viel wie ich gern möchte, denn auch bei uns gehen die Gelder langsam ein, und was irgend über Deutschland geht oder über deutsche Verlegerverträge, ist von vornherein verloren.

Das Haus ist sehr hübsch, das Klima könnte nicht angenehmer sein, von übermäßiger Hitze keine Rede. Selbst der sehr empfindliche Thomas Mann fühlt sich sehr wohl. Wir haben uns ein kleines altes Auto zugelegt. Da das Haus mittwegs zwischen Bandol und Sanary liegt, auf der Halbinsel Gorguette, wenn das ein Begriff für Sie ist, ist es nötig.

Ich arbeite pedantisch wie in Berlin, und im übrigen haben wir schrecklich viel Besuch, und es geht uns relativ sehr gut.

Was machen Sie nach dem Sommer? Ich habe vor, hierzubleiben, bis ich das kleine Buch abgeschlossen habe, an dem ich arbeite, d. h. bis Mitte Oktober. Was ich dann tun werde, weiß ich noch nicht.

Über die deutschen Ausgaben meiner Bücher habe ich mit dem holländischen Verlag Querido abgeschlossen, dessen deutsche Abteilung von Landshoff geleitet wird.

Eine deutsche Gesamtausgabe meiner Bücher wird dort so rasch wie möglich gedruckt; »Der Jüdische Krieg« erscheint neu noch im Juli, die Gesamtausgabe wird im Laufe eines Jahres abgeschlossen vorliegen.

Grüßen Sie Brecht sehr herzlich; es hat mir leid getan, daß ich ihn nicht mehr sah. Er soll den chinesischen Roman nicht liegenlassen. Was ich las, hat mir starken Eindruck gemacht (vielleicht wird es auch durch die Erinnerung verschönt).

Sehr herzlich
Ihr
Lion Feuchtwanger

PS Wissen Sie keine Deckadresse für unsere Freundin innerhalb Deutschlands? Ich möchte ihr gern etwas aus Deutschland schicken, und ich weiß nicht, ob mein Vertrauensmann dort, wenn ich ihn beauftrage, eine Sendung direkt an unsere Freundin anzuweisen, nicht gefährdet ist.

4 Feuchtwanger an Brecht

Sanary (Var)
Villa Lazare
La Plage, La Gorguette
31. Juli 1933

Lieber Brecht,

ich freue mich, einmal wieder etwas von Ihnen gehört zu haben.

Ich arbeite hier scharf. Was ich mache, ist in der Konzeption fast so mager wie Ihr Brief, aber wahrscheinlich ist es nützliche Arbeit. Wichtig ist nur, daß das Buch noch heuer erscheinen kann. Das zwingt mich, bis zu zehn Stunden am Tag zu produzieren. Davon abgesehen ist es hier sehr angenehm, das Klima könnte nicht erfreulicher sein, vor allem hier heraußen in unserem einsamen Haus sind Luft und Meer herrlich. Schade, daß Sie nicht da sind.

Die Pläne des Herrn Alexander haben sich bis jetzt immer als recht luftig, man kann schon sagen windig, erwiesen. Er hat in London eine Hindenburg-Biographie von mir ausgeboten, offenbar Hindenburg mit Baco und mir selber verwechselnd. Ich würde auf ihn keine großen Hoffnungen bauen.

5 Feuchtwanger an Brecht

Bandol (Var)
27. Januar [1934]

Lieber Brecht,

ich sitze nackt in der Sonne, es ist sehr warm, und ich bin gräßlich faul. Als ob die Müdigkeit des ganzen Jahres auf einmal herauskäme, aber es ist nicht unangenehm.

In Paris und London hatte ich einen ziemlich wilden Betrieb, aber ich habe jetzt meine Angelegenheiten auf einige Zeit in Ordnung gebracht und kann im Sommer in Ruhe an den zweiten »Josephus« herangehen.

Die »Oppermanns« sind kein ganz großer, aber ein recht ansehnlicher Erfolg und tun zweifellos ihre Wirkung.

Es wäre fein, wenn Sie herunterkämen. Der Februar gilt hier als besonders angenehmer Monat, im März allerdings setzt dann die Regenzeit ein.

Marta hat sich einer zweiten Operation unterziehen müssen. Sie ist gut verlaufen, und ihre völlige Wiederherstellung ist jetzt so gut wie sicher. Nur wird es schrecklich lange dauern, bis sie wieder ihre ganze Bewegungsfreiheit hat, und an Pläne auf weitere Sicht können wir vorläufig nicht denken. Sicher ist nur, daß Marta den März in Aix les Bains verbringen wird. Was ich dann tun werde, steht noch dahin.

Ich würde mich freuen, wenn Sie sich dazu aufraffen könnten, den Februar über hier herunterzukommen.

Apropos Eldorado: Es ist ein proletarisches Vorurteil, daß sorgfältig zubereitetes Essen, luftige Räume und eine gut besonnte Landschaft der Erkenntnis der Wirklichkeit abträglich seien.

Herzliche Grüße an alle, die sie verdienen.

Immer
Ihr
Lion Feuchtwanger

Meine Adresse bleibt bis auf weiteres: Bandol (Var), Grand Hotel.

6 Feuchtwanger an Brecht

Grand Hotel et Hôtel des Bains
Bandol S. Mer (Var)
9. April [1934]

Lieber Brecht,

es ist wieder einmal betrüblich lange her, daß Sie nichts von sich haben hören lassen.

Was mich anlangt, so habe ich für den Sommer wiederum hier unten gemietet. Nicht das gleiche Haus wie das letzte Mal, das hat man leider in ein Nachtlokal verwandelt, und in dem Zimmer, in dem ich die »Oppermanns« schrieb, wird jetzt gesoffen und gehurt. Aber das Haus, das wir jetzt haben, ist riesig groß, wir haben mehrere leere Zimmer, und wenn Sie ein paar Wochen bei uns wohnen wollen, sind Sie sehr herzlich willkommen.

Ich will so um den 20. herum auf ein oder zwei Wochen nach Paris und London, dann, Mitte Mai, gehe ich für den ganzen Sommer nach Sanary, um am zweiten »Josephus« zu schreiben. Ich werde aber nicht so gehetzt arbeiten wie das letzte Jahr, da ich das Buch erst im nächsten Herbst erscheinen lassen will.

Falls Sie also kommen sollten, werde ich sehr viel Zeit für Sie haben.

Äußerlich geht es mir sehr gut. Das Frühjahr hier war herrlich, Marta geht schon ganz leidlich, auch Auto kann sie bereits fahren – ich habe einen schönen großen Talbot –, ich bin ausgehungert auf Arbeit, die »Oppermanns« waren vor allem in Amerika ein sehr großer Erfolg.

Meine Adresse ist bis 1. Mai: Bandol (Var), Grand Hotel (ich bin aber wie gesagt ab 20. wahrscheinlich in London und Paris), ab 1. Mai: Villa Valmer, Sanary (Var), Tel. Sanary 83. Bitte notieren Sie sich diese letzte Adresse, sie bleibt für den ganzen Sommer.

Also schreiben Sie, und, wenn irgend möglich, kommen Sie.

Herzlichst
Ihr
Lion Feuchtwanger

7 Feuchtwanger an Brecht

Grand Hotel et Hôtel des Bains
Bandol S. Mer (Var)
22. April [1934]

Lieber Brecht,

schönen Dank für Ihren Brief.

Aus meiner Reise nach London wird nichts. Alle Leute, mit denen ich dort zu sprechen hätte, kommen herunter.

Tun Sie es doch auch. Sie sind nochmals herzlich eingeladen, hier unser Gast zu sein. Das Haus ist groß genug, daß einer den andern nicht behelligt, und es ist offenbar mehr ratsam, in einer hellen, warmen, gesundheitsfördernden Landschaft zu sein als in einer kalten, trüben, rheumatismuserzeugenden.

Meine Frau – sie wird Ihnen nächstens schreiben – ist für den Titel »Three Pence Novel«. Ich auch.

Döblin erreichen Sie über Querido (Querido Verlag, Keizersgracht 333, Amsterdam).

Kommen Sie.

Herzlichst
Ihr
Feuchtwanger

8 Brecht an Feuchtwanger

[Juni/Juli 1934]

Lieber Feuchtwanger!

...warum sollen wir also nicht das Wort »Asphaltliteratur« ruhig akzeptieren? Was spricht gegen den Asphalt, außer diesen Unheilbaren, denen kein »Heil!« helfen kann? Nur der Sumpf erhebt Anklage gegen seinen großen, schwarzen Bruder, den Asphalt, den geduldigen, sauberen und nützlichen. Wir sind doch wirklich für die Städte, vielleicht nicht für ihren jetzigen Zustand, wobei unter »jetzig« beileibe nicht etwa nur die letzten zwei Jahre gemeint sind! Wir erwarten uns nichts, keine mindeste Unterstützung von seiten der Scholle, und wir wissen genau, daß die großen Weizenfelder Ohios und der Ukraine von den »Bluboleuten« kaum als Scholle angesehen werden; ohne Verzug würden wir sie aber vorziehen den kleinlich zerschnittenen und verwinkelten Äckerchen unserer zurückgebliebenen deutschen Landwirtschaft, die ihren Bebauern so viel Kraft entziehen, daß sie mit 40 Jahren wie Greise aussehen. Wir müssen natürlich den Titel »Asphaltliteratur« nur verleihen solchen Werken, die wenigstens ein bestimmtes *Minimum* jener bürgerlichen rationellen Vernünftigkeit enthalten, welche die Werke der Swift, Voltaire, Lessing, Goethe usw. in so hohem Maße auszeichnet. Sie verstehen mich: Man würde dann eine Zeitlang *überhaupt* alles, was Literatur ist, Asphaltliteratur nennen müssen. Von allem Schrecklichen, Verkrampften, Unvernünftigen, Formlosen, Unbegabten würde man sagen müssen, es habe mit Asphaltliteratur nichts zu tun. Die gegenwärtigen legalen Druckerzeugnisse des Dritten Reiches, dieser kümmerliche Zweig des internationalen Rauschgifthandels, könnten natürlich in keinem einzigen Exemplar zur Asphaltliteratur gerechnet werden. Alles, was mit diesem »Blut« zusammenhängt, das vergossen wird und vergossen werden soll, und diesem Boden, der natürlich der gute alte berüchtigte Boden der Tatsachen ist, auf den sich die Kopflanger der Unterdrücker gestellt haben, ist nie und nimmer Asphaltliteratur. Fälle von Mimikry müßten schonungslos aufgedeckt und verfolgt werden, verwenden doch gewisse Schreiber heute Form und Ausdrucksweise, die der Asphaltliteratur, d.h. eben der Literatur schlechthin, der großen europäischen Literatur, wie sie sich im Laufe der letzten Jahrhunderte geschichtlich entwickelt hat, entnommen sind.

bertolt brecht

9 Brecht an Feuchtwanger

Svendborg
Juli 1934

Lieber Doktor,

ich wundere mich eigentlich sehr, daß Sie schon 50 (fünfzig) Jahre alt sein sollen – bei Ihren ungebrochenen tierischen Trieben! Aber es ist schließlich auch kein Alter, wenn man bedenkt, was für Untaten man noch mit 80–90 Jahren anstellen kann (Masurengäule!)

Im Ernst: ich wünsche Ihnen das allerbeste und danke Ihnen, daß Sie in 15 Jahren von Ihren 50 mir so viel und so gut geholfen haben, wie kaum jemand.

Noch was: Die »Sammlung« hat mich mit Expreßbrief und Expreßforderung überfallen. Ich liege im Augenblick in der Svendborger Klinik mit einem kleinen Ureterstein aus hübschen Oxalatkristallen. Es ist ein bißchen schmerzhaft und verdirbt die Laune. Ich habe irgendwas abgeliefert, lesen Sie es mit Nachsicht! Den üblichen Salat wollte ich vermeiden, Sie verstehen.

Wie geht es Marta? Ich würde Sie beide gern wiedersehen. Vielleicht geht es im Herbst? Sie kommen wohl nie mehr in den rauhen Norden?

Sehr herzlich
Ihr alter
brecht

Hat man Ihnen meine Gedichte geschickt? Der Verlag schwört es.

10 Feuchtwanger an Brecht

Sanary
Villa Valmer
13. Juli [1934]

Lieber Brecht,

es tut mir sehr leid, daß Sie zur Zeit auf der Nase liegen. Das kommt davon, daß Sie eigensinnig die Landstriche der Hyperboreer unserem zivilisierten Mittelmeerklima vorziehen. Aber wollen Sie nicht ernstlich bald im Interesse Ihrer Gesundheit hier herunterkommen? Glauben Sie einem alten erfahrenen Mann: es ist schon das Rechte. Auch würden mit den nördlichen Nebeln in der klaren Luft hier viele Ihrer Ideen sicherlich verschwinden.

Im übrigen ist es betrüblich, daß es eines so ernsten Ereignisses wie meines Eintritts ins Greisenalter bedarf, bis Sie einmal schreiben.

Marta wird in ein paar Wochen auf einige Zeit nach Aix les Bains gehen, um ihr Bein auszukurieren. Ich bleibe sicher bis tief in den Herbst hinein hier. Ich arbeite am zweiten »Josephus«, der leider drei Teile haben wird. Eigentlich müßte er zehn haben. Wir Juden, die wir in Jahrmyriaden denken – auch hierin hat Hitler versucht, uns zu imitieren –, tun's nicht billiger. (Da ich sowieso schon 30.000 Jahre alt bin, bin ich, wie Sie sehen, in meinem 30.001. nicht klüger geworden.)

Schauen Sie, daß Sie bald gesund werden und herunterkommen.

Herzlichst
Ihr
Feuchtwanger

11 Feuchtwanger an Brecht

Paris
Hotel Raphael
Avenue Kléber
10. Oktober 1934

Lieber Brecht,

ich habe mit Secker ausführlich über den »Dreigroschenroman« gesprochen und ihn, glaube ich, gut präpariert. Er will den Roman Eric Sutton zu lesen geben, der übrigens ein verständiger Mensch ist, und Sutton veranlassen, sich dann direkt mit Ihnen ins Benehmen zu setzen. Vielleicht schreiben Sie noch einmal direkt an Secker in etwa 14 Tagen, erinnern ihn an das Buch und bitten ihn nochmals, Sutton zu veranlassen, sich direkt mit Ihnen ins Benehmen zu setzen.

Was Wieland Herzfelde anlangt, so habe ich mit Mrs. Anthony de Rothschild gesprochen. Ich habe ihr gesagt, daß da eine Zeitschrift existiert, die Förderung verdiene, und sie ersucht, eine kleine Sammlung unter ihren Bekannten für eine Ehrengabe zu veranlassen. Ich legte ihr dar, daß man der Zeitschrift nicht ohne weiteres Geld anbieten könne, sondern dieses Angebot in Form einer Ehrengabe kleiden müsse. Ich halte es nicht für aussichtslos, daß die Geschichte etwas wird. Frau von Rothschild hat um Literatur. Vielleicht schickt ihr Herzfelde unter Bezugnahme auf mich ein kleines Exposé über seine Zeitschrift und seine Bestrebungen. Selbstverständlich muß peinlich alles vermieden werden, was an kommunistische Tendenzen erinnern könnte. Die Adresse Frau von Rothschilds ist: Mrs. Anthony de Rothschild, 12, Hill street, London.

Ich habe bedauert, daß wir in dem Londoner Gehetz nicht in Ruhe sprechen konnten. Vielleicht entschließen Sie sich doch, einmal herunter nach Sanary zu kommen.

Herzlichst immer

Ihr
Lion Feuchtwanger
Im Auftrage:
H. Hairle
Sekretärin

12 Feuchtwanger an Brecht

28. Dezember 1934

Lieber Brecht,

ich will das Jahr nicht zu Ende gehen lassen, ohne Ihnen noch einmal guten Tag zu sagen. Ich habe lange nichts von Ihnen gehört und weiß nicht einmal, wo Sie sind, ob in England oder in Dänemark.

Ich sitze still hier unten und arbeite am zweiten »Josephus«. Es ist erfreulich einsam hier. Ich schreibe, lese und gehe spazieren. Was ich lese, sind lauter »Bücheln«, wie Sie zu sagen pflegen, Klassiker also, Franzosen und Engländer des 19. Jahrhunderts zumeist, viel Geschichte und Philosophie.

Den »Dreigroschenroman« habe ich zweimal gelesen, ich finde das Buch eine ausgezeichnete Karikatur auf das Weltbild des extrem marxistischen Doktrinärs. Wir müssen einmal ausführlich darüber sprechen. Ich würde mich wirklich herzlich freuen, wenn Sie einmal herunterkämen, und lade Sie auch im Namen Martas nochmals herzlich ein.

Mit Vergnügen habe ich den kleinen Artikel Zweigs über Sie gelesen; ich finde, er ist ungefähr das Treffendste, was über Sie geschrieben wurde.

Haben Sie ein gutes neues Jahr. Ich wünsche Ihnen, daß Sie sich in Ruhe an den chinesischen Roman machen.

Grüßen Sie Helli herzlich. Wir sprechen oft von den Weihnachtsabenden, die wir bei Ihnen verbracht haben.

Um Ihnen einen kleinen Silvesterspaß zu machen, setze ich Ihnen ein (ernstgemeintes) Gedicht hierher, das ich in dem soeben erschienenen Almanach der französischen Postbeamten gefunden habe, der von zwei Mitgliedern der Akademie bevorwortet ist:

Ma femme tricote
Sous le lustre, près du feu.
Moi je lis un peu
Et ma fille pianote.
Gardez-nous ainsi, mon Dieu.

Adieu, Brecht. Lassen Sie sich bald einmal sehen. Oder zumindest ausführlich von sich hören.

Sehr herzlich
immer Ihr
Feuchtwanger

13 Brecht an Feuchtwanger

[Skovsbostrand]
18. Januar 1935

Ich danke Ihnen sehr für die Einladung. Wenn ich irgend kann...

Die Erscheinungszeit Ihres Romans über die großen Aussichten der Friedensliebe wird wohl zusammenfallen mit der Zeit großer Kriege.

(Es ist wirklich ein Jammer, daß Sie nicht mehr satirisch arbeiten! Aber Kortner wollte ja auch immer am liebsten etwas Ernstes, etwa Hermann den Cherusker spielen.)

Sie müssen übrigens achtgeben, daß der »Josephus« nicht allzu sehr dem Schwarzschild gleicht, der möchte auch am liebsten dem französischen Generalstab den Weg nach Berlin (Berläng) zeigen, damit, nach seinem Einzug durchs Brandenburger Tor (zu Pferd), der europäische Friede aufgerichtet werden kann. Aber genug des frevlen Scherzes!

Weill soll mit Reinhardt zusammen und Werfel, der immer mal wieder gefallen haben soll, jetzt an einer Glorifizierung der jüdischen Geschichte für Amerika arbeiten. Alle wollen sie den Ehrentitel »Justamentus«! Ich möchte hören, was geschähe, wenn ich den Durchzug der Cherusker durch den Teutoburger...

Haben Sie etwas von Döblin gehört?

Zweigs Aufsatz in den »N[euen] D[eutschen] B[lättern]« ist außerordentlich anständig, ich sage ja: ein Frontsoldat!

14 Feuchtwanger an Brecht

Sanary
16. Februar [1935]

Lieber Brecht,

ich habe meinen Rußlandplan nicht aufgegeben. Aber vorläufig hält mich der zweite »Josephus« noch bis mindestens Mitte Juli hier fest. Mich für den Herbst festzulegen, zögere ich. Ich habe mit Schrecken aus meinen Notizen ersehen, daß ich noch 1233 Romane, 413 Dramen und 12748 Essays zu schreiben habe, und wenn ich das in den 24 Jahren erledigen will, die mir noch bleiben, heißt es organisieren.

Es ist warm hier und angenehm, und wenn ich auch nicht wie Marta täglich im Meer bade, so kann man doch ohne jeglichen Heroismus die Mahlzeiten im Freien einnehmen. Das ist der Gesundheit förderlich und verhilft einem zu Einsichten, die im Norden viel langsamer wachsen. Ich habe erlebt, daß Leuten, die mit orthodoxer Querköpfigkeit darauf beharrten, eine nationalökonomische Doktrin sei der einzige des Dichters würdige Gegenstand, hier trotz allem langsam die Kruste wegschmolz.

Hermann den Cherusker zu machen ist auch ein alter Plan von mir. Wollen wir es zusammen machen? Sie steuern das Marxistische und das Rassische bei, ich das Menschliche, Piscator macht einen Film daraus, Weill schreibt die Musik, und wir teilen die Tantiemen. Den Text für das jüdisch-amerikanische Oberammergau sollte übrigens ursprünglich ich schreiben. Ich habe aber abgelehnt. Werfel und Reinhardt haben dafür sicherlich mehr die innere Sendung.

Lassen Sie bald von sich hören, oder tauchen Sie, das wäre uns wirklich eine große Freude, selber bald hier auf.

Herzlichst
Ihr alter idealistischer
Feuchtwanger

15 Feuchtwanger an Brecht

Sanary (Var)
Villa Valmer
10. August [1935]

Lieber Brecht,

ich bin gerade mit dem zweiten »Josephus« fertig, und dies ist seit Wochen der erste Privatbrief, den ich schreibe. Ich hatte neben dem »Josephus« noch eine Reihe ziemlich anstrengender Kämpfe mit Verlegern und dergleichen Geschäfte, und ich fühle mich jetzt ziemlich erschöpft. Ich habe deshalb meine Reise nach Rußland auf den Frühsommer verschoben. Ich denke, daß ich Mitte April nach Palästina fahre und daß ich dann entweder auf dem Landweg über Mesopotamien und den Kaukasus nach Moskau reise – Mesopotamien möchte ich gerne sehen, weil dort mein neuer Roman spielt – oder auf dem Seeweg über Odessa.

Den Rest des Sommers werde ich, abgesehen von einigen kleinen Abstechern nach Italien und Spanien, hierbleiben. Wollen Sie nicht herunterkommen? Sie können bequem bei uns wohnen, und Marta wird Sie sachgemäß verpflegen. Zur Zeit ist Heinrich Mann hier, Toller, Kantorowicz, Marcuse, Huxley und sonst allerhand. Und Sie wissen, Brecht, wie sehr ich daran Anteil nehme, in welcher Form sich jeweils Ihr Marxismus präsentiert.

Lassen Sie bitte bald von sich hören. Marta läßt Sie sehr grüßen.

Herzlichst und immer
Ihr
Feuchtwanger

16 Feuchtwanger an Brecht

Villa Valmer
Sanary (Var)
4. November [1935]

Lieber Brecht,

eine Erkältung hat mich gehindert, meine russische Reise anzutreten, und ich habe sie aufs späte Frühjahr verschoben. Arbeitsfähig bin ich vorläufig auch noch nicht recht. Ich denke also, ich werde, sowie ich wieder reisen kann, zunächst auf etwa zwei Wochen nach Paris und vielleicht nach London gehen, und Anfang Dez. hier in Sanary wieder zu schreiben beginnen.

Was sind Ihre Pläne? Besteht Aussicht, daß man Sie in der zweiten Hälfte November in Paris zu sehen kriegt?

Bitte, lassen Sie einmal wieder von sich hören. Wenn man Ihnen nach dem Norden schreibt, scheint alles im Nebel zu verhallen.

Herzlich und immer
Ihr
Lion Feuchtwanger

17 Feuchtwanger an Brecht

Sanary/Var
Villa Valmer
24. Oktober 1936

Lieber Brecht,

ich habe Ihre und des Theaters Ankündigung von Anfang Oktober deshalb nicht gleich beantwortet, weil ich Ihnen etwas Endgültiges sagen wollte. Ich hoffte sehr, ich würde meine geplante Reise nach Rußland mit einem Besuch bei Ihnen verbinden können. Ich war fest entschlossen, das zu tun, wenn es irgend möglich sein sollte. Leider stellt sich jetzt heraus, daß zuviel Dringliches dagegen spricht.

Das Dümmste und Ärgerlichste ist die Paßsache. Ich muß, um reisen zu können, mir einen titre d'identité verschaffen, den ich auch sicher kriege, aber die Behörden sind umständlich, und ich kriege ihn nicht so rechtzeitig, daß ich noch nach Kopenhagen könnte.

Mit dem »Falschen Nero« bin ich fertig, und ich könnte also an sich nach Kopenhagen und nach Rußland kommen. Jetzt hängt alles davon ab, wann diese alberne Geschichte mit dem Identitätspapier fertig ist. Ich werde dann, falls Ihre Premiere nicht bis Ende November verschoben werden sollte, direkt nach Rußland fahren. Mit aller Bestimmtheit rechne ich damit, vom 20./25. November an in Moskau zu sein. Wenn die Geschichte mit dem Legitimationspapier glatt läuft und wenn Ihre Premiere nicht verschoben wird, dann gehe ich wohl vorher noch auf einige Tage nach Wien und Prag. In Moskau und Leningrad will ich bis Mitte Januar bleiben, und ich rechne mit Sicherheit darauf, Sie dort zu sehen.

Wenn ich »Die Rundköpfe« nicht also doch in Kopenhagen zu sehen bekomme, dann rechne ich damit, daß ich sie in Moskau sehen werde.

Ich nehme an, daß Sie mir einiges zu erzählen haben werden, und ich habe in der Zwischenzeit auch einiges erlebt.

Ihnen und Helli sehr viel Herzliches und viele Grüße, auch von Marta.

Immer Ihr alter
Lion Feuchtwanger

PS Als Herausgeber sind wir beide wirklich weniger bedeutend.

18 Feuchtwanger an Brecht

z. Zt. Paris
Hotel le Bristol
rue Faubourg St. Honoré
13. November 1936

Lieber Brecht,

es hat mir schrecklich leid getan, daß ich nichts von Ihrer Premiere hörte. Schreiben Sie mir doch ein Wort, wie es war.

Es steht jetzt endgültig fest, daß ich auf etwa zwei Monate nach Rußland fahre. Und zwar bin ich bis Freitag den 20. hier in Paris im Hotel Bristol, dann fahre ich zusammen mit Maria Osten, einem eineinhalbjährigen spanischen Kind, das sie adoptiert hat, Eva Herrmann und Marcuses über Wien nach Moskau. Meine Adresse in Wien ist vom

20. bis 24. November: c/o van Hoboken, Schreiberweg 47, Wien 29. Ab 26. November bin ich in Moskau, Hotel Metropole. Ich hoffe mit Sicherheit, daß Sie es möglich machen werden, in der Zeit, in der ich in Moskau bin, hinzukommen.

Sehr herzlich
Ihr
Lion Feuchtwanger

19 Feuchtwanger an Brecht

Sanary (Var)
Villa Valmer
27. März [1937]

Lieber Brecht,

es war wirklich ein Jammer, daß wir nicht zusammen in Moskau waren. Es war eine wüste Zeit, anstrengender als meine Militärzeit und meine Amerikareise, aber es war der Mühe wert. Übrigens haben mir die hundert Zeilen, die ich über Moskau schrieb – achtzig über Gide und zwanzig über den Prozeß –, mehr Angriffe eingebracht als »Erfolg« oder die »Oppermanns«.

Es gab dort mancherlei, was Ihnen Spaß gemacht hätte, etwa eine Diskussion mit Arbeitern und Ingenieuren über den Kommunismus Pröckls, auch Tretjakow griff ein. Dann war ich Tag und Nacht umlagert von Theater- und Filmleuten, die Szenarios, Stücke, Bearbeitungen meiner Romane oder meiner alten Stücke haben wollten, und es hätte mir Freude gemacht, einmal wieder zusammen mit Ihnen etwas zu unternehmen. So hab ich etwa vierzig Verträge nach Hause gebracht, die mir mehr Arbeit machen als Spaß.

Ich wäre gern über Dänemark nach Hause gefahren. Aber es ging das Gerücht, Sie seien in Paris, und Genaues war nicht zu erfahren. So zog ich es vor, über Prag zurückzukehren. Ich hatte den Pragern seit Jahren einen Vortrag versprochen. Als ich dann hinkam, wurde mein Vortrag verboten und ich selber von den Zeitungen wüst angepöbelt und von Regierungsleuten und Publikum sehr gefeiert.

Was sind Ihre Pläne, Brecht? Ich bleibe den Sommer über in Sanary und bemühe mich, Moskau zu verdauen.

Lassen Sie doch, bitte, einmal ein bißchen ausführlicher von sich hören.

Herzlich und unverändert
Ihr
Feuchtwanger

20 Brecht an Feuchtwanger

[Skovsbostrand
Mai 1937]

Lieber Doktor,

ich habe sehr bedauert, daß wir nicht zusammen nach der Union fahren konnten. Haben Sie eigentlich meinen Brief, den ich an Maria für Sie schickte, bekommen?

Diesen Herbst will, wie ich von ihm höre, Zweig hinüber, und er hat versprochen, über Dänemark zu kommen, gehen Sie auch?

Ich schreibe, unter dem Donner der manövrierenden deutschen Schiffe, an meinem »Tuiroman«, der eine lange Sache wird, ein Exemplar der deutschen »langen Kunst«.

Unsere Gespräche der früheren Jahre vermisse ich mitunter. In dem feinen Londoner Hotel konnte man ja nicht zu einem wirklichen Streit kommen. Übrigens, was den Marxismus angeht, so ist für Schriftsteller dabei der Tabakkonsum beinahe unerläßlich. Ich denke, das gäbe einen guten, runden Zankapfel ab für ein längeres Gespräch.

Haben Sie eigentlich drüben was von der Carola Neher gehört? Sie soll in irgendeine dunkle Geschichte verwickelt sein. Ich wäre Ihnen dankbar, wenn Sie mir darüber schrieben, d. h., wenn Sie was gehört haben.

Was macht der »Josephus«? Abwesend wie ich bin, muß ich es Ihrer Frau überlassen, die (geheimen) nationalistischen Wendungen, die Sie für den dritten Band planen werden, auszumerzen. Sagen Sie ihr bitte, ich baue auf sie. Übrigens: wieso loben Sie den Schönherr?

Helli kommt im Juni nach Paris, für ein kleines deutsches Kabarett. Wenn mich, was nicht ausgeschlossen ist, Piscator für einen Film dorthinholt, könnte ich Sie vielleicht sogar sehen. Schreiben Sie mir.

Herzlich
Ihr alter
b

Viele Grüße an Ihre Frau!

21 Brecht an Feuchtwanger

[Skovsbostrand
Mai 1937]

Lieber Doktor,

ich wäre gern mit Ihnen drüben gewesen. Haben Sie eigentlich meinen Brief, den Maria Ihnen übergeben sollte, erhalten? Wir hörten mit großem Genuß Ihre Stimme am Radio und würden Sie noch lieber erzählen hören. Über »Erfolg« und seinen echten Erfolg drüben habe ich schon lang viel gehört, und ich bin damit sehr zufrieden, obwohl das Buch diese scheußlichen Karikaturen auf Hitler und mich enthält. Übrigens: Könnten Sie etwas für die Neher tun, die in M. sitzen soll, ich weiß allerdings nicht weswegen, aber ich halte sie nicht gerade für eine den Bestand der Union entscheidend gefährdende Person. Vielleicht ist sie durch irgendeine Frauenaffäre in was hineingeschlittert. Immerhin ist sie kein wertloser Mensch, und ich weiß nicht, ob sie das drüben wissen, sie hatte keine rechte Gelegenheit, sich zu zeigen. Wenn Sie nach ihr fragten, würde ihr das schon nützen. Ich selber habe von niemand auf eine

Frage eine Antwort erhalten, was ich nicht schätze. Aber vielleicht haben Sie drüben von ihr erfahren, dann wäre ich Ihnen dankbar für einige Zeilen darüber. Ich werde immerfort ihretwegen um Auskunft angegangen.

22 Feuchtwanger an Brecht

Sanary
30. Mai [1937]

Lieber Brecht,

ich habe mich wirklich sehr gefreut, endlich einmal wieder von Ihnen zu hören. In Moskau hab ich nichts von Ihnen gekriegt.

Ich habe versprochen, zum PEN-Club-Kongreß nach Paris zu kommen. Ich werde also bestimmt vom 19. Juni bis zum 29. dort sein. Marta kommt mit. Es wäre wirklich fein, wenn Sie dort auftauchten. Das Hotel Bristol, in dem ich Zimmer bestellt habe, ist zwar ein feines Hotel, wenig geeignet zu erfrischenden Debatten über den Marxismus; immerhin wird sich bei einigem guten Willen ein geeigneter Rahmen finden lassen.

Carola Neher war, während ich in M. war, eingesperrt. Sie soll in ein verräterisches Komplott ihres Mannes mit verwickelt sein. Details weiß ich nicht.

Haben Sie den »Falschen Nero« gelesen? Ich habe mich bemüht, Hitler so trocken und leidenschaftslos wie möglich darzustellen, d. h. zu zeigen, wieso ein kleiner Fisch so sehr stinken kann. Das ist kein sympathisches Thema, und das Buch wurde denn auch von den Rezensenten nicht verstanden und sehr geliebt, vom Publikum verstanden und gar nicht geliebt. Jetzt habe ich ein kleines Buch über Moskau geschrieben, es erscheint Anfang Juli, ist so, daß es der Professor und die Köchin verstehen müssen, und ich bin neugierig, was Sie dazu sagen werden.

Kolzow war hier unten bei mir auf zwei Tage, er möchte, daß ich Anfang Juli nach Spanien gehe. Ich habe nicht glatt nein gesagt.

Ich hab ungeheuer viel Kleinzeug für Rußland zu machen, die Redaktion eines ungewöhnlich schwachen Stückes, das zwei Handwerker aus den »Oppermanns« zurechtgeflickt haben, dann hab ich dem Wachtangow-Theater versprochen, ein Stück zu schreiben. Richtige Arbeit werde ich wohl kaum vor dem nächsten Jahr wieder anfangen können.

Suchen Sie es möglich zu machen, nach Paris zu kommen. Wir werden uns beide sehr freuen. Und grüßen Sie Helli sehr, die wir also sicherlich in Paris treffen werden.

Sehr herzlich
Ihr
Feuchtwanger

23 Brecht an Feuchtwanger

[Skovsbostrand
Juni 1937]

Lieber Doktor,

sehen Sie irgendeine Möglichkeit, sich beim Sekretariat Stalins nach der Neher zu erkundigen? Bei den sehr berechtigten Aktionen, die man den Goebbelsschen Organisationen in der UdSSR entgegensetzt, kann natürlich auch einmal ein Fehlgriff passieren. Sie wissen, daß Gorki seinerzeit für Künstler und Wissenschaftler mitunter intervenierte. Wenn die N[eher] sich tatsächlich an hochverräterischen Umtrieben beteiligt hat, kann man ihr nicht helfen, aber man kann vielleicht durch einen Hinweis auf ihre große künstlerische Begabung erreichen, daß das Verfahren beschleunigt und ihr Fall besonders geklärt wird (was bei dem Ruf, den sie in Deutschland, der Tschechoslowakei und der

Schweiz genießt, auch für die Union nötig ist). Eine einfache (nicht publike) Erkundigung würde ihre künstlerische Bedeutung schon unterstreichen, ohne die Arbeit der Justizbehörden zu erschweren. Es wäre mir allerdings recht, wenn Sie diese meine Bitte ganz vertraulich behandelten, da ich weder ein Mißtrauen gegen die Praxis der Union säen noch irgendwelchen Leuten Gelegenheit geben will, solches zu behaupten.

Eine Pariser Reise hängt davon ab, ob Piscators augenblickliche Filmpläne verwirklicht werden, was ein wenig zweifelhaft ist. Paris ist jetzt heiß und teuer, und auf der Weltausstellung stelle ich nicht aus. Übrigens fühle ich, daß ich Sie warnen muß, alles, was in der Zeitschrift »Wort« steht, für marxistisch zu halten. Es gehört ja zu dem Prinzip der Zeitschrift, auch nichtmarxistische Arbeiten abzudrucken. Es wäre mir schmerzlich, wenn Sie in Zukunft den Kapitalismus für etwas hielten, das am besten durch eine dörfliche Giftmischerin verkörpert wird. Hay kann sich da nicht auf Marx stützen, wissen Sie. Das arme Bauernmädchen, das ihr Seelenheil aufs Spiel setzt, um einen Bauernhof zu gewinnen, belegt eher den Bibelsatz »Und so einer die ganze Welt gewönne« usw. als einen Satz aus dem »Kapital«. Und wie oft haben Ihre Frau und ich Ihnen auseinandergesetzt, daß das Goethesche »Am Gelde hängt, zum Gelde drängt doch alles« noch nicht reiner Marxismus ist! Ich sage das nicht ohne leisen Vorwurf.

Herzlich
Ihr alter
b

24 Feuchtwanger an Brecht

Sanary/Var
Villa Valmer
30. Juni 1937

Lieber Brecht,

wir freuen uns beide herzlich, daß Sie Anfang September herunterkommen wollen und rechnen also bestimmt darauf. Selbstverständlich sind Sie mein Gast; nur bitte, schreiben Sie mir möglichst rechtzeitig, an welchem genauen Tag ich mit Ihrer Ankunft rechnen darf.

Die Gedichte sind gestern gekommen, ich habe gleich hineingeschaut, einen großen Teil kenne ich ja bereits. Sie wissen, wie sehr ich Ihre Gedichte liebe, und vieles von dem, was in dem kleinen Band steht, gehört zum Besten, was Sie gemacht haben.

Bitte, teilen Sie mir etwas genauer mit, worum es sich bei dem Preisausschreiben handelt, so daß ich allenfalls bei den Leuten etwas nachdrücken kann.

An Querido habe ich gleich geschrieben. Ich finde es mit Ihnen skandalös, daß Sie nicht längst im Besitz des »Falschen Nero« und des Rußlandbuches sind.

Alles Herzliche und auf bald
Ihr
Feuchtwanger

25 Feuchtwanger an Brecht

Sanary/Var
Villa Valmer
15. Juli 1937

Lieber Brecht,

leider habe ich nach so vielen Kongressen und Nebendingen es nicht möglich machen können, jetzt nochmals nach Paris zu kommen. Haben Sie übrigens meinen ausführlichen Brief nach Svendborg nicht gekriegt? Beantwortet jedenfalls haben Sie ihn nicht.

Wenn Sie es ermöglichen könnten, nach Paris auf ein paar Tage herunterzukommen, würden wir uns natürlich besonders freuen. Selbstverständlich wären Sie dann unser Gast. Teilen Sie es uns aber rechtzeitig mit, da Sanary wahnsinnig überfüllt ist.

Alles Gute. Grüßen Sie alle Grüßenswerten.

Immer
Ihr
Feuchtwanger

26 Brecht an Feuchtwanger

Svendborg,
August 1937

Lieber Doktor,

ich danke Ihnen sehr für Ihre Einladung. Sobald das Datum meiner Frankreichreise feststeht, werde ich Ihnen schreiben. Inzwischen habe ich den »Nero« und den »Rußlandtraktat« bekommen. Den »Nero« lese ich eben mit großem Vergnügen (Sie wissen, wie gern ich Sie Satiren schreiben sehe), und Ihr »De Russia« finde ich das Beste, was von seiten der europäischen Literatur bisher in dieser Sache erschienen ist. Es ist ein so entscheidender Schritt, die Vernunft als etwas so Praktisches, Menschliches zu sehen, etwas, was seine eigene Sittlichkeit und Unsittlichkeit hat; dabei kommt erst ihr experimenteller Charakter heraus, an dem die Menschheit doch interessiert ist und der verschwindet, wenn man eine starre Moralität über sie setzt, da ja das Experimentieren selber schon etwas von sittlich zweifelhafter Natur ist. Ich bin sehr froh, daß Sie das geschrieben haben.

Die Sache mit dem Preis der Deutschen Akademie ist ein

wenig dunkel. In der Aufforderung zur Einsendung von Werken hieß es nur eben einfach »Werke«, jetzt schreibt mir der Sekretär, ein Prinz Löwenstein, es seien Prosawerke gemeint, anscheinend hat sich das von selbst zu verstehen. Das ist betrüblich. Aber ich danke Ihnen sehr für Ihre schnelle Antwort. Ich hätte das Geld brauchen können.

Habe ich Ihnen übrigens geschrieben, daß der »Dreigroschenroman« in England eine erstaunlich gute Presse hatte? Man verglich es an mehreren Stellen mit Swiftschen Dingen, aber ich glaube, der Verkauf ist sehr schlecht, sie scheinen Swift nicht zu lesen. Allerdings hieß es in den Kritiken, das Buch sei recht unangenehm, und die Engländer lieben anscheinend das Unangenehme nicht so sehr wie die Deutschen.

Herzlich
Ihr alter

27 Brecht an Feuchtwanger

Svendborg,
Ende November 1937

Lieber Doktor,

vielen Dank für Ihren Brief. Was können wir wirklich machen für die arme C[arola] N[eher]? Ich weiß nicht, ob K., wenn er zurückkommt, aus dem Ausland kommend und mit vielem beschäftigt, etwas machen kann. Vielleicht sollten Sie doch ein Telegramm erwägen? Wenn sie verurteilt wurde, geschah das keinesfalls ohne reichliches Material, aber man hat ja drüben nicht die Auffassung »ein Pfund Verbrechen – ein Pfund Strafe«, man will lediglich den Sowjetstaat schützen, da kann man Nichtrussen vielleicht ausweisen? Sie ist immer noch ein Wert, eine große Schauspielerin. Wissenschaftler, die sich vergangen hatten (wie Ramsin), hat man mit Recht weiterbeschäftigt, das kann man drüben mit der N. nicht machen, sie spielt nicht russisch. Aber wir können es machen.

Für den Freiheitssender, der in D. sehr wichtig ist, wie mir viele sagen, machen wir jetzt kleine Wachsplatten; darauf sollen kleine Szenen für Schauspieler kommen, sechs Minuten lang. Haben Sie so was?

Ich arbeite an einem Stück über – Julius Cäsar. Wissen Sie gute Bücher über ihn und seine Zeit? (Mommsen habe ich, er ist solch ein Spießer!) Den Dio Cassius kann ich nirgends auftreiben in deutsch, und mein Latein ist sehr rissig geworden. Haben Sie sich jemals beim »Josephus« Details aus dem täglichen Leben, über das Finanzielle usw. ausgeschrieben? So was könnte ich gut brauchen. Schade, daß wir so weit auseinander wohnen. Das wäre ein Stoff für Zusammenarbeit wie am »Edward«. Den las ich neulich wieder. Wie gefällt er Ihnen heute?

Unser Brief an das »Wort« ist noch nicht beantwortet. Erpenbecks Mühlen mahlen langsam.

Grüßen Sie Ihre Frau, und seien Sie selber herzlich gegrüßt von Ihrem

brecht

28 Feuchtwanger an Brecht

Sanary/Var
Villa Valmer
16. August 1939

Lieber Brecht,

es ist unschön von Ihnen, daß Sie mein hartes bayrisches Gran*t*eln in ein weichlich schwäbisches Gran*d*eln umdeuten wollen.

Mit dem PEN-Klub wird es nichts. Weit ausgedehnte und seriös konstruierte Romane machen einem halt doch immer mehr Arbeit als man denkt.

Den »Galilei« zu streichen, bin ich natürlich gern bereit. Aber mir scheint es klüger, das erst dann zu machen, wenn das Theater oder Sie mir ein halbwegs schon präpariertes Manuskript schicken. Übrigens ist das in meiner Hand befindliche Manuskript technisch miserabel, so daß sich Strichvorschläge schwer darin machen lassen.

Ein holländischer Schauspieler, der großen Namen hat und dort vor allem auf den Rundfunk Einfluß zu haben scheint, bittet mich, Sie aufzufordern, ihm doch Ihre Szenen aus Nazi-Deutschland zu schicken, beziehungsweise sonstiges Kleinzeug, das sich zur Aufführung bei Rezitationsabenden beziehungsweise im Rundfunk eignet. Seine Adresse ist: Jan Musch, Laren N.H./Holland.

Alles Herzliche, und ich hoffe doch noch, Sie im Laufe dieses Jahres zu sehen.

Immer
Ihr alter
Lion Feuchtwanger

29 Feuchtwanger an Brecht

Sanary/Var
Villa Valmer
4. Oktober 1939

Lieber Brecht,

mir geht es nicht besonders gut. Ich war zehn Tage in einem Konzentrationslager interniert. Die Interventionen der Pariser kamen erst, nachdem ich bereits wieder freigelassen war. Aber meine Konten sind nach wie vor blockiert, und ich habe keine Bewegungsfreiheit. Ich habe noch ein Visum nach Amerika, aber es ist nicht ganz leicht, die Ausreiseerlaubnis zu bekommen; es ist gerade hier besonders kompliziert. Immerhin hoffe ich, Ende des Jahres in Amerika zu sein.

Bitte, lassen Sie von sich hören, wie es Ihnen geht. Ich bin ein bißchen down. Sowie ich mich wieder zusammengerappelt habe, gebe ich Ihnen ausführlicher Nachricht.

Alles Herzliche
Ihr
Feuchtwanger

30 Feuchtwanger an Brecht

Sanary
18. Januar 1940

Lieber Brecht,

schönen Dank für Ihre Karte. Wir denken hier sehr oft an Sie. Mir geht es leidlich. Ich arbeite viel am dritten Teil des »Josephus«. Aber ganz leicht ist es natürlich nicht, die nötige Ruhe dafür zu finden, und es gibt immer wieder unangenehme Störungen. Ich werde deshalb nun doch wohl nach Amerika gehen, ich denke, spätestens Anfang Mai, vielleicht aber doch schon Anfang März. Ich hätte gern noch vorher den »Josephus« hier fertig geschrieben, aber so hartnäckig ich bin, wäre es doch wohl töricht, die relative Ruhe, die Amerika mir bietet, fahrenzulassen, nur weil ich mir vor etwa vier Jahren vorgenommen habe, ich will hier die »Wartesaal«-Trilogie und die »Josephus«-Trilogie zu Ende schreiben.

Ihre beiden Stücke habe ich sehr aufmerksam gelesen. Den »Lukullus« finde ich geschlossener, »fertiger« als die »Courage«. In der »Courage« stört mich die Sprache. Natürlich ist es Ihr gutes Recht, sich irgendeinen Dialekt zurechtzuzimmern, der Ihnen für Ihren Dreißigjährigen Krieg paßt, aber das Böhmakel, das Sie sich zurechtgemacht haben, rückt das Stück in eine (äußerliche) Nähe des »Schwejk«, die einen, oder wenigstens mich, ärgert. Aber welch eine herrliche Rolle muß das für die Helli sein. Wenn ich in Amerika bin, hoffe ich, mit Nachdruck auf die beiden Stücke aufmerksam machen zu können.

Haben Sie übrigens »Grapes of Wrath« gelesen von Steinbeck? Es steckt ein bißchen Blubo darin und viel Hemingway; aber lesen müssen Sie's. Es gibt auch eine deutsche Ausgabe.

Sehr viel Herzliches. Ich habe großes Verlangen, Sie wiederzusehen.

Ihr
Lion Feuchtwanger

31 Brecht an Feuchtwanger

Repslagaregatan 13 A. 5
Helsingfors
6. November 1940

Lieber Doktor,

mit ungeheurer Erleichterung hörte ich von Ihrer Ankunft in Lissabon. Den halben Sommer durch schwebten mir allerhand unangenehme »Oppermann«-Szenen vor.

Nun versuchen auch wir, nach USA zu kommen. Im März 1939 haben wir in Kopenhagen um Immigrationsvisen angesucht. Meinen Sie, Sie könnten da etwas tun? Wenn Sie zum Beispiel mit Dorothy Thompson sprächen, die mich ja kennt? Auch Frau Ernestine Evans (52 Gramercy Park, Gramercy Park Hotel, New York) hat sich unserer Angelegenheit angenommen. Sie kennt mich nicht persönlich, und ich wäre Ihnen dankbar, wenn Sie ihr von mir erzählten.

Ich bin sehr gespannt, Näheres über Ihre Reise zu hören, und danke Ihnen sehr für Ihren Brief vom Schiff. Ich habe mich selten über einen Brief so gefreut.

Herzlich Ihr alter
b

PS Ich bat Frau Evans auch um eine Einladung für Grete Steffin, die *nicht* auf der »waiting«-Liste für Immigration steht. Vielleicht könnten Sie auch über sie sprechen?

32 Brecht an Feuchtwanger (Telegramm)

Repslagaregatan 13 A
Helsingfors
December 2, 1940

Visa at last attainable needing immediately good affidavit can you help

Brecht

33 Feuchtwanger an Brecht

New York
2. Dezember 1940

Lieber Brecht,

Ihren Brief vom 6. November habe ich gekriegt. Wir tun hier, was wir können, um Sie herüberzubekommen. Ihr mexikanisches Visum ist bewilligt, man hat dem mexikanischen Konsul in Helsingfors telegrafisch Anweisung gegeben, es Ihnen auszustellen. Um Ihr amerikanisches Visitor-Visum bleiben wir weiter bemüht. Ich rate Ihnen aber dringlich, es nicht abzuwarten, sondern so rasch wie möglich abzufahren.

Das Immigrations-Visum abzuwarten hat wenig Sinn. Man sagt mir hier, Sie hätten darauf noch endlose Zeit zu warten.

Was das Geld für die Reise anlangt, so steht Ihnen natürlich mein russisches Konto zur Verfügung, sowohl das beim Staatsverlag wie mein Bankkonto, und ich gebe auf alle

Fälle dem Staatsverlag in Moskau mit gleicher Post Weisung, Ihnen aus dem mir zustehenden Betrag das Geld für die Fahrt nach Wladiwostok auszuhändigen. Von dort aus wird Ihnen sicher die »League of Writers« weiterhelfen.

Etwas sehr Wichtiges, lieber Brecht. Wenn sich Schwierigkeiten ergeben sollten in bezug auf das Mitnehmen Ihrer Leute, dann, bitte, folgen Sie der Vernunft. Zögern Sie nicht, allein zu fahren. Ich habe mehrmals die Erfahrung machen müssen, daß Familien nicht wegkamen, weil sie wie die Kletten zusammenhingen, während es dem einzelnen gelang, durchzukommen und seine Familie nachzuholen.

Alles Gute, Brecht, und glauben Sie, daß hier alles für Sie geschieht, was irgend geschehen kann.

Das Herzlichste auch für Helene und Grete Steffin.

Ihr
Feuchtwanger

PS Soeben erhalte ich Nachricht, daß ein Geldmann, den ich für Sie interessiert habe, dem »Rescue Committee« den Betrag für Ihre Reise zur Verfügung gestellt hat. Ich nehme also an, daß auch die Genehmigung des Besuchervisums für die Vereinigten Staaten nur mehr eine Frage der Zeit ist; dennoch würde ich raten, das mexikanische Visum unter allen Umständen auszunutzen und sobald wie möglich zu fahren.

34 Feuchtwanger an Brecht (Telegramm)

20. Dezember 1940

Herzlichste Wünsche, wir sind alle eifrigst für Sie bemüht.

Wetcheek

35 Feuchtwanger an Brecht

New York
13. Januar 1941

Lieber Brecht,

wir sind hier, eine ganze kleine Armee, bemüht, Ihnen endlich weiterzuhelfen.

Lassen Sie mich zusammenfassen, wie es heute steht.

Die mexikanischen Visen haben Sie, das mexikanische Visum für Grete Steffin ist nur eine Frage der Zeit, wenn es nicht schon bewilligt ist.

Auch Ihr amerikanisches Immigrationsvisum wird sicher zu erreichen sein, aber ich sehe wirklich durchaus keinen Zweck darin, daß Sie in Finnland sitzen bleiben und es abwarten. Sie werden es, wenn Sie erst einmal in Mexiko sind, bestimmt viel leichter bekommen als in Helsingfors.

Bleibt die Frage der Reisekosten. Die Transportkosten von Wladiwostok bis San Francisco beziehungsweise nach Mexiko wären da; es ist nur die Frage, wie kriegen wir Sie nach Wladiwostok. Ob Sie dafür Ihre oder meine Moskauer Konten benutzen können, müssen Sie doch von Helsingfors aus viel besser eruieren können als wir von hier aus. Nach dem, was man mir hier sagt, müßte es möglich sein.

Wir alle atmeten auf, wenn wir Sie einmal aus Finnland heraus wüßten und an einem Meer, über das man Sie hierherbefördern kann. Bitte, zögern Sie nicht, um gerade auf das Visum für USA zu warten. Wenn Sie erst in Mexiko sind, sind Sie so gut wie hier.

Alles Herzliche für Sie und Helli.

Ihr
Feuchtwanger

36 Feuchtwanger an Brecht

2088 Mandeville Canyon Road
West Los Angeles, California
12. März 1941

Lieber Brecht,

ich freue mich, daß ich nun endlich die vier Affidavits für Sie aufgetrieben habe: Sie sind hier am 24. Februar an die Adresse des amerikanischen Konsuls in Helsingfors abgegangen, und ich hoffe, daß, wenn Sie diesen Brief erhalten, wenigstens diese Geschichte geregelt ist.

Was Ihren Transport anbelangt, so besteht neunzig Prozent Wahrscheinlichkeit, daß wir hier die Geldmittel zur Verfügung stellen können für den Transport von Wladiwostok bis hierher. Bleibt die Frage des Transportes von Helsingfors bis Wladiwostok. Ich versuche, diese Frage von hier aus zu regeln über das hiesige Sowjetkonsulat. Es geht aber alles schrecklich langsam. Es wäre gut, wenn Sie Ihrerseits versuchten, über die Frage des Transportes unter Aufbringung des Geldes mit Moskau direkt zu verhandeln, vor allem mit dem Staatsverlag.

Mir geht es leidlich gut. Mein Hauptsorgenkind sind Sie.

Alles Herzliche
Ihr
Wetcheek

37 Brecht an Feuchtwanger (Telegramm)

Helsinki
April 8, 1941
NLT Wetcheek
2088Mandeville canyon RD West Los Angeles

Steffin gets touristvisa if Dieterle and Rainer grant to Washington her staying and returning please make Washington cable to Helsingfors consulate

Brecht

38 Brecht an Feuchtwanger

Finnland
[8. April 1941]

Lieber Doktor,

vielen Dank für Ihren Brief und für alles, was Sie machen. Ich bin froh, daß ich nun endlich wieder eine Adresse von Ihnen habe und Ihnen schreiben kann. Bekamen Sie den Brief, den ich Ihnen zuletzt über Huebsch schickte?

Die Situation ist jetzt so: Ich habe für mich und meine Familie die mexikanischen Visen bekommen, bin aber auch ganz sicher, nun auch die amerikanischen Emigrationsvisen zu kriegen, und für Grete (über die ich Ihnen aber weiter unten noch schreibe) hoffe ich ein »Touristvisum« zu kriegen. Ich warte übrigens *nicht* auf das amerikanische Visum, sondern fahre bei der allerersten Gelegenheit los. Aber ich fürchte, Sie haben nicht gehört, wie schwer es ist? Nachdem wir wochenlang auf die Transitvisen warteten, wurde plötzlich Japan gesperrt für uns, der Weg über Petsamo ist es ebenfalls. Und der Weg über Baku, Basra, Bombay ist schon wegen der vielen nötigen Zwischenvisen, die nur in London beschafft werden können (die Pässe müssen dazu dorthin geschickt werden), und dann auch wegen der ungeheuren Kosten und der Unmöglichkeit, etwas über die Schiffsverbindungen in Erfahrung zu bringen, recht problematisch. Jedoch hat man uns versprochen, für uns einen Weg ausfindig zu machen. Darauf warten wir schon seit einiger Zeit. Ich denke aber, daß wir innerhalb von zwei Wochen hier wegkommen.

Was Grete betrifft, so schickte ich Ihnen (über Hauptmann, da ich Ihre Adresse nicht wußte) erst ein Telegramm, daß sie Einladung von prominenten Leuten braucht. Ich danke Ihnen sehr, daß Sie da halfen. Auf das Telegramm Dieterles hin zeigte sich der Konsul nicht abgeneigt, ihr ein Touristvisum zu geben. Doch verlangte er heute von ihr, daß sie ihm erstens Geld vorzeigt und zweitens sowohl Dieterle als auch Luise Rainer veranlaßt, nach Washington zu telegrafieren, daß sie für sie während ihres Aufenthalts aufkommen und auch für die Rückreise sorgen. (Grete hat bereits Rückreiseerlaubnis.) Ich kabelte Ihnen das heute und hoffe, das wird nun endlich klappen. Sie müssen verzeihen, daß ich soviel von Ihnen verlange, aber ich weiß nicht, was machen.

Grüßen Sie bitte alle, und danken Sie allen, die Ihnen für mich und Grete geholfen haben!

Herzlich Ihr alter
b

PS Gearbeitet habe ich ganz gut. Die Aussicht hinüberzukommen begeisterte uns alle sehr. Dieser Kontinent muß ja wohl für einige Zeit unter sich bleiben!

39 Feuchtwanger an Brecht

1650 North Amalfi Drive
Pacific Palisades
18. Mai 1941

Lieber Brecht,

ich hoffe herzlich, daß dieser Brief Sie nicht mehr erreicht.

Wir tun hier wirklich für Sie, was wir können, und vielleicht hilft Ihnen ein bißchen das Bewußtsein, daß Sie eine ganze Reihe und sehr treuer Freunde haben.

Das Manuskript »Der gute Mensch« habe ich gekriegt. Es ist ein kleines Wunder, daß Sie inmitten des barbarischen Wirrwarrs ringsum so etwas Schönes, Klares, Ruhiges, Klassisches haben zustande bringen können.

Alles Herzliche
Ihr
Feuchtwanger

PS Notieren Sie sich bitte meine obige Adresse, so erreichen mich Briefe am schnellsten.

40 Feuchtwanger an Brecht

1650 North Amalfi Drive
Pacific Palisades
20. Juli 1941

Lieber Brecht,

es ist nicht genau zu erfahren, wann Sie ankommen. Ich werde natürlich trotzdem am Kai sein. Näher zugelassen zu werden ist nicht möglich. Wenn sich irgendwelche Schwierigkeiten ergeben sollten, dann wenden Sie sich am besten zunächst an Dieterle, der die Affidavits für Sie ausgestellt hat. Seine Adresse ist:

William Dieterle, 3351 North Knoll Drive
Los Angeles
Telefon: Gladstone 9411.

Meine eigene Adresse ist:

1650 North Amalfi Drive
Pacific Palisades, Calif.
Telefon: Santa Monica 5-4233.

Eine Wohnung für Sie ist gemietet, Ihre neue Adresse ist:

1954 Argyle Avenue
Los Angeles, Calif.

Auf Wiedersehen
Ihr
Feuchtwanger

41 Feuchtwanger an Brecht

13827 Sunset Boulevard
Pacific Palisades, Calif.
27. März 1943

Lieber Brecht,

hier haben Sie einen Bericht über das, was sich um »Simone« mittlerweile ereignet hat:

1) *Übersetzung:*

Nach einem gescheiterten Übersetzungsversuch habe ich eine Rohübersetzung in Auftrag gegeben, von der jetzt sechs Szenen vorliegen und die uns leidlich erscheint und geeignet zur Vorlage. Sie ist nicht sehr teuer. Die fehlenden beiden Szenen sollen binnen etwa einer Woche geliefert werden. Ich denke, daß das Ganze, von Hilde und mir redigiert, Mitte April in ein paar Exemplaren da ist. Eine anspruchsvollere Übersetzung der ersten beiden Szenen, aber flüchtig vorläufig, hat gänzlich unverbindlich Dieterle herstellen lassen. Mir erscheint sie nicht schlecht: aber wir wollen erst mal abwarten, wieweit wir mit der zuerst erwähnten Rohübersetzung kommen. Außerdem sind drei Szenen übersetzt von Mrs. Dacharry, die Sie ja kennen; ich komme darauf später zu sprechen.

2) *Urteile über die »Simone« und Vorschläge:*

Von unsern Freunden hier kennen das Stück Dieterle, Eisler, Homolka und Viertel. Aus den allgemein enthusiastischen Phrasen schälen sich langsam zwei Einwände heraus, die mir bedenkenswert erscheinen. Erstens lehnen alle den *Wachtraum* ab. Man findet, eine zu häufige Einschaltung des Traums werde monoton wirken, und mein Gegenargument, daß ja der Wachtraum wesenhaft unterschieden sei von den andern Träumen, scheint nicht recht zu ziehen. Ich fürchte, auf der praktischen Bühne wird sich erweisen, daß der Wachtraum gestrichen werden muß. Dann findet man, daß der *Patron* im letzten Teil zu sehr in den Hintergrund tritt. (Das findet natürlich vor allem Homolka.) Ich glaube aber, daß auch an diesem Einwand was ist. Vielleicht könnte man die Wandlung des Patrons, die endgültige Stellungnahme gegen Simone, dadurch etwas verschärfen, daß man ihm von Anfang an etwas stärkere persönliche Beziehungen zu Simone gibt.

3) *Äußere Aussichten des Stückes:*

Angeregt von Helli kam Mrs. Dacharry zu mir und bat dringlich, ich möge ihr auf ein paar Tage ein Manuskript geben, man sei prinzipiell bei Columbia daran interessiert. Ich gab ihr das Manuskript. Sie schien mir besonderes Verständnis dafür zu haben, und der Story editor von Columbia scheint wirklich lebhaftestes Interesse daran zu nehmen. Man will, wie mir mein Agent sagt, bei Columbia jetzt mehr vom Broadway erobern. Nun gibt es da einige technische Hindernisse, die sich auch bei Verhandlungen mit Goldwyn geltend machen werden. Der normalisierte Vertrag der Dramatists' Guild sieht nämlich vor, daß ein Stück, dessen Filmrechte verkauft sind, ein Jahr lang nicht gespielt werden kann oder dergleichen. Man wird um dieses Hindernis herumkommen, wenn man zum Beispiel die Filmrechte des von mir zu schreibenden Romans (an dem Sie ja den gleichen Anteil haben wie an den Filmrechten des Stückes) verkauft und daran die Bedingungen knüpft, daß diese Filmrechte nicht ausgeübt werden können, ehe das Stück aufgeführt ist. Praktisch also würde ich Vertrag schließen nur, wenn drei Bedingungen erfüllt sind:

a) Ankauf der Filmrechte durch eine Gesellschaft bei Zahlung einer Grundsumme und Erhöhung dieser Summe bei Erfolg des Stückes beziehungsweise des Buches;
b) Garantie der Aufführung dadurch, daß die Filmrechte nicht ausgeübt werden können, bevor die Aufführung stattgefunden hat;
c) vertragliche Sicherung Ihrer Mitwirkung an der Aufführung.

Die Sache bei Columbia scheint nicht aussichtslos. Wir haben dort in Mrs. Dacharry jemand sitzen, der nicht so leicht Ruhe gibt, und auch der Story editor scheint Ehrgeiz dareinzusetzen, das Stück durchzudrücken. Ich habe jetzt auch einen guten Agenten hier, William Morris, wie es scheint, eine sehr solide Agentur, die auch meine Sache mit Mittler wegen des Romans befriedigend erledigt hat. Sowie von Columbia oder Goldwyn greifbarere Vorschläge vorliegen, werden wir, glaube ich, durch diese Agentur, die auch in New York geschickte Vertreter haben soll, wirksam verhandeln können.

Wie ich Sie kenne, werde ich von Ihnen so bald nichts zu hören bekommen. Sollten die Dinge, was nicht ausgeschlossen ist, eine rasche Erledigung verlangen, dann werde ich Ihnen depeschieren. Verschlampen Sie dann aber, bitte, nicht die Antwort.

4) Wegen Aufführungen des »Guten Menschen von Sezuan« beziehungsweise Buchpublikation habe ich zuerst

ein langes Telegramm aus der Schweiz bekommen, vom Europa-Verlag, das folgendermaßen lautete:

»Are German and French Book and Stagerights Brecht Sezuan available we wish get them. Cable immediately whether contract can be made with Lola = Europa-Verlag Zürich.«

(Es hat mir ziemliche Schwierigkeiten bereitet, da die Zensur allerlei geheimen Kram dahinter witterte.)

Ich habe folgendes geantwortet:

»Lola Sernau-Humm authorized to make contract on requested copy and stage rights Brecht Sezuan. Feuchtwanger.«

Jetzt ist ein neues Telegramm gekommen, das ich Ihnen im Original beilege und das ich nicht beantwortet habe. Auch hier gab es Zensurschwierigkeiten.

Alles Herzliche
Ihr
Feuchtwanger

Anlage

42 Feuchtwanger an Brecht

13827 Sunset Boulevard
Pacific Palisades, Calif.
6. April 1943

Lieber Brecht,

ich denke, wir werden Mitte der nächsten Woche, das heißt so etwa um den 15. April, eine englische Rohfassung der »Simone« haben. Ich möchte dann ein Exemplar an meinen Agenten in London schicken, Curtis Brown, der zweimal Stücke von mir in London mit außerordentlichem Erfolg untergebracht hat. Ich müßte ihm aber zu diesem Zweck vollkommen freie Hand lassen, sowohl in bezug auf einen allenfalls für England zu wählenden Bearbeiter wie in bezug auf einen zu wählenden Producer. Ich denke, er wird die Bearbeitung zunächst Ashley Dukes anbieten, der »Jud Süß« und die ursprüngliche Fassung von »Hastings« für London bearbeitet hat, und wahrscheinlich wird er auch die ausgezeichneten englischen Übersetzer der Buchausgabe meiner Stücke mit einer endgültigen Übersetzung betrauen, das Ehepaar Edwin Muir. Ich möchte nicht bei Curtis Brown auf umständliche Rückfragen drängen, nach meiner Erfahrung geht das nicht bei der jetzigen Langsamkeit der Korrespondenz. Wenn ernsthafte Zweifel bestehen, wird Curtis Brown sowieso kabeln.

Voraussetzung bleibt, wie gesagt, daß man Curtis Brown absolute Vollmacht überläßt. Es wäre also gut, wenn Sie Ihresteils mich bevollmächtigten, Verträge über das Stück für England und Great Britain (mit Ausnahme von Kanada) abzuschließen. Ich würde dann diese Vollmacht an Curtis Brown weitergeben. Bitte, verzögern Sie's nicht, sondern schicken Sie mir mit zwei Sätzen, aber postwendend, Ihr Einverständnis.

Alles Herzliche
Ihr
Feuchtwanger

43 Feuchtwanger an Brecht

13827 Sunset Boulevard
Pacific Palisades, Calif.
18. April 1943

Lieber Brecht,

anbei das Manuskript der englischen Übersetzung; sie ist natürlich roh, wird aber von Amerikanern für lesbar und unterbreitbar erklärt.

Bitte, seien Sie in Vorverhandlungen über allenfallsige Aufführungen des Stückes sehr vorsichtig, und sagen Sie nichts, was Sie irgendwie verpflichten könnte. Ich werde es hier ebenso halten, mich darauf berufend, daß ich nicht weiß, »how you feel in this matter«.

Alles Herzliche
Ihr
Feuchtwanger

Manuskript
Und kommen Sie bald.

44 Feuchtwanger an Brecht

520 Paseo Miramar
Pacific Palisades, Calif.
20. Februar 1944

Lieber Brecht,
ich schickte Ihnen gestern ein Telegramm, dessen Kopie ich beilege.

Sie werden sich wundern, daß solches Zeug nötig ist. Die Geschichte ist folgendermaßen: Goldwyn hat sich schon vor mehreren Wochen entschlossen, die Filmrechte an dem Roman »Simone« zu kaufen. Auch über den Preis gab es keinerlei Handeln oder dergleichen, da haben sich die Leute sehr anständig benommen. Aber dann tauchten mehrere läppische Schwierigkeiten auf. Erstens war es fraglich, ob die Zensur die Geschichte der Jungfrau durchlassen würde. (Die Bestrebungen, Shaws »Heilige Johanna« zu verfilmen, scheiterten an der Zensur.) Dann kam die Frage der Erwerbung des Stückes. Da sind Schwierigkeiten mit den Autoren-Verbänden; man kann die Filmrechte eines Stückes nicht verkaufen, bevor es gespielt wird, oder ähnliche Geschichten. Ich habe das ganze Zeug nie recht verstanden. Die Vollmacht, die Sie mir vor Ihrer jähen Abreise nach New York gaben, genügte nicht, da sie für die Zwecke des Studios im County Register in Ihrer Gegenwart hätte eingetragen werden müssen. Mit solchen albernen Schwierigkeiten schlagen wir uns nun seit Wochen herum, während bereits ein Filmschriftsteller engagiert ist, um das Szenario zu machen. Die Anwälte sind nun auf die Lösung gekommen, eben jenes Schriftstück von Ihnen unterzeichnen zu lassen, das ich Ihnen depeschierte.

Die praktische Folge des Vertrags, wie er jetzt ausgearbeitet ist, wird sein, daß unser Stück offiziell nicht existiert. Ich habe aber das Recht, den Stoff allein oder mit einem andern zu dramatisieren, das heißt, daß das Stück einen Monat nach Vertragsabschluß wieder vorhanden sein kann. Aufgeführt werden aber darf es vom Vertragsabschluß an und während der Laufzeit des Filmes nur mit Zustimmung des Goldwyn Studios. Die Goldwyn-Leute haben keinerlei Interesse an dem Stück; sie wollen nur verhüten, daß ein allenfallsiger Durchfall des Stückes bei minderwertiger Produktion oder dergleichen die Anziehungskraft des Filmes beeinträchtigte.

Während dieser ganzen Verhandlungen fürchtete ich, und ich fürchte noch, daß irgendeine politische Wendung oder irgendeine politische Einflußnahme einer dritten Stelle die Goldwyn-Leute dahin bringen könnte, vom Erwerb der Filmrechte abzusehen. Ich glaube, daß, sowie Ihr Schriftstück vorliegt, die Unterzeichnung des Vertrags und die Zahlung der dann fälligen fünfzigtausend Dollar binnen achtundvierzig Stunden erfolgen kann; denn alle andern Einzelheiten des schrecklich umständlichen Vertrags sind geregelt. Bei Abschluß des Vertrags sind an mich fünfzigtausend Dollar zu zahlen, von denen also die Hälfte auf Sie trifft, das heißt, daß nach Abzug der Kommission und der Spesen Sie etwas über 22 000 Dollar erhalten werden. Ich hoffe, daß ich noch diese Woche den Scheck an Sie werde abschicken können.

Die ganzen Verhandlungen waren sehr lästig und sehr aufreibend, übrigens auch kostspielig. Ich mußte eine Rohübersetzung des Romans herstellen und unzählige Male abschreiben lassen. Auch die Aktion Thoerens hat sich schädlich ausgewirkt.

Aber jetzt ist das ja vorbei, und ich hoffe nur, daß, wenn Sie diesen Brief erhalten, Ihre Unterschrift an mich unterwegs und damit alles in Ordnung ist.

Ich hoffe, Sie Weihnachten hier zu sehen, wie Sie im November 43 mit Bestimmtheit versprachen.

Alles Herzliche
Ihr
Lion Feuchtwanger

45 Feuchtwanger an Brecht (Telegramm)

Pacific Palisades
February 24, 1944

Sale »Simone« signed stop check at your disposal stop letter following.

Lion Feuchtwanger

46 Feuchtwanger an Brecht

25. Februar 1944

Lieber Brecht,

wie ich Ihnen gestern depeschierte, ist also der Vertrag mit Goldwyn endlich perfekt.

Die praktische Folge für das Stück ist, daß dieses für die Zeit von dreieinhalb Jahren nur mit Zustimmung Goldwyns gespielt werden kann. Die Goldwyn-Leute haben nicht das leiseste Interesse daran, die Aufführung des Stükkes zu verhindern, sowie einmal der Film gezeigt worden ist. Der Passus ist in allen Goldwynschen Verträgen enthalten, und man versichert mir glaubwürdig, daß daraus niemals Schwierigkeiten entstanden seien. Da man mit der Herstellung des Filmes sofort beginnt, ist der Film also bestimmt fertig, eh wir daran denken können, in Europa zu spielen; ich kann mir nicht denken, daß aus dieser Klausel ernsthafte Schwierigkeiten entstehen könnten, und wir sind uns sicher einig darüber, daß es Wahnsinn gewesen wäre, den Vertrag an dieser Klausel scheitern zu lassen.

Die ganzen Verhandlungen waren endlos und aufreibend. Ich blieb im Hintergrund und habe alles durch Klement besorgen lassen, der sich außerordentlich bewährt hat.

Das Geld, das Sie zu kriegen haben – es sind etwas über zweiundzwanzigtausend Dollar –, steht zu Ihrer Verfügung. Ich denke, in Ihrem Sinne gehandelt zu haben, wenn ich Helli, die Geld dringlich benötigte, davon zweitausend gab. Kabeln Sie mir, bitte, ob und wieviel Geld Sie nach New York wollen. Der ganze Vertrag steht jederzeit, und wohin immer Sie ihn haben wollen, zu Ihrer Verfügung.

Ich freue mich sehr darauf, Sie Mitte März wiederzusehen.

Alles Herzliche
Ihr
Lion Feuchtwanger

47 Brecht an Feuchtwanger
(Aus einem Glückwunschbuch)

Und in Eurem Lande?

In unserem Lande zur Jahreswende
Und wenn eine Arbeit fertig ist und zum Tag der Geburt
Müssen wir dem Guten Glück wünschen
Denn in unserem Lande der Lautere
Braucht Glück.

Wer niemanden schädigt
Kommt in unserem Lande unter die Räder
Aber die Vermögen
Werden nur durch Schurkerei erworben.

Um zu einem Mittagessen zu kommen
Braucht es Tapferkeit
Mit der sonst Reiche gegründet werden.
Ohne dem Tod ins Auge zu sehen
Hilft niemand einem Elenden.

Wer die Unwahrheit sagt, wird auf Händen getragen
Wer dagegen die Wahrheit sagt
Der braucht eine Leibwache
Aber er findet keine.

Für Lion Feuchtwanger Bertolt Brecht
zum 7. Juli 44

48 Hilde Waldo an Helene Weigel

18. November 1946

Liebe Helli,

wie verabredet in der Anlage der von Dr. Feuchtwanger aufgesetzte Brief. Nachstehend die drei Adressen:

Mr. Jo Swerling
516 Rodeo Drive
Beverly Hills, Calif.

Edward G. Robinson
910 North Rexford
Beverly Hills, Calif.

Robert Rossen
541 Loring Avenue
Los Angeles 24, Calif.

Mit vielen herzlichen Grüßen

Ihre
Hilde W.

Anlage

Geehrte Frau...

es ist uns aus Deutschland und Österreich eine Liste übersandt worden von deutschen und österreichischen Schauspielern, Schriftstellern, Bühnendekorateuren und anderen mit dem Theater verbundenen Persönlichkeiten, die in besonderer Not sind. Es handelt sich um Leute, die nach dem Zeugnis der uns befreundeten Gewährsleute sich in dem Kampf gegen die Nazis besonders bewährt haben. Es sind zumeist nicht Künstler von besonderem Ruf, so daß sich in Deutschland niemand ihrer annimmt. Sie haben beinahe ausnahmslos hart zu arbeiten, ohne indes jene zusätzlichen Rationen zu erhalten, die hervorragenden Künstlern und Schwerarbeitern zugebilligt werden. Das bedeutet, daß sie, die sich im Kampf gegen die Nazis besonders ausgezeichnet haben, nun einen besonders schweren Winter voll Hunger und Kälte vor sich haben, während andere, die den Nazis gegenüber eine wohlwollende Neutralität bewahrten oder sie auch geradezu unterstützten, ein relativ leichtes Leben führen.

Es handelt sich um insgesamt etwa hundert Personen und ihre Familien, und jeder einzelne von ihnen könnte auf höchst wirksame Art unterstützt werden durch Opfer, die uns hier nicht zu schwerfallen dürften. Wir denken daran, jedem dieser Leute den Winter hindurch, das heißt sechs Monate hindurch, allmonatlich ein CARE-Paket zu schikken, das wesentliche Lebensmittel enthält. Solche CARE-

Pakete kosten jeden zehn Dollar. Wir bitten Sie sehr, uns bei diesem Werke zu helfen. Würden Sie die Unterstützung eines unserer Schützlinge übernehmen? Wenn ja, dann bitten wir Sie, monatlich $ 10.00 an die Adresse ... zu senden.

49 Brecht an Feuchtwanger

13. November 1947

Lieber Doktor,

Donnerstag sagte ich aus in W., und da meine »subpoena« damit erledigt war, flog ich Freitag nach Paris. Traf dort Anna Seghers, für zwei Wochen aus Berlin ihre Kinder besuchen gekommen, und traf hier in Zürich Kästner, von München gekommen, um ab und zu Abend zu essen. Die Berichte aus Deutschland sind finster. – Ich denke aber, Sie sollten wirklich ein halbes Jahr hier verbringen, im Tessin oder in der Genfer Gegend, sagen wir bis nach den Wahlen. – Ich lege einen kleinen Aufruf bei, der auch an französische, englische, skandinavische, ungarische, tschechische, italienische Schriftsteller gehen soll, in D. an Becher und Huch und dann an ihre Kollegen. Ich glaube, Sie sollten ihn unterzeichnen und ihn auch Heinrich Mann und Thomas Mann vorlegen, vielleicht auch Upton Sinclair. Hier wollen wir ihn H. Hesse geben. Bisher ist er hier unterzeichnet von Zuckmayer, Kästner, Lange, Lernet-Holenia, Bergengruen, Frisch; jedoch wird er nicht herausgegeben, bevor die deutschen Namen eine Minderheit bilden. Da wir Ihren und Heinrich M.s (und, natürlich, Thomas M.s, aber an dessen Bereitschaft zweifle ich ein wenig) Namen brauchen, wäre ich Ihnen dankbar, wenn Sie uns etwas wie »Henry and I« oder »Henry, Tom and I agree« depeschieren könnten, Adresse: Hirschfeld, Schauspielhaus, Zürich.

Vielleicht sagen Sie auch der Hauptmann Bescheid; sie hat auch einiges Material über das »hearing« in Washington, soweit es mich betraf. Im übrigen erwarte ich Sie in diesen Längegraden.

Sehr herzlich Ihr alter
b

Grüße an Ihre Frau.

Begleitbrief

Mit steigendem Alarm stellen wir fest, daß die Existenz zweier verschiedener ökonomischer Systeme in Europa für eine neue Kriegspropaganda ausgenutzt wird. Wir bitten die Schriftsteller aller Nationen, den folgenden Aufruf zu unterschreiben und in seinem Sinn zu wirken.

Aufruf

Die Erwartung eines neuen Kriegs paralysiert den Wiederaufbau der Welt. Sie steht heute nicht mehr vor der Wahl zwischen Frieden und Krieg, sondern vor der Wahl zwischen Frieden und Untergang. Den Politikern, die dies noch nicht wissen, erklären wir mit Entschiedenheit, daß die Völker den Frieden wollen.

NB Ich traf Lola hier, sie läßt Sie sehr grüßen und verspricht Ihnen, das schönste Haus am Genfer See oder was drüben (Gardasee?) zu finden.

50 Feuchtwanger an Brecht

20. November 1947

Lieber Brecht,

schönen Dank für Ihren Brief.

Ihre Aussage vor dem committee scheint mir besonders geschickt und wirksam. Sie wurde oft im Radio wiederholt, und so ziemlich alle Welt hat sie gehört. Ihre gesamten Werke haben Ihnen nicht so viel publicity gebracht und so viel Erfolg wie diese ungeschickt pfiffigen Sätze. Alle Welt von Thomas Mann bis zu meinem Gärtner anerkannten das Schöpferische.

Ich muß aber offen sagen, daß der kleine Aufruf, den Sie mir beigelegt haben, erheblich weniger pfiffig und erheblich weniger schöpferisch scheint. Auch die Gesellschaft, die unterschreiben soll, scheint mir weder politisch noch literarisch so, daß ich Ihren und meinen Namen gerne damit verbunden sehen möchte. Ich habe aber natürlich die Sache mit Heinrich Mann durchgesprochen, der seinen alten, weisen Kopf schüttelte und erklärte, wenn ich es für richtig hielte, sei er bereit, erstaunt zu unterzeichnen. Ich überlasse das Weitere Ihnen, lieber Brecht. Wenn Sie es aus irgendwelchen undurchsichtigen Gründen für richtig halten, daß Heinrich Manns und mein Name unter dem Aufruf stehen, dann fügen Sie sie bitte bei.

Hier sieht, finde ich, die Gesamtsituation ein wenig besser her.

Das Stück, von dem ich Ihnen sprach, »Der Teufel in Boston«, soll in der ersten Januarwoche hier und in der zweiten Februarhälfte am Broadway gespielt werden. Deutsche Exemplare sind im Druck. Sowie ich eins habe, schicke ich es Ihnen.

Um den »Galilei« ist, soviel ich sehe, in den New-Yorker Zeitungen viel Gewese. In den »New York Times« haben ein paar Idioten Sie heftig attackiert, was eine noch heftigere Verteidigung von seiten Ihrer Freunde bewirkte. Das Ganze schien mir recht geschickte Reklame.

Alles Herzliche, und lassen Sie, wenn Ihnen der Sinn danach steht, einmal ein bißchen mehr von sich hören.

Ihr
Feuchtwanger

PS Grüßen Sie Hirschfeld.

51 Feuchtwanger an Brecht

7. März 1948

Lieber Brecht,

ich weiß nicht, ob Sie unterrichtet werden über das, was man hier über Sie liest. Ich schicke Ihnen auf alle Fälle einen Aufsatz über Ihre Gedichte aus der »Herald Tribune«.

Lassen Sie doch einmal hören, wie es um Sie steht.

Meine Dinge hier sind unverändert; im ganzen, glaube ich, bin ich zur Zeit eher weniger bedroht als zur Zeit Ihrer Abreise. Mein Stück über die Hexenjagd wird hier wohl in der nächsten Spielzeit am Broadway herauskommen, die Übersetzung ist noch lange nicht in Ordnung. Sowie es erst hier aufgeführt ist, lasse ich es auch in Europa spielen.

Die Chancen einer Aufführung von »Simone« sind nicht schlecht.

Alles Herzliche
Ihr
Feuchtwanger

52 Brecht an Feuchtwanger

Feldmeilen bei Zürich
Bünishoferstr. 14
[Etwa März/April 1948]

Lieber Doktor,

vielen Dank für den Brief (und den Zeitungsausschnitt). Wir sitzen immer noch in Zürich fest, da das »State Department« mein re-enter permit nicht erneuert hat, so daß ich mich aus der Schweiz nur herausbewegen kann, wenn sie mir die Rückkehr garantiert – und dergleichen Formalitäten nehmen ja Zeit. Auch hat der amerikanische Theater-Offizier in Berlin bisher noch keine Einreise nach Berlin vermittelt. Inzwischen führten Neher und ich in Chur (18000 Einwohner) am Stadt-Theater eine »Antigone«

Bearbeitung auf, die ich nach der Hölderlinschen Übertragung gemacht habe – ein tryout für Berlin.

Ich sähe Sie gern hier, wie ist es damit? Ich fühle mich versucht, zu wiederholen, was ich Ihnen seinerzeit nach Frankreich schrieb, wo Sie auch schöne Bücher stehen hatten. Selbst ein Aufenthalt für ein halbes Jahr (hier oder in Oberitalien) wäre schon etwas.

Sehr herzlich Ihr
b

53 Feuchtwanger an Brecht (Telegramm)

6. Mai 1948

Brecht Feldmeilen near Zürich Bünishoferstraße 14 Switzerland

Associated Press reports with headline that you got thousand dollar award encouraging young writers congratulations.

Feuchtwanger

54 Feuchtwanger an Brecht

6. Mai 1948

Lieber Brecht,

schönen Dank für Ihren Brief.

Wie ich Ihnen schon depeschierte, haben Sie hier einen Preis gekriegt, der die jungen Schriftsteller ermuntern soll, nur so fortzufahren. Die Meldung wurde hier groß aufgemacht, ich schicke Ihnen einen Ausschnitt. Ich könnte mir übrigens vorstellen, daß diese Geschichte dazu beitragen kann, Ihnen die Erneuerung des re-entry permits zu erleichtern. Auf alle Fälle würde ich mit dem Ausschnitt zum amerikanischen Konsul gehen.

Über Ihre »Antigone«-Aufführung habe ich gelesen. Die Fotos sind eindrucksvoll.

Die Situation hier hat sich zumindest nicht verschlimmert. Falls ich das Land verlasse, würde das, wie die Dinge heute liegen, wohl bedeuten, daß ich niemals zurückkehren kann, und gerade nach meinen Erfahrungen bin ich überzeugt, daß Menschenwitz Voraussagen zwar auf ein Jahrhundert, aber nicht für den nächsten November machen kann.

Ich habe mich mittlerweile an den »Goya« gemacht, und die Anfänge sind vielversprechend. Der deutsche Titel soll heißen: »Goya oder Kunst und Politik«.

Das Stück »Wahn oder Der Teufel in Boston« ist mittlerweile gedruckt. Ich schicke Ihnen ein Exemplar. Die Aufführung hier und am Broadway ist gesichert, soweit solche Dinge vertraglich und durch Konventionalstrafen gesichert werden können. Die Aufführung hier soll vor dem 30. September 48, die in New York vor dem 31. März 49 stattfinden. Die politischen Hintergründe der Hexenjagd, das heißt, den Zusammenhang der Hexenjagd mit der Politik der Kolonie werde ich noch deutlicher herausarbeiten.

Die Chancen der Drucklegung und einer hiesigen Aufführung von »Simone« sind gut. Ich verfolge sie aber nur, wenn Ihnen daran gelegen ist. Sollte die Aufführung erfolgreich sein, so könnte sie Geld bringen.

Bitte, halten Sie mich über die weiteren Geschehnisse in Ihrem Umkreis auf dem laufenden, vor allem über Ihre Adresse.

Alles Herzliche, auch von Marta, und Grüße an Helli

immer Ihr alter
Feuchtwanger

55 Helene Weigel an Feuchtwanger

Berlin NW 7
Schumannstr. 13–13a
Deutsches Theater
30. Januar 1949

Lieber Doktor!

Es fällt mir voller Entsetzen ein, daß ich Aas mich nicht einmal für Ihre Sendung der 200 Dollar bedankt habe. Wahrscheinlich, weil sie gerade eintrafen, als ich mich nach Berlin auf den Weg machte und dann sofort in die Proben fiel, kurz und gut, es schwand aus meinem löcherigen Kopf, und ich habe nicht geschrieben. Ich danke Ihnen, obwohl ich Sie ganz und gar nicht anschnorren wollte, sondern gern gehabt hätte, wenn Sie die 500 Dollar von der Steuer für mich zurückbekommen hätten. Ich weiß mir sonst keinen Weg, wie ich sie eintreiben kann. Vielleicht ist das Hildchen doch so lieb und besorgt es mir. Ihnen sollten einige Male die Ohren geklungen haben; wir wohnen mit Arnold Zweig im gleichen Hotel, und es wird oft und freundlich Ihrer gedacht.

Na ja, eine Beschreibung von Berlin werden Sie ja von mir nicht verlangen. Das ist nicht mein Geschäft. Aber kommen sollten Sie! Ich weiß nicht, ob Sie wissen, daß wir die »Courage« hier gemacht haben. Endlich konnte ich mal wienerisch reden, und kein Mensch hat was dagegen gehabt. Sie erinnern sich, daß Sie mich immer geärgert haben, wenn Sie behaupteten, meist bei Shakespeare, daß ich wieder was Wienerisches gesagt hätte. Aus Eitelkeit schicke ich Ihnen auch ein Bild von mir. Grüßen Sie bitte Marta sehr und das Hildchen, und wenn Sie schreiben, könnten, würden, wollten, wohne ich im Adlon, und Briefe erreichen mich auch im Deutschen Theater.

Ihre
alte
Helli

56 Helene Weigel an Feuchtwanger

Berlin NW 7
Schumannstr. 13–13a
Deutsches Theater
8. März 1949

Lieber Dr. Feuchtwanger!

Ich weiß, daß ich Ihnen nur einen winzigen Brief geschrieben hab, möcht deshalb wieder von mir hören lassen. Ich habe Ihnen geschrieben, daß wir in Berlin sind schon seit Monaten, die »Mutter Courage« aufgeführt haben mit ganz großem Erfolg. Brecht ist für eine kurze Zeit in die Schweiz zurück und will in spätestens zwei Monaten wieder hier sein, um einen kleinen Theaterplan zu verwirkli chen.

Ich bin sehr froh, daß ich wieder arbeite, obwohl es hier schwierig ist. Atmosphärisch – um Ihren Ausdruck zu gebrauchen – ist es angenehm, arbeitsreich und nicht zuletzt erfolgreich. Es gibt gute, interessante und interessierte junge Leute, wißbegierig und mißtrauisch. Es tut mir um jeden leid, der nicht herkommt. Es schreien hier alle nach Heinrich Mann und nach Ihnen, ganz abgesehen davon, daß es uns guttäte, wäre es von großem moralischem Nutzen.

Sie werden wahrscheinlich jetzt von Arnold Zweig Nachricht haben, wir leben im gleichen Hotel, er ist recht bekümmert seiner Frau wegen, der es wirklich schlecht geht, aber sonst ist er vergnügt, arbeitsam und, wie mir scheint, im ganzen sehr zufrieden mit seinem Aufenthalt hier. Wir suchen Wohnungen oder vielmehr kleine Häuser (hat man Ihnen von Ihrem Haus schon etwas geschrieben, oder hätten Sie evtl. gerne, daß ich mich etwas darum kümmere?). Grüßen Sie bitte Marta sehr von mir, und ich hoffe, Sie beide und Hildchen bald – spätestens nächste Weihnachten – wieder bei uns zu sehen. Sie wissen, alte

Bräuche dürfen nicht zu lang unterbrochen werden. Ich würd mich freuen, wenn Sie sich einmal zu einem Brief entschlössen,

Ihre
Helli

PS Wie Sie sehen, müssen wir Ihnen einen gewöhnlichen Brief schreiben, weil wir keine Internationalen Flugpostscheine haben. Deshalb schnorren wir jedermann um solche an. Auch Sie!

57 Feuchtwanger an Helene Weigel

P.O.B. 325
Pacific Palisades, Calif.
14. März 1949

Liebe Helli,

ich habe mich sehr gefreut, endlich einmal von Ihnen was gehört zu haben.

Über Ihre »Courage« wurde mir von vielen Seiten geschrieben, und ich erinnere mich nicht, jemals so einheitlich stürmisches Lob vernommen zu haben. Auch gelesen habe ich viel darüber.

Ihre fünfhundert Dollar zurückzukriegen wird vermutlich eine recht komplizierte Aufgabe sein. Voraussetzung wäre, daß Sie eine Vollmacht schickten, die Hilde beziehungsweise mich ermächtigt, für Sie zu handeln. Diese Vollmacht muß von einem amerikanischen Konsul oder Notar notarisiert sein. Ohne ein solches Papier kann man leider gar nichts anfangen. (Das habe ich Ihnen seinerzeit schon an Ihre Schweizer Adresse geschrieben.)

Natürlich möchten wir alle gern nach Berlin kommen; aber ich brauche Ihnen ja nicht zu erzählen, mit wieviel Schwierigkeiten das verknüpft ist. Trotzdem werde ich, wenn ich erst den »Goya«-Roman fertig habe, diese Reise ernstlich in Angriff nehmen.

Grüßen Sie Brecht sehr und alle andern, die grüßenswert sind.

58 Helene Weigel an Feuchtwanger

Berlin NW 7
Schumannstr. 13–13a
Deutsches Theater
1. April 1949

Lieber Doktor!

Dank für Ihren Brief. Ich werd versuchen, die Vollmacht, die Hildchen brauchen würde, mir zu beschaffen. Dank für die Benachrichtigung. Ich hab sie – scheint's – im ersten Brief nicht kapiert.

Einen genauen Bericht über Ihr Stück und die Aufführung hier will Arnold Zweig an Sie verfassen. Ich war nicht in Berlin und gehe erst in den nächsten Tagen in die Aufführung, weil ich die nächsten Tage spiele.

Ich möchte gern, wenn es Ihnen möglich ist, noch eine Bitte nach CARE-Paketen für mich anschließen. Die könnten am einfachsten an die Adresse von Dr. Otto Müllereisert, Berlin W 15, Xantener Str. 10 gehen. Hauptsächlicher Bedarf: Kaffee, Tee, Zucker, Fett, Kakao. Ich glaub, Arnold Zweig könnt's auch gebrauchen. Die Frau ist im Westendsanatorium in Behandlung, und es ist recht schwierig. – Schönen Dank, Doktor. Ich hoffe überdies, in der nächsten Zeit Post von der Zenzi zu bekommen. Ich hab ihre Adresse bekommen und schrieb ihr. Die Zenzi fiel mir ein apropos schnorren. Es soll ihr sonst gut gehen. Eine Freundin von ihr steht von Berlin aus in Korrespondenz. Wenn es Sie interessiert, schreib ich Ihnen die Adresse.

Brecht ist für ein paar Monate in Zürich, kommt zurück mit Barbara, und ich hoffe dann in unser eben gefundenes Haus gleich einziehen zu können. Würd Ihnen und Marta sehr gefallen. Schaun Sie doch zu, daß der »Goya«-Roman nicht zu dick wird, unter fünfhundert Seiten, damit Sie nicht allzuspät hierher kommen.

Ich hab einen kleinen Empfehlungsbrief an einen Kritiker, er heißt Friedrich Luft, für Sie mitgegeben. Er ist wirklich ein interessanter und gescheiter Mensch, der Beste, den es hier gibt, und wird Sie sicher interessieren. Er wird Sie aufsuchen, vielleicht machen Sie es möglich, daß er Sie trifft.

Ihre
Helli

59 Helene Weigel an Feuchtwanger

Berlin NW 7
1. April 1949

Lieber Doktor!

Ich möcht gern, daß Sie Herrn Friedrich Luft treffen, der zu einer kurzen Reise in den US eingeladen ist und auch nach Kalifornien kommt. Er kann Ihnen viel über Berlin und auch einiges über BB und mich erzählen. Ich gab ihm Ihre Adresse, und Sie werden durch meinen Brief vom 1. April auf ihn vorbereitet sein.

Ihre
Helli

60 Brecht an Feuchtwanger

[Etwa April 1949]

Lieber Doktor,

ich kam anfangs März von Berlin zurück nach Zürich, um mein Schweizer Identitätspapier zu erneuern, und gehe jetzt wieder nach Berlin. Die Aufführung der »Courage« war ein guter Erfolg (auch Hellis), und das Theater ist immer noch ausverkauft. Alle Sektoren gehen hin. In Westdeutschland war »Puntila«, und das ging ebenfalls gut. Der »Dreigroschenroman« kommt bei Desch und Aufbau heraus, die »Versuche« fangen an, bei Suhrkamp zu erscheinen. Gestern bekam ich einen Brief von Hanns und Lou mit einem Zeitungsausschnitt eines linken Blattes, in dem Sie als Kosmopolit angeprangert sind und einige unverständliche Mißverständnisse über den Franklinroman stehen. Könnten Sie das nicht aufklären? Ich weiß natürlich, daß Mißverständnisse desto schwerer aufzuklären sind, je törichter sie sind. Aber vielleicht finden Sie den Schlüssel, es wäre wichtig. Ich könnte einen Aufsatz, wenn Sie ihn mir für mich an den Suhrkampverlag schickten, Kantor geben oder J. R. B. Überhaupt hätte ich gern was erfahren, wie es Ihnen geht, an was Sie arbeiten, wie es Marta geht und was Ihre Pläne sind. Und gerne hätte ich wieder einmal ein paar Gespräche, besonders gern in einem frischen Klima. Und ich hoffe, daß die Unfähigkeit sonst braver Leute im Parabellesen Sie nicht zu sehr verstimmt.

Mit Zweig wohnte ich zusammen im »Adlon«. Er war sehr munter und aktiv, diskutierte, rundfunkte usw. (behindert freilich von einigen Sorgen wegen seiner Frau, die gemütsleidend ist). Die Fleißer, die einen Kramladen in Ingolstadt geheiratet haben soll, schickte mir zwei Stücke, die nicht besonders gut sind, wie mir scheint. Kortner besuchte mich eben hier in Zürich; er kann nur in der Westzone auftreten, in die zwar meine Stücke, nicht aber ich selbst gelassen werden. Viertel macht drei Inszenierungen am Burgtheater und, wie ich hoffe, eine am Deutschen. Haben Sie die Adresse Lorres und Homolkas? Wie geht es Heinrich Mann? Ich denke, er könnte kommen, Helli würde persönlich für seinen Komfort sorgen, es ginge ihm nichts ab. Und wie ist es mit Ihnen? Werden Sie nicht einmal die Schweiz besuchen? Wenn nicht, Berlin? Schreiben Sie mir bitte an den Suhrkampverlag.

Sehr herzlich
Ihr alter
b

61 Feuchtwanger an Helene Weigel

19. Mai 1949

Liebe Helli,

schönen Dank für Ihren Brief vom 1. April.

Rezensionen über die Aufführung meines Stückes in Berlin habe ich mittlerweile bekommen. Ganz klug bin ich daraus nicht geworden; übrigens zeichnen sich die Rezensionen über die westdeutsche Aufführung des Stückes auch nicht eben durch Klarheit aus.

Mit Arnold Zweig stehe ich in einer Verbindung, die so reg ist, wie die Postverhältnisse es zulassen.

Pakete nach Berlin sind abgegangen, auch an Müllereisert. Ich denke, daß es mit der Sendung von Paketen wieder leichter werden wird.

Der »Goya« geht gut voran; aber mit fünfhundert Seiten kann ich mich natürlich nicht begnügen. Es ist jetzt, lange bevor das Manuskript fertig ist, schon viel Geschrei um das Buch und viel Mißverständnis. Wie wird es erst mißverstanden werden, wenn es fertig und übersetzt ist.

Ihnen und Brecht alles Herzliche

62 Feuchtwanger an Brecht

30. Mai 1949

Lieber Brecht,

ich habe mich herzlich gefreut, von Ihnen zu hören.

Die Sage von Ihren deutschen Erfolgen ist auch hierher

gedrungen, wiewohl man sonst von deutschen Dingen überaus wenig erfährt.

Auch von den mißverständlichen Rezensionen über mich habe ich nur dunkle Andeutungen gehört. Da ich durchaus nicht weiß, worum es eigentlich geht, ist es für mich überaus schwer, was dazu zu sagen. Für irgendwelche Ausschnitte wäre ich Ihnen sehr dankbar. (Sie haben von Ausschnitten geschrieben, sie aber nicht beigelegt.) Auf alle Fälle danke ich Ihnen sehr für Ihre freundschaftlichen Bemühungen.

Mir geht es im Grunde nicht schlecht, abgesehen von der allgemeinen drückenden Situation. Ringsum, vor allem in Literatur- und Filmkreisen, herrscht Heulen und Zähneklappern. Ich sehe sehr wenig Leute und arbeite heftig und ununterbrochen am »Goya«. Wenn es gut geht, wird die deutsche Ausgabe im Frühjahr, die fremdsprachliche im Herbst 1950 erscheinen können. Auch dieses Buch – es führt den Untertitel: »Der arge Weg der Erkenntnis« – wird Mißverständnissen von beiden Seiten ausgesetzt sein, besonders dieser erste Band; der spanische Aufstand und Goyas Exil bilden den Inhalt erst des zweiten Teiles.

Ehe ich den ersten Band des »Goya« vollendet habe, rühr ich mich unter keinen Umständen von meinem großen und komfortabeln Schreibtisch weg, wie immer das ausgelegt werden mag.

Persönliche Nachrichten bekomme ich aus Deutschland ziemlich viel. Zweig und die Eislers schreiben ziemlich regelmäßig; auch sonst bekomme ich Briefe von gewöhnlich etwas verworrenen Enthusiasten.

Lorre wohnte zuletzt im Beverly Wilshire Hotel, Beverly Hills, er ist im Augenblick in New York. Homolka ist in England. Heinrich Mann sehe ich jede Woche, er wohnt jetzt in Santa Monica (2145 Montana Avenue). Er würde sich bestimmt freuen, wenn Sie ihm einmal zwei Zeilen schrieben.

Er spielt sehr mit der Idee, nach Deutschland zu gehen; aber er ist zwar geistig sehr frisch, doch sonst sehr klapperig. Auch will er gehört haben, daß dort »einige Akte der Willkür« stattgefunden hätten. Das mißbilligt er.

Schreibt unser Freund Zweig wirklich im Herzen Berlins das »Freud«-Buch?

Ich unterschreibe hier nach wie vor alle möglichen Kundgebungen, was viele Leute sehr ärgert.

Ich rechne ernstlich damit, Sie im Laufe des Jahres 50 wiederzusehen.

Sehr viele herzliche Wünsche

Ihr
Feuchtwanger

PS Die Pakete, die wir nach Berlin schicken, gehen durch eine Agentur, die den Namen »Cosmopolitan Confiserie« trägt. Glauben Sie, daß das mißdeutet werden kann?

63 Feuchtwanger an Brecht

11. Juli 1949

Lieber Brecht,

ich höre zu meinem ehrlichen Leidwesen von Zweig, daß Sie wieder einen Nierenanfall hatten. Ich weiß, wie schmerzhaft solche Anfälle sind. Wir haben indes, Sie und ich, schon Schlimmeres durchgemacht und sind ohne viele Narben davongekommen. Das ist ein schwacher Trost, wenn man Schmerzen hat; aber ich hoffe, daß, wenn dieser Brief Sie erreicht, das Schlimmste vorbei ist.

Ich höre viel und von den verschiedensten Seiten über Ihre Erfolge, und da ich weiß, welchen Spaß es Ihnen immer wieder von neuem macht, auf der Bühne und mit lebendigem Material zu arbeiten, freue ich mich darüber doppelt.

Meine eigenen Dinge stehen nicht schlecht, wenngleich

manches zu wünschen übrigbleibt. Auf alle Fälle will ich, bevor ich weitere Entschlüsse treffe, hier den »Goya« fertig schreiben, das heißt den ersten Teil des »Goya«, der in sich abgeschlossen ist. Daß nur der erste Teil des »Goya« vorläufig erscheint, wird, das sehe ich jetzt schon voraus, eine ganze Reihe von Mißverständnissen zur Folge haben, ähnliche, wie sie »Waffen für Amerika« hervorgerufen haben. Aber das muß ich in Kauf nehmen. Ich rechne übrigens damit, daß, wenn der Waffenstillstand gefestigt und der kalte Krieg zu einem lauen geworden ist, auch diese Mißverständnisse geklärt werden können.

Ärgerlich ist, daß dem Erscheinen meiner Bücher in beiden deutschen Zonen so viel Schwierigkeiten entgegenstehen, auch wenn ich auf jeglichen materiellen Erlös aus den Büchern verzichte. Das liegt vor allem an den ausländischen Verlegern, die die Rechte auf die deutschen Ausgaben haben.

Ich habe schmunzelnd in Thomas Manns Buch über die Entstehung seines »Faust« von dem »strengen Brief« gelesen, den Sie ihm geschrieben haben. Heinrich ist geistig sehr rege, aber sein Fleisch ist sehr schwach und besorgniserregend dick. Er spielt mit der Idee, nach Deutschland zu gehen, aber ich fürchte, es wird bei diesem Spiel bleiben müssen.

Sehr herzlich alles Gute. Ihnen, Helli, Ruth Berlau und denen, die grüßenswert sind, Grüße.

Ihr
Feuchtwanger

64 Feuchtwanger an Brecht

15. August 1949

Mein lieber Brecht,

gerade bekomme ich »Ost und West« mit dem kleinen Artikel, den Sie zu meinem Geburtstag geschrieben haben. Es hat mir sehr wohlgetan, daß Sie so gescheite und freundschaftliche Worte für mich fanden.

Ich höre mit Freude, daß Sie wieder vollkommen hergestellt und offenbar sehr erfolgreich tätig sind. Ich weiß, welchen Spaß Ihnen praktisches Theater macht und wie wichtig es ist, daß Sie praktisches Theater machen. Trotzdem ist es mir leid, daß wir dadurch kein neues Stück von Ihnen zu lesen kriegen. Meine Situation hier ist nicht gerade gemütlich, eine unbehagliche, wohlhäbige Ruhe, und am Rand winken ein paar Herren mit Atombomben. Aber ich schreibe ruhig weiter am »Goya«. Zwei Drittel davon sind fertig, ich kann den Rest des Manuskripts bestimmt im Frühjahr 50 abliefern, und die Übersetzung scheint diesmal gut zu werden. Ich habe jedes der insgesamt etwa neunzig Kapitel mit halb ernsten, halb ironischen spanischen Versen geschlossen, vierfüßigen Trochäen, die Ihnen Spaß machen werden.

Ich habe ein Stück geschrieben, »Die Witwe Capet«, welches die Struktur des politischen Prozesses darstellen soll. Die Revolutionäre haben objektiv recht, Marie-Antoinettes Exekution ist notwendig; aber persönlich ist sie töricht, tapfer und nicht unsympathisch. Ich könnte das Stück hier mit sensationell guter Besetzung spielen lassen, aber ich bin sicher, daß es gründlich mißverstanden werden wird. Überdies schreibt mir Weichert aus Frankfurt, der seinerzeit in Hamburg »Die Petroleuminseln« uraufgeführt hat, immer wieder, ich solle doch ihm ein Stück für Deutschland überlassen. Aber dort wird die »Witwe Capet« natürlich noch gründlicher mißverstanden werden. So lege ich die »Witwe Capet« vorläufig beiseite, bis ich den »Goya« fertig habe.

Lassen Sie einmal wieder von sich hören. Diktieren Sie, wenn möglich, mehr an der Schreibmaschine als auf der Bühne, und grüßen Sie diejenigen, die es wert sind. Es ist ein Jammer, daß ich nicht endlich einmal wieder ein ausführliches Streitgespräch mit Ihnen habe.

Nochmals herzlichen Dank für Ihre gedruckten Freundlichkeiten.

Ihr
Feuchtwanger

65 Helene Weigel an Feuchtwanger

Berlin NW 7
Luisenstraße 18
10. Januar 1950

Lieber Doktor!

Ein Weihnachtsgeschenk kam an. Das war sehr lieb von Ihnen, besonders der Kaffee, den ich – und hier alle – noch schmerzlich vermisse. Sonst gibt's eigentlich hier alles.

Schnellen Bericht über unser Leben, weil ich ja nicht annehme, daß Sie mit Briefen von Brecht überschüttet worden sind, und ich gehöre in den Klub der Analphabeten. Wir haben ein kleines Berliner Haus gefunden in Berlin-Weißensee, es ist hübsch eingerichtet, hat Telefon und ist geheizt.

Arbeitsmäßig: Helli: spiele weiter die »Courage«, habe außerdem mit Hilfe von Brecht, Engel, Viertel, Caspar Neher und Teo Otto eine kleine Truppe zusammengestellt und spielen – da wir ein eigenes Haus bis jetzt nicht haben – als Gäste des Deutschen Theaters, haben aufgeführt (Regie Berthold Viertel) »Wassa Schelesnowa« von Gorki mit Therese Giehse und »Herr Puntila und sein Knecht Matti« (Regie Brecht und Erich Engel). Als drittes Stück in dieser Saison hat Brecht ein bißchen in Lenz' »Hofmeister« herumgeschnipselt, und das wird unser letztes Stück in diesem Jahr werden. Wir hatten sehr große Erfolge, und es macht eigentlich uns allen viel Spaß. Wann kommen Sie, wenn auch nur zu einem Besuch? Sie können doch nicht warten, bis Sie alle sieben 450 Seiten langen Bücher fertiggeschrieben haben, und hier ist es wirklich interessant.

Haben Sie Neues von Heinrich Mann gehört? Wird er kommen? Ich lasse ihm sagen, wenn er mir den Auftrag anvertraut, richte ich ihm eine ordentlich geheizte Wohnung hier mit Sekretär ein. Es heißt, daß er kommen wird, und ich würde gern Genaueres wissen.

Wenn Sie etwas über Leute hier wissen wollen, wenn ein Buch Ihnen erwünscht wäre, das ich Ihnen hier beschaffen kann, bitte lassen Sie es mich wissen, lieber Doktor.

Viele Grüße an Marta, und wie geht es Hilde?

Viele Grüße und nochmals vielen Dank.

Ihre
Helene Weigel

66 Feuchtwanger an Helene Weigel

7. Februar 1950

Liebe Helli,

es war erfreulich, einmal wieder von Ihnen zu hören, wiewohl es recht kursorisch war.

Wir lesen hier ziemlich viel über Euch; ich bekomme auch eine Reihe von deutschen Zeitungen, Euer Erfolg ist ja offenbar ehrlich und geht tief nach dem Westen hinein. Brecht wird, listig wie er ist, schon dafür sorgen, daß er – der Erfolg nämlich – trotz der komplizierten äußeren Umstände auch von Dauer ist.

Heinrich Mann ging es eine Zeitlang gar nicht gut. In der letzten Woche aber hat sich sein Befinden entscheidend gebessert, und er hat jetzt die feste Absicht, bei der Eröffnung der Akademie in Berlin zu sein.

Sagen Sie doch Brecht, er soll sich einmal »Frieden« und »Die Acharner« des Aristophanes anschauen. Man kann die beiden Stücke leicht in eines verschmelzen, sie sind außerordentlich witzig, poetisch und schlagend aktuell, und ich glaube, diese Stücke zu bearbeiten, müßte sowohl den Dichter wie den Regisseur Brecht reizen.

Und schauen Sie sich einmal »Die Petroleuminseln« wieder an. Ich glaube, dieses Stück ist das lebendigste von dem, was ich fürs Theater schrieb, und die Rolle muß eine große Verlockung sein.

Meine Dinge hier sind unverändert. Der »Goya« geht langsam, aber stetig vorwärts, und der erste, in sich abgeschlossene Teil wird im Frühsommer fertig sein. Ich fürchte nur, das Buch wird in Deutschland so wenig verstanden werden wie »Waffen für Amerika«, und es ist ein Jammer, daß ich gewöhnlich von den Gegnern besser begriffen werde als von den Freunden.

Aufrichtig gute Wünsche von uns allen

PS Grüßen Sie die Giehse herzlich. Ich kannte sie schon, als sie ein kleines Kind war.

67 Feuchtwanger an Brecht

6. März 1950

Lieber Brecht,

Fred Schroer, ein westdeutscher Theaterdirektor, der einen guten Namen haben soll und sein Urteil dadurch bewiesen hat, daß er als erster mein Stück »Wahn« spielte, will in Bonn ein »Theater der Opposition« aufmachen, ein Kellertheater, ähnlich wie man es in Paris mit Erfolg gemacht hat. Nach dem, was er mir schreibt, sollen in dem sehr kleinen Theater nur wirkliche Interessentenkreise Zutritt haben. Es sei also, erklärt er, eine rein ideelle Sache. Er möchte mit der »Dreigroschenoper« eröffnen und Sie bitten, ihm das Aufführungsrecht tantiemenfrei zu überlassen. Ich kann von hier aus nicht beurteilen, ob die ganze Sache Sinn hat. Es schien mir aber kein schlechter Witz, die »Dreigroschenoper« gerade in Bonn zu spielen.

Ich antworte Schroer, ich hätte Sie von seinem Projekt

unterrichtet und er möge sich unmittelbar an Sie wenden.

Ich stecke tief im »Goya«, und es geht mir unbehaglich, aber gut.

Es wäre nett, zwei bis zwanzig Zeilen von Ihnen zu erhalten.

Ihr
Feuchtwanger

68 Feuchtwanger an Helene Weigel

13. Juni 1950

Liebe Helli,

ich lese, baß erstaunt, daß Sie fünfzig geworden sind. Ich sehe Sie noch immer als kleines Mädchen vor mir stehen im Schnee von Kohlgrub.

Alles in allem habe ich den Eindruck, daß es Ihnen in Berlin sehr gut geht, und ich wünsche Ihnen sehr sehr herzlich für die Zukunft noch Besseres.

Ich denke, daß wir uns, trotz vieler Hindernisse, in absehbarer Zeit sehen.

Alles Herzliche auch von Marta und Hilde

69 Helene Weigel an Feuchtwanger

Berlin NW 7
Luisenstraße 18
22. Januar 1953

Lieber Doktor!

Eine hübsche Überraschung von Ihnen. Das Zeichen der alten Liebe hat uns alle herzlichst gefreut. Ich wollte, Sie säßen etwas näher und hätten die Möglichkeit von Streitigkeiten mit Bert.

Meine Lage rentiert sich jetzt wirklich. Ich bin zwar

unendlich mager wegen Überarbeit, aber aufgeblüht. Wie man das beides auf einmal sein kann, weiß ich nicht, aber ich habe es fertiggebracht.

Grüßen Sie bitte alle Freunde und Marta. Es wäre schön, mal einen Brief von Euch zu bekommen.

Ihre
Helli

70 Brecht an Feuchtwanger (Telegramm)

Berlin via WUCABLES
7. Juli 1954

Dr. Lion Feuchtwanger
520 Paseo Miramar
Pacific Palisades, Calif.

In alter Freundschaft

Brecht

71 Brecht an Feuchtwanger

Buckow
[Sommer 1954]

Lieber Doktor,

ich muß Ihnen aber jetzt doch schreiben, sonst wird das Nichtschreiben zur Gewohnheit, die immer schwerer zu brechen ist. In diesem Jahr sind wir im Schiffbauerdamm-Theater eingezogen. Die Bühne bauen wir um, die Putten im Zuschauerraum lassen wir, damit es nicht aussieht, als hätten wir zu große Illusionen. Aufgeführt haben wir ein Zeitstück über die Entwicklung auf dem Land, in Jamben, freilich in solchen, die ein wenig meinen Hexametern gleichen, die Ihnen solches Entsetzen bereiteten. Dann Molières »Don Juan«, den einer unserer jungen Regisseure, ein Französisch-Schweizer, inszenierte, und den »Kreidekreis«. Um näher beim Theater zu sein, sind wir in die Chausseestraße umgezogen, in ein 150 Jahre altes Hinterhaus, das auf den Hugenottenfriedhof hinausgeht, wo Hegel und Fichte liegen. Jetzt im Sommer sind wir in Buckow, in der Märkischen Schweiz, in zwei kleinen Landhäusern in einem großen Park am See. Geschrieben habe ich eine »Turandot«. Sie erinnern sich vielleicht an die Tuis, die zu unserm kulturellen Erbe gehören. Ich hätte gern wieder einigermaßen regelmäßige Gespräche mit Ihnen. Frau Marta könnte Ihnen hier bestimmt die gewohnten Speisen bereiten, und in den Antiquariaten findet man immer noch die Reste der Junkerbibliotheken, viel Französisches. Das Gedicht in dem Gedenkbüchlein zu Ihrem Geburtstag habe ich drucken lassen, um Sie an die Zeit zu erinnern, als wir Sie immer nach Skandinavien einluden.

Im großen und ganzen lebt man in Hinsicht auf ein vorgestelltes Publikum und einige wenige Leute, die man dann schmerzlich vermißt.

Bitte, grüßen Sie Ihre Frau, und seien Sie selber herzlichst gegrüßt von Ihrem

b

72 Feuchtwanger an Brecht

28. August 1954

Lieber Brecht,

es war mir eine große Freude, von Ihnen zu hören, so sparsam Sie mit Ihren Worten waren.

Ich lese mit Vergnügen in Zeitungen der verschiedensten Länder, wie sich Ihr Werk durchsetzt. »Selbst der Chinese malt mit zitternder Hand Mutter Courage aufs Glas.« Ich habe mir hier von einer netten Chinesin, die freilich zwischen Formosa und »Mainland« hin und zurück schwankt, sagen lassen, wie ungefähr »Mutter Courage« chinesisch lautet. Aber im Ernst: Es ist ein starkes Zeugnis für Ihren innern und äußern Erfolg, daß man ihn auch hier im Feindesland zur Kenntnis nimmt.

Ich brauche Ihnen wohl nicht umständlich zu schildern, wie es mir hier geht. Die Arbeit macht mir Spaß, wiewohl angesichts der Zeit, die mir noch bleibt, die Auswahl unter dem Vielen, was ich noch schreiben möchte, immer schwieriger wird. Es ist mir oft leid, daß ich darüber nicht mit Ihnen reden kann.

Wie ich überhaupt ein beredtes Streitgespräch mit Ihnen, geführt im Münchner Humanisten- und Augsburger Renaissance-Deutsch sehr vermisse.

Lassen Sie doch bald ein bißchen mehr von sich hören.

Mit herzlichen Grüßen, auch an Helli, in alter, guter Freundschaft

Ihr
Feuchtwanger

73 Feuchtwanger an Brecht

8. Februar 1955

Lieber Brecht,

in der Anlage schicke ich Ihnen einen Artikel aus der »Saturday Review«. Ich kann mir ungefähr denken, was Sie wirklich gesagt haben und wie; man erkennt es unter all dem Firnis von Dummheit. Im übrigen scheint mir die widerwillige Anerkennung des Mannes die stärkste Bestätigung.

Ich habe mit Vergnügen gelesen, daß Sie den Moskauer Friedenspreis bekommen haben. Werden Sie nun aber dort auch gespielt?

Eine kleine Anekdote, die Ihnen Spaß machen wird: In meinem neuen Roman kommt ein überaus streitbarer Minnesänger vor, Bertran de Born. Ich habe ein paar seiner wüsten Kriegslieder übersetzt; es ging mir darum, die verderbliche Anziehungskraft des Kriegerischen, des Tyrtäischen zu zeigen. Ein Leser, dem ich das Kapitel unlängst gab, ließ sich's nicht ausreden, daß das Modell meines Bertran de Born der Friedenspreisträger Bertolt Brecht sei; das bewiesen schon die Initialen »B. B.«.

Hebbel hat einmal gesagt, man müsse immerzu mit einem Stock herumgehen und dem Publikum zeigen, was man gemeint habe. Aber auch das nutzt nichts.

Feuchtwanger

74 Feuchtwanger an Brecht

4. August 1955

Lieber Brecht,

eine zu gründende Moskauer Zeitschrift schreibt mir: »Uns wäre viel daran gelegen, unsere Leser mit Ihrem in Zusammenarbeit mit Bertolt Brecht geschriebenen Stück »Simones Träume« bekanntzumachen. Wir wären Ihnen sehr verbindlich für Ihre Stellungnahme dazu.«

Ich nehme an, daß Sie um die Sache wissen. Ich meinesteils habe nichts dagegen, die verbindlichen Leute zufriedenzustellen. Aber ich überlasse die Entscheidung Ihnen. In diesem Sinn schreibe ich nach Moskau. Die Adresse, die die Moskauer angegeben haben, ist: Redakcija Shurnala »Inostrannaja Literatura«, ul. Vorovskogo, 52, Moskau. Nach dem Goldwyn-Vertrag steht einer solchen Veröffentlichung nichts im Wege. Der Roman »Simone« ist seinerzeit russisch erschienen.

Hilde hat ein Manuskript des Stückes »Simone« ausfindig gemacht. Es dürfte die letzte Fassung sein und enthält einige Korrekturen, ganz wenige Korrekturen von meiner Hand. Ich glaube, es bedarf einer Überarbeitung. Ich schicke es Ihnen gleichzeitig eingeschrieben und mittels Luftpost.

Bitte, lassen Sie mich wissen, was Sie den Russen antworten. Nach dem Goldwyn-Vertrag kann das Stück sowohl gedruckt wie gespielt werden, freilich nicht verfilmt.

Ich lese schmunzelnd und mit ehrlicher Freude von Ihren Erfolgen. Wenn die Welt so weiterläuft, werden Sie der einzige Autor sein, der den Stalin- und den Nobelpreis kriegt.

Wie die Dinge jetzt stehen, hoffe ich trotz allem, Sie in absehbarer Zeit wiederzusehen.

Feuchtwanger

75 Feuchtwanger an Brecht

13. August 1955

Lieber Brecht,

die Moskauer depeschieren mir soeben: »Dank für Ihren Brief. Ich hoffe, in kürzester Zeit die letzte Überfeilung der ›Simone‹ von Brecht zu bekommen, da das Stück im nächsten Heft erscheinen soll. Tschakowsky.«

Ich verweise Sie nochmals an sie. Die Moskauer Adresse ist: »Inostrannaja Literatura«, ul. Vorovskogo, 52, Moskau.

Bitte, schreiben Sie mir doch, ob Sie das Stück bekommen haben.

Feuchtwanger

76 Brecht an Feuchtwanger

[Etwa 20. August 1955]

Lieber Doktor,

ich habe gehört, daß Akimow in Leningrad die »Simone« aufführen will; er wird als einer der besten Regisseure der UdSSR betrachtet. Durch den Übersetzer ließ ich ihm sagen, es müsse ein Kind sein. Schon deshalb, weil die Schauspieler so gut und lang erzogen werden, daß sie 23 sind, wenn sie zum ersten Mal auftreten können – und dann ja erst die Folgen der Erziehung überwinden müssen. Eine Musik hat H. E. gemacht.

Danke für Brief und Stücktext. Er scheint in Ordnung bis auf die allerletzten Sätze, die etwas schwach klingen.

Wir machen beim Ensemble jetzt den »Werbeoffizier« von Farquhar, und Sie sollten es sich nebst einigen andern Stücken jetzt endlich mal ansehen. Zenzi Mühsam, die wieder hier ist, würde Sie mit einer (längeren) Rede in ausgezeichnetem Dialekt begrüßen.

Ihr alter
b

Grüßen Sie bitte Frau Marta!

77 Feuchtwanger an Brecht

24. August 1955

Lieber Brecht,

es freut mich, daß Akimow die »Simone« aufführen will; ich weiß von ihm und glaube, ich habe ihn auch getroffen. Schön wäre es, wenn Sie selber sich der Aufführung annehmen wollten. Was Sie damals planten, hat mich sehr beeindruckt.

Farquhars »The Recruiting Officer« hat mir immer gut gefallen, und ich bin sicher, Ihr werdet viel daraus machen können.

Grüßen Sie sehr die Zenzi Mühsam.

Es weht eine etwas frischere Luft, und ich halte es nicht für ausgeschlossen, daß wir in absehbarer Zeit ein erfreuliches Streitgespräch führen können.

Sehr herzlich
Ihr
Feuchtwanger

78 Brecht an Feuchtwanger

Bertolt Brecht
Berliner Ensemble am Schiffbauerdamm Berlin NW 7
Am Schiffbauerdamm 4 a
den 28. Sept. 1955

Lieber Doktor,

in England wird die »English Stage Society« noch in dieser Spielzeit ihr eigenes Theater eröffnen. Sie haben unter anderem als ihren Hauptregisseur George Devine engagiert. Sie interessieren sich unter anderem für den »Galilei«. Ich möchte zunächst unbedingt wissen, ob Laughton eventuell in London den Galilei spielen würde oder nicht. Es scheint im Augenblick schwierig zu sein, an ihn heranzukommen, da alle Dinge, wie es heißt, von einem sehr energischen Manager und Freund Laughtons filtriert werden. Könnten Sie bei Charles anrufen und ihn direkt von mir aus grüßen und ihn fragen? Während ihres Gastspiels in Berlin sprach ich mit Peggy Ashcroft, John Gielgud und George Devine, die von Berliner Ensemble-Aufführungen wirklich angetan waren und helfen wollen, sie nach England zu bringen. Zumindest seit Paris ist es ja kaum noch gefährlich, in Westeuropa ein Stück von mir zu spielen.

Wie geht es Ihnen? Wie wäre es mit einem Besuch, sagen wir des »Kreidekreises«?

Herzlich
Ihr
brecht

79 Feuchtwanger an Brecht

17. Oktober 1955

Lieber Brecht,

es war nicht ganz einfach, von Laughton Bescheid zu erhalten. Schließlich erklärte er, er sei zwar ein glühender

Anhänger von Ihnen, »a great devotee«, wolle aber unter keinen Umständen in London auftreten. Diese seine Entscheidung richte sich natürlich in keiner Weise gegen den »Galilei«, doch sei er »definitely against returning to the West End in any production«. (Dieterle sagte mir, Laughton habe in London schlechte Erfahrungen gemacht und sei gekränkt.)

Laughton bittet, Sie herzlichst zu grüßen.

Sehr viel herzlicher tut das

Ihr
Feuchtwanger

80 Feuchtwanger an Brecht

5. Dezember 1955

Lieber Brecht,

Marieluise Fleißer schreibt mir einen recht verzweifelten Brief. Es wäre schön, wenn Sie was für sie tun könnten. So einfach freilich, wie sie's sich vorstellt, dürfte es kaum gehen.

Ich habe dieser Tage wieder ein altes Stück gelesen, das mich von jeher gereizt hat: das Satyrspiel »Der Cyclop« von Euripides. Die große Ansprache des Cyclopen an Odysseus über die Notwendigkeit des Reichtums macht das Stück ungeheuer aktuell, und es bietet dem modernen Bearbeiter und Regisseur wunderbare Möglichkeiten. Schauen Sie sich's doch einmal an. Es gibt ein paar schlechte deutsche Übersetzungen und eine herrliche von Shelley.

Immer Ihr alter
Feuchtwanger

PS Ich habe in den »London Times« eine Rezension über Ihren Farquhar gelesen, die Ihnen wohlgetan haben muß.

81 Feuchtwanger an Brecht

30. Januar 1956

Lieber Brecht,

gerade habe ich die »Kriegsfibel« bekommen. Ich erinnere mich noch gut, wie Sie mir in Santa Monica die Bilder zeigten und einzelne Ihrer Verse. Ich freue mich sehr, daß sich das Ganze jetzt so eindrucksvoll präsentiert.

Bitte, sagen Sie auch Ruth Berlau, daß ich die Zusammenstellung und den Waschzettel ungewöhnlich geglückt finde.

Lassen Sie mir doch, bitte, noch ein Exemplar schicken – wenn möglich, besser verpackt. Ich will versuchen, ob ich mit dem Buch hier was anfangen kann.

Herzlich wie stets

Ihr
Feuchtwanger

82 Feuchtwanger an Brecht

18. Februar 1956

Lieber Brecht,

ein Leser aus Stockholm, der gute Beziehungen zur schwedischen Akademie hat, teilt mir mit, daß dreißig Vorschläge für den Nobelpreis vorliegen. Unter den Vorgeschlagenen befinden sich Sie und ich. Freilich meint mein Gewährsmann, daß wir beide nicht gerade die besten Aussichten haben.

Herzlich wie stets
Ihr
Feuchtwanger

83 Feuchtwanger an Brecht

19. März 1956

Lieber Brecht,

ich schicke Ihnen in der Anlage eine Rezension der »Dreigroschenoper« aus den »New York Times«.

Kriegen Sie eigentlich Tantiemen aus Amerika?

Herzlichst
Ihr alter
Feuchtwanger

84 Feuchtwanger an Brecht

5. April 1956

Lieber Brecht,

Norman Lloyd, der in New York ein paar hübsche Erfolge gehabt hat, interessiert sich lebhaft für eine Aufführung von »Simone«. Ich habe ihn an Sie verwiesen.

Ich habe die Verträge mit Goldwyn durchgesehen. Die Aufführungsrechte an dem Stück sind seit einigen Jahren an uns zurückgefallen. Nach dem Vertrag zwischen Ihnen und mir würde Ihnen von den allenfallsigen Broadway-Tantiemen die Hälfte zustehen.

Ich weiß nicht, ob ich Ihnen zuraten soll, das Stück in New York spielen zu lassen. Ich glaube nicht, daß eine solche Aufführung eine europäische Darstellung unter Ihrer Regie irgendwie gefährdete. Immerhin wäre es vielleicht gut, wenn das Stück zuerst in Ihrer Inszenierung gespielt würde. (Ich achte darauf, manchmal mit Opfern, daß meine Bücher zuerst in deutscher Fassung erscheinen und nicht in irgendeiner Übersetzung.)

Herzlich wie stets

Ihr alter
Feuchtwanger

85 Feuchtwanger an Brecht

Post Office Box 325
Tel. Gladstone 4-4231
Pacific Palisades
26. April 1956

Lieber Brecht,

ich höre, daß Sie sich überarbeitet hätten und daß es mit Ihrer Gesundheit nicht zum besten stehe. Ich bin etwas beunruhigt.

Es wäre freundlich von Ihnen, wenn Sie mir zwei Zeilen schrieben.

Sehr herzlich

wie immer
Ihr
Feuchtwanger

86 Brecht an Feuchtwanger

Berlin
3. Mai 1956

Lieber Doktor,

ich schreibe ganz kurz, da ich im Augenblick in der Charité liege, um mit den Folgen einer Virusgrippe fertig zu werden.

Das Wichtigste für eine Aufführung der »Simone« ist, daß die Hauptrolle unter überhaupt keinen Umständen von einer jungen Schauspielerin gespielt werden kann (auch nicht von einer, die wie ein Kind aussieht), sondern nur von einer Elfjährigen, und zwar einer, die wie ein Kind aussieht. Ich denke, darin stimmen Sie mir zu. Im übrigen sollte man da wirklich nicht hastig sein. Es besteht ein vager Plan, daß man das Stück zuvor in der DDR und dann in Paris aufführt, in einer Gemeinschaftsregie unseres besten Regisseurs Besson und des Pariser Regisseurs Serreau. Eisler muß ja auch erst noch die Pantomimenmusik fertigmachen.

Wie ist es mit Ihrem Europatrip?

Herzlich
Ihr alter
b

PS Eben bekam ich noch Ihren Brief. Es ist eine Endokarditis, die aber gutartig ist und auch schon abzuklingen scheint.

87 Helene Weigel an Feuchtwanger (Telegramm)

15. August 1956

Lion Feuchtwanger, Pacific Palisades, Calif., USA

Bert ist gestern gestorben

Helli

88 Feuchtwanger an Helene Weigel (Telegramm)

15. August 1956

Liebe Helli

wir haben beide viel verloren.

Ihr
Feuchtwanger

89 Feuchtwanger an Helene Weigel

24. August 1956

Liebe Helli,

es fällt mir schwer, mich zurechtzufinden in einer Welt ohne Brecht. Wenn ich an Rückkehr nach Europa dachte, dachte ich immer zuerst an Brecht. Als er sich hier auf der Terrasse des Hauses von mir verabschiedete und darauf drängte, daß doch auch ich bald käme, war ich sicher, daß wir uns nicht auf lange trennten.

Brecht war mir trotz aller Gegensätzlichkeiten sehr nahe, und wiewohl er in privaten Dingen scheu war, so war er doch, glaube ich, mir gegenüber in allem Wichtigen offen, und er hat mir in sehr vielem mehr vertraut als anderen. Daher weiß ich ganz genau, besser als die meisten andern, wie viel Sie ihm bedeuteten. Wenn man von Stücken sprach, dann fragte er zunächst, ob eine Rolle für Sie, die Rolle für Sie, darin sei. Ein Theater ohne Helli war für Brecht undenkbar. Sein ganzes Theater stand auf Ihnen. Ein Leben, in dem Sie nicht für ihn mitdachten und -sorgten, konnte er sich nicht vorstellen. Das weiß ich aus kleinen gelegentlichen Äußerungen, die mehr verrieten als starke Erklärungen. Brecht war denkbar und ist denkbar immer nur zusammen mit Helli.

Ich wünschte mir sehr, Sie dächten an unsere gemeinsamen Weihnachtsabende mit der gleichen Wärme wie ich.

90 Helene Weigel an Feuchtwanger

Berlin N 4
Am Schiffbauerdamm 4a
20. Oktober 1956

Lieber Lion!

Schönen Dank für Ihren Brief. Es war sehr lieb. Ich wollte, ich könnte Sie mal wiedersehen. Aber eine Reise nach Europa ist wohl für Sie jetzt nach Berts Tod nicht mehr so sinnvoll wie früher.

Lassen Sie sich's gut gehen. Grüße an Marta

Ihre
Helli

91 Feuchtwanger an Helene Weigel

9. November 1956

Liebe Helli,

ich möchte Sie schrecklich gerne wiedersehen und endlich auch einmal wieder eine Ihrer Aufführungen erleben. Vor ein paar Wochen schaute es auch aus, als könnte ich bald eine richtige lange Reise nach Europa machen. In den letzten Wochen aber ist alles wieder sehr fraglich geworden.

Ich habe hier in der »Nation« einen längeren Essay über Brecht veröffentlicht. Leider ist die Übersetzung recht schwach ausgefallen, und aus vielem, was im deutschen Text sinnvoll und klar, ist ein rechter Wischiwaschi geworden. Aber ich habe auch für »Sinn und Form« geschrieben, und dort wird, denke ich, wenigstens *mein* Text stehen.

Ich schicke Ihnen die »Nation«.

92 Helene Weigel an Feuchtwanger

Berlin
11. Juni 1957

Lieber Feuchtwanger!

Ich komme mal wieder mit einer Bitte. Sie können sich vorstellen, wie schwierig die Ordnung aller Vertragsfragen in den Angelegenheiten Brechts ist. Besonders ärgert mich, daß ich über die Schallplattenaufnahmen, die in großen Mengen und von verschiedensten Firmen in Amerika angefertigt werden, keinerlei Auskunft bekommen kann. Außerdem geht das Geld in lächerlichen Sümmchen an die Universal-Edition in Wien, während Steff in Amerika ist und es dort ausgezahlt bekommen könnte.

Ich möchte Steff vorschlagen, einen Rechtsanwalt zu beauftragen, und bekam auch von einem auf Empfehlung einen Brief. Der Name des Mannes ist Andrew Feinman, 565 Fifth Avenue, New York 17, N.Y. Ich weiß nicht, was das für ein Mann ist, ob er einen halbwegs guten und soliden Namen hat. Der Brief, den ich von ihm bekam, ist äußerst freundlich und praktisch. Vielleicht ist der Mann ausgezeichnet, aber ich wollte doch bei Ihnen anfragen, wie man da am besten fährt.

Sein Vorschlag ist, daß er auf einer prozentuellen Basis arbeiten will, anders könnte ich es ja auch gar nicht machen. Wenn Sie können, würde ich Sie bitten, Erkundigungen einzuziehen und mir eine Antwort zu geben.

Es wird immer länger, seit wir uns nicht gesehen haben, und ich hätte gern ein bißchen mehr über Sie und Marta, über Ihre Pläne, über die Möglichkeit eines Wiedersehens gehört.

Schönen Dank, lieber Lion Feuchtwanger.

Ihre
Helene Weigel

93 Feuchtwanger an Helene Weigel

19. Juni 1957

Liebe Helli,

halbwegs stichhaltige Auskünfte über New-Yorker Anwälte zu bekommen ist nicht ganz einfach. Ich habe aber sogleich einen verlässigen Gewährsmann beauftragt, Auskünfte einzuziehen, und sowie ich Bescheid habe, gebe ich ihn Ihnen weiter.

Meine Situation hier ist unverändert, das heißt, es geht mir recht gut, nur kann ich das Land nicht verlassen. Aber auch in dieser Hinsicht zeigen sich ganz kleine Silberwölkchen.

94 Feuchtwanger an Helene Weigel

2. Juli 1957

Liebe Helli,

mein Gewährsmann in New York berichtet, daß Mr. Andrew Feinman, der Anwalt, über den Sie Auskunft wünschten, nicht zu den »prominenten« New-Yorker Anwälten zählt. Er wird auch in der autoritativen Liste der New-Yorker Anwälte (dem »Martindale-Hubbel Legal Directory«) nur unter der Rubrik ohne »rating«, ohne besondere Auszeichnung, geführt. Ich werde weitere Informationen über ihn erhalten, die aber, da sie von anderen Anwälten kommen, kaum ganz vorurteilsfrei sein werden.

Alles Herzliche

Ihr

95 Helene Weigel an Feuchtwanger

Berlin N 4
Am Schiffbauerdamm 4 a
13. Juli 1957

Lieber Feuchtwanger,

es wäre ein großer Spaß, wenn Sie drüben eine Möglichkeit finden würden, die »Simone Machard« aufführen zu lassen. Aber bitte bestehen Sie unter allen Umständen darauf, daß mit einem Kind gespielt wird. Ich habe mir hier die Aufführung von Buckwitz in Frankfurt a. Main angesehen, ebenso war ich bei Proben des Stückes hier in Berlin. Brecht hatte wie gewöhnlich recht; der poetische Inhalt wird nur klar, wenn diese Lakain sich mit einem Kind unterhalten, nicht mit einer Halbwüchsigen. Auch sind es die Träume eines Kindes und nicht Pubertätshysterie. Dieses Land ist so reich an begabten Kindern, und eigentlich müßte gerade das den Leuten, die doch für gags einen Sinn haben, gefallen. Ob's dann gut wird, ist eine andere Frage.

Wir arbeiten hier munter weiter. Sie werden sich wundern, wieso Briefe, die Sie an Elisabeth schicken, von mir beantwortet werden oder vice versa.

Bitte, machen Sie sich nicht zu viel Mühe mit meiner Frage wegen des Rechtsanwaltes. Sie werden schon recht haben. Aber könnten Sie mir vielleicht einen wirklich guten im Autorenrecht, Plattenrecht und Filmrecht bewanderten Anwalt vorschlagen, mit dem Steff sich beraten kann; denn wir sind in allen diesen Fragen verlorene Lämmer. Außerdem hat der Steff noch dazu gern recht, was doch immer gefährlich ist.

Viele Grüße an Marta, und lassen Sie uns nicht zu lange auf ein Wiedersehen warten.

Ihre alte Helli

96 Helene Weigel an Feuchtwanger

Berlin N 4
Am Schiffbauerdamm 4 a
31. Juli 1957

Lieber Lion Feuchtwanger,

folgendes Dilemma. Ruth Berlau macht Ansprüche an Prozente auf »Simone Machard« geltend. Ich möchte gern Ihre aufrichtige Meinung über diese Ansprüche wissen. Mir scheint aus Brechts Tagebuch-Notizen nichts hervorzugehen, daß sie an der Arbeit beteiligt war. Zudem ist sie sehr unberechenbar und würde sich bei allen Theatern, die das Stück aufführen wollen, hineinmischen.

Suhrkamp sieht nicht klar in dieser Sache, und ich hätte gern Ihren Standpunkt gewußt.

Mit bestem Dank und Gruß

Ihre
Helli
i. A. Bork

Frau Weigel ist wieder nach Buckow gefahren, und ich sende Ihnen deshalb diesen Brief mit meiner Unterschrift.

97 Feuchtwanger an Helene Weigel

19. August 1957

Liebe Helli,

zu Ihren Briefen vom 13. und vom 31. Juli, die erst jetzt hier angekommen sind (Bitte, schicken Sie Ihre Briefe doch mit Luftpost.):

Die Aussichten, hier eine Aufführung der »Simone« zu erreichen, sind nicht schlecht. Aber ich kann die Leute schwerlich dazu überreden, die Hauptrolle von einem Kind spielen zu lassen. Aber wenn Sie wünschen, daß die Simone den Plänen Brechts entsprechend von einem Kind gespielt wird, dann lasse ich das Ganze eher scheitern, als daß ich in diesem Punkt nachgebe.

Was Ihre Frage betr. »Copyright«-Anwalt anlangt, so habe ich keine schlechten Erfahrungen gemacht mit einem New-Yorker Anwalt namens Wittenberg. Er ist ein sehr bekannter Anwalt, verkehrt viel mit Künstlern und Literaten und ist ein aufgeschlossener Mann. Steff kann seine Adresse in New York sicher leicht ausfindig machen, durch Anfrage etwa bei dem Verlag Julian Messner (8 West 40th Street, New York 18, Tel.: LA 4 3819). Es wäre vielleicht gut, wenn Sie mir Steffs Adresse in New York gäben.

Was die Verteilung der Tantiemen aus Aufführungen der »Simone« anlangt, so habe ich alle Verträge, teils im Original, teils in Fotokopien, vor der Aufführung in Frankfurt an Elisabeth Hauptmann geschickt. Aus dem Hauptvertrag geht klar hervor, wie die Tantiemen zu verteilen sind. Dieser Verteilungsmodus wurde so eingesetzt auf Brechts ausdrücklichen Wunsch. Elisabeth hat, wie gesagt, sämtliche Unterlagen.

Sehr herzlich wie stets

Ihr

PS Schönen Dank für das ausgezeichnete Foto.

98 Feuchtwanger an Helene Weigel

18. Mai 1958

Liebe Helli,

es hat sich jetzt die Möglichkeit ergeben, »Simone« hier mit einem guten Regisseur – Harry Horner, der Ihnen dem Namen nach bekannt sein wird, – in einer Art Versuchsaufführung herauszubringen, ähnlich wie damals der »Galilei« gespielt worden ist.

Eine sehr lange Probezeit steht zur Verfügung, so daß man sich entscheiden kann, ob man zu der Aufführung

New-Yorker Presse und Broadway Manager einlädt. Das Ganze scheint mir vielversprechend. Ich habe nur einen Zweifel: die Besetzung der Simone mit einem Kind. Hier in Amerika und vor allem in Kalifornien stehen nämlich einer solchen Besetzung nicht nur große technische Schwierigkeiten entgegen, die mit der Gesetzgebung zusammenhängen, man fürchtet auch und, wie mir scheint, mit Recht, daß die Besetzung mit einem Kind von dem Stück selber ablenken und das Ganze von vornherein zu einem bloßen Experiment stempeln würde. Mich haben diese Argumente überzeugt; ich möchte aber um Ihre Meinung bitten, liebe Helli.

Bitte, antworten Sie gleich.

99 Helene Weigel an Feuchtwanger

Berlin
23. Mai 1958

Lieber Lion!

Ich habe mich so gefreut, Ihre Unterschrift wiederzusehen, daß ich mich gleich in die Antwort stürze. Zur Beantwortung Ihrer Frage: Alles, was wir an Erfahrung hier in Europa und Tel Aviv gesammelt haben, spricht ganz besonders für die Besetzung mit einem Kind. Sie wissen vielleicht, ich selbst habe Brecht gegenüber immer Zweifel an der Kinderbesetzung geäußert, aber er hatte hundertprozentig recht, und ich möchte Ihnen sehr sehr zureden, besonders wenn Ihr die Möglichkeit einer langen Probezeit habt, ein Kind zu probieren. Es ist nicht schwierig, und es wird Sie nicht reuen, diesen Versuch machen zu lassen. Sehr wichtig wäre eine erstklassige Übersetzung. Wer kann das machen, daß es einfach ist und auf der großen sprachlichen Höhe, die es braucht? Soll ich Ihnen die Musik von Eisler auf Band dazu schicken lassen? Im übrigen bereitet

Paris auch gerade die »Simone« vor, so daß Eisler wahrscheinlich auch für Paris nach der dortigen Übersetzung seine Musik umarbeiten wird.

Noch eine Bitte: Bitte lassen Sie Steff von diesem Projekt gleich wissen. Seine Adresse ist: Stefan S. Brecht, 3646 Main Highway, Coconut Grove, Miami, Florida. Er verhandelt mit Audrey Wood und der »Music Publishers Holding Corporation«, und ich möchte ihm nicht gerne dazwischenpfuschen.

Könnten Sie nicht einmal ein bißchen länger über sich und Marta schreiben? Es ist zu lange her, seitdem wir uns gesprochen haben.

Ihre
Helli

100 Feuchtwanger an Helene Weigel

9. Juni 1958

Liebe Helli,

ich habe inzwischen ein sehr langes Gespräch gehabt mit dem Manager, der »Simone« spielen will, und vor allem mit Harry Horner, der es inszenieren soll. Man wird es zunächst mit einem Kind versuchen, aber beide sind skeptisch, sowohl aus äußeren wie aus innern Gründen. Es ist hier in Amerika verhältnismäßig einfach, von den Behörden die Erlaubnis zu bekommen, ein Kind in Filmaufnahmen zu beschäftigen, aber recht schwer, die Erlaubnis durchzudrücken, ein Kind mehrere Wochen allabendlich spielen zu lassen. Dazu kommt, daß diese amerikanischen Kinder viel geleckter und auf Aufmachung und dergleichen dressiert sind. Trotzdem wird der Manager alles versuchen.

Ich habe das Stück damals übersetzen lassen, zweimal nach der Fassung, wie sie damals vorlag. Die erste Übersetzung glückte nicht recht; die zweite, welche die Änderungen berücksichtigte, die wir in der Zwischenzeit hier gemacht hatten, ist relativ ziemlich gut ausgefallen; sie hat auch Brecht gefallen. Sie dient natürlich nur als Grundlage; ein endgültiger Text läßt sich wohl erst bei den Proben herstellen. Ich habe das Gefühl, daß das Stück bei Harry Horner in guten Händen ist. Er ist sehr musisch und bis ins kleinste vertraut mit Brechts Werk und versteht ungeheuer viel vom Theater.

Steff schreibe ich heute. Ich kann mir nicht denken, daß eine Aufführung der »Simone« seine Verhandlungen im geringsten stören könnte; im Gegenteil, sie kann sie nur fördern.

Ich schreibe Ihnen demnächst ausführlich.

Sehr herzlich wie stets

Ihr

101 Helene Weigel an Feuchtwanger

Berlin N 4
Chausseestr. 125
15. Juni 1958

Lieber Lion,

noch einmal über »Simone«:

Steff meint, wenn es ernsthafte Unterredungen über die »Simone« gibt, ob sich die Leute oder Ihr Agent nicht mit Audrey Wood (MCA Artists, Ltd. Agency, New York, N.Y.) in Verbindung setzen können. Ich möchte sehr gerne, daß Audrey Wood in Amerika unsere Interessen wahrnimmt. Sie hat etwas Sorge, wahrscheinlich ob es rentabel sein wird, jede Anfrage ernsthafter Art wird sie aber wahrscheinlich interessieren.

Es wäre furchtbar lieb, wenn Sie das veranlassen könnten, gleichzeitig möchte ich Sie Steffs Adresse wissen lassen, der sich ein wenig um die amerikanischen Fragen kümmert, er sitzt in Miami (3646 Main Highway, Coconut Grove) und unterrichtet Philosophie.

Beste Grüße
Ihre
Helli

102 Feuchtwanger an Helene Weigel

30. Juni 1958

Liebe Helli,

bei der hiesigen Aufführung von »Simone« handelt es sich, wie gesagt, um ein Experiment ähnlich wie seinerzeit beim »Galilei«. Der hiesige Unternehmer hat dann eine Option auf die New-Yorker Aufführung. Alle diese Dinge sind durch Standard-Verträge geregelt zwischen der »Dramatist Guild« und der »Producers Guild«, so daß im Grunde nichts passieren kann. Aber ich habe veranlaßt, daß mein Agent sich mit Audrey Wood in New York ins Benehmen setzt, und außerdem wird auf meine Weisung der Vertrag eine Klausel enthalten, daß er nur mit Ihrer Zustimmung gültig wird. Wie ja auch das ursprüngliche Abkommen mit Brecht vorsieht, daß Brecht und ich gemeinsam über Aufführungen zu verfügen haben.

Die Aufführung selber scheint mir bis jetzt unter einem sehr günstigen Stern zu stehen, und ich glaube, sie ist ein guter Wegbereiter für New York, so daß Brecht endlich eine Chance am Broadway haben könnte. Harry Horner hat das Stück wirklich verstanden, der englische Text wird sehr gut, und die Besetzung der Simone ist nach Brechts und Ihren Wünschen geregelt. Simone wird gespielt von einer Vierzehnjährigen, die aussieht wie eine Zwölfjährige. Ihr Gehabe ist ganz das eines Kindes aus dem Volk, sie hat eine leicht plärrende Stimme, dabei geht in ihrem Gesicht etwas vor; ich glaube, sie hätte Brecht ausgezeichnet gefallen. Da war noch eine andere Simone, für welche der Manager überaus plädierte, ein fast sechzehnjähriges, ungewöhnlich schönes Mädchen, die vielleicht rein schauspielerisch besser mit der Rolle fertig geworden wäre. Aber ich bestand auf der andern, auf dem Kind, und jetzt wurde beschlossen, daß die Kleine in der Erstaufführung und in den ersten Wochen spielen solle, die andere, die wahrscheinlich auf das große Publikum stärker wirken wird, in den späteren Aufführungen.

Ich schreibe mit gleicher Post an Steff.

Herzlich wie immer
Ihr

103 Helene Weigel an Feuchtwanger

Berlin N 4
Chausseestr. 125
22. Oktober 1958

Lieber Lion,

ich bin fürchterlich erschrocken über Ihre Operation. Bitte schonen Sie sich. Was war denn mit der Niere los?

Jetzt die Angelegenheit der »Simone Machard«: Ich wußte natürlich, daß es unmöglich ist, die »Simone« für den Film freizubekommen, aber wir wurden so gedrängt, daß Elisabeth Hauptmann noch einmal geschrieben hat. Was aber die Aufführung der »Simone« betrifft, so habe ich mich erst bei Suhrkamp vergewissern wollen, daß es keinerlei Übersetzungen bei dem englischen Verlag gibt. Ich weiß nicht, ob ich Ihnen schon berichtet hatte, daß Suhrkamp mit dem Methuen Verlag, 36 Essex Street, London W C 2, eine Ausgabe einer Auswahl von Stücken Brechts vornimmt, und ich wollte erst von Methuen wissen, ob es bei ihm bereits eine Übersetzung gibt oder sich in Vorbereitung befindet, da der englische Verlag natürlich Wert darauf legen würde, daß die in seiner Ausgabe gedruckten Übersetzungen auch gespielt werden. Für Amerika schlägt Methuen vor, daß New Directions eine zweibändige Ausgabe von Brecht herausbringt, und sie haben bereits in diesem Sinne verhandelt. Dies alles nur zu Ihrer Information. Da es bis heute keine Übersetzung der »Simone« gibt, kann man ja meiner Ansicht nach natürlich auch die englischen Rechte der Aufführung mitverkaufen. Ich würde nur vorschlagen, der Höflichkeit halber und auch deshalb, weil Sie die amerikanische Übersetzung, wie Sie mir schrieben, gut finden, Methuen diese auch gleich zum Druck vorzuschlagen. Ich schicke eine Abschrift dieses Briefes an Steff und eine an Suhrkamp, damit keinerlei Verwirrung entsteht.

Da Steff in Amerika ist, würde ich auch sehr bitten, daß Steff von Ihnen eine Übersetzung bekommt.

Ich verstehe natürlich, daß dieses Hin und Her die Sache hinauszögert, ich mußte das aber anstandshalber bei Suhrkamp und Methuen nachfragen. In der Anlage die Antwort Suhrkamps zu dieser Frage.

Ich bin sehr betrübt, daß Audrey Wood sich nicht entschließen kann, unsere Vertretung zu übernehmen, und ich komme dadurch immer wieder in Verwirrung, weil sie an einzelne Leute Antwort gibt. Aber sie hat anscheinend im großen und ganzen die Sache nicht angenommen. Würden Sie uns noch einen Rat geben können, wen Sie für eine solche Vertretung vorschlagen würden? Ich kenne niemanden, und die meisten sind ja doch Gauner.

Wie immer

Ihre
Helli

PS Wissen Sie, daß »Das Leben Eduards II.« in München in diesem Monat Premiere hat?

104 Feuchtwanger an Helene Weigel

1. November 1958

Liebe Helli,

meine Operation war eine ziemlich ernsthafte Sache. Es mußte eine Nebenniere herausgenommen werden, das ist delikater als eine Entfernung der Niere. Die Operation dauerte sehr lang, und die Ärzte machten zwei Tage hindurch recht ernste Gesichter. Ich konnte davon nichts sehen, da ich die meiste Zeit unter Betäubungsmitteln war. Ich mußte recht lange im Hospital bleiben, es war keine angenehme Zeit. Man hat auch jetzt noch, zwei Monate nach der Operation, Bluttransfusionen vorgenommen, hier im Haus. Aber ich kann sagen, ich bin über den Berg, wenn ich auch noch nicht so viel und so intensiv arbeiten kann, wie ich gern möchte.

Wie ich Ihnen schon mitteilte, bin ich beinahe froh, daß Harry Horner, der für die Vorbereitung der »Simone« unerläßlich ist, bis Anfang Dezember in Mexiko bleibt. Ich möchte ihn unter allen Umständen in den Vertrag eingeschlossen wissen, da mir seine Regie die einzige Gewähr für eine literarische Aufführung im Sinne Brechts zu bieten scheint. Ich will also den Vertrag nicht abschließen, bevor er zurück ist.

Die vorliegende Übersetzung wurde hergestellt, unmittelbar nachdem Brecht und ich aufgehört hatten, an dem Stück zu arbeiten. Es ist im Grunde eine Rohübersetzung; nur die Träume, die Verse vor allem, sind auffallend gut geglückt und haben ganz den Ton Brechts. Alles andere bedarf einer sehr gründlichen Überarbeitung. Auch muß ja wohl für die amerikanische Bühne eine Art Adaption geschaffen werden. Der vorliegende Text ist ja schließlich ein Fragment. Eure Inszenierung hat ihn sicherlich sehr glücklich ergänzt; aber hier muß der Text von andern Gesichtspunkten her ergänzt und mit Regie-Anmerkungen versehen werden, und dafür bedarf ich eben dringlich der Mitarbeit Harry Horners.

Natürlich würde ich die endgültige amerikanische Fassung dem englischen Verleger gern zur Verfügung stellen; aber ich glaube, es ist am klügsten, für diese englische Ausgabe den letzten Text Brechts so zu übersetzen, wie er dasteht, das heißt also, ihm seinen fragmentarischen Charakter belassen.

Bei dieser Gelegenheit schicke ich Ihnen die Fotokopie eines Briefes, den ich erhalten habe und der für sich selbst spricht. Die Übersetzung der »Kalendergeschichte« in der »Nation« war wirklich sehr gut, und ich sehe eigentlich nicht, was einer Übersetzung der »Deutschen Kriegsfibel« hier in Amerika im Wege stehen sollte, insbesondere wenn man sie vorläufig auf die einmalige Veröffentlichung beschränkt, die Bonheim erwähnt.

Ich werde also mein Bestes tun, daß der Vertrag über »Simone« abgeschlossen wird, sowie Harry Horner zurück ist, und ich halte Sie auf dem laufenden.

Anlage

105 Helene Weigel an Feuchtwanger

Berlin N 4
Chausseestr. 125
12. November 1958

Lieber Lion,

der Schreckschüsse sind kein Ende. Warum fangen Sie denn mit der Niere an? Auch noch eine Nebenniere. Bitte, schonen Sie sich. Ihr Steinfußboden in Pacific Palisades ist auch nicht das Richtige für Nieren, trotz der Schönheit. Bitte Teppiche unter Ihre zarten Füße.

Ich versuche, Ihnen über Buckwitz, dem Intendanten

(zur »Simone«) von Frankfurt, die sehr hübschen Bühnenbilder von Teo Otto zu schicken. Und außerdem gibt es auch noch ein Band zur »Simone«. Wenn es Sie interessiert, könnte ich es Ihnen auch zuschicken lassen. Musik von Eisler.

Steff schrieb mir noch von einer anderen Übersetzung der »Simone«, ich hoffe, daß er sie Ihnen bereits geschickt hat. Ich kann unter keinen Umständen übersehen, was gut und was besser ist. Ich wollte nur klären, daß bei Methuen noch keine Übersetzung vorliegt, so daß Sie auch über englische Rechte mitverhandeln können. Lassen Sie bitte Steff wissen, was Sie vorhaben, und beraten Sie doch bitte den Steff, den ich auch meinerseits über unsere Korrespondenz auf dem laufenden halten werde.

Herzlichen Dank für den mir zugesandten Brief von Herrn Bonheim, von dem ich leider nie einen Brief bekommen habe, und so bin ich unschuldig, hoher Gerichtshof. Aber ich schreibe ihm sofort. Wenn Sie die Übersetzung für gut halten, sehe ich auch nicht ein, was dem im Wege stehen sollte.

Herzlich
Ihre
Helene Weigel

106 Feuchtwanger an Helene Weigel

23. November 1958

Liebe Helli,

schönen Dank für Ihren Brief vom 12. November.

Ein ausführlicher Bericht über meine Gesundheit wäre zu kompliziert; außerdem soll man, finde ich, andere, auch die besten Freunde, nicht mit Krankheits- bzw. Gesundheits-Bulletins langweilen. Das Wesentliche ist, daß ich mit Vollkraft arbeiten kann. Was mir viel Freude macht.

Die amerikanische Aufführung von »Simone« wird wohl notwendigerweise sehr verschieden sein von der Berliner. Aber die Auspizien sind sehr günstig, daß die Aufführung alles aus dem Stück herausholt, was an Möglichkeiten darin steckt, und daß sie im Sinne Brechts ist. Ich werde wohl Ende Dezember, wenn Harry Horner zurückkommt, ein bis zwei Monate scharf mit ihm arbeiten müssen. Aber dann wird, denke ich, ein für Amerika brauchbarer Text dastehen. Ich halte Sie natürlich auf dem laufenden.

Daß »Simone« ein rauschender Erfolg werden wird, glaube ich nicht. Dazu ist das Stück nicht angetan. Aber ich glaube, daß Amerika jetzt reif ist für den »Galilei« und daß eine geglückte Aufführung der »Simone« dem »Galilei« den Weg ebnen wird.

Herzlich wie immer
Ihr
L. F.

107 Helene Weigel an Feuchtwanger

Berlin N 4
Chausseestr. 125
8. Dezember 1958

Lieber Lion!

Ich schicke Ihnen, da ich meine, es könnte Sie interessieren, Fotos der Bühnenskizzen von Teo Otto [zu] »Simone«, so wie sie in Frankfurt lief. Brecht fand sie sehr gelungen. Schönen Dank für den Brief.

Ihre
Helli

Fröhliche Weihnachten, und wie wäre es mit einem guten neuen Jahr ohne Operationen?

PS Die Bilder schicke ich mit separater Post.

Thomas Mann,
Katia und Erika Mann

Feuchtwanger schloß sich, im Gegensatz zu Thomas Mann, schon vor 1914 der linksgerichteten jungen Schriftstellergeneration an. Ihr Vorbild war Heinrich Mann. Darüber hinaus stand einem guten Einvernehmen vor 1933 möglicherweise eine Kritik Feuchtwangers und eine herabsetzende Äußerung Thomas Manns im Weg. In der »Schaubühne« nahm Feuchtwanger am 25. Februar 1909 an der »Buddenbrooks«-Bilse-Kontroverse teil. Er fand Manns Aufsatz »Bilse und ich« zwar reizvoll, aber »wenig übersichtlich«, und mit Manns künstlerischem Kriterium der »Beseelung« könne man für das Drama »nichts anfangen«. Thomas Mann andererseits brachte Feuchtwanger in Verbindung mit »einer entwickelten Unterhaltungskunst«, mit dem »Gutgemacht-Mittleren« in der deutschen Literatur (»Die Romane der Welt. Antwort auf einen Offenen Brief« in: »Das Tagebuch«, Heft 22, 1927). Da Manns Tagebücher erst nach Feuchtwangers Tod erschienen, war ihm die Eintragung vom 28. Mai 1939 unbekannt. Sie lautet: »Über die Schriftsteller [Stefan] Zweig, Ludwig, Feuchtwanger und Remarque. Welchem die Palme der Minderwertigkeit zu reichen.«

Gegenseitige Hochschätzung und eine Freundschaft, welche die Familienmitglieder mit einbezog, entwickelten sich erst später. In Pacific Palisades bewohnten sie geräumige Villen, schufen sich günstige Arbeitsbedingungen und hatten regen gesellschaftlichen Verkehr. Gemeinsame Feste und Vorlesungsabende blieben ihnen eine liebe Erinnerung. Zuweilen las Feuchtwanger bei den Manns nur für die Familie und Thomas Mann bei Feuchtwangers nur für Lion und Marta Feuchtwanger. Trotz der Erfolge, die ihre Bücher bei den Lesern, trotz der positiven Resonanz, die ihre Werke bei den Literaturkritikern hatten, teilten sie in der McCarthy-Zeit das Schicksal, auf politischem Gebiet »personae non gratae« in dem sonst so freundlichen und sonnigen Gastland zu sein.

Als Thomas Mann 1947 die ersten Exemplare des bei Bermann Fischer erschienenen »Doktor Faustus« aus Stockholm erhielt, brachte er seinem Nachbarn den Band mit der Widmung »Lion Feuchtwanger, der auch noch deutsch schreibt...«. Am 21. November 1948 veröffentlichte Feuchtwanger eine scharfsinnige Rezension in der »Los Angeles News«. Ein Jahr zuvor hatte eine kleine Begebenheit Thomas Mann so überrascht, daß er später darüber in »Die Entstehung des Doktor Faustus. Roman eines Romans« berichtete: Nach glücklich überstandener Operation war er aus der Universitätsklinik Billings Hospital, Chicago, nach Hause zurückgekehrt. Gute Freunde besuchten ihn, auch Feuchtwanger kam und brachte als Geschenk die »Schriften des Agrippa von Nettesheim«. Thomas Mann wertete das Geschenk als »große Aufmerksamkeit« Feuchtwangers, »der von meinem Dichten und Trachten doch wenig wußte... Denn darin war nun gleich ein schnurrig entrüstungsvolles Kapitel über Teufelsbannerei und Schwarzkünstlerei und mehr noch: eins über Musik...«.

In den vierziger und fünfziger Jahren schickten sie sich ihre neu erschienenen Werke regelmäßig zu. Thomas Mann war einer der wenigen, der die Motivverarbeitung in den Trochäen des »Goya«-Romans zu deuten wußte. Er verstand auch die Gegenwartsbezogenheit der Inquisition, die Marta Feuchtwanger in einem Brief vom 28. Dezember 1964 an Walter Janka eindeutig als »Gleichnis ... zur McCarthy-Periode« charakterisierte. Ende 1952 befragten Redakteure der »New York Herald Tribune« neun Schriftsteller über die drei von ihnen am meisten geschätzten Bücher. Unter denen, die Thomas Mann in seiner Antwort vom 7. Dezember 1952 nannte, befand sich der Roman »Goya«.

In seinem Aufsatz »Freund Feuchtwanger«, geschrieben 1954 zu dessen siebzigstem Geburtstag, hob Thomas Mann hervor, wie sehr es Feuchtwanger um die Reinheit und Richtigkeit des Wortes zu tun sei. Er habe, flocht Mann ein, den »kleinen Meister, wie wir ihn wohl nannten, sehr gern«. Manche Leser meinten, einen ironisierenden Ton in dem Satz zu spüren. Schwingt bei Manns Wendung die Bedeutung von »petit-maître«, also »Prahler«, mit? Von dem Wort »Meister« in Verbindung mit Feuchtwanger machte wahrscheinlich als erster Albert Einstein 1934 Gebrauch, als er nach der Premiere des British Gaumont Films »Jew Sucss« in New York Feuchtwanger ein Foto von sich selbst, Berthold Viertel und Charlie Chaplin zuschickte und berlinerte: »Dem Meister von det Janze Lion Feuchtwanger.«

In dem Briefwechsel Feuchtwanger – Mann kommt jedenfalls gegenseitige Hochachtung zum Ausdruck. Die Familien hatten ein herzliches Verhältnis zueinander, das geht schon aus der Anrede Katia Manns »Lieber Freund und Gevatter« hervor. Feuchtwangers Bekanntschaft mit Katia reichte zurück in jene Jahre, als sie beide Schüler auf dem humanistischen Wilhelms-Gymnasium in München waren. Aber erst das gemeinsame Schicksal der Emigration, so bestätigte Katia Mann, brachte die enge Freundschaft mit sich. Der Briefwechsel, der mit der Abreise der Familie Mann aus den USA beginnt und der während der letzten fünf Jahre von Feuchtwangers Leben andauerte, gibt in der Tat Zeugnis von der herzlichen Freundschaft.

Erika Manns Dank für Feuchtwangers Beitrag zu dem Band »Klaus Mann zum Gedächtnis« eröffnet beider Briefwechsel. Aus der Korrespondenz wird Erika Manns Einsatz ersichtlich, die Anerkennung des Bruders Klaus zu sichern, und ersichtlich wird auch ihre völlige Zuwendung zum Werk des Vaters als neue Lebensaufgabe. Feuchtwanger bewunderte ihre konsequente politische Haltung und bestärkte sie in ihrer Tätigkeit als Verwalterin des väterlichen Erbes. Für Erika Mann war Feuchtwanger »der Allerbesten einer«. An Ludwig Marcuse schrieb sie am 4. Februar 1959, wie nahe ihr der Tod des treuen Freundes gegangen sei und wie sehr ihr seine »anregende Gegenwart« fehle.

Küsnacht-Zürich, 25. Januar 1934

Lieber Herr Feuchtwanger

Ich danke herzlich für Ihren freundlichen Brief, der mich daran mahnt, die Anfrage des Herrn Rudolf Olden zu beantworten, die schon seit Wochen bei mir liegt.

Warum ich mit meiner Antwort gezögert habe, können Sie und die anderen Herren sich im Grunde denken. Es gibt eigentlich keine richtige Antwort für mich, und ich stehe durch diese Frage einmal wieder vor der Wahl, entweder die deutsche Emigration zu kränken und zu enttäuschen oder mit Deutschland, das heißt mit meinem deutschen Publikum, zu brechen und meiner literarischen Wirkungsmöglichkeit ein Ende zu machen. Denn ich muß mir wohl klar darüber sein, daß mein Beitritt zu dieser Emigrantengruppe des internationalen PEN-Klubs in Deutschland mit größter Gehässigkeit aufgenommen und gegen mich ausgewertet würde.

Ich habe also den Brief des Herrn Olden beiseite gelegt, weil ich ratlos war und Frist gewinnen wollte. Ich wäre dankbar, wenn man mir eine solche Frist zum Abwarten noch weiter gewähren würde, bevor ich mich entscheide. Es kann ja ohnedies jeden Tag meine Zusammenarbeit mit dem in Deutschland gebliebenen S. Fischer Verlag unmöglich werden, so daß ich die Handlungsfreiheit bekomme, nach der ich mich im Grunde sehne. Auf der anderen Seite wäre es mir auch lieb, die Auseinandersetzung der neuen deutschen Gruppe übersehen zu können, bevor ich mich anschließe. Lassen Sie mich aber auch aussprechen, daß meine Abneigung gegen alles Offizielle und Organisatorische durch die Erlebnisse dieses letzten Jahres mächtig gefördert worden ist. Ich bin seinerzeit aus der preußischen Akademie ausgeschieden mit der Erklärung, daß ich alles Offizielle und Amtliche, das sich im Laufe der Jahre an mein Leben gehängt, abzustreifen und in völliger Zurückgezogenheit nur meinen privaten Aufgaben zu leben gewillt sei. Dies war ein sehr ernst gemeinter Entschluß, dem ich ein wirkliches Erleichterungs- und Befreiungsgefühl verdanke, und wenn ich eines Tages dem PEN-Klub wieder beitrete, so geschieht es wirklich nur aus Solidaritätsgefühl mit den Schriftstellern, die Deutschland verlassen mußten.

Ich bitte Sie sehr, Herrn Rudolf Olden diese meine vorläufige Antwort zu übermitteln und ihn um Einsicht in meine besondere Situation und um Geduld zu bitten.

– – – – – – – – – – – – – – – – – – nehmen Sie, lieber Herr Feuchtwanger, die besten Grüße

Ihres ergebenen
Thomas Mann

109 Feuchtwanger an Thomas Mann (Telegramm)

Zürich
6. Juni 1935

Sehr herzliche Glückwünsche

immer
Ihr
Lion Feuchtwanger

110 Thomas Mann an Feuchtwanger

65 Stockton Street
Princeton, N.J.
26. Oktober 1940

Lieber Herr Feuchtwanger,

da ist nichts zu danken. Aber sehr gern nehme ich die Gelegenheit wahr, Sie und Ihre Frau zu Ihrer Ankunft zu beglückwünschen! Möge dies Ihnen und Ihrer Arbeit so freundliche Land Sie für das Ausgestandene entschädigen!

Mein Bruder war äußerst ermüdet und ruhebedürftig die ersten Tage. Doch wird er bald nach Kalifornien fahren. Auch die tapfere Erika ist glücklich aus England zurück. Die verwitwete Monika steht noch aus, ist aber unterwegs – aufs neue. Sie kommt mit ertöteten Händen, weil sie sich zwanzig Stunden lang damit an den Rand eines Bootes ohne Boden geklammert hat – ohne auch nur einen Rheumatismus, einen Schnupfen auch nur davonzutragen – übernatürlich.

Alles Gute!

Ihr
Thomas Mann

111 Thomas Mann an Feuchtwanger
(Aus einem Glückwunschbuch)

Pacific Palisades,
17. Juni 1944

Lieber Lion Feuchtwanger,

es kommt mir recht drollig vor, daß ich Ihnen auf diesem Büttenpapier, via New York, meine Glückwünsche zum 60. Geburtstag darbringen soll, da wir doch Nachbarn sind an dieser leicht unwirklichen Küste und ich nicht selten die Freude habe, Sie zu sehen, auch nichts mich hindern soll, Sie am 7. Juli in Ihrem Schloß am Meer persönlich aufzusuchen und dem jungen Kollegen – mein Gott, 60 war ich schon, als Hitler in seiner Sünden Maienblüte stand – ermutigend die Hand zu drücken. Das wird besser sein, als Ihnen zu schreiben. Aber fehlen will und darf ich nicht, wenn die literarische Welt sich zur Kollektivhuldigung für Sie und Ihr reich gesegnetes Leben zwischen schmucken Mappendeckeln zusammenfindet, obgleich man an Festtagen lieber nicht wäre, was man alle Tage ist, nämlich formulierender, Worte wägender Schriftsteller.

Lassen Sie mich's kurz und herzlich machen! Lassen wir auch dieses hier mehr einen Händedruck sein als ein Festessay! Es wird Ihrer Beobachtung kaum entgangen sein, daß ich Sie gern habe und mit Vorliebe Ihr Gespräch suche, wenn wir in Gesellschaft zusammen sind. Das erklärt sich leicht. Sie sind ein lieber, heiter-mitteilsamer, ein – verzeihen Sie das Wort! – treuherziger Mann, dessen gut münchnerische Rede Behagen schafft; Sie sind zudem ein kenntnisreicher, erfahrener Mann, von dem man etwas lernen kann; und hinter Ihrer menschlichen Person steht ein vielfältiges, energisches und gesichtereiches, historisch wohlunterrichtetes und in der Kritik unserer eigenen Epoche klar- und scharfsichtiges Werk, ein glückhaftes Werk, das seit seinen Anfängen schon die verbreitetste Anteilnahme, in Deutschland zuerst, dann draußen in Ost und West, in Rußland sowohl wie in den angelsächsischen Ländern gefunden hat. In England habe ich's selbst gehört: Wenn einer etwas sehr loben wollte, so sagte er: »It's almost as good as Feuchtwanger.«

Eine bewundernde Gewogenheit war es immer, was Ihre Existenz mir einflößte. Glück und Erfolg sind mit Ihnen geboren, sie werden Sie niemals verlassen. Sie sind ein tröstliches Beispiel dafür, wie die Heiterkeit individueller Bestimmung sich durchsetzt gegen die Düsternis der Umstände. Die Epoche hat Ihnen mitgespielt wie uns allen. Sie haben Einbußen erlitten und Schimpf erfahren, sind von Ihren

Wurzeln gerissen worden und durch persönliche Gefahren gegangen – ich habe Sie nie anders als lachend davon sprechen hören, und alles ist gut für Sie ausgelaufen. Ich glaube, Sie waren der erste, der sich in der Emigration ein mehr als würdiges, ein glänzendes Heim zu schaffen wußte, in Sanary sur mer, wo wir zusammen die ersten Monate nach unserer Entlassung als deutsche Schriftsteller verbrachten. Ich hätte gern den Goebbels durch Ihre Räume geführt und ihm die Aussicht gezeigt, damit er sich gifte. Nun warten Sie, immer tätig, als ein geehrter Gast dieses weiten, schon traulich gewordenen Landes das Ende der blödsinnigen Episode ab, die sich National-Sozialismus nennt und zu deren Vermeidung Sie, das können Sie sagen, Ihr Bestes versucht haben. Da Sie erst 60 sind, junger Fant, werden Sie, anders als der Gefertigte, ein gut Stück noch hineinleben in das, was nachher kommt. Ob ich sehr viel dran verliere, ist eine Frage, die wir beiseite lassen wollen. Den Untergang in Schanden des mörderischen Unsinns, der uns aus Deutschland vertrieb, werden wir, wenn nicht alles täuscht, zusammen erleben, zusammen feiern und, jeder zu seiner Stunde, mit der immerhin beruhigenden Erfahrung aus dem Leben scheiden, daß auf dem Stern, dessen flüchtige Bekanntschaft wir machten, zwar allerlei literarisch nicht Einwandfreies möglich ist, daß aber das Allerdümmste und Niederträchtigste sich denn doch nicht länger als ein knappes Dutzend Jahre darauf behaupten konnte.

Ihr
Thomas Mann

112 Lion und Marta Feuchtwanger an Thomas Mann (Telegramm)

520 Paseo Miramar
Pacific Palisades, Cal.
1. May 1946

Haben mit größter Anteilnahme Verlauf Ihrer Krankheit verfolgt. Freuen uns herzlich über so glücklichen Ausgang. Rechnen damit, Sie sehr bald in Kalifornien wiederzusehen und neues Kapitel aus Ihrem Roman zu hören. Sehr herzliche Wünsche Ihnen, Frau Katia und Erika.

Lion Marta Feuchtwanger

113 Thomas Mann an Feuchtwanger

1550 San Remo Drive
Pacific Palisades
9. Oktober 1947

Lieber Herr Feuchtwanger,

Dank für Ihr prächtiges Buch mit der freundschaftlichen Zueignung! Ich habe gute Stunden mit dem Werk verbracht und zähle es zu Ihren besten, ja neige unter dem frischen Eindruck dazu, es für Ihr bestes zu halten, durch heiterste Beherrschung des Gegenstandes, Aufbau, Charakteristik und sprachliche Haltung. Es ist namentlich die geistige Munterkeit, die Fröhlichkeit der Gestaltung, die mich erquickt und zu der ich Sie beglückwünsche. Jugendlichkeit zusammen mit Wohlgeübtheit und Erfahrung, das ergibt natürlich ein großes Vergnügen. Bleiben Sie nur lange so jung, und wenn Sie alt werden, dann wird es vielleicht wieder auf andere Weise schön!

Wir würden Sie beide so gern bald wieder bei uns sehen,

haben aber auf die Nervenschwäche unserer gegenwärtigen »help« ängstliche Rücksicht zu nehmen und können Einladungen nur in gemessenen Abständen wagen. Trotzdem: auf bald! An Konversationsstoff, brenzlichem, schauerlichem und belustigendem, fehlt es ja nicht.

Mit herzlichen Grüßen von Haus zu Haus

Ihr
Thomas Mann

114 Feuchtwanger an Erika Mann

27. Dezember 1949

Liebe Erika,

in der Anlage finden Sie den Aufsatz über Klaus in zwei Exemplaren.

Alles Herzliche
Ihr
Lion Feuchtwanger

115 Thomas Mann an Feuchtwanger

Dolder Grand Hotel
Zürich
25. Juni 1950

Lieber Lion Feuchtwanger,

ich glaube, Sie haben eine vorläufige Dankeskarte bekommen, aber Sie haben es, weiß Gott, um mich verdient, daß ich Ihnen persönlich danke – was ich früher getan hätte, wenn ich nicht wochenlang in absorbierendem Trubel gelebt hätte: erst in heiterem, dann in sehr ernstem und bedrückendem. Denn bis nach den Festivitäten hatte man mir verschwiegen, daß meine Frau sich gleich danach einer

Operation würde unterziehen müssen, deren Unterlassung mehr Gefahren mit sich gebracht hätte, als immerhin in diesen Jahren und bei einem lange gewaltsam ignoriertem Zeichen auch mit solchem Eingriff verbunden sind. Er ist gelungen, und nach Tagen voller Drohungen (von den Venen, der Blase, dem Darm her) scheinen wir über den Berg zu sein. Die Wiederherstellung ist eine Sache von zwei bis drei Wochen. Viel bin ich natürlich in der Klinik Hirslanden, was Zeit kostet und wohinter andere Pflichten zurückstehen müssen. Die Sorge ist trotz aller ermutigenden Anzeichen und der Zuversicht der Ärzte noch nicht von mir gewichen. Schwer war es, ein so tapferes, zur Wehleidigkeit so gar nicht geneigtes Wesen tagelang so grausam leiden zu sehen. Die stillendsten Mittel durften nicht zu freigebig angewendet werden. Nun, wie gesagt, es geht bergauf.

Sie sollen bewegend schön gesprochen haben bei der kleinen Feier in Los Angeles. Jeder sagt es. Wie schön und freundschaftlich von Ihnen! Sie haben sich an das gehalten, was zugunsten meines Lebens zu sagen ist. Marcuse, wie ich höre, hat nicht geglaubt, das tun zu dürfen, aus strenger Wahrheitsliebe und, wie ich glaube, aus einem persönlichen Nicht-wohl-Befinden, das man ihm ansieht. Sie sind einer, der sich wohl fühlt in seiner Haut und der darum Wohlwollen zu verschenken hat. Vermutlich war, solange Sie sprachen, auch den Zuhörern wohler.

Unsere Heimkehr wird sich etwas verzögern. Wir wollen Mitte Juli noch für einige Wochen in hohe Luft, nach Sils Maria, und es wird wohl Mitte August werden, bis wir, über London, in großen Tagemärschen die Heimreise bewältigen.

Glück und Segen Ihrer schönen Arbeit! Herzliche Grüße an Marta!

Ihr
Thomas Mann

116 Feuchtwanger an Thomas Mann

520 Paseo Miramar
Pacific Palisades, Calif.
2. Juli 1950

Lieber, sehr verehrter Thomas Mann,

lassen Sie mich Ihnen sehr herzlich danken für Ihr Schreiben.

Mit Sorge und Bedauern haben wir, Marta und ich, von Frau Katias Leiden und von ihrer Operation gehört. Ich bewundere seit langem, wie tapfer und selbstverständlich Katia mit dem Leben im Exil – denn das ist es nun doch einmal – fertig wird und mit wie schneller Umsicht sie die Probleme löst, die beinah jede neue Woche mit sich bringt. Ich spüre für sie ehrliche, freundschaftliche Verehrung, und ich habe aufgeatmet, als ich erfuhr, daß jede Gefahr vorbei ist. Bitte, sagen Sie Katia, daß Marta und ich ihr von ganzem Herzen rasche und volle Erholung wünschen.

Der »Goya« ist mittlerweile fertig geworden. Die Übersetzung, die zum größern Teil vorliegt, ist gut ausgefallen, gerade die Schwierigkeiten sind mit Glück bewältigt. Das Buch wird aber kaum vor Februar oder März erscheinen können, und auch die deutsche Ausgabe wird wohl aus den bekannten Gründen bis dahin zurückgehalten werden müssen.

Wir wünschen, Marta und ich, Ihnen und Katia nach all dem heitern und ernsten Wirrwarr die rechte Ruhe und Erholung.

Auf Wiedersehen im August.

Ihr
Lion Feuchtwanger

117 Erika Mann an Feuchtwanger

Dolder Grand Hotel
Zürich
2. Juli 1950

Lieber Feuchtwanger,

nun der kleine Band »K. M. zum Gedächtnis« uns – endlich – versandbereit vorliegt, möchte ich Ihnen nochmals in aller Form danken für Ihren schönen Beitrag, der mir in mancher Hinsicht ganz besonders lieb und wertvoll ist.

Vor allem haben so viele sich lässig-impressionistisch damit begnügt, ein freundlich Bildchen des Dahingegangenen zu liefern, hatten seine Arbeiten nicht »parat« genug oder waren sonstwie zu faul, auf eben diese einzugehen, daß Ihre liebevolle und dabei sachlich überzeugende Wertung dessen, was wohl auch ich für seine beiden Hauptwerke halte, ein großes »Plus« darstellt. Daß Sie schön schreiben können, brauche ich Ihnen nicht zu sagen, möchte nur wiederholen, daß ich die Insistenz nicht bereue, mit der ich damals an der Idee Ihrer Mitwirkung festhielt, und daß ich Ihnen dankbar bin.

Wir haben hier viel von der prächtigen Rede gehört, die Sie zu Los Angeles gehalten, und vorhin hat uns Trebitsch, der »stille Dolder«, nun gar die Nummer des »Aufbau« in die Hände gespielt, in der ein Abdruck sich findet. Needless to say –

mein Vater hat sich auf das Blättchen gestürzt, und ich habe es noch nicht unter die Augen bekommen. Von ihm haben Sie einen Brief entweder schon oder kriegen ihn doch in großer Bälde. Ob auch Marcuse einen kriegt, steht dahin. Ich höre von verschiedenen Seiten, er habe sich bei eben jenem Festanlaß »äußerst wunderlich« betragen; *verwunderlich* wäre dies mir nicht. Doch scheint es, als habe der brave »Ofbo« in seinem Referat das Allerwunderlichste weggelassen. Gleichviel.

Ich wünsche Ihnen und Frau Marten einen ersprießlichen und fruchtbaren Sommer und bin mit den herzlichsten Grüßen und erneutem Dank

die Ihre:
E. M.

PS Sollte Ihnen binnen vierzehn Tagen nach Erhalt dieses Schreibens der Gedächtnisband noch nicht vorliegen, schreiben Sie doch *bitte* einen *sack*groben Brief an Dr. Rudolf Hirsch, Querido Publishers, 262 Singel, Amsterdam. Sie würden mir, die ich wegen der völlig sinnlosen Nichtversendung des *endlich* erschienenen Buches einen hartnäckigen Kampf zu bestehen wünsche, damit einen entschiedenen Gefallen tun.

118 Feuchtwanger an Erika Mann

10. Juli 1950

Liebe Erika,

schönen Dank für Ihren Brief vom 2. Juli.

Es freut mich ehrlich, daß meine paar Seiten über Klaus dem Sinn eines solchen Gedächtnisbandes zu entsprechen scheinen.

Landshoff hat mir schon vor Wochen angekündigt, daß er den Band an mich abgesandt habe. Ich glaube also, daß er wirklich bald hier eintreffen wird. Im übrigen hat Landshoff besonders verständnisvoll geschrieben, und ich glaube, daß meine und seine persönlichen Beziehungen durch den Entschluß, den ich treffen mußte, nicht gelitten haben.

Die Geburtstagsrede, die ich hier hielt, kam von Herzen. Sie muhte sich, vor allem die Tapferkeit und Aufrichtigkeit der politischen Stellung Thomas Manns zu betonen. Die Hörer schienen zu verstehen, was ich meinte, und es entbehrte nicht einer gewissen Komik, daß dann Marcuse – übrigens nach einer klugen Würdigung des Dichters Thomas Mann – ihn und Einstein streng in den Elfenbeinturm zurückverwies. (Das Referat im »Aufbau« ist in jeder Hinsicht sinnlos und läßt alles Wesentliche sowohl meiner Rede wie der Marcuses fort. – Ich habe übrigens, was ich zu sagen hatte, ein paar deutschen Zeitungen zum Abdruck gegeben.)

Wenn ich den Gedächtnisband nicht in zwei bis drei Wochen erhalten haben sollte, werde ich mich in Amsterdam tönend in Erinnerung bringen.

Ich hoffe, Sie alle Anfang September frisch und erholt wiederzusehen. Bitte, bestellen Sie Ihrer Mutter meine sehr aufrichtigen Wünsche.

Ihr
Lion Feuchtwanger

119 Feuchtwanger an Erika Mann

13. Juli 1950

Liebe Erika,

gerade kriege ich eine Nummer des »German-American«, die einen großen Auszug aus meiner Rede für Thomas Mann enthält. Leider ist vieles weggeblieben, darunter die, wie ich glaube, aus warmem Herzen kommenden Sätze für Frau Katia. Immerhin zeigt Ihnen der Auszug, daß ich was anderes gesagt habe als den Unsinn, den mir der »Aufbau« in den Mund legte.

Mit herzlichem Gruß

der Ihre
Lion Feuchtwanger

120 Feuchtwanger an Erika Mann

520 Paseo Miramar
Pacific Palisades, Calif.
20. Juli 1950

Liebe Erika,

ich wollte Ihnen nur gleich mitteilen, daß ich das Klaus-Mann-Buch jetzt erhalten habe.

Ich finde, es sieht sehr gut aus – abgesehen von ein paar dummen Druckfehlern. Die Liste der Autoren ist eindrucksvoll, und was sie zu sagen haben, gibt ein überaus deutliches Bild Klaus Manns gerade durch die vielen Belichtungen. Daß sich ab und zu was überschneidet, macht gar nichts.

Sie haben ihm ein nobles Denkmal gesetzt, liebe Erika.

Sehr herzlich
Ihr
Lion Feuchtwanger

121 Erika Mann an Feuchtwanger

Suvretta House
St. Moritz
27. Juli 1950

Sehr lieber Feuchtwanger,

daß ich Ihnen nun schon für zwei – wenn auch kurze – Äußerungen und Zusendungen zu danken habe, ist eine Schande. Die erste »Enveloppe« enthielt den Auszug aus Ihrer schönen Rede (»German-American«), die zweite Ihre so freundliche und mir so wichtige Anmerkung zu dem Gedächtnisbuch. Wie ich Ihnen wohl schon schrieb, haften dem Bande einige schwere Fehler an, die mich, obgleich sie nur zu ganz geringen Teilen meine Schuld sind, schmerzen, als hätte ich sie samt und sonders persönlich auf dem Gewissen. Aber mehr hievon bald und mündlich.

Den Auszug aus Ihrer Rede angehend, so haben wir uns besonders darüber gefreut. Ja, der »Ofbo« soll sich, wie man, verzeihen Sie, in Bayern sagt, »eingraben und zuascheißen lassen«. Und aus diesen Exzerpten geht doch wenigstens im wesentlichen hervor, was Sie so zutreffend und wohltuend gesagt haben. – Selbst über Ihre warmherzigen Sätze bezüglich meiner Mutter hatten wir (via die gute Hilde Kahn) schon gehört und sind Ihnen dankbar für eben diese.

Meine Mutter, nach ihrer doch recht schweren Operation, (fünf Wochen Spittel) fängt *mählich* an, sich ein weniges zu erholen. Auf den Umwegen über Strobl am Wolfgangsee (wo mein Bruder Michael mit Familie zur Zeit sich aufhält), Zürich und London wollen wir am 20. nach New York flattern, und werden wohl so gegen den 27. (ein kurzer Besuch in Yale, von wegen T. M. Ausstellung dort, scheint unvermeidbar) in der heimischen San Remi wieder landen.

Alles Freundschaftliche bis dahin Ihnen und Fraugemahlin von treulich der Ihren,

E. M.

122 Feuchtwanger an Erika Mann

30. Dezember 1950

Liebe Erika,

ich habe Ihren Brief an die Immigrations-Behörde mit heller Freude gelesen. Er ist ein kleines Meisterwerk eleganter und tödlicher Polemik – »und beim dritten Stiche treff ich«.

Hoffentlich veröffentlichen Sie den Brief.

Alles Herzliche und auf sehr bald

Ihr
Lion Feuchtwanger

Anlage

123 FEUCHTWANGER AN THOMAS MANN

520 Paseo Miramar
Pacific Palisades, Calif.
17. April 1951

Lieber, sehr verehrter Thomas Mann,

herzlichen Dank für die Sendung Ihrer Legende.

Ich habe sie mit hohem Genuß gelesen. Ich glaube mehr als andere befähigt zu sein, die abertausend Feinheiten zu verstehen und zu schmecken, die über das Buch verstreut sind. Auch glaube ich ganz zu begreifen, wie spielerisch leicht und meisterlich Sie das Problem gelöst haben, sich gerade für dieses Werk die rechte Sprache zu schaffen, gemodelt aus so vielen Bestandteilen und doch völlig einheitlich und Ihnen zu eigen.

Ganz ausgekostet habe ich, wie Sie es nach so viel Scherz und anmutigem Spiel in dem Kapitel der Auffindung und in dem goldenen Schlußkapitel erreichen, daß der Leser den ihm von vornherein bekannten Verlauf mit tiefer, gerührter und geradezu frommer Spannung verfolgt.

Darüberhinaus habe ich meine innige Freude gehabt an dem »Geist der Erzählung«. In dieser Zeit, da ein jeder verdächtig ist, der sich zu seiner Kunst bekennt, muß es einem Schriftsteller das Herz wärmen, daß einer der Kunst des Schreibens, dem Glück des Schreibens, ein so anmutiges, überzeugtes und überzeugendes Loblied singt. Denn jenseits all seiner andern Werte ist »Der Erwählte« eine schalkhafte und schlagkräftige Apologie des Formalismus, ein rechtes encomium litterandi.

Herzlichen und verehrungsvollen Glückwunsch.

Immer Ihr
Lion Feuchtwanger

124 Thomas Mann an Feuchtwanger

1550 San Remo Drive
Pacific Palisades
26. April 1951

Lieber Lion Feuchtwanger,

wie liebenswürdig und aufmerksam war es von Ihnen, mir diesen Katalog zu schicken, der mir gewiß noch einmal – wenn überhaupt solche Blütenträume noch reifen sollten – sehr nützlich sein wird. Aber meine produktive Laune ist sehr niedergedrückt durch die vergiftete und krankhaft gespannte Atmosphäre dieses Landes und durch widerliche Angriffe, die ich über mich ergehen lassen muß.

Recht herzlich zu danken habe ich auch noch für Ihre guten, feinen, kennerischen Worte über den »Erwählten«. Ihr Lob »sits smiling to my heart«. Die deutsche Presse schreibt säuerlich und scheelblickend, ohne den Mut zum eigentlichen Verriß. Die schweizerische äußert sich wärmer. Die englische Übersetzung (»The Holy Sinner«) scheint irgendwie gelungen zu sein, denn Knopf, sonst ein »eher trokkener Mann« wie Anicius Probus, schrieb mir, er finde das Buch »utterly entrancing« und »as sheer narrative it seems to me to be perhaps your best work«. Nun, da täte ich wohl besser, Schluß zu machen und Ende gut, alles gut sein zu lassen.

Wir sehen uns bald.

Herzlich
Ihr
Thomas Mann

125 Thomas Mann an Feuchtwanger

Strobl am Wolfgangsee
6. August 1951

Lieber Lion Feuchtwanger,

Ihren großen Roman haben wir beide schon auf dem Schiff beendet, wo er übrigens in mehrerer Leute Händen war. Man war recht ungestört beim Lesen, denn eine so sanfte Überfahrt haben wir unserer Lebtage nicht gehabt: der Ozean still wie ein Fluß die ganzen achteinhalb Tage, und obgleich wir mittwegs noch einen »emergency«-Blinddarm-Fall von einem kleinen amerikanischen Kriegsschiff zur Operation übernahmen (auf Funkruf; ein Holländer war auch gleich da, in Los Angeles bekommt man nicht so schnell einen Arzt) kamen wir doch noch zu früh nach Le Havre.

Wir waren beide sehr erfüllt von unserer Lektüre und hatten viel Gespräch darüber, erzählten auch Erika davon, die den Band nun übernommen hat. Goyas »Caprichos«, in Ihrer Schilderung, scheinen mir das beste Gleichnis für das Buch selbst: es ist »ganz Spanien darin«, Spanien ganz, wie ich es auf einer Reise einmal schnell und ungefähr erlebt habe – ungeheuer viel genauer und historisch fundierter natürlich, gründlich studiert, ein düster glänzendes Riesengemälde, das den unwandelbaren Charakter des Landes, sein besonderes, halb außereuropäisches Wesen so stark spüren läßt, besonders etwa in der sinistren Rolle, die dort im Jahrhundert Voltaires die Inquisition noch spielt – ein empörend interessantes Kapitel! Die Fülle der lebendigen Figuren auf dem zugleich minutiös und breit gemalten Hintergrund, darunter eine so zum Lachen menschlich überzeugende, in ihrer Mischung originelle wie die des Premierministers Don Manuel; das Leben des großen Malers selbst in Angst und Ehren; die vielerlei ohne die geringste Aufdringlichkeit sich aufdrängenden Bezüge aufs Heutige – es ist alles ganz vorzüglich, packend, belehrend, reich und stark, und man kann Sie nur beglückwünschen zu dem Werk, dessen Erfolg bei den Leserschaften dort und hier, hic et ubique, mir sicher zu sein scheint.

Die Trochäen an den Kapitelschlüssen, oft etwas wunderlich von Ansehen, deuten durch das Karikaturistische darin auf mir unbekannte spanische Vorbilder. Sie sind eine Kaprice, auf die ich mich – vielleicht im Gegensatz zu manchem anderen Leser – recht gut verstehe. Man glaubt – besonders die Deutschen glauben –, die Prosa sei etwas *unter* dem Verse; sie kann aber etwas *darüber* sein, den Vers in sich schließen und ihn spielend aus sich herausstellen. Das mag dann etwas gauklerisch und übermütig wirken, und souveräner Laune entspringt es auch. Der Roman auf seiner Höhe kann alles. –

Wir gehen von hier noch für einige Tage nach Salzburg, dann nach Gastein, »Haus Gerke«. Das soll am 15. sein. Drei Wochen später kehren wir nach Zürich zurück, wo wir im »Waldhaus Dolder« Quartier gemacht haben.

Alles Gute Ihnen beiden und auf Wiedersehen Anfang Oktober.

Ihr
Thomas Mann

126 Feuchtwanger an Thomas Mann

20. August 1951

Lieber, sehr verehrter Thomas Mann,

Sie haben mir mit Ihrem Brief aus Strobl eine große Freude gemacht.

Der »Goya« ist hier mit viel Feindschaft, viel Begeisterung und sehr wenig Verständnis aufgenommen worden. Die politische Meinung haben eigentlich nur die politischen Gegner erfaßt, und ich wurde in letzter Zeit mehrmals, vor allem von den Katholiken, recht heftig angegriffen.

Ich habe mit Vergnügen das Heft der »Book-of-the-Month News« gesehen, in welchem »Der Erwählte« angekündigt wird. Mir scheint, die Herren haben das recht wirksam gemacht. Die Illustrationen freilich sind, mit einer Ausnahme, scheußlich; aber das muß man Leuten zugute halten, die einen sehr großen Leserkreis zu erreichen suchen.

Ich arbeite hart. Der »Jean-Jacques« ist nicht so geworden, wie mir vorschwebte, das Buch ist gegen meinen Willen in einen Roman ausgeartet, will sagen, es ist steckengeblieben zwischen Erzählung und Roman. Ich versuche jetzt, das Buch in die Erzählung zurückzuengen, als die es geplant war. Das ist mühselig und erfordert Opfer, die mir manchmal nicht leichtfallen. Ich freue mich sehr darauf, mit Ihnen über die technischen Probleme zu reden, vor die mich die Arbeit stellt und die mir typisch scheinen für den historischen Roman.

Ich wünsche Ihnen allen sehr herzlich einen ruhigen, erholsamen Sommer.

Ihr
Lion Feuchtwanger

127 Erika Mann an Feuchtwanger

FÜR DIE LIEBSTEN NACHBARN
ZUM NEUEN JAHR 1952

Wenn wir es nicht lange wüßten –
Beigelegtes macht es klar:
Furchtbar sind die Kommunisten;
Voll von mörderischen Listen
Gehn sie ein ins neue Jahr!

Ganz, als ob sie Gänse hätten,
Stellen sie Pastete her,
Und aus ihren roten Städten
Senden sie die guten fetten
Machenschaften übers Meer,

Nur, damit wir edel-freien
Demokraten hierzuland
Mittels solcher Leckereien
Neuerdings betrogen seien!
Ransom! Blackmail! Schimpf und Schand!

128 Thomas Mann an Feuchtwanger (Postkarte)

Kandersteg, Berner Oberland
[Poststempel:] 22. Juli 1952

Einen herzlichen Gruß den fernen Freunden aus dieser schönen Höhe! Der Ort ist eine Entdeckung für uns, da wir sonst immer im Graubündischen waren. Strobl am Wolfgangsee, Salzburg und Gastein sollen folgen, dann wieder Zürich und ein Besuch in Rom. Was dann kommt, liegt im Nebel. Kein Problem ist gelöst. Das meiner Novelle will ich schon lösen. Die des Lebens werden nachgerade schwieriger. Alles Liebe und Gute Ihnen beiden!

Thomas Mann und die Seinen

129 Feuchtwanger an Thomas Mann

18. August 1952

Lieber, sehr verehrter Thomas Mann,

schönen Dank für Ihre Karte aus Kandersteg.

Wir haben hier einen ruhigen, schönen Sommer, ein wenig vernebelt durch die Korrekturen des »Jean-Jacques« und die Revision der Übersetzung. Wenn es gut geht, wird das im Herbst vorüber sein.

Ich habe mittlerweile meinen amerikanischen Verleger gewechselt; das war ja schon im Werden, als Sie noch hier waren. Es hat sich übrigens bei diesen Verhandlungen herausgestellt, daß jeder größere amerikanische Verlag ohne weiteres bereit ist, sehr erhebliche Vorschüsse und Tantiemen, die von fünfzehn bis zwanzig Prozent steigen, einzuräumen.

Wir haben Ihren Neffen getroffen; es scheint, daß Ihr Haus in guter Hut ist.

Trotzdem wünschen wir sehr, daß die Besitzer bald zurückkehren mögen; ich weiß freilich nicht, ob das nicht ein recht egoistischer Wunsch ist.

Ihnen, Frau Katia und Erika die herzlichsten Grüße, auch von Marta.

Ihr
Lion Feuchtwanger

130 Feuchtwanger an Thomas Mann

22. September 1952

Lieber, sehr verehrter Thomas Mann,

ich habe, nachdem Sie die Freundlichkeit hatten, mir zu schreiben, sogleich erwidert, aber der Brief kam nach vielen Umwegen zurück. Jetzt hat mir Klaus Pringsheim, der die ser Tage bei uns war, Ihre letzte Adresse gegeben, und ich hoffe, daß diesesmal mein Schreiben Sie erreicht.

Mit herzlichen Grüßen an Sie alle

Ihr
Lion Feuchtwanger

PS Der Brief war an das »Baur au Lac« adressiert.

131 Feuchtwanger an Thomas Mann

16. Dezember 1952

Lieber, sehr verehrter Thomas Mann,

ich hatte Ihnen vor einiger Zeit geschrieben. Der Brief kam als unbestellbar zurück. Ich steckte ihn in einen neuen Umschlag, den ich mit der Adresse versah, die mir in Ihrem Haus, ich glaube von Klaus Pringsheim, angegeben worden war. Ich hoffe, dieser Brief hat Sie erreicht.

Ich habe Ihre tapfere und maßvolle Friedenserklärung gelesen, die, wie Sie natürlich wissen, in der hiesigen Presse entstellt wiedergegeben und viel debattiert wurde. Seit der Präsidentenwahl sind die Zeitungen im Wortsinn verrückt geworden. Was vor allem hier in den Zeitungen des Westens zusammenphantasiert wird, klingt europäischen Ohren wie das Geschrei von Narren. Ich kann zum Beispiel im Falle Chaplin die Tatsachen und ihre Darstellung sehr genau vergleichen; auch dem, der überzeugt ist von der meertiefen Dummheit der Masse, bleibt es unverständlich, daß man den Lesern so alberne Lügen auftischen darf.

»Narrenweisheit« ist mittlerweile erschienen, und ich habe den Verlag angewiesen, Ihnen ein Exemplar zu schikken. Eingedenk der freundlichen Anteilnahme, die Sie der Entstehung des Buches zeigten, hoffe ich, daß der Roman, nun er fertig vorliegt, Sie nicht enttäuscht.

Wir vermissen Sie hier sehr. Es ist recht einsam geworden in Los Angeles.

Ihnen allen die herzlichsten Grüße und Wünsche, auch von Marta,

Ihr
Lion Feuchtwanger

132 Thomas Mann an Feuchtwanger

Erlenbach-Zürich
den 28. Dezember 1952

Lieber Feuchtwanger,

recht vielen Dank für Ihren Brief vom 16. d. Ms. Auch im Sommer habe ich einmal irgendwo freundliche Zeilen von Ihnen erhalten und glaube nicht, daß etwas verlorengegangen ist.

»Narrenweisheit« traf ebenfalls zu unserer Freude ein. Geblättert habe ich halbstundenweise wiederholt in dem Buch und mich der schönen Vorlesestunden in Pacific Palisades erinnert. Zu einem wirklichen ruhigen Eindringen in Ihr Werk, seiner rechten Aneignung im ganzen konnte es noch nicht kommen. Ich habe lange, mehr Narr als Weiser, ein Wander-Virtuosenleben geführt. Nun, gerade am Weihnachtsabend, haben wir dies neue Heim bezogen; Unfertigkeit umgibt uns, und noch einmal, unerwarteterweise, haben wir uns den Mühen der Begründung und Ordnung einer neuen Lebensbasis zu unterziehen. 1933 schrieb mir die alte Annette Kolb: »Nach D. kehre ich nicht zurück.« – »Nach A. kehre ich nicht zurück«, variiere ich das jetzt. Das befindet sich in einem gefährlichen Geisteszustand, der es unter anderem gegen die kolossale Unpopularität verblendet, die es sich zugezogen hat. Wenn nur die andere Seite menschenmöglicher wäre! Die Leute dort bringen mich zur Verzweiflung durch den idiotischen Mißbrauch, den sie beständig mit meinem Namen treiben, durch ihre namenlose Taktlosigkeit. Ich werde das gar nicht so weitergehen lassen können und zu Schritten gezwungen sein, die ich nie zu tun wünschte.

Chaplin ist ja in der Schweiz. Man hört, daß er hier bleiben will, und wir freuen uns darauf, ihn zu sehen. »Schon der Zweite!« heißt es hier. Will sagen: man stellt unsere Namen zusammen und verhehlt nicht sein Vergnügen. Es ist eine Art von Wiederkehr des amerikanischen »Thank you, Mr. Hitler!« der dreißiger Jahre. Überhaupt liegt viel Wiederkehr in der Luft.

Und Sie? Marcuse ließ etwas verlauten von Wanderlust Ihrerseits. Daß sie besteht, glaube ich, aber auch, daß sie nicht leicht zu befriedigen sein wird. Weder die Schweiz noch wir wollen uns voreilige Hoffnungen machen, daß Sie im Bunde der Dritte werden könnten.

Chaplin ist in England hoch gefeiert worden. Italien hat ihm irgendeine noble Distinktion, einen Verdienstorden, verliehen. So etwas tut man ganz gern jetzt in Europa. Mich haben die Franzosen gerade zum Offizier der Ehrenlegion ernannt. Das sind so die kleinen Akte der Unabhängigkeit und des Eigenwillens, die dem armen, gekauften Erdteil noch zu Gebote stehen.

Ihnen und Marta alles Liebe und Gute zum neuen Jahr von mir und den Meinen.

Ihr
Thomas Mann

133 Feuchtwanger an Thomas Mann

520 Paseo Miramar
Pacific Palisades, Calif.
10. Februar 1953

Lieber, sehr verehrter Thomas Mann,

herzlichen Dank für Ihren letzten Brief.

Wir haben in der Zwischenzeit Bibi und Golo hier gehabt, einmal auch waren wir bei einem hübschen Konzert, das Bibi in Ihrem Hause gab. Es war merkwürdig, die vertrauten Räume so kahl verändert zu sehen.

Das politische Klima hier ist nach wie vor sehr unwirtlich, und bei der häufigen Wettervorhersage: »high cloudiness and fog« muß ich immer an die allgemeine Situation denken. Es scheint aber, als verbreite sich hier ein heilsamer Katzenjammer, und soviel ist gewiß, daß die Wahlen heute schon sehr anders ausfallen würden.

Ich stecke hier in kleinen, zumeist ärgerlichen Geschäften, die mich viel zu wenig zu ernsthafter Arbeit kommen lassen. Die Übersetzung des »Jean-Jacques« ist gar nicht gut ausgefallen, und ich bin neugierig, wie das Buch hier aufgenommen werden wird.

Eine kleine, spaßhafte Sache: die Universität München hat mir ein feierliches Diplom übersandt, dem zufolge sie mir »erneut den Grad eines Doktors der Philosophie verleiht, der mir im Jahre 1933 entzogen worden ist«.

Aus dem Osten erhalte ich viel Post, auch von Zweig und den Eislers. Zweig hat in einer Ostzeitung einen »Offenen Brief« an mich gerichtet, in welchem er den Zionismus tapfer und donquijotisch verteidigt. Von Hanns Eisler ist ein Opernbuch »Faust« erschienen, sehr kühn von Wurf; aber ich bin nicht recht glücklich damit.

Ich hoffe, daß Sie und Frau Katia sich wohl fühlen in dem neuen Haus und in den alten Möbeln. Ich habe übrigens dieser Tage ein Autogramm von Lavater erworben, einen zierlichen und rührenden Brief aus Erlenbach, wo er Erholung suchte von dem aufreibenden Leben in Zürich.

Ihnen allen herzliche Grüße und Wünsche, auch von Marta,

Ihr
Lion Feuchtwanger

134 Feuchtwanger an Thomas Mann

26. Mai 1953

Lieber, sehr verehrter Thomas Mann,

wie gerne würde ich Ihnen persönlich zum Geburtstag Glück wünschen und wie gerne Sie bitten, uns aus Ihrem Manuskript was vorzulesen. Ich vermisse sehr die schönen Abende, die wir mit Ihnen verbringen durften.

Wir leben hier ruhig und recht gleichmäßig. Es ist sehr viel bösartiges politisches Gekläff ringsum, aber ich selber werde nicht sehr behelligt. Der »Jean-Jacques« war in Amerika kein rechter Erfolg. Die beiden Buchklubs haben das Buch als »too controversial« abgelehnt, und »Herald Tribune« hat sich von einem Unbekannten, einem österreichischen Immigranten wie es scheint, eine recht bösartige, stark politisch gefärbte Rezension schreiben lassen. Sonst war die Presse gut, zum Teil hymnisch und mit geringen Ausnahmen recht töricht.

Wie vertragen Sie und wie verträgt Frau Katia das Züricher Klima? Ich sehne mich oft sehr heftig nach Europa, das ich jetzt dreizehn Jahre lang nicht gesehen habe. Sich die Geschehnisse hier aus dem zusammenklügeln zu müssen, was man in den Zeitungen nicht liest und im Radio nicht hört, ist oft recht schwierig.

Ihnen, Katia und Erika die allerherzlichsten Wünsche, auch von Marta,

Ihr
Lion Feuchtwanger

135 Thomas Mann an Feuchtwanger

Erlenbach-Zürich
31. Mai 1953

Lieber Lion Feuchtwanger,

gleich sage ich Ihnen Dank, recht herzlichen, für Ihr freundschaftlich aufmerksames Gedenken – zu einem so wenig beachtenswerten, wenig jubilanten Durchgangsgeburtstag wie den 78. Wir werden ihn kaum begehen, wenigstens nicht zu Hause, sondern in London, wo wir uns nach einer Zeremonie in Cambridge ein paar Tage aufhalten werden. (*Nach* der »Coronation«.) Von da soll es weitergehen nach Hamburg, zu Vorlesungen in der Universität und der Goethe-Gesellschaft – ein altes Versprechen.

Glauben Sie nur, Sie und Ihre liebe Frau, daß es dem Gedenken an Gegenseitigkeit nicht fehlt. Wir sprechen oft von Ihnen und fragen uns nach Ihrem Ergehen unter den obwaltenden Umständen, die des schmückenden Beiworts nicht bedürfen. Recht betrüblich muß es für Sie sein, daß auch Chaplin fort ist. Wir wollten immer einmal zu ihm fahren, an den Genfer See, sind aber noch nicht dazu gekommen.

Es ärgert mich, daß der »Jean-Jacques« dortzulande nicht die Aufnahme findet, die er verdient. Über die Buch-Klubs kann man nur den Kopf schütteln. Was ist denn »controversial« an dem Werk? Typisch ist der unbekannte österreichische Immigrant. Diese Sorte darf immer über mich in »London Times« schreiben, wo ich regelmäßig verrissen werde. »Laß fahren dahin! Sie haben's kein Gewinn.«

Mit unserer Re-Akklimatisation ans Mitteleuropäische nach zwölf Jahren Kalifornien war es doch nicht so ganz leicht. Der Herbst war greulich, der Winter sehr hart. Gegen sein Ende bekam ich eine Grippe oder Virusinfektion, die mir lange nachgegangen ist – eigentlich ist der vorherige

Kräftezustand bis heute nicht wiedergekehrt. Kaum hatte ich das Bett verlassen, so schrieb ich eine Geschichte zu Ende, »Die Betrogene«, die jetzt im »Merkur« (München) erscheint und im September als kleines Buch herauskommen soll. Ich schicke es Ihnen dann. Der »Krull« hat in letzter Zeit keine Fortschritte gemacht.

Die Gesundheit meiner Frau ließ auch zeitweise zu wünschen übrig. Blase und Niere machten ihr zu schaffen. Aber sie hält sich rüstig und immer energisch tätig. Am 24. Juli werden wir ihren 70. Geburtstag begehen. Sie will durchaus kein Aufhebens davon gemacht sehen, aber wie sehr verdient sie es doch! Erika sorgt denn auch dafür, die Öffentlichkeit etwas in Bewegung zu setzen.

Zehn Tage waren wir in Rom – ein großer Eindruck! Ich war wehmütig-stolz bewegt von der Jahrtausend-Perspektive Europas, die sich da auftut, und von diesem Gefühl war auch ein Gespräch unter vier Augen mit Pius XII. bestimmt, das rasch arrangiert werden konnte. Es mag an einer gewissen Altersweichheit liegen, daß ich mit Rührung an dies Lebensvorkommnis zurückdenke.

Eine gemeinsame Einladung kam von drei großen Quaker-Colleges drüben, ihnen im Herbst einen Vortrag zu halten. Aber ich fürchte mich.

Leben Sie recht wohl, lieber Freund, und möge man sich doch noch einmal zusammenfinden!

Katja und Erika lassen Sie beide herzlich grüßen.

Ihr
Thomas Mann

136 Feuchtwanger an Katia Mann

14. Juli 1953

Liebe Frau Katia,

ich habe mir die Freude gemacht, das Wesentliche, was ich zu Ihrem Geburtstag zu sagen habe, öffentlich zu sagen. Es ist natürlich etwas blaß; denn das wirklich Wesentliche ist zu komplex, als daß man es der Menge klarmachen könnte. Wir sind, Sie und ich, unter ähnlichen Bedingungen durch so viele ähnliche Umschwünge gegangen, daß ich vieles um Sie zu wissen glaube, was sehr gut ist, aber was man den vielen eben nicht verdeutlichen kann.

Ich lege Ihnen ein Büchlein ein, das Ihnen vielleicht Spaß macht. Es ist jener »Musen-Almanach«, in welchem Schiller die meisten seiner Balladen ein erstes Mal drucken ließ, dazu ein paar von den besten Balladen Goethes. Ich erinnere mich, wie gerne und wie überraschend Sie ab und zu aus diesen Balladen zitierten, die Sie um die gleiche Zeit wie ich auswendig lernten.

Wir entbehren Ihre freundliche und verständnisvolle Gegenwart sehr. Aber ich rechne damit, daß in nicht allzu ferner Zeit entweder das weniger milde Klima der Schweiz Sie hieher zurücktreiben oder das üble politische Klima hier uns zu Ihnen scheuchen wird.

In aufrichtiger Freundschaft und mit sehr, sehr herzlichen Wünschen von uns beiden

Ihr
Lion Feuchtwanger

137 Katia Mann an Feuchtwanger

Erlenbach
29. Juli 1953

Lieber Freund und Gevatter,

ja, Sie haben mich wirklich überschüttet, und wenn ich in Ihrem schönen Glückwunsch lese, was für außerordentliche Eigenschaften Sie mir zuschreiben, so kann ich gar keine Dankesworte finden, die einer so prächtigen Persönlichkeit angemessen wären. Ist ja alles weit über Gebühr und es muß mich ein wenig beschämen und bedrücken. Aber gefreut hat es mich natürlich sehr, und so lassen Sie mich ganz schlicht und von Herzen danken. Gerührt haben mich die Erinnerungen an unsere gemeinsame Jugend, und es ist mir erst recht klar geworden, was wir alles zusammen erlebt haben. Daß dies nun ein Ende haben soll, will mir auch gar nicht recht zu Haupt, und oft denke ich, wir hätten bleiben sollen, wo wir waren, nicht nur wegen des Schweizer Klimas, das sich allerdings unentwegt von seiner schlechtesten Seite zeigt. Die abwechselnden Vorlese-Abende und der ganze freundnachbarliche Verkehr fehlen auch uns sehr, und daß wir nun gar nicht wissen, woran Sie im Augenblick arbeiten, kränkt mich. Das andere Klima wird immer erstaunlicher und bedrohlicher, aber wenn sich die Katastrophe einmal entlädt, wird es ziemlich gleichgültig sein, *wo* man ist, und ändern können wir nichts daran, weder hüben noch drüben.

Für Ihren Brief habe ich Ihnen noch gar nicht gedankt und nicht für das Buch, das Sie so liebevoll ausgesucht. Tommy liest manchmal abends im Familienkreis, der ja zur Zeit sehr stattlich ist – zu stattlich für unser bescheiden Häuschen! –, zum allgemeinen Vergnügen daraus vor. Zum »Ehrentag« waren ja alle greifbaren Kinder versammelt, auch Golo traf gerade noch ein, ebenso Medi mit den Töchtern, der japanische Zwillingsbruder, die vier Enkel führten ein von Eri gedichtetes Festspiel auf – es war eine schöne Familienveranstaltung. Aber in der San Remi hätte es sich doch alles viel besser ausgenommen, und dann wären Sie dabei gewesen!

Noch einmal allerherzlichsten Dank und tausend Grüße Ihnen beiden vom ganzen Haus.

Ihre Katia Mann

138 Feuchtwanger an Katia Mann

25. August 1953

Liebe Frau Katia,

von Ihrem Brief geht so viel Wärme und Freundlichkeit aus, daß ich es doppelt bedaure, Sie so weit weg zu wissen. Und daß Ihr Haus hier nun endgültig verkauft ist, habe ich mit einem nassen und einem heitern Aug erfahren.

Rings um mich verdickt sich einmal wieder die politische Luft, und ich warte mit der Gelassenheit des Stoikers oder des Steinklopferhanns, ob es diesmal blitzen wird.

Ich schreibe an einem Roman »Die Jüdin von Toledo«, der im wesentlichen Glanz und Unsinn des Feudalismus zum Gegenstand hat. Da der Roman in einem Spanien spielt, in welchem Araber, Christen und Juden gegeneinander kämpfen und intrigieren, ist es sicher, daß ich mich diesmal sowohl bei Katholiken und Juden wie bei den Arabern in die Nesseln setzen werde. Aber die Arbeit macht mir ungewöhnlichen Spaß, und es ist mir leid, daß ich Ihnen nicht davon erzählen kann.

Ein junger Mensch aus Weimar, Betreuer einer Volksbibliothek, der mir alle zwei Monate unendlich lange Briefe schickt, schreibt unter anderm: »Hochinteressant und aufschlußreich Thomas Manns ›Entstehung des Dr. Faustus‹. Für mich derart interessant, daß ich dies Tagebuch, da es bei uns nicht zu bekommen ist, abgeschrieben habe.« Das sind Leser, wie man sie sich wünscht.

Ihnen allen die herzlichsten Wünsche, auch von Marta,

Ihr
Lion Feuchtwanger

139 Feuchtwanger an Thomas Mann

17. November 1953

Lieber, sehr verehrter Thomas Mann,

herzlichen Dank für »Die Betrogene« und vor allem für die anmutige und freundschaftliche Widmung.

Ich erinnere mich gut an den Abend, da Sie uns von dem Plan der Geschichte erzählten, und ich habe das kleine Buch sogleich gelesen, mit großer Anteilnahme und mit sehr viel Freude an der in Wahrheit meisterlichen Technik, mit der Sie die Fakten der Erzählung mit der Landschaft, dem Ablauf der Zeit und dem Sinn hinter der Geschichte so verweben, daß alles Einzelne dem Ganzen immer neues überraschendes Licht gibt.

Ich sehe deutlich die Gefahren, die gerade jedes kleinere Buch läuft, das Sie veröffentlichen. Man erwartet von Ihnen immerzu große historische Kundgebungen, und der ohnedies übelwollende Rezensent wird unmutig und giftig, wenn er nichts findet als eine meisterliche Erzählung.

In letzter Zeit komme ich sehr wenig zur Arbeit, die kleinen Geschäfte häufen sich recht ärgerlich.

Sie haben vielleicht gelesen, daß die Ostdeutschen mir ihren Nationalpreis zuerkannt haben. Becher hatte lange vorher bei mir angefragt, ob ich in der Lage sei, ihn anzunehmen. Dann hörte ich monatelang nichts mehr von der Sache, las in ostdeutschen Zeitungen, daß andere Kandidaten vorgeschlagen waren, und war überrascht, als »United Press« und »New York Times« anriefen und am Telefon ein statement haben wollten. Bisher bin ich wegen dieser Angelegenheit nicht angegriffen worden, doch hat sie mich in eine umständliche und zuweilen etwas heikle Korrespondenz verwickelt.

Wir trachten, hier so ruhig zu leben wie möglich; es ist aber nicht so ruhig, wie ich gerne möchte.

Ihnen allen sehr herzliche Grüße und Wünsche

Ihr Lion Feuchtwanger

140 Lion Feuchtwanger an Thomas Mann

19. Dezember 1953

Lieber, sehr verehrter Thomas Mann,

es verlangt mich, Ihnen und den Ihren zum Fest einen Gruß zu schicken. Es scheint eine Ewigkeit her, daß wir das Fest zusammen begingen.

Ich wurde jüngst sehr freundlich an Sie erinnert, als mir der italienische Konsul Ihren Artikel über Shaw in der Übersetzung des »Corriere della Sera« gab. Die Übersetzung, scheint mir, liest sich sehr gut.

Übrigens geht hier das Gerücht, daß Sie zurückkehren wollten. Irgendein »Real Estate« Mann soll ein Haus für Sie suchen, und die Riemsdyks haben schon daran gedacht, Ihnen ihr Haus anzubieten. Aus sehr selbstischen Gründen würde ich mich herzlich freuen, wenn was Wahres an dem Gerücht sein sollte.

Wir leben hier still und wenig belästigt. Der Dezember war unwahrscheinlich warm und schön, und Marta versuchte, sogar mich des Morgens in den Ozean zu locken, freilich vergeblich.

Sehr herzliche Wünsche.

Ihr
Lion Feuchtwanger

141 Thomas Mann an Lion Feuchtwanger

Erlenbach-Zürich
28. Dezember 1953

Lieber Freund Feuchtwanger,

es war reizend von Ihnen, daß Sie unserer zum Fest so freundlich gedachten. Haben Sie Dank, und nehmen Sie beide die herzlichste Erwiderung Ihrer Wünsche! Ja, Sie fehlen uns recht sehr unter den guten Leuten hier, die uns wohlwollen. Nach der Sonne friert es uns auch so manches

Mal, obgleich ich persönlich mich ans Mitteleuropäische wieder ganz gut akklimatisiert habe. Der erste Winter kam mich recht hart an, der zweite hat schon was Trauliches. Jenes Gerücht trifft nicht zu und kann nicht zutreffen, schon Erikas wegen. Vielleicht ist es daraus entstanden, daß wir hier Wohnungsschwierigkeiten haben und nach etwas wirklich und endgültig Passendem herumsuchen, denn das Gegenwärtige ist gar nicht passend, zu eng, zu »mesquin«, zu arm an *Platz*, sonstig bei schöner Lage. Wir haben schon daran gedacht, in Chaplins Nähe zu ziehen, denn dort gibt es gute Häuser, von Ausländern gebaut und verlassen. Aber das ist es eben: Das Gestade dort ist recht verödet, und ich hänge an Zürich. Es wird sich schon etwas finden. –

Ich hätte längst einmal, spontan und von mir aus, geschrieben, wenn ich nicht gerade in letzter Zeit wie ein Pferd gearbeitet hätte an den »Krull«-Memoiren, von denen ich nächstens einmal (aber es wird wohl Spätsommer über die Herstellung werden) einen »Ersten Teil« herausbringen will. Es ist genug Manuskript für einen Band vorhanden, und im Falle des »Joseph«, der durchaus nicht als »Tetralogie« gedacht war, habe ich es ja auch so gemacht. –

Und Sie? Mit neidischer Beunruhigung hörte und las ich von einer großen, schönen Vorlesung bei Ihnen auf dem Schloß aus dem neuen Roman! Es ist und bleibt unrichtig, daß wir nicht mehr dabei sind. –

Ungeheuer viel Nebel hatten wir und erst heute den ersten Schnee. Zweite Hälfte Januar wollen wir, d.h. nur Katja und ich, denn Erika wird in Deutschland zu tun haben, auf eine Sonnenreise gehen, für zwei Monate, sei es nach Sizilien oder gleich nach Teneriffa. Es schleicht sich ja mehr und mehr das Fontanesche »Was soll der Unsinn« ein, aber es wäre doch ganz gut, mal etwas Neues zu sehen, sei es auch nur aus »pikaresken« Gründen.

Marta und Ihnen alles Herzliche.

Ihr Thomas Mann

142 Feuchtwanger an Thomas Mann

9. Februar 1954

Lieber, sehr verehrter Thomas Mann,

wir haben hier jetzt Evas und Marcuses Geburtstag gefeiert und wieder einmal von Herzen bedauert, daß Sie nicht dabei waren. Es war viel von Ihnen die Rede.

Sie schrieben von einem Plan, allenfalls auf ein paar Wochen nach Sizilien zu gehen. Wir sind einmal sechs oder acht Monate lang in Sizilien gewesen, über den Winter und in den Frühsommer hinein, es war eine besonders schöne Zeit. Denken Sie doch daran, allenfalls hinüber nach Tunis zu fahren oder zu fliegen. Es gibt in der Umgebung von Tunis ein paar ungewöhnlich schöne Orte, am Meer mit angenehmen Hotels, und es ist dort wärmer als in Sizilien.

Dieterle hat mir erzählt von seinen in Wahrheit eifrigen und leider vergeblichen Bemühungen, das Columbia Studio dahin zu bringen, daß es Ihren »Joseph« dem geplanten Film zugrunde lege. Das scheiterte an einem jener albernen Zufälle, die in verschiedenen Fällen den Ankauf auch von Büchern von mir für Filmzwecke vereitelten. Das Ganze war eine groteske Geschichte. Dieterle war darüber sehr unglücklich und dachte sogar daran, die Regie des Filmes abzulehnen.

Auch ich habe mancherlei kleinen Ärger, aber meine Arbeit an der »Jüdin von Toledo« geht gut voran. Ich habe nach einigem Hin und Her auch dieses Buch wieder dem Julian Messner Verlag und nicht der Viking Press gegeben, und ich hoffe, daß diesesmal die Übersetzung nicht zu unglücklich ausfällt. Der »Jean-Jacques« ist jetzt erst in London erschienen. Soweit ich es übersehen kann, hat er dort sehr rühmende und sehr törichte Presse gehabt; doch wurde Mrs. Fawcetts Übersetzung allgemein abgelehnt.

Ich habe mit Vergnügen Erikas Glosse zu dem Film »Königliche Hoheit« gelesen. Welch ein Jammer, daß wir nicht die »Stimme aus dem Gebirge« zu den neuesten Ereignissen vernehmen können.

Ihnen allen die herzlichsten Grüße, auch von Marta,

Ihr
Lion Feuchtwanger

143 Thomas Mann an Feuchtwanger

Hotel San Domenico
Taormina
18. Februar 1954

Lieber Feuchtwanger,

mit Ihrem Brief haben Sie uns eine Freude gemacht. Wir haben freundliche Unterhaltung hier recht nötig, denn das Wetter ist miserabel, und so haben wir nichts von einem Aufenthalt, der unter Umständen sehr schön und reizvoll sein könnte.

Daß die »Jüdin von Toledo« wächst und gedeiht, ist gute Nachricht. Ebenso, daß »Jean Jacques« in London einen ehrenden Empfang hat. Man weiß da eben doch wohl zwischen Ihrer Leistung und derjenigen der armen Übersetzerin zu unterscheiden.

Von hier weiter nach Afrika zu reisen, haben wir nicht Unternehmungslust genug, besonders, da ich vorläufig recht klapprig bin von einer fiebrigen Bronchitis, die hier gleich bei mir ausbrach, und zwar mit Penicillin und dergleichen Mitteln schnell unterdrückt wurde, aber mir eben doch noch nachträglich zu schaffen macht. Dem üblen Wetter dieses Winters in Europa entgeht wohl niemand. In Paris sollen noch zehn Grad Kälte sein. Wir gehen am 21. noch auf ein paar Tage nach Rom, wo ich mich immer gern aufhalte, und besuchen dann Medi in Florenz, von wo wir, Anfang März, nach Erlenbach zurückkehren wollen.

Dort erwartet uns dann mancher Trubel, denn wir haben in Kilchberg, am anderen Ufer des Sees, ein hübsches Haus gekauft, das wir Anfang April beziehen wollen, und Sie können sich denken, daß da viel vorzubereiten ist.

Recht verstimmt bin ich natürlich über die Angelegenheit des »Joseph«-Films. Ich verstehe schließlich, daß Dieterle die Regie nicht gut niederlegen konnte. Il faut vivre, parbleu! Aber mußte man es denn so ungeschickt, so brutal machen? Es war ja nicht nötig, daß man mein Buch als Ganzes kaufte. Es hätte genügt, wenn man den Film zu meinem Werk und zu mir in Beziehung gesetzt hätte durch die Übernahme einiger Motive und Figuren, wie Mai-Sachme, Mont-kaw, der Idee, daß Pharao der junge monotheistische Reformator Amenophis ist, und dergleichen. Dann wäre es ein Film geworden »Unter Verwendung von Motiven des Romanes von Th. M.«, was ihm in der Öffentlichkeit doch gewiß nicht geschadet und mir eine anständige Abfindung, natürlich nicht in der Höhe der eigentlichen Kaufsumme, eingebracht hätte zur Entschädigung dafür, daß nun die Möglichkeit der Verfilmung des Buches, von der so oft die Rede war, für immer abgeschnitten ist.

Jetzt noch ein Arrangement zu treffen, wie ich es eben andeutete, wird es wohl zu spät sein. Ich mag an Dieterle nicht deswegen schreiben.

Sie sagen, Sie hätten schon ähnliche Enttäuschungen erlebt. Aber daß man den Stoff eines Ihrer Bücher verfilmt unter Umgehung Ihres Buches, das ist Ihnen wohl noch nicht vorgekommen.

Nehmen Sie herzliche Grüße, auch von meiner Frau, für Sie und Marta. Erika ist noch in Arosa, sie stärkt sich für den Umzug.

Leben Sie recht wohl!

Ihr
Thomas Mann

144 Feuchtwanger an Thomas Mann

25. März 1954

Lieber, sehr verehrter Thomas Mann,

jetzt ist es ja wohl an dem, daß Sie vor dem Umzug stehen. Ich wünsche herzlich, daß alles glatt verläuft und daß Sie an dem neuen Haus Freude haben.

Wir hatten hier ein paar Tage rechten Unwetters, dergestalt, daß die Wege fast unpassierbar waren. Unser altes Haus hat sich gut bewährt, Evas Haus hingegen wurde arg mitgenommen.

Ich habe das übliche reiche Maß kleinen Ärgers, aber im ganzen gehen meine Dinge nicht schlecht, und die Arbeit an der »Jüdin von Toledo« geht gut voran. Ein großer Teil des Manuskripts ist soweit, daß er dem Übersetzer übergeben werden könnte. Nur ist leider kein Übersetzer da. Diejenigen, welche der englische und der amerikanische Verleger mir anbieten, scheinen mir recht unzuverlässig. Meine Arbeit aber macht mir viel Freude.

Wir sehen wenig Menschen, und ich halte mich immer mehr an die Arbeit, an die Bücher und an den Garten.

Nochmals alles Herzliche zum neuen Haus

Ihr
Lion Feuchtwanger

145 Thomas Mann an Feuchtwanger

Waldhaus Dolder
6. April 1954

Lieber Freund Feuchtwanger,

nehmen Sie recht herzlichen Dank für Ihre Zeilen vom 25. März! Sie haben recht, wir sind mitten im Umzug, oder sagen wir doch: etwas über die Mitte, über das Schlimmste hinaus. Ich schreibe Ihnen noch aus dem Hotel, aber in einigen Tagen werden wir in das Haus in Kilchberg, Alte Landstraße 39, einziehen können, was hoffentlich meine endgültig letzte Adresse sein wird. Es gab in meinem späteren Leben wirklich der Wanderungen zu viel, und fast beneide ich Sie doch, daß Sie leidlich ungestört und glücklich tätig wie eh und je in Ihrem Schloß am Meer bleiben konnten.

Von dem Unwetter in Kalifornien und von den Zerstörungen, die es angerichtet, hatten wir schon mit Schrecken gehört. Die arme Eva tut uns furchtbar leid, und eigentlich wollte ich ihr selbst einen Kondolenzbrief schreiben. Wenn Sie sie sehen, sagen Sie ihr doch, wie sehr wir teilnehmen an diesem schmutzigen Einbruch der Elemente in ihr reizendes Haus und daß wir empört sind über die Störrigkeit der Versicherungsgesellschaften, die sie auch noch erfahren muß.

Nehmen Sie alle meine guten Wünsche für die Förderung und die Vollendung der »Jüdin von Toledo«! Ich kann Ihre Übersetzungssorgen nur zu gut würdigen. Denn meine gute Mrs. Lowe ist nicht mehr leistungsfähig, und ein neuer Übersetzer für meine englischen Ausgaben noch nicht recht in Sicht. Für »Die Betrogene« freilich hat Knopf einen mir unbekannten Mann bestellt, aber wie er sich bewährt hat, muß sich erst zeigen.

Der erste Teil der »Krull«-Memoiren, aus denen in der nächsten »Neuen Rundschau« ein Kapitel erscheint, ist nun in Druck gegangen. Aber ich habe es mir in den Kopf gesetzt, eines der neu geschriebenen Kapitel gründlich umzuarbeiten, und so muß ich die Druckerei auf Weiteres noch warten lassen. Recht, recht schade, daß es mit den wechselseitigen Vorlesungen aus den jeweiligen Arbeiten nun zu Ende ist. Ich fürchte immer, Sie werden den Weg nach Europa kaum noch finden, und ebensowenig ich den umgekehrten. Aber endgültig ist nichts, und jedenfalls wollen wir uns unsere gute Freundschaft auch [im] Fernsein bewahren!

Herzliche Grüße von uns beiden an Sie beide.

Ihr
Thomas Mann

146 Feuchtwanger an Thomas Mann

29. Mai 1954

Lieber, sehr verehrter Thomas Mann,

wieder einmal ist da ein Geburtstag, an dem es mir nicht vergönnt ist, Ihnen in Person meine Wünsche auszusprechen; sie sind darum nicht minder herzlich.

Lassen Sie mich doch, bitte, wissen, wie Sie sich in Ihrem neuen Haus eingelebt haben. Für mich ist mit dem Wort Kilchberg unlöslich der Begriff Conrad Ferdinand Meyer verknüpft, dessen Werk ich immer mehr liebgewinne.

Mir geht es im ganzen nicht schlecht. Zwar habe ich viel kleinen Ärger; in letzter Zeit häufen sich mir wieder in Westdeutschland Verdrießlichkeiten, die aus meinen ostdeutschen Erfolgen entstehen. Auch hier läßt ab und zu jemand ein leises politisches Knurren gegen mich vernehmen. Aber schlimm ist es nicht.

Meine Arbeit geht gut voran, ein wenig langsamer, als ich hoffte, aber sie macht mir viel Freude.

Eine kleine Sache, die Sie vielleicht interessieren wird. Hier hat eine Filmgesellschaft einen »Goya«-Film angekündigt, den sie nach dem verschollenen Roman irgendeines Unbekannten dreht; Dieterle hat sich seit Jahren brennend darum bemüht, meinen »Goya« zu verfilmen.

Haben Sie die merkwürdige soziologische Ausdeutung gelesen, welche »Die Betrogene« in Ostdeutschland erfuhr? Heinrich, als ich ihm einmal eine derartige Rezension zu lesen gab, sagte nachdenklich: »Darauf wäre ich nie gekommen.«

Ihnen, Katia und Erika alles Herzliche von uns beiden.

147 Thomas Mann an Feuchtwanger
(Aus einem Glückwunschbuch)

Alte Landstraße 39
Kilchberg am Zürichsee
16. Juni 1954

Lion Feuchtwanger ist mir ein sehr lieber Freund, dessen mutig-unermüdlich unternehmendes Künstlertum ich bewundere und hochschätze. Wir lebten in langjähriger Nachbarschaft, die ich jetzt vermisse.

Zu seinem bevorstehenden 70. Geburtstag habe ich über seine Persönlichkeit und unsere Freundschaft für ein Schweizer und deutsch-amerikanisches [Blatt] geschrieben. Gern bringe ich ihm auch an dieser Stelle meine herzlichen Glückwünsche dar – auch zu seinem jüngst-vollbrachten Romanwerk der »Jüdin von Toledo«, dessen Studium mich gewiß mit freudigem Neide erfüllen wird.

Thomas Mann

148 Katia Mann an Feuchtwanger

Kilchberg-Zürich
3. Juli 1954

Lieber Freund und Gevatter!

Da haben Sie mich glücklich eingeholt, wenn auch nur auf wenige Tage, denn ich schreite ja, wo nicht rüstig, so doch unaufhaltsam voran. Nun, aus Erfahrung weiß ich also, daß es mit dem »Ehrentag« nicht allzuviel auf sich hat, mit dem Eintritt ins Greisentum ist es ja längst nichts mehr, wenigstens beim männlichen Geschlecht – bei unsereiner ist es wieder anders, und wenn ich mich zur Belustigung meiner Enkel immer als das uralte Mielein unterschreibe, so entspricht das eigentlich ganz meinen Gefühlen –, aber ein willkommener Anlaß ist es doch, einmal so recht von Herzen Glück zu wünschen, den freundschaftlichsten Gefühlen Ausdruck zu geben. Sie sind ja ein Weiser und ein Lebenskünstler, und wenn Tommys »Schwyzer« Arzt bei gelegentlichen Klagen beruhigend sagt: »Ja, das sind eben die Dezennien«, so drücken die Sie bestimmt nicht und werden es auch in zehn und zwanzig Jahren nicht tun, sondern in Ihrem Schloß am Meer und bei dem gesegneten – es ist doch gesegnet! – kalifornischen Klima werden Sie, in voller Schaffenskraft, wie man so sagt, viele meisterliche Bücher aneinanderreihen, und es ist nur schade, daß wir es nicht gemeinsam erleben. – Aber vielleicht waren wir nicht weise, so spät noch einmal eine Verpflanzung – und wenn es auch nur eine Rückverpflanzung war – auf uns zu nehmen. Auch gibt es hierzu Erdteil so gräßlich viele Störungen, so viele Ansprüche dringen ständig auf den armen Tommy ein, die teils abgewehrt, teils dann doch widerwillig erfüllt sein wollen, daß er oft ganz müde und verzagt ist. Hier in Kilchberg haben wir es ja jetzt recht hübsch, wenn es auch keineswegs ein Schloß am Meer ist, aber das Klima! Entweder es ist schwül oder kalt und regnicht, vom Winter ganz zu schweigen. In unseren jüngeren Tagen muß es doch anders gewesen sein, oder waren wirklich nur wir anders?

Von etwas anderem wie vom Wetter zu sprechen hat ja wenig Sinn. Obgleich doch gerade in den letzten Wochen sich allerlei zugetragen hat, was zu einigem Optimismus berechtigt. Lassen Sie uns doch jedenfalls auf ein Wiedersehen hoffen, hier oder dort.

Und seien Sie mit Marta allerherzlichst gegrüßt von Ihrer *ur*alten Freundin

Katia

149 Feuchtwanger an Katia Mann

10. Juli 1954

Liebe Katia,

da wären Sie mir also wieder um einen Einser voraus. So nett und liebenswürdig, wie Sie mir gratuliert haben, kann ich Ihnen nun nicht Glück wünschen, aber es geschieht darum nicht minder freundschaftlich.

Mein Geburtstag verlief recht erfreulich – vor allem wohl fühlte ich mich bei einem Abendessen im kleinsten Kreise, das Eva Herrmann für mich gab. Ein wenig anstrengend freilich war das Ganze, und die Zeitungen ließen es sich nicht nehmen, gewisse Ehrungen zu diskutieren, welche der unbeliebte Osten mir erwies. Trotzdem hatte ich den Eindruck, daß ich unerwartet viele ehrliche Freunde habe.

Marta wollte mir am 7. Juli einen Ruhetag zugestehen; aber ich habe ihr die Freude gemacht, auch an diesem Tage hügelauf zu laufen – ein kleineres Stück als sonst.

Sehr, sehr herzlich alles Gute, liebe Katia, Ihnen und allen, die bei Ihnen in Kilchberg sind.

Ich schreibe Thomas in den nächsten Tagen, welche tiefe Freude mir seine Glückwünsche gemacht haben und welch weites Echo sie fanden.

Auf ein nicht zu fernes Wiedersehen

Ihr
Lion Feuchtwanger

150 Feuchtwanger an Thomas Mann

520 Paseo Miramar
Pacific Palisades, Calif.
15. Juli 1954

Lieber, sehr verehrter Thomas Mann,

die schönen Worte, die Sie mir zum Geburtstag schrieben, haben mir tiefe, ehrliche Freude gemacht. Vor allem stolz macht mich die Wärme und Freundschaft, die daraus klingt.

Mein Geburtstag war anstrengend, aber erfreulich. Freilich gab es auch Mißtöne. Die Telegramme und Ehrungen aus dem Osten veranlaßten die Zeitungen hiezulande, von mir Erläuterungen zu verlangen, und ich mußte einmal wieder einen Eiertanz aufführen. Auch einiges, was aus Westdeutschland kam, war recht säuerlich. Dafür wieder äußerten sich mehrere Artikelschreiber, die ich für bösartig gehalten hatte, unerwartet milde.

Oft, wenn ich an Sie denke, beneide ich Sie darum, daß Sie in deutscher Umgebung leben. Ich habe jetzt zweiundzwanzig Jahre lang ununterbrochen französisch oder englisch um mich gehört, und manchmal sehne ich mich recht heftig nach einem Land, in dem man deutsch spricht.

Dazu kommt, daß hier, auch wenn man sich noch so gern fernhalten möchte, Politisches immer wieder an einen herandrängt. Ihr freundlicher Wunsch, man möge mich in dieser Hinsicht ungeschoren lassen, hat mich sehr bewegt.

Ich freue mich, zu hören, daß Ihr neues Haus Ihnen gefällt. Wir hatten hier einen feuchten, unangenehmen Frühsommer mit viel Nebel. Jetzt ist es warm und schön.

Meine Arbeit wurde oft gestört; jetzt aber, denke ich, werde ich sie in Ruhe zu Ende führen können.

Ihnen allen nochmals sehr herzlichen Dank.

Immer Ihr
Lion Feuchtwanger

PS Jener unselige »Joseph«, den Dieterle machen wollte und dessenthalb er zweimal nach Ägypten fuhr, sich dabei einen Sonnenstich holend, ist übrigens auf mindestens ein Jahr zu den Akten gelegt worden.

151 Feuchtwanger an Thomas Mann

520 Paseo Miramar
Pacific Palisades, Calif.
27. November 1954

Lieber, sehr verehrter Thomas Mann,

mit dem »Krull« haben Sie mir eine besondere Freude gemacht. Das Buch kam an zu einer Zeit, da ich von beschwerlicher Arbeit und lästigen Kleinigkeiten geplagt war; so war es mir eine zwiefache Erholung, den heiter sinnreichen Roman zu lesen.

Merkwürdig ist, wie einheitlich das Buch wirkt. Auch ein guter Philolog wird schwerlich erkennen, wo die Trennungslinien laufen. Besondere Freude gemacht hat mir jenes schöne Kapitel im Speisewagen; ich erinnerte mich, als ich es jetzt las, genau jedes Tonfalls, mit dem Sie damals – wohl sehr bald nach der Entstehung des Kapitels – es uns vorlasen. Es ist eine gültige Probe für das ganze Buch, daß nach diesem besonders geglückten Kapitel die folgenden nicht abfallen. Sehr genossen habe ich auch die Vorlesung über die Liebe, die gegen Ende des Buches der Marquis de Venosta seiner jungen Portugiesin hält.

(Ich habe für die Weihnachtsnummer der hiesigen »Daily News« über das Buch geschrieben und hoffe nur, daß der kleine Artikel nicht zu sehr unter der Übersetzung leidet.)

Im übrigen scheint mir, daß der »Krull« auch hiezulande einen breiten Erfolg haben müßte; diesesmal werden die ängstlichen Buchklubs nicht klagen können, daß der Roman »above the heads« ihrer Leser sei.

Ich habe hier mehrmals Leute getroffen, die mit Ihnen zusammen waren; ihre Berichte klangen erfreulich.

Uns geht es nicht schlecht. »Die Jüdin von Toledo« ist länger geworden, als ich glaubte, aber ich werde vor Ende des Jahres die letzten Seiten des Manuskripts abliefern können. Sowohl Amerika wie Westdeutschland haben bereits Einwände gegen den Titel erhoben; er sei zu controversial. In Amerika fürchtet man überdies, die Leser würden an Toledo/Ohio denken.

Es sind hier wieder einmal politische Angriffe gegen mich erfolgt; sie haben aber vorläufig keine Wirkung getan.

Wir hatten dieses Jahr recht viel Nebel. Ich hoffe, Sie haben einen guten Winter. In den »Los Angeles Times« war ein Artikel über Zürich, der einem den Mund wässerig machte.

Ihnen allen die herzlichsten Grüße und Wünsche, auch von Marta,

Ihr
zur Zeit etwas gehetzter
Lion Feuchtwanger

152 Feuchtwanger an Thomas Mann

16. Dezember 1954

Lieber, sehr verehrter Thomas Mann,

ich schicke Ihnen in der Anlage den kleinen Aufsatz über den »Krull«, den ich für die hiesige »Daily News« schrieb. Er liest sich freilich in der Übersetzung ein bißchen ledern.

Ihnen, Katia und Erika alles Herzliche zu Weihnachten

Ihr
Lion Feuchtwanger

153 Thomas Mann an Feuchtwanger

Kilchberg am Zürichsee
Alte Landstraße 39
25. Dezember 1954

Lieber Lion,

tausend Dank für Ihren herzlichen Artikel! Ich kann mir schon denken, wieviel frischer und eleganter er sich ausnahm im deutschen Original. Aber einen durch Ihren großen Namen nachdrücklichen Hinweis haben die drüben nun doch schon, daß sie da etwas ganz Lustiges erwartet.

Hier und in Deutschland geht es hoch her mit dem Buch. Es ist schon das vierzigste Tausend auf dem Markt. Nun, Sie sind anderes gewöhnt, aber bei mir ist desgleichen schon lange nicht mehr vorgekommen, und mich rührt das offenkundige Bedürfnis der Menschen nach etwas halbwegs Erquicklichem – bei all der Unerquicklichkeit.

»En attendant le plaisir de vous lire«, schließen die Franzosen immer ihre Briefe. Ich aber meine mit der Erwartung, Sie zu lesen, die »Jüdin von Toledo«. Ist sie da? Ist sie unterwegs?

Ihr
T. M.

154 Feuchtwanger an Thomas Mann

520 Paseo Miramar
Pacific Palisades, Calif.
29. Mai 1955

Lieber, sehr verehrter Thomas Mann,

ich schreibe Ihnen zu Ihrem Geburtstag gespaltenen Gefühls. Wenn ich an die Genugtuung denke, die Ihnen die Verehrung der ganzen Welt bereiten muß, wie Sie Ihnen an diesem Tage zufällt, dann spüre ich eine nur mit ganz kleinem Neid gemischte Freude; auch Stolz spüre ich, daß es einer der unsern, ein deutscher Dichter, ist, der heute der ganzen Erde als der Erste Vertreter der Literatur gilt. Gleichzeitig aber habe ich etwas wie Mitleid, wenn ich mir vorstelle, wie sehr es Sie anstrengen und ermüden muß, das alles entgegenzunehmen.

Eins und ungeteilt, das wissen Sie, ist meine Freundschaft und Verehrung.

Arnold Zweig berichtete mir von Ihrer Rede in Weimar und wie Sie diese lange »wunderbare Rede« stehend und mit bis zuletzt voller Stimme gesprochen haben. Ich habe das mit Freude und Bewunderung gelesen; ich könnte da nicht durchhalten.

Von allen Seiten wird mir erzählt, wie nun doch überall in Deutschland der törichte, unsachliche Widerstand gegen Sie verstummt und wie der Sinn und Rang Ihres Werkes immer besser erkannt und gewürdigt wird. Meine Freude darüber ist nicht ganz selbstlos; Sie haben für uns alle gekämpft, Ihre Wirkung wirkt für uns alle.

Es ist mir sehr leid, daß Sie nicht hier sind und ich Ihnen nicht die Hand drücken darf. Aber was es für Sie gerade an diesem Tage bedeuten muß, in einer trotz allem freundlicheren, weniger törichten, bekömmlicheren Umgebung zu leben.

Bitte denken Sie am 6. Juni daran, daß am andern Ende der Welt jemand lebt, der sich an diesem Tage – und wohl auch sonst – besser in Sie einfühlen kann als die meisten andern.

Ihnen, Katia und Erika sehr, sehr herzliche Wünsche,

immer Ihr
Lion Feuchtwanger

155 Marta Feuchtwanger an Thomas Mann

Pacific Palisades
Los Angeles
am 29. Mai 1955

Verehrter, lieber Thomas Mann,

Lion hat alles gesagt, was zu sagen ist, aber ich muß doch selber Ihnen meine aufrichtigsten Glückwünsche aussprechen.

Ihre alte
Marta Feuchtwanger

156 Lion und Marta Feuchtwanger an Thomas Mann (Telegramm)

4. Juni 1955

Wir denken an Sie herzlich und in Freundschaft

Lion und Marta Feuchtwanger

157 Feuchtwanger an Thomas Mann

520 Paseo Miramar
Pacific Palisades, Calif.
18. Juli 1955

Lieber, sehr verehrter Thomas Mann,

schönen Dank für den »Versuch über Schiller«.

In dieser Gestalt wirkt die schöne Rede viel tiefer als die Auszüge, die ich bereits gelesen hatte. Ich war erstaunt und bewegt, daß Sie zu diesem verbrauchten Text »Schiller und sein Werk« eine so neue, schöne und ergreifende Musik schreiben konnten. Auch ist Ihre Rede wohl der würdigste und wirksamste Beitrag, den heute ein deutscher Dichter zur Sänftigung des deutschen Zwiespalts machen kann.

Die »Jüdin von Toledo« wird nun in diesen Wochen endlich erscheinen, und zwar ist die erste Ausgabe die des Europäischen Buchklubs. Ich habe Auftrag gegeben, Ihnen sogleich ein Exemplar zu schicken; auf diese Weise werden Sie das Buch eher zu Gesicht bekommen als ich.

Wenn ich die reguläre Ausgabe habe, die bei Rowohlt erscheint, werde ich mir die Freude machen, Ihnen ein Exemplar dieser Ausgabe mit einem Gruß zu übersenden.

Ihnen und den Ihren alles Herzliche

Immer
Ihr
Lion Feuchtwanger

158 Lion und Marta Feuchtwanger an Katia und Erika Mann (Telegramm)

12. August 1955

Katia und Erika Mann, Kilchberg bei Zürich, Switzerland
Tiefe, ehrliche, freundschaftliche Anteilnahme

Lion Feuchtwanger und Marta

159 Feuchtwanger an Katia und Erika Mann

21. August 1955

Liebe Katia, liebe Erika,

der Tod Thomas Manns hat mich doppelt getroffen, weil am Tag vorher Lotte Walter mir mitgeteilt hatte, seine Genesung gehe überraschend schnell voran. Auch hatte ich mit geradezu abergläubischer Sicherheit damit gerechnet, ihn wiederzusehen.

Ich hatte vor etwa zehn Tagen mit einer abermaligen Lektüre des »Joseph« begonnen, und ich habe wieder und wieder fast leibhaft seinen Tonfall im Ohr gehabt. Nun habe ich es übernommen, für die »Nation« und ein paar andere Zeitungen über ihn zu schreiben. Ich suchte alte Briefe hervor, ich spüre überall sehr deutlich sein Wesen. Sein Verschwinden reißt ein Loch in mein Dasein.

Ich denke mir, die mancherlei Geschäftigkeit, die mit dem Unglück verknüpft ist, und die vielen kleinen und großen Entschlüsse, die Sie zu treffen haben, werden Sie ablenken. Auch muß der Gedanke tröstlich sein, daß Ihrer beider Sorge und Mühe zweifellos sein Leben verlängert und ihm die letzten glücklichen Jahre verschafft hat.

Daß gerade seine letzten Jahre so viel Erfüllung brachten, ist tröstlich für uns alle.

Bitte, glauben Sie, daß wir im Geiste sehr häufig und mit starker Teilnahme bei Ihnen sind.

Grüßen Sie alle.

Ihr
Lion Feuchtwanger

160 Erika Mann an Feuchtwanger

Kilchberg/Zürich
17. September 1955

Liebster Lion,

längst, *längst* hätte ich einmal schreiben sollen. Aber irgendwie gerate ich in Abwesenheit bei all meinen »dortigen« Freunden, und es scheint, daß den Nordpolflügen zum Trotz Kalifornien zu weit ist, um der Korrespondenz mit ihr zu pflegen.

Heute nun kam, von Knopf gesandt, ein ganzer Riesen

stoß amerikanischer »Krull«-Presse, und ich kann Ihnen gar nicht sagen, wie froh ich war, Ihren wunderschönen, klugen, umfassenden, klaren und so überaus stimmigen Aufsatz darin zu finden. Fast zufällig ging ich überhaupt an die Lektüre des Gesamt-Stusses. Will mir doch zunehmend scheinen, daß nichts von geistiger Wichtigkeit dort drüben vorfällt oder auch nur zur Kenntnis genommen wird, ja, daß – Dieu merci – Euer Ländchen im Begriff ist, selbst sein bißchen politische Macht einzubüßen (pardon – ich weiß, Sie sind leidenschaftlicher Amerikaner!). Sei dem, wie immer: es war eine *Wohltat*, Sie zu lesen, der Sie – sehr natürlich – nicht nur dem US-Plunder (nochmals: je m'excuse!) burghoch überlegen sind, sondern auch die europäischen Kommentare prächtig und mächtig in den Schatten stellen. Z. – wie genau er von jeher wußte, was er an Ihnen hatte – würde sich königlich gefreut haben.

Uns geht es, wie anders nicht zu erwarten. Michaels Bübchen sind bei uns und bleiben bis auf weiteres. Dies ist gut und günstig – für sie wie für uns. Auch planen wir die Errichtung einer T. M.-Stiftung mit all seinen Manuskripten, seinem Arbeitsmaterial (Quellenbücher, Notizen, »einschlägige« Zeitungsausschnitte, von ihm gesammelt, etc.) wie seinem Arbeitszimmer, dessen gesamtes Mobiliar mit Bildern und allem Zubehör wir hergeben wollen. Stadt (Zürich), Kanton und Eidgenossenschaft wollen sich zusammentun, um das Ganze würdig unterzubringen und zu verwalten, und für Mielein erhoffe ich mir sowohl Stärkung wie ein neues Gebiet der Verantwortung von unserem (der »Kinder«) Plan. Ich selbst war kürzlich in Arbeit notdürftig geborgen. Die »Betrachtungen« kommen neu heraus – dies hatte Z. noch selbst beschlossen. Auch eine neue Einleitung hatte er dem seltsamen Buche mitgeben wollen, damit es ja keine Mißverständnisse setze. Nun war ich damit betraut, die schwierige Aufgabe zu lösen, und kann nur hoffen, daß es mir nicht ganz mißlungen ist. Was ich des weiteren tue, steht dahin. Im Grunde will gar nichts mir mehr munden.

Bitte grüßen Sie Eva sehr, und ich danke recht herzlich für ihren Brief. Auch schreiben will ich ihr gewiß, sobald die Unternehmungskraft hinreicht.

Für Sie und Marta alles Freundschaftliche

von immer der Ihren:
E. M.

161 Feuchtwanger an Erika Mann

520 Paseo Miramar
Pacific Palisades, Calif.
3. Oktober 1955

Liebste Erika,

ich habe mich ehrlich gefreut, von Ihnen zu hören. Ich begreife durchaus, daß es immer wieder eine lästige und überflüssige Aufgabe scheint, Freunden zu schreiben; denn das Wesentliche läßt sich schriftlich ja doch kaum mitteilen.

Ich freue mich, daß Sie und Katia beschäftigt und abgelenkt sind. Ich habe vor kurzem Golo gesehen, bei Bruno Walter, und er hat mir ein weniges erzählt, nicht viel.

Mir geht es leidlich, eher gut. Natürlich verspüre ich oft Lust, von hier wegzugehen; manchmal verlangt es mich dringlich danach. Andernteils weiß ich, daß ich eine schönere Stätte, meinen Schreibtisch hinzustellen, kaum finden kann, und ich möchte die vertraute Umgebung meiner Bücher nicht verlieren. Nach Europa überzusiedeln und dort ein wohnliches Haus einzurichten würde kaum weniger als ein bis zwei Jahre kosten, und die möchte ich nicht verlieren. Auch würde eine solche Umsiedlung sehr viel Geschrei hervorrufen, und ich bin es müde, dem Gebrüll der vereinten Dummköpfe immer wieder die gleichen Argumente zu wiederholen.

Ihnen und Katia sehr, sehr herzlich alles Gute, auch von Marta und von Eva. Und wenn Ihnen einmal danach zumute ist, liebste Erika, dann schreiben Sie wieder.

Immer Ihr
Lion Feuchtwanger

162 Feuchtwanger an Katia und Erika Mann

13. Dezember 1955

Liebe Katia, liebe Erika,

ich habe seit einer Ewigkeit nichts von Ihnen gehört, und auch ich hätte wohl längst wieder schreiben sollen. Aber mit dem Schreiben ist es eine halbe Sache und eigentlich noch weniger.

Ich sitze hier an einem stillen Ufer und schreibe und lese. Das heißt, so ganz still ist das Ufer nicht, so sehr ich mich allen Wettern fernzuhalten suche. Da waren zum Beispiel zunächst einige russische Schriftsteller hier, eingeladen von der Regierung, und sie wollten mich sehen. Man legte ihnen von Anfang an alle erdenklichen Schwierigkeiten in den Weg, aber sie bestanden darauf, und sie kamen. Woraufhin ich recht unflätig angegriffen wurde, und ein großes Geschrei entstand bei Verlegern und Buchklubs und Filmleuten, die daran interessiert sind, daß man mich nicht boykottiert. Jetzt hat sich der Wind wieder gelegt, und es scheint, daß es wirklich nur Wind gewesen ist.

Mein Aufsatz über Thomas Mann wurde übrigens in Sowjet-Blättern viel nachgedruckt.

Mit der Übersetzung der »Jüdin von Toledo« hatte ich die üblichen Schwierigkeiten, ja, es waren diesmal noch mehr als sonst, da ich darauf drängen mußte, daß eine bereits ausgedruckte Übersetzung nicht verwendet wurde. Es war eine Rohübersetzung, die für Filmzwecke hergestellt wurde. Jetzt erscheint das Buch in einer leidlichen Übertragung im April.

Es ist mir sehr, sehr leid, daß ich zu Weihnachten nicht mit Ihnen zusammen sein kann. Es gibt hier nicht viele Menschen, mit denen zu reden sich lohnt.

Alles, alles Herzliche, auch von Marta,

immer Ihr
Lion Feuchtwanger

163 Katia Mann an Feuchtwanger

Kilchberg
20. Dezember 1955

Lieber Freund Lion,

ich wollte ganz bestimmt in diesen Tagen einmal an Sie schreiben, und nun sind Sie mir zuvorgekommen. Man hat so wenig wirkliche Freunde auf der Welt, und es ist häßlich eingerichtet, daß der halbe Erdkreis zwischen uns liegen muß. Ich habe Ihnen noch nicht einmal gesagt, wie schön ich Ihren Aufsatz in der »Nation« damals gefunden habe. – Über »Die Jüdin von Toledo« aber kann ich noch gar nichts sagen. Mit dem Buch ist es uns sonderbar gegangen. Noch zu Tommys Lebzeiten wurde uns sein Eintreffen von einer Buchgemeinschaft angezeigt, dann aber kam es nicht, und als ich reklamieren wollte, fand ich den Brief nicht mehr. – Dann hatte ich für gar nichts mehr Sinn, und erst Walters, die mit besonderer Begeisterung von dem Roman sprachen, erinnerten mich wieder daran; ich kam auf den glücklichen Gedanken, ihn mir vom Aufbau-Verlag kommen zu lassen, und nun liegt er wenigstens auf meinem Tisch; zur Lektüre werde ich aber erst in Chantarella kommen, denn es ist entsetzlich, was sich an rückständiger Korrespondenz und zu erledigenden Geschäften (Steuer, Verlage und was der Greuel mehr sind) bei mir anhäuft.

Was soll ich Ihnen sonst von mir erzählen? Eine mehr als fünfzigjährige Gemeinschaft sollte einem Anspruch geben auf das Schicksal von Philemon und Baucis, und viel Sinn kann ich in meinem Leben nun nicht mehr sehen. Dabei habe ich ja gute Kinder und liebe Enkel, und daß Bibis mir die beiden Buben dagelassen haben, war von ihnen wirklich eine hilfreiche Tat. Es sind besonders gutartige, nette Knaben, und sie beleben das stille Haus, in dem ja auch Erika mir zur Seite steht, soweit sie nicht durch Film- oder Radioangelegenheiten in München festgehalten wird, was aber auch ganz gut für sie ist. Zu Weihnachten kommt noch Medi mit den beiden Töchtern, außerdem wird unser aller gute Freundin, Therese Giehse, die gerade, wo ich mit Medi und den vier Enkeln die erste Woche des neuen Jahres verbringen soll, hier am Schauspielhaus tätig ist, da sein, und so wird es schon gehen. Aber an unsere gemeinsamen Weihnachtsabende in Palisades kann ich nur mit Wehmut zurückdenken.

Was schreiben Sie denn wohl nun an Ihrem stillen Ufer? So gern würde ich Sie wieder einmal vorlesen hören aus einem entstehenden Buch, und der gegenseitige Austausch war doch wirklich etwas besonders Erfreuliches.

Was Sie von dem Wind erzählen, der kürzlich wieder einmal an Ihrer Küste wehte, steht recht im Widerspruch zu dem Optimismus vieler braver Leute, zum Beispiel Walters.

Möchten Sie trotzdem ein friedliches, fruchtbares Jahr vor sich haben. Ihnen und Marta das Allerherzlichste, auch von Erika.

Ihre
Katia Mann

164 Erika Mann an Feuchtwanger

Kilchberg/Zürich
30. Mai 1956

Liebster Lion,

von der »Auslieferungsstelle« in Olten waren mir zwanzig Exemplare eines Büchleins verheißen, und eines von diesen Exemplaren sollte in größter Eile und feinfein gewidmet an Sie abgehen. Die Dinger kamen aber nicht. Schließlich wurde es mir zu dumm, und ich befahl in Frankfurt, man möchte Ihnen – gewidmet oder nicht – auf jeden Fall und sofortest eines von den Bändchen hinhetzen. Dies, wie man mir schriftlich beteuert, ist mittlerweile geschehen, und so sollten Sie das unansehnliche Elaborat denn demnächst haben. Zwischen uns, so scheint mir, bedarf es ohnedies keiner Widmungen, und schreiben tue ich nur, um das Unübliche des Vorgangs zu erklären.

Seien Sie – mit Marten – innigst gegrüßt. Von hier gibt es wenig zu berichten. Höchstens, daß ich neulich Ihre »Jüdin« in einem Zuge und mit größtem Genusse wahrhaft verschlungen habe, ist allenfalls der Erwähnung wert. Wie ungemein schade, daß, wie die Dinge gelegt worden sind, man sich so gar nicht mehr sieht. Rein menschlich genommen, erscheint mir dies an dem Gelegtwordensein der Dinge das Allerbedauerlichste.

Auch unsichtbar bin und bleibe ich aber

ganz die Eure:
E. M.

165 Feuchtwanger an Erika Mann

11. Juni 1956

Liebste Erika,

nur zwei Zeilen, um Ihren netten Brief zu bestätigen und Ihnen mitzuteilen, daß bis jetzt das angekündigte Büchlein nicht eintraf.

Sowie es kommt, lese ich es natürlich gleich. Dann schreibe ich Ihnen ausführlich, auch über anderes.

Ihnen und Katia sehr herzlich alles Gute

wie stets
Ihr Lion Feuchtwanger

166 Feuchtwanger an Erika Mann

520 Paseo Miramar
Pacific Palisades, Calif.
26. Juni 1956

Liebste Erika,

das angekündigte Büchlein traf heute ein.

Ich brauche Ihnen nicht zu sagen, mit welchem Eifer ich es las. Was ich Ihnen darüber schreiben kann, ist nicht objektiv, Ihr Bericht hat mich zu sehr erregt – nicht nur der Stoff, sondern auch die Art des Berichtes. Ich habe in der Tat gesehen, was Sie darstellten, und ich hörte Sie sprechen. Daß das kleine Buch so wirkt, liegt wohl daran, daß es eben nicht geschrieben ist. Es ist in der Tat ein Bericht. Und dieses Urteil ist eine objektive Wahrnehmung.

Unter den vielen kleinen Dingen, die Sie bei aller Liebe so deutlich gesehen haben, sind manche, zahlreiche, die den ganzen Thomas Mann stehen und sitzen und gehen machen, und sicher nicht nur für diejenigen, die ihn kannten. Was mich jenseits von dem allen sehr beschäftigt, ist das, was Sie über das Grauen Ihres Alptraums zu sagen haben.

Soviel ist gewiß: das kleine Buch trägt zum Verständnis Thomas Manns mehr bei als mancher dicke Wälzer. Sie haben etwas Gutes gemacht, Erika, in jedem Sinn.

Ihnen und Katia alles Gute.

Herzlich
Ihr Lion

167 Feuchtwanger an Katia Mann

28. November 1956

Liebe Katia,

ich danke Ihnen sehr für die »Nachlese« und die schöne Widmung, die Sie hineingeschrieben haben.

Das Buch ist nicht nur mit Liebe, sondern auch mit ungewöhnlichem Verständnis redigiert, es ist weit mehr als das Sammelsurium, das man gewöhnlich aus dem Nachlaß eines großen Dichters vorgesetzt bekommt. Es ist eine wichtige Ergänzung des Gesamtwerks. Besonders bewegt, aus persönlichen und aus literarischen Gründen, haben mich die schönen Worte zu Ihrem siebzigsten Geburtstag. Es ist gut, daß sie nun auch in diesem Buch abgedruckt sind, das bleiben wird.

168 Katia Mann an Feuchtwanger

Kilchberg
27. Januar 1957

Lieber Freund Lion,

oft denke ich an Sie und fühle mich versucht, einmal von mir hören zu lassen, aber dann kann ich mich doch nicht dazu entschließen, denn was soll ich Ihnen wohl von mir berichten? Mein Leben ist im Grunde doch recht inhaltslos geworden und muß eben irgendwie zu Ende geführt werden, bei vieler unerfreulicher Geschäftigkeit. Nach der Lektüre der »Jüdin von Toledo« hätte ich am Ende wirklich schreiben sollen, denn ich war von dem Buch sehr erfüllt. Wenn ich es nun heute tue, so geschieht es in einer sachlichen Angelegenheit.

Sie sind doch bestimmt einigermaßen im Bilde und wissen von der Verhaftung unseres Freundes Janka. Ich habe damals sofort so dringlich wie irgend möglich an den Ministerpräsidenten geschrieben, der auch umgehend und höflich, aber völlig unverbindlich antwortete: er könne doch nicht in ein schwebendes Rechtsverfahren eingreifen, werde aber meinen Brief dem Staatsanwalt vorlegen. Ein entsprechender Schritt Erikas bei Johannes R. (der übrigens noch immer oder schon wieder sehr krank sein soll) scheint auch keinerlei Erfolg gehabt zu haben. – Gestern traf Golo gelegentlich einer Vorlesung in Stuttgart mit Hans Mayer zusammen, der insofern einigermaßen beruhigende Auskunft geben konnte, als er zu wissen behauptete, der Inhaftierte sei würdig untergebracht und beköstigt. Aber er befürwortete dringend, daß wir *alle* unseren ganzen Einfluß aufbieten sollten, um die Freilassung zu erreichen. Ich fürchte, ich habe da nichts Rechtes mehr aufzubieten, aber Mayer meinte, so viele wie möglich sollten an maßgebende Stelle schreiben, und dachte dabei in erster Linie an Sie. Wenn jemand, so haben Sie doch sicher Einfluß, und man wird hoffentlich auf Sie hören. Falls Sie nicht schon etwas unternommen haben, so tun Sie es doch also bitte, und vielleicht wissen Sie mir sonst irgendeinen Rat. Es ist doch wirklich ein Jammer um diesen kreuzbraven, idealistischen Menschen, und dabei ist seine Gesundheit durch die in Mexiko akquirierte Amöbenruhr schwer erschüttert.

Eva soll ja im Anrollen sein und wird eine Verbindung herstellen mit der schönen Küste, nach der ich manchmal etwas Heimweh habe. Im Rückblick war es doch eine glückliche Zeit dort.

Erika ist seit Monaten in Deutschland und müht sich um den »Krull«-Film. Jetzt wird er in Hamburg gedreht. Aktivität ist ja immer gut für sie, aber auf die Dauer ist es ein zermürbendes, entnervendes Geschäft. Golo ist in Kilchberg und recht unentschlossen hinsichtlich seiner Zukunft.

Seien Sie mit Marta sehr herzlich gegrüßt von

Ihrer
Katia

169 FEUCHTWANGER AN KATIA MANN

11. Februar 1957

Liebe Katia,

Sie sollten wirklich nicht so resigniert schreiben. Ihre Geschäftigkeit mag manchmal unerfreulich sein, aber Sie können doch nicht von inhaltsleeren Tagen sprechen, wenn Sie an der Herausgabe des Nachlasses arbeiten oder auch wenn Sie sich bemühen, Jankas Schicksal zu erleichtern.

Ich kenne Janka nicht und habe nur indirekt von seiner Verhaftung erfahren. Aber ich habe auf Ihren Brief hin sogleich an Grotewohl geschrieben, und zwar dergestalt, daß mein Schreiben wirken müßte, falls man in der Tat in Berlin auf mich hört.

Wir sind hier zur Zeit noch schlechter unterrichtet als sonst über die politischen Dinge Europas. Ich wurde ein paarmal aufgefordert, mich zu äußern, und es war nicht leicht, den rechten Ton zu finden.

Ja, Eva fährt Mitte Februar nach Europa und freut sich sehr herzlich darauf, Sie zu sehen. Auch ich sehne mich oft danach, eine lange Reise zu tun, aber Sie kennen ja die Gründe, die mich abhalten.

Grüßen Sie, bitte, Golo und Erika herzlich.

Ihnen selber wünsche ich aufrichtig ein gutes Frühjahr.

Immer Ihr
Lion Feuchtwanger

170 FEUCHTWANGER AN KATIA MANN

15. Februar 1957

Liebe Katia,

ich wollte Ihnen nur schnell mitteilen, daß ich jetzt Antwort von Grotewohl bekommen habe.

Er schreibt mir, und das sehr herzlich, geradezu freundschaftlich, ich müßte doch verstehen, daß er sich in ein schwebendes Verfahren nicht einmengen könne.

Aus dem vom 8. Februar datierten Brief Grotewohls geht hervor, daß damals – am 8. Februar – gegen Janka ein Untersuchungsverfahren schwebte, daß aber Anklage gegen ihn noch nicht erhoben war.

Im übrigen weiß ich, daß viele, recht angesehene Kommunisten für Janka interveniert haben; ich fürchte nur, mit ungefähr dem gleichen Erfolg wie Sie und ich.

Alles Herzliche

Ihr
Lion Feuchtwanger

171 Katia Mann an Feuchtwanger (Telegramm)

[19. Februar 1957]

Kilchberg Zürich Tel. Via RCA
Lion Feuchtwanger
Pacific Palisades (Calif.)

Erbitten Ihren Namen für Telegramm zugunsten gefährdeten Jankas an Ministerpräsidenten gezeichnet von Hermann Hesse, Benvenuto Hauptmann, mir. Eventuell zu veröffentlichen. Herzlichst

Katia

172 Katia Mann an Feuchtwanger

Kilchberg
19. Februar 1957

Lieber Freund Lion,

längst wollte ich Ihnen danken für die schöne Ausgabe des »Goya«; ich lese Ihre Bücher natürlich lieber auf deutsch, hatte aber große Freude am Durchblättern des Buches, und es scheint mir eine besonders glückliche Idee, es in dieser Form herauszubringen.

Eben habe ich ein »nightletter« an Sie abgesandt in der Sache des unseligen Jankas. Der widrige Ulbricht hat kürzlich erklärt, dem Dozenten Wolfgang Harich, der im November mit zwei Freunden (deren einer Janka war) verhaftet wurde, werde demnächst wegen antikommunistischer (oder prokapitalistischer) Umtriebe der Prozeß gemacht werden, der Ausgang steht wohl heute schon so ziemlich fest. Gemeinsame Freunde haben mich wieder beschworen, noch etwas für Janka zu unternehmen, mit möglichst großen Namen, und so haben wir uns gedacht, ein Telegramm der vier bedeutendsten Autoren des Aufbau Verlages, beziehungsweise gezeichnet von ihren Vertretern, also von Benvenuto Hauptmann und mir und von Ihnen und Hermann Hesse, könnte vielleicht eine Wirkung tun; sollte Grotewohl wieder nichts unternehmen, so könnte man es Radio und Presse übergeben und so einen Druck ausüben. Den Text kann ich Ihnen im Augenblick nicht mitteilen, weil ich ihn erst an Hesse schicken muß, der ihn vielleicht noch etwas umredigiert. Im Prinzip hat er, zu meiner Überraschung, sofort zugesagt und Benvenuto gleichfalls.

Allzu greulich geht es zu in der Welt, man täte am besten, gar nicht hinzuschauen.

Sehr herzlich
Ihre
Katia

173 Feuchtwanger an Katia Mann (Telegramm)

21. Februar 1957

Katia Mann Kilchberg near Zürich Switzerland

Advise strongly against exercising more pressure in case Janka before governments attitude takes clearer shape. I fear at the moment public intervention would do more harm than good. Letter following. Kindest regards

Feuchtwanger

174 Feuchtwanger an Katia Mann

23. Februar 1957

Liebe Katia,

wie ich Ihnen schon depeschierte, habe ich Bedenken dagegen, Grotewohl öffentlich aufzufordern, er sollte Janka freilassen. Sie und ich und, wie ich annehme, auch Laxness sind bei Grotewohl bereits für Janka eingetreten. Ich habe das in denkbar stärkster Form getan und darauf aufmerksam gemacht, welche Bestürzung die Verhaftung Jankas vor allem bei Leuten erregte, die ehrliche Freunde der Deutschen Demokratischen Republik sind. Grotewohl hat mir darauf in einem geradezu freundschaftlichen Briefe erklärt, er könne nicht in ein schwebendes Verfahren eingreifen. Er ist sichtlich guten Willens, kann aber in dieser Sache offenbar wirklich nichts ausrichten.

Der zuständige Mann dürfte Ulbricht sein. Vielleicht hat es Sinn, sich in einem gemeinsamen Schreiben oder Telegramm direkt an ihn zu wenden. Falsch scheint mir jeder Versuch, durch eine *öffentliche* Kundgebung einen Druck ausüben zu wollen. Ein solcher Schritt bewirkte vermutlich das Gegenteil von dem, was wir wollen.

Ich habe hier keine Möglichkeit, Einzelheiten über den Fall Janka zu erfahren; meine Berliner Freunde schweigen sich aus, und ich schreibe und rate aus einem Vakuum heraus. Ich wäre Ihnen dankbar, liebe Katia, wenn Sie mich auf dem laufenden hielten.

Ihr
Lion Feuchtwanger

175 Katia Mann an Feuchtwanger

Kilchberg
9. Februar [März] 1957

Lieber Freund Lion,

es war sehr nett von Ihnen, mir zu telegraphieren und noch einmal zu schreiben. Daß Sie unmittelbar nach Empfang des freundschaftlichen Briefes Grotewohls sich unmöglich noch einmal an ihn wenden konnten, war mir sofort klar, mein Kabel wurde eben abgesandt vor Eintreffen Ihrer Nachrichten. Und von dem Gedanken, das Gemeinschaftstelegramm an Grotewohl zu veröffentlichen, sind wir trotz gegenteiligen Rates von Kantorowicz und anderen auch abgegangen, in der Besorgnis, dem Angeklagten damit zu schaden. Genützt wird es wohl leider auch nicht haben. Die Dinge haben sich nun ja überraschend schnell entwickelt. Ich weiß nicht, wie weit Sie inzwischen orientiert sind. Für alle Fälle lege ich Ihnen die beiden Ausschnitte aus der hiesigen »Tat« bei (etwas weniger ekelhaft als die »NZZ«, die übrigens über die Angelegenheit gar nichts gebracht hat). Daß Janka kein westlicher Agent ist und nicht die Absicht hatte, die Regierung zu stürzen, sollte erweisbar sein. Bestimmt treffen diese Beschuldigungen auch nicht auf den unseligen Harich zu, auf den man es offenbar vor allem abgesehen hat. Der Prozeß scheint sich ja mit unheimlicher Schnelligkeit abgewickelt zu haben; am

8. begonnen, am 9. bereits die Strafanträge (für Entlastungszeugen war wohl wenig Zeit). Nach dem zweiten Bericht sieht es so aus, als ob gegen Janka und Irene Giersch gar kein Strafantrag gestellt worden sei, aber das mag ein Versehen in der Berichterstattung sein, ich will mich vor Optimismus hüten. Weitere Nachrichten habe ich im Augenblick nicht, sollte aber bald aus Berlin hören.

Ich bin erst seit wenigen Tagen aus Hamburg zurück, wo ich die seit Monaten vom »Krull«-Film dort festgehaltene Erika besuchen und auch einiges besprechen wollte. Der Film mag ganz nett werden! Tommy hatte Spaß an solchen Unternehmungen, meinte, die Bücher blieben ja Gott sei Dank, für den Film als solchen hatte er Interesse, und etwas Geld verdiente er auch ganz gern. Aber die deutsche Presse, die seinen Ruhm immer so liebevoll bewacht hat, kann sich nun nicht genugtun in ihrer Entrüstung über die schamlose Profanierung der Werke. Walters sympathischer Schwiegersohn, der auch eine Rolle in dem Film spielt – übrigens recht nett – wußte viel zu singen und zu sagen von der schönen Vorlesung bei Ihnen. Wäre gern dabei gewesen!

Eva traf ein; wir freuten uns des Wiedersehens und fanden sie recht unverändert. Jetzt schwelgt sie in Arosa in Schnee und Sonne – und Jean Louis wird erwartet.

Seien Sie beide sehr herzlich gegrüßt

von Ihrer
Katia

176 Feuchtwanger an Katia Mann

15. März 1957

Liebe Katia,

ich danke Ihnen sehr für Ihren Brief.

Hier war nun über die ostdeutschen Dinge gar nichts zu lesen, und ich habe bis jetzt nicht erfahren können, was sich mit Janka ereignet hat. Aus Wien hat man mir einen Zeitungsausschnitt geschickt, in dem aber nur über Harich ausführlicher berichtet war.

Ich freue mich, daß der »Krull«-Film hübsch zu werden verspricht. Es ist wirklich grotesk, daß sich die westdeutsche Presse gegen die Verfilmung gerade dieses Buches empört.

Eva hat mir Erfreuliches über die Begegnung mit Ihnen geschrieben.

Manchmal empfinde ich es als recht lästig, daß ich hier gewissermaßen am andern Ende der Welt sitze und so wenig höre von den europäischen Dingen, die mich interessieren. Ostdeutschland ist jetzt so gut wie völlig verstummt, und was man mir von dort schreibt, ist nichtssagend. Und auch über meine eigenen Angelegenheiten in Westdeutschland höre ich nicht viel.

Ich wünsche Ihnen herzlich ein gutes Frühjahr.

Ihr
Lion Feuchtwanger

177 Katia Mann an Feuchtwanger

Kilchberg am Zürichsee
Alte Landstraße 39
8. April 1957

Lieber Freund Lion,

recht schönen Dank für Ihr Schreiben vom 30. März. Der Fall Janka scheint ja immerhin das Gute zu haben, daß er uns gelegentlich in Kontakt bringt; aber abgesehen davon, ist er wohl äußerst unerfreulich.

Über den Verlauf des Harich-Prozesses hatte ich wenig Einzelheiten gehört, aber daß er leider den armen Janka schwer belastet hat, wurde mir auch schon berichtet. Entlastungszeugen für Harich sollen ja vom Fleck weg verhaftet worden sein. Und der gute Bredel hat sich offenbar auch reichlich unbeliebt gemacht. Ich fürchte, wir können in dieser Sache gar nichts tun, und tatsächlich scheinen die Zustände immer trostloser zu werden.

Von mir persönlich gibt es nicht viel zu erzählen. Ich komme gerade aus San Domenico-Fiesole zurück, wo ich zwei nette Wochen bei der guten Medi verbrachte. Sie hat es wunderhübsch dort, befindet sich aber nach meiner Ansicht in einem Zustand dauernder Überarbeitung. Die beiden Töchter entwickeln sich recht erfreulich. Drei Hunde und drei Katzen sorgen für etwas allzuviel Leben in dem hübschen Landhaus. Der »Krull«-Film ist fertig, und die Uraufführung soll am 24. April in Berlin stattfinden, falls sie nicht durch einen Herrn John Kafka in New York hintertrieben wird. Dieser Mensch hat im Jahre 30 in der »Münchner Illustrierten« ein zwei Druckseiten langes Schandgeschichtchen veröffentlicht, worin ein Kellner für einen andern eine Weltreise unternimmt und die, abgesehen von ihrem bodenlosen Niveau, auch in keiner Einzelheit eine Ähnlichkeit mit den »Krull«-Memoiren hat. Daraus soll nun aber Tommy den Stoff für seinen Roman, den er 1908 begonnen hat, geschöpft haben, und den Gerichten ist, wie allen höheren Instanzen in dieser Welt, ja alles zuzutrauen.

Seien Sie beide sehr herzlich gegrüßt von

Ihrer
Katia

178 Feuchtwanger an Katia Mann

17. Juli 1957

Liebe Katia,

ich möchte nicht verfehlen, Ihnen rechtzeitig zum Geburtstag zu gratulieren. Hoffentlich erreicht dieser Brief Sie irgendwo, wo es nicht zu heiß ist.

Wir leben hier gleichmäßig weiter, ruhig, doch überlastet mit kleinen Geschäften, die zu wenig Zeit zur wirklichen Arbeit lassen. Eine kleine Aussicht besteht, daß man mir von hier aus nun doch das Reisen ermöglicht. Wenn es wirklich dazu kommen sollte, weiß ich nicht, was ich tun werde. Ich erhalte tausend gutgemeinte und dringliche Einladungen, nach Europa zu kommen; aber ich scheue die Anstrengung, den Zeitverlust und ein wenig auch das widerwärtige Gezänk, das sich zweifellos erheben wird, wenn ich dort den Mund auftue.

Ich höre mit Freude von dem großen und andauernden Erfolg des »Krull«. Auch die amerikanische Taschenausgabe ist überall zu sehen.

Zu Ihrer Erheiterung lege ich Ihnen einen Artikel aus einer Münchner Zeitung bei. Das Merkwürdigste ist, daß ich, wie ich aus Glückwunschtelegrammen ersehe, den Preis schließlich erhalten habe.

Ich wünsche Ihnen und den Ihren herzlich alles Gute, auch von Marta. Ich sehne mich oft nach einem richtigen Gespräch mit Ihnen und Erika.

Ihr
Lion Feuchtwanger

179 Katia Mann an Feuchtwanger

Vittoria-Annana
5. August 1957

Lieber Gevatter Lion,

ich war ganz gerührt, daß Sie meines doch ganz gewöhnlichen Geburtstages gedacht haben; es war doch man bloß ein *vier*undsiebzigster, wobei es erstaunlich ist, wie schlecht die Herrschaften in München rechnen können, indem sie Sie schlechthin zu meinem Altersgenossen stempeln. Im übrigen hat mich die Angelegenheit, der Kommentar der Süddeutschen und die Tatsache, daß die prächtige Ehrung

Ihnen denn doch noch zuteil wurde, eher angenehm überrascht; ich glaube, nur in unserem liberalen München können solche Wunder noch geschehen. Tommy hat schließlich bis zu seinem Tod von der Bundesrepublik keine öffentliche Ehrung entgegennehmen dürfen. – Natürlich wäre es schön, wenn Sie sich doch noch zum Besuch des alten Kontinents entschließen könnten; Eva war ja ganz begeistert von ihrem Aufenthalt und will so bald wie möglich wiederkommen. Ich brauche Ihnen nicht zu sagen, wie sehr ich mich über ein Wiedersehen freuen würde. Schieben Sie es nur nicht zu lange hinaus, denn ewig gedenke ich schließlich nicht zu leben; obgleich ich mich einer schier anstößigen Robustheit erfreue. Augenblicklich bin ich hier an dieser schönen Küste bei Medi und den Ihren, während meine Pfleglinge, Frido und Toni, zu Besuch bei den Eltern in den USA weilen, Erika ist im Engadin und schuftet an einem Drehbuch für »Buddenbrooks«, und Golo schickt sich an, wiedermal in Claremont seine Lehrtätigkeit aufzunehmen, wozu er gar keine Lust hat; aber er ist ein schwacher Mensch und kann nicht nein sagen, schwört aber, daß es das letzte Mal ist. Es wäre, wie mir aber auffällt, unfreundlich, wenn ich nicht auch Monikens gedächte, die meistens in Capri sich aufhält und Feuilletons produziert, die vielen Leuten gefallen. Vielerlei Geschmäcke gibt es.

Ihnen und Marta das Herzlichste.

Ihre Katia

Daß man unseren unseligen Janka zu fünf Jahren Zuchthaus verurteilt hat, geht mir nahe. Sicher ist es ein abscheuliches Fehlurteil, und der Mann kann es gar nicht überleben.

180 Feuchtwanger an Katia Mann

12. August 1957

Liebe Katia,

Ihr Brief ist so anschaulich, daß ich Sie leibhaft vor mir sah und Ihre Stimme hörte.

Ich schicke Ihnen in der Anlage ein paar Fotos, die mir eine russische Leserin geschickt hat.

Meine frühere Sekretärin Lola Sernau ist zur Zeit in Berlin und hat mir einiges über Janka geschrieben. Daraus geht nur hervor, daß dort niemand recht weiß, was wir in dieser Angelegenheit unternehmen sollten. Sie schreibt unter anderm, Janka wünsche nicht, daß wir irgendwelche Schritte tun. Sie will mir, wenn sie wieder in der Schweiz ist, mehr Material schicken.

Ich war gestern bei Bruno Walter, der zwei Stunden lang ein sehr angeregtes Gespräch führte.

Haben Sie einen schönen Sommer und grüßen Sie, bitte, wer immer es verdient.

Ihr
Lion Feuchtwanger

181 Feuchtwanger an Katia Mann

28. Dezember 1957

Liebe Katia,

ich habe in diesen letzten Wochen sehr viel an Sie gedacht, und sehr oft erinnere ich mich der schönen Weihnachtsabende, die wir bei Ihnen verbrachten.

Ich habe ein im ganzen nicht sehr angenehmes Jahr hinter mir. Ich mußte mich einer kleinen Operation unterziehen, die an sich nicht gefährlich, aber doch ziemlich schmerzhaft war und mir viel Zeit wegfraß. Auch hatte ich lästige Verhöre vor den Behörden, die an der Sachlage nichts änderten, aber im ganzen recht ärgerlich waren.

Man muß viel hinunterschlucken. Mein Antrag auf Einbürgerung bleibt auch weiter »under active consideration« wie seit über zehn Jahren. Praktisch heißt das, daß ich nicht reisen kann.

Haben Sie von dem Münchner Stadtrat gelesen, der, nachdem er mir einen Literaturpreis verliehen hatte, »sich feierlich von mir distanzierte«, weil ich zum vierzigsten Jahrestag der Oktoberrevolution ein Telegramm nach Moskau geschickt hatte? Auch das ändert praktisch nichts, aber vielleicht ist es gut, daß ich den Einladungen nach Deutschland nicht folgen kann, weil ich dort Äußerungen machen müßte, die jeweils auf der einen oder der andern Seite verstimmen.

Aus Ostdeutschland höre ich wenig. Es ist ein Jammer, daß sich dort niemand findet, der irgendwas von Bedeutung sagen könnte.

Mein letztes Buch, den »Jefta«, habe ich Ihnen schicken lassen. Hier habe ich die üblichen Schwierigkeiten mit der Übersetzung, die gerade bei diesem Buch zweifach drükkend sind.

Eine Zeitlang hatte ich damit gerechnet, daß ich im nächsten Jahr nach Europa kommen könnte. Wir haben so viele Umschwünge erlebt, daß ich den Plan noch immer nicht ganz aufgegeben habe.

Ich habe viel über den »Krull«-Film gelesen und freue mich, daß es ein richtiger Erfolg ist.

Haben Sie ein gutes Jahr, liebe Katia, und schreiben Sie einmal wieder.

Sehr herzliche Grüße, besonders auch an Erika, von uns beiden

Ihr
Lion Feuchtwanger

182 Katia Mann an Feuchtwanger

Kilchberg
Klinik Hirslanden
14. Januar 1958

Lieber Freund und Gevatter,

es war sehr nett von Ihnen, daß Sie zu Weihnachten an mich gedacht haben. Seien Sie versichert, daß das gegenseitig ist. Es war ja doch eine gute Zeit in Kalifornien, die man erst nachträglich so recht würdigt. Sie beide fehlen mir sehr. In der (ziemlich) großen Stadt Zürich habe ich, außer der guten Emmie Oprecht, eigentlich nicht eine befreundete Seele. Die Leute sind fremdenunfreundlich, ungastlich und engherzig, und dazu ist das Klima mit der ewigen Hochnebeldecke, durch die im Winter kein Sonnenstrahl dringt, und dem fast immer wehenden Föhn recht unzuträglich. Aber wo soll man schon leben in dieser irren Welt. Daß Amerika den totalen Frieden rüstet, ist ja gut zu wissen, aber die Mittel sind nicht so recht beruhigend. Das ist aber, wie Tommy gern den alten Briest zitierte, ein weites Feld. –

Es tat mir leid, zu hören, daß das Jahr 57 Ihnen so vielerlei Ungemach gebracht hat. Hoffentlich sind Sie nun wieder völlig hergestellt und arbeitsfähig. Augenblicklich bin ich rüstige Greisin etwas krank. Eine Thrombose, der der Arzt leichtsinnigerweise glaubte mit Ruhe und häuslicher Pflege beizukommen, aber nun bin ich seit zwei Tagen doch hier in dem sehr guten Spital Hirslanden. Es ist oberflächlich und unbedenklich, aber lästig und, wie ich fürchte, ziemlich langwierig.

Ihr Buch kam kürzlich; ich habe es mit in die Klinik genommen und eben angefangen, es in Ruhe zu lesen. Ich glaube fast, ich habe Ihnen niemals geschrieben, welche Freude ich an der »Jüdin von Toledo« gehabt habe; mir scheint, der Roman gehört zu Ihren allerbesten, ich habe ihn, was mir Altersabgestumpften nicht leicht vorkommt (das liegt aber wohl mehr an dem Niveau der heutigen Produktion), von Anfang bis Ende mit gespanntestem Interesse gelesen. Nun also freue ich mich auf »Jefta und seine Tochter«.

Haben Sie eigentlich Briefe von Tommy? Wohl kaum, weil wir während der ganzen Emigration am selben Ort lebten. Ich war im November in Frankfurt, um das sehr umfangreiche Briefmaterial beim Verlag ein wenig zu sichten, und sollte dieser Tage wieder hinfahren. Aber daraus kann für absehbare Zeit nichts werden.

Erika ist in Kilchberg und arbeitet an einem Drehbuch für »Buddenbrooks«; Ihre Grüße erwidert sie aufs herzlichste. Die Söhne sind in den Staaten, die anderen Töchter in Italien.

Mit dem Schreiben geht es doch nur mäßig. Ich höre besser auf. Ihnen beiden alles Gute und, hoffentlich, auf Wiedersehen 1958!

Ihre
Katia

183 Feuchtwanger an Katia Mann

27. Januar 1958

Liebe Katia,

ich höre mit ehrlichem Bedauern, daß Sie in der Klinik liegen. Ich weiß, eine Thrombose erfordert viel Geduld, aber Hirslanden gilt als ausgezeichnet, und es läßt sich dort leben. Die hiesigen Spitäler, das weiß ich nun aus eigener Erfahrung, sind nichts als notwendige Übel. Wenn Sie es fertigbringen, liebe Katia, halten Sie lieber länger im Spital aus als kürzer. Es ist lästig, aber es bringt Gewinn.

Ich habe hier den Regisseur Käutner getroffen, der mir von der Verfilmung der »Buddenbrooks« sprach. Er scheint ein verständiger Mann, mit dem sich reden läßt.

Ich habe, wie stets, viel kleinen Ärger, aber im Großen

gehen meine Dinge gut, und wir hatten hier fast den ganzen Januar über herrliches warmes Wetter; das macht vieles wett.

Briefe von Thomas habe ich eine ganze Reihe; aber der Inhalt ist manchmal verfänglich. Es sind darin sehr scharfe Urteile über Amerika, und ich weiß nicht, ob es ratsam ist, sie zu veröffentlichen. Auf alle Fälle werde ich einige in allernächster Zeit fotokopieren lassen und Ihnen die Kopien schicken.

Wir wünschen Ihnen, Marta und ich, sehr herzlich baldige Genesung.

Ihnen und Erika die herzlichsten Grüße.

Ihr
Lion Feuchtwanger

184 Erika Mann an Feuchtwanger

15. Juni 1958

Liebster Lion,

lang, allzu lang ist's her ...! »But then«, diese trübe Pfütze von einem »Atlantic« (»The Maginot-Ocean« nannten wir sie in all unseren prächtigen Veröffentlichungen vor »Pearl Harbor«) – das Pfützchen, also, übt doch immer noch irgend eine psychologische Wirkung aus: wir hüben und Ihr drüben finden uns durch dasselbe – wo nicht voneinander getrennt, sondern doch rätselhaft abgesondert. Hübsch schad!

Übrigens treiben gewisse andere es noch ganz anders mit ihren Separations-Komplexlis. Marcuse, etwa, scheint das Weltmeer zwischen uns (sich und uns) wogen zu spüren, auch wenn er, wie so häufig, in Europen weilt. Jedenfalls sah ich ihn zuletzt im Sommer 54 zu Sils. Damals waren wir arg befreundet, und nichts – soweit das Auge reicht – ist seither geschehn, was uns hätte entzweien können. Er aber bleibt fern und dies auch noch wortlos – »to make a strange thing incredible«. »Schad't ja nichts!«, erklärte der Heringshändler, dem in Lübeck ein Junge mehrfach die Heringe angespuckt und den er deshalb geohrfeigt, einem Passanten: »Schad't ja nichts, nöch? Aber was soll es?«

Mein Gott, und selbst ich darf nicht einmal behaupten, mein geschätztes Getippe »huius« sei völlig spontanen Charakters. In gewissem Sinne hat Herr Sternfeld es veranlaßt (Mr. W. Sternfeld, Cleve House, Flat 2, Cleve Road, London NW 6), der Ihnen wahrscheinlich kein rechter Begriff ist. Uns aber ist er dies – seit dem Jahre des Unheils 35 schon und aus guten Gründen, die auch der Zauberer (ja, er besonders!) hoch zu billigen wußte.

Zusammen mit Burschell gründete Sternfeld anno 35 in Prag die T.M.-Gesellschaft und war in der Folge – erst bei den Tschechen noch, dann in England – pausenlos tätig, um so vielen seiner Ko-Emigranten wie möglich Leben und Existenz zu retten. Seine Bemühungen waren (und sind noch immer) erstaunlich erfolgreich – um so erstaunlicher, als Sternfeld selbst über keinerlei Mittel verfügt und keinerlei »Spesen« je gemacht hat. Seine eigene Person brachte er mit journalistischer Arbeit und irgendwelchen anderen Nebenverdiensten nur immer gerade durch. Wie ich aber bezeugen kann, sind es buchstäblich Dutzende von guten Leuten, die Sternfeld all die Jahre und jahrzehntelang über Wasser gehalten hat. Es gelang ihm dies auf Grund nicht nur seines zähen Einsatzes, sondern auch und besonders, weil man in einschlägigen Kreisen bald begann, seine absolute menschliche und politische Integrität zu schätzen und sich von seinen Ratschlägen leiten zu lassen. Alle erdenklichen privaten, halb-privaten und öffentlichen Wohlfahrts-Institutionen in England machte er schließlich »unseren« Zwecken geneigt und bewog sie dazu, seine Schützlinge regelmäßig, wenn auch auf bescheidenster Basis, zu versorgen.

Und wozu – so fragen Sie mit jedem Anschein von Recht – erzählt die Brave mir all dies?

Je nun: vor einiger Zeit bereits ward Sternfeld – zum ersten Mal seit Gott weiß wie lange – mit einer Aufgabe betraut, die sich im rein Humanitären nicht erschöpft, vielmehr auch und besonders politisch-literarhistorisch lohnend erscheint. Wie Sie vielleicht wissen, ist die sogenannte »Deutsche Akademie für Sprache und Dichtung« zu Darmstadt mit der Herausgabe einer kompletten Bibliographie der deutschen Emigration befaßt und hat Herrn Sternfeld beauftragt, die Arbeit auf sich zu nehmen. Wert oder Unwert des beauftragenden Instituts steht hier, meiner Ansicht und Einsicht nach, nicht zur Diskussion. Einzig wichtig ist der Auftrag selbst und die Gewähr dafür, daß er an einen äußerst fähigen und fairen Menschen vergeben worden ist. Muß es denn nicht in unser aller Interesse liegen, daß – endlich – eine möglichst lückenlose Übersicht darüber geliefert werde, was wir in der Emigration gearbeitet und geleistet? Und dies um so eher, angesichts der Tatsache, daß weder die, die vortrefflichen »Innerdeutschen«, noch auch die Mehrzahl aller auswärtigen Germanisten (letztere teils aus Sympathie mit jenen, teils einfach aus Faulheit) die blaueste Ahnung haben von all unseren Dingen.

Meinerseits habe ich – vor Monaten bereits – unter erheblichem Aufwand an Zeit, Kraft und Nervensaft – alles geliefert, was mir über die Publikationen von T. M. und Klaus sowie über meine eigenen Machwerklein in den verschiedensten Sprachen an bibliographischem Wissen zur Verfügung stand. Sie, hingegen, Gevatter, haben eine – wenn auch gewiß scheue, zage und bescheidene – Bitte des W. Sternfeld, den einschlägigen »Fragebogen« für ihn ausfüllen zu lassen, bis dato unerwidert gelassen. Will sagen, Ihre mir in ihrer Tüchtigkeit unvergeßliche Mitarbeiterin und Sekretärin hat wohl gelegentlich mitgeteilt, man würde sich »chez vous« am Ende der Sache annehmen, doch ist dann weiter nichts erfolgt.

Wie gut und genauestens verstehe ich nicht sowohl diese Ihre Abneigung gegen jedweden Zeitverschleiß, der nicht der Arbeit oder der Freude gälte, sondern, sehr im Gegenteil, einer der leidigsten aller Beschäftigungen: nämlich, der Befassung mit längst erledigten »ich«-Veranstaltungen – »à la ›recherche du temps‹«, wenngleich nicht »perdu«, so doch über und über verausgabt.

Trotzdem, lieber Freund: was wäre eine Bibliographie der deutschen Emigration ohne Ihre Mitwirkung? Nichts wäre sie – beinahe fast rein *gar nichts*. Und wenn wir nur zu recht damit haben, daß irgendwelche »Who is Who's«, »Kürschners« und sonstige Wichtigmacher sich ihren Kram selbst zusammensuchen sollen, so wäre im Fall der Emigrations-Bibliographie die Aufgabe des Herausgebers schlechterdings hoffnungslos ohne die tätige Beihilfe aller zu nennenden Autoren. Bedenken Sie doch nur – was Sie betrifft –, in wie vielen Zungen und Zonen Ihre Sachen erschienen sind; daß von Ihren Sachen andererseits sehr viele auf deutsch gewiß überhaupt im Druck nie zu haben waren (von den kleineren, meine ich, von den quasi zeitgebundenen, »akuten«, zu bestimmten antifaschistischen Anlässen geschriebenen)! Bedenken Sie doch dies alles, und blitzschnell wird Ihnen erhellen, daß Sternfeld lackiert und verloren ist, wenn Sie ihm nicht ein bißchen Rede und Antwort stehen lassen (durch die mir in ihrer Tüchtigkeit unvergeßliche ... etc.).

Schluß! Mein Gott, ich tue ja, als sollte und wollte ich den Planeten gegen sämtliche bessere Hydrogenbomben und »Guided Missiles« (mit »Atomköpfen«) verteidigen wollte und sollte! Dabei war mir nur so, als müßte ich Ihnen erzählen, was da geplant ist und daß es mit der Darmstädter Akademie weiter nichts zu tun hat.

Übrigens legt W. Sternfeld auch ein Formular, Ihren verstorbenen Bruder betreffend, bei. Ich weiß nicht, wieviel Sie selber von ihm wissen. Was es aber immer sein mag, es wird Sternfelden zur erleichterten Herzensfreude gedeihen. Et c'est tout.

Quant à moi, so habe ich (vier Monde ist es her!) Mittel und Wege gefunden, mir auf so gewitzte Weise zwei linke Mittelfußknöchlein zu zerschmettern, daß ich bis dato »umeinand« lag und heute noch nicht weiß, wann (if ever) der arme Fuß zur Gänze wiederhergestellt sein wird.

Auch meine Mutter – aber das ist Ihnen sicher bekannt – war wiederholt recht krank (Thrombose); mählich jedoch – espérons! – stellt sie sich wohl wieder her. – Während ich, sobald wie möglich, nach Ischia verreise, um den dortigen »Fangopackungen« eine Chance zu geben (was die zerschmetterten betrifft), fährt meine Mutter nach Forte oder Umgebung, wo auch Medi, Michael, Gret und sämtliche Enkelkinder für die »Ferien« zum Stelldichein verabredet sind.

Und das war das. Adieu, liebster Lion – bitte verzeihen Sie die – allerdings kaum verzeihliche – Länge dieses Briefes, grüßen Sie die Marta und die Eva, besonders aber sich selbst – und zwar von mir, die ich getreulich verbleibe:

Ihre liebe

Zwei Anlagen:
1. »Fragebogen« der *Deutschen Akademie für Sprache und Dichtung*, betreffend Lion Feuchtwanger.
2. »Fragebogen« derselben Akademie, betreffend den verewigten Martin Feuchtwanger.

185 Erika Mann an Feuchtwanger

16. Juni 1958

Liebster Lion,

wegen einiger, zwar zahlenmäßig scharf begrenzter, doch durch und durch greulicher Fehler in meinem gestrigen Sendschreiben möchte ich eigens um Verzeihung bitten. Aber gerade eben gestern lag so vieles vor – »Nachlaß«-Arbeiten in der Hauptsache, Korrespondenzen wegen des Briefbandes, der neu zu ordnenden Essaybände etc., daß mir am Schluß *ein* Mühlrad zumindest im Kopf herum ging. Und als es darauf ankam, mein Geschreibsel an Sie zu korrigieren, sprach ich zu mir selbst mit Eichendorff:

»Es ist schon spät,
Es wird schon kalt,
Kommst nimmermehr aus diesem Wald ...«

Und so erklärt sich denn alles aufs Harmonischste. Seien Sie mir nur nicht böse, und halten Sie mich nicht für die Analphabetin, als welche ich in jenem Briefe stellenweise erscheinen mag. Im Vertrauen: *ich bin keine Analphabetin!*

Nochmals herzlichst

die Ihre:

186 Feuchtwanger an Erika Mann

Post Office Box 325
Pacific Palisades, Calif.
23. Juni 1958

Liebste Erika,

ich habe mich herzlich gefreut, endlich einmal wieder von Ihnen zu hören. Briefe freilich geben nicht viel her und ersetzen kein Gespräch. Immerhin bewirken sie, daß ein Band nicht allzusehr gelockert wird.

Marcuse ist nach Deutschland geflogen für einige Vorlesungen, vor allem für einen Vortrag in München. Er ist gesundheitlich recht herunter, und ich hoffe, daß ihm diese Reise nicht allzu schlimm zusetzt.

Golo sprach ich, unmittelbar bevor er nach Europa ging.

Daß Sie Ihren Brief nicht umständlich korrigiert haben, versteht niemand besser als ich. Mir war das Wesentliche, daß ich aus dem Brief die Stimme der früheren lieben Erika sehr deutlich heraushörte, sogar mit Anklang an die »Stimme im Gebirge«.

Zum Hauptinhalt Ihres Briefes, den bibliographischen Anfragen von Sternfeld: Hilde hat mir die Korrespondenz mit Herrn Sternfeld vorgelegt. Daraus erhellt, daß sie ihm eine Liste der im Exil erschienenen deutschen Ausgaben meiner Bücher geschickt hat. Aus Sternfelds Antwort und Rückfragen geht hervor, daß er damals nur eine Liste der nach 1933 entstandenen und in deutscher Sprache veröffentlichten Werke haben wollte; von den fremdsprachlichen Ausgaben war keine Rede. Auch nicht von den Aufsätzen. Ich brauche Ihnen nicht zu sagen, Liebste, daß eine solche Aufstellung sehr viel Zeit erfordert und immer unvollständig bleiben wird. Von den im Osten erschienenen Ausgaben meiner Bücher erhalte ich nur in wenigen Fällen Autorenexemplare. Chinesische Ausgaben, zum Beispiel, habe ich auf Umwegen erhalten; tatarische, die mir angekündigt wurden, niemals. Hilde wird aber ihr Bestes tun, eine Liste aufzustellen.

Eine von einem Philologen angefertigte Bibliographie der deutschen Ausgaben findet sich in einer ostdeutschen Festschrift anläßlich meines siebzigsten Geburtstags. Wir lassen sie Herrn Sternfeld schicken; ich hoffe nur, daß das Buch noch zu haben ist. Eine ganze Reihe von Aufsätzen von mir sind erschienen in einer dicken Sammlung meiner Essays »Centum Opuscula«, die ich Herrn Sternfeld ebenfalls schicken lasse.

Ich selber bin wieder einmal ganz furchtbar überlastet –

Filmdinge, Theateraufführungen, Arbeit an einem großen Essay, den ich bis Ende des Jahres abzuliefern versprochen habe. Ich weiß, daß es Ihnen ähnlich geht. Trotzdem wünschte ich herzlich, Sie würden einmal die Zeit finden, mir ausführlich über sich selber zu schreiben. Dann will auch ich Ihnen viele Einzelheiten erzählen.

Ischia ist nicht das Schlimmste. Ich war einmal drei Monate dort, und es war eine gute Zeit.

Grüßen Sie sehr herzlich Ihre Mutter, und Ihnen selber alles Herzliche

immer Ihr
Lion

187 Feuchtwanger an Katia Mann

17. Juli 1958

Liebe Katia,

da haben Sie nun wieder einen Geburtstag, zu dem man besonders herzlich gratulieren muß. Das tue ich.

Ich nehme an, dieser Brief erreicht Sie in Italien, und ich hoffe sehr, Sie sind wieder völlig hergestellt und guten Mutes. Mir geht es nicht schlecht, aber auch nicht gerade zum besten. Ich hatte eine schwere Grippe, die man mit Antibiotics bekämpfte; sie wirkten sehr schnell, hinterließen aber unangenehme Nebenerscheinungen, die ich noch nicht ganz überwunden habe.

Ich arbeite an einem langen und sehr schwierigen Essay »Das Haus der Desdemona oder Größe und Grenzen der historischen Dichtung«, und die Arbeit wird leider immer wieder unterbrochen durch lästigen Kleinkram. Ich habe mich verpflichtet, für die italienische Filmfirma Dino di Laurentiis eine Filmgeschichte zu schreiben, kein »script«, sondern eine Geschichte; immerhin nimmt mir die Arbeit drei Monate weg. Dann trifft man in Westdeutschland Vorbereitungen, meinen »Jud Süß« zu verfilmen. Das hatte zugleich eine wüste Pressedebatte zur Folge, und man verlangt Erklärungen von mir. Auch soll hier das Stück »Simone« gespielt werden, und ich soll die Proben überwachen; das ist ein ebenso reizvolles wie zeitraubendes Geschäft. Genug gejammert. In Haus und Garten läßt sich's angenehm leben, und die Bücher müssen eben die fehlenden Freunde ersetzen.

Mit Golo hatte ich unmittelbar vor seiner Abreise eine erfreuliche Begegnung.

Sehr, sehr herzliche Wünsche also, auch von Marta. Hätte ich eine Adresse, würde ich Ihnen am 24. gern depeschieren. Seien Sie überzeugt, liebe Katia, daß wir an diesem Tag, und zwar am Morgen, während es bei Ihnen schon Mittag ist, sehr, sehr freundlich Ihrer gedenken.

Ihr
Lion Feuchtwanger

188 Katia Mann an Feuchtwanger

Forte dei Marmi (Lucca)
6. August 1958

Lieber Freund Lion,

so getreulich haben Sie meines »Ehrentages« gedacht, ich danke Ihnen sehr herzlich. Ich habe nun ja wirklich genug Geburtstage gefeiert für meine Bedürfnisse, aber es ist nicht zu leugnen, daß ich noch immer arg robust bin.

Ihr Brief erreichte mich ganz pünktlich hier in Forte dei Marmi, wo die leichtsinnige Medi sich eine stattliche Sommerresidenz errichtet hat; er gehörte zu den erfreulichsten Bestandteilen einer allzu umfangreichen Post, die leider von einigen übereifrigen Journalisten hervorgekitzelt worden war. Von Ihnen zu hören und dabei an die im Rückblick so glücklich erscheinenden kalifornischen Zeiten mich zu erinnern ist mir immer eine Freude, die ich vielleicht öfter haben könnte, wenn ich es nicht meinerseits fehlen ließe. *Ihr* Geburtstag, freilich nur ein bescheidener vierundsiebzigster, liegt doch meines Wissens kurz vor meinem; ich mag mich allerdings irren, habe hier keinerlei Lexikon zur Hand, aber jedenfalls wünsche ich vor- oder nachträglich Glück. Das letzte Mal schrieb ich wohl aus der Klinik, wo ich Ihren Gillead (2,1?, nein, doch bestimmt nur eines), nachdem ich mich erst hineingelesen, mit zunehmendem Interesse las bis verschlang. Restlose Sympathie konnte ich aber Ihrem Helden trotz allem nicht entgegenbringen. Nun stehen Sie schon wieder ganz woanders, Ihre Aktivität, trotz der diversen gesundheitlichen Heimsuchungen, ist bewunderns- und beneidenswert. Aber die Ärzte mit ihren Antibiotics sind doch leichtsinnige Stümper. Im Falle von Erikas gebrochenem Fuß, der durchaus nicht recht heilen will, treiben sie es auch recht bunt; jetzt ist der Unfall ein halbes Jahr her, sie wird von einem hochgepriesenen Professor der Orthopädie, einer europäischen Kapazität, behandelt, der jetzt, nachdem er sich endlich zu einer neuen Röntgenaufnahme herbeigelassen, feststellt, der Fuß müsse neuerdings in »plastercast« gelegt werden. Es ist, bei Erikas labilem Nervensystem, ein rechter Kummer. – Was mich betrifft, so bin ich längst wiederhergestellt, in Grenzen, denn eine gewisse Neigung zu Rückfällen besteht; aber gewiß kann man in meinem Alter nicht mehr verlangen.

Ich komme mir schon vor wie der selige Trebitsch, der oft bei uns anrief, er habe ja *so* viel zu erzählen, und wenn man ihn angeregt fragte, wovon denn, mit sich überschlagender Stimme antwortete: »Ja, von den *Krankheiten* doch!«

Genug also; über die Weltlage ließe sich freilich noch viel mehr sagen.

Seien Sie beide herzlichst gegrüßt!

Ihre
Katia

189 Erika Mann an Feuchtwanger

Kilchberg am Zürichsee
Alte Landstraße 39
16. August 1958

Liebster Lion,

seien Sie von Herzen – wenn auch reichlich verspätet – bedankt für Ihren Brief vom 23. Juni und zusätzlich dafür, daß Sie dem guten Sternfeld so prachtvoll beistanden in seinen edlen Bemühungen.

Ja – »ausführlich« soll ich schreiben »über mich selbst«. Nun bitte ich Sie aber!? Needless to say, Ischia hat dem Fuß nur geschadet, und nun befinde ich mich neuerdings in einem Plastercast-Verband, wie er lästiger kaum vorzustellen ist. Dabei wäre so vieles zu erledigen, so viele Reisen wären zu tun, und soviel Kraft wäre erforderlich! »Mindestens sieben Wochen lang«, jedoch soll, den Gelehrten gemäß, der Plastercast-Scherz noch anhalten, wobei niemand mir verspricht, ob nach Ablauf dieser häßlichen Frist das dumme Ding, der Fuß, in Ordnung sein wird oder gebessert oder auch verschlechtert – was wissen denn die Herren?!

Wie im Juni gemeldet, befindet meine Mutter sich vorläufig noch in Forte, bei Medi, wird aber in größter Bälde zurückerwartet. Wochenlang war ich allein im Haus – gar keine unebene Existenz dies, besonders, wenn eine gute und freundliche Sekretärin die Einsamkeit zu lindern weiß.

Daß Sie mit »Filmdingen« zu tun haben und durch dieselben über Gebühr beschäftigt sind, erfüllt mich mit heller Sympathie. Seit einem Jahr nun geht es bei mir um einen zweiteiligen »Buddenbrooks«-Film, dessen Drehbuch ich längst fertiggestellt, dessen Realisierung sich dennoch, freilich und wie sich versteht, laufend die widrigsten Hindernisse entgegenstellen. Und zwar geht es da meistens um rein »technische« oder »vertragstechnische« Dinge – um lauter Sachen also, die unsereinen einen feuchten Hennenkäse interessieren und trotzdem wieder und immer wieder durchgestanden und ausgefochten sein wollen. Wedekinds hatten eine Hausmeisterin, die, sooft Pamela – ein kleines Mädchen damals noch – an ihrer Portiersloge vorbeihuschte, ausrief: »Ah, Pamölla, Pamölla, Pamölla, s'is halt ein Öllend, ein Öllend, ein Öllend!« Und wie recht sie hatte!

Im übrigen bin ich sehr befaßt (oder sollte doch sehr befaßt sein!) mit allerlei Nachlaß-Veranstaltungen für den Zauberer: ein erster Briefband, wie Sie vermutlich wissen, soll im Jahre 60 erscheinen und erfordert eine unsinnige Arbeit (vier- bis fünftausend Briefe haben wir nun schon, und erst die Hälfte davon hat bis dato eine tentative Auswahl erfahren); die finale Gesamtausgabe steht bevor und macht eine völlige Neuordnung der Bücher, insbesondere der Essaybände nötig; und obendrein habe ich mich vermessen, eine Biographie zu schreiben, wobei das, was mich ängstigt, nicht so sehr die Arbeit selbst ist, als der Mangel an Konzentration, dem ich mich ausgesetzt finde, wohl wissend, daß meine gesammelte und durch nichts gestörte Kraft unentbehrlich sein wird, um der Aufgabe (innerhalb meiner Grenzen) gerecht zu werden. Was mich tröstet, ist in der Hauptsache, daß ich es ja nicht darauf abgesehen habe, ein literarwissenschaftliches Werk zu schaffen, sondern daß, was ich vorhabe, im rein Persönlichen von keinem andern so leicht übertroffen werden kann. Ist es doch immer gut, sich zu bescheiden, indem man genau das plant und ausführt, was einem exklusiv zu eigen ist und worin man sich halbwegs konkurrenzlos weiß.

Golo hat sich an den Bodensee verkrochen, weil er schon wieder vierzehn bis siebzehn Bücher schreiben muß, als Folge seiner Unfähigkeit, fernmündlich »nein« zu sagen. *Schriebe* man ihm, er wäre allenfalls imstande, nach schweren inneren Kämpfen einen Absagebrief zu Papier zu schlagen. Am Telefon jedoch ist er völlig hilflos, und schon hat der Verleger Golos Zusage in der Tasche. Dies ist ein wenig schade – nicht nur, weil es ihn natürlich außerordentlich quält, sondern weil – ebenso natürlich – die in einiger Hast und mit großem Widerwillen hingemeißelten Werke dem eigentlichen Niveau des Autors à la longue nicht ganz entsprechen *können*. Nun – hoffen wir das bei weitem Beste!

Ob Sie in Ihrer »Menschenleere« (dies, soweit ich mich erinnere, die Bezeichnung des Einsiedlers für seinen Aufenthaltsort in »Die vertauschten Köpfe«), ob Sie also in Ihrer relativen Abgeschlossenheit, darauf verfielen, sich den »Krull«-Film anzuschauen? Er lief oder läuft in sämtlichen größeren amerikanischen Städten, auf deutsch, versteht sich, mit von mir verfaßten englischen Untertiteln und ist nicht nur »in Europens übertünchter Höflichkeit« ein sensationeller Erfolg gewesen, sondern deucht uns alle überraschend gut. Zunächst ist Felix, verkörpert von dem 23jährigen Horst Buchholz (meine höchsteigene Erfindung), eigentlich schlichthin hervorragend – auch sonst findet sich vieles – wie etwa Professor Kuckuck und der Lord –, dessen man in einem deutschen Film kaum gewärtig gewesen wäre. Das Drehbuch – wiewohl dies auf der Leinwand verschwiegen wird – stammt von mir – bis auf den albernen Schluß und dessen »Verzahnung« in der Mitte des Films. Wir waren zu sehr in Eile, als daß ich diese Flecken noch hätte ausmerzen können. Nun – wenn »Buddenbrooks« auf ihre Art nur ebenso leidlich gedeihen, dann will ich zufrieden sein.

Daß ich Marcusen plus Saschan diesmal immerhin, wenn auch flüchtig, gesehen, haben Sie gewiß gehört. Er nahm sich wirklich recht reduziert aus, wollte aber nichts davon hören, daß es ihm etwa nicht gut gehe. Wie der europäische Aufenthalt und insbesondere das fröhliche Münchner Treiben ihm schließlich bekam, weiß ich nicht. Kein Kartengruß mehr erreichte mich von den beiden.

Wahrhaft grauenerregend ist die Lage der armen Liesl,

und es gibt doch rein gar nichts, womit man sie trösten könnte. Vielleicht, daß man sie zur Anthroposophie verführen müßte – aber dafür bin wieder ich die genauestens falsche Person.

»Schweigen laßt uns von Lokalen, wo der Böse nächtlich praßt…«, und schweigen laßt uns also gleichfalls von der prächtigen alten Weltlage. Daß die armen Japaner nun schon Löcher in ihrer Stratosphäre haben, ist bezeichnend, und jeden Augenblick können sich auch bei uns derlei Löcher auftun. *Regiert* werden wir! *Meine Herren!*

So – jetzt habe ich Ihnen einen Haufen hinerzählt, nicht etwa aus purer Plaudersucht, sondern in der berechnenden Hoffnung, Sie möchten Ihre Voraussage wahr machen und mir nun Ihrerseits zahlreiche Mitteilungen zugehen heißen – sei es, was Sie selbst, Ihr Leben und Treiben und *Ihre Arbeit* betrifft – sei es auch mehr klatschhafter und allgemeiner Natur. Beiliegendes, falls Sie es noch nicht gesehen, wird Sie freuen. War aber auch höchste Eisenbahn!

Bitte grüßen Sie tout le monde, insbesondere aber sich selbst,

von Ihrer armen:
»Plastercast«-Erika

190 Hilde Waldo an Erika Mann

4. September 1958

Verehrte Erika Mann,

Herr Feuchtwanger bat mich, Ihnen zu sagen, wie sehr er sich mit Ihrem Brief gefreut hat, der ihm im ganzen sehr erfrischend klang, und wünscht Ihnen herzlich gute Besserung.

Er mußte sich gerade einer nicht ganz leichten Nierenoperation unterziehen. Es geht ihm gut, aber er wird wohl noch etwa eine Woche im Krankenhaus bleiben müssen, wo man besondere Tests an ihm vornehmen will.

In etwa vierzehn Tagen hofft Herr Feuchtwanger soweit zu sein, daß er Ihnen einen ausführlichen Brief schreiben kann.

Mit guten Grüßen und Empfehlungen

Hilde Waldo
Sekretärin

191 Erika Mann an Feuchtwanger

Kilchberg am Zürichsee
Alte Landstraße 39
9. September 1958

Sehr lieber Lion,

eben ereilte mich die freundliche Nachricht der vortrefflichen Hilde Waldo, und ich möchte denn doch nicht verfehlen, Ihnen »zwischenzeitlich« (wie die Innerdeutschen sagen) meine innigsten Genesungswünsche zu übermitteln. Meinerseits habe ich so oft in amerikanischen, insbesondere auch in kalifornischen Hospitälern herumgelegen und bin so häufig in denselben operiert worden, daß ich sehr wohl weiß, wie widerwärtig derlei Veranstaltungen selbst unter den subjektiv günstigsten Umständen sind. Lassen Sie mich nur hoffen, Ihre »Umstände« seien die subjektiv günstigsten von der Welt und die tests, die man, anschließend an die Metzelei, noch an Ihnen vorgenommen hat, hätten nichts als das Gesündeste zum Vorschein gebracht.

Bitte danken Sie ihrer Hilde aufs beste für ihre Mitteilung, und nehmen Sie selbst die innigsten Wünsche für eine geschwinde und komplette Wiederherstellung all Ihrer Kräfte.

Die Ihre:
E. M.

Alles Herzliche, sehr natürlich, auch und besonders für Fraugemahlin!

192 Katia Mann an Feuchtwanger

Kilchberg
17. September 1958

Lieber Freund und Gevatter,

es war mir ein rechter Kummer, von Erika zu hören, daß Sie sich wiederum einer offenbar wenig angenehmen Operation unterziehen mußten. Der Stand der Chirurgie in Ihrem Lande ist ja beruhigend hoch, die Krankenhäuser hingegen sind weniger erfreulich, und es ist zu hoffen, daß sich die weitere Rekonvaleszenz bereits in Ihrem Hause vollzieht, um das ich Sie häßlicherweise immer etwas beneidete.

Eigentlich wollte ich Ihnen gleich einen kleinen Krankenbesuch abstatten. Daß es erst heute geschieht, liegt teils an meiner zunehmenden Insuffizienz, teils daran, daß ich zur Erheiterung des Patienten so wenig beizutragen weiß. Neulich las ich in der »NZZ«, einer sympathischen Zeitung, die über die unleidliche Aggressivität Rot-Chinas gegen Quemoy viel Treffendes zu sagen weiß, einen medizinischen Aufsatz, die Psychiater seien sehr beunruhigt über die erschreckende Zunahme einer seelischen Erkrankung namens »Melancholie«. Wie denn auch wohl nicht? Wobei das häßliche Betragen der Roten ja nicht einmal der einzige Anlaß ist. Übrigens gibt es ja leider tatsächlich auf allen Seiten viel zu beklagen; so geht unser unseliger Freund Janka ganz offensichtlich im Zuchthaus zugrunde, und es ist hoffnungslos, irgend etwas für ihn zu unternehmen.

Mir persönlich dagegen geht es gewiß so gut wie möglich. Bei Medi in Forte dei Marmi habe ich fünf schöne erholsame Wochen verbracht und bin recht braun und robust zurückgekehrt (die Attacke vom Winter scheint endgültig überwunden). Die leichtsinnige Frau hat sich ein viel zu großes und dürres Landhaus erbaut, aus schierem Marmor, ultramodernen Stiles. Mir gefällt es ja nicht besonders, und es fehlt an privacy, aber sie hält es für ein vorzügliches investment, und vor allem beglückt es sie restlos, was ich ihr von Herzen gönne. Die älteste Tochter, Gogoi, wird ja nun auch demnächst 18; ein sehr hübsches Mädchen, intelligent, sportlich und unbeschwert, wie diese Generation zu sein scheint; die jüngere vierzehnjährige ist ungewöhnlich musikalisch und auch sonst vielfach begabt, etwas schwierigeren Charakters und erinnert geradezu unheimlich an ihren Vater. Beide junge Damen sind von südlichem Temperament, und nicht selten kommt es zu rasenden Auseinandersetzungen zwischen ihnen, denen ihre nordischen Vettern, die auch einige Tage in Forte verbrachten, staunend beiwohnen. Denn Frido und Toni haben sich in ihrem ganzen Leben nicht ein einziges Mal gezankt, was ja eigentlich auch nicht normal ist und wohl an der willigen Unterordnung des Jüngeren dem Älteren gegenüber liegt. Toni, der leider ganz ungewöhnliche Schwierigkeiten mit dem Lernen hat, haben wir in ein sympathisches Internat gegeben, wo er sich nicht schlecht zu entwickeln scheint. So habe ich nur noch Frido im Haus, einen langen achtzehnjährigen Jüngling, der nächstes Jahr sein Abitur machen soll. Im Sommer hatten wir auch die Eltern hier. Michael hat sich ja seltsamerweise entschlossen, Germanistik zu studieren und in Harvard seinen Doktor zu machen. Schließlich kann ich ihm so unrecht nicht geben, denn im Orchester zu spielen freut ihn nicht, und als Viola-Solist kann der Mensch nun einmal nicht leben. Das Studium scheint ihm viel Vergnügen zu machen, er ist furchtbar fleißig, dumm ist er auch nicht, und so mag es denn zu einem gedeihlichen Ende kommen. Jedenfalls machte das Pärchen einen recht erfreulichen Eindruck. Golo ist auch wieder im Lande, immer mit allzu viel Verpflichtungen belastet, weil er nicht nein sagen kann. Er ist mir immer ein besonders lieber Hausgenosse; leider tritt er nächsten Monat eine Professur in Münster an, wo er auch nicht »nein« gesagt hat. Schließlich ist auch Monika seit vierzehn Tagen im Haus, verhemmt und verwischt wie eh und je. – Mit Eri stehen Sie ja in direktem Kontakt. Sie macht mir oft Sorge, weniger wegen der Angelegenheit mit dem Fuß, die zwar langwierig ist, aber nicht tragisch zu nehmen. Sie brauchte auch wohl kaum deswegen so viele Monate zu Bett zu liegen, sondern tut dies an sich ganz gerne, was wieder mit ihrem allgemeinen wenig befriedigendem Zustand zusammenhängt. Aber sie will nun etwas Eingreifendes für ihre Gesundheit tun, was ich von Herzen begrüßen würde.

So, nun habe ich Ihnen von allen Familienmitgliedern berichtet. Sonst sehe ich auch wirklich nur wenige Menschen, denn die Schweizer sind ungastlich und unfreundlich. Daß es ihre Leidenschaft ist, chauffierende alte Damen zu »verzeigen«, ist auch ein häßlicher Zug.

Möchte es Ihnen leidlich und immer besser gehen. Ihnen beiden das Herzlichste!

Ihre
Katia

193 Katia Mann an Feuchtwanger

Kilchberg
22. Oktober 1958

Lieber Freund und Gevatter,

wir waren schon recht beunruhigt Ihretwegen, weil wir so lange nichts von Ihnen gehört und doch Ihre Hilde gebeten hatten, uns über Ihr Befinden noch einmal zu berichten. Nun hatte ich aber gestern zu meiner Freude einen Brief von Marcuse, der von einem Besuch bei Ihnen erzählt, bei dem er Sie munter und aktiv wie eh und je, wenn auch noch ein wenig dünn gefunden hat. Erika und ich waren wirklich sehr froh und erleichtert über diese Nachricht, und so gratuliere ich denn recht herzlich zur Genesung.

Ich will aber gestehen, daß dies nicht der einzige Zweck

dieser Zeilen ist; es handelt sich vielmehr wieder einmal um den unseligen Walter Janka. Der sitzt ja nun seit fünfzehn Monaten im Zuchthaus, und seine an sich prekäre Gesundheit verschlechtert sich bei den abscheulichen dortigen Verhältnissen – jede ärztliche Behandlung oder auch nur Medizin wird ihm verweigert – so rapid, daß er die Strafzeit auf keinen Fall überleben kann. Leonhard Frank, gegen den gewiß vielerlei einzuwenden ist, der sich aber wirklich in selbstloser Weise leidenschaftlich für Janka einsetzt, hat in mehrfachen Beratungen mit seinem Ostanwalt festgestellt, daß die *einzige* Möglichkeit, jetzt noch etwas zu erreichen, ein Gnadengesuch ist, das er persönlich bei Pieck eingeben will. Als es sich damals um ein Telegramm an Grotewohl handelte, konnten Sie es nicht unterschreiben, weil Sie eben erst einen Brief von diesem erhalten hatten, er könne und dürfe sich nicht in ein schwebendes Rechts(!)-verfahren einmischen. Gegen die Unterzeichnung eines Gnadengesuches aber, das zudem *völlig* geheimgehalten werden muß, spricht doch wohl wirklich gar nichts, und Frank meint, daß gerade Ihr Name von besonderer Wirkung sein wird! Außer Hesse sollen nur noch er und ich unterschreiben, eventuell noch die Verlage Rowohlt und Fischer (ich bin aber nicht sicher, ob das klug ist). Wenn Ihnen noch jemand einfällt, schreiben Sie es mir doch, und schicken Sie mir, *bitte*, das Dokument umgehend mit Ihrem Namen zurück.

Sonst gibt es wenig zu melden. Angewidert und flüchtig verfolgt man den Lauf des Weltgeschehens, und das Private spielt sich gleichförmig und, wie das im Alter bekanntlich der Fall ist, in immer schnellerem Tempo ab, was ja auch sein Gutes hat. – Erikas Fuß hat sich nun, dank der Behandlung durch einen magnetisierenden Masseur, den uns Lion empfohlen, doch wesentlich gebessert; zur vollständigen Wiederherstellung und Besserung des Allgemeinbefindens will sie nun aber auf einige Wochen nach Wien, wo ihr ein

Arzt über die Maßen empfohlen wird. Golo war nun eine Weile hier, und ich freue mich immer, ihn als Hausgenossen zu haben; in den nächsten Tagen tritt er, ohne viel Enthusiasmus, seine Professur in Münster an.

Wenn Sie einmal Zeit haben, berichten Sie doch kurz über Leben und Arbeit. Mit allen guten Wünschen für Sie beide

Ihre
Katia

194 Feuchtwanger an Katia Mann

27. Oktober 1958

Liebe Katia,

herzlichen Dank für Ihre Briefe. Ich beantworte sie demnächst ausführlich.

Heute begnüge ich mich, Ihnen eiligst das Gnadengesuch an Pieck unterschrieben zurückzusenden.

Ihnen und Erika die herzlichsten Grüße

Ihr
Lion Feuchtwanger

195 Feuchtwanger an Katia Mann

4. November 1958

Liebe Katia,

endlich bin ich soweit, daß ich mich, ein wenig zaghaft, an die Beantwortung der Briefe machen kann, die sich in diesen letzten zwei Monaten angehäuft haben.

Ihr Brief vom September war mir eine rechte Tröstung. Freilich war der Inhalt im Grunde nicht erfreulich, aber die freundschaftliche Offenheit, mit der Sie schrieben, ist wohltuend.

Mit mir steht es so. Man hat mir von den beiden Nebennieren die eine herausgenommen. Das deutsche Wort »Nebenniere« ist irreführend; denn dieses Organ ist eine Drüse, die nur rein lokal mit der Niere zusammenhängt. Die Operation ist delikat, denn diese Drüse erzeugt einen lebenswichtigen Stoff, Kortison, und wieweit die einsame Nebenniere, die mir blieb, funktioniert oder funktionieren wird, ist fraglich. Man weiß über alle diese Dinge noch recht wenig, die Medizin ist, wie einer meiner Ärzte erklärte, keine exakte Wissenschaft. Bisher jedenfalls ging es nach den ersten, recht unangenehmen Wochen im Krankenhaus verhältnismäßig gut und immer besser, vor allem mit Hilfe einiger Bluttransfusionen, die hier im Hause vorgenommen wurden.

Die ganze Geschichte kam zu einer recht unpassenden Zeit. Ich hatte unbedachterweise die Aufgabe übernommen, für die Filmgesellschaft di Laurentiis in Rom eine Filmgeschichte »Bolivar« zu schreiben. Mitten in der Arbeit überraschte mich die Notwendigkeit dieser Operation, und die Unterbrechung – in diesem Falle gebraucht man besser die schweizerische Form »der Unterbruch« – war recht peinlich. Di Laurentiis, der den Film »Krieg und Frieden« gemacht hat und der sich als recht verständnisvoll erwies, wird allmählich ungeduldig und kommt nun mit einem Mitarbeiter hierher, um mir die Leviten zu lesen. Dazu werde ich bedrängt von Unternehmern, welche hier in Amerika das Stück »Simone« aufführen wollen, das ich zusammen mit Brecht schrieb. Das Stück ist aber im Grunde ein Fragment und bedarf einer gründlichen Überarbeitung. Überdies hat sich die Einbürgerungsbehörde wieder einmal gemeldet, sie will mich, nachdem sie ein Zimmer voll Akten angesammelt hat, nochmals verhören, und da ich nicht hingehen kann, kommt Mohammed zum Berg, das heißt, die Immigrationsleute auf meinen Hügel. Mein Anwalt meint übrigens, das bedeute eher etwas Gutes.

Wie immer, unter diesen Umständen komme ich nicht zur richtigen Arbeit, ganz abgesehen davon, daß es in meinem Haus immerzu symbolisch nach medizinischen Tränken riecht.

Soviel hiervon.

Marcuses haben mir von Deutschland und von Ihnen beziehungsweise von Erika erzählt. Ich brauche Ihnen nicht zu sagen, wie sehr es mich manchmal drängt, nach Europa zu gehen. Freilich nur auf eine Reise. Arbeiten möchte ich hier.

Sehr herzlich alles Gute, liebe Katia. Ich möchte gern mit Ihnen über hundert Dinge sprechen.

Ihr
Lion Feuchtwanger

196 Katia Mann an Feuchtwanger

Kilchberg
18. Dezember 1958

Lieber Freund Lion,

längst hätte ich Ihnen für Ihren ausführlichen Brief vom 4. November danken sollen, der eine rechte Erleichterung für uns war. Daß Sie sich nach diesem doch zum mindesten außerordentlich angreifenden Zwischenfall gleich wieder dermaßen in die Arbeit stürzen, scheint mir allerdings etwas bedenklich, aber daß Sie es tun können, ist natürlich ein gutes Zeichen, und produktive Arbeit ist wohl überhaupt das einzige, was diese bedrückenden Läufte erträglich macht. Für Tommy war das Leben ohne Arbeit absolut undenkbar (im Gegensatz etwa zu Hermann Hesse), und ich glaube, Ihnen geht es genauso.

Ich meinerseits habe vielerlei kleine Geschäftigkeiten und auch Sorgen. Sorge macht mir im Augenblick in erster

Linie Erika, die sehr ernstlich krank ist. Die sich endlos verzögernde Heilung ihres gebrochenen Fußes hatte keine lokalen Gründe, sondern hing offensichtlich mit ihrem seit längerem unbefriedigendem Gesamtzustand zusammen, obgleich die hiesigen Autoritäten nichts davon merkten. Sie ist nun in Behandlung eines uns besonders empfohlenen Wiener Arztes, der eine allgemeine Atrophie der Knochen, Muskeln und Drüsen feststellte, die er mit Frischzellen-Injektionen bekämpft. Einen gewissen Erfolg will er bereits erzielt haben, aber es ist ein langwieriger und nicht unbedenklicher Prozeß; daß die Patientin in recht guter Stimmung ist – sie ist keineswegs bettlägerig und soll jetzt, da diese Kur unterbrochen werden muß, auf einige Wochen ins Gebirge – und volles Vertrauen zu ihrem Arzt hat, ist ja immerhin günstig. Ich habe sie kürzlich ein paar Tage in Wien besucht. Vorher war ich in Frankfurt, um im Verlag bei einer Auswahl von Tommys Briefen mitzuwirken. Es liegt schon ein ungeheueres Material vor, obgleich wir natürlich keineswegs alles haben – es ist nicht zu sagen, wie viele Briefe er geschrieben hat und dazu einen Großteil mit der Hand! Sie haben immer gesagt, er entwerte dadurch seine Autogramme, aber das scheint nun auch nicht der Fall zu sein. Im Verlage hat es mir gar nicht gefallen. Ein überexpandierter literarischer Industriebetrieb, und dazu funkt Madame Tutti noch überall dazwischen, und keiner weiß, wo ihm der Kopf steht. Ein volles Jahr haben sie sich um diesen Briefband überhaupt nicht gekümmert, und jetzt soll er bis Februar druckreif sein, wobei sie sich ausschließlich auf mich verlassen. Aber ich kann und will die Verantwortung auf gar keinen Fall übernehmen.

Ich glaube, ich habe Ihnen gar nicht für schnelle Rücksendung des Gnadengesuches gedankt. Es war das einzige, was man in der Sache noch tun konnte, aber leider haben wir nichts damit erreicht. Leonhard Frank, den ich eigentlich immer für einen vollendeten Egoisten gehalten habe, hat sich in dieser Angelegenheit wirklich von Anfang an außerordentlich eingesetzt, fuhr mit dem unterzeichneten Papier nach Berlin und hatte nach dreitägigem Antichambrieren eine längere völlig erfolglose Unterredung mit dem höchstmögenden Scheusal. Außerdem ist der arme Janka auf alle Fälle verloren. »Haftfähig« war er überhaupt nicht, und jetzt hat er einen Wurm in der Leber, wahrscheinlich eine Folge der abscheulichen Kost, und soll im Zuchthauskrankenhaus operiert werden, eine Operation, die auch vom besten Chirurgen ausgeführt so gut wie aussichtslos ist. Und die arme Frau darf ihn nicht einmal besuchen. Ekelhaft! Ach wie viel schöner ist es doch in der freien Welt, die eine so verständige Politik macht! Aber sich darüber auszulassen würde zu weit führen.

Nun steht ja Weihnachten vor der Türe, aber so hübsch wie in Pacific Palisades kann es nicht mehr werden. Lassen Sie es sich gut gehen auf Ihrem beneidenswert schönen Sitz, und nehmen Sie beide meine allerherzlichsten Wünsche für das kommende Jahr!

Ihre Katia

197 Katia Mann an Marta Feuchtwanger (Telegramm)

Kilchberg Zürich
22. Dezember 1958

Erschüttert nehmen wir innigen Anteil an Ihrem Schmerz und sind tief betrübt über den Verlust des unersetzlichen lieben alten Freundes

gezeichnet
Ihre Katia

198 Erika Mann an Marta Feuchtwanger (Telegramm)

25. Dezember 1958

In tiefer Erschütterung und Trauer mit allen sorgenden Gedanken bei Ihnen

Ihre
Erika Mann

Rudolf Olden

Das Schicksal Carl von Ossietzkys berührte Rudolf Olden, den Hauptverteidiger in dem Prozeß, und Feuchtwanger sehr. Beide gingen mit zum Gefängnis, wo sie sich im Mai 1932 vor dem Tor von Ossietzky, der von Polizisten umringt war, verabschiedeten. Am 30. April 1958 schrieb Feuchtwanger in der »Weltbühne«: »Die Ergriffenheit der Freunde, der schlichte Mut Ossietzkys, das Unbehagen und die Verlegenheit der Polizisten« könnte niemand, der dabei war, je vergessen.

Rudolf Olden floh 1933 nach Prag und 1934 über Österreich, die Schweiz und Frankreich nach England, wo er erst in London und dann bis zu seiner Internierung 1940 in Oxford lebte. Von dort aus vertrat er sechs Jahre lang ehrenamtlich und ohne Mithilfe die geschäftlichen Belange des Deutschen PEN-Clubs im Exil und setzte Hilfsaktionen in Gang, um bedrohten und internierten Schriftstellern beizustehen.

Die Korrespondenz zwischen Feuchtwanger und Rudolf Olden kreist um PEN-Club-Fragen. Als der Internationale PEN-Club 1934 in Schottland tagte, sprach Ernst Toller über Ossietzky und andere bedrohte Schriftsteller und legte eine Resolution vor, die identisch war mit jenen Punkten, die Feuchtwanger in seinem Brief vom 23. April 1934 als Anträge zwei bis vier gestellt hatte. Die Resolution wurde von Rudolf Olden unterstützt und vom PEN-Club angenommen.

Der Briefwechsel dokumentiert die Zusammenarbeit im PEN-Club und Feuchtwangers Rolle auf dem Kongreß 1937, als er u. a. seine Ossietzky-Resolution vorlegte. Die Briefe ergänzen das, was Heinrich Mann über den Kongreß an Feuchtwanger schrieb.

Abgesehen von Feuchtwangers Brief an Olden vom Januar 1940, in dem er ihn bittet, etwas für den internierten Friedrich Wolf in England zu unternehmen, versiegte der Briefwechsel 1937 – drei Jahre bevor Rudolf Olden mit seiner Frau 1940 auf der Überfahrt in die USA ums Leben kam.

199 Rudolf Olden an Feuchtwanger

London, 16. April 1934

Lieber Herr Dr. Feuchtwanger!

Bitte, wollen Sie Kenntnis nehmen von dem beiliegenden Brief an Heinrich Mann.

Vielleicht haben Sie Gelegenheit, mit ihm und anderen dort séjour genommen habenden Mitgliedern zu sprechen. Auch Toller, Bruno Frank sollten in der Gegend sein. Als Delegierter wäre auch vielleicht Emil Ludwig gut.

Ich wäre Ihnen dankbar, wenn Sie sich äußerten, und bin mit besten Grüßen

stets Ihr ergebener

200 Feuchtwanger an Rudolf Olden

Grand Hôtel et Hôtel des Bains
Bandol-s-Mer (Var)
23. April 1934

Lieber Herr Olden,

schönen Dank für Ihren Brief vom 16. April.

Von Ihrem Brief an Heinrich Mann habe ich Kenntnis genommen. Ich habe hier nur Gelegenheit, mit Bruno Frank zu sprechen. Da ich Anfang Mai mit dem zweiten Band des »Josephus« beginnen muß, komme ich als allenfallsiger Delegierter für den PEN-Klub-Kongreß nicht in Frage. Ich würde, falls Heinrich Mann ablehnt, in erster Linie Toller, in zweiter Bruno Frank vorschlagen, die beide leidlich Englisch können und gute Sprecher sind. Als zweiten Delegierten würde ich einen der in England ansässigen Herren vorschlagen, in erster Linie selbstverständlich Sie.

Anträge würde ich folgende stellen:

1. eine Kundgebung des PEN-Klubs für Ossietzky und Renn, die am Leben bedroht sind;

2. eine Kundgebung für diejenigen deutschen Schriftsteller, die man, weil sie ihre Meinung ihrem Beruf getreu äußerten, geächtet und ihres Vermögens beraubt hat;

3. eine Kundgebung gegen die deutsche Regierung, die Manuskripte, Bücher und Akten sinnlos und wüst hat zerstören lassen;

4. eine Kundgebung zur Erreichung einer Regelung der Vertragsverhältnisse jener deutschen Schriftsteller, deren deutsche Verleger sich einesteils weigern, den Vertrieb der Werke dieser Schriftsteller vertragsgemäß durchzuführen, andernteils aber diese Schriftsteller daran hindern, ihre Werke außerhalb der Grenzen zu veröffentlichen.

Mit sehr herzlichen Grüßen an Sie und Frau Ika

immer Ihr
Lion Feuchtwanger

Adresse ab 1. Mai: Sanary (Var), Villa Valmer, Quartier Beausoleil.

201 Feuchtwanger an Rudolf Olden

Sanary/Var, 9. März 1935

Lieber Herr Olden,

ich würde nicht gern als Vordergrundfigur nach Barcelona gehen. Ich bin, wie Sie wissen, ein sehr schlechter Redner, und wenn ich französisch oder englisch aus dem Stegreif reden soll, bin ich very poor. Wenn Sie aber einen guten und zuverlässigen Mann für die erste Stelle finden, dann bin ich bereit, als Statist mit nach Barcelona zu gehen.

Sehr herzliche Grüße Ihnen beiden

Ihr
Lion Feuchtwanger

202 Rudolf Olden an Feuchtwanger

London, 1. April 1935

Lieber Herr Feuchtwanger,

vielen Dank für Ihren Brief vom 16. März – der mich sehr verspätet erreichte.

Leider kommt für mich aus den bekannten Gründen eine Reise nach Barcelona nicht in Betracht.

Dagegen denkt Klaus Mann stark daran, von Nizza, wo er zu dieser Zeit sein wird, zu fahren. Das wäre weitaus die beste Lösung. Vertraulich teile ich Ihnen folgendes mit: er hat Bedenken wegen der Kosten der Bahnfahrt Nice-Barcelona und zurück. Sehr viel kann das nicht sein. Aber ich fürchte, ich kann mich deswegen nicht an den englischen Klub wenden, obwohl er im letzten Jahr Toller und mir das Billett nach Edinburgh zahlte. Aber ich frage bei Ihnen an, ob Sie nicht geneigt wären, es der deutschen Gruppe zu ermöglichen, daß sie die Bahnfahrt bezahlt. Sie wissen ja, daß die deutsche Gruppe an sich über keinerlei Mittel verfügt, da sie keine Beiträge erhebt. Davon möchte ich auch nicht abgehen. Ihre Antwort wird ebenso vertraulich behandelt werden.

Was das Thema angeht, so glaube ich nicht, daß es ein anderes geben kann als den Fall Jacob. Auch hier handelt es sich um free speech. Und der Fall ist so, daß auch die dümmste und ausländischste Hofratswitwe ihn kennt und von ihm ergriffen sein wird.

Ich bitte, mir möglichst schnell zu antworten, und da

nun einmal der zuständige Briefträger ein sensibler Mensch ist – meine Adresse freundlichst noch einmal notieren zu wollen:

S.W.7
13 Manson Place (nicht Mansion)
Queens Gate

Herzliche Grüße
Ihres

203 Rudolf Olden an Feuchtwanger

28. April 1935

Lieber Herr Feuchtwanger,

ich habe dem PEN-Klub in Barcelona, Apartat 97, Canuda 6, mitgeteilt, daß Sie, Hermann Kesten, Georg Bernhard, Leopold Schwarzschild zum Kongreß kommen und daß Klaus Mann und Ernst Toller als offizielle Delegierte fungieren werden. Weiter, daß Klaus Mann sprechen wird »Über die Verfolgungen der deutschen Schriftsteller in Deutschland und außerhalb durch die deutsche Regierung« und daß er den Antrag stellen wird, der Kongreß möge diese Verfolgungen mißbilligen, Ernst Toller sprechen wird über »Le risque de l'intellecte en Europe d'aujourdhui«.

Das sind natürlich sehr leichtsinnige Voraussagen. Denn jeder der Genannten sagt abwechselnd zu und ab, kämpft mit Hemmungen der Finanzierung, der Zeiteinteilung und des Gemüts. Soll ich? Soll ich nicht? Das wird an den Knöpfen in London, Amsterdam, Paris, Riviera abgezählt. (Von den Pässen zu schweigen.)

Klaus Mann schrieb mir, daß er seine Entschlüsse erst in Sanary und in Ihrer Gesellschaft fassen wird. Von Bruno Frank hörte ich, indirekt, daß er und Sie in einem Wechselgespräch stehen: »Fahren Sie?« – »Dann fahre ich auch.« – »Fahren Sie nicht?« Usw.

Bitte, tun Sie mir und der allgemeinen Sache – nein: umgekehrte Reihenfolge – den Gefallen und fahren Sie. Und bestimmen Sie Klaus Mann zu fahren. Diese beiden Entschlüsse sind meinem Gefühl nach die wichtigsten. Ich will nicht auseinandersetzen, warum, es scheint mir ohnehin auf der Hand zu liegen. Es ist so nahe von Ihnen, und wenn Klaus Mann wenig Zeit hat, so genügt es schließlich auch, wenn er den ersten Tag dort ist und dann die drei Sitzungstage. Den Festlichkeiten, die darauf folgen, kann er sich zur Not entziehen.

Der PEN-Kongreß ist die wichtigste Gelegenheit, die Stimme der deutschen Schriftsteller ertönen zu lassen, so viel wichtiger als die ebenfalls löblichen Arrangements, die hie und da in Paris veranstaltet werden. Dieses ist eine Angelegenheit, die ein Echo in der Emigrantenpresse hat, und jenes wird in den Zeitungen der ganzen Welt referiert. Also!

Bitte, legen Sie dreihundert Francs für Klaus Mann aus, die ein ungenannt sein Wollender der PEN-Gruppe zu diesem Zweck zur Verfügung gestellt hat.

Im Sommer hoffe ich an der Riviera zu sein und dann Rechenschaft über die PEN-Führung abzulegen. Bis dahin. Benachrichtigen Sie mich, bitte, von dem Ergebnis Ihrer Beratungen. Natürlich kann Klaus Mann sein Thema fassen, wie *er* will. Herzliche Grüße.

204 Rudolf Olden an Feuchtwanger

Yatscombe
Boar's Hill
Oxford
23. April 1937

Lieber Herr Feuchtwanger,

ich höre mit Vergnügen und von Heinrich Mann, daß Sie auf dem diesjährigen PEN-Kongreß unser Hauptdelegier ter sein wollen. Ist das so? Und werden Sie es sich nicht noch anders überlegen? Ich begrüße Ihren Entschluß aufrichtig, vorausgesetzt, daß er unumstößlich ist. (Vestigia terrent!) Darf ich Sie um eine feierliche Bestätigung bitten? Der Kongreß läuft ab 21. Juni in Paris. Allerdings habe ich selbst noch keine offizielle Notiz bekommen. Aber die wird wohl noch einlaufen.

Herzliche Grüße
Ihres
Rudolf Olden

205 Feuchtwanger an Rudolf Olden

Sanary/Var
Villa Valmer
29. April 1937

Lieber Herr Olden,

ja, ich habe Heinrich Mann zugesagt, daß ich zu dem PEN-Kongreß nach Paris kommen werde. Daß ich hinkommen *wolle*, ist freilich bereits nicht authentischer Kommentar. Umstößlich ist dieser Entschluß höchstens insofern, als ich vielleicht genötigt sein werde, behufs Erwerbs von Legitimationspapieren eine Reise zu unternehmen. Zur Zeit bin ich nämlich gänzlich paßlos und besitze keinerlei Zertifikat, das mir erlaubte, Frankreich zu verlassen.

Ich hoffe nur, daß die Herren in Paris für Unterkommen Sorge tragen werden, denn ich nehme an, das wird während der Weltausstellung nicht ganz einfach sein.

Ich hoffe also sehr, Sie und allenfalls Frau Ika im Juni in Paris zu sehen.

Sehr herzliche Grüße
Ihr
Lion Feuchtwanger

206 Rudolf Olden an Feuchtwanger

Yatscombe
Boar's Hill
Oxford
7. Mai 1937

Lieber Herr Feuchtwanger,

man verlangt von mir »resolutions, motions or propositions«.

Ich nehme als granted, daß Sie etwas Derartiges vorbereiten. Jedenfalls sollten Sie es tun. Nachher besteht die Gefahr, daß man nicht zu Worte kommt. Sollten Sie aber auf dem Kongreß vorziehen, zu einem der anderen Themen zu sprechen, so können Sie Ihren Antrag immer noch zurückziehen. Bitte, schicken Sie ihn mir.

Prinz Hubertus Löwenstein meldete sich zu Wort. Ich werde ihn bitten, sich mit Ihnen, als dem Hauptdelegierten, in Verbindung zu setzen.

Für Quartier wird, vermute ich, gesorgt sein, Näheres noch unbekannt. Vielleicht sind Sie mit Benjamin Crémieux befreundet? Wenn ja, veranlassen Sie ihn doch, mir Näheres mitzuteilen.

Herzlichst
Ihr
Rudolf Olden

207 Feuchtwanger an Rudolf Olden

Sanary/Var
Villa Valmer
10. Mai 1937

Lieber Herr Olden,

abgesehen von Ihren beiden kleinen Briefen und zwei Zeilen von Heinrich Mann ist mir über den PEN-Klub-Kongreß nichts bekannt. Ich wiederhole gern, daß ich im Prinzip bereit bin, an dem Kongreß teilzunehmen, lieber als Mitglied der deutschen Delegation denn als Hauptdelegierter; aber ich wäre Ihnen sehr verbunden, wenn ich Mitteilungen erhalten könnte, die ein bißchen mehr ins Detail gingen.

Crémieux hat gelegentlich mit mir korrespondiert, aber ich kenne ihn nicht persönlich.

Was Resolutionen anlangt, so möchte ich unter keinen Umständen die Gelegenheit vorbeigehen lassen, für Ossietzky zu demonstrieren. Vielleicht auch finden sich Mittel und Wege, eine Resolution einzubringen, die gegen die niederträchtigen Methoden protestiert, mittels deren die amtlichen deutschen Stellen die emigrierten deutschen Schriftsteller zu diffamieren suchen.

Herzlichst
Ihr
Lion Feuchtwanger

208 Rudolf Olden an Feuchtwanger

Yatscombe
Boar's Hill
Oxford
13. Mai 1937

Lieber Herr Feuchtwanger,

ich kenne Ihre Abneigung gegen public work von einer früheren Gelegenheit. Aber, bitte, wenn Sie nicht wollen oder können, so sagen Sie es schnell, und haben Sie die Freundlichkeit, Ihre Absage Heinrich Mann, der in Ihrer Nähe wohnt, direkt mitzuteilen, mir nur einen Durchschlag, bitte. Er ist, wie er mir schrieb, der Überzeugung, daß Sie der beste Mann dafür sind – aber das ist doch kein Zwang. Allerdings stand es schon in der Zeitung! Und auf jeden Fall wird es sehr gut sein, wenn Sie dort sind.

Ich finde Ihre Gedanken für »resolutions, motions and proposals« ausgezeichnet und bitte Sie, sie mir schnellstens formuliert zuzusenden, ich werde sie mit Vergnügen mitzeichnen.

Was das Nähere angeht, so hat mir, wie ich Ihnen schrieb, B. Crémieux versprochen, es mich wissen zu lassen, sein Versprechen aber noch nicht gehalten. Dreimal gemahnt, so sind die Schriftsteller.

Leider werden wir nicht das Vergnügen haben, Sie in Paris zu sehen, ich bin ohne Paß.

Herzlichst
Ihr
Rudolf Olden

209 Feuchtwanger an Rudolf Olden

Sanary/Var
Villa Valmer
15. Mai 1937

Lieber Herr Rudolf Olden,

ich schreibe mit gleicher Post an Heinrich Mann und teile ihm mit, daß ich bestimmt nach Paris zum PEN-Klub-Kongreß kommen werde, daß ich es aber vorziehe, nicht als Hauptdelegierter zu fungieren, da ich ein sehr wenig repräsentativer Redner bin.

Was die Resolutionen anlangt, so schlage ich folgende Resolutionen vor:

1.) Der PEN-Klub protestiert gegen die Methoden, mit denen die Regierung des Deutschen Reichs den Schriftsteller Carl von Ossietzky verhindert, in den Genuß des Nobelpreises zu gelangen, den das zuständige Komitee ihm zugesprochen hat. (Ich bin leider nicht genügend im Bilde, um präzisere Forderungen vorschlagen zu können, da ich um die Zeit, die in Frage kommt, in Moskau und ohne Nachricht über die Vorgänge war.)

2.) Der PEN-Klub protestiert gegen die unehrlichen Methoden, mittels deren die deutsche Regierung eine große Anzahl deutscher Schriftsteller nur um ihrer Gesinnung willen an der Ausübung ihres Werks zu verhindern und sie zu diffamieren versucht. (Das ist eine etwas rohe Formulierung, ich betrachte sie als provisorisch und ziehe sie natürlich zugunsten einer besseren Formulierung gern zurück, sowie eine solche gefunden wird.)

Ich bedauerte es sehr, falls es wirklich bis zum Juni keine Möglichkeit für Sie geben sollte, nach Paris zu kommen. Im übrigen bin auch ich ohne Paß und ohne ein Identitätspapier, das es mir gestattete, Frankreich zu verlassen.

Herzliche Grüße Ihnen beiden

Ihr
Lion Feuchtwanger

210 Feuchtwanger an Rudolf Olden (Telegramm)

Oxford
[17. Mai 1937]

Olden Yatscombe Boar's Hill

réflexions faites accepte d'être délégué général pour epargner difficultés

Feuchtwanger

211 Rudolf Olden an Feuchtwanger

Yatscombe
Boar's Hill
Oxford
3. Juni 1937

Lieber Herr Feuchtwanger,

hier sende ich Ihnen die Resolutionen, deutsche und englische Ausgabe. Würden Sie die große Freundlichkeit haben, eine deutsche und eine französische Version direkt an Benjamin Crémieux, 66, rue Pierre Charron, Paris (8e) senden zu lassen. Ich weiß, Sie haben eine liebenswürdige Sekretärin, der das viel weniger Mühe machen wird als mir. (Mein Französisch ist sehr arm, und vom Deutschen habe ich nicht genug Durchschläge gemacht.)

Ich lege Ihnen außerdem einen Durchschlag eines Briefs an »Das Wort« bei, aber, wenn die Angelegenheit Sie langweilt oder Sie denken, sie sei rein privat, so werfen Sie ihn einfach in den Papierkorb. Nur weil, wenn ich mich recht erinnere, seinerzeit auf Ihre Veranlassung neuerdings an mich (und andere) geschrieben wurde wegen Mitarbeit, so dachte ich, es könnte Sie vielleicht interessieren, warum nicht mehr daraus folgt. Wissen Sie, fünf Pfund für einen langen mühevollen Aufsatz, das bietet keinen außerordentlichen Reiz. Aber das nur nebenbei.

Ich wünsche Ihnen viel Vergnügen in Paris,

herzliche Grüße
Ihres
Rudolf Olden

212 Feuchtwanger an Rudolf Olden

Sanary/Var
Villa Valmer
4. Juni 1937

Lieber Herr Olden,

ich habe Ihnen vor einiger Zeit depeschiert, daß ich nun doch bereit sei, als Delegierter nach Paris zum PEN-Klub-Kongreß zu fahren. Seither habe ich aber von der Sache nichts mehr gehört. Ich wäre Ihnen dankbar, wenn Sie mir den Erhalt meines Telegramms bestätigten und dazu Stellung nehmen wollten.

Herzlichen Gruß Ihnen beiden. Es tut mir aufrichtig leid, Sie nicht in Paris zu sehen.

Immer
Ihr
Lion Feuchtwanger

213 Feuchtwanger an Rudolf Olden

Sanary/Var
Villa Valmer
8. Juni 1937

Lieber Herr Olden,

Ihr Brief hat sich mit meinem gekreuzt.

Den Text der Resolutionen schicke ich in deutscher und französischer Version an Crémieux.

Über Ihre mit Recht erhobenen Vorwürfe gegen das »Wort« hoffe ich, mit Bredel persönlich sprechen zu können, von dem ich annehme, daß ich ihn in nächster Zeit irgendwo hier unten treffen werde. Erlauben Sie mir, aus meinen Moskauer Erfahrungen hinzuzufügen, daß die Moskauer Mühlen noch sehr viel langsamer mahlen als sonstwo; aber letzten Endes auch um so viel sicherer.

Mit herzlichen Grüßen

Ihr
Lion Feuchtwanger

214 Feuchtwanger an Rudolf Olden

Sanary/Var
Villa Valmer
9. Juli 1937

Lieber Rudolf Olden,

ich glaube, ich habe beim PEN-Klub-Kongreß erreicht, was unter den gegebenen Umständen zu erreichen war.

Es zeigte sich übrigens anläßlich dieses Kongresses bei

vielen deutschen Schriftstellern der dringliche Wunsch, Mitglied des PEN-Klubs zu werden; einige auch waren sich nicht darüber klar, ob sie Mitglieder seien oder nicht. Ich konnte ihnen natürlich keine Auskunft geben. Ich wäre Ihnen nun sehr verbunden, wenn Sie mir

1. eine Mitgliederliste übersenden wollten und

2. die Bedingungen mitteilen, unter welchen der Eintritt erfolgen müßte.

Weiterhin wäre ich Ihnen sehr verbunden, wenn Sie mir mitteilen wollten, wie zur Zeit das Sekretariat des PEN-Klubs funktioniert. Stehen Ihnen Mittel zur Unterhaltung eines Sekretariats zur Verfügung? Wenn nicht, gibt es keine Möglichkeit, den Mitgliederbeitrag auf eine solche Höhe festzusetzen, daß man wenigstens ein ordentlich funktionierendes Sekretariat unterhalten kann? Bei dieser Gelegenheit darf ich Ihnen übrigens mitteilen, daß ich die Reise nach Paris und den Aufenthalt dort aus eigenen Mitteln finanzierte und selbstverständlich gern bereit bin, den Betrag, den, soviel ich sehe, der französische PEN-Klub für die Kostenbestreitung der Delegierten ausgeworfen hat, soweit meine Person in Frage kommt, der deutschen Gruppe des PEN-Klubs zu zedieren.

Mit vielen Grüßen an Sie beide

Ihr
Lion Feuchtwanger

215 Rudolf Olden an Feuchtwanger

Yatscombe
Boar's Hill
Oxford
13. Juli 1937

Lieber Herr Feuchtwanger,

zu meinem Teil herzlichen Dank für Ihre erfolgreiche Vertretung der Deutschen auf dem PEN-Kongreß. Ich bin neugierig, aus den »PEN News« Näheres zu erfahren. Das scheint ungewöhnlicherweise ein Meeting ohne Krach gewesen zu sein, eine Erscheinung, die gar nicht in unsere Zeit paßt.

Danke weiter für die freundlichst zugedachte Gabe. Allerdings sehe ich nicht, wie das vom französischen Klub ersparte Geld nun in meine Tasche fließen soll. Ich weiß nicht, ob es angängig wäre, eine solche Forderung an die französischen Kollegen zu stellen. Vielleicht haben sie gar nicht gemerkt, daß Sie ihre Gastfreundschaft verschmäht haben.

In einer geschichtlichen Periode, in der die Welt so voll von Ungerechtigkeit ist, will ich weiter keine Klage darüber erheben, daß Sie vorwurfsvoll bemerken, das Sekretariat des PEN-Klubs, Deutsche Gruppe, funktioniere nicht ordentlich. Sie würden aber in meinem dickgeschwollenen Akt keinen Brief finden, der nicht bei mir seine ordnungsmäßige Erledigung gefunden hat, dagegen nicht wenige Durchschläge von Briefen, in denen ich ängstlich nach prominenten Kollegen gefahndet habe, ohne je eine Antwort zu erhalten. Ich finde also, von meinem ganz subjektiven Standpunkt, daß das Sekretariat großartig funktioniert und nur die Mitglieder oder potentiellen Mitglieder nicht immer funktionieren, wofür die Zerstreuung der deutschen Literatur über die Welt manchmal eine natürliche Erklärung bietet. Es fehlen mir z. B. Roda Roda und Annette Kolb, wo sind sie? Vielleicht können Sie es mir sagen.

Wenn einige deutsche Schriftsteller Klage bei Ihnen geführt haben, sie wüßten nicht, ob sie Mitglieder seien oder nicht, so liegt das zunächst an den Schriftstellern selbst, warum haben sie sich nicht bei mir oder, wenn ich ihnen in meiner wichtigen Funktion nicht bekannt war, bei der Internationale erkundigt? Hermon Ould leitet mir alle Anfragen zu, und hier werden sie mit rührender Promptheit erledigt.

Aber der Mensch gewöhnt sich nur schwer an veränderte

soziale Umstände. Und wenn das Vereinsmitglied nicht alle Woche einmal eine Zuschrift oder einen Zudruck bekommt, um sie oder ihn ungelesen in den Papierkorb zu werfen, so fühlt es sich von der Welt und seinem Verein verlassen und mißhandelt. So wie eines, nicht genannt soll es sein, das ich vor einigen Jahren mit Mühe für meine Liste eingefangen hatte, sich kürzlich bitter bei Ould beschwerte, weil ich es nur durch die Zeitungen aber nicht persönlich zum Kongreß eingeladen hatte. Auf einen demütigen Entschuldigungsbrief hat dasselbe wieder nicht geantwortet, wird aber nächstes Jahr daran vergessen haben und von neuem entrüstet fragen: »Existiert dieser Verein nun eigentlich, oder existiert er nicht?«

Sie stellen, lieber Feuchtwanger, weiter die bemerkenswerte Frage, ob es keine Möglichkeit gibt, »den Mitgliederbeitrag auf eine solche Höhe festzusetzen, daß...« Über diese Frage ließe sich viel philosophieren. Zwei unserer Mitglieder haben diesmal bei mir angeregt, ihnen die Reisekosten von ihren fernen Wohnorten nach Paris zu zahlen, und ein drittes hat angekündigt, es würde in der Nähe des Kongreßsaales sein Zelt aufschlagen, weil die Hotelkosten ihm selbstverständlich unerschwinglich seien. Ich weiß leider nicht, ob es sein interessantes Vorhaben ausgeführt hat. Ich suche derzeit mit der Lupe nach einem guten Menschen, der geneigt wäre, fünf Pfund herzugeben, um einen nicht wertlosen deutschen Schriftsteller vor der Exmission zu retten, habe ihn aber noch nicht gefunden. Wenn Sie jemand wissen, es müßte aber schnell sein, so wäre das eine wahre Wohltat, der Bedauernswerte könnte dadurch vielleicht gerettet und auf andere Weise wieder hoch- oder doch etwas höhergebracht werden. Aber das nur nebenbei.

Der PEN-Klub, deutsche Gruppe, hat zwar einen Präsidenten und einen überaus fleißigen und tüchtigen Sekretär, aber genaugenommen doch eigentlich keine Organe. Es mangelt ihm, von Beginn an, an der eigentlichen legalen

Grundlage, der Mitgliederversammlung, die diese Organe festzustellen und regelmäßig zu erneuern hätte. »Bei uns« hatten wir so etwas wie einen Registerrichter, wenn so einer über unseren Verein käme, würde er nicht mehr lange leben, womit ich den Verein meine. Aber ungesetzliche Zustände können lange existieren, solange sich niemand beschwert. Da Sie das nunmehr getan haben, so scheint es an der Zeit, daß etwas unternommen wird, um die unerhörten Zustände zu beheben.

Ich glaube, daß das verhältnismäßig einfach geschehen kann. Der eigentliche Sitz der intellektuellen Emigration ist Paris. Dort besteht eine rührige Gruppe, die zu anderen Lasten auch die des PEN-Klubs übernehmen könnte. Sie hat bereits zwei solche Vereine, den SDS und die Assoziation emigrierter deutscher Journalisten, ja und einen Konkurrenzverein zu dem letzteren. Es fragt sich, ob den Parisern und dem PEN-Klub damit geholfen wäre, wenn sie in Zukunft auch diesen noch bewirtschaften würden. Darüber kann man vielleicht zweifelhaft sein. Aber sicher werden Sie eine besser begründete Meinung darüber haben als ich, der am Polarkreis fern den Stürmen des hitzigen Süds dahinlebt. Es wäre zu fürchten, daß die Richtungskämpfe nur einen neuen Fechtboden finden würden, und das würde möglicherweise unserem Ansehen innerhalb der Internationale schaden, aber es wäre schließlich auch kein großes Unglück. Vielleicht lassen Sie sich diese Seite des Problems einmal durch den Kopf gehen.

Was ich mir gewünscht hätte, wäre eine abgeklärte und elegante Vertretung in London gewesen, die gelegentlich, gestärkt durch den schönen Titel, ihre Stimme in guter Form für die ewigen Rechte der deutschen Schriftsteller und also der deutschen Menschen in die öffentliche Debatte dieses Landes gemischt hätte. Aber bisher hat sich noch kein Anwärter für diesen nicht einmal unangenehmen Posten gefunden. Wenn er sich fände, woran man zweifeln kann, so wäre damit noch nicht die Gelegenheit für aufgeregte Generalversammlungen und den Hinauswurf Mißliebiger gegeben, und da wir Deutsche nun einmal ungern den Parlamentarismus entbehren, zu dem wir so viel natürliche Begabung mitbekommen haben, so wäre vielleicht doch und auf jeden Fall Paris vorzuziehen. Erwägen Sie, bitte.

Die gewünschte Mitgliederliste folgt anbei. Die Frage nach den Aufnahmebedingungen ist schwieriger zu beantworten. In den Statuten der Internationale, die Sie gewiß so gut kennen wie ich, ist etwa folgendes festgesetzt: Vorschlag durch zwei Mitglieder und Nachweis einer nicht ganz unbeträchtlichen literarischen Leistung als Schriftsteller, Journalist oder Verleger. So ungefähr. Selbstanmeldung ist ausgeschlossen. Es bedarf dann wohl noch eines Aufnahme Comités und der Ballotage. Bisher ist nach dem Prinzip verfahren worden, an dessen Festsetzung Sie selbst, denke ich, noch teilgenommen hatten, daß frühere Mitglieder des früheren deutschen PEN-Klubs als Mitglieder gelten. Dazu kamen einige, über die zwischen dem Präsidenten und dem Sekretär Einigkeit bestand. Aber das ist vermutlich, vom Standpunkt des Vereinsrechts, schon Willkür.

Nun entschuldigen Sie, bitte, meine Geschwätzigkeit. Ich schicke Herrn Heinrich Mann einen Durchschlag des Briefs. Vielleicht haben Sie Gelegenheit, die Frage mit ihm zu besprechen. Ich selbst bin mit dem jetzigen Zustand nicht sehr zufrieden, andererseits würde es mir leid tun, wenn auch der PEN zur Stätte des Stunks würde. Genützt wäre damit niemand. Aber es könnte bei den Angelsachsen, bei denen er etwas bedeutet, Schaden tun. Sie sind so naiv und haben im Grunde nicht viel Sinn für die »Querelle d'Allemand«.

Vielleicht höre ich gelegentlich wieder von Ihnen. Seien Sie herzlich gegrüßt

von Ihrem
Rudolf Olden

[Anlage]

Liste der Mitglieder des PEN-Klubs,
Deutsche Gruppe

Adresse: c/o PEN-Klub, Albion House
59/61, New Oxford Street
London, W.C. 1

Georg Bernhard
Bert Brecht
Bernard von Brentano
Ferdinand Bruckner
(Theodor Tagger)
Alfred Döblin
Bruno Frank
Leonhard Frank
Lion Feuchtwanger
Hellmut von Gerlach †
Ernst Glaeser
Oskar Maria Graf
E. I. Gumbel
Walter Hasenclever
Werner Hegemann †
Max Herrmann-Neisse
Arthur Holitscher
Hermann Kantorowicz
Alfred Kerr ?
Hermann Kesten
Egon Erwin Kisch
Annette Kolb
Hubertus Prinz zu Löwenstein
Fritz Landshoff
Leo Lania
Emil Ludwig
David Luschnat

Heinrich Mann, Präsident
Klaus Mann
Thomas Mann
Valeriu Marcu
Ludwig Marcuse
Peter de Mendelssohn
Walter Mehring
E. E. Noth ?
Balder Olden
Rudolf Olden, Sekretär
Karl Otten
[Erich Maria] Remarque ?
Ludwig Renn
Roda Roda ?
Walther Rode †
Paul Roubiczek
Anselm Ruest
Bruno Schönlank
Leopold Schwarzschild
Anna Seghers ?
Helene Stöcker
Ernst Toller
Herwarth Walden
Alfred Wolfenstein
Theodor Wolff
Leon Zeitlin
Arnold Zweig

216 Feuchtwanger an Rudolf Olden

Sanary/Var
Villa Valmer
16. Juli 1937

Lieber Herr Olden,

schönen Dank für Ihren ausführlichen Brief vom 13. Juli. Fassen Sie es bitte um Gottes willen nicht als einen gegen Sie gerichteten Vorwurf auf, wenn ich bemerkte, daß das Sekretariat der deutschen PEN-Klub-Gruppe nicht ordentlich funktioniert hat. Mein Vorwurf gründete sich darauf, daß eine Reihe von Schriftstellern erklärten, sie hätten gern an dem Kongreß teilgenommen, wenn sie nur gewußt hätten, wann und wo und wie.

Im übrigen sind mir natürlich die außerordentlichen Schwierigkeiten, unter denen Sie für den PEN-Klub arbeiten, sehr genau bekannt.

Was nun zunächst die Mitgliederliste und allenfallsige Beiträge anlangt, so gestatte ich mir, Ihnen folgendes vorzuschlagen: Könnte man nicht an alle Mitglieder einen Brief schicken, in welchem man sie fragt, ob sie sich als Mitglied des PEN-Klubs betrachten und ob sie gewillt seien, einen Jahresbeitrag von mindestens einem Pfund zu zahlen? Man müßte hinzufügen, daß diese Zahlung nicht obligatorisch wäre, daß sie aber die Tätigkeit des Sekretariats, das ohnehin unter großen Schwierigkeiten arbeitet, erheblich erleichtere. Weiterhin müßte man allen Mitgliedern eine Mitgliederliste zuschicken und sie dringlich ersuchen, das Sekretariat über ihre jeweiligen Adressen auf dem laufenden zu halten.

Was die Mitgliederliste selber anlangt, so scheint mir die Liste, die Sie mir übersandt haben, repräsentativ und ziemlich vollständig. Die Mitgliedschaft jener Schriftsteller, die Sie mit einem Fragezeichen versehen haben, könnte man doch durch eine einfache direkte Anfrage klären. Als weitere Mitglieder schlage ich vor: Rudolf

Leonhard, Hyères/Var; Vicki Baum, New York, Hotel St. Moritz.

Was die juristischen Fragen anlangt und vor allem den Sitz der deutschen Gruppe, so halte ich nach wie vor London für weitaus am besten geeignet. Nicht nur weil ich glaube, daß wir in Paris keinen Sekretär finden, der unsere Interessen bei der Zentrale des PEN-Klubs so gut vertritt wie Sie – ich glaube übrigens, daß es möglich sein müßte, Ihnen Gelegenheit zu geben, in London gerade als unser Sekretär öfters für unsere Interessen einzutreten –, sondern es scheint mir auch richtig, daß es in Paris nur zu höchst unfruchtbaren Streitereien käme. Wenn Sie Bedenken haben gegen die juristische Zulässigkeit unserer Beschlüsse usw., so könnte man vielleicht die jeweilige Generalversammlung der deutschen Gruppe jeweils im Anschluß an den PEN-Klub-Kongreß abhalten. Das hieße also, das nächste Mal in Prag; die Vorbereitungen dazu müßten freilich schriftlich getroffen werden. Aber das scheint mir kein Hindernis.

Nochmals also vielen Dank für Ihren Brief, und ich bitte Sie, wenn Sie in PEN-Klub-Angelegenheiten Ihr Herz ausschütten wollen, das ungeniert an meinem mitfühlenden Busen zu tun.

Herzliche Grüße
Ihr
Lion Feuchtwanger

217 Rudolf Olden an Feuchtwanger

Yatscombe
Boar's Hill
Oxford
19. Juli 1937

Lieber Herr Feuchtwanger,

danke sehr für Ihren freundlichen Brief vom 16ten. Um das Positive vorauszunehmen – ich nehme danach als gegeben an, daß Sie mit der von mir vorgeschlagenen Aufnahme neuer Mitglieder einverstanden sind, zu denen ich R. Leonhard und Vicki Baum hinzugefügt habe. Ich werde mich noch Heinrich Manns Einverständnis versichern und dann den Drive nach ihnen starten.

Was Generalversammlung angeht, so hätte ich den Versuch gemacht, wenn ich in Paris gewesen wäre – aber was ist eine Generalversammlung ohne den Sekretär? So ist also nichts geschehen. Die übrigen Gelegenheiten, die Ihrer Anregung entsprochen hätten, wären nicht gleich günstig gewesen: In Buenos Aires war Emil Ludwig, in Barcelona Klaus Mann, ihre Generalversammlungen wären nur wenig besucht gewesen. In Edinburgh, mit Toller und mir, wäre die Sache schon stattlicher verlaufen. Aber was wird in Tokio sein? Auch Prag, wo ja die deutschen Böhmen für sich organisiert sind, wird nicht allzu geeignet sein, zumal meine Anwesenheit nicht wahrscheinlich ist. Berlin, das wäre das Richtige, warten wir noch ein bißchen, oder wird auch nach einem Umsturz Papenburg der beste Platz sein? So gewiß weiß man nicht.

Was Ihren Vorschlag eines freiwilligen Mitgliederbeitrags angeht, so scheint mir auch die positive Seite nicht ganz unzweifelhaft: Was soll ich mit dem Geld machen? Wie soll ich es eintreiben, wie abrechnen, von welchen Rechnern nachrechnen lassen, vor wem vertreten, wer soll mich entlasten? So wie es jetzt ist, können mir die carpers and critics wenigstens nicht Unterschlagung vorwerfen, und das ist sehr beruhigend.

Die negative Seite aber, das Zahlen oder Nichtzahlen, ist doch noch eindrucksvoller. Seien Sie versichert, daß niemand, Sie und sehr wenige ausgenommen, es tun würde und daß viel Porto zum Fenster hinausgeworfen wäre. Wie schlecht die allgemeinen Umstände sind, dafür als Indiz, daß selbst Sie die zarte Bitte meines letzten Briefs um fünf Pfund für einen bedauernswerten Kollegen, der von der Exmission bedroht ist, überhört haben. Aber vielleicht findet sich doch noch ein Plätzchen auf Ihrem Wohltätigkeitsbudget? Ich habe in diesem Fall, verzeihen Sie, nicht den Mut, nicht zudringlich zu sein.

Seien Sie herzlich gegrüßt von

Ihrem
Rudolf Olden

Hatten Sie Gelegenheit, mit Willi Bredel über das »Wort« usw. noch zu sprechen, wie Sie freundlich beabsichtigten?

218 Feuchtwanger an Rudolf Olden

Sanary/Var
21. Juli 1937

Lieber Herr Olden,

vielen Dank für Ihren Brief vom 19. Juli; natürlich haben Sie recht.

Was den unbekannten Kollegen anlangt, so lege ich Ihnen drei Pfund bei. Ich muß rationieren; Sie können sich bei aller Phantasie keine Vorstellung machen, wie viele solche Aufforderungen an mich herandrängen.

Herzliche Grüße
Ihr
Lion Feuchtwanger

PS Willi Bredel ist, soviel ich weiß, in Spanien; sicherlich ist er nicht in Moskau. Ich leite also Ihre sehr berechtigten Beschwerden an seinen Stellvertreter in Moskau weiter.

219 Rudolf Olden an Feuchtwanger

Yatscombe
Boar's Hill
Oxford
24. Juli 1937

Lieber Feuchtwanger,

haben Sie herzlichen Dank für drei Pfund! Das liebe Elend bricht mir das Herz, und also schnorre ich, obwohl ich ein schlechter Schnorrer bin.

Hier zwei Durchschläge in Sachen PEN, die ich Sie bitte, dem Papierkorb anzuvertrauen.

Herzlichst
Ihr
Rudolf Olden

[1. Anlage]

24. Juli 1937

Sehr verehrter Herr Mann,

Hermon Ould, der Sekretär der Internationale des PEN-Klubs, teilt mir mit, in Paris sei beschlossen worden, die deutsche Gruppe solle im kommenden Jahr im internationalen Exekutiv-Komitee vertreten sein. Er regt zugleich an, daß ich dort unsere Gruppe repräsentieren soll. Die nächste Sitzung wird in London Anfang November stattfinden.

Ich möchte Sie bitten, mir gütigst Ihre Meinung mitteilen zu wollen. Ich bin bereit, die Vertretung zu übernehmen; auch wüßte ich keinen anderen vorzuschlagen, es sei denn, daß Bruno Frank wieder in London sein sollte, dessen augenblicklicher Aufenthalt mir unbekannt ist.

Weiter erlaube ich mir, eine Liste von Schriftstellern beizulegen, von denen ich glaube, man sollte sie zum Beitritt auffordern. Die Anregung dazu geht teilweise auf Vorschlag Feuchtwangers zurück. Zweifelhaft bin ich ein bißchen wegen Remarque, weil ich mich zu erinnern glaube, daß er regelmäßig solche Vorschläge ablehnt. Aber immerhin könnte man es versuchen. Ich wäre Ihnen für eine Äußerung, ob ich die Aufforderungen mit in Ihrem Namen ergehen lassen kann, sehr zu Dank verbunden.

Mit besten Grüßen

Ihr ganz ergebener
Rudolf Olden

[2. Anlage]

LISTE

zur Aufnahme in den PEN-Klub, Deutsche Gruppe,
aufzunehmender Schriftsteller, 24. Juli 1937.

Vicki Baum
Willi Bredel
Ernst Glaeser
Konrad Heiden
Alfred Kerr
Irmgard Keun
Annette Kolb
Rudolf Leonhard
Willi Münzenberg
E. E. Noth
E. M. Remarque
Roda Roda
René Schickele
Anna Seghers

220 Feuchtwanger an Rudolf Olden

Sanary/Var
Villa Valmer
3. Januar 1940

Lieber Rudolf Olden,

wie Jules Romains mitteilt, bestehen gewisse Aussichten, Friedrich Wolf zu ermöglichen, daß er wieder arbeiten kann. Ich nehme an, daß man in England daran Interesse hat, nachdem sein Antihitlerfilm »Professor Mamlock« dort mit solchem Erfolg und mit solcher Wirkung läuft.

Es wäre nun gut, wenn sich auch einige englische Schriftsteller von Rang für Wolfs Freilassung einsetzten in einem an Jules Romains gerichteten Schreiben. Vielleicht überlegen Sie sich, welche Kollegen dafür am ehesten in Frage kämen, und vielleicht erwirken Sie, daß diese Herren dann ein an Jules Romains gerichtetes Schreiben unterzeichnen. Es wird unter allen Umständen bei der unmittelbar bevorstehenden Entscheidung über Wolfs Schicksal von Belang sein.

Mir persönlich geht es relativ gut. Ich sitze still hier und arbeite. Ich weiß noch nicht, ob ich hier bleiben werde oder ob ich nach Amerika gehe. Ich habe meine Papiere beisammen, auch hat man mir dort einen Lehrstuhl angeboten. Andernteils scheue ich davor zurück, die begonnene Arbeit an einem großen Roman zu unterbrechen.

Lassen Sie mich doch einmal wissen, wie es Ihnen und Frau Ika geht. Ich glaube, Ihre Stimme unlängst im Londoner Radio erkannt zu haben.

Alles Herzliche
Ihr
Lion Feuchtwanger

Johannes R. Becher

Als es sich 1919 erwies, daß die Räterepublik in Bayern von kurzer Dauer war, fand Becher bei Ludwig Feuchtwanger Zuflucht und lernte dort den Bruder Lion kennen. Vor 1933 waren sie selten zusammen, im Exil trafen sie sich zuweilen bei Veranstaltungen in Frankreich und zum letzten Mal 1936/37 während Feuchtwangers Besuch in Moskau. Becher lebte in der Sowjetunion. Die Briefe, die sie vor 1946 schrieben, haben Belange der Zeitschriften »Das Wort« und »Internationale Literatur«, Exilliteratur überhaupt und ihre eigenen Exilwerke zum Inhalt.

Eine Mißdeutung des Romans »Waffen für Amerika« in den Nachkriegsjahren beruhte auf einem nicht zuletzt durch den Titel provozierten Irrtum. Brecht schrieb von »törichten Mißverständnissen« und verfaßte einen »Gruß an Feuchtwanger«, in dem er Feuchtwanger als vorbildlichen Mittler zwischen andersartigen Kulturen rühmte. Becher versuchte am 6. Dezember 1949 Feuchtwanger zu beruhigen. Es »denkt hier kein Mensch daran«, schrieb er, »Sie wegen Formalismus oder Kosmopolitismus zu kritisieren, um so weniger, als beim besten Willen man derartige Dinge bei Ihnen nicht finden könnte.« Becher, da er von dem Wort »Kosmopolitismus« Gebrauch machte, hatte offenbar von R. Miller-Budinskajas Artikel »Kosmopoliten im ›literarischen Hollywood‹«, der im Juni 1948 in »Nowy Mir«, Moskau, erschien, Kenntnis. Die Verfasserin bezichtigte Feuchtwanger, in seinem Werk »Waffen für Amerika« Propaganda für die Vormachtstellung der USA in Europa gemacht zu haben. Feuchtwanger hat sich selber als Kosmopoliten bezeichnet und schrieb: »Die größten deutschen Dichter, Lessing, Goethe, Nietzsche, waren Kosmopoliten.« Die Verwirrung beruhte auf einem unterschiedlichen

Begriffsverständnis. Kosmopolitismus, als Mittel »imperialistischer Ideologie der Beschränkung der nationalen Souveränität und Unabhängigkeit, die die Widerstandskraft der Völker gegenüber den Weltherrschaftsplänen der großen imperialistischen Staaten... brechen sollte«, wäre auch von Feuchtwanger abgelehnt worden. Nicht in diesem, sondern in dem ursprünglichen Sinn verstand sich Feuchtwanger als Kosmopoliten: als Weltbürger, dessen ideales Streben auf das Wohl der gesamten Menschheit, nicht eines einzelnen Volkes, einer bestimmten Nation gerichtet ist.

Becher, in der DDR mit wichtigen kulturpolitischen Aufgaben betraut, setzte sich für Feuchtwanger ein und befürwortete die Veröffentlichung seiner Werke im Aufbau-Verlag, der 1952 den zu Unrecht umstrittenen Roman »Waffen für Amerika« unter dem Titel »Die Füchse im Weinberg« herausbrachte. Auch war es vor allem Bechers Verdienst, daß Feuchtwanger 1953 mit dem Nationalpreis I. Klasse für Kunst und Literatur ausgezeichnet wurde.

Feuchtwanger schätzte nicht nur die Konsequenz der Thematik im Werke Bechers, die »Liebe zum Sozialismus«, sondern auch seine organisatorischen Arbeiten und sein kulturpolitisches Wirken. Erstaunlich blieb für ihn der Weg Bechers von dessen stilistisch formsprengenden Anfängen zu seinen »strengen Sonetten«.

In Bechers Sonett »L. F.« lauten vier Zeilen: »Es lächelt über allen Wahn dein Wissen. / Es gibt dir Ruhe und die Sicherheit, / Und ohne Ungeduld läßt es dich warten, / Du weißt: für dich stimmt einmal eine Zeit.«

221 Feuchtwanger an Becher

Sanary/Var
Villa Valmer
22. Juli 1934

Sehr geehrte Herren, lieber Herr Becher,

herzlichen Dank für Ihre Glückwünsche, die mir eine ganz besondere Freude waren. Es ist seit langem mein Plan, einmal in die Sowjetunion zu kommen. Ich hoffe zuversichtlich, daß ich ihn im nächsten Jahr werde durchführen können.

Mit herzlichen Grüßen und Empfehlungen

Lion Feuchtwanger

222 Feuchtwanger an Becher

Sanary/Var
Villa Valmer
9. November 1934

Lieber, verehrter Herr Becher,

ich hätte mich besonders gefreut, Sie zu sehen, aber ich muß, wenn ich den zweiten Teil des »Josephus« in absehbarer Zeit fertigschreiben will, jetzt unter allen Umständen bei der Arbeit, das heißt hier, bleiben.

Besteht aber keine Möglichkeit, daß Sie einmal hier herunterkommen? Sie treffen in Nizza und hier eine Menge Menschen, die Sie sicherlich interessieren werden, etwa Heinrich Mann, Roth, Kesten, Marcuse und viele andere. Ganz abgesehen davon, daß hier der Winter viel leichter zu ertragen ist als in Paris oder in London. Meine Frau und ich würden sich besonders freuen, Sie auf einige Tage hier zu sehen. Da Sie mir leider keine Pariser Adresse angeben, schicke ich den Brief an Ihre russische Adresse und an die Adressen von einigen Pariser Bekannten, die ihn Ihnen vielleicht übermitteln können.

In der Hoffnung, Sie bald wiederzusehen, mit herzlichen Grüßen

Ihr
Lion Feuchtwanger

223 Feuchtwanger an Becher

Sanary/Var
Villa Valmer
10. Februar 1936

Lieber Becher,

ich freue mich sehr, daß eine Zeitschrift zustande kommen soll, die die »Neuen Deutschen Blätter« und »Die Sammlung« ersetzt, und ich bin prinzipiell gern bereit, bei der Herausgabe mitzuwirken. Lassen Sie mich Ihnen aber gleich ein paar Bedenken allgemeiner und persönlicher Art mitteilen.

Sie schreiben mir, die neue Zeitschrift solle sich polemisch mit der gesamten faschistischen Kulturideologie beschäftigen. Mir scheint, daß dann für viele, die als Leser in Frage kommen, sogleich der Zweifel entsteht, sollen wir denn diese neue Zeitschrift lesen, wir haben ja bereits »Die Weltbühne« und »Das Neue Tage-Buch« und ähnliche Zeitschriften. Was aber wirklich fehlt, ist ein literarisches Organ von Format. Nicht nur bringt, abgesehen von der »Internationalen Literatur«, keine deutsche Zeitung oder Zeitschrift, die den Emigranten zur Verfügung steht, produktive Literatur in würdiger Form, und für den deutschen Roman, die deutsche Lyrik, die deutsche Novelle gibt es heute kein Organ, sondern darüber hinaus haben die Zeitungen und Zeitschriften der Emigranten keine Möglichkeit, Analysen der neu erscheinenden Belletristik zu bringen, die den Namen Kritik verdienen. Es schiene mir deshalb sehr vielversprechend, wenn die neu zu gründende Zeitschrift sich darauf beschränkt, Literatur zu bringen und literarische Kritik, d.h. Romane, Lyrik, Novellen und in ihrem analytischen Teil lediglich Literaturkritik. Die Literaturkritik liegt, soweit ich es übersehen kann, überall auf der Welt im argen – wie es damit in Rußland steht, weiß ich nicht. Wenn also die neue Zeitschrift eingehende, gut geschriebene Rezensionen der neu erscheinenden Bücher und Analysen jener literarischen Persönlichkeiten gäbe, die wir für wichtig halten, so hätte sie, glaube ich, Aussicht, sich schnell überall in der Welt einen Wirkungskreis zu schaffen; denn es liegt im Interesse aller bedeutenden Schriftsteller der Welt und ihrer Verleger, daß Rezensionen erscheinen, die wirklich Rezensionen sind, nicht nur hymnische oder polemische Waschzettel. Es ist, scheint mir, auch für die Verbreitung der sowjetrussischen Literatur wichtig, daß ihre Werke von den westlichen Schriftstellern analysiert werden, damit das westliche Leserpublikum sie aufnimmt. Es gibt heute nirgendwo eine literarische Zeitschrift, die diesen Namen verdient. Hier ist eine Lücke auszufüllen, und ich bin sicher, daß eine solche Zeitschrift es auch rasch dahin bringen müßte, daß sie überall zitiert wird. Voraussetzung allerdings wäre, daß sie sich auf Literatur beschränkt.

Was den Namen anlangt, wie wäre es zum Beispiel mit: »Deutschland und die Welt« oder »Die Weltliteratur« oder »Der wohlgedeckte Tisch« oder »Stimmen der Völker« oder »Das Wort«?

Was meine persönlichen Bedenken anlangt, so kann ich beim besten Willen irgendeine neue Verpflichtung, die mir Arbeit macht, kaum übernehmen. Sie wissen ja selber – wir haben uns in Paris darüber unterhalten –, wie außerordentlich schwer es ist, bei den vielen literarischen und halben politischen Anforderungen, die an jeden von uns täglich herantreten, die nötigste Zeit für die produktive Arbeit freizuhalten. Außerdem fürchte ich, daß an den »Herausgeber« einer solchen Zeitschrift außerordentlich viel unbrauchbares Material gesandt wird, dessen Autoren sich mehr auf ihre gute Gesinnung und ihre Notlage berufen können als auf ihre Fähigkeiten. Bestimmt haben Sie unter solchen braven Leuten und schlechten Musikanten viel zu leiden, ich habe es auch, und ich fürchte, das wird bei der Herausgabe einer solchen Zeitschrift eine böse crux werden. Es scheint mir aber Voraussetzung, daß, wenn eine Zeitschrift, wie Sie sie planen, gedeihen soll, für die Aufnahme von Beiträgen ausschließlich die Qualität maßgebend sein soll und keine humanitären Rücksichten. Unter solchen humanitären Rücksichten hat zum Beispiel das Format der »Sammlung« außerordentlich gelitten.

Da haben Sie also, lieber Becher, offen meine Antwort auf Ihren Brief.

Sehr herzlich und mit den besten Wünschen

immer
Ihr
Lion Feuchtwanger

224 Feuchtwanger an Becher

Sanary/Var
Villa Valmer
27. Mai 1937

Lieber Becher,

ich habe inzwischen bei einer ziemlich maßgebenden Stelle angeregt, Sie nach Spanien einzuladen; man hat mir auch zugesagt, diese Anregung zu überlegen, aber ich habe offengestanden nicht den Eindruck, daß es was werden wird.

Was die »I. L.« anlangt, so weiß ich nicht, ob ich Ihnen für die Jubiläumsnummer was schicken kann, da ich in dieser Hinsicht schon so ausgequetscht bin, daß mir wirklich nichts mehr einfällt. Zu Zweigs 50. Geburtstag aber schreibe ich Ihnen gern einen kleinen Artikel.

Herzliche Grüße
Ihr
Lion Feuchtwanger

225 Feuchtwanger an Becher

Sanary/Var
Villa Valmer
30. September 1937

Lieber Becher,

ich habe jetzt »Das trunkene Sonett« ganz gelesen, mit steigendem Vergnügen. Es ist Ihnen wirklich geglückt, dem Sonett neues Leben zu geben, dem Inhalt sowohl wie der Form. Ich finde die Sammlung im besten Sinn repräsentativ, und ich halte es für eine große Ehre, daß sie das Sonett »L. F.« enthält.

Praktisch: Ich bin Mitte Oktober in Paris und denke dort Landshoff zu treffen, wenn der keine Paßschwierigkeiten hat. Ich will ihn sehr nachdrücklich auf das Buch hinweisen. Für den Erfolg einstehen kann ich natürlich nicht, aber ich will mein Bestes tun. Ich kann es in diesem Fall mit Wärme und mit sehr gutem Gewissen.

Sehr herzliche Grüße und Wünsche Ihnen beiden

immer
Ihr
Lion Feuchtwanger

226 Feuchtwanger an Becher

Sanary/Var
Villa Valmer
4. Januar 1938

Lieber Becher,

zu Ihrem Brief vom 24. Dezember 1937:

1. Was Ihre Sonette anlangt, so möchte ich sie, wenn Sie nichts dagegen haben, lieber noch dabehalten. Ich habe erst vor zehn oder zwölf Tagen wieder an Landshoff in dieser Angelegenheit geschrieben, und ich verspreche mir etwas davon, wenn ich von Angesicht zu Angesicht darüber reden kann. Eine solche Zusammenkunft mit Landshoff ist bisher nicht zustande gekommen, da Landshoffs Paß abgelaufen war und er Holland nicht verlassen konnte. Unmittelbar vor Jahresende hat er nun einen neuen Paß gekriegt, so daß keine Reiseschwierigkeiten mehr bestehen und er mich wohl in Bälde aufsuchen wird. Lassen Sie mich also bitte wissen, ob ich die Sonette noch dabehalten kann oder ob ich das Manuskript an Mühlestein schicken soll.

2. Zum Roman »Emigranten«: An sich wäre es mir lieb, wenn der ganze Roman oder ein sehr großer Teil davon in der »Internationalen Literatur« erscheinen könnte. Auch könnte ich Ihnen einen großen Teil des Manuskripts etwa Ende März schon schicken, so daß Sie den Roman im Anschluß an den von Heinrich Mann vorabdrucken könnten. Bedingung wäre nur, daß ich einen Teil des Honorars in Valuta erhalte, und ich bitte Sie um Ihre Vorschläge.

Mit vielen Grüßen und herzlichen Wünschen für das neue Jahr für Sie beide

immer
Ihr
Lion Feuchtwanger

PS Die russische Ausgabe der »Internationalen Literatur« hat mich um den Vorabdruck des »Emigranten«-Romans ersucht. Ich habe aber darüber schon mit der

»Snamja« abgeschlossen und infolgedessen die »Internationale Literatur« ersucht, sich mit der »Snamja« ins Benehmen zu setzen. Auf alle Fälle würden Sie das Manuskript vollkommen jungfräulich erhalten.

227 Feuchtwanger an Becher

Sanary/Var
Villa Valmer
19. März 1938

Lieber Becher,

vielen Dank für die Übersendung Ihres Buches, das sehr gut aussieht.

Das meiste, was darin steht, war mir bekannt. Ich finde die Anordnung außerordentlich geglückt. Das Buch wird jene Wirkung festigen, die bereits in die Literaturgeschichte eingegangen ist, daß Sie und Brecht die deutschen Lyriker dieser Generation sind.

Herzliche Grüße
Ihr
Lion Feuchtwanger

228 Feuchtwanger an Becher

Sanary/Var
Villa Valmer
20. Juli 1939

Lieber Becher,

schönen Dank für die Übersendung der Kopien der drei Briefe, die Sie von der »American Guild« erhalten haben. Leider sind Sie nicht der einzige, der solche Kopien an mich schickt. Ich habe noch keine autoritative Aufklärung von dem einzig zuständigen Mann der »Guild«; ich habe aber Ursache anzunehmen, daß es sich lediglich um Technisches handelt, nämlich um einen Einspruch gegen die Preiszuerkennung von einer Seite, die nach den Statuten des Preisausschreibens zu einem solchen Einspruch berechtigt war. Das Gerede des Briefes 3 braucht Sie meines Erachtens nicht weiter zu beunruhigen, denn die Empfehlungen des Preisgerichtes werden von der Zuerkennung des Preises sicherlich nicht betroffen. Ich nehme an, daß Sie mit einer, meiner Meinung nach sehr wirksamen, Empfehlung durch das Preisgericht bestimmt rechnen dürfen.

Lassen Sie mich Ihnen bei diesem Anlaß sagen, daß ich die Sonette jetzt nochmals gelesen habe und daß sie bei jeder Lektüre gewinnen. Ich hatte dieser Tage Gelegenheit, auch mit Arnold Zweig und mit Werfel über die Sonette zu sprechen, die beide meine Meinung teilen.

Alles Herzliche Ihnen beiden

immer
Ihr
Lion Feuchtwanger

229 Becher an Feuchtwanger

Internationale Literatur
Deutsche Blätter
Kusnezki Most 12
Moskau
27. November 1940

Lieber Feuchtwanger!

Mit großer Freude haben wir alle gehört, daß Sie in den USA angekommen sind, und ich hoffe, sofern Sie dieser Brief erreicht, daß wir uns gegenseitig ab und zu schreiben können. Ich brauche Ihnen nicht zu versichern, wie sehr wir auf Ihre Mitarbeit an der Zeitschrift Wert legen. Wenn ich eine Adresse von Ihnen bekomme, werden wir Ihnen die Zeitschrift wieder regelmäßig zuschicken. An die Adresse von Eva gehen regelmäßig mehrere Exemplare, aber leider habe ich auch von ihr schon sehr lange nichts gehört, so daß ich nicht weiß, ob die Zeitschrift wirklich dort ankommt.

Mit den besten Grüßen
Ihr
Joh. R. Becher

230 Feuchtwanger an Becher

520 Paseo Miramar
Pacific Palisades, Calif.
22. November 1946

Lieber Becher,

ich bedaure sehr, daß Ihr alle so schweigsam seid. Während die Moskauer Freunde ziemlich regelmäßig berichten und mir literarisches Material und die russischen Ausgaben meiner neuen Bücher schicken, war, glaube ich, das letzte, was ich von Euch hörte, ein Brief von Bredel, der jetzt drei oder vier Jahre zurückliegen mag. Das tut mir ehrlich leid; denn ich bin natürlich interessiert daran, Literarisches und Persönliches von Euch zu erfahren.

Ich selber will hier eine größere Arbeit fertigmachen und dann – es wird wohl Anfang 48 werden – zu längerem Aufenthalt nach Europa gehen. Ich möchte vor allem nach Paris, Moskau und Berlin.

Herzliche Grüße und Wünsche

Ihr
Lion Feuchtwanger

231 Becher an Feuchtwanger

Kulturbund zur demokratischen
Erneuerung Deutschlands
Schlüterstraße 45
Berlin W 15
2. Dezember 1946

Lieber Feuchtwanger!

Ich habe schon zweimal an Sie geschrieben, aber jetzt nach Ihrem Brief vom 22. November – den ich heute erhielt – habe ich mich überzeugt, daß meine Briefe Sie nicht erreicht haben. Ich war sogar ein wenig ungehalten darüber, daß Sie überhaupt nicht geantwortet haben.

Ich hatte Sie erstens im Auftrage des Kulturbundes eingeladen, doch möglichst bald nach hier zu kommen, und zweitens habe ich Sie gebeten, uns Beiträge zu schicken für unsere Monatszeitschrift »Aufbau« und unsere Wochenzeitung »Sonntag«. Außerdem bat ich Sie zu überlegen, welches Werk wir von Ihnen, ohne mit anderen Verlagen zu kollidieren, in unserem Aufbau-Verlag bringen können. Leider scheint die Übersendung von Büchern, Zeitschriften etc. noch nicht zu klappen. Dann hatte ich mich auch mit der Bitte an Sie gewandt, ob es nicht möglich wäre, daß unsere Freunde drüben für eine Anzahl schwer notleidender deutscher Schriftsteller, die sich während der zwölf Jahre einwandfrei gehalten haben, Lebensmittelpakete etc. schikken. Mit Ausnahme von Hanns Eisler, der mir heute schrieb, scheint an solche Unterstützung drüben noch niemand gedacht zu haben. Schade. Denn andere Leute denken daran, und zum Beweis dafür will ich Ihnen heute einen Ausschnitt aus einem Brief von Hans Friedrich Blunck beilegen, der sich schon mehrmals an mich gewandt hat mit der Beteuerung, daß er immer ein Antifaschist gewesen sei. Ich habe ihm darauf nicht geantwortet, aber in Amerika scheint er mehr Glück gehabt zu haben, und man scheint ihn sogar für vertrauenswürdig zu erachten, deutsche Schriftsteller zu betreuen. Dieser Fall zeigt Ihnen so recht deutlich die Misere unserer Situation an. Es wäre vielleicht doch wünschenswert, wenn unsere Freunde sich der Sache derer annehmen würden, die in Deutschland unter den schwersten Bedingungen die uns allen gemeinsame Sache zu vertreten versuchen.

Ich hoffe, daß ich bald von Ihnen höre, und seien Sie recht herzlich gegrüßt von

Ihrem
Joh. R. Becher

232 Becher an Feuchtwanger

Berlin
11. Dezember 1946

Lieber Feuchtwanger,

der Überbringer dieses Schreibens ist Herr Dr. med. Hans von Fischer aus Zürich, der zusammen mit Herrn Emil Zeller nach den Vereinigten Staaten fährt, um sich dort dafür einzusetzen, daß fortschrittliche demokratische Kräfte in Deutschland durch eine möglichst umfassende Hilfe aus den Vereinigten Staaten unterstützt werden. Die Pläne, die mir der Sekretär der »centrale sanitaire suisse«, Herr Zeller, hier vortrug, sind meines Erachtens geeignet, wesentlich dazu beizutragen, die Not zu lindern und fortschrittliche Bestrebungen in Deutschland zu fördern.

Ich wäre Ihnen deshalb zu Dank verbunden, wenn Sie die Bestrebungen der schweizerischen Hilfsorganisation nach besten Kräften unterstützen könnten.

In der Hoffnung, bald einmal etwas von Ihnen und Ihrer Arbeit zu hören, bin ich mit den besten Grüßen

Ihr sehr ergebener

233 Feuchtwanger an Becher

520 Paseo Miramar
Pacific Palisades, Calif.
31. Dezember 1946

Lieber Becher,

Heinrich Mann und ich haben beim PEN-Klub angeregt, Sie und andere deutsche Freunde zu dem »Meeting« im Januar einzuladen. Hermon Ould, der Sekretär des PEN-Klubs, hat mir zurückgekabelt, daß die Versammlung im Januar nur für die Mitglieder der Exekutive des PEN-Klubs zusammenberufen wird, daß er aber die Frage der Wiedererrichtung eines deutschen PEN-Klubs und die Einladung einer deutschen Delegation für die Vollversammlung im Juni mit wärmster Befürwortung zur Sprache bringen wolle.

Herzliche Grüße und Wünsche

Ihr
Lion Feuchtwanger

234 Becher an Feuchtwanger

Kulturbund zur demokratischen
Erneuerung Deutschlands
Berlin W 15
Schlüterstraße 45
18. Januar 1947

Lieber Feuchtwanger!

Besten Dank für Ihren Brief vom 31. Dezember und nachträglich die allerherzlichsten Glückwünsche zum neuen Jahr. Es wäre natürlich sehr schön, wenn man Sie in diesem Jahr einmal sehen dürfte, und Sie selbst werden allerlei zu sehen bekommen, Positives und sehr viel Negatives und sehr viele Schwierigkeiten. Es ist jetzt soweit gekommen, daß Heinrich Mann, Anna Seghers, Becher und Theodor Plievier in der amerikanischen Zone verboten sind, und zwar nicht wegen irgendwelcher politischen Dinge, die diese Schriftsteller begangen hätten, sondern einfach wegen der Tatsache, daß ihre Schriften in einem Verlag erscheinen, der in der Ostzone stationiert ist, das heißt im russischen Sektor in Berlin, und diese Bücher nicht in die amerikanische Zone eingeführt werden dürfen. So kann ich meine Bücher eigentlich auch nicht einmal mehr privat an irgendeinen Freund in der amerikanischen Zone schicken. Aber das ist nur ein kleiner Ausschnitt aus dem großen Bild der Unannehmlichkeiten und Schwierigkeiten, die uns alltäglich umgeben und uns entgegentreten. Aber wir machen auch gewisse Fortschritte und haben Erfolge. Leider ist es nicht möglich, Ihnen unsere Erscheinungen zu übermitteln, Sie würden sicher an der einen oder anderen einige Freude haben. Hoffen wir, daß sich das alles in diesem Jahr einigermaßen klärt.

Bitte, wenn Sie eine Gelegenheit haben, grüßen Sie auch vielmals Eva Herrmann von mir, ich habe seit vielen Jahren nichts mehr von ihr gehört, und seien Sie nochmals herzlichst bedankt und gegrüßt von

Ihrem
Joh. R. Becher

235 FEUCHTWANGER AN BECHER

520 Paseo Miramar
Pacific Palisades, Calif.
3. Februar 1947

Lieber Becher,

ich bin sehr froh, endlich von Ihnen Nachricht zu haben.

Ich gehe gleich auf den wichtigsten Punkt Ihres Schreibens ein, auf alles andere antworte ich später ausführlich.

Sie wundern sich und werfen uns vor, daß wir nicht früher daran gedacht haben, daß Euch mit Paketen von Lebensmitteln und ähnlichem gedient sein könnte. Natürlich haben wir daran gedacht, und wir haben Schriftstellern und Schauspielern in den andern Zonen Pakete in Massen geschickt und auch eine Organisation zu einem solchen Zweck geschaffen. Wenn wir es Euch gegenüber nicht so gehalten haben, so hat das zwei Gründe. Erstens haben wir im Gegensatz zu den Schriftstellern und Schauspielern der anderen Zonen von Euch keine Nachricht und keine Adresse gehabt. Zweitens haben Freunde, die Sie besucht hatten, Klaus Mann zum Beispiel und Dieterles, uns erzählt, es gehe Euch verhältnismäßig äußerlich recht gut. Es ist nützlich, aus Ihrem Brief, lieber Becher, zu erfahren, wie nun die Wirklichkeit ist. Ich habe sogleich selber Pakete an Euch geschickt und ziemlich viele andere veranlaßt, ein Gleiches zu tun. Nicht ganz leicht ist es im Augenblick, eine Hilfsaktion größeren Stiles zu organisieren, da wir, wie gesagt, Ähnliches vor nicht allzu langer Zeit für die Hilfsbedürftigen der andern Zonen unternommen haben. Ich denke aber, auch das wird sich in Bälde machen lassen.

Über alles andere schreibe ich Ihnen demnächst ausführlich. Mittlerweile sehr herzliche Grüße für Sie und die andern Freunde

immer Ihr alter
Lion Feuchtwanger

PS Eva Herrmann, die hier lebt, läßt Sie sehr grüßen.

236 Becher an Feuchtwanger

Kulturbund zur demokratischen
Erneuerung Deutschlands
Berlin W 15
Schlüterstraße 45
22. Februar 1947

Lieber Feuchtwanger!

Ich danke Ihnen für Ihren Brief vom 3. Februar. Ich lege Ihnen einen Brief an Brecht bei, da leider seine Adresse so undeutlich geschrieben war, daß wir sie nicht mehr entziffern konnten. Die Hauptsache scheint mir nun, daß die Verbindung wieder aufgenommen wurde, denn ich habe gleich im Juni 1946 an Sie, Brecht und die beiden Manns geschrieben und die Briefsendungen auch später wiederholt, aber sie scheinen nicht angelangt zu sein. Am bedauerlichsten ist es, daß wir Ihnen nicht unsere neuen Bücher schicken können, aber ich werde es jetzt einmal mit einer getrennten Absendung des Katalogs versuchen. Vielleicht erreicht er Sie, und daraus können Sie, wenn auch nur in geringem Maße, unsere Tätigkeit ersehen. Sonst ist es hier eiskalt und weder im besonderen noch im allgemeinen leicht. Aber es ist Deutschland wieder, und das ist für mich das Wichtigste.

Grüßen Sie auch bitte Eva Herrmann recht herzlich, und sie soll doch auch mal was von sich hören lassen.

Mit recht herzlichen Grüßen

Ihr
Joh. R. Becher

237 Feuchtwanger an Becher

520 Paseo Miramar
Pacific Palisades, Calif.
18. März 1947

Lieber Becher,

schönen Dank für Ihren Brief vom 18. Januar.

In der Zwischenzeit habe ich ein paar Bücher bekommen, die in Ihrer Zone erschienen sind, doch noch nichts von Ihnen.

Ich denke aber, daß so ziemlich alles, was in Berlin publiziert wurde, bald hier zu haben sein wird.

Ich habe in der Zwischenzeit drei meiner Bücher an Friedrich Wolf beziehungsweise an Sie geschickt, und ich nehme an, daß Sie diese Sendung bald erreichen wird. Ich habe mit dem Querido Verlag, das heißt mit Landshoff, mit dem ich Generalvertrag über die deutsche Ausgabe meiner Bücher habe, vereinbart, daß ich eine Lizenz für den Abdruck eines meiner Bücher nach Berlin vergeben kann. Ich bitte Sie also, unter den drei Werken, die ich Ihnen schickte, eines auszuwählen. Das Buch kann dann zwei Jahre lang gedruckt werden. Am 1. Juli 1949 würden aber die Rechte an den Querido Verlag zurückfallen. Es handelt sich um die Bücher »Unholdes Frankreich«, »Exil« und »Der falsche Nero«. Der Sinn des »Falschen Nero« wird jetzt ja jedermann aufgehen, und dieses Buch dürften Sie sich unter allen Umständen leicht beschaffen können, da eine deutsche Ausgabe unter anderm im Jahre 37 und 38 in Moskau erschienen ist.

Wir denken viel an Euch und sprechen viel von Euch, und wir sind ziemlich genau informiert über Euern harten Winter, da die amerikanischen Zeitungen und insbesondere die deutschen Zeitungen in Amerika über den äußern Aspekt Deutschlands ausführliche und glaubhafte Berichte bringen.

Wir bedauern, daß wir im Grunde keine andere Hilfe schicken können als ein paar Pakete.

Lassen Sie, bitte, bald wieder von sich hören.

Mit herzlichen Grüßen

Ihr
Lion Feuchtwanger

238 Becher an Feuchtwanger

Kulturbund zur demokratischen
Erneuerung Deutschlands
Berlin W 15
Schlüterstraße 45
8. April 1947

Lieber Feuchtwanger!

Ihren Brief vom 18. 3. habe ich erhalten.

Vielleicht können Sie es mir sagen, auf welchem Wege wir Bücher nach USA schicken können. Es gibt zwar die Möglichkeit, bis zu 500g Bücher zu schicken, aber die finanzielle Belastung – nahezu RM 20.– für das Paket – übersteigt unsere Möglichkeiten. Vor allem aber möchte ich Ihnen sehr danken für das Vertrauen, das Sie uns gegenüber zeigen, indem Sie uns die Erlaubnis geben, eines Ihrer Bücher in den Verlag zu nehmen. Wir werden uns sofort entscheiden, wenn die Bücher eingetroffen sind. Ich persönlich kenne nur den »Falschen Nero«, und ich glaube auch, daß der Sinn dieses Buches in Deutschland richtig verstanden wird.

Wir alle sind froh, diesen widrigen Winter endlich überstanden zu haben, allerdings ist auch jetzt noch kein richtiger Fruhling, aber man hat eben doch den Eindruck: wir sind wieder mal davongekommen.

In diesem Zusammenhang möchte ich Sie versichern, daß eine Paketaktion uns eine sehr wertvolle Hilfe ist und daß wir für jede Spende, die von drüben kommt, von Herzen dankbar sind.

Seien Sie herzlichst gegrüßt

Ihr
Joh. R. Becher

239 Becher an Feuchtwanger

Kulturbund zur demokratischen
Erneuerung Deutschlands
Berlin W 15
Schlüterstraße 45
24. April 1947

Lieber Feuchtwanger!

Vielen vielen Dank für Ihr großartiges CARE-Paket, das mir von unvorstellbarem Nutzen ist. Ich habe versucht, Ihnen mein neues Buch zuzustellen, hoffentlich erreicht es Sie.

Seien Sie herzlichst gegrüßt

Ihr
Joh. R. Becher

240 Becher an Feuchtwanger

17. Mai 1947

Lieber Feuchtwanger!

Bitte haben Sie doch die Freundlichkeit, diesen Brief an Eva Herrmann weiterzuleiten, deren Adresse ich leider nicht besitze.

Mit besten Grüßen

Ihr

241 Becher an Feuchtwanger

Berlin
28. Juni 1947

Lieber Feuchtwanger!

Ich bestätige Ihnen dankend wiederum den Eingang eines CARE-Paketes. Sie und die Freunde in Amerika haben mir auf diese Weise einen Sonderurlaub ermöglicht, welchen ich allerdings auch dringend gebrauche.

Wie Sie vielleicht gelesen haben werden, war ich in der Schweiz zum PEN-Klub-Kongreß. Sie werden ja auch erfahren haben, daß die prinzipielle Zulassung des deutschen PEN-Klubs eine beschlossene Sache ist.

Ich werde Ihnen heute meine Rede von der ersten Bundeskonferenz des Kulturbundes zuschicken. Vielleicht haben Sie einmal Zeit und Lust, mir einiges dazu zu schreiben.

Seien Sie herzlichst gegrüßt

von Ihrem
Johannes R. Becher

242 Feuchtwanger an Becher

7. Juli 1947

Lieber Becher,

ich habe Ihren Gedichtband erhalten und danke Ihnen herzlich dafür.

Ich kannte viele der Gedichte, aber die Sammlung scheint mir besonders geglückt und wichtig vom literarischen sowohl wie vom politischen Standpunkt aus. Auch die Gedichte, die ich bereits kannte, haben mich tief angerührt.

Es sind Sendungen an Sie unterwegs, literarische sowohl wie materielle. Ich hoffe, es wird nicht allzu lange dauern, bis sie Sie erreichen.

Ihnen und den andern Freunden alles Herzliche Ihr

243 Becher an Feuchtwanger

Berlin
18. September 1947

Lieber Feuchtwanger!

Herzlichsten Dank für Ihr neues prächtiges Geschenk! Ich schicke Ihnen mit gleicher Post meine Rede vom ersten Bundeskongreß des Kulturbundes. Hoffentlich spricht Sie hierin dieses oder jenes an.

Mit besten Grüßen

Ihr

244 Becher an Feuchtwanger

Kulturbund zur demokratischen
Erneuerung Deutschlands
Berlin W 15
Schlüterstraße 45
17. Oktober 1947

Lieber Lion Feuchtwanger!

Anliegend erlaube ich mir, meine Rede vom ersten deutschen Schriftstellerkongreß zuzusenden.

Mit hochachtungsvollem Gruß

Joh. R. Becher

245 Feuchtwanger an Becher

P. O. B. 325
Pacific Palisades, Calif.
11. November 1947

Lieber Becher,

schönen Dank für die Übersendung des »Sonntag«.

Ihre Rede ist ungewöhnlich gut und hat mir starken Eindruck gemacht. Ich habe sie zweimal gelesen. Sie ist ein Dokument von bleibendem Wert.

Übrigens hatte ich dem Schriftsteller-Kongreß ein Begrüßungstelegramm geschickt. Es wurde angenommen, aber dann teilte man mir mit, daß es nicht zugestellt werden konnte.

Mit herzlichen Wünschen

Ihr

246 Becher an Feuchtwanger

Berlin W 15
Schlüterstraße 45
12. November 1947

Lieber Feuchtwanger!

Ich danke Ihnen herzlichst für Ihren neuen Gruß, der mich heute erreichte. Augenblicklich, kurz vor der Londoner Konferenz, ist die politische Atmosphäre besonders gespannt, und wir hoffen sehr, daß sie sich auch alsbald wieder entspannen möge.

Der Kulturbund ist im amerikanischen Sektor von Berlin verboten worden. Ich bedaure das ganz außerordentlich, da ich persönlich alles unternommen habe, um eine gleichmäßige Beziehung zu allen Besatzungsmächten zu erreichen, um den Kulturbund unter keinen Umständen einseitig festlegen zu lassen. Ich habe leider den Eindruck, daß gewisse deutsche Kreise bemüht waren, die amerikanische Militärregierung falsch zu informieren, um auf diese Weise zu einem Verbot des Kulturbundes zu veranlassen. Selbstverständlich gibt es in Deutschland genügend Leute, denen eine demokratische Erneuerung ganz und gar nicht gelegen ist. Ich hoffe aber immer noch, daß sich diese Konflikte lösen werden und daß wir unser Programm einer Verständigung mit allen Nationen verwirklichen können.

Seien Sie herzlichst gegrüßt, und nochmals vielen Dank von meiner Frau und mir

Ihr Joh. R. Becher

247 Becher an Feuchtwanger

Berlin W 8
Jägerstraße 1
4. Mai 1948

Lieber Lion Feuchtwanger!

Ich danke Ihnen sehr für Ihr schönes Paket, das ich neuerlich erhalten habe und das mir, wie Sie sich denken können, sehr zugute kam. Inzwischen werden Sie mein neues Buch erhalten haben, und ich würde mich freuen, wenn Sie darüber einmal etwas verlautbaren ließen.

Wie geht es übrigens Eva? Ich habe ihr einige Male geschrieben, aber nie von ihr eine Antwort erhalten. Bitte seien Sie doch so freundlich und sagen Sie ihr, daß ich mich freuen würde, wenn sie mir einmal ausführlich über ihr Leben schreiben würde.

Mit herzlichen Grüßen

Ihr
Joh. R. Becher

248 Becher an Feuchtwanger

Berlin W 8
Jägerstraße 1
31. August 1948

Lieber Feuchtwanger!

Vielen Dank für das schöne Paket, das wieder gerade zur rechten Zeit eingetroffen ist. Hier in Berlin ist es, wie Sie ja sicher aus Pressenotizen kennen, nicht ganz einfach, aber wir hoffen doch, daß allmählich eine Verständigung und Beruhigung eintritt. Ende des Herbstes hoffe ich, Ihnen wieder einige neue Arbeiten schicken zu können. Lilly hat mit großer Freude Ihr »Waffen für Amerika« gelesen und wird Ihnen persönlich noch darüber schreiben.

Mit den besten Grüßen

Ihr
Joh. R. Becher

249 Becher an Feuchtwanger

Berlin
21. Dezember 1948

Lieber Feuchtwanger!

Heute habe ich Ihnen unsere neue Zeitschrift »Sinn und Form« geschickt, und ich hoffe, daß sie Ihnen gefallen wird. Darf ich Sie herzlichst bitten, uns mit Ihrer Mitarbeit zu unterstützen?

Die besten Grüße zu Weihnachten von Lilly und von mir!

Herzlichst

250 Becher an Feuchtwanger

Berlin
6. Dezember 1949

Lieber Feuchtwanger!

Schon lange habe ich nichts mehr von Ihnen gehört, und ich habe das Gefühl, daß ich Ihnen längst hätte einmal schreiben sollen. Aber wenn Sie uns einmal hier in Bewegung sehen würden, würden Sie verstehen, wie kurz unsere Zeit ist. Nun hat unser Freund Arnold Zweig davon gesprochen, daß Sie die Absicht haben, im nächsten Jahr einmal nach Deutschland beziehungsweise nach Berlin zu kommen, aber – so meinte er – Sie hätten gewisse Befürchtungen, und ich sollte Ihnen darüber einige beruhigende Worte schreiben. Ich konnte das zunächst gar nicht ernst nehmen, denn selbstverständlich denkt hier kein Mensch daran, Sie wegen Formalismus oder Kosmopolitismus zu kritisieren, um so weniger, als beim besten Willen man derartige Dinge bei Ihnen nicht finden könnte. Vielleicht lassen sich diese Ihre Befürchtungen zurückführen auf die blödsinnige Kritik der Frau Motyljowa, die wir überhaupt nicht ernst nehmen und über die wir nur lächeln können und die auch, wie ich bei meinem Aufenthalt in der Sowjetunion vor einigen

Monaten feststellen konnte, von allen maßgeblichen Leuten scharf abgelehnt wurde. Also: es besteht nicht nur kein Grund, daß Sie, lieber Feuchtwanger, uns einmal besuchen, unsere Arbeit und das neue Deutschland kennenlernen, und ich bin fest davon überzeugt, daß es Ihnen außerordentlich gefällt und Sie hierbleiben werden.

Mit den besten Grüßen

Ihr

Joh. R. Becher

PS Bitte richten Sie doch Eva auch meine herzlichsten Grüße aus, warum sie nicht schreibt und nichts von sich hören läßt, und am besten wäre es natürlich, sie käme auch einmal wieder hier herüber.

251 Feuchtwanger an Becher

23. Januar 1950

Lieber Becher,

herzlichen Dank für Ihren Brief vom 6. Dezember.

Sein Inhalt im allgemeinen hat mir große Freude gemacht, besonders aber die freundschaftliche Gesinnung, die aus ihm sprach.

Die Schwierigkeiten, die meiner geplanten Reise entgegenstehen, liegen vor allem diesseits des Ozeans, ich hoffe aber, mit ihnen fertig zu werden.

Heinrich Mann geht es nicht sehr gut. Aber er rechnet nach wie vor damit, nach Deutschland zu fahren, und freut sich sehr darauf.

Mit herzlichen Grüßen an Sie beide und die andern Freunde

252 Becher an Feuchtwanger

Berlin W 8
Jägerstraße 1
28. Dezember 1950

Sehr geehrter Herr Feuchtwanger!

In der Anlage übersende ich Ihnen den »Sonntag« Nr. 51 und Nr. 52 mit der Bitte um Kenntnisnahme meiner Erklärung und meines offenen Briefes an Herrn Dr. Rudolf Pechel.

Mit hochachtungsvollem Gruß

Joh. R. Becher

2 Anlagen

253 Becher an Feuchtwanger

Berlin W 8
Jägerstraße 1
8. Januar 1951

Lieber Feuchtwanger!

Beiliegend ein Brief, den einige Freunde von uns an die Schriftsteller Westdeutschlands richten wollen. Ich hoffe, Sie sind mit dem Inhalt einverstanden. Sie würden aber unsere Bemühungen, ein gemeinsames Gespräch zustande zu bringen, außerordentlich unterstützen, wenn Sie uns einige zustimmende Worte zu unserem Vorhaben telegrafieren würden – denn die Zeit drängt.

Mit den besten Grüßen

Ihr
Joh. R. Becher

254 Feuchtwanger an Becher

13. Januar 1951

Lieber Becher,

Ihr Aufruf an die Schriftsteller Westdeutschlands drückt aus, was ein jeder spüren muß, dem es um deutsche Sprache und deutschen Geist zu tun ist. Mein und unser aller Wunsch geht dahin, daß Ihr Appell offene Ohren und offene Herzen finden möge.

Mit sehr guten Wünschen

der Ihre

PS Ich habe nicht depeschiert, da ich mehrmals die Erfahrung machen mußte, daß Telegramme (zum Beispiel an den Schutzverband Deutscher Schriftsteller) ihre Adresse nicht erreichten.

255 Feuchtwanger an Becher

6. Februar 1951

Lieber Becher,

schönen Dank für die Übersendung Ihrer Erklärung und Ihres offenen Briefes in Sachen des PEN-Klub.

Ich habe Ihre beiden Dokumente und die Erörterung darum mit größtem Interesse gelesen. Was Sie sagen, muß jeden sachlich Denkenden überzeugen.

Mit vielen Grüßen und Wünschen

Ihr

256 Feuchtwanger an Becher

11. Mai 1951

Lieber Becher,

ich möchte nicht verfehlen, Ihnen zu Ihrem Geburtstag auch persönlich zu gratulieren.

Lassen Sie mich bei dieser Gelegenheit aussprechen,

welch tiefen Respekt ich vor der wahrhaft jugendlichen Arbeitskraft habe, mit der Sie Ihre beiden Berufe ausfüllen. Das Amt des *Kunstpolitikers* Becher nimmt den ganzen Mann in Anspruch. Welch herzliche Freude, daß der *Dichter* Becher darüber nicht verstummt, sondern uns immer neue, geglückte Werke in schöner Reife schenkt.

Mit herzlichen Wünschen und in guter Freundschaft

Ihr

257 Becher an Feuchtwanger

Berlin-Niederschönhausen
Majakowski-Ring 34
24. Mai 1951

Lieber Feuchtwanger!

Vielen Dank für den schönen Geburtstagswunsch, den ich in dem Jubiläumsbuch vorgefunden habe, und die Zeilen, die an meinem Geburtstag hier eintrafen. Ich habe vor allem den Wunsch, daß in nicht allzu ferner Zeit wir uns einmal sehen dürfen.

Mit den besten Grüßen

Ihr
Joh. R. Becher

258 Becher an Feuchtwanger

Berlin W 8
Jägerstraße 1
20. Dezember 1951

Lieber Feuchtwanger!

Das Jahr soll nicht beschlossen sein, ohne daß ich mich bei Ihnen entschuldige für das Verhalten des Lektorats des Aufbau-Verlags, worüber ich allerdings erst gestern durch Frau Eisler erfahren habe. Auf Grund der Tatsache nämlich, daß Ihre Werke im Greifenverlag erschienen sind, habe ich mich erkundigt, wie diese erstaunliche Tatsache zustande kam, denn der Greifenverlag ist keineswegs ein solcher, der Ihnen entspricht. Ich bedaure es also sehr, daß durch – ich weiß nicht, wie ich das nennen soll – Unachtsamkeit, Schlamperei, Fahrlässigkeit usw. dem Aufbau-Verlag Ihre Werke verlorengegangen sind. Allerdings, lieber Feuchtwanger, hätte ich doch das eine gehofft: daß Sie sich wegen Ihrer berechtigten Enttäuschung an mich wenden und mir diese Dinge mitteilen. Können Sie mir nun einen Rat geben, wie wir das wiedergutmachen können. Bitte nehmen Sie diesen Brief als ein aufrichtiges Zeichen, ich darf wohl sagen meiner Empörung über das Verhalten von Menschen, denen es scheinbar entgangen ist, was Ihr Werk für uns alle bedeutet.

Gleichzeitig erlaube ich mir, Ihnen mein »Tagebuch« zu übersenden.

Mit herzlichsten Grüßen

Joh. R. Becher

259 Feuchtwanger an Becher

29. Januar 1952

Lieber Becher,

herzlichen Dank für die Sendung Ihres »Tagebuches« und für Ihren Brief. Beides erreichte mich erst heute.

Das »Tagebuch« hatte ich bereits gelesen; es gibt kein anderes Werk, das die innere Landschaft des Deutschland von 1951 so klar und doch so atmosphärisch darstellte wie dieses.

Zum Inhalt Ihres Briefes:

Meine Korrespondenz mit dem Aufbau-Verlag war langwierig, und ich glaube nicht, daß es am guten Willen von seiten des Aufbau-Verlags fehlte. Aber der Greifenverlag hat sich sichtlich mit liebevollstem Eifer für die Verbreitung meiner Bücher in der Deutschen Demokratischen Republik abgemüht und, wie ich aus zahlreichen Briefen deutscher Leser sehe, nicht ohne Erfolg. Ich bin froh, daß die »Josephus«-Trilogie, die in den letzten Jahren in vielen Ländern neu aufgelegt wurde, nun auch in Deutschland wieder da ist.

Der Aufbau-Verlag hat mir inzwischen geschrieben. Ich lege Ihnen eine Abschrift meiner Antwort bei, und ich wäre Ihnen natürlich zu großem Dank verbunden, lieber Becher, wenn Sie sich in dieser Sache für mich einsetzen wollten.

Mit herzlichen Grüßen und Wünschen

Ihr

Anlage

260 Feuchtwanger an Becher

9. Juli 1952

Lieber Becher,

herzlichen Dank für Ihre freundlichen Glückwünsche zu meinem Geburtstag.

Erlauben Sie, daß ich mich bei diesem Anlaß in einer persönlichen Angelegenheit an Sie wende. Sie sagten mir einmal, ich solle mich doch unmittelbar an Sie wenden, wenn es gilt, Schwierigkeiten mit dem Aufbau-Verlag zu verhüten. Darf ich Ihnen also sagen, daß mir viel daran liegt, daß mein Buch »Die Füchse im Weinberg« wenn irgend möglich noch in diesem Jahr im Aufbau-Verlag erscheint. Es ist, wie Sie wissen, nicht leicht, westliche Verleger zu Vertragsabschlüssen mit Verlegern in der DDR zu bewegen. Mir, wahrscheinlich als einzigem, ist das geglückt. Es wäre also wünschenswert, daß das Buch, um das es geht, nun auch wirklich in der DDR, und nicht zu spät, erscheint.

Ich habe übrigens ein Vorwort dazu geschrieben, welches, denke ich, dazu angetan ist, die Leser über den Sinn aufzuklären.

Mit vorausgeschicktem Dank für Ihre Mühe

immer Ihr
Lion Feuchtwanger

PS Ich habe jene Verse von Ihnen, die damals als Sonderheft von »Sinn und Form« erschienen, von einem guten Buchbinder binden lassen, und sie machen jetzt in meiner Bibliothek unter Ihren andern Büchern innerlich und äußerlich gute Figur.

261 Becher an Feuchtwanger

Berlin
15. Juli 1952

Lieber Feuchtwanger!

Unmittelbar vor meiner Abreise in den Urlaub erhalte ich Ihren Brief. Ich werde sehen, daß die Sache noch in Ordnung kommt.

Mit den besten Grüßen

Ihr
Joh. R. Becher

262 Becher an Feuchtwanger (Telegramm)

Berlin
7. Juli 1953

Herzliche Glückwünsche zum heutigen Tag.

Johannes R. Becher

263 Feuchtwanger an Becher

4. August 1953

Lieber Becher,

ich habe wieder eine Bitte an Sie.

Ich sehe mit Freude, daß man in der Tschechoslowakei, in Polen und in Rumänien nach langer Pause meine Bücher wieder übersetzt und veröffentlicht. Vielleicht denkt man auch in der Sowjetunion daran, den Lesern meine Bücher wieder zugänglich zu machen. Könnten Sie, lieber Becher, darüber was in Erfahrung bringen?

Für eine Bemühung in dieser Richtung wäre ich Ihnen zu großem Dank verpflichtet.

Freundschaftlich wie stets

Lion Feuchtwanger

264 Becher an Feuchtwanger

Berlin-Niederschönhausen
Majakowski-Ring 34
[August 1953]

Lieber, sehr verehrter Lion Feuchtwanger!

Ich danke Ihnen für Ihren Brief und werde selbstverständlich mich bemühen, Ihren Wunsch zu erfüllen.

Bei dieser Gelegenheit eine Anfrage, die ich Sie bitte, mir telegrafisch zu beantworten: Sind Sie in der Lage, den Nationalpreis I. Klasse in diesem Jahr anzunehmen?

Mit den besten Grüßen

Ihr
Joh. R. Becher

265 Feuchtwanger an Becher

22. August 1953

Lieber Becher,

schönen Dank für Ihren Brief.

Gewiß würde ich den Preis mit Freude und Stolz annehmen.

Herzlichst
Ihr
Lion Feuchtwanger

266 Becher an Feuchtwanger

29. September 1953

Lieber Feuchtwanger!

Es ist mir eine große Freude, Ihnen mitteilen zu können, daß Sie den Nationalpreis I. Klasse erhalten haben. Es ist der einzige Nationalpreis I. Klasse, der in diesem Jahr für Kunst und Literatur verliehen wurde. Der Tag der offiziellen Verleihung ist der 7. Oktober.

Hoffentlich wird es in nicht allzu ferner Zeit einmal möglich sein, daß wir persönlich Ihnen Dank sagen dürfen für alles das, was Sie uns mit Ihren Werken geschenkt haben.

Mit den besten Grüßen

Ihr
Joh. R. Becher

267 Feuchtwanger an Becher

520 Paseo Miramar
Pacific Palisades, Calif.
8. Oktober 1953

Lieber Becher,

sehr herzlichen Dank für den Brief vom 29. September, in dem Sie mir die Verleihung des Nationalpreises mitteilen.

Ihr Brief erreichte mich spät, so daß ich bereits vor seinem Erhalt von der United Press erfahren hatte, daß mir der Nationalpreis zuerkannt worden war.

Lassen Sie mich Ihnen wiederholen, daß mir diese Ehrung durch die Deutsche Demokratische Republik eine besonders große Freude ist. Daß die Republik den Preis einem Schriftsteller verleiht, der nicht in ihrem Bereiche lebt, scheint mir ein schlagender Beweis für die Weitherzigkeit, mit welcher sie die Vereinigung alles dessen, was deutsch ist, anstrebt.

Ich bin glücklich darüber, daß unter meinen Lesern diejenigen, an denen mir am meisten liegt, die deutschen, mich nicht vergessen haben.

Bitte, sagen Sie meinen aufrichtigen Dank allen denen, die an der Entscheidung mitgewirkt haben.

Mit guten Grüßen und Wünschen

immer Ihr
Lion Feuchtwanger

268 Feuchtwanger an Becher

15. Februar 1954

Lieber Becher,

vor Wochen las ich in der hiesigen Presse kurze und hämische Notizen über Ihren Eintritt in die Regierung der Deutschen Demokratischen Republik.

Jetzt erst, da die deutschen Zeitungen eingetroffen sind, sehe ich, was sich wirklich ereignet hat. Ich gratuliere Ihnen herzlich. Als Schriftsteller empfinde ich doppelte Genugtuung darüber, daß nun ein Mann Ihres literarischen Formats dieses wichtige Amt bekleidet.

Darf ich bei diesem Anlaß eine freundschaftliche Bitte an Sie richten? Wollen Sie nicht einmal aus der Fülle Ihrer Gedichte diejenigen zusammenstellen, von denen Sie glauben, daß sie am reinsten ausdrücken, was Sie sagen wollten? Die Literaturgeschichte lehrt, daß ein solcher maßgeblicher

Kanon die sicherste Gewähr bietet, daß aus der Fülle eines Dichtwerks das Wesentliche erhalten bleibt.

Mit herzlichen Grüßen und Wünschen

immer Ihr
Lion Feuchtwanger

269 Becher an Feuchtwanger

Berlin-Niederschönhausen
Majakowski-Ring 34
24. Februar 1954

Lieber Feuchtwanger!

Ich danke Ihnen herzlich für Ihren Brief. Er hat mich sehr gefreut, und ich kann Ihnen nur versichern, daß ich mein Bestes tun werde, um Ihre Erwartungen zu rechtfertigen.

Gleichzeitig schicke ich Ihnen eine Auswahl. Ich habe schon verschiedene derartige versucht. Von Zeit zu Zeit stelle ich immer wieder neue zusammen, aber ich glaube, die vorliegende gibt schon einen ganz guten Einblick in das, worum ich mich poetisch bemüht habe. Haben Sie eigentlich meine »Verteidigung der Poesie«? Ich schicke sie Ihnen ebenfalls.

Alles, alles Gute

Ihr
Joh. R. Becher

270 Becher an Feuchtwanger (Telegramm)

Berlin
7. Juli 1954

Lieber, hochverehrter Lion Feuchtwanger. Zu Ihrem 70. Geburtstag übermittle ich Ihnen im Namen des Ministeriums für Kultur die allerherzlichsten Glückwünsche. Sie wurden im Jahr 1953 mit dem Nationalpreis der Deutschen Demokratischen Republik ausgezeichnet. Diese Auszeichnung wurde einem der hervorragenden Epiker unserer deutschen Literatur zuteil, der insbesondere den historischen Roman befreit hat vom Requisit und jeder archaisierenden Schablone und wieder zu einer aktuellen schöpferischen Bedeutung erweckt hat. Sie können in Freude und Stolz auf ein vielartiges, reichhaltiges Werk zurückblicken. Seien Sie überzeugt, daß Sie, zwar räumlich getrennt von Deutschland, in diesem nun gemeinsamen Vaterland ein Leserpublikum haben, das Sie zutiefst als einen der deutschen Dichter empfindet und an Ihrem Jubiläumstag feiert, der den nationalen Gehalt in seinen Werken nie vermissen läßt und der sich stets zu seiner Heimat, zu jenem Deutschland bekennt, von dem Heine gesagt hat, daß es ein »kerngesundes Land« und darum von »ewigem Bestand« sei. Wir wünschen uns, daß Ihre Schaffenskraft Ihrem Volke nicht nur viele Jahre lang noch erhalten bleibt, sondern mit diesem Wunsch verbinden wir auch den, Sie in absehbarer Zeit mitten unter uns willkommen heißen zu dürfen.

Ihr
Dr. h. c. Johannes R. Becher
Minister

271 Feuchtwanger an Becher

520 Paseo Miramar
Pacific Palisades, Calif.
10. Juli 1954

Lieber Becher,

die Glückwünsche, die Sie mir im Namen Ihres Ministeriums übermittelten, waren mir eine besondere Freude.

Meine Bücher erstreben in der Tat das, was Ihr Telegramm in starken und schönen Worten als das erreichte Ziel meines Werkes bezeichnet. Es ist mir tiefe Genugtuung, daß der Dichter Johannes R. Becher diese meine Bücher vor allem als deutsche Dichtung rühmt.

Dank und Gruß.

Immer Ihr
Lion Feuchtwanger

272 Becher an Feuchtwanger (Telegramm)

Berlin
7. Juli 1955

Allerherzlichste Glückwünsche

Johannes R. Becher

273 Feuchtwanger an Becher

9. Juli 1955

Lieber Becher,

herzlichen Dank für Ihre Glückwünsche.

Bei dieser Gelegenheit möchte ich Ihnen sagen, daß ich Ihre Schiller-Rede mit größter Anteilnahme gelesen habe. Ich weiß, wie schwer es ist, auf dieser abgeweideten Wiese noch was Frisches und Grünes zu finden. So mehr hat es mich angerührt, daß Sie Bekanntes und Abgegriffenes frisch und neu und bedeutend gemacht haben.

Mit guten Grüßen und Wünschen

Lion Feuchtwanger

274 Becher an Feuchtwanger (Telegramm)

Berlin
7. Juli 1956

Beste Glückwünsche zum Geburtstag

Ihr
Johannes R. Becher

275 Becher an Feuchtwanger

Berlin
6. Juli 1958

Herzlichste Glückwünsche zum Geburtstag

Dr. h. c. Johannes R. Becher
Minister für Kultur der
Deutschen Demokratischen Republik

276 Feuchtwanger an Becher

Post Office Box 325
Pacific Palisades, Calif.
12. Juli 1958

Lieber Becher,

herzlichen Dank für Ihre Geburtstagswünsche.

Es wäre mir eine Freude, wenn Sie einmal Zeit fänden,

mir ein bißchen ausführlicher zu berichten, vor allem über Ihre Gesundheit und Ihre literarischen Pläne.

Mit herzlichen Grüßen und Wünschen

wie stets
der Ihre
Lion Feuchtwanger

277 Feuchtwanger an Lilly Becher

23. Oktober 1958

Liebe Lilly Becher,

ich habe erst spät vom Tode Bechers erfahren. Die Nachricht hat mich sehr mitgenommen, und ich kann mir gut vorstellen, wie sehr dieses Ereignis Sie erschüttert haben muß.

Ich denke oft zurück an die Zeit, die ich mit Ihnen und Becher in Moskau verbrachte. Sehr, sehr herzliche Anteilnahme.

Ihr
Lion Feuchtwanger

278 Lilly Becher an Feuchtwanger

Berlin-Niederschönhausen
Majakowski-Ring 34
5. November 1958

Lieber Lion Feuchtwanger!

Ich danke Ihnen von ganzem Herzen für Ihre Zeilen. Ich bin, wie Sie verstehen werden, noch nicht imstande, über den für mich noch immer unfaßbaren Verlust zu sprechen. Ich brauche Ihnen auch nicht zu sagen, wie sehr sich Hans gerade Ihnen verbunden fühlte, wie sehr er sich über jede Nachricht von Ihnen freute und wie sehr er den Schriftsteller und Menschen Feuchtwanger geliebt und bewundert hat.

Für heute nur soviel: Es ist Ihnen vielleicht bekannt geworden, daß unsere Regierung das Lebenswerk und den Nachlaß von Becher zur Sache der Nation erklärt und mich zur Sachwalterin eingesetzt hat. Diese Aufgabe so gut ich es nur kann zu erfüllen, ist der einzige Sinn, den mein Leben noch hat. Ich wäre Ihnen sehr dankbar und sehr glücklich, wenn Sie mir dadurch helfen könnten, indem Sie mir Erinnerungen an Begegnungen und Gespräche mit Becher schildern könnten, bevor diese Erinnerungen verblaßt sind. Ich möchte diese Aufzeichnungen einerseits in dem großen, nach wissenschaftlichen Prinzipien geordneten Becher-Archiv aufbewahren, das zunächst entstehen soll, und später, wenn Sie damit einverstanden sind, in einem Erinnerungsbuch seiner Freunde veröffentlichen, das ich mit aller Sorgfalt und Liebe vorbereiten will. Schon jetzt möchte ich Sie meiner großen Dankbarkeit versichern, falls es Ihnen möglich ist, mir diesen Wunsch zu erfüllen. Viele der ältesten und besten Freunde des von mir über alles geliebten Menschen sind schon dahingegangen; Sie werden also verstehen, welch dringendes Anliegen es für mich ist, die Stimmen der wenigen zu sammeln, die noch erreichbar sind.

Mit vielen guten Wünschen für Sie grüßt Sie in herzlicher Verbundenheit

Ihre
Lilly Becher

279 Feuchtwanger an Lilly Becher

3. Dezember 1958

Liebe Lilly Becher,

ich kann mir denken, daß die Sorge um Erhaltung und Ordnung des Lebenswerks und des Nachlasses von Becher

Ihnen Trost gibt. Ich will gern das Meine tun, Ihnen zu helfen, und ich will Erinnerungen an Becher aufzeichnen.

Mit herzlichen Grüßen und Wünschen

der Ihre
Lion Feuchtwanger

Heinrich Mann

Heinrich Mann gehörte neben Brecht und Arnold Zweig zu den intimsten, ältesten Freunden Feuchtwangers. Die beiden lernten sich 1911 in der Münchener Torggelstube kennen, lange bevor Brecht oder Zweig mit Feuchtwanger bekannt wurden.

Feuchtwangers Briefwechsel mit Heinrich Mann entbehrt, was Samuel Johnson »the mutual civilities of authors« (die gegenseitige Höflichkeit zwischen Schriftstellern) nannte. Es war ein unbefangen kameradschaftliches Verhältnis. Die Briefe erhellen die Anliegen und Bestrebungen beider über ihre individuellen Werke und Schicksale hinaus: die Selbstbehauptung der deutschen Literatur im Exil und den Kampf gegen den Faschismus und für die Zukunft eines befreiten Deutschlands.

Der Anstoß zum politischen Engagement und zum öffentlichen Auftreten kam 1937 von Heinrich Mann. In den Briefen werden Möglichkeiten der Gründung einer bürgerlich-intellektuellen Gruppe im Rahmen der Volksfront erwogen. Heinrich Manns letzte große Anstrengung, dem Zersetzungsprozeß innerhalb der deutschen Opposition gegen Hitler entgegenzuwirken, fand ihren Niederschlag 1937 im Briefwechsel mit Feuchtwanger. Dieser war der erste, der auf ein Rundschreiben Heinrich Manns vom 11. August positiv reagierte. Die weiteren Briefe dokumentieren die Bemühungen, innerhalb der Volksfront eine selbständige Gruppe von Vertretern aus den geistigen Berufen zu gründen. Ihre Pläne und Unternehmungen scheiterten. Damit brach der Briefwechsel zwischen Feuchtwanger und Heinrich Mann im französischen Exil ab. Er wurde erst drei Jahre später in den USA wieder aufgenommen.

Als Heinrich Mann in dem Band »Ein Zeitalter wird besichtigt« rückblickend über die Vorbereitungen für die Flucht aus Marseille schrieb, bezeichnete er Feuchtwanger als die große Stütze in den Tagen der schlimmsten Befürchtungen: »Er behandelte das Problem unserer Abreise wie einen seiner Romane, auf Grund sicherer Kenntnis – der Gegebenheiten, der Personen – und im vernünftigen Hinblick auf das Abenteuer, das endlich eintreten soll ... Feuchtwanger, mein seriöser Mentor, hatte in dem verschwiegenen Garten, seinem Aufenthalt, den ich beinahe als einziger kennen durfte, für alle bequemen Fabeln nur sein weises Lächeln.«

Nicht nur die Flucht selbst, sondern auch die Notwendigkeit, in dem ihm fremden Amerika seßhaft zu werden, stimmten Mann bedenklich. Bei Feuchtwanger sah er da weniger Schwierigkeiten. Er »ist schon lange ein amerikanischer Autor, ohne daß er aufhört, Europäer, sogar ein Deutscher des biederen Schlages zu sein«. Sein amerikanisches Publikum habe Weltgeschichte von ihm gelernt – und auch Münchener Geschichte, als München »Weltruf erhielt durch Hitler, seinen Erfolg – und den Roman ›Erfolg‹, der mehr Dauer verspricht«. Schon 1934 konstatierte Heinrich Mann im 11. Heft der »Sammlung«: »In Amerika schreibt man von einem Verfasser historischer Romane: ›Fast erreicht er Feuchtwanger.‹«

Der Briefwechsel in Kalifornien unterscheidet sich von dem in Frankreich. Da sie sich häufig sahen, ist er dem Umfang nach gering, und die Rollen sind vertauscht. Es war Feuchtwanger, der Mann zu publizistischer Mitarbeit aufforderte. Auch stand Feuchtwanger dem alternden und vereinsamten Heinrich Mann nicht nur in verlegerischen Angelegenheiten zur Seite.

Die Worte Manns zu Feuchtwangers sechzigstem Geburtstag stehen als Leitspruch für ihre Freundschaft: »Er für mich, ich für ihn, sind ein geliebtes Andenken.«

280 Feuchtwanger an Heinrich Mann

Sanary/Var
Villa Valmer
31. August 1934

Lieber, sehr verehrter Herr Heinrich Mann,

es war Marta und mir eine ungewöhnliche Freude, Sie, leider nur für so kurze Zeit, hier zu haben.

Gleichzeitig mit Ihrem schönen Brief traf Ihr Manuskript ein. Ich bin freudig gespannt darauf, es zu lesen. Ich werde mir dann sogleich erlauben, Ihnen zu schreiben.

Mit herzlichen Grüßen, auch von Marta, an Sie beide

immer
Ihr
Lion Feuchtwanger

281 Feuchtwanger an Heinrich Mann

Sanary/Var
Villa Valmer
1. März 1937

Lieber, sehr verehrter Herr Heinrich Mann,

ich bin jetzt glücklich aus Moskau zurück und möchte Ihnen gern von meinen Reiseeindrücken erzählen. Bitte, sagen Sie mir doch, ob Sie zur Zeit hier unten sind und ob Hoffnung besteht, Sie hier zu sehen. Falls ich in den nächsten Monaten einmal in die Gegend von Nizza kommen sollte, werde ich mich rechtzeitig melden.

Sehr herzliche Grüße Ihnen beiden, auch von Marta,

Ihr
Lion Feuchtwanger

282 Heinrich Mann an Feuchtwanger

18, rue Rossini
Nice
2. März 1937

Lieber, sehr verehrter Herr Doctor,

in den Zeitungen las ich Ihre Meinung von der SU, und sie leuchtete mir ein. Natürlich würde ich gern mehr hören. Ich freue mich, Sie wieder in der Nähe zu wissen, und hoffe, daß Sie wirklich einmal in diese Stadt kommen.

Wir begrüßen Sie beide herzlich

Ihr
H. Mann

283 Feuchtwanger an Heinrich Mann

Sanary/Var
Villa Valmer
23. März 1937

Lieber, sehr verehrter Herr Heinrich Mann,

ich empfehle Ihnen sehr warm den Überbringer dieser Zeilen, Herrn Shapiro.

Herr Shapiro, ein Amerikaner, ist der Korrespondent der Reuter-Agentur in Moskau und sehr bewandert in allen Dingen, die die Sowjetunion betreffen. Wenn Sie sich mit ihm unterhalten, werden Sie sicher eine anregende Stunde verbringen.

Herzliche Grüße an Sie beide, auch von Frau Feuchtwanger,

Ihr
Lion Feuchtwanger

284 Heinrich Mann an Feuchtwanger

18, rue Rossini
Nice (A. M.)
17. April 1937

Sehr verehrter, lieber Herr Doctor,

als Hauptdelegierten der deutschen Sektion für den nächsten Kongreß des PEN-Klubs habe ich mir erlaubt, Sie vorzuschlagen. Ich habe gesagt, daß wir allen Grund haben, mit unseren populärsten Erscheinungen aufzuwarten. Wenn Rudolf Olden sich an Sie wendet, werden Sie ihm nach Belieben antworten. Ort und Zeitpunkt sind diesmal bequem genug: Paris, 21. Juni.

Andererseits wollen Sie gewiß auch an dem anderen Kongreß teilnehmen, ich meine den antifaschistischen Literatur-Kongreß in Spanien. Er soll gleichfalls im Juni sein. Soeben schlage ich der »Association Int^{le} des Ecrivains« vor, ihn jedenfalls nach dem PEN-Kongreß, frühestens 28. Juni beginnen zu lassen. In Paris wird voraussichtlich um dieselbe Zeit eine Volksfront-Sitzung sein. Von dort könnten wir zusammen nach Spanien fahren, ab Toulouse Flugzeug. Was sagen Sie dazu?

Sprechen wir unter uns von der Volksfront, das dürfen wir. Für die Öffentlichkeit sind wir der Vorbereitende Ausschuß und müssen es bleiben. Ihre Kundgebung hat mich erschüttert. Auf den bekannten Vertreter des Prager Vorstandes machte sie nicht den geringsten Eindruck. Die V. F.

könnte nur im Lande gebildet werden, sagt er. Aber wer verhindert sie dort?

In einer Abendstunde lese ich sooft als möglich den »Falschen Nero«, das ist ein großartiges Buch. Mir geht im Kopf eine Betrachtung um, die heißen würde: Feuchtwanger und der Weltruhm. Hätte ich nur Zeit, sie auszuarbeiten. Ich bin im letzten Drittel meines Romans; Landshoff drängt auf sein Erscheinen Ende des Sommers, was kaum zu machen ist. Dazu immer Artikel, und Sie sehen, auch noch die Kongresse, falls ich mich ernstlich darauf einlasse. Das Leben wird nicht leichter.

Ich begrüße Sie herzlich und bitte, mich Ihrer verehrten Gattin zu empfehlen.

Ihr
H. Mann

285 Feuchtwanger an Heinrich Mann

Sanary/Var
Villa Valmer
19. April 1937

Lieber, sehr verehrter Herr Heinrich Mann,

vielen Dank für Ihren Brief.

Ich hoffe, daß ich Zeit haben werde, an den beiden Kongressen teilzunehmen. Es ist kühn und erfreulich, daß man den antifaschistischen Kongreß nach Spanien einberufen hat, und ich hoffe sehr, daß es glücken wird, die Ausreiseschwierigkeiten aus Frankreich zu beheben, die gewisse Kreise bestimmt machen werden.

Die Dummheit und Dumpfheit des Prager sozialdemokratischen Vorstands habe ich am eigenen Leib zu spüren bekommen, als ich unlängst da war. Es wird noch viel Mühe kosten, ehe man diese Herren wird einspannen können.

Sehr freue ich mich, daß »Der falsche Nero« Ihnen gefällt. Ich mußte mir das Staunen von der Seele schreiben, daß ein Hitler sich in unserer Welt so lange halten kann.

Auf die Vollendung des »Henri« bin ich ungeheuer gespannt. Aber lassen Sie sich von Landshoff nicht allzusehr hetzen. Ob der Roman zu Ende des Sommers oder im Anfang des Herbstes erscheint, ist für den Verleger wichtiger als für den Autor.

Darf ich bei dieser Gelegenheit nochmals an »Das Wort« erinnern. Die Zeitschrift ist, ob zu Recht oder zu Unrecht, die weitaus am meisten verbreitete unter den Revuen der deutschen Emigration, und Ihr Wort könnte da in Schichten dringen, die sonst schwer erreichbar sind.

Ihnen beiden herzliche Grüße, auch von meiner Frau. Ich hoffe also, Sie recht bald wiederzusehen.

Immer Ihr
Lion Feuchtwanger

286 Feuchtwanger an Heinrich Mann

Sanary/Var
Villa Valmer
15. Mai 1937

Lieber, sehr verehrter Herr Heinrich Mann,

Rudolf Olden bittet mich soeben um endgültigen Bescheid wegen meiner Teilnahme am PEN-Klub-Kongreß. Ich antwortete ihm, daß ich bestimmt teilnehmen werde, aber daß ich es vorziehe, nicht Hauptdelegierter zu sein, da ich ein durchaus unrepräsentativer Redner bin.

Über den spanischen Kongreß habe ich nichts mehr gehört. Michail Kolzow hat mir aus Moskau depeschiert, daß er vermutlich um den 17. Mai herum mich hier in Sanary aufsuchen wird. Ich hoffe, da Bestimmteres zu erfahren.

Auf alle Fälle hoffe ich, Sie, sei es in Paris, sei es in Valencia, bald wiederzusehen.

Mit sehr herzlichen Grüßen

immer
Ihr
Lion Feuchtwanger

287 FEUCHTWANGER AN HEINRICH MANN (Telegramm)

[17. Mai 1937]

Heinrich Mann 18 rue Rossini Nice

réflexions faites accepte d'être délégué général pour epargner difficultés

Feuchtwanger

288 HEINRICH MANN AN FEUCHTWANGER

18, rue Rossini
Nice
21. Mai 1937

Lieber, sehr verehrter Herr Doctor,

ich bestätige Ihren Brief vom 15. und Ihr Telegramm vom 17. Mai. Nach dem Empfang des Telegramms habe ich Rudolf Olden davon in Kenntnis gesetzt, daß Sie einverstanden sind, als Hauptdelegierter zum PEN-Klub-Kongreß zu gehen.

Mit herzlichen Grüßen
Ihr
H. Mann

289 Heinrich Mann an Feuchtwanger

18, rue Rossini
Nice (A. M.)
17. Juni 1937

Sehr verehrter, lieber Herr Doctor,

erst in diesen Tagen ist es zweifelhaft geworden, ob ich zu dem PEN-Klub-Kongreß pünktlich eintreffen kann. Sonst hätte ich nicht bis heute gewartet, Sie mit der beigefügten Mitteilung von Emil Ludwig bekannt zu machen.

Darf ich bitten, daß Sie gegebenen Falles die Erklärung verlesen? Sollte ich wirklich abwesend sein müssen, dann entschuldigen Sie mich gefälligst und geben meine Entschuldigung an geeigneter Stelle weiter.

Mit herzlichen Grüßen, Ihnen ergeben

H. Mann

290 Heinrich Mann an Feuchtwanger

18, rue Rossini
Nice (A. M.)
2. Juli 1937

Sehr verehrter, lieber Herr Doctor,

wir konnten uns zu meinem großen Bedauern in Paris nicht sehen; ich mußte drei Tage fortwährend für die Volksfront arbeiten, sie hat gerade jetzt eine schwere Zeit.

Diese und ähnliche Gründe verhinderten mich auch, den Kongreß zu besuchen. Ich würde mich bei Ihnen entschuldigen, wenn ich das Recht dazu hätte. Sie haben unsere Literatur unübertrefflich vertreten. Als ich Ihre Rede las, fand ich, daß meine Teilnahme nichts hinzugefügt hätte.

Ihre Rede läßt Widerspruch kaum zu, da sie sachlich bis zum Statistischen ist. Ich nehme an, daß Sie keinen Angriffen begegnet sind und die Erklärung Emil Ludwigs nicht verlesen mußten. Wenn doch, lassen Sie es mich, bitte, wissen.

Mit den besten Grüßen
Ihnen ergeben
Heinrich Mann

291 FEUCHTWANGER AN HEINRICH MANN

Sanary/Var
Villa Valmer
8. Juli 1937

Lieber, sehr verehrter Herr Heinrich Mann,

auch mir war es besonders leid, Sie in Paris nicht gesehen zu haben.

Was unsere geplante Expedition nach Spanien anlangt, so hatten Sie recht, daß Sie es von vornherein aufgegeben hatten, daran teilzunehmen. Der Kongreß an sich scheint mir nach wie vor jeder Förderung wert, aber die technischen Schwierigkeiten der Teilnahme waren derartig groß und die Organisation zur Überwindung dieser technischen Schwierigkeiten derartig schlecht, daß man wenige Stunden vor der geplanten Abfahrt noch nicht wußte, ob nun die nötigen Papiere beschafft worden seien oder nicht. Daraufhin habe auch ich endgültig auf die Teilnahme verzichtet.

Der PEN-Klub-Kongreß verlief relativ harmonisch und, wie mir scheint, eindrucksvoll. Es war trotz allem sehr schade, daß Sie nicht daran teilnahmen; denn dann, des bin ich sicher, wäre nicht die Rede Ferreros, sondern die Ihre der Höhepunkt der Tagung gewesen.

Die Resolutionen für Ossietzky und gegen die Diffamierung der emigrierten deutschen Schriftsteller wurden einstimmig angenommen. Über ein paar Milderungen der Formulierung konnte man sich ohne weiteres verständigen. Die Österreicher machten etwas brummige Gesichter, ein

Graf Hammerstein-Equordt äußerte einiges sehr Allgemeines, was man als Protest auffassen konnte, die einzige, die wirklich protestierte, war merkwürdigerweise Frau Helene Stöcker, die Furcht hatte, ihre Angehörigen in Deutschland könnten schikaniert werden. Ich habe sie veranlaßt, der Vormittagssitzung fernzubleiben, an der über die Resolutionen abgestimmt wurde. Ist es nicht grotesk, daß die Vorkämpferin der Friedensbewegung in Deutschland gegen eine Resolution stimmen muß, die für Ossietzky Stellung nimmt?

Die Schweizer hielten ein paar allgemeine, höchst unverbindliche Reden, und es ergab sich keine Gelegenheit, die Erklärung Emil Ludwigs zu verlesen.

Ich hoffe, daß ich Sie nun trotz allem bald einmal ausführlich sprechen darf und bin mit herzlichen Grüßen

Ihr
Lion Feuchtwanger

292 Heinrich Mann an Feuchtwanger

Briançon (Hautes Alpes)
Grand Hôtel
15. Juli 1937

Lieber, sehr verehrter Herr Doctor,

Ihr Bericht ist erfreulich, nehmen Sie meinen Dank. Ich freue mich, daß ich Sie als Hauptdelegierten gewinnen konnte. Sie haben nicht nur vorzüglich gesprochen, sondern wirkliche Ergebnisse erzielt. Eine Rede ist eine Rede, aber hat Ferrero mit der seinen gerade diesen Erfolg gehabt?

Auch beim Lesen von »Moskau 1937« bin ich voll der Bewunderung für Ihre gerechte Verständigkeit, die überaus wirksam ist. Gide ist begeistert hingereist und verbittert zurückgekehrt. Seine Enttäuschungen folgen notwendig aus der vorgefaßten Meinung, er käme in ein fleckenloses Paradies. Hätte er aber sein Hochgefühl unbeschädigt mit heimgebracht, überzeugend wie Ihre richtigen Beobachtungen und vernünftigen Schlüsse wäre es doch niemals gewesen. Merkwürdig, er ist Psychologe und Moralist; aber die große Gelegenheit, die das Verhältnis Stalin-Trotzki ihm gab, scheint er nicht bemerkt zu haben. Bei Ihnen ist es der Höhepunkt und ein achtunggebietender.

Ich selbst sehe hiernach kaum einen Grund, noch dorthin zu gehen, außer allenfalls meine persönlichen Angelegenheiten, und auch von ihnen verspreche ich mir wenig.

Wir versäumen in Spanien nichts, unsere Arbeit geschieht besser hier.

Nehmen Sie mit Empfehlungen an Frau Feuchtwanger meine herzlichen Grüße.

Ihr
H. Mann

293 Heinrich Mann an Feuchtwanger

Briançon (Hautes Alpes)
Grand Hôtel
7. August 1937

Verehrter, lieber Herr Doctor,

wieder einmal muß ich Sie zu einem Kongreß einladen, diesmal im Auftrag Bernhards. Er schreibt: »Ich möchte gern, daß an der Delegation der deutschen Gruppe unter allen Umständen auch Feuchtwanger teilnimmt.« Unter allen Umständen – ist viel verlangt; aber es ist der Kongreß des »Rassemblement contre le Racisme et Fascisme«. Er soll am 10. September in Paris stattfinden.

Meine eigenen Umstände verbieten mir leider die Teilnahme, ich werde versuchen, mich bei Bernhard zu entschuldigen. Bitte, schreiben Sie ihm nach 48, Bd Gouvion-St-Cyr (17e).

Ihr vernünftiges, streng gediegenes Buch findet bei Schwarzschild die erwartete Würdigung. Den ersten Artikel habe ich wider Willen versäumt, aber der zweite enthält Perlen. Die russische Revolution war überflüssig, denn was sie in zwanzig Jahren erreicht hat, das hätte während derselben langen Zeit auch ein »aufgeklärter« Kapitalismus erreicht. Nun sind hundert Jahre noch mehr als zwanzig, aber von Gogol bis Gorki sieht die Lebenshaltung des Volkes immer gleich aus. Da verliert ein Volk, wenn es nicht gerade das deutsche ist, zuletzt die Geduld: das französische von 1789 mochte die Segnungen des »aufgeklärten« Despotismus nicht länger erwarten. S. wird noch daraufkommen, daß auch dies eine unnötige Übereilung war.

Herzlichst
Ihr
H. Mann

294 Feuchtwanger an Heinrich Mann

Sanary/Var
Villa Valmer
10. August 1937

Lieber, sehr verehrter Herr Heinrich Mann,

wenn es irgend geht, möchte ich dem Kongreß am 10. September fernbleiben. Ich habe zugesagt, Mitte Oktober an einem Kongreß der Freunde der Sowjetunion in Paris teilzunehmen, und ich habe bis dahin so viel halbpolitische halbhumanitäre Kleinarbeit zu leisten, daß ich zur eigentlichen Arbeit kaum komme.

Übrigens hat mir Kolzow einen schrecklich beleidigten

Brief geschrieben darüber, daß Sie und ich an dem spanischen Kongreß nicht teilgenommen haben. Dabei lag die Schuld ausschließlich an dem technischen Versagen der Veranstalter des Kongresses, die nicht imstande waren, mir rechtzeitig ein Ausreisevisum zu besorgen.

Daß das Rußlandbüchlein starke Attacken hervorrufen werde, war vorauszusehen. Die Deutschen schreien natürlich, ich sei bestochen. Ach, wenn sie wüßten, wie kostspielig in jeder Hinsicht es ist, sich für die Sowjets einzusetzen. Es fehlt wenig, dann wird mir auch Schwarzschild vorwerfen, wie hoch Moskau mich honoriert. Viel Staat machen können wir nicht mit unsern Emigranten.

Um so tiefer freut es mich, in der »Internationalen Literatur« die Fortsetzung des »Henri IV« zu lesen. Dieser zweite Teil ist in Wahrheit die Krönung des ersten, und seine Lektüre läßt einen immer die neuen Enttäuschungen vergessen und überwinden, welche die Erfahrungen der Emigration einem bringen.

Mit herzlichen und verehrungsvollen Grüßen

immer Ihr
Lion Feuchtwanger

295 Heinrich Mann an Feuchtwanger (Rundschreiben)

18, rue Rossini
Nice
11. August 1937

Verehrter Herr Professor,

erlauben Sie mir einige Worte, die, wie ich hoffe, im Interesse der deutschen Opposition liegen. Ihren Vertretern aus den geistigen Berufen käme eine weit größere Bedeutung zu als die bisher sichtbare. Sie sind für den deutschen Freiheitskampf unentbehrlich.

Nun haben einzelne Intellektuelle nicht bis heute gewartet, um Stellung zu nehmen: sie haben sich dieser oder jener Gruppe der Opposition angeschlossen. Aber bisher ist das Wesentliche versäumt worden: die Verständigung untereinander. Gemeinsam festgestellte Ideen werden eine bedeutende Kraft ausüben – nicht, um die anderen Teile der Opposition zu bekämpfen, obwohl natürlich auch dies schon versucht wird. Deutsche, besonders die links gerichteten Deutschen, denken leider zuerst an das, was sie zu trennen scheint, bevor sie ernsthaft gegen den Feind aller vorgehen.

Nach Rücksprache mit einigen Freunden schlage ich vor, eine Gruppe oder Vereinigung intellektueller und bürgerlicher Anhänger eines befreiten Deutschlands zu schaffen – eine nichtproletarische Gruppe, die bereit ist, in einer breiten deutschen Volksfront mitzuarbeiten. Die Volksfront umfaßt bis jetzt neben den Vertretern der Arbeiterparteien, der Gewerkschaften, der christlichen Konfessionen, der Jugend- und der Frauenorganisationen die bürgerlichen Intellektuellen nur als Einzelpersonen. Erst der Auftrag einer Gesamtheit wird ihnen die Gleichberechtigung und den gebührenden Einfluß in der Volksfront sichern.

Praktisch könnte man sich die Verwirklichung dieser Aufgabe folgendermaßen vorstellen.

1. Es wird ein erster Kern dieser Gruppe geschaffen aus den Freunden, deren Gesamteinstellung ihren Anschluß an die Bewegung wahrscheinlich macht. Wir denken an Albert Einstein, Thomas Mann, Lion Feuchtwanger, die Professoren Valentin, Demuth, Gumbel, Marck, Lieb, Bernhard, Liebeschütz, demnächst aber an andere, die von den Genannten empfohlen werden.

2. Jeder Freund, der zum Kern der Gruppe gehört, übernimmt es, einige Freunde für die breitere Gruppe in Vorschlag zu bringen und sie dafür zu gewinnen. Auf diese Weise werden geistige Kräfte, die sonst isoliert und ohne

Einfluß blieben, sich selbst und dem neuen Deutschland auf das wertvollste dienen.

3. Nachdem eine Anzahl Freunde sich grundsätzlich bereit erklärt haben mitzuarbeiten, soll gemeinschaftlich eine kurze Vereinbarung der Gruppe über die großen Zeitfragen getroffen werden. Ihr wichtigster Inhalt, neben der Unterstützung des gerechten sozialen Befreiungskampfes der Massen, muß eine Synthese von Sozialismus und Demokratie bei Sicherung der größten Freiheiten des Individuums sein.

4. Für jeden Freund ist die ungeheure Tragweite erkennbar, wenn es gelingen würde, ähnlich der Radikalsozialistischen Partei Frankreichs auch der deutschen Volksfront eine geschlossene nichtproletarische Gruppe zuzuführen. Erst dadurch bekäme die Volksfront einen wahrhaft überparteilichen Charakter.

Die Folgen davon wären nicht nur im Ausland die besten für die Gesamtopposition, sondern besonders im Reich müßte ein solcher Schritt von größter Tragweite sein. Viele Deutsche würden zum Kampf gegen Hitler den Mut finden. Heute haben sie ihn nur deshalb nicht, weil sie keine Antwort auf ihre Frage finden: »Was kommt nach Hitler?«

Kostbare Zeit ist versäumt. Lassen Sie uns deshalb, verehrter Herr, jetzt um so entschiedener handeln.

Darf ich Sie bitten, mir Ihre Meinung und hoffentlich Ihre Bereitschaft zu handeln in den nächsten Tagen mitzuteilen? Gleichzeitig bitte ich Sie um den Hinweis auf weitere Freunde, die gewonnen werden können.

Ihnen ergeben
Heinrich Mann

Lieber, verehrter Herr Doctor,

hier ein Rundschreiben zur freundlichen Kenntnisnahme und Äußerung.

Herzlichen Gruß
Ihr
H. M.

296 Feuchtwanger an Heinrich Mann

Sanary/Var
Villa Valmer
13. August 1937

Lieber, sehr verehrter Herr Heinrich Mann,

zu Ihrem Rundschreiben vom 11. August:

Ich finde Ihren Vorschlag höchst begrüßenswert und freue mich, daß endlich einmal ein Berufener an diesen Versuch herangeht, der unternommen und vollendet werden muß, wenn anders die Volksfront erfolgreich arbeiten soll.

Selbstverständlich bin ich bereit, nach Kräften mitzuwirken.

Wichtig scheint mir die Klärung von zwei Punkten:

1. Wie verhält sich die neu zu gründende Gruppe zu jener entschieden antikommunistischen Vereinigung, die Schwarzschild jüngst ins Leben gerufen hat und der Heiden, Bruno Frank, Döblin und so weiter angehören?

2. Welchen Namen soll die neue Gruppe haben?

Sowie ich über den ersten dieser beiden Punkte aufgeklärt bin, werde ich mich beeilen, Ihnen Freunde zu nennen, die meiner Meinung nach für die zu gründende Gruppe in Frage kommen.

Mit herzlichen Grüßen

immer
Ihr
Lion Feuchtwanger

297 Heinrich Mann an Feuchtwanger

18, rue Rossini
Nice (A. M.)
15. August 1937

Lieber, sehr verehrter Herr Doctor,

Ihre Briefe vom 10. und 13. trafen fast gleichzeitig ein. Vor allem: ich bin glücklich, daß Sie die »Vollendung« mit Zustimmung lesen. Es ist ein ernstes Unternehmen, dieses Leben steigt sehr hoch. Jetzt hat er bei mir das Edikt von Nantes gemacht, das war keine Kleinigkeit, weder für ihn noch für mich; aber es kommt schwerer.

Der Kongreß vom 10. Sept. mag in seiner Art wichtig sein, mögen sich indessen andere darum bemühen. Wir tragen schon genug Arbeit, außer unserer eigenen. Kolzow war eines Abends, als ich gesprochen hatte, mit mir im Café, betrunken allerdings. Aber er weiß, daß ich die Pariser letzten Sitzungen des spanischen Kongresses arbeitsam mitgemacht habe. Mehr darf er nicht verlangen.

Jetzt will ich sagen, daß ich Ihre schnelle Bereitschaft, der Volksfront zu helfen, mit der größten Dankbarkeit entgegennehme. Ihre Zusage ist die erste. Aus meinem Rundschreiben kennen Sie die Namen der anderen Empfänger. Langevin ist ersucht worden, Einstein zu gewinnen. Tritt er uns bei, dann haben wir gewiß viele Gelehrte. Wissen Sie selbst unter den emigrierten Professoren ein wenig Bescheid? Für jeden Fall übergebe ich Ihnen eine Liste. Schreiben Sie, bitte, die zunächst geeigneten Namen heraus.

Es handelt sich um eine Gruppe bürgerlich-demokratischen Gepräges. Sozialismus versteht sich von selbst, nicht aber eine ausgemachte Parteigesinnung. Die Parteigenossen sind durch ihre Organisationen vertreten. Wir müssen, den Umständen gemäß, zu erreichen suchen: eine Minderheit guter Schriftsteller und eine Mehrheit von Gelehrten, die, als Gruppe vereinigt, ihre Vertreter in den Vorstand der Volksfront entsenden. Sie sollen einer Vorherrschaft der Parteien und Gewerkschaften begegnen – dies sowohl praktisch, im Innern der Volksfront, als auch nach außen. Die Volksfront wird schon jetzt nicht kommunistisch geführt. Die Gegner sollen es auch nicht behaupten dürfen. Sachlich ergäbe sich der Name: Bürgerlich-intellektuelle Gruppe der Volksfront. Zweifellos gäbe es wirksamere Bezeichnungen. Fällt Ihnen eine ein?

Das wäre Ihr Punkt zwei.

Punkt eins ist ebenso klar. Schwarzschild, der leider entgleist ist, arbeitet mit seinem Verein gegen die Volksfront, nicht gegen den Kommunismus allein. Jede entschieden demokratische Lösung der deutschen Frage ist ihm verhaßt. Ich habe aus der Nähe beobachtet, wie es mit ihm dahin gekommen ist. Anfangs, vor anderthalb Jahren, nahm er eifrig teil, die Gemeinschaft mit Kommunisten störte ihn nicht. Er schmeichelte sich, der Volksfront eine Menge Geld und große Kapitalisten zuzuführen. Als es ihm mißlungen war, benutzte er seinen, übrigens echten und alten Haß gegen Bernhard, um mit der ganzen Volksfront zu brechen. Das konnte er nur, weil ich mich weigerte, Bernhard kurzweg auszuschließen. Wäre ich willfährig gewesen, Schwarzschild säße noch heute mit den Kommunisten zusammen.

Sein Verein ist bestimmt, Bernhard zu vernichten, und zunächst nur als Nebenwirkung, richtet er sich gegen die Volksfront. Natürlich bekommt das zweite größeres Gewicht, je länger es dauert. Wer zum sozialen Reaktionär wird, sieht den Weg wohl meistens nicht voraus, Radek sah ihn auch nicht. Andere, die ähnlich wie er selbst entgleist waren, hielt Schwarzschild merkwürdigerweise für hypnotisiert oder vergiftet. Er brauchte die Erklärung so weit nicht zu suchen. Blinder Haß tut es auch.

Entschuldigen Sie meine Weisheiten, die Sie nicht brauchen. Aber ich mußte Ihre Frage beantworten: Wie verhält sich die neu zu gründende Gruppe – ? Nach allem kann diese, vor allem diese Gruppe der Volksfront, nur eine einzige Beziehung zu Schwarzschild haben: ihn isolieren, seinen Verein zerstreuen. Das ist nicht leicht, da sein Verein aus Mitarbeitern seiner Zeitschrift besteht. Wollten Sie indessen Ihrem Freunde Bruno Frank die wirkliche Lage erklären, dann zweifle ich nicht, daß er einen so schädlichen Verein verläßt. Bewußt wird er nicht gegen die Volksfront – und damit für Hitler – arbeiten wollen. Döblin ist schwieriger, er wird sich mit der rechten Hand hinter dem linken Ohr kratzen und wird ausrechnen, daß Hitler besser als wir ist. Nach zweistündiger Diskussion wäre er unserer Meinung, so verlief es in Berlin gewöhnlich. Glauben Sie es brieflich mit ihm versuchen zu können?

Um Heiden haben wir uns nicht zu bekümmern, er ist ein eitler Dummkopf. Die Führerrolle in seinem Verein genügt ihm, von den Folgen sieht er ab. Subalterne Ehrgeizige wie er und wie sein Held Hitler wirken aber überzeugend auf Harmlose. Meinen Neffen Klaus hat er bestrickt, ich kann da nichts machen, vielleicht sein Vater.

Jetzt bitte ich Sie nur noch, neben Ihrem Roman her in dieser Sache zu handeln, sonst in keiner. Ich habe dasselbe für mich beschlossen. Lassen Sie uns die Ergebnisse des öfteren austauschen.

Mit herzlichen Grüßen, immer Ihr

H. Mann

298 Feuchtwanger an Heinrich Mann

Sanary/Var
Villa Valmer
25. August 1937

Lieber, sehr verehrter Herr Heinrich Mann,

verzeihen Sie, daß ich Ihren Brief vom 15. August (in Angelegenheiten der Volksfront) erst heute beantworte; aber ich wollte erst, vor allem wegen der Professorenliste, mich ausführlich mit Gumbel besprechen, der zur Zeit hier ist.

Gumbel macht, wie mir scheint, mit Recht darauf aufmerksam, daß er bei einer Reihe der wichtigsten Persönlichkeiten dieser Liste auf Schwierigkeiten stoßen wird, da er sie zu Zwecken, die mit denen der Volksfront identisch sind, um Aufsätze gebeten hat, die in Buchform erscheinen sollten und die bisher trotz Vertrag nicht erschienen sind.

Der Name »bürgerlich-intellektuelle Gruppe der Volksfront« scheint mir nicht sehr glücklich. Wird nicht bürgerlich als Gegensatz von sozialistisch empfunden? Vielleicht könnte man statt »bürgerlich« – »parteilos« setzen oder »unabhängig«.

Wesentlich scheint mir vor allem, daß man in zwei oder drei Sätzen die wichtigsten Programmpunkte zusammenfaßt, auf die sich die Mitglieder der zu bildenden Gruppe durch ihre Unterschrift festlegen müßten. Es wäre dies die Unabhängigkeit von einer politischen Partei und das Bekenntnis zu praktischer Politik. Dieser zweite Punkt der praktischen Politik müßte so formuliert werden, daß er die Anhänger der albernen Anti-Sowjet-Politik als Utopisten ausschlösse. Damit erledigte sich die Frage der Schwarzschildschen Vereinigung von selbst. Ich denke, man könnte so ziemlich allen Mitgliedern dieser Schwarzschildschen Vereinigung unser Programm dann vorlegen, und ich glaube, die meisten werden unsere realistisch formulierten

Programmpunkte lieber unterzeichnen als die vag negativen Schwarzschilds.

Das Wesentlichste scheint mir aber die materielle Basis der zu gründenden Gruppe. Man braucht wohl einen wirklich arbeitenden Sekretär; denn wenn die Gruppe eine halbwegs vernünftige Tätigkeit entfalten soll, dann muß jemand da sein, der die Büro- und Kleinarbeit leistet, die damit verquickt ist.

Zu meiner Freude, lieber und sehr verehrter Herr Heinrich Mann, erklären Sie: die Volksfront wird schon jetzt nicht kommunistisch geführt. Ich wäre sehr froh, wenn unsere zu bildende Gruppe dann in jeder Hinsicht auch materiell vollkommen unabhängig von den Kommunisten gemacht werden könnte. Ja, es erscheint mir dies als das Grundproblem.

Ich sehe, daß ich fast nur Negatives beizusteuern habe. Aber glauben Sie bitte deshalb nicht, daß ich nicht klar sehe, daß allein die Volksfront praktische Hilfe bringen kann. Gerade aus diesem Grund versuche ich die Hindernisse möglichst klar darzustellen, die zu überwinden sind. Daß sie überwunden werden können, halte ich für gewiß. Bitte, lieber und sehr verehrter Herr Heinrich Mann, teilen Sie mir mit, ob und wie ich praktisch dazu beitragen kann.

Mit herzlichen und verehrungsvollen Grüßen

Ihr
Lion Feuchtwanger

299 Heinrich Mann an Feuchtwanger

18, rue Rossini
Nice (A. M.)
28. August 1937

Lieber, sehr verehrter Herr Doctor,

hier übergebe ich Ihnen den Entwurf eines neuen Rundschreibens, worin ich alle Ihre Anregungen befolgt habe. Es war mir eine Freude, daß wir in jedem Punkt übereinstimmen. Sagen Sie mir gefälligst, ob jetzt die Fassung richtig ist. Ich schicke den Entwurf zunächst an Professor Marck. Vielleicht zeigen Sie ihn Herrn Gumbel, falls er noch dort ist. Eilig ist die Sache besonders mit Rücksicht auf Professor Lips, der nur noch Anfang September in Europa ist. Er verhält sich in unserer Sache durchaus zustimmend und will in Amerika Schritte unternehmen: sogar die Aussicht auf Geld könnte sich dabei eröffnen.

Vielleicht wäre es auch Ihnen nicht unmöglich, Geldgeber zu finden? Aber ich weiß wohl, daß wir erst einmal als namhafte Gruppe und als Macht auftreten müssen.

Ich grüße Sie herzlich und verehrungsvoll

Ihr
H. Mann

Anlage

18, rue Rossini
Nice
im September 1937

Verehrter Herr,

erlauben Sie mir einige Worte, die, wie ich hoffe, im Interesse der deutschen Opposition liegen. Ihren Vertretern aus den geistigen Berufen käme eine weit größere Bedeutung zu, als bisher sichtbar. Sie sind für den deutschen Freiheitskampf unentbehrlich.

Nun haben einzelne Intellektuelle nicht bis heute gewartet, um Stellung zu nehmen: sie haben sich dieser oder jener

Gruppe der Opposition angeschlossen. Aber bisher ist das Wesentliche versäumt worden: die Verständigung untereinander. Gemeinsam festgestellte Ideen werden eine bedeutende Kraft ausüben – nicht, um die anderen Teile der Opposition zu bekämpfen, obwohl natürlich auch dies schon versucht wird. Deutsche, besonders die linksgerichteten Deutschen, denken leider zuerst an das, was sie zu trennen scheint, bevor sie ernsthaft gegen den Feind aller vorgehen.

Nach Rücksprache mit einigen Freunden schlage ich vor, eine Gruppe oder Vereinigung intellektueller und unabhängiger Anhänger eines befreiten Deutschlands zu schaffen – eine Gruppe, die bereit ist, in einer breiten deutschen Volksfront mitzuarbeiten. Die Volksfront umfaßt bis jetzt neben den Vertretern der Arbeiterparteien, der Gewerkschaften, der christlichen Konfessionen, der Jugend- und der Frauenorganisationen die bürgerlichen Intellektuellen nur als Einzelpersonen. Erst der Auftrag einer Gesamtheit wird ihnen die Gleichberechtigung und den gebührenden Einfluß in der Volksfront sichern.

Praktisch könnte man sich die Verwirklichung dieser Aufgabe folgendermaßen vorstellen.

I. Es wird ein erster Kern dieser Gruppe geschaffen aus den Freunden, deren Gesamteinstellung ihren Anschluß an die Bewegung wahrscheinlich macht. Auf eine vorläufige Umfrage bei wenigen Persönlichkeiten erhielt ich Zusagen von den Professoren Marck (Dijon), Gumbel (Lyon), Lips (Washington) und von Dr. Lion Feuchtwanger.

II. Jeder Freund, der zum Kern der Gruppe gehört, übernimmt es, einige Freunde für die breitere Gruppe in Vorschlag zu bringen und sie dafür zu gewinnen. Auf diese Weise werden geistige Kräfte, die sonst isoliert und ohne Einfluß blieben, sich selbst und dem neuen Deutschland auf das wertvollste dienen.

III. Nachdem eine Anzahl Freunde sich grundsätzlich bereit erklärt haben mitzuarbeiten, soll gemeinschaftlich eine kurze Vereinbarung der Gruppe über die großen Zeitfragen getroffen werden. Ihr wichtigster Inhalt, neben der Unterstützung des gerechten sozialen Befreiungskampfes der Massen, muß eine Synthese von Sozialismus und Demokratie bei Sicherung der größten Freiheiten des Individuums sein.

Nicht um den Beschlüssen der gedachten Konferenz vorzugreifen, nur zur Aufklärung über die Absichten, die den Versuch einer Vereinigung unabhängiger Intellektueller innerhalb der Volksfront herbeigeführt haben, erlaube ich mir, diese Grundsätze aufzustellen:

I. *Die Unabhängigkeit der Gruppe* und ihrer Mitglieder von jeder politischen Partei.

II. *Das Bekenntnis zur praktischen Politik* – so verstanden, daß keiner der Teile des werktätigen Volkes und seiner Volksfront abgelehnt wird. »Antikommunismus« besonders würde jeden Befreiungskampf der Deutschen vergeblich machen. Die Tatsache besteht, daß große Massen der Deutschen, die nach Freiheit verlangen, sich Kommunisten nennen. Übrigens können sie in Wirklichkeit die Diktatur einer Klasse unmöglich wollen: sie kämpfen für die Freiheit aus guten Gründen, man darf ihnen glauben. Der sogenannte Antikommunismus ist utopisch, die Feindschaft gegen die Sowjetunion ist es ebensosehr. Kein Volk wird, wie die Welt jetzt aussieht, mit Erfolg für seine Freiheit kämpfen, es hätte denn in seinem Rücken die Macht der Union.

III. *Materielle Unabhängigkeit* der Intellektuellen-Gruppe von der KPD wie von jeder anderen Organisation. Jeder aussichtsreiche Schritt, um für unsere Sache die benötigten Geldmittel zu erlangen, wird unternommen werden. Es kann natürlich erst dann geschehen, wenn sie Gegenleistungen zu bieten hat. Die Gruppe muß stark genug sein.

Ich bitte Sie, verehrter Herr, zu erwägen, daß Ihr Bei

tritt, den ich erhoffe, gerade in diesem Augenblick der antifaschistischen Sache den größten Nutzen brächte. Der Vorbereitende Ausschuß der Volksfront selbst ist im Lande bekanntgeworden, seine Kundgebungen dringen auf vielen Wegen ein, sie erfahren Zustimmung und erwecken Hoffnungen. Wären diese unmittelbar wirtschaftlich gemeint, dann könnten die bestehenden Parteien der Volksfront den Ansprüchen genügen. Aber es wird festgestellt, daß die Deutschen vor allem anderen den geistigen Antrieb brauchen und ihn wünschen. Die Gruppe der Intellektuellen ist tatsächlich die Forderung der Stunde.

Die Folgen im Ausland wären für die Gesamtopposition die günstigsten. Noch wichtiger ist, daß viele Deutsche den Mut zum Kampf gegen Hitler durch geistige Klärung, geistigen Antrieb erst finden würden. Heute haben sie ihn darum nicht, weil sie keine Antwort finden auf die Frage: Was kommt nachher?

Darf ich Sie bitten, mir Ihre Meinung und hoffentlich Ihre Bereitschaft zu handeln in den nächsten Tagen mitzuteilen? Gleichzeitig bitte ich Sie um den Hinweis auf weitere Freunde, die gewonnen werden können.

Ihnen ergeben
Heinrich Mann

300 Feuchtwanger an Heinrich Mann

Sanary/Var
Villa Valmer
31. August 1937

Lieber, sehr verehrter Herr Heinrich Mann,

der Entwurf des Rundschreibens scheint mir als Entwurf sehr glücklich.

Sowie wir erst einmal etwas in der Hand haben, unterschriebene Beitrittserklärungen oder dergleichen, will ich auch meinesteils versuchen, Geldgeber zu interessieren.

Mit herzlichen Grüßen und guten Wünschen

Ihr
Lion Feuchtwanger

301 Heinrich Mann an Feuchtwanger (Telegramm)

Nice
1. September 1937

Serai heureuse si vous pouviez télégraphiez votre opinion

amicalement
Mann

302 Heinrich Mann an Feuchtwanger

18, rue Rossini
Nice (A. M.)
2. Oktober 1937

Sehr verehrter Herr Doctor Feuchtwanger,

die neue freiheitlich-soziale Gruppe der Volksfront, deren Mitglied Sie sind, will zum ersten Mal an die Öffentlichkeit treten. Es ist von großer Bedeutung, daß besonders die deutschen Intellektuellen, aber auch das Ausland von dem Bestehen dieser geistigen Auslese der Volksfront erfahren. Inzwischen konnte man sich überzeugen, daß die Regierungen der großen Demokratien, zum mindesten die für Deutschland wichtigsten, bereit wären, eine deutsche Freiheitsbewegung anzuerkennen. Die Bedingung ist gerade das Erscheinen einer Führung, die Vertrauen einflößt. Alle Parteien, sofern sie sich zur Demokratie bekennen, sind willkommen. Praktisch erwartet man, daß namhafte Persönlichkeiten die Ablösung des noch bestehenden Regimes vorbereiten.

Es wird beabsichtigt, die Propaganda für die *»Liberalsozialistische Vereinigung«* derart zu beginnen, daß der Aufsatz, mit dem Thomas Mann seine Zeitschrift »Maß und Wert« eröffnet hat, in besonderer Ausgabe, Dünndruck und kleines Format, nach Deutschland eingeführt und außerhalb Deutschlands verbreitet wird. Eine bessere Fassung der humanen, zukunftssicheren Grundanschauungen des wahren Deutschlands stände schwerlich zur Verfügung. Die Genehmigung des Verfassers wird für die geplante Weitergabe seiner Schrift ausdrücklich eingeholt. Gleichzeitig ergeht an Sie die Bitte zuzustimmen, daß
1. die Verbreitung des Aufsatzes von Seiten der *Liberalsozialistischen Vereinigung* erfolgt und daß
2. auf der internen Titelseite die Namen der Mitglieder, darunter der Ihre, aufgeführt werden.

Die beträchtlichen Mittel für diese erste propagandistische Aktion sind bereitgestellt. Damit sie beginnen kann, bedarf es Ihrer Ermächtigung, und ich bitte, sie so schnell zu erteilen, wie die Umstände es verlangen.

Mit den ergebensten Grüßen
Heinrich Mann

303 Feuchtwanger an Heinrich Mann

Sanary/Var
Villa Valmer
4. Oktober 1937

Lieber, sehr verehrter Herr Heinrich Mann,

selbstverständlich stimme ich Ihrem Vorschlag vom 2. Oktober zu.

Mit vielen Grüßen und Empfehlungen

Ihr
Lion Feuchtwanger

304 Heinrich Mann an Feuchtwanger

18, rue Rossini
Nice (A. M.)
19. Oktober 1937

Verehrter, lieber Herr Doctor,

die erste Veröffentlichung der neuen Gruppe der Volksfront kann nicht das Vorwort von »Maß und Wert« sein. Ich erfahre, daß dafür kein Verfasser zeichnet; es ist einer Zusammenarbeit zu verdanken. Die weitere Verbreitung durch uns ist dort wenig erwünscht. Ohne Verfassernamen verlöre sie übrigens an Wert. Die erste Veröffentlichung der Gruppe wird am besten aus ihr selbst hervorgehen. Herr Professor Marck hat einen Essay über Neuhumanismus geschrieben. Ich habe ihn gebeten, diesen für unsere Zwecke herzurichten. Wenn er es richtig macht, was ich annehmen darf, haben wir ein Manifest, über dessen Grundsätze die neue Gruppe bei ihrer ersten Zusammenkunft beraten und hoffentlich übereinstimmen könnte.

Als Namen der Gruppe hatte ich vorgeschlagen: Liberalsozialistische Vereinigung. Dagegen wird von Professor

Gumbel eingewendet, daß »liberal« von den Nazis in Verruf gebracht ist: nach meiner Meinung kein Grund. Wir können sagen »Freiheitlich-sozialistische Vereinigung«. Den Begriff der Freiheit suchen sie erst recht unmöglich zu machen. Für uns ein Grund mehr.

Indessen, mehrere wollen jetzt, daß die neue Gruppe sich »Bund Neues Deutschland« nennt. Ich habe dagegen einzuwenden, daß nur die Volksfront selbst das Recht auf einen so umfassenden Namen hätte. Ein Bund dieses Namens wäre keine Unterabteilung der VF mehr, er bestände neben ihr. Wir sollen nun gerade das Gegengewicht bilden, damit Parteien, die mehr als wir materiell bedingt sind, in der VF nicht überwiegen. Unsere Aufgabe liegt innerhalb der VF, außerhalb wären wir ohne Einfluß. Wozu dann ein Name, der sofort vermuten läßt, daß wir uns selbständig machen. (Und es würde dahin kommen.)

Ich fasse die neue Gruppe als Partei der VF auf, zunächst eine Intellektuellen-Partei, später vielleicht die neudemokratische Partei, die immer gefehlt hat. Die vielen Kundgebungen aus dem Lande, die an uns gerichtet werden, bestätigen, was gebraucht wird: geistiger Antrieb, ideelle Stärkung und Erneuerung. Das hat man, wie oft, von mir verlangt oder meine Bemühung anerkannt. Mehr als die einzelnen wird eine Gruppe vermögen. Aber sie kann es nur in der VF, mit dem Rückhalt aller ihrer Parteien. Daher mein Wunsch, unsere Zugehörigkeit durch den Namen kenntlich zu machen. »Freiheitlich-sozialistische Vereinigung in der Deutschen Volksfront« – das ist mein Vorschlag.

Wie ich höre, gehen Sie nach Paris. Bitte, besprechen Sie dies mit Willi, womöglich auch mit Bernhard und Gumbel. Natürlich wäre ich Ihnen dankbar, wenn Sie mir sagten, wie Sie denken.

Herzlichen Gruß Ihres
H. Mann

305 Feuchtwanger an Heinrich Mann

z. Zt. Paris, Hôtel le Bristol
rue Faubourg St. Honoré
28. Oktober 1937

Lieber, sehr verehrter Herr Heinrich Mann,

Ihren Brief vom 19. Oktober hat man mir hierher nachgeschickt.

Alles in allem finde ich hier leider die Dinge der Volksfront noch verworrener, als ich geglaubt habe. Jeder zerrt nach einer anderen Seite, keiner will den andern anhören, und wenn man ein praktisches Programm vorschlagen will, bekommt man nichts zu hören als verblasenes, ideologisches Gerede.

Was nun die Bildung unserer Gruppe anlangt, so ist die Frage der Namensnennung wirklich nicht ganz einfach. Wie wäre es mit der schlichten Bezeichnung »Bund parteiloser Sozialisten«? Die Bezeichnung »Bund Neues Deutschland« ist natürlich von vornherein erledigt.

Wenn Sie mit meinem Vorschlag »Bund parteiloser Sozialisten in der deutschen Volksfront« nicht einverstanden sind, dann scheint mir Ihr Vorschlag »freiheitliche sozialistische Vereinigung in der deutschen Volksfront« der bei weitem annehmbarste. Was mich daran etwas stört, ist die Verbindung freiheitlich und sozialistisch, die ich als ein wenig pleonastisch empfinde.

Ich habe hier ausführlich mit Willi gesprochen, sowie mit Bernhard und Hugo Simon, übrigens auch mit Breuer. Je mehr Leute man hört, um so schwieriger erscheint einem unser Unternehmen. Trotzdem bin ich sicher, daß man ans Ziel gelangen wird, und ich bewundere Sie, daß Sie sich durch die vielen Verdrießlichkeiten nicht abschrecken lassen. Mit herzlichen Grüßen und Wünschen in Verehrung

der Ihre
Lion Feuchtwanger

306 Heinrich Mann an Feuchtwanger

18, rue Rossini
Nice (A. M.)
29. Oktober 1937

Lieber, sehr verehrter Herr Doctor,

Ihr Brief vom 28. ist gewiß nicht geeignet zu erfreuen, aber wir dürfen uns nicht abschrecken lassen.

Das Dringlichste ist, den Ulbricht loszuwerden. Er ist nach Schwarzschild der zweite, der sich bemüht, den Volksfront-Ausschuß zu sprengen. Er agitiert heimlich bei der SPD, um sie an sich zu bringen und den gegenwärtigen Ausschuß zu isolieren. Was er will, ist nichts Geringeres als eine neue Volksfront, die keine mehr wäre, sondern er hätte abgesprengte Bruchstücke unter seinem Befehl. Er ist ein vertracktes Polizeigehirn, sieht über seine persönlichen Intrigen nicht hinaus, und das demokratische Verantwortungsgefühl, das jetzt erlernt werden muß, ist ihm fremd. Will man dort an der Stelle, von der er abhängt, den Sturz Hitlers und begreift man, daß einzig nur die Volksfront auf ihn folgen kann, dann ist es allerhöchste Zeit einzugreifen. Ich habe den Eindruck, daß man im Gegenteil unseren Freund Willi entfernen will und daß man den U. hält. Kennt man diese armselige Gestalt dort gar nicht? Wenigstens einem, der von dort kommt, ist er nicht einmal unverdächtig. Unbegreiflich, daß man ihm W. opfert. Der hat doch alles getan, um aus der VF eine Macht zu machen. Der U. will nur selbst zur Macht, ein in Deutschland aussichtsloses Unternehmen.

Schreiben Sie doch dort hinüber, an die höchste Stelle, die Ihnen aus Unterredungen bekannt ist und auf Sie hören wird! Es ist vielleicht das letzte Mittel. Setzen Sie auseinander, daß die VF heute im Lande bekannt ist und daß sie bei den Mittelschichten nicht weniger als beim Proletariat die einzige Hoffnung geworden ist. Niemand sonst hat die geringste Aussicht, jemals die Nachfolge zu übernehmen, es wäre denn nach einer Weltkatastrophe, die man drüben am wenigsten wünscht. Eine andere Volksfront steht mit uns freundschaftlich, wir müssen »uns bekannt machen«, d.h. den Weg gehen, den einst Masaryk ging. Diese Worte und Wünsche sind nicht von mir, es ist soweit, daß man uns Ratschläge gibt. Aber gerade der interessierteste Verbündete der Ratgeber läßt zu, daß seine Leute, im Grunde ein einziger, uns untergraben und die VF vernichten, während Hitler anfängt, sie zu fürchten!

Besprechen Sie, bitte, mit W., was dorthin zu schreiben ist, aber dann tun Sie es. Sie sind zweifellos der einzige, der genug Vertrauen besitzt, um den feindlichen Einflüssen zu begegnen.

Was unsere Gruppe betrifft, setzt sie den Bestand der VF und ihres Ausschusses voraus. Der Name wie auch das Programm können der ersten Konferenz der Mitglieder überlassen bleiben. Professor Marck, der das Programm entwirft, beantragt eine Zusammenkunft in Paris um den 20. November. Wir sind beide sehr in der Arbeit, werden uns aber nicht enthalten dürfen. – Von W. lassen Sie sich auch über die entsetzliche »Revolutions«-Feier für Weimar 11. November unterrichten. Ein Manifest wäre geboten, gegen Weimar und für VF. Bitte, arbeiten wir auch hierin zusammen!

Herzlichst Ihr
H. Mann

307 Feuchtwanger an Heinrich Mann

Paris
12. November 1937

Lieber, sehr verehrter Herr Heinrich Mann,

ich erwidere Ihren Brief vom 29. Oktober erst heute, einmal weil man mir sagt, Sie würden doch höchstwahrscheinlich Anfang November hierherkommen, und zweitens deshalb, weil ich erst möglichst viel in Erfahrung bringen wollte.

Die Dinge liegen nun, wie Sie wissen, hier so, daß es vor wenigen Tagen ausschaute, als ob die Volksfront unter allen Umständen auseinanderfallen müßte. Es ist geglückt, das noch einmal zu verhüten, aber ich fürchte, wenn man die Dinge ein zweites Mal so auf die Spitze treibt, wird es nicht mehr zu verhüten sein.

Wir haben nun Moskau nochmals dringlich ersucht, einen Bevollmächtigten hierherzuschicken, dem man die Sachlage von unserem Standpunkt aus erklären kann; außerdem habe ich Nachricht, daß Kolzow voraussichtlich auf seiner bevorstehenden Rückreise nach Moskau über Sanary kommen wird. Ich werde ihm raten, auch Sie aufzusuchen, damit Sie, der Sie ja die Dinge der Volksfront soviel besser übersehen als ich, ihn informieren können.

Ich selber fahre morgen nach Sanary zurück. Ich würde mich herzlich freuen, Sie sehr bald zu sehen. Im übrigen erscheint es mir nach dem üblen politischen Wirrwarr, den ich hier zu sehen bekam, doppelt ersehnenswert, zu meiner eigentlichen Arbeit zurückzukehren.

Mit sehr herzlichen Grüßen und Wünschen für Sie

in Verehrung
Lion Feuchtwanger

308 Heinrich Mann an Feuchtwanger

18, rue Rossini
Nice (A. M.)
28. November 1937

Verehrter, lieber Herr Doctor,

sind Sie sicher, daß unser Telegramm geholfen hat? Ich möchte es sein, habe aber den Eindruck, daß »die Linie« hinsichtlich unserer Sache nun einmal abgeändert ist.

Um so mehr müssen wir zeigen, daß wir selbständig handeln und bestehen können. Das ist wohl der eigentliche Sinn der neuen Gruppe; wir müssen versuchen, sie sehr lebendig zu machen. Es ist soweit, daß man zusammenkommen kann, und das soll auch geschehen, in Dijon, 12. und 13. Dezember.

Professor Marck hat das Programm entworfen, es wird auf der Tagesordnung gewiß den größten Raum einnehmen. Wenn es angenommen wird, soll diese erste Kundgebung der Gruppe in das Land eingeführt und der Welt bekanntgemacht werden, mit möglichst vielen Unterschriften, die etwas bedeuten.

Ich bitte Sie sehr, nach Dijon zu kommen. Der Ort ist nach dem Wunsche Marcks gewählt worden. Er hat die Arbeit verfaßt, wird sie auf der Konferenz vertreten und verdient schon für seinen ausgezeichneten Willen unser Entgegenkommen. Sie sind in Ihrem Roman begriffen und waren erst kürzlich verreist. Mich drängt die Zeit ebensosehr. Dieser Pflicht dürfen wir uns nicht entziehen – besonders nicht als die beiden Schriftsteller neben den Professoren.

Herzlichst Ihr
H. Mann

309 Feuchtwanger an Heinrich Mann

Sanary/Var
Villa Valmer
6. Dezember 1937

Lieber, sehr verehrter Herr Heinrich Mann,

wenn ich bis heute gezögert habe, Ihren Brief vom 28. November zu erwidern, so geschah das deshalb, weil ich bis heute noch hoffen konnte, Ihrer Einladung nach Dijon folgen zu können.

Es stellt sich aber jetzt endgültig heraus, daß ich die Arbeit an meinem Emigrantenroman nicht unterbrechen kann, ohne sie ernstlich zu gefährden. Ich muß also, so leid mir das tut, davon absehen, an der Konferenz der neuen Gruppe teilzunehmen.

Die Denkschrift Professor Marcks habe ich mit größtem Interesse gelesen. Viele Formulierungen erscheinen mir besonders glücklich, aber ernstliche Bedenken habe ich gegen den Schlußabsatz. Wenn ich ihn recht verstanden habe, dann läuft er darauf hinaus, daß man zwar eine Bundesgenossenschaft mit den Kommunisten trotz der Moskauer Prozesse noch für möglich hält, daß man sich aber nicht das Recht nehmen lassen will, gegen solche Ereignisse anzukämpfen, wenn auch in fairer Form. Ich fürchte, die Kommunisten werden ohne richtigen Burgfrieden nicht sehr geneigt sein, eine solche Bundesgenossenschaft hoch einzuschätzen.

Lassen Sie mich, lieber und sehr verehrter Herr Heinrich Mann, Ihnen nochmals sagen, wie sehr ich die Leidenschaft bewundere, mit der Sie für das Zustandekommen der Volksfront kämpfen.

Ich hoffe zuversichtlich, daß die Konferenz in Dijon dazu beitragen wird, die vielen dummen Widerstände zu beseitigen.

Großartig wäre es, wenn Ihre Zeit es erlaubte, auf dem Rückweg einmal wieder unser Gast zu sein.

Mit sehr herzlichen Grüßen und Wünschen

immer
Ihr
Lion Feuchtwanger

310 Feuchtwanger an Heinrich Mann

Hotel St. Moritz
50 Central Park South
New York City
5. Dezember 1940

Lieber, sehr verehrter Heinrich Mann,

ich kann Ihnen nicht sagen, wie leid es mir war, daß Sie mir keine Gelegenheit boten, Sie zu sehen, seitdem wir uns in Marseille getrennt haben.

Nicht nur hatte ich das innere Bedürfnis, Sie zu sprechen, sondern es gab auch eine ganze Reihe höchst materieller Fragen, über die ich mich gerne verständigt hätte.

Vorläufig halten mich noch viele lästige Dinge in New York zurück. Trotz allem hoffe ich, vor Ende des Jahres in Kalifornien zu sein, und ich freue mich unendlich darauf, Sie und Frau Nelly wiederzusehen.

Für heute kann ich Ihnen eine kleine erfreuliche Mitteilung machen. Man hatte erst die Beschaffung eines Navicerts verlangt, damit das Gepäck, Ihres und unseres, von Lissabon aus weiterbefördert werden könnte. Das hätte bei der Langsamkeit der Verbindung zwischen Washington und New York weitere Monate beansprucht. Jetzt aber ist es unseren Freunden Lilo Dammert und ihrem Mann geglückt, das Gepäck in Lissabon herauszubekommen, und sie haben es hierhergebracht. Es steht hier bei uns im Hotel – ein schöner Hutkoffer allerdings, hat meine Frau konstatiert, ist völlig leer –, und wir warten auf den Bescheid Frau Nellys, an welche Adresse wir das Gepäck schicken sollen.

Alles Herzliche Ihnen beiden und auf baldiges Wiedersehen

Ihr
Lion Feuchtwanger

311 Feuchtwanger an Heinrich Mann

50 Central Park South
New York City
19. Dezember 1940

Lieber, sehr verehrter Heinrich Mann,

unsere Abreise nach Kalifornien verzögert sich nun doch weiter dadurch, daß ich in einer zahnärztlichen Behandlung bin, die sich als langwieriger herausstellt, als ich ursprünglich angenommen hatte. So halte ich es für richtiger, Ihnen das Gepäck direkt zustellen zu lassen. Es handelt sich offenbar nur um jene kleineren Stücke, die Sie in Marseille mithatten.

Auf Ihrem Gepäck liegt bis jetzt eine Fracht von etwa fünfzig Dollar (Beförderung von Marseille nach Lissabon), die ich ausgelegt habe. Es ist noch ein kleiner Punkt, der fraglich ist. Unter dem Gepäck befindet sich noch eine Schreibmaschine, »Corona« mit englischer Tastatur, von der wir nicht wissen, ob sie Ihnen gehört oder Golo. Ich habe Golo geschrieben, und er wollte sich die Maschine ansehen, er glaubt, sie gehört Ihnen; aber er ist bis jetzt nicht gekommen.

Auf alle Fälle schicke ich Ihnen alles Gepäck, soweit es zweifellos weder uns noch Golo gehört, und lasse die Maschine vorläufig hier, bis sich herausstellt, wessen Eigentum eigentlich sie ist.

Wir selber, nehme ich an, werden spätestens um den 12. Januar herum in Kalifornien sein.

Ich habe Ihnen sehr viel zu erzählen. Alles in allem fühle ich mich bis jetzt hier nicht sehr wohl, ganz abgesehen davon, daß es aussieht, als ob ich Freunde, die mir sehr nahestehen, Brecht und Lola Sernau, nicht so leicht werde hierherbringen können.

Ich habe sehr das Bedürfnis, Sie wiederzusehen, und wünsche vorläufig Ihnen beiden sehr herzlich alles Gute.

Ihr
Lion Feuchtwanger

PS Bitte schicken Sie uns doch eine Zeile, sowie Sie das Gepäck haben.

312 Feuchtwanger an Heinrich Mann

50 Central Park South
New York City
29. Dezember 1940

Lieber, sehr verehrter Heinrich Mann,

die Übersendung des Gepäcks hat sich ein wenig verzögert, da wir den praktischsten und billigsten Weg ausfindig machen wollten und da man uns riet, die Sachen nicht in den Weihnachtstransport hineingeraten zu lassen. Jetzt aber sind sie abgegangen, und zwar am 26. Dezember, adressiert an Ihre Wohnung. Man nimmt an, daß sie etwa am 6. Januar dort eintreffen werden. Die Kosten betragen sechs Dollar fünfzehn, so also daß wir insgesamt rund fünfundfünfzig Dollar für Ihr Gepäck ausgelegt haben.

Die fragliche Schreibmaschine haben wir vorläufig hierbehalten, da wir immer noch nicht wissen, wem sie gehört. Die leere Hutschachtel bringen wir selber mit, da man uns sagte, daß sie auf dem Transport leicht beschädigt werden könnte.

Wir selber fahren zwischen dem 7. und 12. Januar nach dem Westen und freuen uns herzlich darauf, Sie dort zu sehen.

Immer Ihr
Lion Feuchtwanger

313 Lion und Marta Feuchtwanger an Heinrich Mann (Telegramm)

27. März 1941

Heinrich Mann
264 South Doheny Dr. Beverly Hills Calif.

Bedauern tief, daß wir heute nicht mit Ihnen zusammen sein können. Tausend herzliche Wünsche

Lion Marta Feuchtwanger

314 Heinrich Mann an Lion und Marta Feuchtwanger

264 S. Doheny Drive
Beverly Hills
30. März 1941

Verehrte, liebe Freunde,

nehmen Sie meinen herzlichen Dank für Ihre Wünsche.

Den Abend hätte ich lieber mit Ihnen verbracht. Die

Fahrt nach Tijuana war unabweisbar, und wenigstens hat sie ihren Zweck erfüllt.

Wir hoffen, Sie bald zu sehen.

Mit Empfehlungen und Grüßen

Ihr
Heinrich Mann

315 Feuchtwanger an Heinrich Mann

1650 N. Amalfi Drive
Pacific Palisades, Calif.
10. April 1941

Lieber und sehr verehrter Herr Heinrich Mann,

wir haben viele Versuche gemacht, Sie telefonisch zu erreichen, leider vergeblich. Hier unsere neue Adresse:

1650 N. Amalfi Drive
Pacific Palisades, Calif.
Tel.: Santa Monica 54233

Alles Herzliche
Ihr
Lion Feuchtwanger

316 Nelly und Heinrich Mann an Feuchtwanger (Telegramm)

[Dezember 1941]

Holiday Greetings by
Los Angeles Calif.
Mr. Feuchtwanger
1744 Mandeville Canyon Santa Monica Calif.

Best wishes for a merry christmas and happy new year
Mr. and Mrs. Heinrich Mann

317 Feuchtwanger an Heinrich Mann

1744 Mandeville Canyon Road
West Los Angeles
5. Februar 1942

Lieber, sehr verehrter Heinrich Mann,

Mr. B. W. Huebsch von der Viking Press in New York teilt mir mit, daß er außerordentlich an Ihrem Manuskript interessiert sei. Er würde es sehr begrüßen, wenn er Ihr Manuskript lesen dürfte. Wenn er sich nicht direkt an Sie wendet mit der Bitte, das Manuskript zu schicken, dann nur deshalb, weil er den Anschein vermeiden möchte, als wolle er dem Verleger Knopf einen Autor wegschnappen. Wenn Sie indes ihm das Manuskript schicken wollten, mit Bezugnahme auf den Briefwechsel zwischen ihm und mir, würde er das aufs wärmste begrüßen. Die genaue Anschrift lautet: Mr. B. W. Huebsch
c/o Viking Press
18 East 48th Street
New York City

Gleichzeitig mit dem Brief von Huebsch erhalte ich einen Brief von Kurt Rosenfeld, den ich Ihnen im Original beilege. Mir scheint es sehr wünschenswert, diesen Appell zu erlassen und also den Rosenfeld-Leuten einen solchen Appell zu schicken. Ich denke, es handelt sich um einen Appell von höchstens ein bis zwei Seiten. Ohne Zweifel sind Sie, verehrter Herr Mann, am meisten geeignet, einen solchen Appell zu entwerfen.

Alles Herzliche
Ihr
Lion Feuchtwanger

Anlage

318 Feuchtwanger an Heinrich Mann

1744 Mandeville Canyon Road
West Los Angeles
3. April 1942

Lieber, sehr verehrter Herr Heinrich Mann,

Kurt Rosenfeld schreibt mir unter anderm aus New York: »... Hier wird beabsichtigt, Heinrich Mann einzuladen, auf dem am 25. und 26. April in Detroit stattfindenden Slawen-Kongreß zu sprechen. Bitte, tun Sie alles, ihn zur Annahme dieser Einladung zu bringen. Ob wohl dann eine Chance besteht, ihn auch hierherzubringen? ... Die Zeit drängt, ich wäre Ihnen für eine sofortige Antwort äußerst dankbar.«

Ich weiß über diese Angelegenheit nicht mehr, als was in diesen Zeilen steht.

Mit herzlichem Gruß

Ihr
zur Zeit als »enemy alien« gefangener
Lion Feuchtwanger

319 Feuchtwanger an Heinrich Mann (Telegramm)

30. Oktober 1942

Heinrich Mann 301 Swall Drive
Los Angeles, Calif.

Shall be glad to see you here Friday November sixth four thirty p. m. please telephone evening between nine and ten.

Feuchtwanger

320 Feuchtwanger an Heinrich Mann

520 Paseo Miramar
Pacific Palisades
21. Dezember 1943

Lieber, sehr verehrter Heinrich Mann,

Ihnen und Frau Nelly unsere herzlichsten Wünsche und Grüße.

Sowie es Ihre Zeit und Ihr Befinden irgend gestatten, müssen Sie aber nun endlich zu uns kommen.

Alles Herzliche
Ihr
Lion Feuchtwanger

321 Heinrich Mann an Feuchtwanger
(Aus einem Glückwunschbuch)

7. Juli 1944

Mein Freund Lion Feuchtwanger weiß seit langen Zeiten, wie ich über ihn denke und für ihn fühle. Wir kennen uns seit 1911, es waren glückliche Tage, oder die Erinnerung macht sie mehr oder weniger glücklich. Auch daher unsere Anhänglichkeit. Er für mich, ich für ihn, sind ein geliebtes Andenken. Wie wir aus dem Vollen produzierten, lebten, in den Tag lebten, aber unsere Zukunft, die Dauer unseres Werkes und Namens zu sichern meinten! Unsere äußeren Umstände sahen wir mit Vertrauen an. Oder wir fragten gar nicht.

Wir beide haben uns genommen, wie wir waren. Die Unbefangenheit ist in der Kameradschaft das Beste. Niemals kritisierten wir einander. Wollte man uns glauben, er und ich hätten immer nur Gutes gemacht. Von ihm glaube ich es noch jetzt, gerade jetzt, da ich mehr als früher ein Talent nach seiner Moral bestimme. Die persönliche Zuverlässigkeit und das menschliche Gleichmaß eines Autors teilen sich zweifellos seinen Gestaltungen mit. Bei L. F. ist wenig improvisiert, alles plangemäß besonnen: davon bekommen seine Romane ihre Vertrauenswürdigkeit.

Unsere Umstände der leichteren Jahre verdienten keineswegs das Vertrauen, das wir ihnen gutherzig schenkten. Die Zeit sollte eintreten, da unser Land in bedauerlicher Weise herunterkam. Dann die Zeit, als wir verdächtig wurden und das Exil schon winkte. Wir beide haben meistens dieselben Schritte getan. Wir gingen nach Frankreich – nicht nach Paris, wie jeder andere. Wir waren Nachbarn acht Jahre lang. Wir mußten uns über die Pyrenäen retten, jeder zu seiner schweren Stunde. Wir erreichten Amerika. Wir sind Nachbarn, jetzt vier Jahre.

Meinem Kameraden wünsche ich, was er schon hat oder sicher hoffen darf: den Erfolg hier, die Genugtuung heimzukehren und das Glück der anhaltenden Fruchtbarkeit.

Heinrich Mann

322 Feuchtwanger an Heinrich Mann

17. August 1944

Lieber, sehr verehrter Heinrich Mann,

Klement und ich haben es leider nicht ermöglichen können, Transportmittel zu schaffen, um am Donnerstag zu Ihnen hinaufzukommen. Ich hoffe aber sicher, daß es nächste Woche möglich sein wird.

Nach dem, was Klement mir sagte, hat er Ihre geschäftlichen Dinge jetzt so erledigt, daß der Scheck endlich in Ihrer Hand ist. Das Manuskript ist, wie ich höre, auf dem Weg nach Schweden, und die Aussichten sind gut, daß es bald erscheint.

Ich hoffe sehr, daß der Aufenthalt in den Bergen Sie völlig wiederherstellt, und ich freue mich sehr darauf, Sie bald zu sehen.

Immer Ihr
Lion Feuchtwanger

323 Feuchtwanger an Heinrich Mann

24. August 1944

Lieber, sehr verehrter Heinrich Mann,

ich habe Ihren Brief Klement nicht zustellen können, da er ernstlich krank im Cedars of Lebanon Hospital liegt. Ich nehme aber an, daß die Angelegenheit erledigt war, schon bevor ich Ihren Brief erhielt, und daß jener Scheck inzwischen längst in Ihren Händen ist. Ich habe Gelegenheit gehabt, in der Zwischenzeit ausführlich mit Herrn Guggenheim zu sprechen, auch hat meine Frau mir über ein Telefongespräch mit Frau Nelly berichtet. Ich glaube, mit aller Sicherheit behaupten zu dürfen, daß Klement höchst uneigennützig und in bester Absicht gehandelt hat.

Mir selber geht es sehr gut; nur bin ich überschwemmt von kleinen Mißlichkeiten, die mich nicht dazu gelangen lassen, zu arbeiten oder jene Menschen zu sehen, die mir lieb sind. Immerhin hoffe ich, sehr bald soweit zu sein, zu Ihnen hinauszufahren.

Alles Herzliche
Ihr
Lion Feuchtwanger

PS Klement werde ich Ihren Brief zustellen, sowie die Ärzte es erlauben.

324 Feuchtwanger an Heinrich Mann

6. Oktober 1945

Lieber, sehr geehrter Herr Mann,

in der Anlage das bißchen versprochene Material über Beer-Hofmann.

Mit herzlichem Gruß
Ihr
Lion Feuchtwanger

Anlage

325 Feuchtwanger an Heinrich Mann

520 Paseo Miramar
Pacific Palisades
4. Januar 1946

Lieber, sehr verehrter Heinrich Mann,

in der Anlage schicke ich Ihnen die Abschrift von zwei kleinen Gedichten von Walther von der Vogelweide in der Übersetzung von Johannes Wüsten.

Von dem Gedicht Christian Günthers, das ich im Sinne hatte, kann ich Ihnen leider nur die Anfangs- und die Endstrophe schicken, da Wilhelm von Scholz, der die in meinem Besitz befindliche Ausgabe redigiert hat, leider die Mittelstrophen weggelassen hat; aber ich denke, in New York wird es nicht schwerfallen, einen vollständigen Günther aufzutreiben.

Das Gedicht von Gottfried Keller ist leider, da es erst vor ziemlich kurzer Zeit veröffentlicht wurde, in den mir zur Verfugung stehenden Ausgaben nicht enthalten.

Alles Herzliche
Lion Feuchtwanger

Gedichte

326 Hilde Waldo an Heinrich Mann

25. März 1946

Sehr geehrter Herr Heinrich Mann,

in der Anlage finden Sie die vollständige Übersetzung Ihres Vorworts zu »Morgenröte«, welche Herr Weiskopf in New York herstellen ließ und die dann in gekürzter Form in der »Saturday Review« erschien.

Herr Weiskopf bat, die Übersetzung an Sie weiterzugeben, da Sie diese vielleicht noch anderweitig verwerten könnten.

Ergebenst Ihre
Hilde Waldo

327 Heinrich Mann an Feuchtwanger

301 So. Swall Drive
Los Angeles 36, Calif.
17. August 1946

Lieber Doctor Feuchtwanger,

dieser Hemden-Check befand sich am Donnerstag in der Brusttasche meines alten französischen Anzugs. Als Sie die eingenähte Firma Améric Toulon hervorkehrten, hätte ich mit den Galeries Lafayette Nice dasselbe tun sollen, der Check wäre zutage getreten. Um ihn nicht nochmals zu übersehen, schicke ich ihn im Brief.

Dank für die vorzüglichen Hemden.

Auf bald

Ihr
H. Mann

328 Feuchtwanger an Heinrich Mann

The Sherry-Netherland
New York, N. Y.
28. Mai 1947

Lieber, sehr verehrter Heinrich Mann,

ich werde hier in New York länger festgehalten, als ich erwartet hatte. Was als eine Erholungsreise geplant war, hat sich in ein professionelles Unternehmen verwandelt, das zwar Erfolge bringt, aber viel und undankbare Mühe macht. Ich werde kaum vor Ende Juni in Kalifornien zurück sein.

Ich habe mir die Freude gemacht, Ihnen etwas Schokolade zu schicken. Mit herzlichen und verehrungsvollen Grüßen

immer Ihr
Lion Feuchtwanger

329 Heinrich Mann an Feuchtwanger

301 So. Swall Drive
Los Angeles 36, Calif.
4. Juni 1947

Lieber Doctor Feuchtwanger,

ich bedaure, Sie noch nicht wieder hier zu sehen, und freue mich, daß es Ihnen dort so gut geht.

Die Schokolade ersetzt nicht Ihre freundliche Gegenwart, aber sie schmeckt gut, ich danke Ihnen.

Am 15. Juni will ich für vierzehn Tage ins Gebirge gehen. Um den 1. Juli sind wir hoffentlich beide hierher zurückgekehrt.

Herzliche Grüße
Ihr
H. Mann

330 Marta Feuchtwanger an Heinrich Mann

520 Paseo Miramar
Pacific Palisades
2. Juni 1947
[Poststempel: 4. Juli 1947]

Lieber Heinrich Mann,
dies ist die Adresse von CARE.

Es ist immer ein großer Genuß, mich mit Ihnen unterhalten zu dürfen.

Allerherzlichst
Marta Feuchtwanger

CARE
COOPERATIVE for AMERICAN
REMITTANCES to EUROPE, INC.
50 Broad Street, New York 4, N. Y.

331 Hilde Waldo an Heinrich Mann

520 Paseo Miramar
Pacific Palisades
20. Dezember 1947

Sehr geehrter Herr Mann,
in der Anlage schicke ich Ihnen einen Auszug des Briefes von Carl Posen an Dr. Feuchtwanger.

Mit schönen Empfehlungen

Ihre
Hilde Waldo

Anlage

332 Heinrich Mann an Feuchtwanger

2145 Montana Ave.
12. Mai 1949

Lieber Doctor Feuchtwanger,

hier ist der Artikel, den ich Sie zu lesen bitte. Wenn Sie nichts beanstanden, schicke ich ihn Montag nach Berlin.

Noch ein Anliegen. Es betrifft Czinner, der mich ohne Antwort läßt. Dabei verspricht Kohner »cash«. Was tun? Haben Sie in N. Y. jemand, der mit Czinner reden und die Kopie seines Briefes von ihm erlangen könnte?

Dank, und auf bald.

Ihr
H. M.

Klaus Mann

Feuchtwanger lernte Klaus Mann in Sanary kennen. Die wenigen erhaltenen Briefe informieren unter anderem über das Schicksal der Emigrantenzeitschrift »Die Sammlung«, die 1933–1935 von Klaus Mann herausgegeben wurde.

Am 15. August 1937 hatte sich Heinrich Mann gegenüber Feuchtwanger besorgt darüber geäußert, daß sich sein Neffe der volksfrontfeindlichen Organisation Leopold Schwarzschilds angeschlossen hatte. Im September 1937 teilte Klaus Mann Feuchtwanger mit, er habe sich nun von dieser Gruppe getrennt.

Seine Achtung und Freundschaft für den jungen Schriftsteller, der 1949 freiwillig aus dem Leben schied, bezeugte Feuchtwanger mit seinem Beitrag zu dem Gedächtnisband, den Erika Mann zusammenstellte.

Klaus Mann schätzte Feuchtwanger nicht nur als »großen Epiker«. Dieser habe im Exil seinen sittlichen Ernst und sein bedingungsloses Einstehen für die Gerechtigkeit »männlich bewiesen«, schrieb Mann im Juli 1934 in der Zeitschrift »Die Sammlung«. In seinem Lebensbericht »Der Wendepunkt« bezeichnete er Feuchtwangers Roman »Die Geschwister Oppermann« als die »wirkungsvollste, meistgelesene erzählerische Darstellung der deutschen Kalamität«.

333 Klaus Mann an Feuchtwanger

Querido Verlag Amsterdam
Keizersgracht 333
19. August 1935

Lieber und verehrter Herr Doktor Feuchtwanger –

seit Wochen finde ich, daß ich Ihnen einen ausführlichen Brief schulde. Die Auflösung der »Sammlung« aber bringt sehr viel lästige Korrespondenz, Besprechungen und Schereien jeder Art mit sich. Für den Brief an Sie wollte ich eine relativ freie Stunde abwarten. Entschuldigen Sie also bitte die Verzögerung.

Ich darf annehmen, daß Sie vom Schicksal der Zeitschrift inzwischen schon von dritter Seite gehört haben. Wir hatten uns lange gewehrt. Nicht so sehr meinetwegen, als um der Sache willen – die schließlich die Sache der literarischen deutschen Emigration ist –, wollte ich das Fiasko, das der »Sammlung« drohte und das immer näher kam, einfach nicht zulassen. Der Verlag als solcher hatte sich an der Zeitschrift ja schon seit längerem desinteressiert – wie ich Ihnen in Sanary wohl erzählt habe. Landshoff und ich waren es, die unter allen Umständen durchhalten wollten. Ich habe seit Monaten meine Arbeit für die Zeitschrift ohne jede Bezahlung getan. Landshoff seinerseits hat seit langer Zeit einen erheblichen Teil seiner Einnahmen – die, wie Sie sich vorstellen mögen, keineswegs enorm sind – für ein Defizit geopfert, das immer beträchtlicher wurde und für das der Verlag nicht mehr aufkommen wollte. Dabei durften die Bedürftigen unter unseren Mitarbeitern den schlechten finanziellen Zustand der Zeitschrift möglichst nicht zu fühlen bekommen: sie wurden weiter regelmäßig und pünktlich honoriert.

Schließlich setzten wir unsere letzte Hoffnung auf die Erweiterung des Blattes. Diese war natürlich noch einmal mit erheblichen Unkosten verbunden. Es wurden 30000 neue Prospekte gedruckt und sorgfältig verschickt; es wurden Anzeigen aufgegeben und in allen wichtigen Ländern Kolporteure beauftragt. Das Ergebnis war niederschmetternd. Auf dem Verlag sagt man mir, daß insgesamt – 25 neue Abonnenten hinzukamen. Dies mußte uns den definitiven Beweis bedeuten, daß eine literarische Monatsrevue unter den heutigen Umständen ohne erhebliche Zuschüsse nicht lebensfähig ist (eine Erfahrung, die Wieland Herzfelde ja übrigens gleichzeitig macht).

Wir müssen also mit dem Schluß des zweiten Jahrgangs zunächst einmal ganz Schluß machen. Auch der Vorabdruck Ihres Romans wird abgebrochen – und gerade von diesem hatten wir uns so viel versprochen! – Damit wären wir bei dem Punkte, um dessentwillen ich Ihnen vor allem schreibe. Wir haben mit Ihnen für den Vorabdruck des Romans eine gewisse Summe ausgemacht. Wir waren zu optimistisch, was die Folgen dieses Vorabdrucks für die Zeitschrift betrifft. Nun finden wir uns in der ärgsten Situation.

Es ist kein Geld mehr da. Landshoff ist »ausgeblutet«. Die Freunde, die irgend in Anspruch zu nehmen waren, wurden beansprucht. Der Verlag ist nicht zuständig und macht uns keine Geschenke. Ich selber besitze keinen Pfennig.

Das wäre wirklich die denkbar ärgste Situation – wenn ich nicht auf Ihr kameradschaftliches Verständnis rechnen könnte.

Ich möchte Ihnen, sehr verehrter Herr Doktor Feuchtwanger, nicht zumuten, uns die Kapitel aus Ihrem Roman ganz umsonst zur Verfügung gestellt zu haben. Mein Vorschlag, für den ich Sie empfänglich hoffe, ist vielmehr der:

Die Zeitschrift honoriert Ihnen sofort den Teil des Vorabdrucks, der wirklich bei uns erschienen ist. Das ist, wie ich höre, ein Drittel des Manuskripts, das uns zur Veröffentlichung vorgelegen hat. Das würde also auch ein Drittel der zunächst ausgemachten Summe als Honorar bedeuten – mir scheint: 180 Gulden. Diese würden wir uns mit einer aller-allerletzten Anstrengung gleich verschaffen. Und wären Ihnen dankbar für Ihr Entgegenkommen. – Um dieses würde ich Sie nicht zu bitten wagen, wenn Sie durch den Vorabdruck bei uns einen tatsächlichen Verlust erlitten hätten. Es ist mein einziger Trost, daß dem nicht so zu sein scheint. Für einen deutschen Vorabdruck an anderer Stelle hatte man – wie man mir in der Keizersgracht versichert – schon alles, und schon alles vergeblich getan, als wir wegen der »Sammlung« an Sie herantraten (sonst hätten wir den Mut dazu wohl kaum gehabt). Aus Rücksicht auf Ihre englischen Vorabdrucke haben wir den Erscheinungstermin in unserer Zeitschrift länger, als uns lieb war, verzögert. Der Verkauf des Buches kann durch den Vorabdruck auch nicht geschädigt sein: die 25 Leute werden nicht fehlen. – Ich erwähne diese Umstände nur, um unser »Angebot« zu entschuldigen und Sie für es zu gewinnen.

Sie werden die große Freundlichkeit haben, dies alles in einem guten Sinn zu bedenken und mir gleich eine Antwort zu geben. Landshoff und ich sind sehr beunruhigt und verzweifelt – zunächst schon wegen des harten Schlages, den das Aufhören der Zeitschrift an sich für uns bedeutet; im besonderen aber noch Ihretwegen.

Darf ich Sie, zum Schluß, besonders herzlich darum bitten, daß diese ganze Angelegenheit durchaus zwischen »uns« bleibt? Ich möchte so ungern, daß sie zum Gesprächsstoff der literarischen Zirkel an der Côte d'Azur wird …

Nehmen Sie die herzlichsten und ergebensten Grüße

334 Klaus Mann an Feuchtwanger

z. Zt. Amsterdam
Pension Zaalberg van Zelst
De Lairesse-Straat 5–7
6. September 1937

Lieber Lion Feuchtwanger –

es scheint mir doch am Platze, Ihnen geschwind zu erzählen, daß ich aus der »Gruppe der Unabhängigen und Sauberen« ausgetreten bin. Aus persönlicher Rücksicht auf Schwarzschild und weil ich, innerhalb der Emigration, gegen jeden »éclat«, gegen alle unfreundlichen Demonstrationen bin, habe ich darauf verzichtet, daß man meinen Austritt – zu dem mich viele, teils private, teils sachlich-politische Motive bestimmt haben – öffentlich mitteilt. Immerhin möchte ich doch, daß die paar Interessierten und die literarischen Freunde Bescheid wissen und mich nicht weiter einer Gruppierung zurechnen, der ich also nicht mehr angehöre. Vielleicht erzählen Sie es auch unserem Freund Marcuse, daß ich seit einer Woche wieder ein Unsauberer und ein Abhängiger bin und mich in diesem altvertrauten, nun wiedergewonnenen Zustand ziemlich wohl fühle. Stets

Ihr herzlich-aufrichtig ergebener
Klaus Mann

335 Feuchtwanger an Klaus Mann

Sanary/Var
Villa Valmer
11. September 1937

Lieber Klaus Mann,

ich danke Ihnen für Ihren Brief. Ich freue mich sehr, daß auch Sie meiner Meinung sind, daß nämlich solche Manifestationen, wie sie die Gründung der Gruppe der Unabhängigen darstellt, nicht geeignet sind, die politischen Zwecke zu fördern, die uns allen gemeinsam sind. Ich gratuliere also Ihnen und uns zu Ihrer wiedergefundenen »Unsauberkeit«.

Sehr herzliche Grüße und Wünsche

Ihr
Lion Feuchtwanger

336 Klaus Mann an Feuchtwanger (Telegramm)

2. Februar 1942

Lion Feuchtwanger
1744 Mandeville Canyon Rd
West Los Angeles, Calif.

Please let me know immediately if you could write for March »Decision« a short review on Upton Sinclair's new novel stop. I have seen your appreciative remarks in an advertisement and think it may be a good idea to amplify them into an article of about 2000 words stop. Besides I am eager to have you represented in the magazine.

Klaus Mann

337 Feuchtwanger an Klaus Mann (Telegramm)

3. Februar 1942

Klaus Mann
Bedford Hotel
118 East 40th
New York City

In principle glad to contribute for »Decision« but at present unfortunately too busy to write review Upton Sinclair best wishes

Lion Feuchtwanger

Willi Bredel

Politisches Engagement und Teilnahme an politischen Aktionen büßte Willi Bredel in der ersten Hälfte seines Lebens mehrfach mit dem Verlust seiner Freiheit. Wegen seiner Teilnahme am Oktoberaufstand der Hamburger Arbeiter 1923 wurde er zu zwei Jahren Gefängnis verurteilt, 1930 wegen literarischem Hoch- und Landesverrat zu zwei Jahren Festung, und 1933 wurde er von den Faschisten im Konzentrationslager Fuhlsbüttel interniert. »Dreizehn Monate Konzentrationslager, elf Monate Einzelhaft, Dunkelhaft und Auspeitschung – das war mein Weg.« Als er das 1934 in dem Aufsatz »Wir werden nicht rasten noch ruhen«, veröffentlicht in Heft 5 der »Internationalen Literatur«, schrieb, war es ihm gelungen, in die Tschechoslowakei zu entkommen. Von dort ging er nach Moskau und übernahm 1936 die Leitung der Redaktion der Exilzeitschrift »Das Wort«. Seine Mitarbeiter waren Feuchtwanger und Brecht, die als Fernredakteure die antifaschistischen Schriftsteller in den westlichen Exilländern vertraten. Die Hauptlast des Unternehmens lag auf Bredels Schultern. Aber Feuchtwanger habe, schrieb Bredel in einem Aufsatz, veröffentlicht in der NDL 1959, »in entscheidendem Maß Gesicht und Inhalt der Zeitschrift mitgeformt«.

1937 reiste Bredel nach Madrid, um am »Internationalen Kongreß zur Verteidigung der Kultur gegen den Faschismus« teilzunehmen. Er blieb in Spanien; als Kriegskommissar der Internationalen Brigaden kämpfte er im Spanischen Bürgerkrieg.

Bis 1940, als es ihm gelang, vor Beginn der Kampfhandlungen aus Frankreich in die Sowjetunion zurückzukehren, blieb er mit Feuchtwanger durch gegenseitige Besuche in Paris und Sanary in Verbindung. In Paris gründete Bredel den Exil-Verlag Editions du 10 Mai, der sein von Feuchtwanger geschätztes Spanien-Buch »Begegnung am Ebro« herausbrachte.

In den vierziger Jahren bemühte sich Feuchtwanger, einen Verlag in den USA für den ersten Band von Bredels Trilogie »Verwandte und Bekannte« zu interessieren. Ihn berührte die großangelegte Familienchronik, die er 1954 als »erste Darstellung des deutschen Arbeiters in seiner Entwicklung durch das letzte Jahrhundert« charakterisierte.

Mit Bredels Rückkehr nach Deutschland am 5. Mai 1945 begann für ihn eine Schaffensperiode nicht nur als Schriftsteller, sondern auch als Kulturpolitiker und Herausgeber literarischer Zeitschriften.

Bredel gehörte zu denjenigen unter Feuchtwangers Freunden, die ihn nach dem Krieg gern in ihrer Mitte gehabt hätten. Da ihm dieser Wunsch versagt blieb, trug er als Herausgeber der »Bibliothek fortschrittlicher deutscher Schriftsteller« und als Redakteur der »Neuen Deutschen Literatur« dazu bei, daß Feuchtwangers Werk in der DDR ein festes Publikum fand.

338 Bredel an Feuchtwanger und Brecht

[Moskau]
9. Mai 1936

Lieber Feuchtwanger, lieber Brecht,

mit Lust und Eifer bin ich dabei, die ersten Hefte des »Worts« vorzubereiten. Bald hoffe ich genauen Bericht über den Inhalt der ersten Hefte, wie ich sie auf Grund der eingegangenen Beiträge vorstelle, machen zu können. Heute schon möchte ich mich mit Ihnen verständigen über die Frage der Einleitung sowohl des ersten Heftes wie der weiteren. Maria hat Ihnen bereits einen Entwurf der Hefteinteilung geschickt, aus dem ersichtlich ist, daß am Anfang jedes Heftes eine Rubrik – das Vorwort – stehen soll. Nun meine ich, man sollte diesen Einleitungsartikel, auch den des ersten Heftes, nicht in der üblichen Form eines würdigen literarischen Einleitungsartikels bringen. Vielmehr stelle ich mir vor, wir sollten kurze, in drei bis maximal dreißig Zeilen gefaßte Gedanken und Anmerkungen zu aktuellen Ereignissen auf dem deutschen Literatur- und Kulturgebiet, eventuell zu Beiträgen in dem betreffenden Heft, aneinanderreihen; nur durch eine Zeile Abstand voneinander getrennt und jeweils mit Versalien beginnend.

Diese Lösung ermöglicht eine kollektive Herstellung des Vorworts. Ich denke mir das so, daß Sie, jedesmal wenn Sie zu bestimmten Vorkommnissen und Daten etwas sagen wollen, dies konzentriert formulieren und herschicken. Ich werde selbstverständlich auch in dieser Art am Vorwort mitarbeiten und dann, kurz vor Drucklegung jeder Nummer, die vorliegenden Stücke möglichst passend aneinanderreihen. Das Ganze, denke ich, wird dann gar nicht gezeichnet oder, wenigstens beim ersten Heft, mit: Die Redaktion.

Geben Sie, bitte, per Flugpost Bescheid, ob Sie einverstanden sind, und vor allem: schicken Sie recht bald recht viel für Vorwort. In der ersten Nummer wird das Vorwort wohl besonders generellen Charakter haben müssen, die zweite Nummer ist, weil sie auf den August fällt, als Antikriegsheft gedacht.

339 Feuchtwanger an Bredel

Sanary/Var
Villa Valmer
18. Mai 1936

Lieber Bredel,

Ihr Vorschlag, das Vorwort der einzelnen Hefte nicht akademisch zu halten, scheint mir sehr glücklich. Ich schicke Ihnen für das Vorwort des ersten Heftes in der Anlage ein paar Sätze, die Sie nach Belieben verwerten wollen. Wenn sie Ihren Intentionen nicht entsprechen, dann bitte, bringen Sie sie nicht.

Für das zweite Heft, das Antikriegsheft, hoffe ich, Ihnen einen richtigen Beitrag schicken zu können. Ich berichte darüber in meinem Brief an Maria Osten.

Viele Grüße und gute Wünsche.

Ihr
Lion Feuchtwanger

340 Bredel an Feuchtwanger

6. Juni 1936

Lieber Feuchtwanger,

da Maria für einige Tage verreist ist, habe ich Ihren Brief an sie geöffnet und gelesen. – Was Sie kritisch zu dem ersten

Heft des »Worts« sagen, scheint mir im großen und ganzen richtig zu sein. Auch ich bin der Meinung, daß die dichterischen Beiträge recht schwach sind. Aber wie soll ein Redakteur stärkere hervorzaubern? Und letzten Endes müssen prominente Schriftsteller ihre Beiträge auch selber zu vertreten und zu verantworten imstande sein. So erscheint mir z. B. unter den dichterischen Beiträgen der »Angriff auf Wyst« der stärkste und beste zu sein und bedauerlicherweise der von Arnold Zweig mehr ein zufälliges Nebenprodukt seiner sonstigen Arbeiten. Ob es stimmt, was Sie von der Geschichte O. M. Grafs sagen, weiß ich nicht. Ich werde mich aber sofort bei meinem Freunde Herzfelde informieren.

Im übrigen bin ich mit Ihnen einer Meinung, daß die Kunstprosa und nicht die Literaturtheorie »Das Wort« entscheidend bestimmen soll. Ebenfalls habe ich wie Sie bei der Kritik über Brentano einige Bedenken, denn mir scheint, der Rezensent ist zu sehr vom Subjektiven ausgegangen und hat nicht diesen Roman als Zeitroman im Zusammenhang mit allen anderen, dieses Thema behandelnden künstlerischen Arbeiten, beurteilt. Ich denke, es wäre gar nicht übel, wenn in Nummer 2 oder 3 als Antwort auf eine solche Kritik irgend ein Mitarbeiter oder Leser unserer Zeitschrift eine neue Kritik schreiben würde.

341 Feuchtwanger an Bredel

Sanary/Var
Villa Valmer
12. Juni 1936

Lieber Bredel,

schönen Dank für Ihren ausführlichen Brief vom 6. Juni. Der »Angriff auf Wyst«, den ich erst erhalten habe, nachdem mein Brief an Sie abgegangen war, ist wirklich sehr gut. Schade, daß er fragmentarisch ist.

Ich bin scharf in der Arbeit an meinem »Falschen Nero« und will das Werk unter allen Umständen fertig haben, bevor ich nach Rußland gehe, d.h., ich will im September oder Oktober abschließen. Das ist der Grund, warum ich beim besten Willen nichts für die erste Nummer schreiben konnte. Aber für das Antikriegsheft bekommen Sie, wie ich Ihnen schon sagte, bestimmt etwas. Ich schicke es im Laufe der nächsten 14 Tage an Sie ab.

Sehr herzliche Grüße. Ich hoffe nun wirklich, Maria bald hier zu sehen und ausführlicher mit ihr über »Das Wort« sprechen zu können.

Ihr
Lion Feuchtwanger

342 Feuchtwanger an Bredel

Sanary/Var
Villa Valmer
13. Juni 1936

Lieber Bredel,

ich schicke Ihnen in der Anlage einen Brief des »Pont de l'Europe« zur evtl. Weiterleitung an die maßgebende Stelle.

Mit vielen Grüßen

Ihr
Lion Feuchtwanger

343 Feuchtwanger an Bredel

Sanary/Var
Villa Valmer
15. Juni 1936

Lieber Bredel,

ich schicke Ihnen in der Anlage den versprochenen Beitrag für das Heft 2 von »Das Wort«, die Antikriegs-Nummer, soweit ich unterrichtet bin.

Wenn der Beitrag Ihnen zu lang erscheint, können Sie ihn nach Belieben hinten oder vorn kürzen. Ich würde raten, ihn, falls er zu viel Raum wegnehmen sollte, in kleineren Lettern zu setzen. Es könnte, schlimmstenfalls, die Satzordnung so vorgenommen werden, daß nicht mit jedem Vers eine neue Zeile begonnen wird, sondern daß die Verse fortlaufend gedruckt werden, die einzelnen Verse durch schräge Striche voneinander abgeteilt und jeweils mit großen Buchstaben beginnend. Das würde ich aber nicht gern sehen; bitte, machen Sie es nur im äußersten Notfall.

Viele Grüße
Ihr
Lion Feuchtwanger

344 Feuchtwanger an Bredel

Sanary/Var
Villa Valmer
2. Juli 1936

Lieber Bredel,

schönen Dank für die rechtzeitige Übersendung des Materials für das zweite Heft.

Im Ganzen finde ich das Heft sehr respektabel. Der Fortschritt vor dem ersten Heft springt in die Augen. Vor allem die Abteilung Dichtung ist diesmal gut geglückt. Starken Eindruck hat mir die Skizze von Ottwalt gemacht, und ausgezeichnet ist das erste Gedicht von Brecht. Korrigieren Sie aber bitte in der drittletzten Zeile des ersten Absatzes statt »dem sagenhaften Atlantis«, »der sagenhaften Atlantis« und in der vorletzten Zeile dieses Absatzes statt »wo das Meer es verschlang«, »wo das Meer sie verschlang« (Atlantis ist feminin).

Sehr gut finde ich auch diesmal wieder die Essays und die Abteilung Kulturerbe, während die übrigen Abteilungen, vor allem die Abteilung Kritik, mir reichlich schwach erscheinen. Die Rezension über den »Armen Verschwender« habe ich allerdings noch nicht erhalten. Auch die Glossen sind nicht gerade schlagend.

Am vordringlichsten scheint es mir, dafür zu sorgen, daß die Rezensionen die der übrigen Emigrationszeitschriften an Güte und Präzision übertreffen oder zumindest nicht hinter ihnen zurückbleiben. Aber froh bin ich, daß die Abteilung Dichtung in diesem Heft so ansehnlich ist.

Ich hoffe sehr, Maria Osten bald hier zu sehen und mich mit ihr ausführlich über alle Probleme der Zeitschrift zu unterhalten.

Herzliche Grüße und Wünsche

Ihr
Lion Feuchtwanger

345 Feuchtwanger an Bredel

Sanary/Var
Villa Valmer
6. Juli 1936

Lieber Bredel,

wann eigentlich erscheint die erste Nummer des »Wort«? Ich bin etwas besorgt, weil ich das Heft noch nicht bekommen habe.

Herzliche Grüße
Ihr L. Feuchtwanger

346 Feuchtwanger an Bredel

Sanary/Var
Villa Valmer
26. Juli 1936

Lieber Herr Bredel,

schönen Dank für die pünktliche Übersendung des Materials für »Das Wort« Nummer 3. Ich finde besonders gut das Stück aus Ihrem Roman; ich würde aber die erste Seite des Buchstücks weglassen. Sie erlauben mir, ganz offen zu sein, ich finde die Landschaftsschilderung nicht auf der Höhe des übrigen Teils. Ausgezeichnet finde ich das tschechische Gedicht; aber das Gedicht von Rudolf Fuchs scheint mir ideell ziemlich schwach, und die Skizze von Paul Burda scheint mir etwas zu dick propagandistisch und sentimental.

Was die Artikel zu Gorki anlangt, so empfehle ich Ihnen das Vorwort von Stefan Zweig in der Sammlung »Erzählungen« von Maxim Gorki, im Insel-Verlag, Leipzig. Das Buch ist, soviel mir bekannt ist, nicht mehr im Handel, da es wohl in Deutschland verboten ist. Aber Sie werden es in Wien und wohl auch in Prag sehr leicht auftreiben können. Die Buchhandlung Richard Lanyi in Wien kündigt es in ihrem antiquarischen Katalog für irgendeinen lächerlichen Preis an. Es handelt sich anscheinend um eine Restauflage. Dieser einleitende Essay von Stefan Zweig gehört zum Besten, was über Gorki gesagt wurde, und ist vielleicht das Beste, was über ihn in deutscher Sprache gesagt wurde. Es lohnt wirklich, ihn bei dieser Gelegenheit neu zu drucken.

Bitte, teilen Sie mir möglichst bald mit, wie Sie sich Heft 4 denken, damit ich Ihnen allenfalls einen Beitrag schicken kann.

Dieser Tage hoffe ich, nun Maria Osten hier zu sehen und mit ihr Details zu besprechen.

Herzliche Grüße
Ihr Lion Feuchtwanger

PS Meine kleine Glosse über Gorki betiteln Sie vielleicht »Gedanken an Gorkis Todestag«; aber wenn Ihnen der Titel nicht gefällt, dann nehmen Sie ruhig einen andern.

347 Feuchtwanger an Bredel

Sanary/Var
Villa Valmer
6. August 1936

Lieber Bredel,

wir sind hier zusammen, Maria Osten und ich, und überlegen uns, welche Vorschläge wir für die nächsten Hefte des »Worts« zu machen haben.

Zunächst noch ein paar Leute, die man zur Mitarbeit heranziehen könnte:

René Schickele, Nice-Fabron, »La Florida«, Chemin de la Lanterne (der eine Novelle zugesagt hat);

Rudolf Leonhard, Hyères/Var (France), Boite postale 119;

Alfred Wolfenstein, bei Barnai, Prag 12, Radhastova 9;

Dr. Karl Federn, Kopenhagen V, Aaboulevard 3, III, der vor allem für Aufsätze allgemein ästhetischer Art, für Rezensionen und Kurzgeschichten in Frage kommt;

Bruno Frank, Aigen b. Salzburg, Abfalter 65.

Was das Programm anlangt, so halten wir es für richtig, jetzt schon das Programm der einzelnen Hefte auf möglichst lange Zeit hinaus festzulegen, das heißt also auf etwa ein Jahr, und die in Frage kommenden Mitarbeiter möglichst rechtzeitig zu benachrichtigen, so daß man dann für das einzelne Heft nicht auf Zufallsartikel angewiesen ist, sondern aus der Fülle schöpfen und sichten kann. Vielleicht überlegen Sie, lieber Bredel, ob nicht folgende Themen für einzelne Sonderhefte in Frage kommen:

Ein Heft Kurzgeschichten. Das könnte freilich kaum vor

Januar oder Februar herauskommen. Man müßte von jetzt an besonders gute Kurzgeschichten sammeln und die besten Autoren für Kurzgeschichten für dieses Heft auffordern. Außerdem müßte man einiges Theoretische über die Technik der Kurzgeschichten schreiben, den prinzipiellen Unterschied zwischen Kurzgeschichten und Romanen darlegen und den Unterschied der Kurzgeschichten der einzelnen Nationalliteraturen. Vielleicht auch könnte man eine Rundfrage veranstalten, in der man die einzelnen Autoren aufforderte, aus der gesamten Weltliteratur die sechs oder neun Kurzgeschichten zu bezeichnen, die ihnen den stärksten Eindruck gemacht haben. (Eine solche Liste könnte dann einer Sammlung der besten Kurzgeschichten in Buchform zugrunde gelegt werden.)

Interessant scheint es uns weiter, in einem Sonderheft eine Art Musterschau des literarischen Werks der deutschen Emigration zu geben. Technisch denken wir uns das so, daß man die wichtigeren deutschen Autoren auffordert, aus ihrem Gesamtwerk jeweils acht bis fünfzehn Seiten zu bezeichnen, die sie für ihre besten halten, wenn möglich in sich geschlossene Kapitel, Novellen oder dergleichen.

Wir denken sodann an ein Heft, das eine kritische Darstellung der deutschen Literatur der Gegenwart vermittelt und das vor allem die Emigrationsliteratur mit der im Reich geduldeten in Parallele setzt. Gut wäre es, in diesem Heft etwa von den am meisten zuständigen Autoren eingehende sachliche, nicht satirische Stilanalysen von »Mein Kampf« und anderen führenden nationalsozialistischen Publikationen zu geben. Auch könnte in diesem Heft eine Übersicht über das gesamte bis jetzt vorliegende Werk der Emigrationsliteratur gegeben werden und sehr sorgfältig geschriebene kurze Rezensionen der wichtigsten Werke. Einmünden sollte das Heft in einem Aufruf zur Gründung einer Akademie des emigrierten deutschen Schrifttums und zur Gründung einer Gesellschaft zur Rettung der deutschen Sprache vor der Barbarei Hitler-Deutschlands. Man müßte an Musterbeispielen aus den den Schulkindern aufgezwungenen nationalsozialistischen Werken dartun, wie weit die Verderbnis der deutschen Sprache bereits um sich gegriffen hat. (Für stilkritische Untersuchungen nationalsozialistischer Literatur wären etwa Rudolf Olden heranzuziehen, Anton Kuh und Rudolf Leonhard.)

Sehr begrüßen würden wir ein Heft über zeitgenössische russische Literatur. Es könnten in diesem Heft aus den wichtigsten Büchern der Sowjetliteratur Probleme in mustergültigen Übersetzungen gegeben werden, vor allem auch gute Übersetzungen moderner russischer Lyrik. Sodann könnte das Heft enthalten eine Übersicht über die gesamte Sowjetliteratur sowie sehr sorgfältig geschriebene Rezensionen über die einzelnen Autoren und ihre wichtigsten Bücher. (Ein solches Heft könnte die Grundlage bilden für eine deutsche Darstellung der Sowjetliteratur in Buchform.)

Ein Heft könnte eine Diskussion über die geplante Enzyklopädie bringen. Wir denken weiter an Hefte, die die englische und französische Literatur in ähnlicher Weise darstellen könnten wie das soeben genannte die russische.

Weiter bringen wir in Vorschlag ein Sonderheft über Lyrik und ein Sonderheft: Biographie. In diesem Sonderheft Biographie könnten neue mustergültige deutsche Kurzbiographien veröffentlicht werden, sodann kritische Studien über die deutsche, die englische und die französische Methodik der Biographien. Heranzuziehen wären da Stefan Zweig, Kersten, Emil Ludwig, Olden, Heiden.

Das Wichtigste scheint uns, daß man möglichst bald ein möglichst genaues Programm für das nächste Jahr festlegt, daß man jetzt schon mit der Bereitstellung des Materials für alle geplanten Sonderhefte beginnt, so daß man dann bequem Zeit hat zu sichten. Bei diesem Anlaß möchten wir einfügen, daß es uns nicht sehr wesentlich erscheint, daß die Glossen übermäßig aktuell sind, wenn sie nur überzeugend wirken.

Für den wundesten Punkt der Zeitschrift halten wir nach wie vor die Rezensionen. Es wäre gut, wenn die zu rezensierenden Bücher möglichst rechtzeitig verteilt würden, so daß Rezensionen in Ruhe jeweils von den am meisten zuständigen Autoren geschrieben werden könnten.

Maria bringt ein Manuskript von mir mit, das vielleicht für die Nummer Biographien in Frage kommt, wenn Sie eine solche Nummer bringen wollen, das Sie aber natürlich auch, wenn Sie es für richtig halten, wann immer Sie wollen, bringen können.

Die Notiz in der »Iswestia« über den »Falschen Nero« ist verfrüht. Ich kann wegen des englischen und amerikanischen Vorabdrucks noch nicht übersehen, wann das Buch deutsch publiziert werden kann. Selbstverständlich sollen Sie ein Stück aus dem Roman haben, wenn Sie es vorabdrucken wollen.

Ich freue mich sehr darauf, Sie in Moskau zu sehen und mich gründlich mit Ihnen auszusprechen.

Viele gute Wünsche für Sie und Ihre Zeitschrift.

Ihr
Lion Feuchtwanger

[Nachschrift Maria Osten]

Herzlich
Maria Osten

348 Bredel an Feuchtwanger

17. August 1936

Lieber Doktor Feuchtwanger,

ich bin sehr erfreut über Ihren ausführlichen Brief vom 6.8. und stimme Ihren Vorschlägen restlos zu. Sie haben durchaus recht, daß auf lange Sicht vorgearbeitet werden muß, damit die Zeitschrift nicht auf Zufallsmanuskripte angewiesen ist oder der bedauernswerte Redakteur, der hier sitzt, im letzten Augenblick selber notwendige Sachen schreiben muß, teilweise in Eile, daß die Qualität darunter leidet.

Ich denke, wenn wir drei oder vier Sonderhefte im Jahr herausbringen, die thematisch den übrigen Heften angepaßt sind, wäre das eine begrüßenswerte Erscheinung, und ich denke, man kann es, wenn alle Freunde dort draußen und besonders Sie, lieber Feuchtwanger, tätig mitwirken.

Großartig finde ich Ihren Vorschlag eines Sonderheftes gegen die Sprachverluderung der Nazis, zur Rettung der deutschen Sprache. Und nun mache ich meinerseits gleich einen praktischen Vorschlag. Wie wäre es, wenn Sie die Redaktion dieses Sonderheftes übernehmen würden? Ich könnte mir keinen geeigneteren denken. Sie korrespondieren mit allen, die Sie als Mitarbeiter dieses Sonderheftes heranziehen möchten, stellen die Manuskripte zusammen und schicken das fertige Heft hierher. Wenn Sie es wünschen, könnte betont werden, daß das Sonderheft unter Ihrer persönlichen Redaktion stand.

Ich selber habe seit langem die Absicht, das Januarheft als Sonderheft zusammenzustellen, und zwar soll es einen lückenlosen Überblick über die abseits der Reichskulturkammer erschienene deutschsprachige Literatur geben, gleichzeitig Biographien der wichtigsten deutschen antifaschistischen Literaten und eine knappe, erstklassige Rezension ihrer seit Hitler erschienenen Werke. Ich glaube, dies müßte man an der Schwelle des fünften Jahres der Hitlerdiktatur machen. Zu überlegen wäre, ob man nicht an alle wichtigen deutschen Schriftsteller Fragebogen verschicken und sie selber über sich, ihre Bücher und den Grund ihrer Emigration schreiben lassen sollte. Ich rechne auch bei diesem Sonderheft ganz besonders auf Ihre aktive Mithilfe.

Einverstanden mit dem Sonderheft Kurzgeschichte und Biographien, erfordert dies allerdings nach meinen jetzigen Erfahrungen sehr viel Arbeit und besonders auch sehr viel Arbeit dort draußen, soll dieses Heft annähernd so werden, wie es werden müßte. Auch die Rundfrage, Kurzgeschichten zu nennen, die bei Schriftstellern den stärksten Eindruck hinterließen, ist interessant und müßte im Auge behalten werden.

Bei alledem herrscht gegenwärtig noch ein großer Mangel vor, die bedeutenden und weniger politisch engagierten Schriftsteller verhalten sich uns gegenüber leider noch recht zurückhaltend. Ich bedauere, daß wir von Schriftstellern wie Heinrich Mann, Thomas Mann, Joseph Roth, Ernst Weiß und anderen keine Beiträge veröffentlichen konnten. Sehr dankbar wäre ich Ihnen, wenn Sie auch hier durch Ihren persönlichen Einfluß helfen würden.

Die dichterischen Beiträge kommen sehr spärlich ein, sind teilweise für uns völlig unbrauchbar, und die Gefahr besteht, daß sich einige Autoren mit Beiträgen zu oft wiederholen. Auch die kritischen Beiträge sind nicht immer auf der notwendigen und möglichen Höhe, da haben Sie durchaus recht. Was können Sie, lieber Feuchtwanger, für Vorschläge machen, um auch hier eine Verbesserung zu erzielen? Können Sie mir Rezensenten benennen? Sie brauchen mir nur mitzuteilen, welche Bücher diese zu besprechen wünschen. In Heft 4 werden »Es kommt der Tag« von Heinrich Mann besprochen (Marcuse), »Das ist bei uns nicht möglich« von Sinclair Lewis (Karl Schmückle), »Vorkriegseuropa« von Carl Sternheim (Kurt Kersten), »Volk und Zeit« von Jaksch (Heinrich Most), »Führer und Co.« von Leonhard (Walter Bernawsky).

Zu besprechen wären unter anderem noch besonders: »Traumgefährten«, »Das Kaiserreich«, »Stücke in Prosa« (könnten Sie keinen Rezensenten angeben?) und die *wichtigsten Neuerscheinungen Hitlerdeutschlands.*

Ich hoffe, Sie werden auch in dieser Frage zu helfen versuchen. Warum haben Sie mir das Manuskript, das Sie Maria Osten übergeben haben, nicht direkt geschickt? Wer weiß, wann Maria Osten zurückfahren wird? Schicken Sie doch bitte unter allen Umständen ein Kapitel aus Ihrem neuen Buch, ich bin überzeugt, daß es unsere Leser und ganz besonders die in der SU unerhört interessieren wird.

Ich werde sofort die Schriftsteller, die Sie nannten, zur Mitarbeit auffordern.

Morgen bekommen Sie die Manuskripte für Nummer 4. Mir gefallen einige Beiträge gar nicht, aber ich bin in einer unangenehmen Zwangslage. Drei Beiträge habe ich Herrn Brod bereits zurückgeschickt, um ihn als Mitarbeiter nicht zu verlieren, [unleserlich] ich den vierten bringen. Auch sonst fehlen mir unter den vertretenen Autoren gewichtige Namen und wirklich qualifizierte Beiträge. Es sind halt Hundstage gegenwärtig, und ich versuche durchzuschliddern, so gut ich kann. Seien Sie also bitte in Ihrem Urteil nicht zu hart.

Ich freue mich aufrichtig, Sie bald hier in M. persönlich kennenzulernen und verspreche mir viel davon für die weitere Ausgestaltung der Zeitschrift.

Mit den besten Grüßen
Ihr
W. B.

349 Feuchtwanger an Bredel

Sanary/Var
Villa Valmer
21. August 1936

Lieber Bredel,

in der Anlage schicke ich Ihnen das Manuskript, das ich ursprünglich Maria Osten mitgeben wollte, da es scheint, daß sie vorläufig nicht zurückkommt.

Darf ich Sie noch bitten, Frau Antonina Vallentin-Luchaire, Paris 17, 96, avenue des Ternes, zur Mitarbeit aufzufordern, die vor allem eine Biographin von Rang ist.

Herzliche Grüße
Ihr
Lion Feuchtwanger

350 Feuchtwanger an Bredel

Sanary/Var
Villa Valmer
31. August 1936

Lieber Bredel,

zu Ihren Briefen vom 17. und vom 26. August:

Ich freue mich, daß Sie im Prinzip mit Marias und meinen Vorschlägen einverstanden sind.

Was das Sonderheft zur Rettung der deutschen Sprache anlangt, so kann ich mich unter keinen Umständen vor meiner Moskauer Reise entscheiden, ob ich es unter Sonderredaktion nehmen kann; wir werden uns in Moskau ausführlich darüber unterhalten.

Das von Ihnen geplante Januarheft über die Emigrationsliteratur begrüße ich von Herzen. Man müßte aber jetzt sogleich mit dem Versand der Fragebogen beginnen, und zwar würde ich vorschlagen, diese Fragebogen so allgemein wie möglich zu halten, das heißt die einzelnen Autoren zu bitten, sich zu einer oder der anderen Frage zu äußern, nicht etwa zu allen.

Von Heinrich Mann, hoffe ich, werden wir bald etwas bekommen. Ich habe ihm geschrieben und werde ihn wohl auch im Laufe des September sprechen.

Was Rezensionen anlangt, wie wäre es, wenn Sie sich an Balder Olden wendeten wegen einer ausführlichen Rezension von »Traumgefährten« und »Stücke in Prosa«?

Heft 4 ist nicht gerade repräsentativ.

Ich freue mich, Ihnen mit gleicher Post eine sehr schöne Novelle von Rudolf Leonhard zu schicken, die ich Sie bitte, möglichst bald zu bringen. Übrigens kommt Rudolf Leonhard auch sehr als Rezensent in Frage.

Was das Biographienheft anlangt, so kann ich das Vorwort nicht wohl schreiben, weil ich zu sehr Partei bin und weil ich nicht glaube, daß Stücke aus Romanen usw. typische Beispiele für Biographien sein können.

Viele Grüße
Ihr
Lion Feuchtwanger

PS Ich wäre Ihnen sehr verbunden, wenn Sie mir baldmöglichst Bescheid geben könnten, ob, wann und wo der »Loyola« von Ludwig Marcuse in russisch erscheint.

351 Bredel an Feuchtwanger

5. September 1936

Lieber Feuchtwanger,

vielen Dank für Ihren Brief vom 31.8. Ich denke, in den allernächsten Tagen Fragebogen zu verschicken, damit etwas Spielraum für unsere Mitarbeiter und für mich bleibt.

In einigen Tagen geht Ihnen das Material für Heft 5 zu, das Ihnen hoffentlich besser gefällt als das voraufgegangene. Ich trage schon ein Kreuz mit dieser Zeitschrift, das dürfen Sie mir glauben, muß diesen oder jenen enttäuschen und mich bei dem und jenem auch sogar verhaßt machen. Sie glauben gar nicht, was mir alles zugeschickt wird: das Tollste vom Tollen. Und jeder ist beleidigt, der nicht sofort und möglichst an der Spitze der Zeitschrift erscheint. Sie schrieben mir einmal, jeder bekanntere Schriftsteller müßte in erster Linie selber seine Arbeiten verantworten.

Soll also unter anderem auch Max Brod, dem ich dreimal Manuskripte zurückschickte, seine Werke selber verteidigen und gleich ihm viele andere. Dennoch glaube ich nicht, daß das Heft sehr schlecht wird. Sie kennen einiges, das später zugekommen ist, nicht. Was fehlt, ist ein durchschlagender dichterischer Beitrag. Da habe ich glücklicherweise für Heft 5 eine sehr schöne Erzählung von Langhoff und außerdem Ihre Kurzbiographie. Schade, daß Sie kein Vorwort schreiben wollen. Das ist schon eine Qual mit diesen Vorworten. Lieber schreibe ich 20 Seiten Belletristisches als 5 Seiten Vorwort. Aber es ist wichtig, und einer muß es ja machen. Schlimm ist auch, daß so ein Vorwort zwei Monate vor dem Erscheinen geschrieben werden muß. Nun, mit allen Schwierigkeiten gilt es fertigzuwerden. Heft 3 ist endlich technisch besser. Dünneres Papier und genäht.

Sehr schön wäre es, wenn ich recht bald einen Beitrag von Heinrich Mann bekäme. Balder Olden werde ich heute noch schreiben und bitten, die von Ihnen genannten Bücher zu rezensieren. Die Novelle von Leonhard habe ich noch nicht erhalten. Ich werde einen russischen Freund bitten herauszubekommen, wann und wo der »Loyola« erschienen ist bzw. erscheinen wird.

Schade, dreimal schade, daß Sie die Redaktion des einen Sonderheftes nicht übernehmen.

Herzliche Grüße
Ihr
Willi Bredel

352 Feuchtwanger an Bredel

Sanary/Var
Villa Valmer
28. September 1936

Lieber Herr Bredel,

ich habe soeben das Material für Heft 5 bekommen. Nach einer flüchtigen Übersicht scheint es mir erheblich besser als Heft 4. Vor allem gefällt mir von dem, was ich bisher las, »Die Fuhre Holz« von Langhoff, obwohl sie viel zu lang ist, und die große Ballade von Weinert.

Ein paar Kleinigkeiten, die ich Sie zu ändern bitte: Bitte, streichen Sie die Glosse »Sie haben es nötig«. Das Buch von Weigel ist nämlich gut, und es gibt kaum einen ernsthaften Historiker, der nicht seiner Ansicht wäre. Es ist eine Beleidigung für Nero, ihn Hitler gleichzusetzen. Ich würde mich nicht auf dieses gefährliche Gebiet begeben.

Meiner Skizze: »Francis Bacon« fügen Sie bitte den Untertitel bei: »Versuch einer Kurzbiographie«.

Auch der ursprüngliche Titel des Essays von Ernst Bloch »Zur Methodenlehre der Nazis« scheint mir viel sachlicher und besser als der neue »Zur Lügenmethode der Nazis«. Wenn also Bloch es nicht eigentlich gewünscht haben sollte, würde ich den ursprünglichen Titel wieder herstellen.

Nächstens mehr.

Herzliche Grüße
Ihr
Lion Feuchtwanger

353 Feuchtwanger an Bredel

Sanary/Var
Villa Valmer
2. Oktober 1936

Lieber Bredel,

ganz rasch, nachdem ich soeben Ihren Brief gekriegt habe.

Ich finde die Idee, eine Sondernummer herauszugeben mit einem Überblick über die Werke der antifaschistischen deutschen Literatur, sehr gut. Ich glaube aber, daß Sie die Frist für die Antwort zu kurz gestellt haben, und empfehle Ihnen dringlich, die Sondernummer um zwei Monate zurückzuschieben.

Bedenken Sie bitte, daß gerade die bedeutenderen Schriftsteller mit Recht darauf hinweisen werden, daß es eigentlich nicht ihre Sache, sondern die der Redaktion wäre, die verlangten Daten zusammenzustellen, da sie ja aus zahlreichen bibliophilen Werken, Lexika etc. zu ersehen sind. Außerdem müssen Sie mir erlauben, Sie darauf aufmerksam zu machen, daß vor allem der Absatz, der mit den Worten beginnt: »Wenn Sie außerdem Bemerkungen hinzufügen wollen« usw., in seinem Schlußsatz recht herrisch klingt und daß Ihre bzw. unsere Aufforderung deshalb gerade von denen, auf die es ankommt, vielleicht nicht beantwortet werden wird. Überlegen Sie sich bitte, ob es nicht vielleicht geraten ist, das Schreiben an ein paar einzelne etwas individueller zu halten.

Ich denke, daß ich in fünf bis sechs Wochen in Moskau sein werde, und wenn ich Ihnen nicht vorher noch einen Beitrag schicke, dann bringe ich Ihnen auf alle Fälle einen mit.

Herzliche Grüße
Ihr
Lion Feuchtwanger

354 Feuchtwanger an Bredel

Sanary/Var
Villa Valmer
27. Oktober [1936]

Lieber Bredel,

in der Anlage ein Beitrag für »Das Wort«.

Geben Sie bitte der Skizze folgenden Zusatz: »Diese Darstellung war ursprünglich als das erste Kapitel von Feuchtwangers neuem Roman ›Der falsche Nero‹ gedacht.«

Ich habe soeben das Material zum neuen Heft des »Worts« erhalten und werde Ihnen in den allernächsten Tagen darüber schreiben. Über das übernächste Heft hoffe ich mit Ihnen persönlich zu sprechen.

Mit den besten Grüßen

Ihr
gez. L. Feuchtwanger

PS Ich habe nun doch das Material zu Heft 6 rasch durchgelesen, und es scheint mir das bei weitem am besten geglückte.

Ich habe ein einziges, nicht wesentliches Bedenken. Es scheint mir geraten, die Kritik Burschells über Zareks »Mendelssohn« nicht zu bringen. Sicher hat Burschell recht, aber schließlich ist die Darstellung der jüdischen Emanzipation, die Burschell als nebensächlich abtut, ein sehr wesentlicher Teil des Buches, und sie ist geglückt, und davon abgesehen, halte ich es aus literaturpolitischen Gründen nicht für ratsam, zur Zeit Schriftsteller, die immerhin der Emigration angehören, so scharf zu attackieren. Vielleicht ist es im Augenblick klüger, sie einfach totzuschweigen und sich den Kampfgeist für die ausgesprochenen Gegner aufzusparen.

Im übrigen gratuliere ich Ihnen und uns zu dieser Nummer.

Ihr
Lion Feuchtwanger

355 Feuchtwanger an Bredel

Sanary/Var
Villa Valmer
28. Oktober 1936

Lieber Bredel,

Sie wissen vielleicht, daß Antonina Vallentin ein recht gutes Buch über Heine geschrieben hat, das französisch und englisch erschienen ist. Frau Vallentin fragt nun bei mir an, ob sich »Das Wort« allenfalls für einen größeren Aufsatz »Heine und der Nationalismus« und einen zweiten »Heine und der Sozialismus« interessieren würde. Ich denke, daß beide Aufsätze oder zumindest einer von ihnen sehr in Frage käme. Ich antworte also Frau Vallentin in diesem Sinne und bitte sie, den Aufsatz direkt an Sie zur endgültigen Entscheidung zu schicken.

Viele Grüße
Ihr
Lion Feuchtwanger

356 Feuchtwanger an Bredel

Sanary/Var
Villa Valmer
6. November 1936

Lieber Bredel,

wenn ich Ihnen schon wieder eine Novelle von Rudolf Leonhard schicke, dann deshalb, weil ich glaube, daß sie für das geplante Heft über die deutsche Emigrationsliteratur besonders geeignet ist. Wenn Sie aber Bedenken tragen, zu viel von Leonhard zu bringen, dann schicken Sie sie ihm zurück.

Auf Wiedersehen in Moskau.

Ihr
Lion Feuchtwanger

357 Bredel an Feuchtwanger

5. März 1937

Lieber Feuchtwanger,

vielen Dank für Ihren Brief vom 24. 2., den ich gestern erhielt. Wieso haben Sie sich viele Anpöbeleien gefallen lassen müssen? Ich las den Artikel von Kl. M. in der »Weltbühne«, doch mehr ist mir nicht bekannt. Allerdings habe ich auf ulkigen, krummen Wegen von Franz Werfel aus Wien von Ihrem PEN-Klub-Abend in Prag erfahren. Schreiben Sie mir doch bitte, was außerdem für Attacken gegen Sie geritten wurden, das ist doch auch für die Beurteilung und Einschätzung gewisser Leute gar nicht unwichtig. Betrübt bin ich, daß das Heft 4/5 Sie unglücklich macht, dabei wissen Sie doch nun, wie man sich damit gequält hat. Ich teile manche Ihrer Bedenken und Einwände, um so erstaunlicher ist, daß B. Br. mit dem Heft zufrieden ist. Nun zu Ihren konkreten Einwänden:

Die »Mephisto-›Kritik‹« wird herausgenommen. Eine Kritik ist es ja eigentlich gar nicht.

Zu der Weiskopf-Rezension werde ich den vorgeschlagenen Nachsatz hinzufügen.

Über Arnold Hahn wollten Sie ein paar Zeilen schreiben. Mit diesen zusammen wollten wir dann ein oder zwei Sonette bringen. Wolfenstein wird in die Mitarbeiterliste eingetragen. Er schickte Beiträge, die beim besten Willen nicht tragbar waren. Eine tolle Henkerszene und eine noch tollere und verworrenere Erzählung.

Bringe gerne eine Rezension über »Erziehung vor Verdun« von Lola Sernau. Soviel ich mich erinnere, bekam A. Zw. deshalb kein Honorar, weil er es nicht haben, sondern sich hier ein Konto anlegen wollte, um Geld zu haben, wenn er kommt. Und es hieß im vorigen Jahr, er käme bald. Irgendwie hat das Maria geregelt. Selbstverständlich bekommt A. Zw. sein Honorar und sogar das frühere dazu.

A. Zw. darf unter keinen Umständen verstimmt werden. Niemand denkt daran und wünscht es.

Daudistel soll schicken. Im allgemeinen sollten Beiträge für unser kleines Format höchstens 18–20 Schreibmaschinenseiten haben. Seltsam ist die Sache mit Emil Ludwig. Er ist dazumal bestimmt aufgefordert worden. Ich setze ihn gern in die Mitarbeiterliste und nehme noch lieber Beiträge von ihm. Heute noch schreibe ich. Hefte an die Wirtschaftskorrespondenz sind bisher immer wieder zurückgekommen. Ich werde es jetzt mit der von Ihnen angegebenen neuen Anschrift noch einmal versuchen.

Ihre biographische und bibliographische Notiz erhalten. Vielen Dank.

Leider von H. M. noch keine Nero-Rezension. Ich bin ganz unglücklich darüber. Ich möchte doch keinen Hiesigen nehmen, auch keinen Mittelmäßigen. Können Sie mir nicht helfen? Ludw. M. zeigt leider auch hier keine Initiative.

Die Pilotenangelegenheit muß ich wohl verschieben. Dafür werde ich wahrscheinlich Ihnen in nächster Zeit einen Besuch abstatten. Maria ist bereits da, wohin sie wollte.

Richtig, noch eins, in Heft 6 erscheint der Heine-Beitrag von Vallentin-Luchaire.

Viele herzl. Grüße
Ihr
Willi Bredel

358 Feuchtwanger an Bredel

Sanary/Var
Villa Valmer
8. März 1937

Lieber Bredel,

schönen Dank für Ihren ausführlichen und instruktiven Brief vom 5. März.

Ich bin, wie gesagt, nach meiner Rückkehr aus der Sowjetunion ungeheuer angepöbelt worden, und zwar von den verschiedensten Seiten. Fast alle norwegischen Schriftsteller haben einen offenen Brief unterzeichnet, der in den meisten skandinavischen und in vielen englischen Blättern veröffentlicht wurde und auch durch einen Teil der Emigrantenpresse ging und in dem sie mir meine positive Stellungnahme zu dem Moskauer Prozeß außerordentlich verübelten. In der Prager Presse, vor allem auch in der sozialdemokratischen, erschienen anläßlich des Verbots meines Vortrags in Prag ungeheuer viele und wüste Anrempelungen meiner Person, vor allem wurde mir mein Artikel über Gide vorgehalten und die paar Worte, die ich über den Prozeß veröffentlichte. Bei dieser Gelegenheit tat sich besonders Kurt Hiller hervor. Die reichsdeutsche Presse nahm natürlich mit Vergnügen davon Notiz.

Im übrigen habe ich die Absicht, nun doch ein Büchlein über meine Moskauer Eindrücke zu schreiben, etwas umfangreicher als das Büchlein von Gide. Ich arbeite seit etwa zehn Tagen daran, weiß aber noch nicht, ob es so ausfallen wird, daß ich es veröffentlichen werde.

Zum »Wort«: wie ich Ihnen schon in einem zweiten Briefchen schrieb, gewinnt Heft 4/5 bei einer mehr eingehenden Durchsicht. Die Kritik über Ulrich Becher schreibe ich Ende des Monats und schicke sie Ihnen dann; ich habe das Buch in Moskau zurückgelassen, von wo man es mir mit andern Büchern schicken wollte, habe es aber noch nicht gekriegt.

Die paar Zeilen über Arnold Hahn finden Sie in der Anlage.

Von Wolfenstein lege ich Ihnen einen Brief bei; seine Angaben decken sich nicht mit den Ihren.

Sowie ich die Rezension über Ulrich Becher geschrieben habe, schicke ich Ihnen ein Stück von ihm, das als Privatdruck erschienen und so gut wie unbekannt ist und das mir ausnehmend gefällt. Vielleicht kann man eine Szene daraus abdrucken.

Von Maria habe ich natürlich nichts gehört.

359 Feuchtwanger an Bredel

Sanary/Var
Villa Valmer
1. April 1937

Lieber Bredel,

schönen Dank für Ihre Briefe vom 17. und vom 20. März.

Beides, die Rezension über Becher und die über Oskar Maria Graf kriegen Sie bestimmt im Laufe des April.

Der Beitrag, den Sie mir auf Veranlassung von Brecht schicken, sagt mir persönlich nicht viel. Ich finde alles viel zu lang und, trotz der guten Grundidee, nicht schlagend. Vielleicht liegt es freilich daran, daß ich kein Freund von utopischen Geschichten bin und sie nur vertragen kann, wenn sie ausgezeichnet sind.

Die Shelley-Übersetzung von Alfred Wolfenstein finde ich gut und in ihrem letzten Teil auch von aktuellem Interesse. Eine Einleitung dazu zu schreiben habe ich leider nicht die Zeit, da das Rußlandbüchlein sehr dringlich ist.

Ob aus diesem Rußlandbüchlein sich etwas für den Vorabdruck im »Wort« herausschneiden läßt, weiß ich nicht. Einen kleinen Absatz daraus mußte ich der »Iswestija« geben, der ich seit langem etwas versprochen hatte, und einen Apletin für den Jubiläumsalmanach. Falls sich etwas finden sollte, schicke ich es Ihnen natürlich.

Ich wünsche Ihnen und mir, daß Sie bald einen geeigneten Vertreter finden und Ihre Absicht wahr machen können, hier herunterzukommen.

Herzliche Grüße
Ihr
Lion Feuchtwanger

PS Die beiden Artikel von Ostermeer-Bertold und Wolfenstein folgen gesondert.

360 Feuchtwanger an Bredel

Sanary/Var
Villa Valmer
11. April 1937

Lieber Bredel,

schönen Dank für Ihren Brief vom 3. April.

Daß uns die Zweimonatschrift von Thomas Mann und Lion ernsthafte Konkurrenz machen wird, glaube ich nicht recht, aber begrüßenswert ist es unter allen Umständen, wenn man sich entschließt, »Das Wort« in jeder Hinsicht besser aufzumachen. Nur tritt jetzt ein, was ich von Anfang an fürchtete, daß ich nämlich, abgesehen von einzelnen Anregungen und Beiträgen, nicht sehr viel werde helfen können. Ich habe, als man mich bat, die Redaktion zu übernehmen, darauf aufmerksam gemacht, daß ich das nur ehrenamtlich machen könnte, gewissermaßen als Schaufensterdekoration, daß aber auf faktische Redaktionsmitarbeit von meiner Seite nur in geringem Umfang gerechnet werden kann. Ich bin so scheußlich überlastet und habe jetzt insbesondere gerade für Moskau so schrecklich viel Arbeit übernommen, daß ich mich um die Redaktion des »Wort« kaum kümmern kann.

Es tut mir besonders leid, Ihnen so wenig abnehmen zu können, denn ich habe in Moskau gesehen, wie sehr Sie sich mit tausend technischen Schwierigkeiten abplagen müssen. Übrigens ist es auch von Sanary aus nicht gerade einfach, mit Mitarbeitern zu verhandeln. Man sitzt hier sehr einsam und etwas abgelegen und ist angewiesen auf diejenigen, die gerade durchkommen.

Daß Heinrich Mann sich so passiv verhält, ist auch mir nicht recht verständlich. Die Gründe wird man wohl nur bei einer persönlichen Zusammenkunft herausbringen, und ich hoffe, daß ich eine solche Zusammenkunft in absehbarer Zeit mit ihm haben werde.

Die Rezensionen über Ulrich Becher und Oskar Maria Graf schreibe ich im April; vielleicht schreibe ich auch einen kleinen Aufsatz über Hay.

Ich hoffe immer noch sehr, daß Sie, lieber Bredel, bald herunterkommen.

Bis dahin sehr herzliche Grüße

Ihr
Lion Feuchtwanger

PS Die beiden genannten Rezensionen gehen bestimmt im Lauf des April an Sie ab.

361 Feuchtwanger an Bredel

Sanary/Var
Villa Valmer
15. April 1937

Lieber Bredel,

in der Anlage schicke ich Ihnen einen längeren Aufsatz über Hays Stück »Haben«, der Ihnen, hoffe ich, Freude machen wird.

Herzlichst
Ihr
Lion Feuchtwanger

PS Mit gleicher Post schicke ich Ihnen zwei Novellen von Rudolf Leonhard, »Carmen« und »Der Weinberg Antonins«, die mir besonders gefallen haben und die ich, da sie auch aktuell sind, für sehr geeignet zum Abdruck im »Wort« halte.

362 Feuchtwanger an Bredel

Sanary/Var
Villa Valmer
22. April 1937

Lieber Bredel,

in der Anlage die versprochene Rezension über Ulrich Becher.

Jetzt haben Sie also die drei Rezensionen. Falls es Ihnen zu viel ist oder wenn Sie glauben, daß die Veröffentlichungen sich allzu lange hinausziehen, geben Sie vielleicht die eine oder die andere nach Belieben der »Internationalen Literatur«.

Sehr herzlich
Ihr
Lion Feuchtwanger

363 Bredel an Feuchtwanger

[25. April 1937]

Lieber Feuchtwanger,

nur einige wenige Zeilen, aber ich will Sie nicht länger mit einer Antwort auf Ihren letzten Brief warten lassen, denn ich beabsichtigte eigentlich, den Antwortbrief mit einem Überblick über die bisher eingelaufenen Antworten und Beiträge hinsichtlich unseres [Rundschreibens] zu verbinden. [Mehrere Sätze unleserlich.] Sie können sich denken, daß Hay sich wie ein Schneekönig freut: dieser Aufsatz wird ihm hier bestimmt sehr helfen. Glücklicherweise habe ich nun auch für das nächste Heft eine Rezension des »Falschen Nero« von B. Olden. Sie ist zwar nicht ganz nach meinem Geschmack, aber ich denke, Sie werden zufrieden sein. B. Frank schrieb mir noch einmal ausdrücklich, daß er Ihr Buch gern besprochen hätte, jedoch im Augenblick [unleserlich] sei.

Vielleicht interessiert Sie, daß im kommenden Monat wahrscheinlich schon mein neuer Roman bei Herzfelde herauskommt. Ich selber bin in schrecklicher Angst, denn jetzt erscheint er mir schon längst nicht mehr so gut wie gegen Jahresende, und mich reut, ihn so schnell aus der Hand gegeben zu haben.

Auf Ihr Rußlandbuch bin ich außerordentlich neugierig, wie übrigens alle hier. Ihr Vorwort in der »Weltbühne« hat mir sehr gefallen, und der erste Teil Ihres Buches, der hier ja einigen bekannt ist, wird sehr gelobt. Wann wird es erscheinen? Werden Sie uns vorzugsweise schnell eins zukommen lassen?

Mit Marcuse verlebe ich neuerdings fast jeden Abend. Er hat arge Sorgen bez. Sascha und sein Häuschen unten.

Lassen Sie recht bald wieder von sich hören, lieber Feuchtwanger, und grüßen Sie herzlichst Ihre Frau Gemahlin.

Mit bestem Gruß

364 Feuchtwanger an Bredel

Sanary/Var
Villa Valmer
2. Mai 1937

Lieber Bredel,

schönen Dank für Ihren Brief vom 25. April.

Ich bin sehr gespannt auf Ihren neuen Roman; bitte, veranlassen Sie doch Herzfelde, ihn mir sobald wie möglich zu schicken.

Das Rußlandbüchlein ist fertig. Sowie ich Korrekturen

habe, schicke ich es Ihnen. Erscheinen wird es spätestens Anfang Juli. Es war nicht ganz leicht, es bei den westlichen Verlegern durchzudrücken, da sie natürlich Bedenken hatten, ein so pro bolschewistisches Buch zu veröffentlichen. Die deutsche Ausgabe erscheint bei Querido und ist in Satz. Ich hoffe nur, man wird mir in der Sowjetunion nicht die paar kritischen Anmerkungen übelnehmen, die ich zu machen hatte und ohn welche das Buch übrigens im Westen sicherlich ohne alle Wirkung bleiben würde.

Es freut mich, daß Sie sich jetzt mit Marcuse so gut vertragen; grüßen Sie ihn sehr herzlich.

Vielleicht sehen wir doch auch Sie einmal hier unten.

Sehr viele Grüße
Ihr
Lion Feuchtwanger

PS Bruno Altmann ersucht mich, »Das Wort« zu bitten, wenn möglich, Honorar unmittelbar nach Einsendung seiner Arbeiten zu überweisen. Ich gebe diese Bitte weiter.

365 Feuchtwanger an Bredel

Sanary/Var
Villa Valmer
8. Mai 1937

Lieber Bredel,

in der Anlage schicke ich Ihnen ein Manuskript von Arnold Hahn mit der Bitte, es möglichst bald zu lesen. Ich finde Arnold Hahn im ganzen sehr fördernswert, diese Geschichte allerdings scheint mir ein wenig zu feuilletonistisch.

Herzliche Grüße
Ihr
Lion Feuchtwanger

366 Feuchtwanger an Bredel

Sanary/Var
Villa Valmer
12. Januar 1938

Lieber Bredel,

ja, ich habe Ihr Buch gekriegt und habe es auch gleich gelesen. Ich gratuliere Ihnen dazu. Es ist überaus lebendig, sehr locker und leicht erzählt, sehr plastisch in allem Sprachlichen, einfach und doch nüanciert. Obwohl man doch über Spanien ungeheuer viel gelesen hat, gibt einem das Buch sehr viel Neues, und es hält einen in Atem bis zuletzt.

Jetzt zu meinen Einwänden: ich habe Bedenken gegen den Titel und gegen den Untertitel. Ich bin sicher, daß das Buch übersetzt werden wird, und darum, gerade weil das Buch mir so gefallen hat, möchte ich Ihnen raten, es nicht als einen »Roman« zu bezeichnen; denn das ist es nun einmal nicht. Auch der Titel »Begegnung am Ebro« scheint mir nicht sehr glücklich; man fragt sich die ganze Zeit, wen Sie denn nun als denjenigen im Auge haben, der Ihnen begegnet ist. Es begegnen Ihnen so viele Leute, daß dieser Singular einen intrigiert. Ich würde Ihnen einfach vorschlagen, das Buch »Am Ebro« zu betiteln oder dergleichen.

Die äußere Ausstattung ist viel hübscher, als ich erwartet hatte. Druck und Papier sind ausgezeichnet, so daß man sich wundert, wie man zu diesem billigen Preis ein so hübsches Buch herstellen kann. Weniger gefällt mir der Umschlag, der dem Buch ein bißchen den Charakter einer Broschüre gibt. Aber im ganzen scheint mir dieses erste Buch des neuen Verlags sowohl inhaltlich wie in der Form sehr geglückt.

Auf Wiedersehen also und herzlichst alles Gute

Ihr Lion Feuchtwanger

[Nachschrift von Lola Sernau] Viele Grüße Lola Sernau

367 Feuchtwanger an Bredel

Post Office Box 325
Pacific Palisades,
California
4. Mai 1944

Lieber Willi Bredel,

ich habe jetzt Ihr Buch »Verwandte und Bekannte« endlich bekommen und es gleich gelesen; Teile davon hatte ich bereits in der »Internationalen Literatur« gesehen, und sie haben mich neugierig auf das Ganze gemacht. Das Buch scheint mir außerordentlich geglückt, das Beste und Rundeste, was ich von Ihnen gelesen habe. Jede Seite strahlt tiefe politische und menschliche Anständigkeit aus. Ich gratuliere Ihnen herzlich zu dem schönen Werk.

Ich schicke Ihr Buch meinem amerikanischen Verleger, und ich hoffe, er wird es bringen.

Ihnen und allen Freunden alles Herzliche

Ihr
Lion Feuchtwanger

368 Bredel an Feuchtwanger

Moskau, Box 527
14. August 1944

Lieber Feuchtwanger,

über Ihre Zeilen vom 4. Mai, die ich schon Anfang August erhielt, habe ich mich sehr gefreut, und ich danke Ihnen aufs herzlichste. Es war nach langer Zeit endlich wieder ein Gruß von jenseits des Ozeans. Besonders freut mich natürlich, daß Ihnen mein Buch »Verwandte und Bekannte« gefallen hat, und ich wäre wirklich glücklich, wenn es drüben erscheinen könnte. Ich habe bereits mit dem zweiten Band begonnen (denn wie Sie gewiß gesehen haben, ist es auf Fortsetzung angelegt), aber der Krieg hat für jeden von uns solcherlei Arbeit einstweilen unterbrochen. Sicherlich hören und lesen Sie dann und wann von unserer Tätigkeit. Was mich persönlich betrifft, so war ich zu verschiedenen Zeiten insgesamt ein Jahr lang an der Front, und zwar bei Woronesh, Stalingrad, am Donbass und bei Kiew. Ich brauche Ihnen gegenüber nicht viel Worte zu machen, Sie wissen, daß ich das Sowjetvolk stets geliebt und bewundert habe, aber in Haltung und Leistung sowohl an der Front als auch im Hinterland übertrifft es wahrhaftig alles, was selbst ich in meinen zuversichtlichsten Erwartungen voraussetzte. Über unsere großen Erlebnisse in diesen furchtbaren Kriegsjahren werden wir Schriftsteller später unserem Volk manches zu berichten haben.

Ich danke Ihnen, lieber Feuchtwanger, nochmals für Ihre Zeilen und die freundliche Gesinnung, die sie enthalten, grüße Sie und Ihre Frau herzlichst und bitte Sie, auch alle unsere gemeinsamen Freunde und Bekannte vielmals zu grüßen.

Auf baldiges Wiedersehen
Ihr
Willi Bredel

369 Bredel an Feuchtwanger

»Bibliothek deutscher Schriftsteller«
Berlin W 8
Taubenstr. 1–2
5. April 1950

Aus der Verordnung der Deutschen Wirtschaftskommission vom 31. März 1949:

Das Ministerium für Volksbildung hat dafür Sorge zu

tragen, daß im Jahre 1950 mindestens 10 Bände der in der Verordnung beschlossenen Bibliothek von Werken der deutschen fortschrittlichen Schriftsteller in einer Massenauflage erscheinen.

Sehr geehrter Herr Dr. Feuchtwanger!

Wir erlauben uns hiermit, Sie davon in Kenntnis zu setzen, daß der redaktionelle Beirat der »Bibliothek deutscher Schriftsteller« unter den ersten zehn Bänden, die nach der Kulturverordnung der Regierung der Deutschen Demokratischen Republik vom 16. März 1950 in diesem Jahr noch erscheinen sollen, auch Ihr Werk »Erfolg« auserwählt hat.

Jedes Buch der »Bibliothek deutscher Schriftsteller« wird mit einer einleitenden Biographie des Autors und einer literaturkritischen Würdigung des Werkes versehen werden.

Ihr Einverständnis voraussetzend, verbleiben wir

mit vorzüglicher Hochachtung
Willi Bredel

Lieber Herr Feuchtwanger,

bei dieser Gelegenheit will ich nicht versäumen, Ihnen noch einen ganz persönlichen herzlichen Glückwunsch und Gruß zu schicken.

Ihr
Willi Br.

370 Feuchtwanger an Bredel

8. Mai 1950

Lieber Willi Bredel,

schönen Dank für Ihren erfreulichen Brief vom 5. April.

Es war mir eine ehrliche Freude, bei dieser Gelegenheit einmal wieder Ihre Handschrift zu sehen. Bitte, schreiben Sie doch einmal ein bißchen ausführlicher, falls Ihre Zeit es erlaubt. Ich kann mir gut vorstellen, wie überbeschäftigt Sie sind.

Mit sehr herzlichem Gruß

Ihr
Lion Feuchtwanger

PS Bitte, lassen Sie mir doch einmal schicken, was Sie in der Zwischenzeit veröffentlicht haben.

371 Bredel an Feuchtwanger

Berlin-Köpenick
Wendenschloß, Ostendorfstraße 61
30. Mai 1950

Lieber Lion Feuchtwanger,

nachdem ich eine kleine Atempause habe, will ich Ihre liebenswürdigen Zeilen vom 8. Mai wunschgemäß beantworten. Sie haben das Richtige geahnt, ein Schriftsteller meiner Art wird gerade in diesen Zeiten tüchtig gehetzt und kommt nur in schwer erkämpften Überstunden zur schriftstellerischen Arbeit. Dabei brennt und juckt es mir in allen Fingern, über das, was sich um mich herum tut, zu erzählen, zu schreiben. Vor allem aber möchte ich meine Romantrilogie endlich von der Seele geschrieben haben. Der letzte Band hängt noch. Nie wieder werde ich mir derartiges aufbürden. Nun hoffe ich, daß ich in diesem Sommer, in den Urlaubstagen, ein wenig zur Schriftstellerei komme. Sicher ist das noch nicht. Dabei wohne ich herrlich. Vielleicht kennen Sie die Gegend. Vor mir fließt die Dahme, und gegenüber liegt Grünau. Könnte man sich bei mir einspinnen, hätte man Ruhe, Anregung und die denkbar schönste Umgebung. Nur Zeit müßte man haben, zumal man allmählich spürt, daß man auch nicht mehr der Jüngste ist und nicht ungestraft Raubbau an seinen geistigen und körperlichen Kräften begehen kann. Was von mir seit 1945 erschienen ist? Recht viel, aber wenig Neues. Da sind von den alten Beständen beispielsweise erschienen: »Die Prüfung«, »Verwandte und Bekannte«, erster Teil, »Der Kommissar am Rhein«, »Begegnung am Ebro«, »Der Sonderführer«, »Das Vermächtnis«, und demnächst erscheint ein vor zehn Jahren geschriebenes, noch nicht erschienenes Jugendbuch »Die Vitalienbrüder«. Neu erschienen, das heißt nach 45 geschrieben und erschienen sind: »Verwandte und Bekannte«, zweiter Teil, eine politische Biographie Thälmanns und eine längere Erzählung »Das schweigende Dorf«. Also insgesamt immerhin zehn Bücher. Nein, elf sogar, denn ich habe noch einen kleinen Band Reden und Essays vergessen: »Sieben Dichter«. Nicht wenig, nicht wahr? Man könnte fast in den Ruf eines Vielschreibers gelangen. Aber wie gerne würde ich mit ausgeruhterem Kopf arbeiten. Übrigens habe ich den Verlagen geschrieben, und Sie bekommen sämtliche Bücher. Einige sind bereits unterwegs. So, das dazu. Und das Persönliche? Ich habe mich während des Krieges in M. neu verheiratet. Meine Frau ist eine Schwedin. Wir haben auch einen kleinen Sohn, der schon drei Jahre alt ist. Mein Ältester, der inzwischen 25 Jahre alt ist, lebt in M., hat dort zu Ende studiert und ist nun Aspirant an der dortigen Universität für Physik und Chemie. Er ist ein ungewöhnlich tüchtiger Bursche geworden. Auch schon verheiratet und auch schon Vater – ich also Großvater. Es kommt mir geradezu lächerlich vor. Der mittlere von meinen Söhnen ist 19 Jahre und wird demnächst heiraten. Die Jugend heutzutage hat es eilig damit – die Armen.

Hier bin ich viel mit Wieland H. zusammen, auch mit Budzis. und in Berlin mit B. B. und Helli. Aber ein richtiger enger Kontakt besteht eigentlich mit niemandem. Alle sind wahnsinnig beschäftigt. Von F. C. W. bekomme ich regelmäßig Post. Neuerdings aus Peking. Es gab ein Gerücht, nach dem ich in verwandter Mission auch dorthin sollte, aber dieser Kelch ist noch einmal an mir vorübergegangen. Ich habe in den zurückliegenden Jahren wiederholt Reisen nach Polen und der Tschechoslowakei gemacht, auch nach Rumänien. Öfter noch fahre ich auf Einladungen nach Westdeutschland, um dort zu sprechen oder zu lesen. Das ist alles sehr interessant und könnte Bausteine liefern, fürs Schreiben – wenn, ja wenn eben. Bis vor kurzem habe ich auch noch – sozusagen nebenbei – eine literarische Zeitschrift, und zwar »Heute und Morgen« betitelt, herausgegeben. Vier Jahr besteht sie, jetzt setze ich die letzte Nummer zusammen; sie geht in diesem Monat ein. Wie Sie sicherlich längst wissen, bin ich Dr. h. c. der Universität Rostock geworden. Bin Abgeordneter der Volkskammer und Mitglied des Nationalrats. Außerdem Vizepräsident der Gesellschaft. Und so vergehen meine kurzen Tage, die mir auf Erden beschieden sind.

Und nun, lieber Feuchtwanger, möchte ich auch gerne von Ihnen einiges wissen. Was sind Ihre Pläne? Haben Sie nicht die Absicht, zu uns zu kommen? Mein Beispiel wird Sie bestimmt nicht abschrecken, denn was für den einen gilt, das gilt noch lange nicht für den andern. Wie geht es Ihrer Frau Gemahlin? Ich vergesse nie das Bild in Sanary, als sie ans Meer zum Baden ging. Bitte grüßen Sie sie herzlich.

Das wäre für diesmal alles. Vielleicht höre ich wieder mal von Ihnen. Ihr »Erfolg« ist bereits unter den ersten vier Büchern im Druckprozeß für die »Bibliothek«, von der ich Ihnen schrieb. Arnold Z. hat die Einleitung geschrieben, und ein anständiges Foto haben wir hier auch aufgetrieben.

Leben Sie wohl! Alles Gute!
Ihr
Willi Bredel

372 Feuchtwanger an Bredel

20. Juni 1950

Lieber Willi Bredel,

ich habe gerade die beiden Bände »Verwandte und Bekannte« (»Die Väter« und »Die Söhne«) erhalten und die Revolutionsnovellen. Den St. Just habe ich sogleich gelesen; er interessiert mich besonders, da ihm in einem Roman über den Prozeß der Marie-Antoinette, den ich zu schreiben gedenke, eine wichtige Rolle zugeteilt ist. Ich finde Ihre Novelle sehr geglückt und im besten Sinne volkstümlich.

Mit sehr herzlichen Grüßen und Wünschen

Ihr
Lion Feuchtwanger

373 Feuchtwanger an Bredel

9. Juli 1950

Lieber Willi Bredel,

schönen Dank für Ihren anschaulichen Brief vom 30. Mai, der mich erst dieser Tage erreicht hatte.

Es freut mich, daß es Ihnen verhältnismäßig gut geht und daß Sie zum Schreiben kommen. Ich wünschte herzlich, Sie könnten noch mehr Zeit dafür aufbringen. Denn so wichtig sicherlich Ihre sonstige Tätigkeit ist, ich schätze den Schriftsteller Bredel so sehr, daß ich die Monate und wohl Jahre bedauere, die seiner Schriftstellerei abgehen.

Sie mir als Großvater vorzustellen, fällt mir nicht leicht, wiewohl ich glaube, Phantasie zu haben.

Meine Situation hier ist sehr zwielichtig. Die politische Situation ist mehr als bedrückend. Andernteils konnte ich bis jetzt hier vieles erreichen, was ich in Europa bestimmt nicht hätte erreichen können, und besonders mein Roman »Waffen für Amerika« hat hier auf Tausende aufklärend gewirkt.

Auch kann ich hier in Ruhe arbeiten und habe die Sicherheit, daß meine Bücher – wenigstens vorläufig noch – hier außerordentlich viel Leser erreichen und sie aus Dämmerung und Unklarheit in Klarheit führen können. Diese Möglichkeit ginge bestimmt verloren, wenn ich das Land verließe.

Ich brauche Ihnen nicht zu sagen, wie gern ich trotz allem käme. Aber Sie machen sich schwerlich eine Vorstellung, wie ungeheuer schwierig das ist.

Im übrigen geht es mir und auch Marta, meiner Frau, die Ihren Brief mit großer Teilnahme gelesen hat, äußerlich sehr gut, vorläufig wenigstens. Ich habe einen großen Roman »Goya« so gut wie fertig, er wird zu Anfang 1951 erscheinen, auch deutsch.

Daß »Erfolg« wieder unter die Leser kommt, freut mich besonders, und ich bin Ihnen, lieber Willi Bredel, sehr dankbar für Ihre Mühewaltung.

Alles Herzliche und trotz allem auf Wiedersehen,

Ihr
Lion Feuchtwanger

374 Bredel an Feuchtwanger

Berlin-Köpenick
Wendenschloß, Ostendorfstraße 61
16. Juni 1951

Lieber Feuchtwanger!

Ich war eine ganze Zeit außerhalb. Zurückgekommen, sehe ich, daß Sie Ihren Band noch nicht haben. Das will ich nun schnell mit den besten Grüßen für Ihre Frau Gemahlin und Sie nachholen.

Alles Gute! Herzlichst!

Ihr
Willi Bredel

375 Feuchtwanger an Bredel

9. Juli 1951

Lieber Willi Bredel,

schönen Dank für Ihre Zeilen und für die Übersendung des »Erfolg«.

Das Buch sieht wunderbar aus und hat mir große Freude gemacht.

Mit vielen herzlichen Grüßen und Wünschen

immer Ihr
Lion Feuchtwanger

376 Bredel an Feuchtwanger

Berlin-Niederschönhausen
Straße 201 – Haus 22
Erich-Weinert-Siedlung
13. Dezember 1953

Sehr verehrter und lieber Feuchtwanger!

Vorausschicken möchte ich für Sie einen herzlichen Gruß und Glückwunsch für das kommende Jahr 1954. Alle Ihre guten Wünsche sollen in Erfüllung gehen. Ich erlaube mir, Ihnen zum Jahresende meine endlich fertiggewordene Trilogie zu schicken. Wenn Sie ein wenig Zeit haben, wenigstens in den letzten Band hineinzusehen, dann seien Sie »ein milder und gerechter Richter«, vielleicht sogar mehr milde als gerecht. Doch im Ernst, nehmen Sie mich ruhig bei den Ohren, und sagen Sie mir ungeschminkt Ihre Meinung; ich bin noch nicht zu alt, um gute Lehren anhören und annehmen zu können.

Und nun etwas anderes. Ab Januar tritt F. C. Weiskopf mit in die Redaktion der »Neuen Deutschen Literatur«, und wir beide werden uns bemühen, das Niveau der Zeitschrift beträchtlich zu erhöhen. Nun hätten wir gern einen Originalbeitrag aus Ihrer Feder. Kurz oder lang, am liebsten aber recht lang, aber möglichst etwas, was hier noch nicht erschienen ist. Wäre es Ihnen möglich? Wir alle würden uns sehr freuen.

Nochmals: Prost Neujahr! Alles Gute!

Ihrer Gemahlin und Ihnen herzliche Grüße!

Ihr
Willi Bredel

377 Feuchtwanger an Bredel

25. Januar 1954

Lieber Willi Bredel,

Ihr Brief vom 13. Dezember ist zusammen mit Ihrem Buch »Die Enkel« erst heute hier angekommen. Ich werde das Buch in allernächster Zeit lesen; die beiden ersten Bände habe ich seinerzeit mit großer Anteilnahme gelesen. Dann werde ich Ihnen gleich schreiben.

Die »Neue Deutsche Literatur« scheint mir ein sehr verdienstliches Unternehmen, und ich freue mich, daß Sie und Weiskopf an der Redaktion mitarbeiten. Sowie ich's irgend machen kann – ich stecke tief in Arbeit – werde ich Ihnen einen Beitrag schicken.

Mit guten Grüßen und Wünschen

der Ihre
Lion Feuchtwanger

378 Feuchtwanger an Bredel

Pacific Palisades, Calif.
16. Februar 1954

Lieber Willi Bredel,

ich habe also jetzt »Die Enkel« gelesen, so daß ich mit der ganzen Trilogie vertraut bin.

Auch dieser Band scheint mir ausgezeichnet erzählt, derart, daß ich die Entwicklung der allgemeinen Ereignisse, die ich doch miterlebt habe, mit neuer Spannung verfolgte. Die ganze Trilogie und dieses Buch im besonderen wird trotz der Vielfalt der Ereignisse und der Menschen nicht nur durch die Idee, sondern auch durch die Fabel eng zusammengehalten.

Das Werk, wie es nun als Ganzes vorliegt, ist wirklich die erste Darstellung des deutschen Arbeiters in seiner Entwicklung durch das letzte Jahrhundert und wird schon deshalb einen dauernden Platz in der deutschen Literaturgeschichte einnehmen. Darüber hinaus leuchtet die Grundidee immer durch, ohne daß sie aufdringlich zerredet würde. Das ganze Buch ist glänzend erzählt, die Menschen sind klarlinig und lebendig, die Sprache schlicht.

Einen kleinen Einwand müssen Sie mir erlauben, lieber Bredel. Zuweilen erliegen Sie der Versuchung, schwarz auf weiß zu malen. Freilich können Sie einwenden, daß, wenn Sie's nicht täten, das Ganze zerflatterte.

Auf alle Fälle haben Sie mit der Trilogie ein weit über die Gegenwart hinaus reichendes Werk geschaffen, das den Leser oft ergreift und immer fesselt. Herzlichen Glückwunsch!

Mit guten Grüßen und Wünschen

wie stets
Ihr
Lion Feuchtwanger

379 Bredel an Feuchtwanger

Kanton
29. Mai 1955

Lieber Lion Feuchtwanger!

Von meiner Studienreise durch das neue China sende ich Ihrer Gemahlin und Ihnen die herzlichsten Grüße. Es ist eine so beglückende wie aufregende und auch lehrreiche Reise. Von Peking flog ich nach Hsian und machte von dort einen Abstecher ins Gebirge nach Jenan. Dann ging der Flug weiter nach Tschungking am Jangtsekiang nach Kumming und von dort hierher nach Kanton. In einigen Tagen geht es nun wieder nach Norden: Hangtschou, Schanghai, Nanking, Wuhan und zurück nach Peking. Ich erinnere mich, daß Sie uns vor einiger Zeit einen Beitrag für die »Neue Deutsche Literatur« versprochen haben. Aus Kanton erlaube ich mir, Sie zu mahnen. Wir wären wirklich sehr froh, wenn wir nach langer Zeit wieder einmal etwas von Ihnen bringen könnten. Wie wär's mit einem Vorabdruck aus dem Werk, das Sie gerade unter den Händen haben? Im Juli werde ich wieder in Berlin sein, vielleicht liegt dann von Ihnen schon etwas da. Bleiben Sie gesund, und seien Sie noch einmal recht herzlich gegrüßt.

Ihr
Willi Bredel

Oskar Maria Graf

Feuchtwangers Freundschaft mit seinem Landsmann Oskar Maria Graf reichte in die zwanziger Jahre zurück. Marta Feuchtwanger erinnerte sich an den Tanzabend der »Nachtwandler« im Saal des Münchener Buchhändlers Steinicke, wo sie ihn kennenlernte.

Grafs Exil begann ebenso wie das Feuchtwangers nach einer Vortragsreise, von der er nicht zurückkehrte. Im Februar 1933 fand Graf Asyl in Wien. Ein Jahr später mußte er Österreich verlassen, da er am Februaraufstand der Arbeiter teilgenommen hatte. Sein Aufenthalt in der Tschechoslowakei dauerte vier Jahre. Im Juli 1938 floh er aus Europa und verbrachte die restlichen neunundzwanzig Jahre seines Lebens in New York. Er lernte nie richtig Englisch und suchte vergebens nach amerikanischen Verlegern. Durch die Unterstützung einer amerikanischen Künstlerstiftung gelang es ihm, ein einziges Buch, »Das Leben meiner Mutter«, 1940 in englischer Übersetzung in den USA zu veröffentlichen. Finanziell war Graf auf das Einkommen seiner Frau Mirjam angewiesen; sie arbeitete als Sekretärin bei der deutsch-jüdischen Wochenzeitung »Aufbau«.

Da ein Teil des Briefwechsels mit Feuchtwanger durch die Zeitumstände verlorenging, fehlen Zeugnisse ihrer Bestrebungen, eine Einheitsfront gegen den Faschismus während der Jahre ihres europäischen Exils zu schaffen. Auch Briefe, die über Grafs Einsatz im Schutzverband Deutsch-Amerikanischer Schriftsteller in New York berichten oder über die Versuche, notleidende Schriftsteller zu unterstützen, sind nicht überliefert.

Obwohl beide bis an ihr Lebensende in den USA blieben, kam es nicht zu einem Wiedersehen. Während es Feuchtwanger versagt blieb, amerikanischer Staatsbürger zu werden, wurde Graf 1958 in New York eingebürgert und konnte von da an wiederholte, wenn auch für ihn enttäuschende Reisen nach Europa unternehmen.

Im Gegensatz zu Feuchtwanger war das Briefeschreiben für Graf innerstes Bedürfnis und somit ein integraler Teil seines literarischen Schaffens. Vielleicht lassen sich damit gelegentliche Übertreibungen und dichterische Verschönerungen in seiner Korrespondenz erklären.

Seiner Bewunderung für Feuchtwanger gab der gebürtige Bayer Graf in seiner Rezension des Romans »Narrenweisheit oder Tod und Verklärung des Jean-Jacques Rousseau« mit beredten Worten Ausdruck. Die Besprechung erschien am 7. August 1953 im New Yorker »Aufbau«. »Feuchtwanger beweist sich«, schrieb er, »als erstaunlich sicherer Sprachschöpfer, wenn er die lapidare Derbheit seines ererbten bayrischen Dialekts mit seinem Deutsch vermengt.« In seinem »Meisterwerk« bezwinge »die pädagogisch-geistige Zielrichtung dieses weltbedeutenden Schriftstellers... am tiefsten und am stärksten... Seine Menschenkenntnis ist bestürzend, seine Klugheit funkelt aus jeder Zeile.«

Feuchtwanger setzte sich bei Verlegern und bei der Stadt München für den Freund ein, um ihm zu schriftstellerischem Erfolg und finanzieller Sicherheit zu verhelfen.

Nach Feuchtwangers Tod führte Graf den Briefwechsel mit Marta Feuchtwanger fort. Im Jahr 1966 besuchte er sie in Kalifornien. Sein letztes Jahr war von Krankheiten gezeichnet. Er erlebte noch die Veröffentlichung des ersten Bandes seiner Lebenserinnerungen »Gelächter von außen«. Der geplante zweite Band der Autobiographie, welcher die Jahre im Exil schildern sollte, mußte ungeschrieben bleiben.

380 Feuchtwanger an Graf

Hotel Metropol
Moskau
2. Februar 1937

Lieber, verehrter Oskar Maria Graf,

ich möchte sehr gerne nach Brünn kommen, aber ich kann es beim besten Willen einfach nicht machen. Ich habe im ganzen vier Tage für die Tschechoslowakei, habe dann dringliche Verpflichtungen in Paris; überdies wissen Sie wohl aus eigener Erfahrung, daß ein Aufenthalt in der Sowjetunion zwar sehr erhebend, aber auch sehr anstrengend ist, und er war es in meinem Fall doppelt. Ich bin also recht abgekämpft und reduziert.

Sie persönlich möchte ich sehr gerne sehen. Der »Abgrund« hat mir besonders in seinem zweiten Teil starken Eindruck gemacht. Vielleicht kommen Sie einmal nach Prag.

Herzliche Grüße
Ihr Lion Feuchtwanger

381 Feuchtwanger an Graf

Sanary/Var
Villa Valmer
10. Oktober 1937

Lieber Oskar Maria Graf,

schönen Dank für Ihren Brief und den »Sittinger«, auf dessen Lektüre ich mich besonders freue.

Zu Ihren Anmerkungen über Thoma: Ich freue mich, daß Sie so begeistert über ihn schreiben, aber ich glaube, wenn Sie erst heute mit seinem Werk zusammenträfen, dann würden Sie ihn bei aller Hochschätzung seiner Qualitäten doch nicht an die allererste Stelle rücken. Ich brauche Ihnen nicht zu sagen, daß ich Thoma sehr liebe, vor allem gewisse Kurzgeschichten von ihm, aber es ist meine tiefe Überzeugung, daß unter Ihren »Kalendergeschichten« einige sind, die das Wesen des bayrischen Menschen unserer Zeit zentraler sehen, als Thoma dies tat. Bei Thoma ist bei aller Schärfe des Blicks doch zuviel voreingenommene Liebe. Sie, lieber Oskar Maria Graf, sind bösartiger, was in diesem Fall ein außerordentliches Plus bedeutet.

Ich hoffe sehr, daß wir uns über diese Fragen einmal von Angesicht zu Angesicht aussprechen werden. Fein wäre es, wenn Sie Ihr Vorhaben wahr machten und über Thoma, Ruederer, Lena Christ und Queri einmal ausführlich schrieben. Wenn ich Ihnen so zurate, so tue ich das nicht ganz altruistisch, sondern auch als Mitherausgeber des »Worts«.

Alles Herzliche
immer Ihr
Lion Feuchtwanger

382 Feuchtwanger an Graf

Pacific Palisades, Calif.
29. Juli 1944

Lieber Oskar Maria Graf,

ich höre betroffen, daß Sie auch schon fünfzig werden.

Es ist mir in diesen letzten Jahren geglückt, Ihre Bücher beinahe alle wieder aufzutreiben. Ich lese oft darin und freue mich, wie frisch und lebendig alles geblieben ist.

Herzlichsten Glückwunsch

immer Ihr
Lion Feuchtwanger

383 Feuchtwanger an Graf

520 Paseo Miramar
Pacific Palisades, Calif.
11. August 1953

Lieber Oskar Maria Graf,

ich habe Ihren Aufsatz über »Narrenweisheit« mit besonderer Freude gelesen, nicht etwa, weil er eine »gute Rezension« ist, sondern weil er so liebevoll auf das Sprachliche eingeht. Kaum je, außer vielleicht in den Rezensionen von »Erfolg«, hat irgend jemand wahrgenommen, wie ich bemüht bin, bayrisch Strotzendes, Gewachsenes organisch in erzählerisches Deutsch einzufügen. Es ist beklemmend, wie nicht nur die Übersetzer dies alles wieder wegwischen, sondern wie es auch von den meisten deutschen Lesern nicht gesehen oder schlechthin mißverstanden wird. Um so wohltuender ist es mir, wenn ein Mann, der so wie Sie die Freuden und Gefahren des Metiers kennt, meine Mühen sieht und mir bestätigt, daß sie nicht vergeblich waren. Herzlichen Dank.

Ich hoffe sehr, daß ich bald einmal, sei es in New York, sei es hier, Gelegenheit haben werde, mich mit Ihnen auszusprechen.

Mit guten Grüßen und Wünschen

Ihr
Lion Feuchtwanger

384 Graf an Feuchtwanger

34 Hillside Ave.
New York 40, N. Y.
2. Juli 1954

Lieber, verehrter Lion Feuchtwanger!

Wo anfangen mit den aufrichtigen Wünschen, die ich Ihnen zu Ihrem siebzigsten Geburtstag wissen lassen möchte? Vor allem ein langes Leben in gleicher Gesundheit und Arbeitskraft. Dann möchte ich Ihnen als Leser von ganzem Herzen danken für vieles, was ich in Ihren Büchern fand und immer wieder mit jenem Gefühl des Genusses nachlese, das einen überkommt, wenn man etwas so gemeistert sieht. Und dabei weiß man doch als Mitstrebender, wieviel denkerische Geduld und schriftstellerische Mühe dieses scheinbar so leicht Gemeisterte gekostet hat.

In einem kleinen Beitrag für den »Almanach« des Greifenverlages, Rudolstadt, der Ihnen zu Ehren publiziert wird, habe ich Ihnen auch für Ihre sprachschöpferische Erweiterung des Deutschen gedankt. Ich bin sehr stolz darauf, daß – wie man mir mitteilte – Sie mich in dieser Publikation ehren. Freilich erscheint es mir immer ein bißchen unwirklich, wenn so ernsthafte und bedeutende Leute mein dürftiges Talent preisen.

Ihr letztes Buch von Rousseau – Sie wissen, wie hingerissen ich davon war – empfahl ich inzwischen vielen Lesern und bekam von allen begeisterte Zustimmung. Mein Gott, lieber Doktor Feuchtwanger, wie oft habe ich schon den Wunsch gehabt, Sie zu sehen und mit Ihnen zu sprechen. Ich will die Hoffnung nicht aufgeben. Übersehe ich Ihr Werk und erinnere ich mich an Stellen, in die ich wahrhaft verliebt bin, dann bin ich getröstet und aufgerichtet, weil ich einen starken und klaren Mut in all Ihren Büchern wirken sehe gegen jene tief anrüchigen Mächte, denen es hoffentlich nicht gelingen wird, die Welt in die Vernichtung zu treiben. Dieser, Ihr Mut, gibt auch mir immer wieder Kraft, in gleicher Art zu kämpfen.

In größter Wertschätzung
Ihr
Oskar M. Graf

385 Graf an Feuchtwanger

New York 40, N. Y.
34 Hillside Avenue
15. März 1957

Lieber Herr Feuchtwanger!

Ich hoffe, die Zeilen erreichen Sie bei guter Gesundheit, was ich aber befürchte, ist, daß Sie in tiefer Arbeit sind und meine Bitte nur als störend und vielleicht sogar als unbillig empfinden werden. Ich bin leider seit einiger Zeit nicht mehr so wohlauf, wie ich's nötig hätte, um an meinem quälend schweren Roman ordentlich weiterzumachen. Dazu kommen allerhand Sorgen und viel kleiner Ärger.

Die Sache wegen der Bitte ist die: Nach sehr schwerem Kampf habe ich nun doch von den bayrischen Behörden etwas bekommen für meine von den Nazis ausgeraubte Wohnung und meinen Verdienstentgang seit 33. Aber nun hat das Münchner Gericht die Ansprüche, die ich auf meine unwiederbringliche Materialsammlung für eine große Arbeit über Tolstoi und einen Bauernkriegroman (ich sammelte seit 1918 dafür und ließ mir sogar auf eigene Kosten Übersetzungen machen) zusammentrug, dies einfach mit der Bezeichnung abgetan, das seien lediglich hingeschriebene Notizen, und für so Papierln könne ich nichts beanspruchen. Ich will und kann das nicht hinnehmen, und mein Anwalt bat mich nun, doch eidesstattliche Bezeugungen von maßgebenden Kollegen herbeizubringen, die diesem Gericht begreiflich machen, daß solche »Papierln« Zeit, unendliche Geduld und Geld kosten und für einen Schriftsteller sehr viel (freilich nicht geldlich festzulegenden) Wert haben. Freundlicherweise hat mir Kurt Kersten so eine Bestätigung gegeben; würden Sie, lieber Herr Feuchtwanger, der Sie doch grad für Ihre historischen Romane sehr viel über den Wert solcher Materialsammlungen sagen können, mir auch so ein Gutachten geben? Ich bitte Sie sehr herzlich darum. Sie können sich ja denken, daß ich jede materielle

Entschädigung sehr notwendig brauche. Nun hoffe ich nur, Sie haben Zeit dazu, und wenn Sie mir freundlicherweise meine Bitte erfüllen wollen, müßte dies leider sehr rasch geschehen. Darum wäre es geraten, daß Sie Ihr evtl. Gutachten in einem Original und einer Kopie direkt an meinen hiesigen Anwalt

Dr. Bert S. Muller
217 Broadway
New York 7, N. Y.

senden wollten. Allzu lang und ausführlich muß ja so ein Schriftstück nicht sein, und die Hauptsache – so scheint mir – wäre, diesem Gimpelgericht klarzumachen, daß sein Standpunkt ein unmöglicher ist.

Mit herzlichem Dank und vielen guten Grüßen

Ihr sehr ergebener
Oskar M. Graf

So ein Gutachten, wie Sie vielleicht wissen, muß lediglich von einem public notary bestätigt werden.

386 Feuchtwanger an Graf

Post Office Box 325
Pacific Palisades, Calif.
16. März 1957

Lieber Oskar Maria Graf,

soeben trifft Ihr Brief ein.

Ich schreibe das Gutachten, das Sie brauchen, über den Sonntag und lasse es Montag notarisieren, so daß Ihr Anwalt spätestens Mittwoch oder Donnerstag im Besitz des Gutachtens ist.

Mit herzlichen Grüßen und Wünschen

Ihr Lion Feuchtwanger

387 Graf an Feuchtwanger

New York 40, N. Y.
34 Hillside Avenue
25. März 1957

Lieber, verehrter Herr Feuchtwanger!

Seien Sie, bitte, nicht böse, daß ich heut erst für Ihren Brief und das eidesstattliche Gutachten, das Sie liebenswürdigerweise so schnell an den Anwalt schickten, von ganzem Herzen danke. All das zeugt von einer so aufrichtigen Gleichgesinntheit und Kameradschaft – mein Gott, und wie nötig hat dies heutzutage unsereiner. Brecht – schrecklich hat mich sein jäher Tod getroffen – hat so recht mit dem: »Wir leben in finsteren Zeiten.«

Daß auch Ihnen mühsam zusammengetragenes Material für einen Roman über Ludwig I. verlustig ging, ich kann's begreifen, was man da unter anderem auch an »Leben« verliert.

Hoffentlich, lieber Herr Feuchtwanger, geht es Ihnen gesundheitlich gut. Nochmal großen, großen Dank.

Wie immer
Ihr ergebener
Oskar M. Graf

388 Graf an Feuchtwanger

New York 40, N. Y.
Hillside Avenue
30. Juli 1957

Lieber, verehrter Lion Feuchtwanger!

Durch unseren gemeinsamen Briefbekannten Großhut und durch die deutschen Zeitungen erfuhr ich eben, daß Sie den Münchner Dichterpreis, dem ich seinerzeit fast auf eine groteske Weise zum Leben verhalf, bekommen haben.

Ich muß sagen, ich habe mich schon lange nicht so aufrichtig gefreut als dieses Mal! Denn endlich scheint dieses Münchner Volk, das Sie in Ihrem »Erfolg« so großartig präzis geschildert haben, einen Lichtblick gehabt zu haben. Großhut berichtete mir auch, was hinter den Kulissen *vor* der Preisverteilung alles vorging – mein Gott, wie schmählich ist das von dieser »Kunststadt«!

Einst haben sie dort Rilke vertrieben, nach dem jetzigen Krieg schickten sie – nachdem sie ihn feierlich empfangen hatten! – Thomas Mann in die Schweiz eine Rechnung für die Aufräumungsarbeiten seiner zerstörten Bogenhauser Villa!

Oft hat man das Gefühl, man sollte, wie ich es in einem bayrischen Dorfbild einmal formuliert habe, diesem »verbrunzten Mittelstand« noch viel grober das Licht aufsetzen.

Das alles hindert mich nicht, mich heute über die Preiszuerteilung an Sie sehr herzlich zu freuen. Alle guten Wünsche für Ihre weitere Gesundheit und Schaffenslust.

Wie immer
Ihr
Oskar M. Graf

389 Feuchtwanger an Graf

Post Office Box 325
Pacific Palisades, Calif.
3. August 1957

Lieber Oskar Maria Graf,

ich danke Ihnen herzlich für Ihre Glückwünsche.

Als ich den Preis erhielt, war ich baß verwundert. Und ich dachte auch gleich an Sie. Da nun der Weg geöffnet ist, müssen die Münchner wahrhaftig Ihnen das nächste Mal den Preis geben. Das will ich den paar Leuten, die ich dort kenne, auch recht deutlich machen.

Im übrigen war das Drum und Dran recht münchnerisch, manchmal komisch, manchmal auch recht bewegend. Ich lege Ihnen einen Ausschnitt bei, der Ihnen Spaß machen wird. Die Opposition scheint sich noch immer nicht beruhigt zu haben. Andernteils haben mir viele Münchner, Unbekannte, aufrichtig erfreut gratuliert.

Ich hoffe, daß ich bald einmal nach New York kommen und Sie wiedersehen kann.

Bis dahin alles Gute, lieber Oskar Maria Graf,

Ihr
Lion Feuchtwanger

390 Graf an Feuchtwanger

New York 40, N. Y.
34 Hillside Avenue
18. Dezember 1957

Lieber, verehrter Herr Feuchtwanger!

Tausend Dank für die Zusendung Ihres neuen Romans »Jefta und seine Tochter« und die liebe Widmung. Sie haben mir auch damit wieder eine große Freude gemacht. Seien Sie nur nicht böse, daß ich erst heute danke. Gesundheitlich nicht zum besten beisammen und schrecklich verkrebst in die widerspenstige Arbeit an meinem eigenen Roman, komme ich oft wochenlang nicht dazu, wichtige Korrespondenz zu erledigen und gesammelt zu lesen. Wann sich dieser Zustand normalisieren wird, wer will das sagen? Ich beneide Sie um Ihre Schaffenskraft, und – was soll ich's wiederum sagen? jedes Ihrer Bücher bereichert mich und erweckt Bewunderung. Wenn ich an Ihren »Goya« oder »Rousseau« denke und an die herrliche Liebesgeschichte der Raquel und des spanischen Königs Alfonso in der »Ballade«, wird mir, ich weiß nicht, wie ich's heißen soll, warm ums Herz. So eine wirklich poetische Leuchtkraft wie da haben Sie nur noch in der Landschaftsdarstellung des »Rousseau«-Romans erreicht. Ich lese diese Stellen immer wieder wie Lieblingsgedichte, die mir von meiner Jugend bis heute noch wörtlich haftengeblieben sind, ich lese sie mir wortgenießerisch laut vor!

Wann werd ich wohl dazu kommen, den »Jefta« zu lesen? Die Zeit läuft so rasch weg.

Ihnen, lieber, verehrter Herr Feuchtwanger, und Ihrer Frau alles Gute zum Fest und zum kommenden Jahr 58.

Wie immer
Ihr
Oskar M. Graf

391 Feuchtwanger an Graf

520 Paseo Miramar
Pacific Palisades, Calif.
28. Dezember 1957

Lieber Oskar Maria Graf,

die »Kalendergeschichten« machen mir herzliche, bleibende Freude.

Die Erzählungen sind sehr glücklich zusammengestellt, der Anhang überaus amüsant. Ich bin sicher, daß meine besondere Freude an dem Buch nicht etwa nur privat ist. Der Band ist handlich, die Ausstattung entspricht dem Inhalt. Ich gratuliere Ihnen und Dietz.

Ich schreibe dem Greifenverlag mit gleicher Post. Vielleicht kann er meinen Brief für den Vertrieb des Buches verwenden.

Alles Herzliche, lieber Oskar Maria Graf,

Ihr
Lion Feuchtwanger

392 GRAF AN FEUCHTWANGER

New York 40, N. Y.
34 Hillside Avenue
24. April 1958

Lieber Herr Feuchtwanger!

Nehmen Sie mir, bitte, meine Begeisterung nicht übel: Ich habe eben Ihr Buch »Jefta und seine Tochter« ausgelesen und begreife nicht, wieso Sie – seit »Goya« und »Rousseau« erwartete ich das – noch immer nicht den Nobelpreis für Literatur bekommen haben! Ein Riesenwerk im Erzählerischen wie das Ihrige, noch dazu, da es weltbekannt ist, kann in Stockholm doch nicht einfach übersehen werden? Ich habe eine Abneigung gegen historische Romane vor dem 15. Jahrhundert und las deswegen nie Ihre jüdischen historischen Bücher, nun will ich's, wenn ich mehr zur Rast komme, nachholen. Aber bei »Jefta« ist's ja gar nicht das Historische, sondern die Gewalt des Mythischen, das ungewollt in Ihre dichterische Gestaltung kommt und Tempo, Stil und Atmosphäre bestimmt. Mein Gott, was hätten andere für epikfeindliche Breiten bei diesem Stoff ersinnen müssen – und Sie? Ihr »Jefta« wirkt auf mich wahrhaftig wie ein Stück Bibel oder eine gewaltige Ballade. Ich bewundere, beneide Sie und bin voll Dankbarkeit für soviel mächtige Bücher, die ich von Ihnen las.

Die Nobelpreiserteilung an Camus, den man in zwanzig Jahren vergessen und mit Recht vergessen haben wird, hat mich einfach empört. Sie sind alle hohes Talent und im Grunde doch kranke Schwätzer, die irgendwo ein unausgelüftetes schlechtes Gewissen haben.

Lieber Herr Feuchtwanger, ich schreib das einfach so hin, ich *kann* buchstäblich nach dem letzten Buchstaben in Ihrem Buch nicht anders.

Alles Herzliche
Ihr
Oskar M. Graf

393 Feuchtwanger an Graf

520 Paseo Miramar
Pacific Palisades, Calif.
29. April 1958

Lieber Oskar Maria Graf,

Sie können sich denken, welche Freude mir Ihr Brief gemacht hat.

Der »Jefta« hat viele sehr schmeichelhafte Rezensionen gekriegt, aber die meisten waren recht töricht. Um so mehr schätze ich Ihren Brief, der genau das trifft, worum es mir ging.

Ich mache mir die Freude, Ihnen eine besonders schöne Ausgabe meiner »Josephus«-Trilogie zu schicken, die in Westdeutschland erschien.

Mit herzlichen kameradschaftlichen Wünschen

wie stets
Ihr
Lion Feuchtwanger

394 Graf an Feuchtwanger

New York 40, N. Y.
34 Hillside Avenue
14. Mai 1958

Hochverehrter, lieber Lion Feuchtwanger!

zuallererst großen Dank für Ihren letzten Brief und das inzwischen eingelaufene, herrliche Geschenk »Josephus« mit der handschriftlichen Widmung. Nun sagte mir unser gemeinsamer Freund Großhut telefonisch, daß Sie mich sogar für den Münchner Dichterpreis vorgeschlagen hätten – mein Gott, all diese aufrichtige Sympathie macht mich fast verlegen!

Nun aber das Wichtigste: Ich nahm selbstverständlich an, daß Sie längst USA-Bürger seien und daß wir uns in

München sehen würden. Nun sehe ich, Sie müssen (wie ich bisher) innerhalb der Landesgrenzen bleiben, und kann mir vorstellen, wie Sie das an allen Ecken und Enden hemmt und hindert.

Bei mir war's so: Da ich mit meiner Frau bis 1940 nicht rechtmäßig heiraten konnte, kamen wir auf zwei verschiedenen Schiffen 1938 hier an und bekamen das sogenannte »erste Papier«. Um die Bürgerschaft kamen wir zunächst deswegen nicht ein, weil wir fürchteten, unser Unverheiratetsein und Zusammenwohnen stünde dem im Wege. Die ersten Jahre verliefen ruhig, dann wählten mich die Kollegen, wie Sie ja wissen, zum Präsidenten der »German-American Writers' Assn.«, obgleich ich ihnen dringend davon abriet, da ich ja kein Wort Englisch konnte und es überhaupt nicht mit so Ämtern habe. Kurzum, bald fingen die politischen Reibereien innerhalb dieses Verbandes an, und Herr Schlamm, Seger und andere witterten weiß Gott was für »kommunistische Machenschaften«, es kam der finnländische Krieg, Herr Epstein, ehemals Redakteur der Wiener »Roten Fahne«, inzwischen aber wie Schlamm aus der KP ausgetreten und zu einem der wüstesten amerikanischen Vigilanten geworden, verfaßte mit Schlamm und anderen eine Broschüre »Gegen den Strom«, worin ich mit anderen (Manfred Georg und Klaus Mann etc.) als »Stalinagent in der Lederhose« angeprangert wurde. Diese Broschüre übersetzten sie auch englisch und sandten sie an jeden US-Senator. Von da ab begannen die Schnüffeleien der FBI, stunden- und tagelang »hearings« und Haussuchungen bei mir und meinen Freunden. Das hielt uns natürlich erst recht ab, um die Bürgerschaft nachzusuchen. Als aber der Krieg ausbrach, riet man uns, vor allem einmal zu heiraten, und das war nun auch möglich. Zweitens riet man uns, nun doch für die Bürgerschaft einzugeben. Wir taten's, und der Effekt war (es war zirka 42), daß meine Frau, die absolut politisch nichts mit mir zu tun hat, wegen Unmoralität abgewiesen und ich ebenfalls weiter verhört wurde. Die Eingabe blieb nun auf den Ämtern liegen, und wir kümmerten uns [um] nichts mehr, wir ließen alles laufen, wie es lief. Schließlich wurde ich plötzlich wieder zu einem »hearing« geladen, das von 10 Uhr vormittags bis 5 Uhr nachmittags dauerte. Ich vertrat, wie bei allen vorhergegangenen Verhören meinen Standpunkt, daß ich – genau wie unter Kaiser Wilhelm einst – jeden Waffendienst zur Verteidigung Amerikas verweigere, und das hat natürlich auch immer negativ gewirkt. Kurzum, man versprach, daß ich in zirka 14 Tagen oder drei Wochen Bescheid bekommen würde. Es kam nie einer. Meine Frau erkundigte sich zweimal brieflich wegen ihrer Eingabe. Es kam an sie der Bescheid, die Sache laufe noch, fertig. Dann – der Krieg ging zu Ende – jahrelanges Schweigen, wir rührten nicht mehr an die Sache, weil wir fürchteten, es würde bloß ärger. Nach Kriegsende versuchte ich, besuchsweise nach Deutschland zu reisen, um familiäre und Verlagsangelegenheiten zu regeln. Es kam der Bescheid, »meine eventuelle Wiedereinreise nach USA wäre nicht erwünscht«.

Nun ließen wir alles bleiben. Ich erfuhr von Freunden, daß sie öfter meinetwegen verhört worden seien, und ich sah bei den Verhören, daß meine Akten ungefähr meterhoch gewachsen waren. Belästigt wurden wir aber Gott sei Dank seit Kriegsschluß nicht mehr.

Nun ganz plötzlich vor ungefähr zweieinhalb Monaten wurde ich abermals vor das Naturalisationsamt geladen und erwartete von neuem ein sinnloses »hearing«. Da ich immer noch nicht Englisch kann, ging meine Frau mit. Und da geschah das Erstaunliche: Der Beamte hatte die Riesenakte vor sich und sagte: »Herr Graf, diese Akten haben dem amerikanischen Staat Tausende von Dollars gekostet und sind wertlos. Sie können sich *hauptsächlich* bei Ihren Mitemigranten bedanken für all die Denunziationen.« Ich mußte wirklich ein wenig lächeln, aber das war nicht gut.

Der Mann wurde sofort ernst und bedeutete mir nun, es müsse ein neues Verhör angestellt werden, aber das sei nicht allzu lang. Es wurde ein amtlicher Übersetzer herbeigerufen, und nun ging's also um die Hauptfragen: »Waren oder sind Sie jemals Kommunist gewesen?«

Ich: »Nein… Ich war überhaupt in meinem Leben noch nie in einer Partei.«

Der Beamte: »Verweigern Sie noch immer jeden Waffendienst für Amerikas Verteidigung und wenn ›ja‹ warum?«

Ich: »Ich werde niemals einen Staat oder irgendein System mit der Waffe verteidigen, weil das für mich barbarisch ist. Wenn ich Sie umbringe, kann ich nicht mehr mit Ihnen reden. Ich bin seit dreißig Jahren Anhänger Tolstois und ungefähr so etwas wie ein religiöser Sozialist.«

Der Übersetzer war ein sehr netter Russe und machte dem Mann die Sache offenbar mundgerecht.

Der Beamte: »Haben Sie irgendwelche Beziehungen zu Rußland und zur deutschen kommunistischen Ostzone?«

Ich: »O ja, in der Ostzone sind sehr viele Freunde von mir, und außerdem verlegen verschiedene Verlage dort meine Bücher.«

Der Beamte: »Sind diese Bücher kommunistisch?«

Ich: »Nein, aber sie sind politisch. Schließlich ist jedes Buch, das sich mit den Menschen in jetziger Zeit befaßt, mehr oder weniger politisch.«

Der Beamte: »Warum publizieren Sie nicht in der Westzone?«

Ich: »Oh, da sind auch Bücher von mir erschienen, aber die Verleger zeigen wenig Interesse und Neigung für sie.«

Der Beamte: »Sind Ihre Bücher in der Ostzone zensiert und, wenn ›ja‹, sind Sie damit einverstanden?«

Ich: »Keins meiner Bücher wurde in der Ostzone zensiert oder verändert. Im übrigen bringt man dort auch Faulkner, Hemingway, Thomas Mann und Heinrich Mann und viele andere bürgerliche Schriftsteller heraus, und zwar unverändert. Auf eine Zensur würde ich mich nie einlassen. Daß die Verleger uns publizieren in der Ostzone, ist ein Geschäft wie jedes andere.«

Fertig. Meine Frau hatte draußen alles gehört, da ich sehr laut redete, und sie sagte, es wird nichts mit unsrer Bürgerschaft. Nach zehn Tagen wurden wir mit zwei Zeugen bestellt, die mich seit München kennen.

Nach weiteren 12 Tagen bekam meine Frau, die überhaupt nicht verhört wurde, ihre Vorladung zur Einschwörung, und nach weiteren 12 Tagen hatte sie das Bürgerschaftspapier, ich bekam nach weiteren 10 Tagen die Vorladung zur Einschwörung und wurde vor zirka 250 Geladenen einzeln vorgenommen. Das war fast drollig. Die 250 mußten aufstehen und die Schwurhand heben und den langen Schwur wörtlich nachsprechen. Ich wurde an einen einzelnen Tisch gesetzt und konnte mich nur auf die Winke des Beamten verlassen. Schließlich wurde ich allein vor den Richter gerufen, der las mir den Schwur (der meine dauerte im Gegensatz zu dem der 250, der zirka 10 Minuten dauerte, nur ganze 3, denn man hatte alles, was Militär- und Kriegsdienst betraf, herausgelassen) vor, ich stand mit erhobener Hand da und verstand nicht ein Wort, zum Schluß sagte ich nur »thank you«, und da lächelten der Beamte und der Richter ganz dünn. In weiteren 12 Tagen bekam ich mein Bürgerpapier und holte mir sofort den amerikanischen Reisepaß.

So hat also die ganze Geschichte mit unserer Einbürgerung genaugenommen von 1943 bis 1958 gedauert.

Wir hatten nichts dazugetan, aber ich muß doch sagen, daß ich auf Grund *meiner* Einbürgerung der amerikanischen Demokratie einigen Respekt entgegenbringe.

Ich habe Ihnen, lieber, verehrter Herr Feuchtwanger, alles so genau geschrieben, damit Sie sich vielleicht irgendeinen brauchbaren Reim darauf machen können. Dennoch glaube ich, daß es schließlich auf den ganz kleinen Beamten ankommt, der es vielleicht satt hat, sich immer und immer wieder mit den langweiligen Akten befassen zu müssen. Offenbar schlägt so was dann zum Vorteil des Denunzierten aus. Grade Sie haben das so oft wahrhaft großartig in vielen Ihrer Romane dargestellt.

Ich wünschte nur, daß Sie bald aus der lähmenden Gefangenschaft – so empfindet man ja schließlich trotz der Größe des Landes die Nichtbürgerschaft hier – befreit werden. Ich vertrat und vertrete immer noch den hartnäckigen Standpunkt, daß die erste Tat der »United Nations« ein wirklich gültiger Weltbürgerpaß gewesen sein müßte, nicht etwa so einer wie der seinerzeitige »Nansen-Paß«, der den Inhabern nur Schikanen brachte. Ganz so unmöglich, meine ich, wäre eine große und geschickt angelegte Aktion in dieser Hinsicht nicht.

Entschuldigen Sie, bitte, den lang-langen Brief, der Ihnen viel Zeit rauben wird. Und nochmals für alles aufrichtigen Dank.

Sehr herzlich
Ihr
Oskar M. Graf

395 Feuchtwanger an Graf

Post Office Box 325
Pacific Palisades, Calif.
22. Mai 1958

Lieber Oskar Maria Graf,

ich danke Ihnen herzlich für Ihren langen und gutgelaunten Bericht über Ihre Einbürgerung, und ich gratuliere Ihnen sehr, daß Sie nun endlich reisen können.

Ich hoffe, daß es mit Ihrer Einladung nach München was wird oder schon geworden ist.

Ich fürchte, ich werde Amerika so bald nicht verlassen können, was meine Freunde in Europa durchaus nicht verstehen. Sie glauben, wenn ich ihren Einladungen nicht Folge leiste, so läge das nur an meinem bösen Willen. Keiner begreift die kleinen, tückischen Methoden, mit denen Amerika seine Fremden verfolgt.

Nochmals schönen Dank für Ihren ausführlichen Bericht und alles Herzliche

immer Ihr
Lion Feuchtwanger

396 Graf an Feuchtwanger

New York 40, N. Y.
34 Hillside Avenue
30. Juni 1958

Lieber, verehrter Herr Lion Feuchtwanger!

Endlich also hat mit der Einladung nach München – man kann fast sagen »mit Hängen und Würgen« – alles geklappt, und ich fliege heute um halb sechs Uhr nach München ab. Ich danke Ihnen ganz besonders herzlich für die gute kameradschaftliche Mithilfe und hoffe, wenn ich zurückkomme, allerhand berichten zu können. Ich bleibe ja bis zum 2. September drüben, allerdings will ich da in Deutschland und Österreich, in England und Schweden Besuch machen.

Auf alle Fälle erlaube ich mir, Ihnen meine ständige Adresse für diese Zeit zu geben:

OMG – bei Therese Graf
Berg am Starnbergersee, Oberbayern, Germany

Ich wünsche Ihnen alles Gute, die rechte Gesundheit zur Schaffenslust und noch viel Erfolg.

Wie immer sehr herzlich
Ihr
Oskar M. Graf

397 Graf an Feuchtwanger

Grande Albergo Vittoria
Nervi, Italien
6. Oktober 1958

Lieber, verehrter Lion Feuchtwanger!

Ich habe Ihnen gegenüber das schlechteste Gewissen, denn ich wollte immer und immer an Sie schreiben und Ihnen vor allem noch einmal aufrichtig danken für die Beihilfe zu meiner Einladung der Stadt München. Aber das rasende Tempo, in welches ich nach meiner Ankunft in Deutschland versetzt wurde, ließ mich kaum einmal zur Besinnung kommen. Es wäre sehr viel über München und Deutschland, das ich durchreist habe, zu erzählen. Ich werde das in einem ausführlichen Bericht an Sie nach meiner Ankunft in New York nachholen. Jedenfalls ist eines gewiß: Ich sehne mich wahrhaftig wieder nach New York und möchte nie wieder in Bayern leben.

Nun erfuhr ich von Frau Katia Mann in Zürich zu meinem nicht geringen Schrecken, daß Sie inzwischen eine schwere Operation bestehen mußten, und will nur hoffen, daß Sie sich bereits auf dem Wege der Besserung befinden. Glauben Sie mir, lieber verehrter Lion Feuchtwanger, wenn ich Ihnen sage, Sie müssen gesund bleiben. Ich sprach noch mit Frau Mann über Ihre letzten Bücher und freute mich, daß ich dort ebenfalls eine aufrichtige Bewunderung Ihres Schaffens erfuhr. Ich bin nach hier geflüchtet, um mich nach all der Hetze wenigstens noch ein bißchen zu erholen, und werde wohl erst Ende Oktober in New York sein. Ich wünsche nur, daß Sie bis dahin gesundheitlich wieder völlig hergestellt sind.

Alles, alles Gute,

Ihr
Oskar M. Graf

Anhang

Anmerkungen

Die Ziffern links sind die Briefnummern. Allgemeine Angaben zu Personen finden sich im Register des II. Bandes.

Lion Feuchtwanger – Bertolt Brecht

1 *Bandol* – Brecht war von September bis Oktober 1933 in Südfrankreich. Feuchtwanger kam später nach Paris.

2 *Filmgesellschaft* – Den Plan, »Die Geschwister Oppermann« zu verfilmen, ließ man in England fallen.
holländische Verleger – In den dreißiger Jahren brachte die deutsche Abteilung des Querido Verlages, Amsterdam, Feuchtwangers Romane heraus.
débâcle der »Dreigroschenoper« – Der Bühnenvertrieb Felix Bloch Erben stellte die Vorschußzahlungen ein, bestand aber weiter auf seinen Ansprüchen hinsichtlich der »Dreigroschenoper«.
»short stories« – Der Plan, Erzählungen von Feuchtwanger und Brecht in einem Band herauszubringen, wurde nicht verwirklicht.

3 *Ihren Brief vom 1. Juli* – Der Brief befindet sich nicht im Feuchtwanger-Archiv.
unserer alten Freundin – Es wurde nicht ermittelt, auf wen sich Feuchtwanger bezieht.
das kleine Buch – Der Roman »Die Geschwister Oppenheim« (später »Die Geschwister Oppermann«) erschien 1933 im Querido Verlag, Amsterdam.
den chinesischen Roman – Gemeint ist wahrscheinlich »Me-ti. Buch der Wendungen«, eine Reflexion philosophischer Diskussionen und politischer Gespräche. Der größte Teil der Texte entstand in den Jahren der Emigration.

4 Dieser Brief liegt in Brechts Nachlaß nur bruchstückhaft vor. Die untere Hälfte des doppelseitig beschriebenen Blattes fehlt.
nützliche Arbeit – S. Brief 2 und die erste Anm. dazu.
Baco – Gemeint ist Francis Bacon. Am 13. Juli 1930 erschien Feuchtwangers Versuch einer Kurzbiographie »Francis Bacon« in der »Kölnischen Zeitung« mit dem Vermerk, Feuchtwanger denke

daran, über Elisabeth von England ein Stück, in dem Bacon eine bedeutende Rolle spielt, zu schreiben. Erneut gedruckt wurde der Aufsatz 1936 in der Novembernummer der Zeitschrift »Das Wort«.

5 *den zweiten »Josephus«* – Der Roman »Die Söhne«, zweiter Band der »Josephus«-Trilogie, erschien 1935 im Querido Verlag, Amsterdam.

Die »Oppermanns« – S. Brief 3 und die dritte Anm. dazu.

einer zweiten Operation – Marta Feuchtwanger hatte versucht, ihren sich fahrerlos in Bewegung setzenden Wagen zum Halten zu bringen. Sie bewahrte dadurch Brecht, Feuchtwanger und Arnold Zweig, die sich auf dem Weg vor dem Auto befanden, vor einem schweren Unfall. Sie selbst erlitt einen komplizierten Knöchel- und Beinbruch. Den Vorfall schildert sie in »Nur eine Frau«, Berlin, 1984, S. 246.

6 *zweiten »Josephus«* – Der Roman »Die Söhne«. S. erste Anm. zu Brief 5.

»Oppermanns« ... in Amerika – Die englische Übersetzung des Romans »Die Geschwister Oppermann« erschien 1934 bei der Viking Press, New York, unter dem Titel »The Oppermanns«.

7 *»Three Pence Novel«* – (engl.) »Dreigroschenroman«. Der englische Titel lautet »A Penny for the Poor« in der Ausgabe von R. Hale & Co., London, 1937 und Hillman-Curl, New York, 1938. Der spätere Titel ist »Three-Penny Novel«.

8 *Liebster Feuchtwanger! ...* – Diesen Brief veröffentlichte Brecht zum 50. Geburtstag Feuchtwangers in der literarischen Monatsschrift »Die Sammlung«, Amsterdam, Jahrgang I, Nummer 11, Juli 1934.

»Asphaltliteratur« – »Asphaltliteratur« wurde von faschistischen Ideologen als abfällige Bezeichnung wiederholt auf die Werke der Emigranten angewandt.

Bluboleuten – Abkürzung von »Blut und Boden«, ein zentraler Begriff der nationalsozialistischen Ideologie und Kunst für einheitliche Rasse auf territorialer Grundlage.

9 *Gedichte* – Vermutlich »Lieder, Gedichte, Chöre«, Edition Carrefour, Paris, 1934.

Masurengäule – Anspielung auf den 1847 geborenen Paul von Hindenburg, der 1914 als Führer der 8. Armee Siege an den Masurischen Seen errang. Als Reichspräsident unterstützte er den Faschisierungsprozeß und ernannte am 30. Januar 1933 Hitler zum Reichskanzler.

irgendwas abgeliefert – Die Julinummer der »Sammlung« war Feuchtwanger gewidmet. Brecht schickte seine Abhandlung zum Begriff der Asphaltliteratur (s. Brief 8).

10 *Hyperboreer* – Der Sage nach ein Volk im äußersten Norden jenseits des Boreas, des Nordwindes.

10 *Eintritt ins Greisenalter* – Feuchtwanger wurde am 7. Juli 1934 fünfzig Jahre alt.
leider drei Teile – Die »Josephus«-Trilogie Feuchtwangers besteht aus: »Der jüdische Krieg«, Propyläen Verlag, Berlin, 1932, »Die Söhne«, Querido Verlag, Amsterdam, 1935 und »Der Tag wird kommen« (Das gelobte Land), Neuer Verlag, Stockholm, 1945.

11 *»Dreigroschenroman«* – S. die Anm. zu Brief 7.
eine Zeitschrift – Die Monatsschrift für Literatur und Kritik »Neue Deutsche Blätter«, herausgegeben von Wieland Herzfelde, erschien vom September 1933 bis August 1935 in Prag.
Londoner Gehetz – Brecht arbeitete mit Leo Lania an der Filmstory »Semmelweis«, war des öfteren mit Karl Korsch, Fritz Kortner und Leonhard Frank zusammen und wollte sich mit dem Londoner Theater, das er nicht schätzte, vertraut machen. Feuchtwanger befand sich zur gleichen Zeit in London und sprach wiederholt mit Filmschaffenden über den Film »Jew Suess«, den er für zu prunkvoll hielt.

12 *Artikel Zweigs* – Unter der Überschrift »Brecht Abriß« veröffentlichte Arnold Zweig in »Neue Deutsche Blätter«, Prag, Heft 2, Dezember 1934 einen Überblick zu Brechts Schaffen.
chinesischen Roman – S. Brief 3 und die vierte Anm. dazu.
»Ma femme ...« – (franz.) Meine Frau strickt beim Feuer unter dem Lüster. Ich lese ein bißchen, und meine Tochter klimpert auf dem Klavier. Hüten wir uns, mein Gott, davor.

13 Der Brief-Entwurf befindet sich im Brecht-Nachlaß.
Erscheinungszeit Ihres Romans – »Die Söhne«, s. Brief 5 und die erste Anm. dazu.
Schwarzschild – Leopold Schwarzschild wollte sich vermutlich als Held feiern lassen. Brecht bezieht sich auch auf die bürgerlich orientierte Politik, die Schwarzschild in der von ihm herausgegebenen Zeitschrift »Das Neue Tage-Buch« betrieb. Für diese Zeitschrift lieferte beispielsweise Henri de Kérillis, der dem französischen Militär nahestand, Beiträge.
Glorifizierung – Werfels Spiel »Der Weg der Verheißung« von 1935 wurde am 7. Januar 1937 im New-Yorker Manhattan Opera House aufgeführt.
Zweigs Aufsatz – S. die erste Anm. zu Brief 12.

14 *Rußlandplan* – Feuchtwanger beabsichtigte, die Sowjetunion zu besuchen. Er trat die Reise aber erst im November 1936 an.
zweite »Josephus« – S. Brief 5 und die erste Anm. dazu.
Hermann, den Cherusker – Die Gestalt des Arminius und sein Sieg über die Legionen des Varus im Teutoburger Wald im Jahre 9 u. Z.

spielt bereits in dem Roman »Die Geschwister Oppermann« eine Rolle. Die Episode erschien unter dem Titel »Hermann, der Cherusker« in »Die Sammlung«, Heft 3, November 1933.

14 *das jüdisch-amerikanische Oberammergau* – Werfels Spiel »Der Weg der Verheißung«. S. Brief 13 und die dritte Anm. dazu.

15 *zweiten »Josephus«* – S. Brief 5 und die erste Anm. dazu.
Reise nach Rußland – S. Brief 14 und die erste Anm. dazu.

16 *meine russische Reise* – S. die erste Anm. zu Brief 14.
November in Paris – Brecht hielt sich zu dieser Zeit, von Oktober bis zum 29. Dezember 1935, anläßlich der Inszenierung des Stückes »Die Mutter« in New York auf. Am 18. Dezember schrieb er an Maxim Gorki: »Die Dramatisierung Ihres Romans ›Die Mutter‹, die ich im Winter 1931/32 in Berlin machte, wurde am 19. November von der ›Theatre Union‹ in New York (103 West 14th Street) aufgeführt...« (Bertolt Brecht, Briefe 1913–1956, Hrsg. Günter Glaeser, Aufbau-Verlag, Berlin, 1983, Band 1, S. 267–68.)

17 *titre d'identité* – (franz.) Personalausweis.
»Falschen Nero« – Feuchtwangers Roman »Der falsche Nero« erschien 1936 im Querido Verlag, Amsterdam.
falls Ihre Premiere – Die Uraufführung des Parabelstücks »Die Rundköpfe und die Spitzköpfe« von 1933 fand am 4. November 1936 im Riddersalen Kopenhagen, der Spielstätte des Revolutionären Theaters, statt.
als Herausgeber – Feuchtwanger und Brecht waren in Frankreich bzw. Dänemark sozusagen Fernredakteure für die in Moskau unter der Leitung von Willi Bredel und Fritz Erpenbeck von 1936 bis 1939 erscheinende antifaschistische literarische Monatsschrift »Das Wort«.

18 *Premiere* – S. die dritte Anm. zu Brief 17.
Maria Osten – Sie leitete das Pariser Büro der Zeitschrift »Das Wort«.

19 *nicht zusammen in Moskau* – Auf Einladung des Schriftstellerverbandes hielt sich Feuchtwanger von November 1936 bis Januar 1937 in der Sowjetunion auf.
Militärzeit – Feuchtwanger war während des ersten Weltkrieges etwa sechs Monate (1914/1915) beim Militär.
Amerika-Reise – Vom 17. November 1932 bis zum 2. März 1933 befand sich Feuchtwanger auf einer Vortragsreise durch die USA.
die hundert Zeilen – Der Aufsatz »Der Ästhet in der Sowjetunion« erschien in »Das Wort«, 2. Jg., Nr. 2, Februar 1937.
Kommunismus Pröckls – Für die Gestalt des Ingenieurs und Balladendichters Kaspar Pröckel in dem Roman »Erfolg« (1930) hatte Brecht als Vorbild gedient.

19 *Sie seien in Paris* – Brecht war zu der Zeit in Skovsbostrand, Dänemark.
mein Vortrag verboten – Wahrscheinlich auf Intervention der englischen Botschaft wurde Feuchtwanger eine öffentliche Lesung untersagt.
Über Gide – Feuchtwanger polemisierte gegen die Haltung, die Gide der Sowjetunion gegenüber einnahm. Gide hatte nach seinem Besuch der SU 1937 das Reisebuch »Retour de l'URSS« veröffentlicht.
und über den Prozeß – Während seines Moskauaufenthalts wohnte Feuchtwanger dem Prozeß gegen die »zweite Trotzkistengruppe« (gegen Pjatakow, Radek u. a.) bei.

20 *Maria* – Maria Osten.
Zweig – Arnold Zweig, der nach Palästina ins Exil gegangen war, hielt sich von Juli bis Oktober 1937 und im Herbst 1938 in mehreren Ländern Europas auf.
»Tuiroman« – Tui ist eine Abkurzung für »Tellekt-uell-in«, eine Silbenvertauschung von »intellektuell«. Als »Tuis« bezeichnete Brecht bürgerliche Intellektuelle, die ihren Intellekt an die Besitzer der Waren und Märkte vermieten. Der Roman blieb Fragment.
Carola Neher – Das Schicksal der Schauspielerin Carola Neher ist bis heute nicht eindeutig geklärt. Sie war 1936 vermutlich wegen ihrer Verbindungen zu dem als »trotzkistischen Agenten« gebrandmarkten Erich Wollenberg verhaftet und zu zehn Jahren Lagerhaft verurteilt worden.
»Josephus« – Feuchtwanger schrieb an dem dritten Band der Josephus-Trilogie »Der Tag wird kommen« (Das gelobte Land). Dieser erschien 1945 im Bermann-Fischer Verlag, Stockholm; die englische Übersetzung »Josephus and the Emperor« kam bereits 1942 bei Viking Press, New York heraus.
Schönherr – Möglicherweise bezieht sich Brechts Frage auf einen Aufsatz über Karl Schönherrs Drama »Glaube und Heimat« in der »Schaubühne« vom 23. März 1911. Darin heißt es u. a.: »Gewiß bringt ›Glaube und Heimat‹ kraftvoll Erfühltes und Gestaltetes; aber doch nur im engen Rahmen einer etwas abseitigen Art.« Zeitnahes ließ sich bibliographisch nicht ermitteln.
kleines deutsches Kabarett – Das Kabarett »Die Laterne« wurde 1934 von deutschen Schauspielern in Paris gegründet. Helene Weigel kam zu einzelnen Veranstaltungen aus Dänemark. 1937 führte das Ensemble Brechts »Die Gewehre der Frau Carrar« auf.

21 Das Original befindet sich im Brecht-Archiv. Ob Feuchtwanger den Brief erhalten hat, ist nicht festzustellen.

21 *Ihre Stimme am Radio* – Feuchtwanger las nach Auskunft Marta Feuchtwangers im Rahmen der Serie »Dichter in der Emigration« im Moskauer Rundfunk.

Karikaturen – Gemeint sind Rupert Kutzner (Hitler) und Kaspar Pröckl (Brecht). »Erfolg« war 1935 im Staatsverlag, Leningrad, erschienen.

Neher – S. die vierte Anm. zu Brief 20.

M – Moskau.

22 *PEN-Klub-Kongreß* – Der XV. Internationale PEN-Kongreß fand vom 21. bis 24. Juni 1937 in Paris statt.

Neher – S. die vierte Anm. zu Brief 20.

Hitler ... so trocken wie möglich – Mit der Darstellung antiker Machtkämpfe in dem Roman »Der falsche Nero« meint Feuchtwanger die Manipulationen und Untaten Hitlers, Goebbels' und Görings.

kleines Buch über Moskau – »Moskau 1937. Ein Reisebericht für meine Freunde«, Amsterdam, 1937.

Anfang Juli nach Spanien – Vom 4. bis 17. Juli 1937 fand in Valencia, Madrid, Barcelona und Paris der II. Internationale Schriftstellerkongreß zur Verteidigung der Kultur statt. Feuchtwanger nahm daran nicht teil.

»Oppermanns« – Ein Stück kam in Moskau nicht zustande, aber 1938 wurde von Mosfilm ein »Oppermann«-Film gedreht.

Wachtangow-Theater – Vorgesehen war wohl ein Stück unter dem Titel »Emigranten«. Es kam nicht zustande.

23 Das Original befindet sich im Brecht-Archiv. Ob Feuchtwanger den Brief erhalten hat, ist nicht festzustellen.

Neher – S. die vierte Anm. zu Brief 20.

Piscators augenblickliche Filmpläne – Piscator dachte an einen »Schwejk«-Film, der aber nicht zustande kam.

eine dörfliche Giftmischerin – Feuchtwanger hatte die Rezension »›Haben‹, Schauspiel von Julius Hay« geschrieben, die in »Das Wort«, Moskau, Heft 7, 1937 erschienen war. Er zeigte sich darin fasziniert von der Gestalt der Hebamme Kepes. Sie sei »der Kapitalismus schlechthin, ein zweibeiniger Kapitalismus voll des Bewußtseins: ›Recht ist, was meine Habe mehrt‹ und ›wer nicht zuviel hat, hat zuwenig‹ ... Die marxistischen Lehren sind diesem Autor nicht nur Gedanken geblieben, sie erfüllen vielmehr sein ganzes Wesen. So kommt es, daß dieser Dichter Julius Hay unter den Deutschen das erste marxistische Drama hat gestalten können.«

»Und so einer ...« – »Was hülfe es dem Menschen, wenn er die ganze Welt gewönne und nähme doch Schaden an seiner Seele?« Matthäus XVI, 26.

23 *»Am Gelde ...«* – In Goethes Tragödie »Faust«, erster Teil, Abend, heißt es: »Nach Golde drängt, / Am Golde hängt / Doch alles. Ach wir Armen.«

24 *Die Gedichte* – Brecht hatte vermutlich das Manuskript der »Svendborger Gedichte« geschickt, die 1939 in Kopenhagen erschienen.

Preisausschreiben – Hubertus Prinz zu Löwenstein, der 1936 die »American Guild for German Cultural Freedom« zur Unterstützung exilierter Schriftsteller ins Leben gerufen hatte, gab am 25. Juni 1937 die Gründung der »Deutschen Akademie der Künste und Wissenschaften im Exil in Amerika« in der »Pariser Tageszeitung« bekannt. Diese beiden Organisationen schlossen sich zusammen und dotierten ein Preisausschreiben für Schriftsteller. Brecht reichte dafür am 30. September 1938 drei Kapitel und ein Exposé für drei weitere seines Fragment gebliebenen Romans »Die Geschäfte des Herrn Julius Caesar« ein. Der Preis, der erst am 1. Januar 1940 vergeben wurde, fiel an Arnold Bender für seinen Roman »Es ist später, denn ihr wißt«. Das 1939 geschriebene Buch erschien zuerst unter dem Titel »Winter in Schweden« in dem deutschen Wochenblatt »Die Zeitung«, London, No. 9, 1941 und dann in der englischen Übersetzung von Ernest Walter Dickes unter dem Titel »The Farm By the Lake« bei Collins, London, 1943.

Rußlandbuches – »Moskau 1937. Ein Reisebericht für meine Freunde«, Amsterdam, 1937.

26 *»De Russia«* – S. die dritte Anm. zu Brief 24.

Preis der Deutschen Akademie – S. die zweite Anm. zu Brief 24.

»Dreigroschenroman« – S. Brief 7 und die Anm. dazu.

27 Das Original befindet sich im Brecht-Archiv. Ob Feuchtwanger den Brief erhalten hat, ist nicht festzustellen.

Carola Neher – S. die vierte Anm. zu Brief 20.

K – Vermutlich Michail Kolzow.

ein Pfund Verbrechen – Anspielung auf das Bibelwort »Auge um Auge, Zahn um Zahn...«, 2. Mose, XXI, 24–25.

Ramsin – Der sowjetische Ingenieur Leonid Konstantinowitsch Ramsin (geb. 1887) war 1930 wegen Wirtschaftsvergehen verurteilt worden. 1944 wurde er dann zum Professor und wissenschaftlichen Leiter des Moskauer Energetikinstituts ernannt.

Freiheitssender – Der »Deutsche Freiheitssender« über Welle 29,8 sendete seit dem 10. Januar 1937 aus Spanien. Über eine Pariser Adresse gelangte Hörerpost aus Deutschland an die Redaktion, die die Wirkung des Senders dokumentierte. Brecht schrieb für ihn die »Deutschen Satiren«, die 1939 als V. Abschnitt in der Sammlung »Svendborger Gedichte« erschienen.

27 *Stück über Julius Caesar* – Brecht änderte später seine Absicht. Statt eines Stückes schrieb er den Fragment gebliebenen Roman »Die Geschäfte des Herrn Julius Caesar«.

Mommsen – Theodor Mommsens »Römische Geschichte« erschien 1854–1856 in drei Bänden.

Dio Cassius – Der griechische Historiker Cassius Dio (um 150 bis nach 229) verfaßte eine »Römische Geschichte« in achtzig Büchern. Davon sind nur Buch 36 bis 60 vollständig erhalten geblieben. Ausgaben erschienen z. B. 1890 und 1895–1901.

»Edward« – Das Schauspiel »Leben Eduards des Zweiten von England« nach Christopher Marlowe haben Brecht und Feuchtwanger 1923 gemeinsam geschrieben. Es erschien 1924 im Kiepenheuer Verlag, Potsdam.

28 *PEN-Klub* – Der XVII. Internationale PEN-Kongreß sollte vom 3. bis 7. September 1939 in Stockholm stattfinden. Wegen des Kriegsausbruches wurde er auf unbestimmte Zeit verschoben. Er tagte dann vom 10. bis 13. September 1941 in London.

»Galilei« zu streichen – Die erste Fassung des »Leben des Galilei« entstand 1938 in Svendborg.

holländischer Schauspieler – Rezitationsabende kamen nicht zustande.

Szenen aus Nazi-Deutschland – Gemeint sind die 28 Szenen »Furcht und Elend des Dritten Reiches«, die Brecht 1937/1938 geschrieben hat. Sie wurden dann vereinzelt in Zeitschriften oder in unterschiedlicher Anzahl zusammengestellt als Buchausgaben gedruckt, z. B. 13 Szenen im Verlag das Internationale Buch, Moskau, 1941; 24 Szenen im Aurora Verlag, New York, Ende 1945.

29 *Konzentrationslager* – In Frankreich lebende Deutsche, auch die Exilanten, wurden vorübergehend im September 1939 und dann wieder im Mai 1940 interniert. Marta Feuchtwanger gelang es, ihren Mann am 27. September aus dem Lager Les Milles herauszuholen. Am 4. Oktober schrieb Feuchtwanger gleichlautende Briefe an Arnold Zweig und Brecht.

30 *Ihre Karte* – Sie ist nicht erhalten.

dritten Teil des »Josephus« – Der Roman »Der Tag wird kommen«. S. Brief 20 und die fünfte Anm. dazu.

»Wartesaal«-Trilogie – Sie besteht aus den Romanen »Erfolg. Drei Jahre Geschichte einer Provinz«, Kiepenheuer, Berlin, 1930; »Die Geschwister Oppenheim« (später »Die Geschwister Oppermann«), Querido Verlag, Amsterdam, 1933 und »Exil«, Querido Verlag, Amsterdam, 1940. Den dritten Band hatte Feuchtwanger bereits im Jahr 1939 abgeschlossen.

30 *»Josephus«-Trilogie* – Feuchtwanger vollendete sie noch 1940 in Sanary. Siehe Anm. drei zu Brief 10.

»Lukullus« – Das Hörspiel »Das Verhör des Lukullus« entstand 1939 in Lidingö, Schweden. Brecht beendete die Arbeit am 7. November 1939.

»Courage« – Die Chronik aus dem Dreißigjährigen Krieg, das Stück »Mutter Courage und ihre Kinder«, entstand 1939 in Lidingö, Schweden.

»Schwejk« – »Die Abenteuer des braven Soldaten Schwejk« von Jaroslav Hašek (1921).

»Grapes of Wrath« – Die deutsche Übersetzung des Romans von John Steinbeck erschien 1940, ein Jahr nach der amerikanischen Veröffentlichung, unter dem Titel »Früchte des Zorns«.

31 *Ankunft in Lissabon* – Mitte Mai 1940 wurde Feuchtwanger abermals interniert; zunächst kam er in das Lager von Les Milles, dann nach Nîmes. Gemeinsam mit amerikanischen Freunden organisierte Marta Feuchtwanger die Flucht ihres Mannes aus dem Lager. Von Marseille aus flüchteten sie dann weiter: über die Pyrenäen, durch Spanien, nach Lissabon. Von hier aus gelangte Feuchtwanger nach New York. 1941 zogen Marta und Lion nach Kalifornien, zunächst nach West Los Angeles bzw. Pacific Palisades, 1943 nach Pacific Palisades, Paseo Miramar. Seine Internierung ist Gegenstand des Berichts »Der Teufel in Frankreich«. In der Ausgabe des Aufbau-Verlages von 1982 wurde ein zusätzliches Kapitel aufgenommen, in dem Marta Feuchtwanger die Flucht schildert.

Oppermann-Szenen – In seinem Roman »Die Geschwister Oppermann« (1933) schildert Feuchtwanger u. a. Vorgänge und Zustände in einem süddeutschen Konzentrationslager.

Brief vom Schiff – Der Brief vom Schiff an Brecht ist verlorengegangen, während der an Zweig vom 27. September 1940 in Haifa ankam.

Einladung für Grete Steffin – S. Brief 38 und die sechste Anm. dazu.

waiting-Liste – (engl.) Warteliste.

32 *Visa at last ...* – (engl.) Visum endlich zu haben, brauche sofort gute eidesstattliche Versicherung. Können Sie helfen?

33 *Visitor* – (engl.) Besucher.

»League of Writers« – (engl.) Schriftstellerverband. Die linksgerichtete »League of American Writers« in New York.

»Rescue Committee« – (engl.) Rettungskomitee. Das 1940 in New York gegründete Not- und Rettungskomitee für bedrohte Schriftsteller und andere.

36 *diese Geschichte geregelt* – Am 1. Februar 1941 schrieb Feuchtwanger Charlotte Dieterle, die sich dann mit Erfolg für Brecht einsetzte.

Luise Rainer und H.R.Hays versicherten dem Brecht-Forscher James K.Lyons, sie hätten Bürgschaft geleistet. Brecht bekam zunächst Visa für Helene Weigel, die Kinder und sich, dann auch für Ruth Berlau. Seine Abreise verzögerte sich, weil er nicht ohne Margarete Steffin reisen wollte, deren Antrag noch nicht bewilligt war.

36 *Transport* – Feuchtwanger war imstande, die Geldmittel zur Verfügung zu stellen.

37 *Steffin gets …* – (engl.) Steffin erhält Touristenvisum, wenn Dieterle und Rainer Washington ihr Bleiben und Zurückgehen gewährleisten. Bitte Washington veranlassen Helsingfors Konsulat kabeln.
Touristvisa – Am 12.Mai 1941 erhielt auch Margarete Steffin das Visum.

38 *Bekamen Sie den Brief* – Er ist nicht erhalten.
die amerikanischen Emigrationsvisen – Nach einer Eintragung in seinem »Arbeitsjournal« erhielt Brecht das amerikanische Einreisevisum am 2.Mai 1941.
Petsamo – Hafen im Gebiet Murmansk.
Baku – Hafen am Kaspischen Meer.
Basra – Bedeutendster Hafen des Irak.
Was Grete betrifft – Margarete Steffin erhielt das Visum und konnte mit Brecht und seiner Familie am 13.Mai abreisen, zuerst nach Leningrad, dann nach Moskau. Ihr Gesundheitszustand war besorgniserregend. Sie kam in ein Moskauer Krankenhaus und starb dort am 4.Juni 1941.
Die Aussicht hinüberzukommen – Brecht traf am 21.Juli 1941 in San Pedro, dem Hafen von Los Angeles, ein.

39 *dieser Brief* – Brecht war in der Tat schon abgereist.
»Der gute Mensch« – Mit der Fabel für das Stück »Der gute Mensch von Sezuan« beschäftigte sich Brecht bereits Ende der zwanziger Jahre.

40 *am Kai sein* – Marta Feuchtwanger und Alexander Granach holten Brecht am 21.Juli 1941 in San Pedro ab. Er bezog eine Wohnung in Hollywood. Im August zog er nach Santa Monica um.
Affidavit – (engl.) Bürgschaftserklärung für Einwanderer.

41 *»Simone«* – Feuchtwanger und Brecht hatten das Stück »Die Gesichte der Simone Machard« zwischen 1942 und 1943 geschrieben. Ein Erstdruck »Bertolt Brecht unter Mitarbeit von Lion Feuchtwanger: ›Die Gesichte der Simone Machard‹« erschien in: »Sinn und Form«, Berlin, 8.Jahr, Hefte 5 und 6, 1956. Siehe auch die Briefe 42, 43, 44, 45.
Columbia – »Columbia Broadcasting System«. Rundfunk- und Filmgesellschaft, die auch Fernsehstudios besitzt.

41 *»Story editor«* – (engl.) Für die Verfilmung von Dramen, Romanen und Novellen verantwortlicher Redakteur.
Dramatists' Guild – (engl.) Dramatiker-Gilde.
den von mir zu schreibenden Roman – Feuchtwanger benutzte den Stoff des Schauspiels »Die Gesichte der Simone Machard« für seinen Roman »Simone«. Er erschien 1945 in Stockholm.
Are German... – (engl.) Sind deutsche und französische Buch- und Aufführungsrechte Brecht Sezuan erhältlich? Wir möchten sie haben. Sofort kabeln ob Vertrag mit Lola möglich. Europa Verlag, Zürich.
Lola Sernau-Humm... – (engl.) Lola Sernau-Humm bevollmächtigt, Vertrag zu schließen für erwünschte Verlags- und Aufführungsrechte Brecht Sezuan.
neues Telegramm – Das Telegramm in unserer Übersetzung lautet: Bitte Brecht zu bestätigen Lola Vertrag. Ihr Europa-Verlag betreffs Sezuan in Ordnung, und Reissverlag Basel hat keine Rechte. Wie steht's mit Aufführungsrechten? Mutter Courage. Europa-Verlag. Zürich.

42 *englische Rohfassung der »Simone«* – Es blieb eine Rohfassung. S. Briefe 100 und 103.
Producer – (engl.) Filmproduzent.
Ashley Dukes – Ashley Dukes, »Jud Süß. A Tragic Comedy in Five Scenes, Based Upon the Romance by Lion Feuchtwanger«, London, 1929.
»Hastings« – Nach Marta Feuchtwanger fand eine Aufführung von Feuchtwangers Drama »Warren Hastings«, 1925 mit Brecht umgearbeitet zu »Kalkutta, 4. Mai«, in kleinem Kreis statt. Dukes' Bearbeitung wurde nicht veröffentlicht.

43 *how you feel in this matter* – (engl.) wie Sie darüber denken.
kommen Sie bald – Brecht war am 8. Februar 1943 nach New York gereist. Ende Mai kehrte er nach Santa Monica zurück.

44 *Telegramm* – Es ist nicht erhalten.
an dem Roman »Simone« – S. fünfte Anm. zu Brief 41.
County Register – (engl.) Bezirksgrundbuch.
um das Szenario – »Simone« wurde nicht verfilmt.
Aktion Thoerens – Genaues war nicht zu ermitteln. Möglicherweise bezieht es sich auf die gemeinsame Arbeit Brechts und des Schauspielers und Filmautors Robert Thoeren im Dezember 1941 an dem Filmlustspiel »Bermuda Troubles«. Ein brauchbarer Text kam damals nicht zustande.
Weihnachten hier – Brecht hielt sich vom November 1943 bis März 1944 in New York auf

45 *Sale...* – (engl.) Simone Verkauf unterschrieben. Stop. Scheck zu Ihrer Verfügung. Stop. Brief folgt.

46 *Herstellung des Filmes* – S. die vierte Anm. zu Brief 44.

47 *»Und in Eurem Lande?«* – Brecht schrieb dieses Gedicht zu Feuchtwangers 50. Geburtstag, als er in Dänemark und Feuchtwanger in Sanary lebte. Zu Feuchtwangers 60. Geburtstag schickte Brecht eine handschriftliche Fassung als Teil des Glückwunschbuches, welches Feuchtwanger zum 60. Geburtstag von seinen Freunden überreicht wurde. Dieser unveröffentlichte Band mit zum großen Teil handgeschriebenen Beiträgen befindet sich im Feuchtwanger-Archiv.

49 *sagte ich aus in W.* – Im Oktober 1947 startete das Komitee zur Untersuchung unamerikanischer Tätigkeit eine Kampagne gegen die »kommunistische Infiltration« der amerikanischen Filmindustrie. Schriftsteller, Filmregisseure und Schauspieler mußten vor dem Komitee aussagen. Brecht wurde am 30. Oktober 1947 vor dem Kongreßausschuß im Versammlungsraum des Old House Office Building in Washington verhört. Er wurde dabei u. a. nach dem prokommunistischen Inhalt seiner Stücke, nach seinen Reisen in die Sowjetunion und seinen Beziehungen zu Hanns und Gerhart Eisler befragt.

subpoena – (engl.) Vorladung.

Zürich – Am 31. Oktober 1947 verließ Brecht die USA und flog nach Paris. Von dort reiste er am 5. November nach Zürich.

Aufruf – Am 9. November war er in der Wohnung von Kurt Hirschfeld, dem Dramaturgen des Schauspielhauses in Zürich. Zugegen waren Bergengruen, Frisch, Kästner, Horst Lange, Lernet-Holenia und Zuckmayer. Es war nach Lernet-Holenia Brechts Idee, den Protest gegen die Atombombe zu verfassen. S. Alexander Lernet-Holenia, »Zwei deutsche Dichter«. Der Artikel erschien 1956 im »Forum«, 3, Heft 33.

Henry, Tom and I agree – (engl.) Heinrich, Thomas und ich stimmen überein.

hearing – (engl.) Öffentliches Verhör.

50 *Aussage vor dem committee* – Ein stenographischer Bericht der Vernehmung Brechts vor dem Kongreßkomitee zur Untersuchung unamerikanischer Betätigung wurde in den »Hearings Regarding. The Communist Infiltration of the Motion Picture Industry«, Washington, 1947, abgedruckt. Eine Schallplatte mit einer Aufzeichnung der Vernehmung brachte u. a. VEB Deutsche Schallplatten, Litera, 1977 unter dem Titel »Bertolt Brecht Tondokumente« heraus.

Aufruf – S. Brief 49 und den Begleitbrief.

Das Stück, von dem ich Ihnen sprach – »Wahn oder Der Teufel in Boston« wurde Ende 1947 beendet. Die erste Buchausgabe erschien

1948 als Druck der Pazifischen Presse von Ernst Gottlieb und Felix Guggenheim in Los Angeles. Die von Feuchtwanger erhoffte Aufführung kam damals nicht zustande. Die Uraufführung fand am 15. März 1949 im Kleinen Theater am Zoo in Frankfurt a. M. statt. In den USA wurde es dann am 20. Februar 1952 im Circle Theatre Los Angeles aufgeführt.

50 *heftig attackiert* – Vor der New-Yorker Premiere von »Leben des Galilei« fand am 30. Juli 1947 im Coronet Theatre in Los Angeles die Uraufführung statt. Am 2. November 1947 veröffentlichte John F. Matthews, Dozent am City College in New York, einen offenen Brief in der »New York Times«, in dem er »Galileo« als »schlechtes Stück« bezeichnete und sich darüber beschwerte, daß die American National Theatre and Academy einer ihrer Experimentalbühnen die Aufführung gestattet habe, indem sie aus »kommerziellen Gründen auf Laughton« (er spielte in beiden Inszenierungen den Galilei) reflektierte. In einer Antwort von Eric Bentley, veröffentlicht in der New York Times am 9. November 1947, heißt es, Laughton habe das Stück aus Bewunderung für das Werk gewählt, weil es »eine wichtige Stellungnahme über die Wissenschaft und die gesellschaftliche Moral« sei.

51 *Aufsatz über Ihre Gedichte* – Die Rezension von M. L. Rosenthal über den Band »Bertolt Brecht, Selected Poems«, übersetzt und eingeführt von H. R. Hays, erschien in der »New York Herald Tribune Weekly Book Review« am 29. Februar 1948.
Stück über die Hexenjagd – Gemeint ist »Wahn oder Der Teufel in Boston«. S. Brief 50 und die dritte Anm. dazu.
Übersetzung – Die Übersetzung ist von J. Barrows Mussey.
»Simone« – Die Aufführung kam nicht zustande. Die Uraufführung von »Die Gesichte der Simone Machard« fand am 8. März 1957 in den Städtischen Bühnen Frankfurt am Main unter der Regie von Harry Buckwitz statt. Die Titelrolle wurde von der elfjährigen Dorothea Jecht aus Berlin gespielt. Szenenfotos befinden sich im Feuchtwanger-Archiv.

52 *Zeitungsausschnitt* – S. die erste Anm. zu Brief 51.
State Department – (engl.) Außenministerium.
»re-enter permit« – (engl.) Wiedereinreise-Visum. Brecht bekam es im November 1948 von den Behörden des Kantons Zürich.
»Antigone«-Bearbeitung – Brechts Bearbeitung der Hölderlinschen Übertragung von »Die Antigone des Sophokles« fand am 15. Februar 1948 im Stadttheater Chur unter seiner Regie statt. Die Titelrolle spielte Helene Weigel, die Ausstattung besorgte Caspar Neher.
»tryout« – (engl.) Vorübung

52 *was ich Ihnen seinerzeit nach Frankreich schrieb* – Brecht hatte in den dreißiger Jahren mehrfach bedauert, daß Feuchtwanger und er so weit voneinander entfernt wohnten, so daß Möglichkeiten für Streitgespräche selten waren. In dem Brief Ende November 1937 machte er Feuchtwanger auf Julius Cäsar aufmerksam und schrieb, daß diese Gestalt Stoff für eine Zusammenarbeit »wie am ›Edward‹« böte.

53 *Associated Press reports* ... – (engl.) »Associated Press« berichtet mit Überschrift, Ihnen wurde ein Preis von $ 1000 zur Ermutigung junger Schriftsteller zuerkannt. Gratuliere.

Preis – Am 5. April 1948 dankte Brecht der American Academy of Arts and Letters für den Preis und sprach sein Bedauern darüber aus, daß er bei der Preisverleihung nicht dabei sein könne, da er zur Zeit in der Schweiz lebe. (S. Brief 559 in: Bertolt Brecht, »Briefe 1913 bis 1956«, Aufbau-Verlag, Berlin, 1983.)

54 *Preis* – S. die beiden Anm. zu Brief 53.

re-entry permit – (engl.) Wiedereinreise-Visum; bezieht sich auf Brief 52. Da Brecht das Außenministerium erwähnte, meinte Feuchtwanger, er spreche von Amerika, was auch der Fall gewesen sein mag. Entscheidend war aber das Schweizer Identitätspapier, das er im März 1949 erneuerte.

»Antigone«-Aufführung – S. Brief 52 und die vierte Anm. dazu.

»Goya« – Der endgültige Titel hieß »Goya oder Der arge Weg der Erkenntnis«. Der Roman erschien 1951, Neuer Verlag, Frankfurt am Main.

»Wahn oder Der Teufel in Boston« – Die Aufführung kam in den USA erst 1952 zustande.

»Simone« – S. die vierte Anm. zu Brief 51.

55 *Hildchen* – Hilde Waldo.

»Courage« – Brechts Drama »Mutter Courage und ihre Kinder«, geschrieben 1939, uraufgeführt am 19. April 1941 im Schauspielhaus Zürich, wurde am 11. Januar 1949 im Deutschen Theater, Berlin, mit Helene Weigel in der Hauptrolle aufgeführt.

56 *»Mutter Courage« aufgeführt* – S. zweite Anm. zu Brief 55.

in die Schweiz – Brecht war von Ende Februar bis Ende Mai 1949 in Zürich.

kleinen Theaterplan – Gemeint ist die Gründung des Berliner Ensembles. Der offizielle Beschluß darüber wurde Brecht am 18. Mai 1949 mitgeteilt. Die erste Vorstellung des Berliner Ensembles fand am 12. November 1949 mit »Herr Puntila und sein Knecht Matti« statt. Bis 1954 spielte das Berliner Ensemble im Deutschen Theater und übernahm dann das Theater am Schiffbauerdamm, Berlin, als eigene Spielstätte.

58 *Bericht über Ihr Stück* – »Wahn oder Der Teufel in Boston« wurde unter der Regie von Wolfgang Kühne am 25. März 1949 in den Kammerspielen des Deutschen Theaters, Berlin, aufgeführt. Über die Aufführung berichtet Zweig in seinem Brief vom 2. April 1949 an Feuchtwanger. S. Brief 254 in »Lion Feuchtwanger Arnold Zweig, Briefwechsel 1933–1958«, Hrsg. Harold von Hofe, Aufbau-Verlag, Berlin, 1984.

Barbara – Barbara Schall, Tochter Brechts und Helene Weigels.

Empfehlungsbrief – Der Theaterkritiker Friedrich Luft besuchte Feuchtwanger im Juli 1949.

60 *»Courage«* – S. Brief 55 und die zweite Anm. dazu.

»Puntila« – Aufführungen von Brechts »Herr Puntila und sein Knecht Matti« fanden in Hamburg (November 1948) und an den Münchener Kammerspielen (Januar 1949) statt.

»Dreigroschenroman« – Der Roman entstand 1933/34 in Dänemark und erschien 1934 bei Allert de Lange, Amsterdam.

»Versuche« – Die Heftreihe »Versuche«, in der Brecht wichtige Arbeiten experimentellen Charakters veröffentlichte, kam 1930–1933 im Gustav Kiepenheuer Verlag, Berlin, heraus. Sie wurden dann neu und erweitert vom Suhrkamp Verlag, Frankfurt a. M., (1949–1957) und Aufbau-Verlag, Berlin, (1951–1963) herausgebracht.

Hanns und Lou – Hanns und Louise Eisler.

Mißverständnisse über den Franklinroman – In der sowjetischen Zeitschrift »Nowy Mir« erschien im Juni 1948 ein Artikel »Kosmopoliten im ›literarischen Hollywood‹« von R. Miller-Budinskaja. Vor allem wohl wegen des Romantitels »Waffen für Amerika« (deshalb später in »Die Füchse im Weinberg« umbenannt) wurde Feuchtwanger bezichtigt, Propaganda für die Vormachtstellung der USA in Europa gemacht zu haben.

Kantor – Alfred Kantorowicz.

J.R.B. – Johannes R. Becher.

Zweig – Arnold Zweig war am 19. Oktober 1948 nach Jahren des Exils in Palästina in Berlin eingetroffen.

Kramladen in Ingolstadt – Marieluise Fleißer war seit 1935 mit einem Tabakwarengroßhändler verheiratet und arbeitete mit in dessen Geschäft. Erst nach dem Tode ihres Mannes begann sie wieder kontinuierlich zu schreiben. Die von Brecht erwähnten Stücke sind vermutlich »Karl Stuart« und »Der starke Stamm«.

Viertel-Inszenierungen – Berthold Viertel inszenierte in Wien Tennessee Williams' »Die Glasmenagerie« (Premiere im Akademietheater am 22. Januar 1949), »Major Barbara« von George Bernard Shaw (Burgtheater, 22. Juni 1949) und »Die Kronbraut« von August

Strindberg (29. Oktober 1949, Akademietheater). Seine Inszenierung von Gorkis »Wassa Shelesnowa« hatte im Berliner Ensemble am 23. Dezember 1949 Premiere.

61 *Rezensionen* – Rezensionen der Berliner Aufführung von »Wahn oder Der Teufel in Boston« erschienen am 28. März 1949 im »Premierenspiegel des Berliner Montag«, am 29. März in der »Berliner Zeitung«, am 2. April in »Neues Deutschland« und am 5. April in der »Weltbühne«.

62 *Erfolgen* – S. Brief 60.
mißverständlichen Rezensionen – Bezieht sich auf den Artikel über »Waffen für Amerika«. S. Brief 60 und die sechste Anm. dazu.
»Goya« – Die erste englische Ausgabe erschien 1951 unter dem Titel »This is the Hour. A Goya Novel«, Viking Press, New York. Diese Übersetzung von H. T. Lowe-Porter und Frances Fawcett erschien 1952 bei Hutchinson, London. Feuchtwanger beließ es bei diesem »ersten Band«. Die erste deutsche Ausgabe kam 1951 in Frankfurt a. M. heraus.
Akte der Willkür – Diesbezügliche Äußerungen finden sich mehrfach in Briefen Heinrich Manns aus diesem Jahr. So heißt es in dem Brief vom 27. Mai 1949 an Karl Lemke: »Sehen wird er doch wohl, daß ein ›neofaschistisches‹ Westdeutschland geneigt wäre abzufallen... Im Grunde arbeitet ein Haß, böser als je, weil er die Reue zu verdrängen hat. Man führt sich auf wie unmittelbar vor Hitler. Die herrschende fremde Macht erlaubt und findet nützlich, daß man ausschreitet. Bevor dieses Einverständnis gegeben war, hat man sogar mir Respekt erwiesen. Jetzt kommt im Westen mein Name nicht vor.« (Heinrich Mann, Briefe an Karl Lemke, Aufbau-Verlag, Berlin, 1963.)
»Freud«-Buch – Arnold Zweig arbeitete in den Jahren 1947 bis 1962 an »Freundschaft mit Freud«. Das unveröffentlichte Manuskript befindet sich im Arnold-Zweig-Archiv, Berlin.
»Cosmopolitan Confiserie« – (engl.-franz.) Weltbürgerliche Konditorei.

63 *Nierenanfall* – Wegen einer Nierenerkrankung lag Brecht im Juni und Juli 1949 im St.-Hedwigs-Krankenhaus, Berlin.
den ersten Teil des »Goya« – Feuchtwanger schrieb keinen zweiten.
von dem strengen Brief – Im VII. Kapitel seines Buches »Die Entstehung des Doktor Faustus«, das 1949 im Verlag Bermann-Fischer, Amsterdam, erschien, berichtet Thomas Mann, Brecht habe ihm einen Brief geschrieben, »... streng, vorwurfsvoll, wegen meines Unglaubens an die deutsche Demokratie«.

64 *»Ost und West«* – Die Zeitschrift »Ost und West, Beiträge zu kulturellen und politischen Fragen der Zeit« wurde von Alfred Kantorowicz

herausgegeben. Sie erschien vom Juli 1947 bis zum Dezember 1949 in Berlin. Die Juni-Nummer brachte zum 65. Geburtstag einen »Gruß an Feuchtwanger« von Brecht.

64 *»Die Witwe Capet«* – Das Stück über die letzten Tage der Königin Marie Antoinette vor ihrer Hinrichtung erschien 1956 im Greifenverlag zu Rudolstadt. Die Uraufführung fand am 5. September 1956 im Kleinen Haus der Staatstheater Dresden unter der Spielleitung von Hannes Fischer statt.

»Die Petroleuminseln« – Die Uraufführung fand am 31. Oktober 1927 im Deutschen Schauspielhaus Hamburg statt.

65 *ein kleines Berliner Haus* – Im Mai 1949 hatten Helene Weigel und Brecht das Haus Berliner Allee 190 in Berlin-Weißensee bezogen.

»Wassa Shelesnowa« – S. Brief 60 und die letzte Anm. dazu.

»Herr Puntila und sein Knecht Matti« – Mit dieser Aufführung wurde das Berliner Ensemble am 12. November 1949 eröffnet.

Lenz' »Hofmeister« – Die Premiere der Brechtschen Bearbeitung des 1774 geschriebenen Dramas fand am 15. April 1950 statt.

66 *»Frieden« und die »Acharner«* – Feuchtwanger hatte selbst 1916/17 ein burleskes Spiel mit dem Titel »Friede« nach Aristophanes' »Acharner« und einzelnen Partien der »Eirene« geschrieben. Die erste Buchausgabe erschien im Frühjahr 1918 im Georg Müller Verlag, München.

»Die Petroleuminseln« – Thematisch ist Feuchtwangers Dreiakter »Die Petroleuminseln« seinem Roman »Die häßliche Herzogin« verwandt. Das Schauspiel erschien 1927 in der vom Propyläen Verlag, Berlin, herausgegebenen Sammlung »3 angelsächsische Stücke«. Nach 1945 wurde es vereinzelt an deutschsprachigen Bühnen aufgeführt, z. B. 1950 im Anhaltischen Landestheater Dessau, 1960 im Studententheater Kiel, 1972 im Nationaltheater Mannheim.

67 *»Wahn«* – »Wahn oder Der Teufel in Boston« wurde am 15. März 1949 im Kleinen Theater am Zoo in Frankfurt a. M. uraufgeführt.

»Dreigroschenoper« – Die Aufführung kam in Bonn nicht zustande.

68 *Schnee von Kohlgrub* – Bad Kohlgrub, Kurort im Kreis Garmisch-Partenkirchen.

69 *Eine hübsche Überraschung* – Konnte nicht ermittelt werden.

71 *Schiffbauerdamm-Theater* – Das Berliner Ensemble bezog das Haus am 19. März 1954.

Zeitstück – Erwin Strittmatters »Katzgraben« wurde am 23. Mai 1953 uraufgeführt.

Molières »Don Juan« – Mit der Aufführung von Brechts Bearbeitung von Molières »Don Juan« wurde am 19. März das Theater am Schiffbauerdamm eröffnet. Regie führte Benno Besson.

71 *»Kreidekreis«* – Die Premiere von »Der kaukasische Kreidekreis« war am 7. Oktober 1954.

Chausseestraße – Der Umzug in die Chausseestraße 125 erfolgte im Oktober 1953. Dort befindet sich jetzt das Brecht-Zentrum.

Tuis – Eine Abkürzung von »Tellekt-uell-in«, Silbenvertausch von »intellektuell«. S. auch dritte Anm. zu Brief 20.

Das Gedicht – S. Brief 47 und die Anm. dazu. Das Gedicht wurde abgedruckt in »Lion Feuchtwanger zum 70. Geburtstag. Worte seiner Freunde«, Aufbau-Verlag, Berlin, 1954 und in »Der Greifenalmanach zum 70. Geburtstag Lion Feuchtwangers und zum 35jährigen Bestehen des Greifenverlags«, hrsg. von Karl Dietz, Greifenverlag zu Rudolstadt, 1954.

72 *»Selbst der Chinese ...«* – Abwandlung der Verse in Goethes Epigramm 34b von 1790: »Deutschland ahmte mich nach, und Frankreich mochte mich lesen. / England, freundlich empfingst du den zerrütteten Gast. / Doch was fördert es mich, daß auch sogar der Chinese / Malet mit ängstlicher Hand Werthern und Lotte auf Glas?«

Mainland – (engl.) Festland.

73 *Artikel aus der »Saturday Review«* – Die »Saturday Review«, New York, vom 22. Januar 1955 enthält ein Interview mit Brecht und einen Vergleich zwischen dem Theater in der DDR und in der BRD unter dem Titel »Berlin and Brecht« von Henry Hewes.

Moskauer Friedenspreis – Den Internationalen Stalinpreis »Für Festigung des Friedens zwischen den Völkern«, der seit dem siebzigsten Geburtstag Stalins am 21. Dezember 1949 verliehen wurde, bekam Brecht am 21. Dezember 1954. Er nahm ihn am 25. Mai 1955 in Moskau in Empfang.

neuen Roman – »Die Jüdin von Toledo«, Aufbau-Verlag, Berlin, 1955.

streitbarer Minnesänger – Der Troubadour Bertrand de Born war im zwölften Jahrhundert der bedeutendste Vertreter kriegerischer Poesie.

des Tyrtäischen – Abgeleitet von Tyrtäus (griech. Tyrtaios), dem griechischen elegischen Dichter von Kriegsliedern für die Spartaner im 7. Jh. v. u. Z.

74 *Moskauer Zeitschrift* – »Inostrannaja Literatura«.

»Simones Träume« – »Die Gesichte der Simone Machard«.

Goldwyn Vertrag – Der Vertrag wurde im Februar 1944 mit dem Filmstudio abgeschlossen.

»Simone« ... russisch – Die Übersetzung von I. A. Gorkina erschien 1946 im Staatsverlag, Moskau.

Hilde – Hilde Waldo.

74 *Stalinpreis* – S. die zweite Anm. zu Brief 73.

76 *Leningrad die »Simone«* – Eine Aufführung von »Die Gesichte der Simone Machard« kam nicht zustande.
Übersetzer – Die Übersetzung besorgte I. A. Gorkina.
müsse ein Kind sein – Gemeint ist die Darstellerin der Simone.
H.E. – Hanns Eisler.
»Werbeoffizier« – Die 1706 veröffentlichte Komödie »The Recruiting Officer« des anglo-irischen Dramatikers George Farquhar hieß in der Bearbeitung von Brecht »Pauken und Trompeten«. S. auch die dritte Anm. zu Brief 80.

77 *frischere Luft* – Joseph McCarthy und sein Komitee verschwanden von der politischen Bühne nach dem Verweis durch den Senat in Washington am 2. Dezember 1954.

78 *»English Stage Society«* – (engl.) Britische Bühnengesellschaft.
ob Laughton – S. Brief 79. Zwischen 1944 und 1947 hatte Brecht gemeinsam mit Charles Laughton an der amerikanischen Fassung von »Leben des Galilei« gearbeitet. Das Stück wurde dann unter dem Titel »Galileo« zunächst am 30. Juli 1947 im Coronet Theatre in Los Angeles uraufgeführt, ehe die Inszenierung von New York übernommen wurde. Premiere war am 7. Dezember 1947. Laughton spielte jeweils die Rolle des Galilei.
seit Paris – Das Berliner Ensemble gastierte 1954 mit »Mutter Courage und ihre Kinder« und 1955 mit »Der kaukasische Kreidekreis« in Paris.

79 *a great devotee* – (engl.) ein eifriger Anhänger.
definitely against ... – (engl.) entschieden dagegen, wieder einmal in irgendwelcher Aufführung im West End [von London] aufzutreten.

80 *Marieluise Fleißer* – Sie war im Begriff, sich von ihrem Mann zu trennen. Feuchtwanger sollte sich bei Brecht dafür einsetzen, daß sie eine Rente bekommt. (S. Marieluise Fleißers Brief an Brecht und Feuchtwangers Briefe an Fleißer in: »Materialien zum Leben und Schreiben der Marieluise Fleißer«, hrsg. von Günther Rühle, Edition Suhrkamp, Frankfurt a. M., 1973.)
schlechte deutsche Übersetzungen – Die bekanntesten waren bis 1955 die von Wilamowitz-Moellendorff und von Arnim.
»London Times« eine Rezension – Am 10. Oktober 1955 stand in »The Times«, London, eine wohlwollende Kritik unter dem Titel »Farquhar in East Berlin« und dem Untertitel »The Hidden Hand of Bertolt Brecht« (Brecht hat die Hand im Spiel): »Obwohl Brechts Name nicht genannt wird, tragen Text und Aufführung den Stempel Brechts.« Die Uraufführung von George Farquhars »The Recruiting Officer« (Der Werbeoffizier) in der Bearbeitung von Brecht und un-

ter der Regie von Benno Besson fand am 19. September 1955 im Theater am Schiffbauerdamm statt, und zwar unter dem Titel »Pauken und Trompeten«.

81 *»Kriegsfibel«* – Zwischen 1940 und 1946 schrieb Brecht Epigramme als Texte zu Fotos, auf denen Nazigrößen, Kriegseinwirkungen und Kriegsopfer dargestellt sind. Die Fotoepigramme erschienen 1955 beim Eulenspiegel Verlag, Berlin, unter dem Titel »Kriegsfibel«.

83 *Rezension* – Die Rezension über »Die Dreigroschenoper« vom 21. September 1955 wurde in der »New York Times« von L. F. gezeichnet und lautet »The Threepenny Opera Comes Back«. Lotte Lenya spielte die Jenny in der von Marc Blitzstein überarbeiteten Fassung des Brechtschen Textes. Die Lobrede galt vor allem der Musik von Kurt Weill.

84 *Stück in New York* – »Die Gesichte der Simone Machard« wurde in New York nicht aufgeführt.

85 *Gesundheit* – S. Brief 86.

86 *DDR und dann in Paris* – Der »vage Plan« wurde damals nicht realisiert.

91 *»Nation«* – Am 10. November 1956 erschien Feuchtwangers »The Great Experimenter. Essence of Brecht's Genius« (Der große Experimentierer. Das Wesen von Brechts Genie) in »The Nation«, New York.

»Sinn und Form« – Feuchtwangers Nachruf »Bertolt Brecht« wurde im »Zweiten Sonderheft Bertolt Brecht« von »Sinn und Form«, Berlin, 1957, veröffentlicht.

92 *Steff* – Stefan Brecht.

93 *Silberwölkchen* – Der Chefredakteur der »Abendzeitung«, München, versuchte bei den amerikanischen Behörden Feuchtwangers Teilnahme an der Achthundertjahrfeier Münchens durchzusetzen. S. auch erste Anm. zu Brief 178.

94 *Legal Directory* – (engl.) Rechtsberater-Verzeichnis.

95 *»Simone Machard«* – S. Brief 86.

Aufführung von Buckwitz – S. Brief 51 und die vierte Anm. dazu.

Elisabeth – Elisabeth Hauptmann.

96 *Ruth Berlau ... Ansprüche* – In der »Vereinbarung« vom 7. Februar 1943 heißt es im ersten Absatz: »Bertolt Brecht, Lion Feuchtwanger und Ruth Berlau und Marta Feuchtwanger schreiben zusammen ein Stück mit dem vorläufigen Titel ›Die Gesichte der Simone Machard‹.« Der sechste und letzte Paragraph lautet: »Alle wie immer gearteten Einnahmen aus dem Stück, aus Aufführungen, aus dem Verkauf von Filmrechten, Radiorechten usw., werden so geteilt, daß Bertolt Brecht fünfunddreißig Prozent, Lion Feuchtwanger dreißig Pro-

zent, Ruth Berlau zwanzig Prozent, Marta Feuchtwanger fünfzehn Prozent aus diesen Einnahmen erhalten.« Die Vereinbarung wurde von allen vier »gelesen und unterzeichnet«.

97 *alle Verträge* – Sie befinden sich im Feuchtwanger-Archiv.

98 *»Galilei«* – Feuchtwanger meint die Aufführung in Los Angeles im Juli 1947.

99 *Tel Aviv* – Das Stück wurde am 15. März 1958 in Tel Aviv von der »Habimah«, dem National Theater Israels, aufgeführt. Nach Professor Margarita Pazi, Universität Tel Aviv, war die Bearbeitung erstklassig, die Besetzung »aus der allerersten Reihe«. Simone wurde abwechselnd von Liora Rivlin und Nina Paz gespielt. »Beide waren zwischen 17–18 Jahre alt, vielleicht ein paar Monate weniger. Alles in allem 52 Aufführungen. Ich kann mich erinnern, es gesehen zu haben, auch mir schien damals, ein Kind hätte gespielt, die Frage ist eben, wie lange ist man ein Kind, altersmäßig«, schrieb uns Professor Pazi am 30. Oktober 1985 aus Tel Aviv. Am 28. Februar 1986 teilte uns Professor Pazi mit, sie habe sich »vor kurzem« mit Liora Rivlin unterhalten. Diese sagte aus, sie sei damals 14 Jahre alt gewesen.

100 *damals übersetzen lassen* – Die Übersetzung aus den vierziger Jahren war unzulänglich. Harry Horner hatte angefangen, »Simone« zu bearbeiten. S. die Briefe 103 und 104.

101 *MCA* – Music Corporation of America.

102 *mein Agent* – Für die USA war es Otto Klement.

103 *Methuen Verlag* – Methuen brachte »The Life of Galileo« 1960 und weitere Werke in den sechziger und siebziger Jahren heraus.
New Directions – Der Verlag brachte Werke Brechts nicht heraus.
»Das Leben Eduards II.« – Die Premiere des von Brecht und Feuchtwanger 1923 gemeinsam verfaßten Schauspiels war am 29. Oktober 1958 im Residenztheater, München.

104 *Horner ... in Mexiko* – Als Harry Horner nach Los Angeles zurückkehrte, war Feuchtwanger schon gestorben.
Eure Inszenierung – »Die Gesichte der Simone Machard«, aufgeführt 1957 an den Städtischen Bühnen Frankfurt a. M.
»Kalendergeschichte« in der »Nation« – »The Nation« brachte Brechts »Der Mantel des Ketzers« (»The Heretic's Coat«) in der Übersetzung von Helmut W. Bonheim. Am 3. August 1957 veröffentlichte die Zeitschrift Feuchtwangers Brief an »The Nation«, in dem er die Redaktion für die Publizierung von Brechts Geschichte und Bonheim für die ausgezeichnete Übersetzung lobte.

105 *ein Band zur »Simone«* – Das Tonband mit der Musik von Eisler befindet sich nicht im Feuchtwanger-Archiv.

105 *andere Übersetzung der »Simone«* – Stefan Brecht schrieb in seinen Briefen von »verschiedenen Übersetzungen«, gab aber keine Namen von Übersetzern an.

106 *amerikanische Aufführung von »Simone«* – Die Aufführung kam damals nicht zustande.
»Galilei« – Eine Aufführung kam damals nicht zustande.

Lion Feuchtwanger – Thomas, Katia und Erika Mann

108 *Anfrage des Herrn Rudolf Olden* – Rudolf Olden hatte sich bei Thomas Mann erkundigt, ob er dem neu zu gründenden PEN-Zentrum deutschsprachiger Autoren im Ausland (Nachfolgeorganisation des alten deutschen PEN-Clubs) angehören wolle. S. auch Brief 204. Auf einer Mitgliederliste vom 13. Juli 1937 ist der Name Thomas Manns verzeichnet.

109 *Glückwünsche* – Es war der 60. Geburtstag Thomas Manns.

110 *Bruder war äußerst ermüdet* – Heinrich Mann war nach seiner Flucht von Südfrankreich über Madrid und Lissabon am 13. Oktober 1940 mit dem Schiff »Nea Hellas« in New York angekommen.
Erika … aus England zurück – Erika Mann war am 19. August über New York und Lissabon nach London gereist.
verwitwete Monika – Monika Mann-Lányi befand sich mit ihrer Familie auf dem britischen Kinder-Evakuierungsschiff »City of Benares«, das auf der Überfahrt nach Kanada in der Nacht vom 17. September 1940 von einem deutschen U-Boot torpediert und versenkt wurde. Monika Mann und ihr Sohn konnten gerettet werden; ihr Mann, der ungarische Kunsthistoriker Jenö Lányi, kam ums Leben.

111 *Lieber Lion Feuchtwanger* – S. den Schluß der Anm. zu Brief 47.
auf diesem Büttenpapier – Der Verleger Benjamin Huebsch, Viking Press, New York, hatte Büttenpapier an die Freunde des Jubilars gesandt. Er sammelte die Beiträge und ließ sie für Lion Feuchtwanger binden. Ein erstes Konzept dieses Briefes, datiert »April 1944«, ist in »Thomas Mann Briefe 1937–1947«, Band 2, herausgegeben von Erika Mann, S. Fischer Verlag, Frankfurt a. M., 1963 enthalten.
Ihrem Schloß am Meer – Das Feuchtwangersche Haus liegt im Stadtteil »Castellamare« von Pacific Palisades, Kalifornien.
It's almost as good as Feuchtwanger – (engl.) Es ist beinahe so gut wie Feuchtwanger.

112 *Verlauf Ihrer Krankheit* – Am 24. April 1946 war Thomas Mann im Billings Hospital, Chicago, an einem Lungenabszeß operiert worden. Am 28. Mai kam er wieder nach Pacific Palisades zurück.

112 *neues Kapitel aus Ihrem Roman* – »Doktor Faustus. Das Leben des deutschen Tonsetzers Adrian Leverkühn, erzählt von einem Freunde«, Bermann-Fischer Verlag, Stockholm, 1947.

113 *prächtiges Buch* – Feuchtwangers Roman »Waffen für Amerika« (Die Füchse im Weinberg). Der erste Band erschien 1947 beim Querido Verlag, Amsterdam.
help – (engl.) Hier: Haushaltshilfe.

114 *Aufsatz über Klaus* – Das Manuskript »Lion Feuchtwanger: Anmerkungen zum Werke Klaus Manns«, datiert vom 27. Dezember 1949, befindet sich im Feuchtwanger-Archiv. Der Aufsatz erschien 1950 in dem Band »Klaus Mann zum Gedächtnis«, Querido Verlag, Amsterdam. Feuchtwanger besprach darin Klaus Manns Romane »Mephisto. Roman einer Karriere«, Querido Verlag, Amsterdam, 1936 und »Der Vulkan. Roman unter Emigranten«, Querido Verlag, Amsterdam, 1939.

115 *vorläufige Dankeskarte* – Sie ist nicht im Feuchtwanger-Archiv.
nach den Festivitäten – Thomas Manns 75. Geburtstag am 6. Juni 1950.
bewegend schön gesprochen – Feuchtwanger würdigte Thomas Mann zu dessen 75. Geburtstag mit einer Rede, die er am 7. Juni 1950 in der Channing Hall in Los Angeles hielt. Die Feier wurde vom Deutsch-Jüdischen Klub (»Jewish Club of 1933«) veranstaltet. Das Manuskript »Thomas Mann zum Fünfundsiebzigsten Geburtstag« befindet sich im Feuchtwanger-Archiv in Pacific Palisades, Kalifornien.
Marcuse, wie ich höre – Ludwig Marcuse, als zweiter Festredner, äußerte Bedenken, das Privatleben großer Persönlichkeiten öffentlich zu machen: »Das ist schade um des ungeheuren Ernstes seines Künstlertums willen, dem sein Gewicht genommen wird, wenn die vielen Gewichte der Privatperson es relativieren. Thomas Mann aber ist nicht zum politischen Diplomaten geboren, sondern zum meisterhaften Historiker des späten Bürgertums.« Marcuse forderte, daß man wieder die Aufmerksamkeit auf die Mitte Thomas Manns Schaffens lenken solle. Auszüge seiner Rede »Wer ist Thomas Mann?« erschienen in »Aufbau«, New York, 16. Juni 1950.
Ihrer schönen Arbeit – Feuchtwanger hatte gerade die Arbeit an »Goya oder Der arge Weg der Erkenntnis« abgeschlossen. Der Roman erschien 1951 im Neuen Verlag (Frankfurter Verlagsanstalt), Frankfurt a. M.

116 *der »Goya«* – S. Brief 62 und die dritte Anm. dazu.

117 *K. M.* – Klaus Mann.

117 *der kleine Band* – S. Brief 114 und die Anm. dazu.
prächtige Rede – S. Brief 115 und die dritte Anm. dazu.
Nummer des »Aufbau« – Im »Aufbau«, New York, 16. Juni 1950, Vol. XVI, Nummer 24, erschien der Bericht »Eine interessante Thomas Mann-Feier im ›Jewish Club of 1933‹« von Friedrich Porges.
needless to say – (engl.) es erübrigt sich zu erwähnen.
von ihm haben Sie einen Brief – Es ist der Brief Thomas Manns an Feuchtwanger vom 25. Juni 1950.
auch Marcuse – S. Brief 115 und die vierte Anm. dazu.
»Ofbo« – Die deutsch-jüdische Wochenzeitung »Aufbau«, New York.

118 *Gedächtnisband* – S. Brief 114 und die Anm. dazu.
durch den Entschluß – Feuchtwanger hatte seine Geschäftsbeziehungen zu dem Bermann-Fischer/Querido Verlag N.V., Amsterdam, abgebrochen.
Geburtstagsrede – S. Brief 115 und Anm. drei und vier dazu.
Referat im »Aufbau« – S. Brief 117 und die vierte Anm. dazu.
ihrer Mutter – S. den ersten Absatz in Brief 115.

119 *»German-American«* – »The German-American«, Monatsschrift in deutscher Sprache, VIII, Juli 1950, Nummer 4 brachte Auszüge aus Feuchtwangers Rede »Thomas Mann zum 75. Geburtstag«.
Sätze für Frau Katia – Das Manuskript »Lion Feuchtwanger: Thomas Mann zum fünfundsiebzigsten Geburtstag«, datiert vom 6. Juni 1950, befindet sich im Feuchtwanger-Archiv. Es enthält folgenden Absatz: »Der ruhige Herr, dem es bestimmt schien, sein Leben in Frieden und zumeist am Schreibtisch zu verbringen, ist viel umhergetrieben worden, er hat vieles erlebt, viel Böses und viel Gutes. In guten und in bösen Zeiten, beinahe fünfzig Jahre jetzt, steht ihm seine Frau zur Seite, Frau Katia Mann. Sie alle kennen Frau Katia. Sie geht durch die meisten Bücher Thomas Manns, überaus reizvoll, von behendem Witz, zart und tüchtig zugleich, in ›Königliche Hoheit‹ als die Tochter des amerikanischen Plutokraten, im ›Zauberberg‹ als jene junge russische Dame von fremdartiger Anmut und mit dem geschwinden, etwas ironischen und sehr liebenswerten Französisch, im ›Joseph‹ als die immer nahe und immer ferne zierlich strenge Rahel, die Tochter des Beduinen-Häuptlings, um welche Jakob freit. Frau Katia hat übrigens jüdisches Blut in sich, und unter ihren christlichen Urvätern ist jener Staatsmann Christian Wilhelm von Dohm, dessen Buch ›Über die bürgerliche Verbesserung der Juden‹ als die Bibel der Emanzipation der deutschen Juden bezeichnet wird und der für diese Emanzipation nicht weniger getan hat als Lessing. Frau Katia Mann ist Thomas eine tapfere und umsichtige Hüterin, und es ist bewundernswert, mit wieviel Charme und Beharrlichkeit

sie die zahlreichen lästigen Dinge von ihm abzuhalten weiß, mit denen ein großer Schriftsteller behelligt wird.«

119 *»Aufbau«* – S. die vierte Anm. zu Brief 117.

120 *das Klaus-Mann-Buch* – »Klaus Mann zum Gedächtnis«, Querido Verlag, Amsterdam, 1950.

121 *»Ofbo«* – »Aufbau«, New York.

meine Mutter – Katia Mann lag vom 9. Juni bis zum 13. Juli 1950 in der Klinik Hirslanden, Zürich. S. auch Brief 115.

T.-M.-Ausstellung – Thomas-Mann-Ausstellung. Am 23. August besuchte Thomas Mann die Ausstellung in der Bibliothek der Yale University, New Haven, Connecticut, die zu Ehren seines 75. Geburtstages gezeigt wurde.

San Remi – In 1550 San Remo Drive, Pacific Palisades, befand sich das Haus der Familie Mann in Kalifornien.

122 *Brief an die Immigrations-Behörde* – Am 11. Dezember 1950 hatte Erika Mann einen Brief an den Direktor der Immigrations- und Einbürgerungsbehörde in New York geschrieben, in dem sie ihren Antrag auf Staatsangehörigkeit der USA zurückzog. Dieser Brief ist in Band I »Erika Mann, Briefe und Antworten«, herausgegeben von Anna Zanco Prestel, Edition Spangenberg im Ellermann Verlag, 1984, enthalten.

»Und beim dritten Stiche…« – Zitat aus dem Schauspiel von Edmond Rostand »Cyrano de Bergerac«, erster Akt, vierte Szene (1897).

123 *Ihrer Legende* – Der Roman »Der Erwählte« erschien 1951 beim S. Fischer Verlag, Frankfurt a. M.

Kapitel der Auffindung und im goldenen Schlußkapitel – Kapitel 27, »Die Auffindung«; Kapitel 31, »Die Audienz«.

encomium litterandi – (lat.) Loblied auf das Schreiben.

124 *diesen Katalog* – Nach Auskunft von Hilde Waldo schickte Feuchtwanger des öfteren Bücherkataloge an Thomas Mann mit Angeboten, von denen er glaubte, daß sie ihn interessieren würden.

widerliche Angriffe – In dem Artikel »Thomas Mann's Left Hand« der rechtsextremistischen Publikation »The Freeman«, New York, vom 26. März 1951, hatte Eugene Tillinger, Journalist und Sekretär des »Committee to Prevent World War III« (Ausschuß zur Verhinderung des Dritten Weltkrieges), einer kurzlebigen deutschfeindlichen Organisation, Thomas Mann »kommunistischer Umtriebe« beschuldigt. Diese Angriffe wurden von der Zeitschrift »New Leader« fortgesetzt. Im Juni 1951 beschäftigte sich auch das Repräsentantenhaus mit den Vorwürfen gegen Thomas Mann. Angriffe dieser Art, ausgelöst durch die McCarthy-Gruppe, veranlaßten Thomas Mann, am 26. Juni 1952 endgültig Amerika zu verlassen.

124 *sits smiling to my heart* – (engl.) sitzt lächelnd um mein Herz. Aus Shakespeares »Hamlet«, 1. Aufzug, 2. Szene.

deutsche Presse – Die Rezensenten verhielten sich in der Mehrzahl ablehnend. In »Die Erlanger Universität« vom 13. Juni 1951 beklagte Hans Schwertes u. a. den Mangel an religiöser Ehrfurcht. Friedrich Sieburg überschrieb seine Rezension in »Die Gegenwart« vom 15. März 1951 »In der Sackgasse« und glaubte, mit diesem Buch sei das Ende der Romanform gekommen.

Die schweizerische – Zu denen, die den Roman »als Verteidigung der Humanität oder als Symbol des schöpferischen Menschen« interpretierten, gehörte z. B. Werner Weber mit seiner Rezension in der »Neuen Zürcher Zeitung« vom 31. März 1951.

Die englische Übersetzung – »Der Erwählte« erschien 1951 in der englischen Übersetzung von Helen T. Lowe-Porter unter dem Titel »The Holy Sinner« (Der heilige Sünder) bei Alfred A. Knopf, New York.

sonst ein »eher trockener Mann« – Thomas Mann vergleicht den New-Yorker Verleger Alfred A. Knopf mit Sextus Anicius Probus, einer Figur aus seinem Roman »Der Erwählte«, welcher dort als »ein eher trockener Mann« beschrieben wird.

utterly entrancing – (engl.) äußerst hinreißend.

as sheer narrative... – (engl.) Als reine Erzählung erscheint es mir als vielleicht Ihr bestes Werk.

125 *großen Roman* – »Goya oder Der arge Weg der Erkenntnis«, Neuer Verlag, Frankfurt a. M., 1951.

auf dem Schiff – Thomas und Katia Mann hatten am 10. Juli 1951 New York auf dem Dampfer »De Grasse« verlassen und waren am 19. Juli in Le Havre angekommen.

emergency – (engl.) Notfall.

hic et ubique – (lat.) hier und überall.

126 *Der »Goya«* – S. Brief 60 und die dritte Anm. dazu.

heftig angegriffen – Zum Beispiel M. J. H., »This is the Hour«, »Lewiston Sun«, 5. Juni 1951; Dennis B. McCarthy, »This is the Hour«, »Best Sellers«, Scranton, 1. Juni 1951; Ted Hallock, »What's Goya Doing?«, »Portland Journal«, 3. Juni 1951.

»Book-of-the-Month News« – Henry Seidel Canby, »The Dean of Novelists Recounts a Famous Medieval Tale of Romance, Sin and Expiation« (Der Hervorragendste unter den Romanschriftstellern erzählt eine berühmte mittelalterliche Geschichte von Liebe, Sünde und Versöhnung), »Book-of-the-Month Club News«, August 1951.

»Der Erwählte« – S. Brief 124 und die sechste Anm. dazu.

126 *der »Jean-Jacques«* – Feuchtwangers Roman »Narrenweisheit oder Tod und Verklärung des Jean-Jacques Rousseau« erschien 1952 bei der Frankfurter Verlagsanstalt, Frankfurt a. M.

127 *Beigelegtes...* – Es ist vermutlich der Artikel »Your Colorful Neighbors« von Jacqueline Weaver aus der »Pacific Palisades Post« vom 20. Dezember 1951, in der Feuchtwanger und Charlie Chaplin »idealistischer unamerikanischer« Haltung bezichtigt werden.

Ransom! Blackmail! – (engl.) Lösegeld! Erpressung!

128 *Das meiner Novelle will ich schon lösen.* – Thomas Mann war mit den Vorarbeiten zu der Kurzgeschichte »Die Betrogene« (s. die neunte Anm. zu Brief 135) beschäftigt. Siehe auch die Briefe Thomas Manns an Dr. Frederick Rosenthal vom 5. und 13. Mai 1952 in »Thomas Mann Briefe 1948–1955 und Nachlese«, herausgegeben von Erika Mann, Aufbau-Verlag, Berlin und Weimar, 1968.

129 *Revision der Übersetzung* – Der Roman »Narrenweisheit« wurde von Frances Fawcett übersetzt und erschien 1952 unter dem Titel »'Tis Folly to Be Wise, or Death and Transfiguration of Jean-Jacques Rousseau« bei Julian Messner, New York. Hutchinson, London, brachte den Roman 1954 als »'Tis Folly to Be Wise«.

amerikanischen Verleger gewechselt – Feuchtwanger war von der Viking Press, New York, zu Julian Messner Publishers, New York, gegangen.

Ihren Neffen – Klaus Hubert Pringsheim, Sohn des Zwillingsbruders von Katia Mann.

131 *tapfere und maßvolle Friedenserklärung* – Vor seinem Vortrag »Der Künstler und die Gesellschaft« (s. Thomas Mann, Reden und Aufsätze 2, Frankfurt a. M., 1960) am 18. November 1952 auf Einladung des österreichischen PEN-Clubs in Wien, hatte Thomas Mann eine Pressekonferenz gehalten. Seine Äußerungen waren von der Nachrichtenagentur »Associated Press« in entstellter Form wiedergegeben worden. Der »Aufbau«, New York, veröffentlichte daraufhin in der Nummer 51 von 1952 einen Beitrag Thomas Manns, überschrieben »Bekenntnis zur westlichen Welt«. Thomas Mann schreibt darin, in einer AP-Meldung werde deutlich gemacht, »daß ich mich geweigert hätte, schnell und klar – oder überhaupt – der Idee der westlichen Demokratie den Vorzug zu geben vor der kommunistischen Diktatur... Wie mir von verschiedenen Seiten berichtet wird, hat die heimische Presse überhaupt mich vielfach scharf getadelt –, wegen irgendwelcher Aussprüche, die ich auf jener Pressekonferenz angeblich oder faktisch getan. So scheint meine Mitteilung, die amerikanische Demokratie fühle sich bedroht und der Freiheit seien

augenblicklich dort – zu ihrem eigenen Schutze – gewisse Grenzen gesetzt, groben Anstoß erregt zu haben. Warum? Ist es denn auch wohl ›illoyal‹, einen ›gewissen Konformismus‹ nicht zu bestreiten, der – wiederum als Verteidigungsmittel – in den Staaten für nötig gehalten werde? Spricht man auf einer Pressekonferenz zu erwachsenen, demokratisch erzogenen Menschen, oder sind es verhetzte Buben, an die man sich wendet? ... Ich bin amerikanischer Bürger. Niemals, als solcher – auch wenn es eine ›Presse‹ nicht gäbe –, würde ich es mir einfallen lassen, ›draußen‹ unfreundlich oder gar herabsetzend über ein Land zu sprechen, das das meine ist und dem ich verbunden bleibe, obgleich ich, je später es wird, nur desto dringlicher den physischen Kontakt ganz wiederherzustellen und zu pflegen wünsche mit der alten Erde.«

131 *Präsidentenwahl* – Am 4. November 1952 wurde Dwight D. Eisenhower zum Präsidenten der Vereinigten Staaten von Amerika gewählt.

im Falle Chaplin – Auf Grund von Schwierigkeiten während der McCarthy-Zeit war der seit 1914 in den Vereinigten Staaten lebende Filmschauspieler Charlie Chaplin 1952 in die Schweiz gezogen.

»Narrenweisheit« – S. die letzte Anm. zu Brief 126.

132 *Vorlesungsstunden in Pacific Palisades* – Als Feuchtwanger und Mann Nachbarn im amerikanischen Exil waren, trafen sie sich regelmäßig zu Vorlesungsabenden, um im Freundeskreis aus neuen Werken vorzutragen.

D. – Deutschland.

A. – Amerika.

Thank you, Mr. Hitler! – (engl.) Vielen Dank, Herr Hitler!

Chaplin ist ... hoch gefeiert – Nach der Londoner Premiere seines Films »Limelight« (Rampenlicht) am 16. Oktober 1952 wurden dem Filmschauspieler zahlreiche Ehren zuteil. Er wurde Prinzessin Margaret Rose vorgestellt, nahm an der Königlichen Filmschau teil, gab der BBC (British Broadcasting Corporation) ein Interview. Nachdem er in Paris im September das Offizierskreuz der Ehrenlegion erhalten hatte, verlieh ihm der italienische Orden »Al Merito della Republica« die Insignien eines Grand-Offiziers.

Die Franzosen – Am 16. Dezember 1952 verlieh die französische Regierung Thomas Mann das Offizierskreuz der Ehrenlegion. Der französische Außenminister Robert Schuman reiste im Januar 1953 nach Erlenbach, um Thomas Mann den Orden zu überreichen.

133 *Bibi* – Thomas und Katia Manns Sohn Michael Mann.

high cloudiness and fog – (engl.) hohe Bewölkung und Nebel.

133 *die allgemeine Situation* – Feuchtwanger gebrauchte oft diesen Vergleich mit dem Wetter, um die politische Atmosphäre während der McCarthy-Zeit in den Vereinigten Staaten zu charakterisieren.
die Wahlen – Seit dem 4. November war Dwight D. Eisenhower Präsident der USA. Sein Gegenkandidat war Adlai E. Stevenson.
die Übersetzung – S. die erste Anm. zu Brief 129.
kleine, spaßhafte Sache – Das Dokument wurde am 21. November 1952 ausgestellt.
Zweig hat in einer Ostzeitung – Es ist die Beilage zum Brief Arnold Zweigs an Feuchtwanger vom 24. Januar 1953, nachzulesen in »Lion Feuchtwanger Arnold Zweig, Briefwechsel 1933–1958«, hrsg. von Harold von Hofe, Aufbau-Verlag, Berlin und Weimar, 1984. Der Artikel in Briefform erschien nicht, wie von Arnold Zweig vorgesehen, in der Zeitung der Vereinigung der Verfolgten des Naziregimes »Die Tat«.
von Hanns Eisler – S. den Briefwechsel Feuchtwanger – Lou Eisler vom 17. Oktober bis 8. Dezember 1952 und die Anmerkungen dazu.
Autogramm von Lavater – Der Gruß aus Erlenbach des Schweizer Schriftstellers Johann Kaspar Lavater vom 9. September 1800 befindet sich im Feuchtwanger-Archiv.

134 *Ihrem Manuskript* – Thomas Mann hatte die Arbeit an seinem 1910 begonnenen Roman »Bekenntnisse des Hochstaplers Felix Krull. Der Memoiren erster Teil« wieder aufgenommen. Der Roman erschien 1954 im S. Fischer Verlag, Frankfurt a. M.
Der »Jean-Jacques« – S. die erste Anm. zu Brief 129.
die beiden Buchklubs – Es waren der »Book-of-the-Month Club« (Buch-des-Monats-Klub) und die »Literary Guild« (Literarische Gilde).
too controversial – (engl.) zu polemisch, zu umstritten.
von einem Unbekannten – Gemeint ist die Rezension von Erwin C. Lessner, »›Nature's Nobleman‹ as Hero of a Novel« (Der Edle der Natur als Romanheld), veröffentlicht in »New York Herald Tribune Book Review« vom 10. Mai 1953.
sonst war die Presse gut – Im »Magazine of Books« der »Chicago Sunday Tribune« vom 26. April 1953 schrieb Edmund Fuller »Feuchtwanger's Rich Ironic Novel of Ideas«; Siegfried Mandel in »Saturday Review«, New York, vom 25. April 1953: »Constants of the Tale« (Die Konstanten der Erzählung); Richard Plant in »The New York Times Book Review« vom 10. Mai 1953: »Last Stand of a Dying Philosopher« (Die letzten Tage eines sterbenden Philosophen); anonyme Rezensionen erschienen in »Kirkus«, New York, 1. März 1953 und in »Wisconsin Library Bulletin«, Madison, 26. Mai 1953.

135 *Zeremonie in Cambridge* – Am 4. Juni 1953 verlieh die Universität Cambridge Thomas Mann das Ehrendoktorat.
Coronation – (engl.) Krönung. Die Krönung Elisabeths II. von Großbritannien und Nordirland war am 2. Juni 1953.
nach Hamburg – Am 8. Juni 1953 hielt Thomas Mann eine Ansprache (veröffentlicht in »das nebelhorn«, Hamburg, 12. Juni 1953) und eine Lesung aus »Felix Krull« vor Studenten in der Hamburger Universität; am 9. Juni las er aus »Felix Krull« in der Musikhalle Hamburg auf Einladung der Hamburger Goethe-Gesellschaft.
Chaplin – S. Brief 131 und die dritte Anm. dazu.
»Jean-Jacques« – S. die erste Anm. zu Brief 129.
controversial – (engl.) polemisch; umstritten.
»London Times« – Zum Beispiel in »The Times Literary Supplement«, London, 27. April 1951: anonym »View of the Alcove«, eine negative Kritik zu »Der Erwählte«, sowie in der Ausgabe vom 2. Mai 1952, »An Involved Past«, eine abfällige Bewertung der englischen Ausgabe des genannten Buches, »The Holy Sinner«, ebenfalls abfällig bewertet. Dem anonymen Artikel »A Modern Faustus« vom 14. Februar 1948, der mit großem Unverständnis geschrieben, folgte eine negative und fehlerhafte Kritik über die englische Version des »Doktor Faustus« (Secker und Warburg, London, 1949) am 6. Mai 1949 anonym, »German Abstractions«.
»Laß fahren dahin! Sie haben's kein Gewinn«. – Aus Martin Luthers Lied »Ein feste Burg«.
»Die Betrogene« – Thomas Manns Erzählung »Die Betrogene« erschien zuerst in Fortsetzung in der Stuttgarter Monatsschrift »Merkur«, (Mai–Juli 1953). Die Buchausgabe folgte im gleichen Jahr beim S. Fischer Verlag, Frankfurt a. M.
»Krull« – S. Brief 134 und die erste Anm. dazu.
ihren 70. Geburtstag – Die Feier fand am 24. Juli 1953 im Hotel »Eden au Lac«, Zürich, statt. Thomas Mann hielt eine Rede auf seine Frau, die unter dem Titel »Katja Mann zum Siebzigsten Geburtstag« 1956 in »Nachlese. Prosa 1950–1955« beim S. Fischer Verlag, Frankfurt a. M., erschien.
Erika sorgt – »Meine Mutter Frau Thomas Mann« erschien in der illustrierten Monatsschrift »Annabelle«, Zürich, im Mai 1953.
Gespräch unter vier Augen – Am 29. April 1953 wurde Thomas Mann eine Privataudienz von Papst Pius XII. gewährt.
drei großen Quaker-Colleges – Die Einladung wurde durch Caroline Newton vermittelt, wie aus dem Absagebrief Thomas Manns an Caroline Newton vom 25. Mai 1953 zu ersehen ist. (»The Letters of Thomas Mann to Caroline Newton«, Privatdruck, Princeton Univer-

sity Press, Princeton, 1971.) Es handelt sich vermutlich um die Quaker-Universitäten: Bryn Mawr, Haverford und Swarthmore in Pennsylvanien.

135 *ich fürchte mich* – Thomas Mann fürchtete als »persona non grata« in den Vereinigten Staaten seines Passes verlustig zu werden.

Katja – Obwohl Katharina Mann ihren Kurznamen »Katia« buchstabierte, hielt Thomas Mann an der Version »Katja« fest.

136 *öffentlich zu sagen* – Zum 70. Geburtstag Katia Manns am 24. Juli 1953 schrieb Feuchtwanger »Glückwunsch an Katia Mann«, der am 17. Juli 1953 im »Aufbau«, New York, erschien.

seine Balladen – Feuchtwanger schickte einen Erstdruck des »Musen-Almanach für das Jahr 1798«, Cotta, Tübingen, 1798.

137 *Tommy* – Thomas Mann.

Golo – Golo Mann.

Medi – Elisabeth Mann.

japanische Zwillingsbruder – Klaus Pringsheim, Katia Manns Zwillingsbruder, war jahrelang Dirigent der Kaiserlichen Kapelle in Tokio.

Eri – Erika Mann.

San Remi – S. die letzte Anm. zum Brief 121.

138 *Steinklopferhanns* – Ludwig Anzengruber, »Die Märchen des Steinklopferhanns« (1875).

junger Mensch aus Weimar – Es war im Brief vom 15. Juli 1953 von Hermann-Heinrich Müller, Bibliothekar am Deutschen Theater-Institut in Weimar. Der Briefwechsel zwischen Müller und Feuchtwanger, der die Jahre 1949–1954 umspannt, befindet sich im Feuchtwanger-Archiv.

»Entstehung des Dr. Faustus« – Thomas Mann, »Die Entstehung des Doktor Faustus. Roman eines Romans«, Bermann-Fischer/Querido Verlag, Amsterdam, 1949.

139 *»Die Betrogene«* – S. Brief 135 und die neunte Anm. dazu.

freundschaftliche Widmung – Thomas Mann hatte seine Erzählung »Die Betrogene« Feuchtwanger mit folgender Widmung geschickt: »Unserm Lion in die Hand. / Manche finden's dégoûtant. / Aber ob's den Künstler gibt, / Der nicht das Gewagte liebt? Erlenbach-Zürich 9. X. 53 Herzlich Thomas Mann.«

Nationalpreis – Feuchtwanger wurde 1953 von der DDR mit dem Nationalpreis Erster Klasse für Kunst und Literatur ausgezeichnet.

Becher hatte – S. Brief 264.

United Press – amerikanische Nachrichtenagentur.

statement – (engl.) Äußerung.

140 *Ihren Artikel über Shaw* – »He Was Mankind's Friend« (Er war der Freund der Menschheit), ein Nachruf auf George Bernard Shaw, wurde von Thomas Mann auf englisch gesprochen und vom Dritten Radio-Programm der »British Broadcasting Corporation« am 18. Januar 1951 ausgestrahlt. »The Listener«, London, druckte den Aufsatz am 18. Januar 1951. »Corriere della Sera«, Mailand, brachte ihn unter dem Titel »Bernard Shaw Amico Dell' Umanità« am 22. November 1953. Der deutsche Originaltext erschien unter dem Titel »Bernard Shaw« in »Altes und Neues. Kleine Prosa aus fünf Jahrzehnten« beim S. Fischer Verlag, Frankfurt a. M., 1953.
»Real Estate«-Mann – (engl.) Grundstück- und Häusermakler.

141 *Jenes Gerücht* – Es betraf die angebliche Rückkehr Thomas Manns nach den USA. S. Brief 140.
mesquin – (franz.) dürftig, schäbig.
»Krull«-Memoiren – S. Brief 134 und die erste Anm. dazu.
im Falle des »Joseph« – Thomas Manns Roman-Tetralogie »Joseph und seine Brüder« besteht aus »Die Geschichten Jaakobs«, Berlin, 1933; »Der junge Joseph«, Berlin, 1934; »Joseph in Ägypten«, Wien, 1936; »Joseph der Ernährer«, Stockholm, 1943.
Vorlesung bei Ihnen – Victoria Wolf beschrieb die Lesung im Hause Feuchtwanger in einem Artikel, »Ein Dichter liest vor«, den Thomas Mann in der Ausgabe vom 13. November des »Aufbau«, New York, gelesen hatte.
auf dem Schloß – Die Familie Mann nannte Feuchtwangers Haus in Pacific Palisades »das Schloß« oder »das Schloß am Meer«.
neuen Roman – »Die Jüdin von Toledo«, Aufbau-Verlag, Berlin und Weimar, 1955. Rowohlt, Hamburg, und der Europäische Buchklub, Stuttgart, brachten den Roman 1955 unter dem Titel »Spanische Ballade« heraus. Tonbandaufnahmen dieser Lesung befinden sich im Feuchtwanger-Archiv.
Sonnenreise – Thomas und Katia Mann traten ihre Reise nach Sizilien am 4. Februar 1954 an.
»Was soll der Unsinn« – In seinem Essay »Der alte Fontane«, veröffentlicht in »Die Zukunft«, Berlin, 19. Jg., Heft 1, 1910, hatte Thomas Mann geschrieben: »Er ist siebenzig, als er zu seiner Tochter von der Kraft und Frische spricht, die zum Vergnügen viel mehr noch als zum Arbeiten gehöre, und gesteht, daß die Frage: ›Was soll der Unsinn?‹ ganz und gar von ihm Besitz zu nehmen drohe.« Siehe auch den Brief Fontanes an seine Frau vom 18. September 1898 und die Anmerkung dazu in »Fontanes Briefe in zwei Bänden«, ausgewählt und erläutert von Gotthard Erler, Aufbau-Verlag, Berlin und Weimar, 1980, zweiter Band, S. 435 und S. 480.

142 *Eva* – Eva Herrmann.
es war eine besonders schöne Zeit – Lion und Marta Feuchtwangers Reisen durch Südfrankreich, Italien und Tunesien während ihrer »Wanderjahre« 1912–1914 sind ausführlich geschildert in Marta Feuchtwangers Erinnerungsbuch »Nur eine Frau«, Albert Langen, Georg Müller Verlag, München und Wien, 1983, und Aufbau-Verlag, Berlin und Weimar, 1984.
Dieterle hat mir erzählt – Der geplante biblische »Joseph«-Film kam nicht zustande.
Columbia Studio – »Columbia Pictures Corporation«, Filmatelier in Burbank, Kalifornien.
Ihren »Joseph« – Thomas Manns Tetralogie »Joseph und seine Brüder«.
Ankauf ... für Filmzwecke vereitelten – 1947 wollte Enterprise Productions »Waffen für Amerika« verfilmen, sagte aber den Bankrott an, bevor der Plan verwirklicht werden konnte. In den Vierzigern unterhielt er sich mit Louis B. Mayer über Verfilmung des »Josephus«, aber die Gespräche führten zu nichts.
»Jüdin von Toledo« – S. die siebente Anm. zu Brief 141. Ernst Kaiser und Eithne Wilins übersetzten den Roman ins Englische; er erschien 1956 unter dem Titel »Raquel: The Jewess of Toledo« bei Julian Messner, New York.
»Jean-Jacques« – S. die letzte Anm. zu Brief 126 und die erste Anm. zu Brief 129.
sehr rührende und sehr törichte Presse – »Daily Telegraph«, London, brachte am 29. Januar 1954 eine positive Kritik »Extraordinary Personality of Jean-Jacques Rousseau« von Viola G. Garvin; eine kleine Notiz in »Sunday Times«, London – gezeichnet »J. W. L.« – stellte die Qualität der englischen Übersetzung dieses Romans in Frage.
Erikas Glosse – Der Film »Königliche Hoheit«, nach dem gleichnamigen Roman Thomas Manns von 1909, an dessen Herstellung Erika Mann mitgearbeitet hatte, wurde 1953 unter der Regie von Harald Braun gedreht. Erika Manns Artikel »Thomas Mann verfilmt«, zur Uraufführung des Films am 22. Dezember 1953 in Frankfurt a. M., erschien am 8. Januar 1954 in »Aufbau«, New York.
Stimme aus dem Gebirge – Zu ihrem eigenen Vergnügen improvisierte Erika Mann gelegentlich auf dem Tonbandgerät. Dabei spielte sie zwei Rollen: die des Herrn Roßgoderer, Kommentator der oberbayerischen Rundfunkstation »Das Wort aus dem Gebirge«, und die seiner Gesprächspartnerin, Frau Motzknödel. Eine Schallplatte »Erika Mann. Improvisierte Scherze. Eine Erinnerung für ihre Freunde«, mit der Aufnahme eines solchen Zwiegespräches, befindet sich im

Feuchtwanger-Archiv. Sie wurde vom Studio für Grammophonaufnahmen, W. H. von der Mühll, Zürich, aufgenommen.

143 *»Jüdin von Toledo«* – S. die siebente Anm. zu Brief 141.

»Jean Jacques« – S. die erste Anm. zu Brief 129.

Medi – Elisabeth Mann-Borgese, Tochter von Thomas und Katia Mann.

»Joseph«-Films – S. die dritte Anm. zu Brief 142.

Il faut vivre, parbleu! – (franz.) Er muß doch auch leben!

Amenophis – Amenophis IV. Echnaton (herrschte 1361–1347 v. u. Z.), ägyptischer König der 18. Dynastie, der an Stelle der alten Religion den monotheistischen Sonnenkult (Atonkult) einführte.

ähnliche Enttäuschungen – S. die sechste Anm. zu Brief 142.

144 *Evas Haus* – Eva Herrmanns Haus im Rustic Canyon in Santa Monica erlitt durch eine Schlammlawine, die durch des Wohnzimmer gerollt war, erheblichen Schaden.

»Jüdin von Toledo« – S. die siebente Anm. zu Brief 141 und die siebente Anm. zu Brief 142.

145 *arme Eva* – Eva Herrmanns Haus und Garten konnten mit viel Unkosten wiederhergestellt werden. »Kondolenzbrief« bezieht sich lediglich auf den materiellen Schaden.

»Die Betrogene« – S. die neunte Anm. zu Brief 135. Die Erzählung erschien in englischer Übersetzung von Willard Ropes Trask als »The Black Swan« (Der schwarze Schwan) bei Secker und Warburg, London, 1954, und bei Knopf, New York, 1954. »The Times Literary Supplement«, London, lobte die Übersetzung in dem Artikel »Soldiering On«, 15. Oktober 1954.

erste Teil der »Krull«-Memoiren – Das Kapitel »Krull verteidigt die Liebe« veröffentlichte »Die Neue Rundschau«, Frankfurt a. M., Jg. 65, Heft 1, 1954. Der Roman erschien 1954 beim S. Fischer Verlag, Frankfurt a. M.

wechselseitige Vorlesungen – S. Brief 132 und die zweite Anm. dazu.

146 *mit dem Wort Kilchberg* – Conrad Ferdinand Meyer lebte in Kilchberg und starb dort 1898.

»Goya«-Film – Der ursprünglich mit dem Titel »Goya« angekündigte Film »The Naked Maja« wurde 1959 fertiggestellt. Er erschien als Titanus-Filmproduktion durch den »United Artists«-Filmverleih, USA; Regie: Henry Koster, Drehbuch: Norman Corwin und Georgio Prosperi, basierend auf der Film-Story von Talbot Jennings und Oscar Saul.

die merkwürdige soziologische Ausdeutung – Max Schroeder veröffentlichte »Die Betrogene«, eine Rezension über die gleichnamige Erzählung Thomas Manns, in der Zeitschrift »Aufbau«, Berlin, Heft 4,

1954. Darin heißt es u.a.: »Thomas Mann gibt in diesem Spätwerk nachdrücklich der Wahrheit die Ehre, daß die Frau im Kapitalismus in besonderer Weise ausgebeutet, unterdrückt und ›betrogen‹ wird ... Mit der ›Betrogenen‹ zieht Thomas Mann einen Schlußstrich unter die Geschichtslüge, die bürgerliche Gesellschaft sei eine ›natürliche‹, gar eine ›vernünftige‹ Ordnung, sie könne im privaten Glück Harmonie gewähren.«

146 *Heinrich* – Heinrich Mann.

147 *Feuchtwanger ... Freund* – Dieser Brief ist Teil eines Buches, welches Feuchtwanger zum siebzigsten Geburtstag von seinen Freunden überreicht wurde. Dieser unveröffentlichte Band mit zum großen Teil handgeschriebenen Beiträgen befindet sich im Feuchtwanger-Archiv.

in langjähriger Nachbarschaft – Von 1941 bis 1953 wohnten die Familie Mann und Marta und Lion Feuchtwanger in Pacific Palisades, Kalifornien, in unmittelbarer Nachbarschaft.

für ein Schweizer und deutsch-amerikanisches – »Freund Feuchtwanger« erschien in »Aufbau«, Berlin, Heft 7, 1954, im Band »Lion Feuchtwanger zum 70. Geburtstag« des Aufbau-Verlags, Berlin und Weimar, 1954, und »Aufbau«, New York, 2. Juli 1954. Die »Weltwoche«, Zürich, brachte den Aufsatz ebenfalls am 2. Juli 1954.

148 *Mielein* – Kosename der Familie Mann für Katia Mann.

Tommy – Thomas Mann.

Schloß am Meer – S. die dritte Anm. zu Brief 111.

149 *gewisse Ehrungen* – Nach Verleihung des Nationalpreises der DDR 1953 verlieh 1954 die Humboldt-Universität zu Berlin Feuchtwanger die Ehrendoktorwürde. Die »Los Angeles Times« vom 6. Juli 1954 brachte einen kurzen Artikel »Novelist Feuchtwanger Awarded Berlin Degree« (Romanschriftsteller Feuchtwanger wird Berliner akademischer Grad verliehen).

seine Glückwünsche – S. Brief 147 und die erste Anm. dazu.

150 *die schönen Worte* – S. Brief 147.

Telegramme und Ehrungen aus dem Osten – Zu seinem siebzigsten Geburtstag erhielt Feuchtwanger Glückwünsche u.a. von dem Präsidenten der Deutschen Demokratischen Republik, Wilhelm Pieck, der telegraphierte: »... Das deutsche Volk verehrt in Ihnen einen seiner bedeutendsten lebenden Dichter, dessen Werk uneingeschränkt den Idealen des Friedens, der Demokratie und des Humanismus dient ...«, sowie von dem Ministerpräsidenten Otto Grotewohl, welcher schrieb: »... Wir verehren in Ihnen einen Schriftsteller, der jederzeit unerschrocken und kompromißlos der Barbarei des Faschismus entgegengetreten ist, der in seiner Liebe zu den arbeitenden

Menschen wie in der Freundschaft zur Sowjetunion und zu allen friedliebenden Völkern unerschüttert für die humanistischen Ideale der fortschrittlichen Menschheit wirkt. Dafür danken wir Ihnen an Ihrem 70. Geburtstage...« Von Johannes R. Becher, der im Namen des Ministeriums für Kultur als dessen Minister gratulierte, von Wolfgang Langhoff im Namen des Deutschen Theaters, Berlin, von Bertolt Brecht und von Ilja Ehrenburg, Alexander Fadejew, Alexej Surkow und Konstantin Simonow aus Moskau. Die juristische Fakultät der Humboldt-Universität zu Berlin verlieh Feuchtwanger »anläßlich seines 70. Geburtstags und in Würdigung seiner literarischen Gestaltung des Befreiungskampfes bedrängter Nationen, seiner Darstellung des Volkes als Vollstrecker der Gesetze der Geschichte, seiner unablässigen Forderung nach sozialer Gerechtigkeit und der damit geleisteten bedeutsamen Beiträge zur Lösung historischer und gegenwärtiger Aufgaben der deutschen Staats- und Rechtswissenschaft« den Doktor der Rechtswissenschaft ehrenhalber.

150 *was aus Westdeutschland kam* – Der Präsident der Bayerischen Akademie der Künste, Emil Preetorius, schickte ein kurzes Glückwunschtelegramm an Feuchtwanger.

Jener unselige »Joseph« – S. Briefe 142 und 143.

151 *mit dem »Krull«* – Thomas Manns Roman »Bekenntnisse des Hochstaplers Felix Krull«, Frankfurt a. M., 1954.

im Speisewagen – Drittes Buch, fünftes Kapitel.

Vorlesung über die Liebe – Drittes Buch, zehntes Kapitel.

»Daily News« – Der deutsche Originaltext »Thomas Manns neues Buch« von Feuchtwanger befindet sich im Feuchtwanger-Archiv. Die »Los Angeles Daily News«, Los Angeles, brachte die Rezension in der englischen Übersetzung von Stanley R. Townsend in ihrer Weihnachtsausgabe vom 6. Dezember 1954 unter dem Titel »Mann Makes Sport of Congenial Scoundrel« (Mann hat seinen Spaß mit einem sympathischen Gauner). Siehe auch »Felix Krull, ein bürgerlicher Schelm«, in »Neue Deutsche Literatur«, Berlin, 1955, Heft 2.

above the heads – (engl.) über die Köpfe hinweg.

»Jüdin von Toledo« – S. die siebente Anm. zu Brief 141.

politische Angriffe gegen mich – Im Rahmen der Fahndungen seitens der US-Regierung nach »unamerikanischen Umtrieben« stand Feuchtwanger unter Bewachung des FBI (Federal Bureau of Investigation); s. auch Brief 146.

Los Angeles Times – »Zürich Proves Tourist Magnet«, von Marvin Miles, in »Los Angeles Times« vom 25. November 1954.

152 *kleinen Aufsatz* – S. Brief 151 und die vierte Anm. dazu.

153 *herzlichen Artikel* – S. Brief 151 und die vierte Anm. dazu.
En attendant le plaisir... – (franz.) In Erwartung des Vergnügens, Sie zu lesen.
»Jüdin von Toledo« – S. die siebente Anm. zu Brief 141.

154 *zu Ihrem Geburtstag* – Am 6. Juni 1955 beging Thomas Mann seinen 80. Geburtstag. Aus diesem Anlaß brachte der »Aufbau«, New York, am 12. Juni einen Glückwunsch von Lion Feuchtwanger.
Arnold Zweig berichtete mir – Siehe den Brief Arnold Zweigs an Feuchtwanger vom 23. Mai 1955 in »Lion Feuchtwanger Arnold Zweig, Briefwechsel 1933–1958«, herausgegeben von Harold von Hofe, Aufbau-Verlag, Berlin und Weimar, 1984.
wunderbare Rede – Am 14. Mai 1955 hatte Thomas Mann auf der Feier zum 150. Todestag Friedrich Schillers im Deutschen Nationaltheater Weimar den Festvortrag »Versuch über Schiller« gehalten.

157 *»Versuch über Schiller«* – Die Rede zum 150. Todestag Friedrich Schillers erschien 1955 beim Aufbau-Verlag, Berlin und Weimar.
»Jüdin von Toledo« – S. die siebente Anm. zu Brief 141.

158 *Anteilnahme* – Beileidstelegramm zum Tode Thomas Manns am 12. August 1955.

159 *»Joseph«* – Die Roman-Tetralogie »Joseph und seine Brüder« von Thomas Mann. S. auch die vierte Anm. zu Brief 141.
für die »Nation« – Lion Feuchtwanger, »Thomas Mann Rode Forth. The Cost of Greatness«, in: »The Nation«, New York, 3. September 1955. Der deutsche Originaltext »Thomas Mann« befindet sich im Feuchtwanger-Archiv. Er erschien unter dem Titel »Kampf ohne Ende« in »Aufbau«, New York, 19. August 1955. Am 26. Januar 1956 brachte die »Neue Zeit«, Moskau, den Nachruf unter dem Titel »Gedenkrede für Thomas Mann«.

160 *amerikanischer »Krull«-Presse* – Thomas Manns Roman »Die Bekenntnisse des Hochstaplers Felix Krull. Der Memoiren erster Teil«, S. Fischer Verlag, Frankfurt a. M., 1954, erschien in der englischen Übersetzung von Denver Lindley als »Confessions of Felix Krull, Confidence Man: The Early Years« bei Knopf, New York, 1955. Vor dem 17. September 1955 erschien die Besprechung »A Bourgeois Eros« von Joseph Bennett in »Hudson Review«, New York, Frühjahr 1955; weitere Rezensionen waren von F. E. Hirsch in »Library Journal«, New York, August 1955 und anonym in »Kirkus«, New York, 15. Juli 1955 abgedruckt. Die folgenden Blätter brachten: »An Old Man's Art«, »Time«, Chicago, New York, 19. September 1955; Carlos Baker, »Education by Escapade«, »Nation«, New York, 1. Oktober 1955; Fanny Butcher in »Chicago Tribune«, Chicago, 18. September 1955; Frederick W. Dupee, »Thomas Mann's Farewell«,

»New Leader«, New York, 12. Dezember 1955; Maxwell Geismar, »The Fulfillment of the Artist«, »New York Times Book Review«, New York, 18. September 1955; Brendan Gill, »Last Performance«, in »New Yorker«, 1. Oktober 1955; Douglas Hewitt, »Last Word«, in »Manchester Guardian«, New York, 1. November 1955; Granville Hicks, »Thomas Mann: A Summing Up«, in »New York Post«, 9. Oktober 1955; John K. Hutchens, »Confessions of Felix Krull«, in »New York Times«, 19. September 1955; Victor Lange, »The Somber and the Satiric«, »New Republic«, Washington, D. C., 3. Oktober 1955; Siegfried Mandel, »Twentieth Century Knave«, in »Saturday Review«, New York, 17. September 1955; »Thomas Mann's Farewell«, in »Atlantic Monthly«, Boston, Oktober 1955; Robert Peel in »Christian Science Monitor«, Chicago, 22. September 1955; Henry Popkin, »Thomas Mann's Latest Novel«, in »Commonwealth«, New York, 7. Oktober 1955; Orville Prescott, »Confessions of Felix Krull, Confidence Man«, in »New York Times«, 19. September 1955; Maurice Richardson, »Confessions of Felix Krull«, in »New Statesman and Nation«, New York, London, 5. November 1955; Richard Scowcroft, »Thomas Mann: Felix Krull«, in »San Francisco Chronicle«, San Francisco, 25. September 1955; Richard Winston, »Thomas Mann's Latest Novel Reveals Him as a Great Humorous Writer«, in »New York Herald Tribune Book Review«, 18. September 1955.

160 *Ihren ... Aufsatz* – S. Brief 151 und die vierte Anm. dazu.
Dieu merci – (franz.) Gott sei Dank.
je m'excuse – (franz.) ich entschuldige mich.
Z. – Zauberer; Name der Kinder Thomas Manns für ihren Vater.
Michaels Bübchen – Anthony (Toni) und Fridolin (Frido) Mann, Enkel von Thomas und Katia Mann.
T.-M.-Stiftung – Der literarische Nachlaß Thomas Manns und die Ausstattung seines Schreibzimmers in Kilchberg wurden von den Erben des Schriftstellers am 11. Juni 1956 der Eidgenössischen Technischen Hochschule in Zürich geschenkt. Die Bestände befinden sich im »Schönenberg«, dem sogenannten »Bodmer-Haus« in Zürich.
Mielein – Katia Mann.
»Betrachtungen« – Thomas Mann, »Betrachtungen eines Unpolitischen«, Berlin, 1918. Zur Neuausgabe, die 1956 bei S. Fischer, Frankfurt a. M., erschien, hatte Erika Mann die Einleitung geschrieben.

161 *Eva* – Eva Herrmann.

162 *einige russische Schriftsteller* – Im Rahmen einer vom Auswärtigen Amt der USA gebilligten Reise durch die Vereinigten Staaten hiel-

ten sich die sowjetischen Schriftsteller und Journalisten Wiktor Poladski, Walentin Bereshkow, Nikolai Gribatschow, Boris Polewoi, Alexei Adshubei und Anatolij Sofronow vom 2. bis zum 6. November 1955 in Süd-Kalifornien auf. Sie wurden von dem Vertreter des Außenministeriums der USA Frank L. Kluckhohn betreut und von den Übersetzern Edmund O. Glenn, Andrew de Tschibatchef und, für die deutsche Sprache, Boris Izakow begleitet. Sie besuchten Feuchtwanger am 4. November 1955 auf Einladung des »American Russian Institute« in Los Angeles. Die »Los Angeles Evening and Herald Express« berichtete darüber am 4. November 1955 unter der Schlagzeile »L. A. Writer Listed as Red Fetes Russ«. (Los Angeles Schriftsteller, der als Roter gilt, feiert Russen.) In der Ausgabe vom 5. November 1955 brachte die »Los Angeles Times« den Artikel »Touring Russ Editors See L. A. at Work. Inspect Auto Plant, Visit Novelist in Pacific Palisades« (Reisende russische Redakteure sehen Los Angeles bei der Arbeit. Sie besichtigen eine Autofabrik und besuchen Schriftsteller in Pacific Palisades).

162 *Aufsatz über Thomas Mann* – S. Brief 159 und die zweite Anm. dazu.
»Jüdin von Toledo« – S. Brief 142 und die siebente Anm. dazu.
Rohübersetzung ... für Filmzwecke – Feuchtwanger hatte die Option, den Roman zu verfilmen, an die Filmgesellschaft Metro-Goldwyn-Mayer verkauft. Ein Film wurde jedoch nicht gedreht.

163 *Aufsatz in der »Nation«* – S. Brief 159 und die letzte Anm. dazu.
»Jüdin von Toledo« ... Buchgemeinschaft – S. Brief 141 und die siebente Anm. dazu.
Philemon und Baucis – Ehepaar der griechischen Sage, welches Zeus gastfreundlich aufnahm und sich als Lohn den gleichzeitigen Tod erbat. Philemon wurde in eine Eiche, Baucis in eine Linde verwandelt.
Bibis – Katias Sohn Michael und seine Frau Gret. Die beiden Kinder: Anthony (Toni) und Fridolin (Frido).
Medi – Elisabeth Mann.
Walters – Bruno und Lotte Walter.

164 *eines Büchleins* – Erika Mann, »Das letzte Jahr. Bericht über meinen Vater«, S. Fischer Verlag, Frankfurt a. M., 1956.
»Jüdin« – Der Roman »Die Jüdin von Toledo«.

165 *Büchlein* – S. Brief 164 und die erste Anm. dazu.

166 *das angekündigte Büchlein* – S. Brief 164 und die erste Anm. dazu.
das Grauen Ihres Alptraums – In ihrem Buch »Das letzte Jahr. Bericht über meinen Vater«, Frankfurt a. M., 1956, beschreibt Erika Mann auf den Seiten 61–63 einen Wachtraum, in dem sie vierzehn Monate vor Thomas Manns Tod ihren Vater hatte sterben sehen.

167 *»Nachlese«* – Thomas Mann, »Nachlese. Prosa 1951–1955«, S. Fischer Verlag, Frankfurt a. M., 1956. Katia Manns Widmung lautet: »Den lieben Freunden Lion und Marta mit allen guten Wünschen. Katia. Kilchberg, Oktober 1956.«
die schönen Worte zu Ihrem siebzigsten – S. Brief 135 und die elfte Anm. dazu.

168 *»Jüdin von Toledo«* – S. Brief 141 und die siebente Anm. dazu.
Verhaftung unseres Freundes Janka – Walter Janka wurde am 7. Dezember 1956 wegen »Leitung einer staatsfeindlichen Gruppe, die das Ziel verfolgt, die Regierung Otto Grotewohl, Walter Ulbricht und Johannes Dieckmann zu stürzen, das Politbüro der SED unter Führung von Walter Ulbricht, Otto Grotewohl, Karl Schirdewan und Hermann Matern gewaltsam zu beseitigen« verhaftet.
Johannes R. – Johannes R. Becher.
Golo – Golo Mann.
die in Mexiko – Walter Janka hatte von 1941 bis 1946 in Mexiko im Exil gelebt.
Eva – Eva Herrmann.
»Krull«-Film – Der Film »Felix Krull« wurde 1957 von Filmaufbau GmbH, Göttingen, gedreht.

169 *an Grotewohl geschrieben* – Am 1. Februar 1957 hatte Feuchtwanger an den Ministerpräsidenten Otto Grotewohl geschrieben: »Wenn man die kulturellen Errungenschaften der Deutschen Demokratischen Republik aufzählt, dann steht der Aufbau-Verlag mit an erster Stelle, und wer an deutscher Literatur interessiert ist, weiß, welch hervorragenden Anteil Janka an der schönen Entwicklung dieses Verlages hat. Mir selber ist unbekannt, was mit Janka geschehen ist. Aber die Briefe, die ich erhalte, zeigen mir, wie tief sein Schicksal viele ehrliche Freunde der Republik beunruhigt. Diesen Freunden wäre es eine Erleichterung, wenn die Deutsche Demokratische Republik Aufklärung geben wollte über das Schicksal eines Mannes, der als einer ihrer besten Repräsentanten betrachtet wird.«
Sie kennen ja die Gründe – Feuchtwanger war es nicht gelungen, die Staatsbürgerschaft der USA zu erhalten. Als Staatenloser, der seit Jahren als »un-American« überwacht wurde, bestand die Gefahr, daß ihm bei einer Ausreise aus den Vereinigten Staaten die Rückkehr verweigert würde.

170 *Antwort von Grotewohl* – Am 8. Februar 1957 hatte Ministerpräsident Otto Grotewohl an Feuchtwanger geschrieben: »Sie wissen, welche Fragen durch die Ereignisse in Jugoslawien, Ungarn und Polen in den letzten Monaten in Europa entstanden sind. Janka ist im

Zusammenhang mit einer konterrevolutionären Gruppenbildung in der Deutschen Demokratischen Republik verhaftet worden. Das Untersuchungsverfahren ist noch nicht abgeschlossen. Die exakte Durchführung des Untersuchungsverfahrens und gegebenenfalls eines Gerichtsverfahrens macht es mir unmöglich, in ein schwebendes Verfahren einzugreifen. Ich hoffe, daß ich Ihr Einverständnis zu meiner Auffassung voraussetzen darf.«

172 *schöne Ausgabe des »Goya«* – Lion Feuchtwanger, »This is the Hour. A Novel about Goya, Illustrated by Himself«, The Heritage Press, New York, 1956. Diese amerikanische Ausgabe des »Goya«-Romans, übersetzt von H. T. Lowe-Porter und Frances Fawcett, enthält zweihundert Reproduktionen von Zeichnungen, Radierungen und Gemälden Goyas, die von J. B. Neumann ausgesucht und arrangiert wurden.

nightletter – (engl.) Telegramm.

der Prozeß gemacht – Der Prozeß gegen Wolfgang Harich fand Anfang März 1957 vor dem ersten Strafsenat des Obersten Gerichts der DDR statt.

173 *Advise strongly* – Rate dringend davon ab, im Falle Janka mehr Druck auszuüben, bevor die Haltung der Regierung klarere Form annimmt. Ich fürchte, daß im Augenblick öffentliche Intervention mehr Schaden als Nutzen bringen würde. Brief folgt. Freundlichste Grüße Feuchtwanger.

174 *depeschierte* – S. vorhergehende Anm.

175 *9. Februar 1957* – Dieser Brief wurde irrtümlicherweise auf den 9. Februar datiert. Dem Inhalt nach wurde er am 9. März geschrieben.

telegraphieren und noch einmal zu schreiben – S. Telegramm 173 und den Brief 174.

beiden Ausschnitte – »Die Tat«, Zürich, brachte am 8. März 1957 die Notiz »Prozeß gegen ostdeutsche Nationalkommunisten« (United Press) und am 9. März 1957 »Der Prozeß gegen Harich« (Reuter).

NZZ – »Neue Zürcher Zeitung«.

»Krull«-Film – S. Brief 168 und die letzte Anm. dazu.

Walters sympathischer Schwiegersohn – Der Schauspieler Karl Ludwig Lindt war mit der ältesten Tochter des Dirigenten Bruno Walter, Lotte, verheiratet.

Jean Louis – Ein Freund Eva Herrmanns.

176 *Aus Wien ... einen Zeitungsausschnitt* – In der »Österreichischen Volksstimme«, Wien, erschien »Urteil über Harich«.

»Krull«-Film – S. Brief 168 und die letzte Anm. dazu.

177 *Ihr Schreiben vom 30. März* – Katia Mann bezieht sich auf Feuchtwangers Brief vom 15. März 1957.

177 *Verlauf des Harich-Prozesses* – Wolfgang Harich wurde am 9. März 1957 vom ersten Strafsenat des Obersten Gerichts der DDR »wegen Verbrechen gegen Artikel 6 der Verfassung der DDR« zu zehn Jahren Zuchthaus verurteilt.

vom Fleck weg verhaftet – Die »Neue Zürcher Zeitung« hatte am 11. März 1957 unter der Überschrift »Urteil gegen Harich in Ostberlin« gemeldet: »Während der Prozeßverhandlungen wurden die beiden Redaktoren der kommunistischen Kulturzeitschrift ›Sonntag‹, Gustav Just und Heinz Zöger, sowie der Rundfunkkommentator Richard Wolf als Zeugen einvernommen und anschließend im Gerichtssaal verhaftet.«

Medi – Elisabeth Mann-Borgese.

»Münchner Illustrierten« – Die Erzählung von Hans Kafka, »Welt und Kaffeehaus. Eine nicht ganz ernste Geschichte«, war in der »Münchner Illustrierten Presse«, Nummer 50, 14. Dezember 1930 veröffentlicht worden.

»Krull«-Memoiren – S. die erste Anm. zu Brief 134. Die Klage Kafkas wurde von den Gerichten abgelehnt.

178 *kleine Aussicht* – Um es Feuchtwanger zu ermöglichen, an der Achthundertjahrfeier der Stadt München (Juni bis Dezember 1957) teilzunehmen, hatte sich der Chefredakteur der »Abendzeitung«, München, durch »Auswärtige Presse e. V.« bei den amerikanischen Behörden eingesetzt. Auch war in den USA in diesen Monaten die Rede von einer Lockerung, die sich aber erst in dem Erlaß des Kongresses vom 11. September 1957 auswirkte, wonach u. a. Sondervisen für »aus der Heimat vertriebene Deutsche« ausgegeben werden sollten.

Erfolg des »Krull« – S. letzte Anm. zu Brief 168 und die erste Anm. zu Brief 134.

amerikanische Taschenausgabe – Thomas Mann, »Confessions of Felix Krull, Confidence Man«, A Signet Book, The New American Library, New York, 1955.

Münchner Zeitung – Die »Abendzeitung«, München, vom 5. Juli 1957, brachte den Artikel »Literaturpreis für Feuchtwanger umstritten. Kommt es zu einer Kampfabstimmung im städtischen Kulturausschuß?«

den Preis ... erhalten – Zahlreiche Glückwunschtelegramme waren den offiziellen Benachrichtigungen durch den Kulturreferenten und den Oberbürgermeister der Landeshauptstadt München vorausgegangen. Am 12. Juli 1957 schrieb Oberbürgermeister Wimmer an Feuchtwanger: »Wir freuen uns, Ihnen mitteilen zu können, daß der Kulturausschuß des Stadtrats ... Ihnen den Literaturpreis für das

Jahr 1957 zuerkannt hat.« Der Preis war mit einer Zuwendung von 3000,– DM verbunden. Feuchtwanger schrieb am 12. August 1957 an den Oberbürgermeister Wimmer: »Überweisen Sie bitte die eine Hälfte im Betrag von fünfzehnhundert Mark dem Schutzverband Deutscher Schriftsteller, die andere der Münchner Studentenzeitung ›Profil‹.«

179 *wie schlecht die Herrschaften in München rechnen können* – Der in der vierten Anm. zu Brief 178 zitierte Artikel beginnt: »Der 74jährige Schriftsteller...«; Feuchtwanger hatte am 7. Juli seinen dreiundsiebzigsten Geburtstag gefeiert.

Frido und Toni – Fridolin und Anthony Mann, Enkelkinder Katia Manns.

bei den Eltern – Michael und Gret Mann.

Drehbuch für »Buddenbrooks« – Thomas Manns Roman »Buddenbrooks. Verfall einer Familie«, Berlin, 1901, wurde von Filmaufbau GmbH Göttingen 1959 verfilmt. Erika Mann und Harald Braun schrieben das Drehbuch zu diesem zweiteiligen Film.

Lehrtätigkeit – Golo Mann hatte von 1947 bis 1957 eine Professur für Geschichte am Claremont Men's College (heute C. McKenna College) in Claremont, Kalifornien.

Monikens – Monika Mann-Lányi.

Janka – Der Prozeß gegen Walter Janka begann am 23. Juli 1957 vor dem ersten Strafsenat des Obersten Gerichts der DDR in Berlin. Am 26. Juli wurde Walter Janka »wegen Boykotthetze im Sinne des Artikels 6 der Verfassung der DDR« zu fünf Jahren Zuchthaus verurteilt. Ihm waren »Anschläge gegen den Bestand des Staates« vorgeworfen worden. Walter Janka schreibt dazu in seinen Erinnerungen »Schwierigkeiten mit der Wahrheit«, Rowohlt Taschenbuch Verlag GmbH, Reinbek bei Hamburg, 1989, und Aufbau-Verlag, Berlin und Weimar, 1990: »Der Hauptangeklagte Janka und sein Verteidiger, Rechtsanwalt Friedrich Wolff, hatten im Gegensatz zu Harich und dessen Verteidiger die Anklage in allen Punkten zurückgewiesen und Freispruch gefordert... Zu keiner Zeit hat Janka mit konspirativen Plänen gegen die geltenden Gesetze verstoßen. Wie in den endlosen Voruntersuchungen haben er und sein Anwalt – entgegen den Behauptungen des Generalstaatsanwalts – klar zum Ausdruck gebracht, daß seine Kritik nicht auf Rücknahme der sozialistischen Verhältnisse orientiert war, sondern auf die Festigung und Vermenschlichung.«

180 *Lola Sernau* – Der Brief befindet sich nicht im Feuchtwanger-Archiv.

181 *kleinen Operation* – Feuchtwanger hatte sich einer Prostata-Operation unterziehen müssen.

181 *Verhöre vor den Behörden* – Am 15. Februar 1941 hatte Feuchtwanger offiziell erklärt, daß er amerikanischer Staatsbürger werden wolle; er stellte den Antrag auf Einbürgerung am 5. März 1948. Während der McCarthy-Periode wurde er ständig überwacht und häufig von der Immigrations- und Einbürgerungsbehörde vernommen. Die amerikanische Staatsbürgerschaft erhielt er nicht.
under active consideration – (engl.) Etwa: Der Fall wird weiterhin bearbeitet.
von dem Münchner Stadtrat – Auf Antrag der CDU-Fraktion distanzierte sich der Münchner Stadtrat in einer Sitzung am 5. November 1957 von der politischen Haltung Feuchtwangers. Ursache dafür war der Verdacht, Feuchtwanger habe anläßlich des vierzigsten Jahrestages der Oktoberrevolution an die Zeitschrift »Literaturnaja gaseta« ein Telegramm gesandt. Am 8. November schrieb Feuchtwanger einen Brief an die Münchner »Abendzeitung«, der in der Ausgabe vom 14. November gedruckt wurde. Darin hieß es: »Ich habe kein Telegramm nach Moskau gesandt, worin ich den Führern des kommunistischen Regimes Glückwünsche ausgesprochen hätte. Vermutlich handelt es sich um einen Brief, den ich an die Leser der ›Literaturnaja gaseta‹ richtete; dann aber begreife ich nicht recht den Aufruhr im Münchener Stadtrat. Soviel ich weiß, haben zahllose Schriftsteller von Rang aus allen Ländern den Lesern dieser sehr angesehenen Zeitung zum vierzigsten Jahrestag der Oktoberrevolution gratuliert. Auch haben anläßlich dieses Jahrestages sonstige Persönlichkeiten von Bedeutung aus dem Westen dem russischen Volk ihre Glückwünsche ausgesprochen – zum Beispiel Präsident Eisenhower.«
mein letztes Buch – Feuchtwangers Roman »Jefta und seine Tochter« erschien 1957 im Rowohlt Verlag, Hamburg. In der Übersetzung von Eithne Wilkins und Ernst Kaiser kam der Roman als »Jephta and His Daughter« im gleichen Jahr bei G. P. Putnam's Sons, New York, heraus.

182 *Amerika für den totalen Frieden rüstet* – Katia Mann bezieht sich vermutlich auf die Aufrüstung jener Jahre und speziell darauf, daß in den USA die erste Luftabwehr-Rakete mit Atomwaffenkopf, der am Ziel zur Explosion gebracht wird, entwickelt wurde.
den alten Briest zitierte – Am Schluß des Romans »Effi Briest« (1895) von Theodor Fontane sagt der alte Briest zu seiner Frau: »Ach, Luise, laß … das ist ein *zu* weites Feld.«
Ihr Buch – Der Roman »Jefta und seine Tochter«.
»Jüdin von Toledo« – Der Roman war 1955 beim Aufbau-Verlag, Berlin, erschienen.

182 *Briefmaterial beim Verlag* – Katia Mann arbeitete mit ihrer Tochter Erika Mann an der Herausgabe von »Thomas Mann. Briefe 1889 bis 1955« (drei Bände), S. Fischer Verlag, Frankfurt a. M., 1962 bis 1965.

Drehbuch für »Buddenbrooks« – S. Brief 179 und die vierte Anm. dazu.

183 *Regisseur Käutner* – Der Film »Buddenbrooks« (s. die vierte Anm. zu Brief 179) sollte zuerst unter der Regie von Harald Braun gedreht werden. Als er erkrankte, übernahm die Regie Alfred Weidenmann.

184 *but then* – (engl.) aber dann.

The Maginot-Ocean – Anspielung auf die Maginot-Linie, den Befestigungsgürtel an der französischen Ostgrenze, der nach Plänen des französischen Kriegsministers André Maginot 1927–1936 angelegt wurde.

vor Pearl Harbor – Der japanische Luftangriff auf den USA-Flottenstützpunkt Pearl Harbor, Hawaii, am 7. Dezember 1941 löste den Krieg zwischen Japan und den USA aus. Am 11. Dezember erklärten Deutschland und Italien den USA den Krieg.

to make a strange thing incredible – (engl.) um etwas Seltsames unglaublich zu machen.

huius – (lat.) Wahrscheinlich »huius mensis«: in diesem Monat.

Herr Sternfeld – Wilhelm Sternfeld arbeitete zu dieser Zeit mit Eva Tiedemann an der Bio-Bibliographie »Deutsche Exil-Literatur 1933–1945«, Verlag Lambert Schneider, Heidelberg, 1962, einer Veröffentlichung der Deutschen Akademie für Sprache und Dichtung, Darmstadt. Er hatte mit Feuchtwanger und Hilde Waldo bereits im Februar 1957 darüber korrespondiert.

chez vous – (franz.) bei Ihnen.

à la recherche … – (franz.) Anspielung auf den Titel des Romanzyklus von Marcel Proust: »Auf der Suche nach der verlorenen Zeit«, 1913 bis 1927.

»Who is Who« – (engl.) »Wer ist Wer«.

»Kürschners« – »Kürschners Deutscher Literaturkalender«; erschien seit 1882, herausgegeben von Joseph Kürschner.

»Guided Missiles« – (engl.) Ferngesteuerte Raketengeschosse.

Ihrem verstorbenen Bruder – Martin Feuchtwanger war bis 1933 für eine Presseagentur in Halle verantwortlich, lebte von 1933 bis 1938 in Prag und wanderte dann nach Palästina aus.

Et c'est tout – (franz.) Und das ist alles.

Quant à moi – (franz.) Was mich betrifft.

if ever – (engl.) wenn überhaupt.

espérons – (franz.) hoffen wir!

185 *»Es ist schon spät«* – Schluß des Gedichtes »Waldgespräch« von Eichendorff.

186 *Vortrag in München* – Am 2. Juli 1958 sprach Ludwig Marcuse auf dem Kulturkritikerkongreß in München.

Stimme im Gebirge – S. Brief 142 und die letzte Anm. dazu.

bibliographischen Anfragen – S. Brief 184 und die sechste Anm. dazu.

Chinesische Ausgaben – In der Feuchtwanger-Bibliothek befindet sich eine Ausgabe von »Simone«, Shanghai, 1957 (Feuchtwangers Roman »Simone« war 1945 beim Neuen Verlag, Stockholm erschienen) und ein Abdruck der Erzählung »Das Haus am grünen Weg« in »YI WEN« (Weltliteratur), März 1958 (die Erzählung war erstmalig in der Sammlung »Venedig [Texas] und andere Erzählungen«, Aurora Verlag, New York, 1946, erschienen).

tatarische – »Oppenheimer Brüder«, Kassan, UdSSR, 1941. Der Roman »Die Geschwister Oppenheim« (Die Geschwister Oppermann) war 1933 beim Querido Verlag, Amsterdam, erschienen.

ostdeutsche Festschrift – Wolfgang Berndt, »Bibliographie der Werke von Lion Feuchtwanger«, in: »Lion Feuchtwanger zum 70. Geburtstag. Worte seiner Freunde«, Aufbau-Verlag, Berlin und Weimar, 1954.

»Centum Opuscula« – Eine Auswahl der essayistischen Arbeiten Feuchtwangers erschien unter dem Titel »Centum Opuscula«, zusammengestellt und herausgegeben von Wolfgang Berndt, beim Greifenverlag zu Rudolstadt, 1956.

Filmdinge, Theateraufführungen – S. Brief 187 und die Anm. dazu.

Ischia – Während ihrer »Wanderjahre«, 1912–1914, erholten sich Marta und Lion Feuchtwanger 1913 dort von den Folgen des Typhus. Siehe auch die Erinnerungen von Marta Feuchtwanger, »Nur eine Frau«, Albert Langen. Georg Müller Verlag, München und Wien, 1983 und Aufbau-Verlag, Berlin und Weimar, 1984.

187 *schwierigen Essay* – Seit 1957 arbeitete Feuchtwanger an dem Werk »Das Haus der Desdemona oder Größe und Grenzen der historischen Dichtung«. Der Essay blieb Fragment. Er erschien 1961 im Greifenverlag zu Rudolstadt.

eine Filmgeschichte – Im Feuchtwanger-Archiv befindet sich ein Entwurf von einundsiebzig Seiten: »Bolívar. Das Leben eines Helden«. Feuchtwangers »Bolívar« wurde nicht verfilmt.

»Jud Süß« zu verfilmen – Feuchtwangers Roman »Jud Süß«, München, 1925, wurde damals nicht verfilmt.

Pressedebatte – Der Artikel »Warum wieder Jud Süß?« von Anton Alexander in »Bild am Sonntag«, Hamburg, vom 13. Juli 1958 berichtet, daß der aus Hollywood zurückgekehrte Filmproduzent Peter

Goldbaum den »Jud Süß«-Film drehen wolle, daß Otto Wilhelm Fischer bereit sei, die Hauptrolle zu übernehmen und daß die »Neue Filmverleih GmbH« in Wiesbaden den Film vertreiben wollte. Alexander polemisierte gegen das Vorhaben; er hielt die Zeit noch nicht reif genug, um diesen Film in Deutschland zu drehen.

187 *das Stück »Simone«* – S. Brief 41 und die erste Anm. dazu sowie den Briefwechsel Feuchtwangers mit Helene Weigel vom 9. November 1956 bis 12. November 1958.

188 *Ihren Gillead* – Gilead heißt im Alten Testament das Ostjordanland. Katia Mann bezieht sich hier auf Feuchtwangers Roman »Jefta und seine Tochter«, Hamburg, 1957.
plastercast – (engl.) Gipsverband.

189 *guten Sternfeld* – S. Brief 184 und die sechste Anm. dazu.
Needless to say – (engl.) Es erübrigt sich zu erwähnen.
Filmdingen – S. Brief 187 und die zweite Anm. dazu.
zweiteiligen »Buddenbrooks«-Film – S. Brief 179 und die vierte Anm. dazu.
Zauberer – Thomas Mann.
erster Briefband – »Thomas Mann Briefe 1889–1936«, herausgegeben von Erika Mann, S. Fischer Verlag, Frankfurt a. M., 1962.
die finale Gesamtausgabe – Thomas Mann, »Gesammelte Werke in zwölf Bänden«, S. Fischer Verlag, Frankfurt a. M., 1960.
eine Biographie zu schreiben – Erika Mann hatte begonnen, dazu Notizen zu sammeln. Die Biographie kam jedoch nicht zustande.
à la longue – (franz.) auf die Dauer.
Bezeichnung des Einsiedlers – »Was habt ihr zu suchen in meiner Menschenleere!« heißt es im 10. Kapitel von Thomas Manns Erzählung »Die vertauschten Köpfe. Eine indische Legende«, Bermann-Fischer Verlag, Stockholm, 1940.
»Krull«-Film – S. Brief 168 und die letzte Anm. dazu.
Europens übertünchte Höflichkeit – Zitat aus dem Gedicht »Der Wilde« (1793) von Johann Gottfried Seume.
Marcusen plus Saschan – Ludwig und Sascha Marcuse.
die Lage der armen Liesl – Leo Mittler, Liesl Franks zweiter Mann, war am 16. Mai 1958 gestorben.
Schweigen laßt uns … – »Schweigen will ich von Lokalen, wo der Böse nächtlich praßt.« Zitat aus »Die fromme Helene« von Wilhelm Busch, 1872.
armen Japaner – In Japan vermutete man, meteorologische Veränderungen seien auf »Löcher in der Stratosphäre« zurückzuführen, die man den Kernwaffenexperimenten zuschrieb.
Beiliegendes – Nicht ermittelt.

189 *tout le monde* – (franz.) alle Welt.

192 *NZZ* – »Neue Zürcher Zeitung«.

Quemoy – Die »Neue Zürcher Zeitung« vom 14. September 1958 brachte eingehende Berichte über das Bombardement von Quemoy durch die Volksbefreiungsarmee am 12. September 1958. Die Inselgruppe Kinmen (Quemoy) wurde 1949 von den Truppen der Guomindang besetzt.

Freund Janka – S. die erste Anm. zu Brief 193.

privacy – (engl.) Zurückgezogenheit, Abgeschiedenheit.

investment – (engl.) Kapitalanlage.

Gogoi – Angelica Borgese.

die jüngere – Domenica Borgese.

ihren Vater – Giuseppe Antonio Borgese.

nordischen Vettern – Anthony (Toni) und Fridolin (Frido) Mann.

die Eltern – Michael und Gret Mann.

Eri – Erika Mann.

verzeigen – (schweiz.) Strafanzeige erstatten.

193 *Walter Janka* – Walter Janka war zu dieser Zeit in der Strafanstalt in Bautzen. Ärztliche Behandlung wurde nicht verweigert, sondern auf Wunsch Jankas eingestellt auf Grund einer Fehldiagnose.

um ein Telegramm – S. Brief 170 und die Anm. dazu.

Lion – Ferdinand Lion.

194 *Gnadengesuch* – S. Brief 193. Fünf Tage nach Feuchtwangers Tod im Dezember 1958 schrieb Marta Feuchtwanger an Walter Ulbricht: »Zu seinem 75. Geburtstag wollte er [Feuchtwanger] Sie bitten, seinen früheren Verleger Janka zu begnadigen. Dieser hoffende Gedanke hat ihn bis zuletzt erfüllt.« Walter Janka wurde im Dezember 1960 aus der Haft entlassen.

195 *Filmgeschichte »Bolívar«* – S. Brief 187 und die zweite Anm. dazu.

»Krieg und Frieden« – Der Film »War and Peace« nach dem Roman von Lew Tolstoi wurde 1956 in Italien gedreht. Regie führte King Vidor, Produzent war Dino de Laurentiis.

das Stück »Simone« – S. Brief 187.

Einbürgerungsbehörde – S. Brief 181 und die zweite Anm. dazu.

196 *Auswahl von Tommys Briefen* – S. Brief 182 und die fünfte Anm. dazu.

Madame Tutti – Brigitte Bermann Fischer, Samuel Fischers älteste Tochter, wurde Tutti genannt. Sie ist die Frau Gottfried Bermann Fischers.

Gnadengesuch – S. Brief 193.

Wurm in der Leber – Walter Janka litt nicht an dem sogenannten Hundebandwurm, und die Operation fand nicht statt.

196 *Und die arme Frau* – Charlotte Janka durfte ihren Mann nach der Verhandlung alle drei Monate auf eine halbe Stunde besuchen. Einmal wurde ihr eine Sondergenehmigung zum Besuch wegen Jankas gesundheitlicher Beschwerden verweigert.

Lion Feuchtwanger – Rudolf Olden

199 *beiliegenden Brief* – Am 15. Dezember 1933 hatten sich Lion Feuchtwanger, Max Hermann-Neiße, Rudolf Olden und Ernst Toller an den Generalsekretär des Internationalen PEN gewandt, um ein PEN-Zentrum deutschsprachiger Autoren im Ausland als Nachfolgeorganisation des alten deutschen PEN-Clubs zu gründen. In dem erwähnten Brief von Rudolf Olden an Heinrich Mann vom 16. April 1934 heißt es u. a.: »Als Präsidenten und ersten Delegierten werde ich Sie vorschlagen. Ich bitte, mir freundlichst antworten zu wollen, ob Sie bereit sind, beide Ehrenstellen oder vielleicht nur die des Präsidenten zu übernehmen. Im letzteren Fall wäre vielleicht Ernst Toller oder Lion Feuchtwanger bereit, als Hauptdelegierter nach Schottland zu fahren...« Am 19. April 1934 antwortete Heinrich Mann, daß er die Berufung zum Vorsitzenden der deutschen PEN-Gruppe annehme, aber nicht reisen könne.

200 *Brief an Heinrich Mann* – S. Brief 199 und die Anm. dazu.
PEN-Klub Kongreß – Der XII. Internationale PEN-Kongreß fand vom 17. bis 21. Juni 1934 in Edinburgh/Glasgow statt. Ernst Toller und Rudolf Olden waren die Delegierten der deutschen Schriftsteller im Exil. Der Kongreß bestätigte die Gründung des PEN-Zentrums deutschsprachiger Autoren im Ausland als deutsche Alleinvertretung. Erster Präsident wurde Heinrich Mann (Paris), Sekretär Rudolf Olden (Oxford). Sitz des deutschen PEN-Zentrums war London.
Anträge – Ernst Toller brachte den Antrag hinsichtlich der Freilassung eingekerkerter deutscher Schriftsteller ein, der vom XII. Internationalen PEN-Kongreß angenommen wurde. In der Resolution hieß es: »Der XII. Internationale PEN-Kongreß erklärt, daß Schriftsteller seit der Machtergreifung der nationalsozialistischen Regierung in Deutschland ohne Prozeß und ohne den geringsten Verstoß gegen die Gesetze ihres Landes eingekerkert worden sind, und zwar aus keinem anderen Grund, als daß sie, unter früheren Regierungen, in vergangenen Jahren Bücher geschrieben hatten, deren geistiger Gehalt nicht dem Geschmack des gegenwärtigen Regimes entspricht. Der Kongreß fordert die Freilassung dieser Männer, die auf diese

Weise ihrer Freiheit beraubt worden sind.« S. »PEN News«, London, Nr. 65, September 1934, S. 4.

201 *nach Barcelona* – In Barcelona fand vom 20. bis 25. Mai 1935 der XIII. Internationale PEN-Kongreß statt. Die deutsche Gruppe wurde von Klaus Mann vertreten.

202 *den Fall Jacob* – Der Publizist Berthold Jacob, bis 1933 Redakteur und militärpolitischer Mitarbeiter der »Weltbühne«, hatte sich durch seine Enthüllungen über die »Schwarze Reichswehr« den besonderen Haß der Nationalsozialisten zugezogen. Er emigrierte nach Frankreich. Von dort wurde er 1935 durch den Gestapoagenten Wesemann in die Schweiz gelockt und nach Deutschland entführt.

free speech – (engl.) freie Rede.

203 *PEN-Kongreß* – Der XV. Internationale Kongreß des PEN fand vom 21. bis 24. Juni 1937 in Paris statt.

Verfolgung der deutschen Schriftsteller – »PEN News«, London, berichtete in der Juniausgabe, Klaus Manns Rede »wurde mit anhaltendem Beifall aufgenommen, und man bat ihn, eine Resolution zu entwerfen und sie am nächsten Tag dem Kongreß vorzulegen«. Darin wurde u. a. die Freilassung von Ludwig Renn, Carl von Ossietzky und Berthold Jacob gefordert.

Le risque ... – (franz.) Das Risiko des Intellektuellen in Europa heute.

204 *Vestigia terrent* – (lat.) Die Spuren schrecken. (Horaz)

205 *Heinrich Mann zugesagt* – Am 19. April 1937 hatte Feuchtwanger an Heinrich Mann geschrieben, er werde wahrscheinlich am XV. Internationalen Kongreß des PEN in Paris teilnehmen und auch am zweiten Internationalen Schriftstellerkongreß zur Verteidigung der Kultur in Spanien.

206 *resolutions, motions or propositions* – (engl.) Resolutionen, Anträge oder Vorschläge.

granted – (engl.) selbstverständlich.

Crémieux – Benjamin Crémieux war Generalsekretär des französischen PEN-Zentrums.

207 *zwei Zeilen von Heinrich Mann* – Am 17. April hatte Heinrich Mann Feuchtwanger mitgeteilt, er habe ihn »als Hauptdelegierten der deutschen Sektion für den nächsten Kongreß des PEN-Klubs« vorgeschlagen. S. auch Brief 284.

für Ossietzky zu demonstrieren – Feuchtwanger brachte beide Resolutionen vor den Kongreß. S. auch Anm. drei zu Brief 291.

208 *public work* – (engl.) öffentliche Arbeit.

der beste Mann – Am 17. April 1937 schrieb Heinrich Mann an Rudolf Olden: »... Als Hauptdelegierten schlage ich ohne weiteres Lion Feuchtwanger vor. Er ist in der ganzen angelsächsischen Welt bekannt, und wir haben Grund, mit unseren populärsten Erscheinungen aufzuwarten...«

208 *»resolutions, motions and proposals«* – (engl.) Resolutionen, Anträge und Vorschläge. S. auch Brief 206 und Anm. drei zu Brief 291.

210 *réflexions ...* – (franz.) Habe mich entschlossen, Hauptdelegierter zu sein, um Schwierigkeiten zu vermeiden.

211 *Resolutionen* – S. Brief 209. Den Text der Resolutionen hatte Rudolf Olden nach Feuchtwangers Vorschlägen formuliert. Die Anlage zu diesem Brief ist nicht mehr vorhanden.
Durchschlag eines Briefes – Er ist nicht mehr vorhanden. Feuchtwanger gehörte zu den Herausgebern der in Moskau erscheinenden literarischen Monatsschrift »Das Wort«.

212 *depeschiert* – S. Brief 210.

213 *Vorwürfe gegen das »Wort«* – S. Brief 211. Willi Bredel leitete die Redaktion der Zeitschrift »Das Wort« in Moskau.
Moskauer Erfahrungen – Feuchtwanger spielt auf Erfahrungen seines Aufenthalts in der Sowjetunion vom November 1936 bis Januar 1937 an.

215 *erfolgreiche Vertretung* – Feuchtwanger hatte am XV. Internationalen PEN-Kongreß in Paris teilgenommen. Am 22. Juni hielt er die Rede »Wie das Dritte Reich die Schriftsteller verfolgt«.
»PEN News« – (engl.) PEN Nachrichten. Londoner Mitteilungsblatt des Internationalen PEN-Clubs.
meeting – (engl.) das Treffen.
Roda Roda und Annette Kolb – Roda Roda befand sich zu dieser Zeit in Österreich. Annette Kolb lebte, wie sie Rudolf Olden am 26. April 1938 mitteilte, seit Februar 1933 in Paris. Beide wanderten 1940 nach den Vereinigten Staaten aus.
Hermon Ould – Er war Generalsekretär des Internationalen PEN.
zwei unserer Mitglieder – Am 30. Juni 1937 schrieb Walter Mehring aus Wien an Rudolf Olden: »... Nun bin ich, soviel ich weiß, noch immer Mitglied des PEN-Klubs, dem ich vor neun Jahren beitrat. Doch im Exil – mittellos und ohne die Möglichkeit, die Reisespesen zu tragen – hatte ich keine Gelegenheit, seinen Sitzungen beizuwohnen... Können Sie mir dennoch einen Rat geben, wie ich ohne allzu große Kosten zu einer Beratung über das mir am Herzen liegende ›Schicksal der Poesie in der modernen Welt‹ Zutritt fände?...« David Luschnat hatte Rudolf Olden am 24. Mai 1937 aus Nizza geschrieben: »... Da ich mit Frau und zwei Kindern mit einer monatlichen Summe von dreihundert bis höchstens fünfhundert frs. auskommen muß, fällt es mir natürlich schwer, 125.– frs. für den Kongreß zu bezahlen. Kann ich von der Zahlung der Summe befreit werden? Die Reise zu

bezahlen ist mir natürlich auch unmöglich ... Unterkunft – wenn möglich – bitte sehr billig. Sonst würde ich mein Zelt mitnehmen und an geeigneter Stelle im Zelt wohnen und schlafen...«

215 *einen Präsidenten* – Präsidium und Sekretariat des PEN-Zentrums deutschsprachiger Autoren oblagen seit 1934 Heinrich Mann und Rudolf Olden.

SDS – Schutzverband Deutscher Schriftsteller. Er wurde 1908 als gewerkschaftliche Organisation der deutschen Schriftsteller geschaffen und im Mai (nach einer anderen Quelle im Juni) 1933 in Paris neu gegründet.

die Assoziation emigrierter deutscher Journalisten – Rudolf Olden meinte den »Verband deutscher Journalisten in der Emigration«.

Konkurrenzverein zu dem letzteren – Im Juni 1937 gründeten Leopold Schwarzschild, Berthold Salomon und Paul Dreyfus, nachdem sie den »Verband deutscher Journalisten in der Emigration« verlassen hatten, den volksfrontfeindlichen, antikommunistischen »Bund Freie Presse und Literatur (Verband deutscher unabhängiger Schriftsteller und Journalisten im Exil)«. S. auch die Briefe 296 und 297.

Heinrich Mann einen Durchschlag – Heinrich Mann antwortete am 24. Juli 1937: »...Ihr wohlüberlegter, humoristischer Brief an Feuchtwanger hat mich beglückt: so ist die Sache richtig gesehen. Ich weiß zwar nicht, womit Feuchtwanger unzufrieden ist. Seine eigene Tätigkeit war erfolgreich und wird uns gewiß nachhaltig nützen. Seine finanziellen Vorschläge sind mir nicht ganz verständlich. Wenn Sie erwägen, ob unsere Leitung in Paris oder London einzurichten wäre, bin ich für London. Was Sie ›Stunk‹ nennen, blüht gerade jetzt in der Pariser Emigration, wie Sie wissen. Die einen bilden einen Club der Sauberen, wir Unsauberen haben auch unsere Sorgen. Vermutlich ist man in London weniger gereizt und eher geneigt, die Einigkeit herzustellen... Ich fühle mich in Ihrer Schuld, alle Arbeit ist von Ihnen geleistet worden...«

»Querelle d'Allemand« – (franz.) deutsche Streitigkeiten.

217 *Drive* – (engl.) Hier: Jagd.

übrige Gelegenheiten – Rudolf Olden bezieht sich auf die Internationalen PEN-Kongresse in Buenos Aires, September 1936; Barcelona, Mai 1935; Edinburgh/Glasgow, Juni 1934. Tokio war in den dreißiger und vierziger Jahren nicht Tagungsort. Der Prager Kongreß fand im Juni 1938 statt. Es war der XVI.

carpers and critics – (engl.) Nörgler und Tadler.

219 *Internationalen Exekutiv-Komitee* – Alfred Kerr wohnte dieser Sitzung am 1. November 1937 als Vertreter der deutschen Gruppe bei.

Bruno Frank wieder in London – Bruno Frank war zu dieser Zeit noch in Europa. Am 26. Oktober 1937 jedoch kam er in New York an.

220 *Antihitlerfilm »Professor Mamlock«* – Der 1938 von Lenfilm (UdSSR) gedrehte Film basiert auf Friedrich Wolfs Schauspiel »Professor Mamlock. Tragödie der westlichen Demokratie«, Oprecht und Helbing, Zürich, 1935. Das Drehbuch wurde von Friedrich Wolf, Adolf Minkin und Herbert Rappaport geschrieben; Regie führten Minkin und Rappaport. Während der Film in Frankreich erfolgreich lief, wurde er in England zunächst verboten. Nach Ausbruch des zweiten Weltkrieges wurde er auch dort mit Begeisterung aufgenommen.

für Wolfs Freilassung – Friedrich Wolf war zu dieser Zeit in dem französischen Lager Le Vernet interniert. 1941 kehrte er in die SU zurück.

einen Lehrstuhl – Nach Auskunft Marta Feuchtwangers handelte es sich weniger um ein festes Lehrangebot, sondern eher um ein Schreiben des Hunter College in New York im Rahmen der amerikanischen Hilfsaktion, gefährdeten Autoren Asyl zu gewähren.

an einem großen Roman – Feuchtwanger arbeitete an dem Roman »Der Tag wird kommen«, dem dritten Band der »Josephus«-Trilogie.

Lion Feuchtwanger – Johannes R. Becher

221 *Glückwünsche* – Dieser Brief wurde in dem Band »Literaturnoje nasledstwo«, Moskau, 1969, veröffentlicht. Aus einer Fußnote geht hervor, daß es sich um Feuchtwangers Antwort auf folgenden Geburtstagsglückwunsch der Internationalen Vereinigung revolutionärer Schriftsteller handelt: »Zu Ihrem fünfzigsten Geburtstag, lieber Lion Feuchtwanger, senden wir Ihnen im Namen unserer sämtlichen Sektionen heiße kameradschaftliche Glückwünsche. Uns wünschen wir, daß Sie bald bei uns in der Sowjetunion erscheinen mögen. Wir hoffen, daß dieser unser Wunsch auch Ihr Wunsch sein wird. MORP (Internationale Vereinigung Revolutionärer Schriftsteller), gezeichnet Bela Illés, Ludkiewisch, Johannes R. Becher.«

222 *zweiter Teil des »Josephus«* – Der Roman »Die Söhne« wurde 1935 fertig und erschien im selben Jahr beim Querido Verlag, Amsterdam.

hier herunterkommen – Becher hielt sich im November und Dezember in Paris auf, kam aber nicht nach Südfrankreich.

223 *eine Zeitschrift* – Es handelt sich um die literarische Monatsschrift »Das Wort«, die von Juli 1936 bis März 1939 in Moskau erschien. Feuchtwanger und Brecht gehörten zu den Herausgebern. Geschäftsführer war Willi Bredel, später Fritz Erpenbeck.

223 *»Neue Deutsche Blätter«* – Die Monatsschrift für Literatur und Kritik wurde von Wieland Herzfelde 1933–1935 in Prag herausgegeben.

»Die Sammlung« – Herausgeber der Literarischen Monatsschrift war Klaus Mann. Sie erschien von 1933 bis 1935 beim Querido Verlag, Amsterdam.

»Die Weltbühne« – Der Titel der bis 1933 in Berlin erschienenen Wochenschrift für Politik, Kunst, Wirtschaft lautete nun »Neue Weltbühne«. Sie wurde zunächst in Prag, dann 1938–1939 in Paris herausgegeben.

»Internationale Literatur« – Becher war Chefredakteur der Zeitschrift »Internationale Literatur«.

224 *Spanien* – Der II. Internationale Schriftstellerkongreß zur Verteidigung der Kultur fand im Juli 1937 in Valencia, Madrid und Barcelona statt. Beendet wurde der Kongreß am 16. und 17. Juli in Paris.

»IL« ... Jubiläumsnummer – Das 11. Heft 1937 der Zeitschrift »Internationale Literatur« erschien als Sondernummer »20 Jahre sozialistische Ära«.

Zweigs 50. Geburtstag – Den Glückwunschbeitrag »Arnold Zweig zum 50. Geburtstag« brachte »Die neue Weltbühne«, Prag, 4. November 1937.

225 *»Das trunkene Sonett«* – Wahrscheinlich handelte es sich um ein Manuskript von »Gewißheit des Sieges und Sicht auf große Tage. Gesammelte Sonette 1935–1938«, in das Becher auch die Sonette aus »Der Glücksucher und die sieben Lasten« (Moskau, 1938) aufgenommen hatte. Die Gesammelten Sonette erschienen 1939 im Verlag Meshdunarodnaja Kniga (Das Internationale Buch), Moskau. Sie enthalten die beiden im Brief erwähnten Gedichte »L. F.« und, aus »Der Glücksucher ...«, »Das trunkene Sonett«.

Oktober in Paris – Feuchtwanger nahm am 18. Oktober 1937 in Paris an der Generalversammlung des Schutzverbandes Deutscher Schriftsteller (SDS) im Café Mephisto teil.

226 *Sonette* – S. Brief 225 und die erste Anm. dazu.

»Emigranten« – Feuchtwanger schrieb an dem Roman »Exil«, dritter Band der »Wartesaal«-Trilogie.

der ganze Roman – »Exil« wurde 1938–1939 in der Zeitschrift »Internationale Literatur«, Moskau, vorabgedruckt.

an den von Heinrich Mann – Teile des Romans »Die Vollendung des Königs Henri Quatre« brachte die »Internationale Literatur« in den Heften 1–9 und 12, 1938.

»Snamja« – Sowjetische Literaturzeitschrift.

227 *Übersendung Ihres Buches* – »Der Welt-Entdecker. Ausgewählte Gedichte 1912–1937«, erschien 1938 in Kiew.

228 *Kopien* – Sie sind nicht erhalten.

»American Guild« – »American Guild for German Cultural Freedom«, von Hubertus Prinz zu Löwenstein 1936 ins Leben gerufene Vereinigung zur Unterstützung exilierter Schriftsteller. S. auch Brief 24 und die zweite Anm. dazu.

229 *in den USA angekommen* – Feuchtwanger traf am 5. Oktober 1940 auf dem Schiff »Excalibur« in New York ein.

Zeitschrift – »Die Internationale Literatur«.

230 *die russischen Ausgaben* – Der Staatsverlag Moskau brachte »Simone« 1946 heraus. Andere Ausgaben erschienen vor dem Krieg und dann erst wieder ab 1955.

ein Brief von Bredel – S. Brief 368.

eine größere Arbeit – Feuchtwanger schrieb von 1944 bis 1946 an dem Roman »Waffen für Amerika« (späterer Titel »Die Füchse im Weinberg«).

231 *Aufbau-Verlag* – Der Roman »Der falsche Nero« war das erste Buch Feuchtwangers, das im Aufbau-Verlag, Berlin, erschien (1947). Ihm folgte 1948 »Erfolg«.

notleidende ... Schriftsteller – S. Brief 235.

Hans Friedrich Blunck – Blut-und-Boden-Motive und Reichs- und Führergedanken finden sich schon vor 1933 in den Werken Bluncks. Von 1933 bis 1935 war er Präsident der Reichsschrifttumskammer. Nach dem Krieg versuchte er, sich als »Antifaschisten auf dem Sessel der Schrifttumskammer« zu charakterisieren. Der erwähnte Ausschnitt befindet sich nicht im Feuchtwanger-Archiv.

232 *»centrale sanitaire suisse«* – Die linksgerichtete Schweizer Hilfsorganisation war in den dreißiger Jahren zur Unterstützung der Emigranten gegründet worden. Der Arzt Hans von Fischer und seine Frau, die emigrierte Schriftstellerin Anna Josephine Fischer, leiteten die Zentrale.

233 *Hermon Ould ...* – Hermon Ould war Generalsekretär des Internationalen PEN.

Vollversammlung im Juni – Vom 2. bis 6. Juni 1947 tagte in Zürich der XIX. Internationale PEN-Kongreß.

235 *Dieterles* – William (Wilhelm) und Charlotte Dieterle.

237 *In der Zwischenzeit ...* – Feuchtwanger hatte z. B. zwei Bücher von Friedrich Wolf, und zwar »Beaumarchais« und »Besinnung« erhalten.

drei meiner Bücher – »Der Teufel in Frankreich«, »Der falsche Nero« und »Exil«.

239 *eines CARE-Paketes* – CARE ist die Abkürzung für Cooperative for American Remittances for Europe (Vereinigung zur Organisation von Hilfssendungen nach Europa). Es wurden vor allem Lebens- und Genußmittel verschickt.

mein neues Buch – »Heimkehr. Neue Gedichte« erschien 1946 und 1947 im Aufbau-Verlag.

241 *PEN-Klub-Kongreß* – Gemeinsam mit Erich Kästner und Ernst Wiechert nahm Becher am XIX. Internationalen PEN-Kongreß (2. bis 6. Juni) in Zürich teil. Auf dem Kongreß wurde der Antrag auf Wiedereinrichtung eines PEN-Clubs in Deutschland diskutiert. In dem Bericht über die Tagung heißt es, Bechers Rede, in der er die Neugründung befürwortete, sei »eine der eindrucksvollsten des ganzen Kongresses« gewesen.

meine Rede – Am 21. Mai 1947 hatte Becher auf der Ersten Bundeskonferenz des Kulturbundes zur demokratischen Erneuerung Deutschlands die Rede »Wir, Volk der Deutschen« gehalten. S. auch Johannes R. Becher, Gesammelte Werke, Band 17, Publizistik III, Berlin, 1979.

242 *Gedichtband* – Johannes R. Becher, »Heimkehr. Neue Gedichte«, Berlin, 1946.

243 *Rede* – S. Brief 241 und die dritte Anm. dazu.

244 *meine Rede vom ersten deutschen Schriftstellerkongreß* – Der Erste deutsche Schriftstellerkongreß fand vom 4. bis 8. Oktober 1947 in Berlin statt. Becher hielt seine Rede am 7. Oktober. S. auch Johannes R. Becher, Gesammelte Werke, Band 17, Publizistik III, Berlin, 1979.

245 *Schriftsteller-Kongreß* – S. die Anm. zu Brief 244.

246 *Londoner Konferenz* – Vom 25. November bis 15. Dezember fand in London eine Außenministerkonferenz der UdSSR, USA, Großbritanniens und Frankreichs über den österreichischen Staatsvertrag und einen deutschen Friedensvertrag statt. Da keine Einigung erzielt werden konnte, wurde die Beratung vertagt.

247 *mein neues Buch* – Die Gedichtsammlung »Volk im Dunkel wandelnd«, Berlin, 1948.

248 *Hier in Berlin* – Berlin war seit dem 24. Juni 1948 währungs- und wirtschaftspolitisch eine gespaltene Stadt. Um die separate Währungsreform der Westsektoren abzuwehren, hatte die Sowjetische Militäradministration ab 19. Juni den Kraftfahrzeugverkehr gesperrt. In der Nacht zum 24. Juni wurde auch der Personen- und Güterverkehr auf der Eisenbahnstrecke Berlin–Helmstedt und Anfang Juli 1948 der Frachtverkehr auf den Binnenstraßen eingestellt. Diese Maßnahmen geschahen »zum Schutze der der SMAD anvertrauten Bevölkerung und Wirtschaft in der gesamten sowjetischen Besat-

zungszone vor den Auswirkungen der separaten Geldreform«. Der anfängliche lokale Währungskonflikt wuchs sich in den nächsten Monaten zu einer internationalen Krise aus. USA-Präsident Truman notierte nach einer Beratung mit den obersten Militärs in sein Tagebuch: »...informierten mich kurz über Luftstützpunkte, Bomben, Moskau, Leningrad usw. Habe hinterher das unheimliche Gefühl, daß wir ganz dicht vorm Krieg stehen... Berlin ist ein Pulverfaß.« S. auch Gerhard Keiderling, »Berlin 1945–1986«, Dietz Verlag, Berlin, 1987.

248 *Lilly* – Bechers Frau, Lilly Becher.

249 *neue Zeitschrift* – »Sinn und Form«, Beiträge zur Literatur, wurde von Johannes R. Becher und Paul Wiegler 1949 begründet.

250 *Formalismus und Kosmopolitismus* – Becher bezieht sich wahrscheinlich auf den in Nowy Mir erschienenen Artikel »Kosmopoliten im ›literarischen Hollywood‹« zu Feuchtwangers Roman »Waffen für Amerika«. S. auch Brief 60 und die sechste Anm. dazu.

blödsinnige Kritik – Tamara Motyljowa publizierte seit Anfang der dreißiger Jahre Beiträge zur deutschen Literatur und befaßte sich besonders mit dem Werk Bechers. Über Feuchtwanger veröffentlichte sie einen Artikel, »Die ›Romane‹ Lion Feuchtwangers«, in: »Literaturnoje Obozrenije«, 1937, Nr. 15, und über die »Wartesaal«-Trilogie in »Literaturnoje Obozrenije«, 1941, Nr. 12. In Taschkent erschien 1942 ihr Werk über »Deutsche antifaschistische Literatur im Kampf gegen den Faschismus«.

251 *diesseits des Ozeans* – Als Staatenloser riskierte Feuchtwanger, nach einer Ausreise aus den Vereinigten Staaten nicht wieder einreisen zu dürfen.

252 *»Sonntag«* – Becher, als Mitglied des Präsidiums des »Deutschen PEN-Zentrum« (s. Anm. eins zum Brief 534), reagierte auf die Gründung des »Deutschen PEN-Zentrums der Bundesrepublik« am 4. Dezember 1950 in Düsseldorf und auf die Rückkehr Pechels in das Darmstädter PEN-Zentrum.

253 *Beiliegend ein Brief* – Der Brief, »An alle Schriftsteller im Westen unseres Vaterlandes«, lautete: »Es soll von unserer Seite aus nichts unversucht bleiben, um über die widernatürlichen Grenzen unserer Heimat hinweg mit all denen ins Gespräch zu kommen, denen die Erhaltung des Friedens und die Wiedervereinigung Deutschlands am Herzen liegt. Es soll einmal nicht heißen, daß die deutschen Schriftsteller sich abseits gehalten hätten, als es galt, wenige Jahre nach der schwersten Katastrophe, die Deutschland in seiner Geschichte je erlitten hatte, eine neue Katastrophe abzuwenden, die sich in dem drohenden Ausbruch eines dritten Weltkrieges ankündigte. Nein, das

soll es und das wird es einmal nicht heißen. Denn auch wir Schriftsteller haben aus dem Vergangenen eine Lehre gezogen, und diese besteht nicht zuletzt auch darin, daß der Geist, wenn er sich von den Lebensnotwendigkeiten des Volkes absondert, unfruchtbar wird und sich selbst zu einer inhaltleeren Spielerei degradiert. Unseres Erachtens geht es heute für den geistigen Menschen darum, alle Kräfte für die Erhaltung des Friedens und die Wiedervereinigung Deutschlands anzustrengen und auf diese Weise eine feste, dauerhafte Grundlage zu schaffen für geistige Arbeit, für den kulturellen Wiederaufstieg unseres Volkes. Wie sollen geistige Bemühungen, wie kulturelle Leistungen wachsen und reifen, wenn ihr Wert ständig in Frage gestellt und von Vernichtung bedroht wird. Wir wünschen nichts so sehr, als daß diese geist- und kunstfeindliche Atmosphäre, wie sie ein drohender neuer Weltkrieg erzeugt, endlich und ein für alle Mal bereinigt wird. Dazu scheint es uns dringend notwendig, sofort und unmittelbar alle die Menschen miteinander ins Gespräch zu bringen, die leidenschaftlich an der Erhaltung des Friedens interessiert sind, weil einzig und allein nur ein friedlicher, menschlicher Zustand ihnen die Möglichkeit bietet, zu arbeiten und ihr Werk zu vollenden.

In dem gegenwärtigen, mit Explosionsstoffen überreich geladenen Weltzustand, wo es um die Frage ›Sein oder Nichtsein‹ der gesamten Menschheit geht, erscheint es uns unverzeihlich, wenn man den Zusammenschluß der geistigen Kräfte unseres Vaterlandes durch kleinliche Bedenken, Vorurteile oder unhaltbare Behauptungen zu verhindern trachtet. Wir fühlen uns gezwungen, hier vor aller Öffentlichkeit zu erklären, daß kein wie immer geartetes Ressentiment, daß nichts, aber auch nichts, was uns vielleicht literarisch in den vergangenen Zeiten einander entfremdet oder gar miteinander in Konflikt gebracht hat, uns abhalten wird, jedem die Hand zu reichen, der ebenso aufrichtig wie wir den Frieden und die Einheit Deutschlands will. Dieser Wille zum Frieden ist für uns die oberste Instanz, der wir alles andere unterordnen. Die PEN-Klub-Tagung in Wiesbaden hat gezeigt, daß bei einigermaßen gutem Willen deutsche Menschen verschiedensten politischen und literarischen Charakters sehr wohl an einem Tisch Platz finden können und imstande sind, ein anständiges menschliches Gespräch über das, was sie geistig bewegt, zu führen. Wir können nicht annehmen, daß die Entfremdung deutscher Menschen untereinander schon soweit gediehen ist, daß man uns, die wir auf dem Boden der Deutschen Demokratischen Republik leben, irgendwelche geheimnisvollen übernatürlichen Kräfte zuschreibt, mit denen in Berührung zu kommen für jeden Menschen, der im Westen wohnt, lebensgefährlich sei. An solch eine psychotische Form der

Selbstentfremdung deutscher Menschen wollen wir nicht glauben. Darum wenden wir uns an alle Schriftsteller im Westen unseres Vaterlandes und bitten Sie, auch Ihrerseits zu überlegen, welche Möglichkeiten Sie sehen, mit uns zusammen dem gemeinsamen Ziel aller Deutschen zu dienen: der Erhaltung des Friedens und der Wiedervereinigung unserer Heimat.

Wir sind jederzeit an jedem beliebigen Ort bereit, uns mit Ihnen zu treffen und uns auszusprechen. Weder die Grenzen noch die Zeit soll für uns ein Hindernis sein, um in ein solches Gespräch einzutreten. Wir sind überzeugt, daß wir Ihre Zustimmung finden und daß in absehbarer Zeit schon deutsche Schriftsteller aus Ost und West in den entscheidenden Lebensfragen unseres Volkes miteinander beratschlagen, gemeinsam handeln. Die Gemeinsamkeit im Geistigen, davon sind wir fest überzeugt, wird außerordentlich zu einer Befriedung der gegenwärtigen Verhältnisse beitragen und wird wesentlich dazu dienen, die politische und nationale Einheit unseres Vaterlandes wiederherzustellen.«

255 *Erklärung und Ihres »Offenen Briefes«* – S. Brief 253.

256 *zu Ihrem Geburtstag* – Am 22. Mai 1951 wurde Johannes R. Becher sechzig Jahre.

257 *Jubiläumsbuch* – »Dem Dichter des Friedens Johannes R. Becher. Zum 60. Geburtstag« erschien 1951 im Aufbau-Verlag. Feuchtwanger gehörte zu den Autoren dieses Buches.

258 *Ihre Werke verlorengegangen* – Bis 1951 erschienen die »Josephus«-Trilogie, »Die Geschwister Oppermann«, »Exil« und »Simone« im Greifenverlag. Der Aufbau-Verlag hatte »Erfolg« und »Der falsche Nero« herausgebracht. Becher beklagt ein Versäumnis, keinen Verlust.

»Tagebuch« – Der Aufbau-Verlag brachte 1951 Bechers »Auf andere Art so große Hoffnung. Tagebuch 1950« heraus.

259 *Korrespondenz mit dem Aufbau-Verlag* – »Der falsche Nero« kam 1951 und 1953 in Neuausgaben heraus, »Erfolg« 1952 und 1954, »Waffen für Amerika« 1952 und 1953, »Narrenweisheit oder Tod und Verklärung des Jean-Jacques Rousseau« 1953.

eine Abschrift meiner Antwort – Der Brief Feuchtwangers an den Aufbau-Verlag vom 28. Januar 1952 lautete: »Sehr geehrte Herren, schönen Dank für Ihren Brief vom 10. Januar. Die Vergebung von Lizenzen in die Deutsche Demokratische Republik ist mir mittlerweile ein bißchen erschwert worden durch meinen westdeutschen Verleger. Zwar habe ich die Zusicherung, daß Lizenzen meiner Bücher unter allen Umständen vergeben werden müssen, doch hat der westdeutsche Verleger, der Rechtsnachfolger meines Stockholmer Verlegers, bei der Fassung der Verträge mitzureden. Da sich aber der westdeutsche Verleger bisher überaus konziliant erwiesen hat, glaube ich nicht, daß daraus eine ernstliche Schwierigkeit entstehen könnte. Mir läge daran, daß der Roman ›Die Füchse im Weinberg‹ (früher: ›Waffen für Amerika‹) im Aufbau-Verlag erscheint. Ich glaube nicht, daß das Buch als eine Glorifizierung des heutigen Amerikas mißverstanden werden könnte. Mir scheint, es müßte jedem Leser aufgehen, daß, was in dem Buch gefeiert wird, die progressiven Kräfte innerhalb und außerhalb Amerikas sind um die Jahre der amerikanischen Revolution. Der Held des Buches ist also – das haben Tausende von Lesern und sogar viele Rezensenten verstanden – nicht Franklin und nicht Beaumarchais, sondern der Fortschritt, der selbst die Widerspenstigen zwingt, schließlich in seinem Sinn zu wirken. Aus zahlreichen Briefen von Lesern überall in der Welt ersehe ich, daß der Roman jetzt noch besser verstanden wird als bei seinem Erscheinen. Sollte der Aufbau-Verlag das Buch bringen, so bin ich gerne bereit, ein kleines Vorwort zu schreiben. Das Buch, an dem ich jetzt arbeite, ein Roman über die seltsame Persönlichkeit Jean-Jacques Rousseaus und die Wirkung seiner politischen Theorien auf die Französische Revolution, ist in einem gewissen Sinne eine Fortsetzung der ›Füchse im Weinberg‹. Freuen würde ich mich auch, wenn meine Versdramen neu aufgelegt würden, ›Vasantasena‹, meine Bearbeitung des ›Friedens‹ von Aristophanes und meine Nachdichtung der ›Perser‹ des Aischylos. Ich glaube, die aktuelle Bedeutung gerade dieser letzten beiden Stücke müßte von jedem verstanden werden. Freilich ist es nicht ganz einfach, Exemplare dieser Stücke aufzutreiben, obwohl sie in verschiedenen Ausgaben in verhältnismäßig hohen Auflagen erschienen sind. Wahrscheinlich aber besitzt die Berliner oder die Leipziger Bibliothek Exemplare, und vielleicht könnte man sie photokopieren lassen. Der Greifenverlag möchte die Stücke gern bringen und hat meine prinzipielle Zustimmung. Es würde da aber sicher leicht eine Einigung zustande kommen. Übrigens hat auch der Greifenverlag keine Exemplare. Mit herzlichen Grüßen und Wünschen Ihr Lion Feuchtwanger.

PS: Übrigens ist Dr. Guggenheim, der hier in Los Angeles meinen westdeutschen Verleger vertritt, auf dem Wege nach Berlin, und er wird sich sicher mit Ihnen ins Benehmen setzen.«

260 *»Die Füchse im Weinberg«* – Unter diesem Titel kam der Roman 1952 im Aufbau-Verlag heraus. Bei der Frankfurter Verlagsanstalt erschien er 1953 mit dem Titel »Waffen für Amerika«. Feuchtwanger verfaßte für die Ausgabe von 1952 einen Begleittext, der als Nachwort erschien, um »die Leser über den Sinn aufzuklären«. Er sah sich

dazu durch das Mißverständnis veranlaßt, das der ursprüngliche Titel »Waffen für Amerika« in der Sowjetunion bewirkt hatte. S. dazu die sechste Anm. zu Brief 60. Am 21. Juli 1952 wurde Feuchtwangers Brief an Becher von Erich Wendt beantwortet:
»Sehr geehrter Herr Feuchtwanger! Herr Becher ist augenblicklich in Urlaub, deshalb beantworte ich kurz Ihren Brief vom 9. Juli 1952. Ich habe mich bei dem Aufbau-Verlag über das Schicksal der ›Füchse‹ erkundigt. Der Verlag ist bemüht, das Buch herauszubringen. Ihr Vorwort erscheint am Schluß des Buches (der Verlag teilte mir mit, daß Sie es ihm freigestellt hätten, es als Vor- oder Nachwort zu bringen). Die Hauptschwierigkeit besteht darin, daß der Aufbau-Verlag kein Exemplar für den Satz hat. Herr Arnold Zweig stellte sein Exemplar zur Verfügung, damit sich das Lektorat mit dem Buch bekannt mache. Es für den Satz verwenden, hieße es zu vernichten. Herr Janka ist auf der Jagd nach einem zweiten Exemplar und hofft, diese Schwierigkeit zu überwinden. Mit herzlichen Grüßen Ihr Erich Wendt.«

260 *Sonderheft* »Sterne unendliches Glühen« erschien 1951 im Sonderheft Johannes R. Becher der Zeitschrift »Sinn und Form«.

261 *die Sache ... in Ordnung* – S. Brief 260.

263 *Sowjetunion* – Die Veröffentlichung von Feuchtwangers Romanen setzte 1955 nach einer Pause von neun Jahren mit einer »Goya«-Ausgabe in der Übersetzung von Kasakinoy und Tartarinowz im Verlag Internationale Literatur, Moskau, wieder ein.

264 *Nationalpreis* – S. auch die Briefe 265, 266 und 267.

267 *United Press* – Amerikanische Nachrichtenagentur.

268 *der hiesigen Presse* – Feuchtwanger bezieht sich nicht auf die amerikanische Presse in englischer Sprache, sondern auf den New-Yorker »Aufbau«. In der Nummer vom 15. Januar 1954 heißt es: »Der sowjetdeutsche Ministerrat beschloß die Bildung eines Ministeriums für Kultur. Zum Kulturminister wurde der Schriftsteller Johannes R. Becher ernannt, der wirklich kein Unbekannter ist. 1952 veröffentlichte er u. a. folgende, dem deutschen Dichter gewidmete Verse: ›Dichter, trainiert euch im Schwimmen, übt euch im Weitsprung, im Kugelstoßen. Das Hüttenkombinat ruft dich, der Traktor fordert dich an. Sei auch du ein Kraftwerk‹ « (Zitiert aus dem II. und I. Abschnitt des Gedichts »An die Dichter«, Gesammelte Werke, Band 6, Gedichte 1949–1958, Berlin, 1973.)
Eintritt in die Regierung – Am 7. Januar 1954 wurde durch eine Verordnung des Ministerrats der DDR das Ministerium für Kultur gebildet. Johannes R. Becher wurde das Amt des Ministers für Kultur übertragen.

269 *Auswahl* – Es kommen zwei Bände in Frage: »Glück der Ferne – leuchtend nah«, dritte erweiterte Auflage 1952, und »Schöne deutsche Heimat«, 1952, beide Aufbau-Verlag, Berlin.

»Verteidigung der Poesie« – Rütten & Loening, Berlin, brachte den Band mit dem Untertitel »Vom Neuen in der Literatur« 1952 heraus.

273 *Schiller-Rede* – Becher ließ Feuchtwanger das Manuskript seiner Rede zum 150. Todestag Schillers, gehalten am 9. Mai 1955 im Nationaltheater Weimar, zukommen. Sie wurde 1955 vom Aufbau-Verlag veröffentlicht. In Goethes »Epilog zu Schillers Glocke« (1805) beginnen zwei Strophen, die dritte und die vierte, mit dem Satz: »Denn er war unser!«

276 *ausführlicher zu berichten* – Am 31. Juli 1958 antwortete die Sekretärin Johannes R. Bechers auf diesen Brief: Sehr verehrter Herr Feuchtwanger! Wir empfingen Ihr Schreiben vom 12. Juli an Herrn Minister Dr. Becher und müssen Ihnen zu unserem Bedauern mitteilen, daß der Minister sich seit drei Monaten mit einer schweren Darmentzündung im Krankenhaus befindet und durch Fieber so geschwächt ist, daß ihm leider keinerlei Korrespondenz möglich ist. Wir hoffen, daß sich sein Zustand in Kürze soweit gebessert hat, daß er auf Ihren Brief selbst antworten kann. Hochachtungsvoll S. Manderla (Sekretärin).

277 *vom Tode Bechers* – Er starb am 11. Oktober 1958 in Berlin.

mit Ihnen und Becher in Moskau – Lilly Becher erinnert an Feuchtwangers Aufenthalt in der Sowjetunion 1936/37.

278 *Erinnerungen an Becher* – Feuchtwanger konnte sie nicht mehr schreiben; er starb am 21. Dezember 1958.

Becher-Archiv – Es befindet sich in der Akademie der Künste der DDR, Berlin.

Lion Feuchtwanger – Heinrich Mann

280 *mit Ihrem schönen Brief* – Er ist nicht erhalten. Aus den Jahren vor 1933 sind folgende drei Briefe überliefert:

Thierschstr. 14/4 [München 1915]. Sehr verehrter Herr Mann, erlauben Sie mir, Ihnen das endlich erschienene Buch der »Julia Farnese« zu übersenden. Mit hochachtungsvollem Gruß Ihr sehr ergebener Lion Feuchtwanger.

Berlin-Wilmersdorf, Hohenzollerndamm 34, 28. März 1925. Sehr verehrter Herr Mann, ich habe den Drei Masken Verlag beauftragt, Ihnen meinen Roman »Jud Süß« zu überreichen. Es drängt mich, Ihnen bei diesem Anlaß zu sagen, daß Sie unter den lebenden deutschen Dichtern der sind, dem ich am meisten zu verdanken glaube. Mit herzlichen und verehrungsvollen Grüßen der Ihre Lion Feuchtwanger.

Bln-Wilmersdorf, Trautenaustr. 42, 2. Mai 1932. Sehr verehrter, lieber Herr Doctor, gern wäre ich Ihrer freundlichen Einladung gefolgt, habe mich auch eifrig und lange bemüht, Sie zu finden; aber die Lage der Mahlerstraße war von niemand zu erfahren. In Dahlem selbst kannte kein Angestellter der BVG und kein Schupomann sie; ich bin umgekehrt, als es ohnehin zu spät geworden war. Darf ich vorschlagen, daß wir uns einmal im Café treffen? Mit Empfehlungen an Ihre verehrte Gattin, Ihr Heinrich Mann.

280 *»Julia Farnese«* – Feuchtwangers Trauerspiel in drei Akten »Julia Farnese« erschien bei Georg Müller, München und Berlin, 1915.

Ihr Manuskript – Das Manuskript enthielt zwei Drittel des Romans »Die Jugend des Königs Henri Quatre«. Er erschien 1935 im Querido Verlag, Amsterdam. Feuchtwanger versuchte, Verträge mit Benjamin Huebsch (The Viking Press, New York) und Secker (Martin Secker & Warburg, London) dafür herbeizuführen. S. auch Lion Feuchtwanger Arnold Zweig, Briefwechsel 1933–1958, herausgegeben von Harold von Hofe, Aufbau-Verlag, Berlin, 1984.

281 *aus Moskau zurück* – Feuchtwanger besuchte von Dezember 1936 bis Februar 1937 die Sowjetunion.

282 *in den Zeitungen las ich ...* – Am 14. Februar 1937 brachte die »Deutsche Volks-Zeitung«, Paris, ein Interview mit Feuchtwanger nach dessen Rückkehr aus der Sowjetunion.

284 *Kongreß des PEN-Klubs* – Der XV. Internationale PEN-Kongreß fand vom 21. bis 24. Juni 1937 in Paris statt.

anderen Kongreß – Der II. Internationale Schriftstellerkongreß zur Verteidigung der Kultur fand vom 4. bis 17. Juli 1937 in Valencia, Madrid, Barcelona und Paris statt.

Association Int^le^ des Ecrivains – (franz.) Internationale Schriftstellerassoziation.

Volksfront-Sitzung – S. Brief 290.

Volksfront – Die vom 3. bis 15. Oktober 1935 bei Moskau tagende Konferenz der Kommunistischen Partei Deutschlands, die als »Brüsseler Parteikonferenz« bekannt wurde, beschloß die Bildung einer Kampfgemeinschaft oppositioneller Kräfte, die, »unabhängig von ihrer politischen, konfessionellen und sonstigen gesellschaftlichen Bindung, am Frieden, an politischer Freiheit, sozialer Sicherheit und am Sturz der Hitlerdiktatur interessiert waren«. Das »Programm zur Herstellung der Aktionseinheit der deutschen Arbeiterklasse und der Volksfront aller Hitlergegner« diente dem Ziel, eine antifaschistisch-demokratische Ordnung in Deutschland zu errichten. Der von Heinrich Mann geleitete Ausschuß zur Vorbereitung einer »deutschen Volksfront in Westeuropa konstituierte sich am 9. Juni 1936 und veranstaltete am 10. und 11. April 1937 eine Konferenz in Paris, auf der Heinrich Mann die Eröffnungsrede hielt. S. »Pariser Tageszeitung«, Paris, 12. April 1937. Diese Volksfronttagung beschloß eine »Botschaft an das deutsche Volk«, in der zur Einheit gegen Hitler aufgerufen wurde. S. »Deutsche Information«, Paris, 13. April 1937.

284 *Vertreter des Prager Vorstandes* – Zum sozialdemokratischen Parteivorstand in der Emigration (Sopade), der bis 1938 seinen Sitz in Prag hatte, gehörten u. a. Paul Hertz, Erich Ollenhauer, Hans Vogel, Otto Wels.

»Falschen Nero« – Feuchtwangers Roman »Der falsche Nero« erschien 1936 im Querido Verlag, Amsterdam.

Feuchtwanger und der Weltruhm – Der Aufsatz kam nicht zustande.

meines Romans – »Die Vollendung des Königs Henri Quatre« erschien 1938 beim Querido Verlag, Amsterdam.

285 *beiden Kongressen* – S. Brief 284 und die erste und zweite Anm. dazu.

Dummheit und Dumpfheit – Auf der Rückreise von der Sowjetunion machte Feuchtwanger in Prag Station. Eine Lesung, zu der er eingeladen war, wurde auf Intervention der englischen Botschaft abgesagt.

»Henri« – S. Brief 284 und die letzte Anm. dazu.

»Das Wort« – Als Mitherausgeber der Literarischen Monatsschrift »Das Wort«, Moskau, versuchte Feuchtwanger, Heinrich Mann zur Mitarbeit zu gewinnen. Dessen Beitrag, »Heinrich Mann. Selbstbiographie«, erschien in Heft 4/5, 1937.

286 *PEN-Klub-Kongreß* – S. Brief 284 und die erste Anm. dazu.

287 *réflexions ...* – (franz.) Habe mich entschlossen, Hauptdelegierter zu sein, um Schwierigkeiten zu vermeiden. Feuchtwanger. – S. Brief 284 und die erste Anm. dazu. Das Datum des Telegramms ergibt sich aus Brief 288.

288 *PEN-Klub-Kongreß* – S. Brief 284 und die erste Anm. dazu.

289 *beigefügten Mitteilung* – Emil Ludwig schrieb aus Ascona: »Verehrter Herr Heinrich Mann, im Juni denke ich in Amerika zu sein, kann also am PEN-Kongreß nicht teilnehmen. Beiliegende Erklärung wollen Sie gütigst nur vorlesen, wenn irgendwelche Angriffe, direkte oder versteckte, gegen unsere Gruppe stattfinden sollten. Mit bestem Gruß Ihr ergebener Ludwig.«

die Erklärung zu verlesen – Sie befindet sich nicht im Feuchtwanger-Archiv.

290 *Ihre Rede* – Am 22. Juni 1937 hielt Feuchtwanger als Hauptdelegierter beim XV. PEN-Kongreß in Paris die Rede »Wie das Dritte Reich

die Schriftsteller verfolgt«. Sie wurde veröffentlicht in der »Pariser Tageszeitung« vom 23. Juni 1937.

290 *Erklärung Ludwigs* – S. Brief 289 und die Anm. dazu.

291 *geplante Expedition nach Spanien* – Feuchtwanger hatte erwogen, am II. Internationalen Schriftstellerkongreß zur Verteidigung der Kultur teilzunehmen. S. auch Brief 284 und die zweite Anm. dazu.

Rede Ferreros – Am 24. Juni 1937 hielt Guglielmo Ferrero eine Rede über die Lage der europäischen Schriftsteller. Er forderte sie auf, politisch aktiv zu sein: »Die Schriftsteller in Europa werden entweder die Gefahr, die sie bedroht, meistern, oder sie werden nicht mehr sein.« Die »Pariser Tageszeitung« berichtete darüber am 25. Juni 1937.

Resolution für Ossietzky – Am 21. Juni 1937 verlangte Feuchtwanger im Namen der deutschen Gruppe eine Stellungnahme des PEN-Clubs für Ossietzky. In einem Appell an die Reichsregierung sollte Ossietzkys Freilassung gefordert werden. Außerdem sollte ihm die Möglichkeit gegeben werden, in den Genuß des ihm verliehenen Nobelpreises zu kommen. Die zweite von Feuchtwanger vorgebrachte Resolution betraf die Repressalien der Reichsregierung gegenüber der Tätigkeit deutscher Schriftsteller im Inland und im Ausland. S. auch Brief 209.

292 *vorzüglich gesprochen* – S. Brief 290 und die erste Anm. dazu.

hat Ferrero – S. Brief 291 und die zweite Anm. dazu.

»Moskau 1937« – »Moskau 1937. Ein Reisebericht für meine Freunde«, Querido Verlag, Amsterdam, 1937.

Gide ist begeistert hingereist – Heinrich Mann bezieht sich auf das 1936 bei Gallimard, Paris, erschienene Buch »Retour de l'URSS« (Zurück aus Sowjetrußland) und das 1937 vom gleichen Verlag gedruckte Buch »Retouches à mon retour de l'URSS« (Retuschen zu meinem Rußlandbuch) von André Gide.

293 *Rassemblement contre ...* – (franz.) Vereinigung gegen Rassenhaß und Faschismus.

streng gediegenes Buch – Feuchtwangers »Moskau 1937. Ein Reisebericht für meine Freunde« wurde von Leopold Schwarzschild scharf angegriffen. Der Aufsatz »Feuchtwangers Botschaft« erschien in zwei Abschnitten im »Neuen Tage-Buch«, Paris, Hefte 31 und 32, 1937. S. – Leopold Schwarzschild.

294 *Kongreß der Freunde der Sowjetunion* – Nach Auskunft Marta Feuchtwangers nahm Feuchtwanger nicht an diesem Kongreß teil.

Rußlandbüchlein – »Moskau 1937«. S. auch Brief 293 und die zweite Anm. dazu.

in der »Internationalen Literatur« – Heinrich Manns Roman »Die Vollendung des Königs Henri Quatre« erschien in »Internationale

Literatur«, Moskau, 1937, Heft 1–9; 1938, Heft 1–7; 1939, Heft 1 bis 4.

294 *dieser zweite Teil* – Nach »Die Jugend des Königs Henri Quatre«, Querido Verlag, Amsterdam, 1935, veröffentlichte Heinrich Mann 1938 »Die Vollendung des Königs Henri Quatre«.

295 *Verehrter Herr Professor* – Diesem ersten mit der Maschine geschriebenen Entwurf eines Rundschreibens folgt ein handgeschriebener Gruß an Feuchtwanger.

Vereinigung intellektueller und bürgerlicher – Das Bemühen, eine bürgerlich-demokratische Gruppe als Teil der Volksfront zu schaffen, scheiterte. S. auch die Briefe 298 und 306.

296 *Vereinigung, die Schwarzschild* – Es handelt sich um den von Leopold Schwarzschild und einigen Mitarbeitern der Zeitschrift »Das Neue Tage-Buch« (Paris/Amsterdam 1933–1940) gegründeten volksfrontfeindlichen und antikommunistischen »Bund Freie Presse und Literatur (Verband deutscher unabhängiger Schriftsteller und Journalisten im Exil)«. S. auch Punkt 1 in dem Brief 297, die Briefe 333 bis 337, und »Heinrich Mann an Klaus Mann« in: »Sinn und Form«, Berlin, Jg. 27, Heft 1, 1975.

297 *»Vollendung«* – Heinrich Manns Roman »Die Vollendung des Königs Henri Quatre«. S. vierte Anm. zu Brief 294.

Kongreß – S. Brief 293.

spanischen Kongresses – Der II. Internationale Schriftstellerkongreß zur Verteidigung der Kultur vom 4. bis 17. Juli in Valencia, Madrid, Barcelona und Paris.

Schwarzschild, der leider entgleist – S. Brief 296 und die Anm. dazu.

Haß gegen Bernhard – 1935 hatten Professor Georg Bernhard, Chefredakteur des »Pariser Tageblatts« (einzige Tageszeitung des antifaschistischen Exils) und seine Redaktion den Besitzer des »Pariser Tageblatts«, Wladimir Poljakow, verdächtigt, er wolle die Zeitung an den Propagandaapparat der Nationalsozialisten verkaufen. Stichhaltige Beweise konnten allerdings nicht beigebracht werden. Poljakow, der öffentlich gegen den ausgesprochenen Verdacht auftrat, fand zunehmend Beistand unter den deutschen Emigranten. Leopold Schwarzschild veröffentlichte in seiner Zeitschrift »Das Neue Tage-Buch« mehrfach Angriffe gegen Georg Bernhard, der eine wesentliche Rolle in der Volksfrontbewegung spielte. Schwarzschild trat im Dezember 1936 aus dem Volksfrontausschuß aus und nahm eine antikommunistische Position ein.

in seinem Verein – Konrad Heiden gehörte zu den Unterzeichnern des Aufrufs der von Schwarzschild 1937 gegründeten volksfrontfeindlichen Organisation »Bund Freie Presse und Literatur«. S. auch die Anm. zu Brief 296.

297 *Meinen Neffen Klaus* – S. Brief 334 und die erste Anm. dazu.
neben Ihrem Roman – Feuchtwanger schrieb an dem Roman »Exil«, dem dritten Band seiner »Wartesaal«-Trilogie, der in den Jahren 1935–1939 entstand und 1940 beim Querido Verlag, Amsterdam, erschien.

298 *in Buchform erscheinen* – Der Band »Freie Wissenschaft. Ein Sammelbuch aus der deutschen Emigration«, herausgegeben von Emil Julius Gumbel, erschien 1938 im Sebastian Brant Verlag, Strasbourg. Er enthält sechzehn Aufsätze von Autoren aus verschiedenen Disziplinen und aus verschiedenen Ländern der Emigration.
Schwarzschildschen Vereinigung – S. Brief 296 und die Anm. dazu.

299 *Verehrter Herr* – Dieser zweite Entwurf des Rundschreibens (den ersten s. Brief 295) ist als Anlage zu dem Brief vom 28. August 1937 auf »September« vordatiert. Er trägt keine Unterschrift.

301 *Serai heureuse ...* – (franz.) Wäre froh, wenn Sie Ihre Ansicht telegraphieren könnten. Freundschaftlich Mann. – Das Telegramm kreuzte sich mit Feuchtwangers Antwort vom 31. August 1937.

302 *Sehr verehrter Herr Doctor Feuchtwanger* – In diesem offiziellen, maschinengeschriebenen Rundschreiben sind die beiden Worte »Doctor Feuchtwanger« in der Anrede handschriftlich eingesetzt.
Aufsatz, mit dem Thomas Mann – In der ersten Nummer der Zweimonatsschrift für freie deutsche Kultur »Maß und Wert«, Zürich, Jg. 1, Heft 1 (September/Oktober 1937), erschien ein Vorwort zum ersten Jahrgang von Thomas Mann. Zusammen mit Konrad Falke zeichnete er auch als Herausgeber der Zeitschrift. Siehe auch Brief 304.

304 *Vorwort von »Maß und Wert«* – S. Brief 302 und die zweite Anm. dazu.
Essay über Neuhumanismus – Siegfried Marck, »Freiheitlicher Sozialismus«, Dijon, 1936. Kopien dieser Schrift in revidierter Form befinden sich im Feuchtwanger-Archiv.
VF – Volksfront.
Willi – Willi Münzenberg.

306 *Ulbricht loszuwerden* – Heinrich Manns Vorbehalte richteten sich gegen die Person Walter Ulbrichts, nicht gegen die KPD. Ulbricht leitete seit Februar 1937 das Sekretariat des Zentralkomitees mit Sitz in Paris und engagierte sich in der Volksfront. In dem Brief vom 31. Mai 1937, mit dem Heinrich Mann ein Schreiben Walter Ulbrichts vom 25. Mai 1937 beantwortete, heißt es u. a.: »Die demokratische Republik wird nun einmal von den Kommunisten, und fast nur von ihnen, vertreten. Wer sich selbst aber Kommunist nennt, dem glaubt man

eine demokratische Gesinnung nur, wenn man selbst ein entschiedener Demokrat ist. Wer dagegen Rechtskoalition sucht, hat die bequeme Ausrede, daß mit Kommunisten keine Demokratie zu machen wäre. Das ist eine Ausrede. Im Grunde weiß jeder, daß Ihr ehrlich, schon aus Klugheit, ehrlich seid.« (Zitiert nach »Exil in Frankreich«, Leipzig, 1981, S. 112.)

306 *unseren Freund Willi* – Willi Münzenberg. Als Mitglied des Zentralkomitees der KPD, dem er seit 1927 angehörte, engagierte er sich für die Volksfront der deutschen Nazigegner und war Sekretär ihres Vorbereitenden Ausschusses. Die Verfolgungen und Prozesse Stalins in der Sowjetunion und der Abschluß des Nichtangriffspaktes der Sowjetunion mit Hitlerdeutschland führten zum endgültigen Bruch Münzenbergs mit der KPD, aus der er 1939 ausgeschlossen wurde.

an die höchste Stelle – Heinrich Mann bezieht sich auf Kontakte in der Sowjetunion, die Feuchtwanger auf seiner Reise 1936/37 geknüpft hatte. S. Brief 307.

den einst Masaryk ging – Tomáš Garrigue Masaryk hatte sich als Präsident des tschechischen Nationalrats in Paris 1917/18 maßgebend an der Gründung einer unabhängigen Tschechoslowakei beteiligt. Als ihr Präsident anerkannte er 1934 nach anfänglicher antisowjetischer Haltung die Sowjetunion und schloß 1935 das sowjetisch-tschechoslowakische Abkommen über gegenseitige Hilfe ab.

entsetzliche »Revolutions«-Feier – Georg Bernhard hatte Heinrich Mann im Oktober 1937 aufgefordert, zur Feier der Revolution 1918 eine Rede zu halten. In seinem Brief an Bernhard vom 28. Oktober 1937 lehnte Heinrich Mann dieses Ansuchen mit den folgenden Worten ab: »... eine Rede für die ›Revolutions‹-Feier am 11. November? Erstens, war denn das eine Revolution? Noske kann ich doch nicht feiern. Die Kapitalsmächte, durch deren Gnade die Republik bestanden hat, bis es genug war, kann ich auch nicht feiern. Und soll ich zum Abschluß Papen oder Severing feiern? Sie sind einer des andern wert, und der Hindenburg des Hitler, den ich gleich mitfeiern müßte. – – – Ich bedauere unendlich, daß ich nicht gefragt worden bin. Ich würde gesagt haben: In wenigen Monaten ist das Jahr 1848 daran: feiern wir es nicht nur, benutzen wir es, ›um uns in der Welt bekannt zu machen‹, und so das ganze Jahr 1938 hindurch ... Aber ich beschwöre Sie: Keine Feier für Weimar! ... Verhindern Sie das Schlimmste, lassen Sie den Beschluß rückgängig machen ... Was wir anstatt dessen tun müßten? Einen Erlaß in das Land schicken: Nie wieder Weimar, diese Gelegenheit eines erstbesten Auchtyrannen und sein gefundenes Opfer. Nur die gesicherte Freiheit! Nur die Volksfront! ...« Dieser Brief erschien in: »Ein Ausweg: Der europäische Völkerbund. Briefe

Heinrich Manns aus der Emigration«, »Frankfurter Allgemeine Zeitung«, Frankfurt am Main, 29. März 1958.

307 *Volksfront ... auseinanderfallen* – Über das Scheitern der Volksfrontbewegung in Paris berichtet auch Franz Dahlem in seinen Erinnerungen »Am Vorabend des zweiten Weltkrieges«, Dietz Verlag, Berlin, 1977. Als Ursache nennt er u. a. »bestehende Meinungsverschiedenheiten über die Hauptrichtung der Aktivitäten des Ausschusses und über die Perspektiven des antinazistischen Kampfes sowie über die Rolle der am Widerstandskampf beteiligten unterschiedlichen Klassenkräfte«. Spaltungsversuche seien vor allem von den rechten Sozialdemokraten ausgegangen, die dabei »Unterstützung von reaktionären Kräften in der Sozialistischen Internationale« erhielten. »Ihre Methode war ... die Aushöhlung der Politik der Aktionseinheit und Volksfront, gepaart mit politischen Intrigen bis hin zu offenen Verleumdungen der Politik der kommunistischen Parteien ...«

308 *Telegramm* – Es befindet sich nicht im Feuchtwanger-Archiv.
Dijon – Am 11. und 12. Dezember wurde das »Bündnis freiheitlicher Sozialisten« in Dijon vollzogen. »Richtlinie für die Gründung des Bundes freiheitlicher Sozialisten« wurde in der Zeitschrift »Deutsche Freiheit. Informationsbulletin«, Nr. 3, 17. 12. 1937 veröffentlicht.
Ihrem Roman – »Exil«. S. Brief 297 und die letzte Anm. dazu.

309 *meinem Emigrantenroman* – »Exil«. S. Brief 297 und die letzte Anm. dazu.
Denkschrift Professor Marcks – S. Brief 304 und die zweite Anm. sowie Brief 308.

310 *in Marseille getrennt* – Am 12. September 1940 verhalf der Journalist Varian M. Fry, Beauftragter des Emergency Rescue Committee der USA, Heinrich Mann und seiner Frau Nelly, Alma und Franz Werfel und Golo Mann zur Flucht von Marseille über Spanien nach Lissabon. Marta und Lion Feuchtwanger mußten im letzten Moment zurückbleiben, weil sie als Staatenlose – Mann und Werfel besaßen die tschechische Staatsangehörigkeit – sich und die anderen in Gefahr gebracht hätten. Nachdem Fry erkundet hatte, daß der Fluchtweg auch für die Feuchtwangers gangbar war, gelangten auch sie über die Pyrenäen nach Spanien und Lissabon und von dort nach den USA.
Navicert – (lat./engl.) Ein im Kriege benötigter Geleitschein für neutrale Schiffe.

313 *Bedauern tief* – Am 27. März 1941 beging Heinrich Mann seinen siebzigsten Geburtstag.

314 *Fahrt nach Tijuana* – Am 27. März 1941 fuhr Heinrich Mann in die mexikanische Grenzstadt Tijuana, um beim amerikanischen Konsul sein Aufenthaltsvisum für die Vereinigten Staaten verlängern zu las-

sen. Kopien dreier Empfehlungsschreiben von Warner Bros. Studios an den Konsul befinden sich im Feuchtwanger-Archiv.

316 *Holiday Greetings* – (engl.) Festtagsgrüße von ... Los Angeles Kalifornien. Herrn Feuchtwanger, 1744 Mandeville Canyon, Santa Monica, Kalifornien. Beste Wünsche für ein frohes Weihnachtsfest und ein gutes Neues Jahr. Heinrich Mann und Frau.

317 *Ihrem Manuskript* – Obwohl aus dem Briefwechsel zwischen Feuchtwanger und Benjamin Huebsch nicht hervorgeht, um welches Manuskript es sich handelte, bezieht er sich nach Auskunft von Hilde Waldo wahrscheinlich auf den Roman »Empfang bei der Welt«, der postum 1956 beim Aufbau-Verlag, Berlin, erschien. Viking Press brachte keine Werke Heinrich Manns heraus.

diesen Appell – Am 9. Februar 1942 unterschrieben Heinrich Mann, Feuchtwanger und Bertolt Brecht folgenden »Aufruf an die Deutschen«, der am 23. März 1942 in der »Prawda«, Moskau, erschien: »Deutsche! Dieser Appell ist ein Rettungsruf, für alle und auch für euch, Deutsche. Ihr habt die Welt und euch selbst in ein Unglück gestürzt: es überschreitet jedes Maß. Bald ist es nicht mehr gutzumachen, es sei denn, daß ihr es beendet.

Ihr allein könnt den verderblichsten und sinnlosesten aller Kriege abbrechen. Alle anderen müssen bis auf das Äußerste verteidigen, was ihr ist und wofür sie leben: ihr Land und ihre Kinder, ihre Freiheit, ihre sittlichen und sozialen Errungenschaften. Das alles ist angegriffen worden. Der Angreifer ist euer Führer, dem ihr gehorcht habt bis in das augenscheinliche Verderben hinein. Es ist unmöglich, daß ihr sein Verbrechen noch länger überseht.

Ihr könnt ihn zwingen abzutreten. So viel es euch kosten mag, viel teurer kommt es euch zu stehen, wenn ihr ihm weiter erlaubt, Tod und Vernichtung über die ganze Erde zu verbreiten. Deutschland ist nicht ausgenommen; Deutschland teilt das Schicksal, das es der Welt bereitet, und an den Folgen seiner Fehler wäre sein eigener Anteil der furchtbarste.

Euch bleibt keine Wahl, ob ihr die Waffen niederlegen oder siegen wollt. Der Sieg ist nicht gegeben. Er wird euch weder erlaubt, noch seid ihr ihm gewachsen. Der Feldzug in Rußland sollte es euch gezeigt haben. Die Niederlage eurer Heere gegen die kriegerischen Arbeiter und Bauern der Sowjetunion war verhängt und beschlossen: nicht erst seit dem Tage, als ihr in Rußland einbracht. Schon als euer Führer, August 1939, seinen Krieg begann, war euer Mißerfolg beschlossen und verhängt.

Welteroberungen mißlingen immer. Man muß unwissend wie euer Führer sein oder verzweifelt wie er, um sich darüber noch zu täuschen. Jetzt habt ihr erfahren: etwas anderes ist, motorisiert durch verratene Länder zu jagen, und etwas anderes ist, ein Volk, das seine Erde heilig hält, von ihr zu verdrängen. Ihr seht: man wird schneller zurückgeworfen, als man eingedrungen war. Jeder Eroberer findet zuletzt seinen Meister. Jeder falsche Dünkel begegnet endlich der Wahrheit.

Die Wahrheit ist, daß eure Niederlagen auf russischem Boden nie mehr einzuholen sind; daß sie sich eher verwandeln werden in Niederlagen auf deutschem Boden. Oder ihr kündigt vorher eurem Führer, der euch ins Verderben führt, den Gehorsam.

Die Wahrheit ist, daß jeder Feind, der euch heute gegenübersteht, den festen Willen hat, den deutschen Angriffen ein Ende zu machen. Das Britische Reich hat den Willen. Die Vereinigten Staaten von Amerika haben den Willen. Beide großen Mächte haben auch die Kraft. Blickt auf die Rote Armee und erkennt, daß der Wille, einen Angreifer zu brechen, die Kraft ihn zu brechen mit einschließt.

Die Wahrheit ist, daß ihr in den Ländern Europas, die ihr für erobert haltet, verhaßt seid. So sehr verhaßt, ist man kein Sieger. So furchtbar verhaßt, wie euer Führer euch gemacht hat, wird man die Unterwerfung der Völker nie, ihre Mitarbeit nie, wird [man] nur ihre Rache kennen lernen.

Fürchtet nicht allein fremde Rache; fürchtet euer Gewissen! Es spricht zu euch; hier wiederholen wir die Warnungen eures eigenen Gewissens. Ihr hört es. Ihr könnt nicht siegen, spricht euer Gewissen; denn euer Führer ist schlecht.

Euer Führer ist der tückische Vernichter der Menschen; und da ihr Menschen seid, vernichtet er euch. Zuerst euch opfert er, zahllos und ohne Bedenken. Bedacht hat er nie, was er tat. Euch verbietet er zu denken; denn er selbst kann nicht denken, nur lügen.

Heute, nach aller begangenen Gewalt, fragt euer Führer, warum man sein System zerstören wolle, er dränge es doch keinem auf! Aber er hat gar kein System. Was er der ganzen Welt aufdrängen möchte, ist seine nichtswürdige Person allein: ein Wesen, gemacht aus Bosheit und Dummheit. Ihr habt es zu lange ertragen.

Überwältigt euren Führer, der euch, mit Haß und Unehre beladen, ins Verderben führt. Vollbringt in der äußersten Stunde das einzige, was euch freisteht, um die Menschheit, die euch niemals als Feind haben wollte, vielleicht zu versöhnen; das einzige, was Deutschland retten kann. Los Angeles, den 9. Februar 1942. Heinrich Mann, Lion Feuchtwanger, Bertolt Brecht.« Eine gekürzte Fassung dieses Appells erschien in »Aufbau«, New York, 10. April 1942.

317 *Rosenfeld-Leuten* – Der seit 1934 in den Vereinigten Staaten lebende Jurist Kurt Rosenfeld, als linksoppositioneller Sozialdemokrat bis 1933 Mitglied des Reichstags, hatte sich für die Belange der Volksfrontpolitik eingesetzt. Er war Gründer und erster Präsident der im Frühjahr 1942 ins Leben gerufenen »German-American Emergency Conference« (im deutschen Sprachgebrauch »Deutschamerikanische Konferenz« genannt). Für die Gründungsveranstaltung hatte Kurt Rosenfeld einen Appell zur Einigung aller Gegner des nationalistischen Regimes und zur Überwältigung Hitlers vorbereitet.

318 *Slawen-Kongreß* – Der »All-American Slav Congress« (Gesamtamerikanischer Slawen-Kongreß), auf dem zwei- bis dreitausend Delegierte die über zehn Millionen in den USA lebenden Nachfahren von Einwanderern aus allen slawischen Ländern vertraten, war zum Zwecke der Einheit im Kampf gegen Nazi-Deutschland und Japan und der Erhöhung der Kriegsproduktionsleistungen dieser Gruppe einberufen worden; er tagte am 25. und 26. April 1942 in Detroit. Heinrich Mann, der als tschechischer Staatsbürger eingeladen war, sprach nicht auf dem Kongreß. Er folgte auch nicht der Einladung der »Deutschamerikanischen Konferenz« (»German-American Emergency Conference«) nach New York.

enemy alien – (engl.) Feindlicher Ausländer. Während des zweiten Weltkrieges wurde den Immigranten aus feindlichen Ländern in den Vereinigten Staaten eine Ausgangssperre auferlegt.

319 *Shall be glad* … – (engl.) Würde mich freuen, Sie am Freitag, den 6. November, um halb fünf nachmittags hier begrüßen zu dürfen. Bitte rufen Sie abends zwischen neun und zehn an. Feuchtwanger.

321 *Mein Freund Lion Feuchtwanger* – Der Brief ist Teil eines Buches, welches Feuchtwanger zum sechzigsten Geburtstag von seinen Freunden überreicht wurde. Dieser unveröffentlichte Band mit zum großen Teil handgeschriebenen Beiträgen befindet sich im Feuchtwanger-Archiv Kalifornien.

322 *Klement* – Otto Klement war Feuchtwangers Agent in Los Angeles, der zuweilen auch für Heinrich Mann arbeitete.

das Manuskript – »Ein Zeitalter wird besichtigt«, Neuer Verlag, Stockholm, 1946.

Aufenthalt in den Bergen – Heinrich Mann ging des öfteren nach La Crescenta, Kalifornien, wo er einige Tage in Klausur im »Ananda Ashrama«, der »Kirche des Wedanta«, »Endziel des Weda«, verbrachte.

323 *Cedars of Lebanon Hospital* … – Das heutige Cedar Sinai Medical Center in Los Angeles.

Herrn Guggenheim – Felix Guggenheim, Agent Feuchtwangers.

324 *Material über Beer-Hofmann* – Am 5. Oktober 1945 war Heinrich Mann um einen Beitrag für die deutschsprachigen U.S.-Armee-Zeitungen in Deutschland und Österreich zum Tode von Richard Beer-Hofmann gebeten worden.

325 *zwei kleine Gedichte* – Heinrich Mann hatte Feuchtwanger um Gedichte von Walther von der Vogelweide (»Wien sprach zu mir« und »Ja, wenn Herr Walther kröche«) und von Christian Günther (»An sein Vaterland«) für »Morgenröte. Ein Lesebuch«, Aurora-Verlag, New York, 1947, gebeten. Heinrich Mann schrieb die Einführung. Herausgegeben wurde das Lesebuch von den Gründern des Aurora-Verlages.

326 *»Morgenröte«* – S. die Anm. zu Brief 325. S. auch Heinrich Mann, Essays, Dritter Band, Berlin, 1962: »Die Schriftsteller« und »Deutschland«.

»Saturday Review« – Die »Saturday Review of Literature«, New York, Jg. 29, 16. März 1946, brachte den ersten Teil des Vorwortes in englischer Übersetzung unter dem Titel »Three Centuries of Warning – and Hope« (Drei Jahrhunderte der Warnung und der Hoffnung). In der gleichen Ausgabe erschien F. C. Weiskopfs Aufsatz »Heinrich Mann: Dreamer and Realist« (Heinrich Mann: Träumer und Realist). Die deutsche Fassung von Heinrich Manns Vorwort »Drei Jahrhunderte der Warnung und der Hoffnung« wurde am 29. März 1946 in »Die Neue Zeitung«, München, und in »Die Fähre«, München 1947, Heft 3, vorabgedruckt. S. auch die Briefe 459–466.

327 *Galeries Lafayette Nice* – Kaufhaus in Nizza.

328 *professionelles Unternehmen* – Feuchtwanger bereitete in New York die amerikanische Ausgabe seines Romans »Waffen für Amerika« vor, die 1947 unter dem Titel »Proud Destiny« (etwa: Stolze Bestimmung) von der Viking Press, New York, herausgebracht wurde.

329 *ich bedaure* – Feuchtwanger hielt sich zu dieser Zeit in New York auf. S. Brief 328 und die Anm. dazu.

330 *CARE* – Abkürzung von Cooperative for American Remittances to Europe (engl.) Kooperative für amerikanische Sendungen nach Europa. Heinrich Mann war von seiner Tochter gebeten worden, ihr CARE-Pakete nach Prag zukommen zu lassen.

331 *in der Anlage* – Carl Posen vom Carl Posen Verlag in Zürich schrieb am 26. November 1947 an Feuchtwanger über die Möglichkeit, Heinrich Mann zu seinem Verlagsautor zu machen.

332 *hier ist der Artikel* – Es war Heinrich Manns Aufsatz »Der Roman. Typ Feuchtwanger«, den er zu Feuchtwangers 65. Geburtstag ge-

schrieben hatte. Er erschien in »Ost und West«, Berlin, Jg. 3, Nr. 6, Juni 1949. S. auch Heinrich Mann, Essays, Dritter Band, Aufbau-Verlag, Berlin, 1962.

332 *Czinner* – Heinrich Mann war an einer Neuverfilmung seines Romans »Professor Unrat oder Das Ende eines Tyrannen«, München, 1905, interessiert und hatte sich deshalb mit dem Filmregisseur Paul Czinner in Verbindung gesetzt.

Kohner – Paul Kohner, Filmagent in Hollywood, Kalifornien, sagte uns, er habe Heinrich Mann in Filmdingen nicht vertreten, ihn jedoch aus Privatmitteln und durch einen Filmfonds finanziell unterstützt.

cash – (engl.) Bargeld.

N. Y. – New York.

Heinrich Mann starb am 12. März 1950. Acht Jahre nach seinem Tod, am 15. August 1958, wandte sich die tschechoslowakische Botschaft, Washington, mit einem Brief an Feuchtwanger, dessen Übersetzung lautet: »Lieber Herr Feuchtwanger. Frau Henriette Ashermannova-Aškenazayova, die Tochter des verstorbenen Heinrich Mann, hat uns gebeten, Ihnen wegen der Urne, die seine Asche enthält, zu schreiben. Wie wir glauben, erwartet sie, daß die Urne ihr zugeschickt werde, und sie glaubt, daß Sie wissen, wo sie sich jetzt befindet. Wir wären Ihnen für jegliche Auskunft, die Sie uns geben können, dankbar. Hochachtungsvoll, Zdenek Louda, Dritter Sekretär für Dr. Vladimir Masa, Direktor Konsularabteilung.«

Lion Feuchtwanger antwortete am 23. August 1958: »Sehr geehrte Herren, ich wohnte der Beerdigung von Heinrich Mann bei und sprach an seinem Grab. Soviel ich weiß, wurde er nicht verbrannt, sondern begraben. Jedenfalls sind Grab und Grabstein auf dem ›Woodlawn‹-Friedhof in Santa Monica, Kalifornien, und wir besuchen das Grab gelegentlich. Ich glaube nicht, daß es seine Asche enthält, sondern eher seine Gebeine. Frau Katia Mann traf damals alle Vorbereitungen mit dem Beerdigungsinstitut. Sie wird Ihnen genaue Auskunft geben können. Ihre Anschrift ist: Frau Katia Mann, Alte Landstraße 39, Kilchberg bei Zürich, Schweiz. Grüßen Sie bitte Herrn und Frau Aškenazi von mir. Lion Feuchtwanger. PS Ich lege einen Artikel aus der Züricher ›Weltwoche‹ bei, der, wie ich glaube, Herrn und Frau Aškenazy interessieren wird.«

Bei dem Artikel aus der Züricher »Weltwoche« handelt es sich um den am 15. August 1958 erschienenen Beitrag »Das doppelte Unrecht an Heinrich Mann« von Paul Schär und »Schönheit der Prägnanz. Auszüge aus dem Werk«.

Die Urne mit der Asche Heinrich Manns wurde 1961 über Prag nach

Berlin überführt und auf dem Dorotheenstädtischen Friedhof beigesetzt. Das ursprüngliche Grab mit Grabstein befindet sich noch auf dem »Woodlawn«-Friedhof in Santa Monica, Kalifornien.

Lion Feuchtwanger – Klaus Mann

333 *Auflösung der »Sammlung«* – »Die Sammlung«, Literarische Monatsschrift unter dem Patronat von André Gide, Aldous Huxley und Heinrich Mann, herausgegeben von Klaus Mann, erschien von September 1933 bis August 1935 beim Querido Verlag, Amsterdam.
Wieland Herzfelde – Im August 1935 mußte auch die von Wieland Herzfelde redigierte Monatsschrift für Literatur und Kritik »Neue Deutsche Blätter« in Prag ihr Erscheinen einstellen.
Vorabdruck Ihres Romans – »Die Sammlung« druckte Auszüge aus Feuchtwangers Roman »Die Söhne«, dem zweiten Band der »Josephus«-Trilogie, in den Heften X bis XII, Juni bis August 1935. Der Roman erschien 1935 bei Querido, Amsterdam.
englischen Vorabdrucke – Im Feuchtwanger-Archiv existieren keinerlei Belege für solche Vorabdrucke.

334 *»Gruppe der Unabhängigen und Sauberen«* – S. die Anm. zu Brief 296 sowie die zehnte Anm. zu Brief 215.
Unsauberkeit – S. Brief 334 und die zehnte Anm. zu Brief 215.

336 *Please let me know* – (engl.) Bitte, lassen Sie mich umgehend wissen, ob Sie für das März-Heft von »Decision« eine kurze Rezension über Upton Sinclairs neuen Roman schreiben könnten. Ich habe Ihren günstigen Kommentar in einer Reklameanzeige gesehen und finde, daß es eine gute Idee ist, diesen zu einem Artikel von ungefähr 2000 Wörtern auszubauen. Darüber hinaus bin ich begierig darauf, Sie in dieser Zeitschrift repräsentiert zu wissen. Klaus Mann.
»Decision« – (engl.) Entscheidung. Klaus Mann gab »Decision. A Review of Free Culture« von Januar 1941 bis zum Februar 1942 in New York heraus. Er brachte Beiträge von europäischen und von jüngeren amerikanischen Schriftstellern.
Sinclairs neuen Roman – »Dragon's Teeth« (Drachenzähne), Viking Press, New York, 1942.
Ihren günstigen Kommentar – Auf dem Schutzumschlag der Ausgabe von Sinclairs Buch stehen die Worte Feuchtwangers: »He discloses more about our epoch than a thousand detailed news reports. He makes the age come alive.« (Er bringt mehr über unsere Epoche ans Licht als tausend detaillierte Nachrichten. Durch ihn bekommt das Zeitalter Leben.)

337 *In principle ...* – (engl.) Im Prinzip bin ich gern bereit, der »Decision« einen Beitrag zu liefern, aber leider bin ich im Augenblick zu überlastet, um die Upton-Sinclair-Rezension zu schreiben. Beste Wünsche, Lion Feuchtwanger.

Lion Feuchtwanger – Willi Bredel

338 *die ersten Hefte des »Worts«* – Das erste Heft erschien im Juli, das zweite im August 1936.
die Frage der Einleitung – das Vorwort der ersten Nummer wurde von Willi Bredel verfaßt, der zum Programm der Zeitschrift und zur deutschen Exilliteratur schrieb.
Maria – Maria Osten.
die zweite Nummer – Das Vorwort der zweiten Nummer steht unter dem Thema »Über Literatur und Frieden«.

339 *Brief an Maria Osten* – Am 18. Mai schrieb er an Maria Osten: »Für die Antikriegsnummer kann ich Ihnen eine Vers-Szene zur Verfügung stellen aus einer Revue ›Frieden‹ nach einem Stück von Aristophanes. Ich habe diese Revue vor Jahren angefangen und will sie nach der Vollendung des ›Falschen Nero‹ fertig machen.« Im zweiten Heft, August 1936, brachte »Das Wort« die Szene unter dem Titel »Bürger Gutmann schließt Sonderfrieden«. »Friede. Ein burleskes Spiel«, war erstmals 1918 in München erschienen.

340 *»Angriff auf Wyst«* – »Der Angriff auf Wyst«, ein Abschnitt aus dem Roman »Leutnant Bertram« von Bodo Uhse, veröffentlichte »Das Wort«, Heft 1, 1936.
der von Arnold Zweig – Im ersten Heft von »Das Wort« erschien 1936 Zweigs »Schipper Schammes«. Die Novelle entstand im Zusammenhang mit der Arbeit an den Romanen »Erziehung vor Verdun« und »Feuerpause«.
Geschichte O.M. Grafs – »Melancholie. Geschichte eines erledigten Menschen«, in »Das Wort«, Heft 1, 1936.
Kritik über Brentano – Die Rezension von Richard Stoltzenberg zu Bernard von Brentanos »Theodor Chindler. Roman einer deutschen Familie«, Verlag Oprecht, Zürich, 1936, brachte »Das Wort« in Heft 1 unter dem Titel »Ein neuer deutscher Romancier«.
schreiben werde – Vermutlich war der Brief umfangreicher; überliefert ist nur das erste Blatt.

341 *»Angriff auf Wyst«* – S. zweite Anm. zu Brief 340.
meinem »Falschen Nero« – Der Roman wurde 1936 fertig und erschien im selben Jahr im Querido Verlag, Amsterdam.

341 *nach Rußland* – Feuchtwanger besuchte von November 1936 bis Januar 1937 die Sowjetunion.
für das Antikriegsheft – Das zweite Heft der Zeitschrift »Das Wort«; s. die Anm. zu Brief 339.

343 *Beitrag für das Heft 2* – S. erste Anm. zu Brief 339.

344 *Skizze von Ottwalt* – Ernst Ottwalts Erzählung »Der Unmensch«, in »Das Wort«, Heft 2, 1936.
Gedicht von Brecht – »Fragen eines lesenden Arbeiters«, in »Das Wort«, Heft 2, 1936.
»Armen Verschwender« – Die Rezension zu dem Roman »Der arme Verschwender« von Ernst Weiß, Querido Verlag, Amsterdam, 1936, erschien in »Das Wort«, Heft 2, 1936.

346 *Stück aus Ihrem Roman* – »Vor den Kulissen« aus »Dein unbekannter Bruder«, London 1937, in »Das Wort«, Heft 3, 1936.
das tschechische Gedicht – »Der Rapport« von Fráňa Šrámek, nachgedichtet von F.C. Weiskopf, in »Das Wort«, Heft 3, 1936.
Gedicht von Rudolf Fuchs – »Die Boten«, in »Das Wort«, Heft 3, 1936.
Skizze von Paul Burda – »Eine Frau sucht ihren Mann«, in »Das Wort«, Heft 3, 1936.
Artikel zu Gorki – Heft 3 der Zeitschrift »Das Wort« brachte Beiträge über Gorki von Lion Feuchtwanger, Kurt Kersten und Bruno Altmann.
Vorwort von Stefan Zweig – Maxim Gorkis »Erzählungen« brachte der Insel Verlag, Leipzig, 1931 heraus.
»Gedanken an Gorkis Todestag« – Feuchtwangers Beitrag wurde so betitelt.

347 *zur Mitarbeit heranziehen* – Rudolf Leonhard, Alfred Wolfenstein und Bruno Frank lieferten Beiträge; Schickele und Federn nicht.
Programm der einzelnen Hefte – Das Programm, das Feuchtwanger hier entwickelte, kam in der Form nicht zustande. Heft 8, August 1937, war aber zum Teil der Kurzgeschichte gewidmet.
über den »Falschen Nero« – »Der falsche Nero« kam 1937 in der Übersetzung von W.S. Waldmann in Leningrad heraus. Die englische Übersetzung von Willa und Edwin Muir, »The Pretender«, erschien 1936 bei Hutchinson in London und 1937 bei Viking in New York.

348 *In Heft 4 werden* – In diesem Heft erschienen Rezensionen von Heinrich Most zu Wenzel Jakschs »Volk und Zeit«, von Karl Kersten zu Carl Sternheims »Vorkriegseuropa« und von Walter Berendsohn zu Rudolf Leonhards politischer Komödie »Führer & Co.«. Marcuses Rezension zu Heinrich Mann »Es kommt der Tag. Deutsches Lesebuch« wurde in Heft 5 veröffentlicht, und Werner Türk besprach den Roman von Sinclair Lewis »Das ist bei uns nicht möglich« in Heft 6.

348 *»Traumgefährten«* – Roman von Leonhard Frank, Querido Verlag, Amsterdam, 1936. Es erschien keine Rezension.
»Das Kaiserreich« – Alfred Neumann, »Kaiserreich«, Allert de Lange Verlag, Amsterdam, 1936. Es erschien keine Rezension.
»Stücke in Prosa« – Die Sammlung mit Stücken von Feuchtwanger erschien im Querido Verlag, Amsterdam, 1936. In »Das Wort« wurde der Band nicht rezensiert.
Kapitel aus Ihrem Buch – »Neros Tod«, ursprünglich als erstes Kapitel des Romans »Der falsche Nero« gedacht, erschien in »Das Wort«, Heft 6, 1936.
M – Moskau.
Herrn Brod – Von Max Brod wurde in »Das Wort«, Heft 4, 1936, die Erzählung »Langer Brautstand« gedruckt.

349 *Manuskript* – Vermutlich der Essay »Francis Bacon. Versuch einer Kurzbiographie«. Er erschien in der Novembernummer 1936.
Antonina Vallentin-Luchaire – »Das Wort« enthält keine Beiträge der Biographin.

350 *Sonderheft* – Es kam in dieser Form nicht zustande.
Emigrationsliteratur – Die Doppelnummer April–Mai 1937 erschien unter dem Titel »Vier Jahre freie deutsche Literatur«.
Heinrich Mann – Sein Beitrag »Über die Teilnahme der Schriftsteller am spanischen Bürgerkrieg« erschien in der Oktobernummer 1937.
Balder Olden – Olden rezensierte weder Leonhard Franks Roman »Traumgefährten« noch Feuchtwangers »Stücke in Prosa«.
Novelle von Rudolf Leonhard – In der Novembernummer 1936 erschien Leonhards »El Hel. Erzählung aus dem spanischen Bürgerkrieg«; in der Januarnummer 1937 seine Novelle »Dreimal Feuer«. Es war vermutlich diese, die Feuchtwanger mit gleicher Post schickte.
Leonhard ... als Rezensent – Rudolf Leonhard schrieb keine Rezensionen für »Das Wort«.
»Loyola« – Ludwig Marcuses »Loyola« erschien in englischer, französischer und portugiesischer, aber nicht in russischer Übersetzung.

351 *Erzählung von Langhoff* – »Eine Fuhre Holz«.
Ihre Kurzbiographie – S. Brief 349 und die erste Anm. dazu.
Novelle von Leonhard – S. die fünfte Anm. zu Brief 350.

352 *»Die Fuhre Holz«* – Die Erzählung von Wolfgang Langhoff erschien unter dem Titel »Eine Fuhre Holz« in »Das Wort«, Heft 5, 1936.
Ballade von Weinert – »Das Gästebuch des Fürsten Jussupoff« brachte »Das Wort« in Heft 6, 1936.
»Sie haben es nötig ...« – Die Glosse über das Buch des englischen Autors A. Weigel (1880–1934) »Nero, emporer of Rome«, London, 1933, wurde nicht gedruckt.

352 *des Essays von Ernst Bloch* – Der Essay erschien unter dem Titel »Zur Methodenlehre der Nazis« in »Das Wort«, Heft 5, 1936.

353 *Sondernummer* – S. Brief 350 und die zweite Anm. dazu.
in Moskau – Feuchtwanger reiste im Dezember 1936 nach Moskau.
noch einen Beitrag – Es handelte sich um die Erzählung »Neros Tod«, s. fünfte Anm. zu Brief 348.

354 *Skizze ... Zusatz* – Der Zusatz lautete: »Diese Darstellung war ursprünglich als erstes Kapitel von Feuchtwangers neuem Roman ›Der falsche Nero‹ gedacht.«
Kritik Burschells – Bredel brachte die Kritik nicht. Es handelte sich um eine Rezension von Otto Zareks »Moses Mendelssohn. Ein jüdisches Schicksal in Deutschland«, Querido Verlag, Amsterdam, 1936.

355 *gutes Buch über Heine* – Der Verlag Gallimard, Paris, brachte Antonina Vallentins »Henri Heine« 1934 heraus. In London erschien es unter dem Titel »Poet in Exile, the Life of Heinrich Heine«. Die genannten Aufsätze wurden im »Wort« nicht veröffentlicht.

356 *Novelle von Rudolf Leonhard* – In Heft 1, 1937, erschien Leonhards Erzählung »Dreimal Feuer« und in Heft 8, 1937, »Carmen«.

357 *viele Anpöbeleien* – S. Brief 358.
Kl. M. – Klaus Mann.
in der »Weltbühne« – Bredel bezieht sich auf den Artikel von Klaus Mann »Der Streit um André Gide«, »Die Weltbühne«, 11. Februar 1937.
B. Br. – Bertolt Brecht.
»Mephisto«-Kritik – Eine Besprechung von Klaus Manns Roman »Mephisto« erschien erst in Heft 7, 1937, und zwar innerhalb einer Sammelrezension von Ludwig Marcuse unter dem Titel »Fünf Blicke auf Deutschland«.
Weiskopf-Rezension – »Das Wort«, Heft 4–5, 1937, brachte unter dem Titel »Neue Deutsche Novellen« Weiskopfs Rezension zu Ulrich Becher »Die Eroberer«, Zürich, 1936, und Ernst Glaeser »Das Unvergängliche«, Amsterdam, 1936.
von Lola Sernau – Die Kritik erschien in »Das Wort«, Heft 6, 1937.
A. Zw. – Arnold Zweig.
H. M. – Heinrich Mann.
Nero-Rezension – Die Rezension zu Feuchtwangers Roman »Der falsche Nero« schrieb Balder Olden. Sie erschien in »Das Wort«, Heft 6, 1937.

358 *Büchlein über meine Moskauer Eindrücke* – »Moskau 1937«, Querido Verlag, Amsterdam, 1937.
Büchlein von Gide – S. die vierte Anm. zu Brief 292.
über Ulrich Becher – S. die dritte Anm. zu Brief 360.

359 *über Becher* – S. die dritte Anm. zu Brief 360.
über Oskar Maria Graf – S. die dritte Anm. zu Brief 360.
Shelley-Übersetzung – Den letzten Teil des Poems von Percy Bysshe Shelley brachte »Das Wort«, Heft 6, 1937, übersetzt von Alfred Wolfenstein unter dem Titel »Sie sind wenige – ihr seid viel!« (aus »The Masque of Anarchy«).

360 *Zweimonatsschrift* – »Maß und Wert«, Zweimonatsschrift für freie deutsche Kultur, Zürich, herausgegeben von Thomas Mann und Konrad Falke.
Heinrich Mann ... passiv – S. Brief 285 und die letzte Anm. dazu.
über Ulrich Becher und Oskar Maria Graf – Feuchtwangers Rezension über Ulrich Bechers Novellensammlung »Männer machen Fehler«, Berlin, 1932, »Niemand. Ein neuzeitliches Mysterienspiel«, Mährisch-Ostrau, 1934, und »Die Eroberer. Geschichten aus Europa«, Zürich, 1936, erschien in »Das Wort«, Heft 8, 1937. Die Rezension zu Oskar Maria Grafs »Der Abgrund. Ein Zeitroman«, London, 1936, wurde in Heft 6, 1937, gedruckt.
Aufsatz über Hay – In »Das Wort«, Heft 7, 1937, erschien Feuchtwangers Rezension »›Haben‹, Schauspiel von Julius Hay«. S. auch Brief 23 und die dritte Anm. dazu.

362 *Rezension über Ulrich Becher* – S. dritte Anm. zu Brief 360.

363 *daß Hay sich* – S. die vierte Anm. zu Brief 360.
mein neuer Roman – »Dein unbekannter Bruder«, Malik-Verlag, London, 1937.
Rußlandbüchlein – S. erste Anm. zu Brief 358.

366 *nicht als einen Roman* – Bredels »Begegnung am Ebro« erschien 1938 in Paris mit dem Zusatz »Bericht«.
einen intrigiert – Feuchtwanger benutzte »intrigieren« in der Bedeutung des englischen »intrigue«, also »erstaunen« oder »befremden«.

367 *Ihr Buch* – »Verwandte und Bekannte«, erster Teil »Die Väter«, war 1943 in Moskau erschienen. Einen Vorabdruck brachte die »Internationale Literatur, Deutsche Blätter«, Moskau, 1941–1942.
meinem amerikanischen Verleger – Benjamin Huebsch, Viking Press, New York, brachte das Buch nicht heraus.

368 *mit dem zweiten Band* – »Die Söhne«, zweiter Band der Trilogie »Verwandte und Bekannte«, Aufbau-Verlag, Berlin, 1949.
an der Front – Bredel hatte sich nach Beginn des Krieges gegen die Sowjetunion zum Fronteinsatz gemeldet. Er war mit Agitationsarbeit in Moskau, an der Front und unter Kriegsgefangenen, mit der Abfassung von Flugblättern, Zeitungsartikeln und Rundfunkreden beauftragt. Er war auch bei den Kapitulationsverhandlungen von Stalingrad anwesend.

369 *»Bibliothek deutscher Schriftsteller«* – Bredel leitete das Redaktionskollegium der »Bibliothek Fortschrittlicher Deutscher Schriftsteller«, die vom Verlag Volk und Wissen, Berlin, »auf Grund der Kulturverordnung der Regierung der DDR vom 16. März 1950« herausgegeben wurde. Das Nachwort für Feuchtwangers Roman »Erfolg« schrieb Arnold Zweig.

371 *meine Romantrilogie* – »Verwandte und Bekannte«. S. die Briefe 367 und 368 und die erste Anm. dazu.

letzte Band – Der Roman »Die Enkel« erschien 1953 im Aufbau-Verlag, Berlin.

aus alten Beständen – »Die Prüfung. Roman aus einem Konzentrationslager«, Malik-Verlag, Prag und London, 1934 und Aufbau-Verlag, Berlin, 1946; »Verwandte und Bekannte«, erster Teil »Die Väter«, Verlag für fremdsprachige Literatur, Moskau, 1943 und Verlag Volk und Wissen, Berlin und Leipzig, 1950; »Der Kommissar am Rhein. Historische Erzählungen«, Verlag für fremdsprachige Literatur, Moskau, 1940, Verlag Volk und Wissen, Berlin und Leipzig, 1949 und Aufbau-Verlag, Berlin, 1946; »Begegnung am Ebro. Bericht«, Verlag 10. Mai, Paris, 1938 und Aufbau-Verlag, Berlin, 1951; »Der Sonderführer«, Erzählung, Verlag für fremdsprachige Literatur, Moskau, 1944 und Chr. Sauerland, Ludwigslust, 1946, Dietz, Berlin, 1948; »Das Vermächtnis des Frontsoldaten«, Verlag für fremdsprachige Literatur, Moskau, 1942 und Chr. Sauerland, Ludwigslust, 1945, Petermänken-Verlag, Schwerin, 1948.

nach 45 geschrieben und erschienen – »Verwandte und Bekannte«, zweiter Teil »Die Söhne«, Aufbau-Verlag, Berlin, 1949; »Ernst Thälmann. Ein Beitrag zu einem politischen Lebensbild«, Dietz Verlag, Berlin, 1948; »Das schweigende Dorf«, Hinstorff Verlag, Rostock, 1949; »Sieben Dichter«, Petermänken-Verlag, Schwerin, 1950. Nicht erwähnt hatte Bredel seine Reportage »Fünfzig Tage« über den Wiederaufbau des zerstörten thüringischen Dorfes Bruchstedt, Verlag Neues Leben, Berlin, 1950.

M. – Moskau.

Wieland H. – Wieland Herzfelde.

Budzis – Hermann Budzislawski.

B. B. und Heli – Bertolt Brecht und Helene Weigel.

F. C. W. – Franz Carl Weiskopf.

»Heute und Morgen« – Bredel war Herausgeber und Chefredakteur der literarischen Monatszeitschrift »Heute und Morgen«, die von 1946 bis 1954 in Schwerin erschien.

bin ich Dr. h. c. – Am 3. November 1945 verlieh die Universität Rostock Bredel die Ehrendoktorwürde der Philosophischen Fakultät

371 *Vizepräsident der Gesellschaft* – Von 1949 bis 1952 war Bredel Vizepräsident der Gesellschaft für Deutsch-Sowjetische Freundschaft.
Ihr »Erfolg« – S. Brief 369 und die Anm. dazu.
Arnold Z. – Arnold Zweig.

372 *beiden Bände* – S. erste Anm. zu den Briefen 367 und 368.
Revolutionsnovellen – »Der Kommissar am Rhein. Historische Erzählungen«, Aufbau-Verlag, Berlin, 1950.
St. Just – Gemeint ist die Erzählung »Der Kommissar am Rhein«.
Roman über den Prozeß der Marie-Antoinette – Der Roman wurde nicht geschrieben. Feuchtwanger hatte jedoch bereits 1947 das Schauspiel »Die Witwe Capet« beendet. Er ließ mehrere Jahre vergehen, ehe er das Stück zum Druck und zur Aufführung zur Verfügung stellte. Es wurde 1956 vom Greifenverlag zu Rudolstadt veröffentlicht. Die Uraufführung fand im September 1956 im Kleinen Haus des Staatstheaters Dresden statt.

373 *»Waffen für Amerika«* – Der Roman (späterer Titel »Die Füchse im Weinberg«) erschien in zwei Bänden 1947 und 1948 beim Querido Verlag, Amsterdam.
meinen großen Roman »Goya« – »Goya oder Der arge Weg der Erkenntnis« entstand in den Jahren 1948–1950 und kam 1951 im Neuen Verlag, Frankfurt a. M. heraus.

374 *Ihren Band* – »Erfolg«; s. Brief 369 und die Anm. dazu.

375 *Übersendung des »Erfolg«* – S. Brief 369 und die Anm. dazu.

376 *fertiggewordene Trilogie* – Die Trilogie »Verwandte und Bekannte« besteht aus den Romanen »Die Väter«, »Die Söhne«, »Die Enkel«, Aufbau-Verlag, Berlin, 1953.

377 *»Die Enkel«* – Dritter Teil der Trilogie »Verwandte und Bekannte«.
einen Beitrag schicken – Feuchtwanger wählte den Schluß seines Schauspiels »Die Witwe Capet«, 3. Akt, 3. Szene. Er erschien mit einer Einführung von ihm in der »NDL«, Heft 7, 1954. Das Heft 10 vom Oktober 1954 brachte Feuchtwangers Artikel »Arbeit an einem Roman« (»Waffen für Amerika«) und Heft 12 vom Dezember 1954 eine Szene aus Feuchtwangers burleskem Spiel »Friede« nach den »Acharnern« und der »Eirene« des Aristophanes, München, 1918.

379 *neues China* – Im Frühjahr und Sommer 1955 besuchte Willi Bredel die Volksrepublik China. Literarisches Resultat dieser Reise war der Band »Das Gastmahl im Dattelgarten«, Berlin, 1956.
einen Beitrag für die »Neue Deutsche Literatur« – S. Brief 377 und die zweite Anm. dazu. Feuchtwangers Rezension »Felix Krull, ein bürgerlicher Schelm« zu Thomas Manns Roman »Felix Krull« brachte die »NDL« in Heft 2 von 1955. S. auch Brief 151 und die vierte Anm. dazu.

Lion Feuchtwanger – Oskar Maria Graf

380 *vier Tage* – Feuchtwanger besuchte die Sowjetunion von November 1936 bis Januar 1937. Auf der Rückreise machte er in der Tschechoslowakei Station.

Der »Abgrund« – Oskar Maria Graf, »Der Abgrund. Ein Zeitroman«, Malik-Verlag, London, 1936. S. Brief 360 und die dritte Anm. dazu.

381 *»Sittinger«* – Grafs Roman »Anton Sittinger« erschien 1937 im Malik-Verlag, London.

»Kalendergeschichten« – Grafs »Kalendergeschichten« waren 1929 im Drei Masken Verlag, München, Berlin erschienen.

Ihr Vorhaben – Graf schrieb nicht über Joseph Ruederer, Lena Christ oder Georg Queri. Über Ludwig Thoma hatte er bereits 1927 seiner Verehrung Ausdruck gegeben: »Ludwig Thoma. Zum Gedächtnis des 60. Geburtstags. Aus einer Rede«, in: »Das Welttheater«, Zeitschrift der Münchener Volksbühne, Heft 3, 1927, S. 58–63. Später »Dem Gedenken Ludwig Thomas«, Rede vor den Deutsch-Professoren der Princeton , der Johns-Hopkins- und der Maryland-Universität, 1944, in: »An manchen Tagen«, Nest Verlag, Frankfurt a. M., 1961. Überdies hatte er die Einleitung, »Über Ludwig Thoma«, zu dessen Roman »Der Wittiber. Ein Bauernroman«, Deutsche Buchgemeinschaft, Berlin, 1927 geschrieben. In Grafs Nachlaß befindet sich ein dreiseitiges Fragment einer Rezension »Über Ludwig Thomas ›Andreas Vöst‹«. Schließlich schrieb er im Januar 1967 mehrere Zeitungsartikel zu Ehren Thomas hundertstem Geburtstag: »Der Dichter der bayerischen Gloria. Ludwig Thoma zum hundertsten Geburtstag«, »Ein großer Bayer«, »Heimatdichter und politischer Schriftsteller«, »Der politische Thoma«, »Ein Dichter, den man nicht vergessen soll«, welche in westdeutschen und Schweizer Zeitungen erschienen.

382 *auch schon fünfzig* – Grafs fünfzigster Geburtstag war am 22. Juli 1944.

383 *Ihren Aufsatz über »Narrenweisheit«* – Oskar Maria Graf, »Feuchtwangers Meisterwerk. Zu seinem Roman ›Narrenweisheit oder Tod und Verklärung des Jean-Jacques Rousseau‹, Frankfurter Verlagsanstalt, Frankfurt a. M., 1952«, in: »Aufbau«, New York, 7. August 1953.

Rezensionen von »Erfolg« – S. die dritte Anm. zu Brief 522.

384 *Beitrag für den »Almanach«* – »Kleiner Dank an Lion Feuchtwanger«, in: »Der Greifenalmanach«. Zum 70. Geburtstag Lion Feuchtwangers und zum 35jährigen Bestehen des Greifenverlages. Hrsg. von Karl Dietz, Greifenverlag, Rudolstadt, (1954), S. 42.

384 *in dieser Publikation ehren* – Lion Feuchtwanger, »Für Oskar Maria Grafs sechzigsten Geburtstag«, in: »Der Greifenalmanach« a. a. O.
Buch von Rousseau – Feuchtwangers Roman »Narrenweisheit oder Tod und Verklärung des Jean-Jacques Rousseau«, Frankfurt a. M., 1952.

385 *quälend schweren Roman* – Oskar Maria Graf, »Die Flucht ins Mittelmäßige. Ein New-Yorker Roman«, Nest Verlag, Frankfurt a. M., 1959.
Arbeit über Tolstoi – Im Oskar-Maria-Graf-Nachlaß in der Bayerischen Staatsbibliothek München befinden sich folgende Manuskripte: »Tolstoi ist kein Mystiker«, »Zum Tolstoi-Vortrag« und »Über Tolstoi«, offenbar frühe Fassungen zu den Aufsätzen »Tolstoi als weltpolitisches Ereignis«, »Aufbau«, New York, 16. Dezember 1960, »Tolstoi als weltgeschichtliches Ereignis: Kleine Notiz zu seinem fünfzigsten Todestag« in: »An manchen Tagen«, Nest Verlag, Frankfurt a. M., 1961.
Bauernkriegsroman – Er wurde nicht geschrieben.
public notary – (engl.) Notar.

386 *das Gutachten* – Feuchtwanger schrieb folgendes Gutachten: »Die Wirkung von Oskar Maria Grafs dichterischem Werk beruht zu einem großen Teil auf der genauen, realistischen Darstellung des Materials. Auch der große Essay über Tolstoi, den er plante, und ebenso der geplante Roman aus dem Bauernkrieg sollten einen ansehnlichen Teil ihrer Wirkung aus der realistischen Darstellung ziehen. Voraussetzung einer solchen Arbeitsweise ist die Sammlung überaus reichhaltigen Materials. Jene Geschichten Oskar Maria Grafs, die im Dreißigjährigen Krieg spielen (enthalten in der Sammlung ›Kalendergeschichten‹), beweisen, wie ernst es der Dichter mit dieser Sammlung nimmt. Ich weiß aus eigenster Erfahrung, wieviel Zeit, Geld, Mühe, Leben die Sammlung des Materials zu einem historischen Werk in Anspruch nimmt. Ich mußte den Plan für einen Roman aus der Zeit Ludwigs des Ersten aufgeben, da mir das Material in den Jahren der Hitler-Herrschaft abhanden gekommen war. Ich kann ermessen, was der Verlust des Materials zu der Arbeit über Tolstoi und zu dem Bauernkriegroman für Oskar Maria Graf bedeutet. Es ist nicht etwa so, daß derartiges Material in gelegentlich hingeschriebenen Notizen besteht; vielmehr muß es in mühevoller, methodischer Arbeit und in oft jahrelangem Suchen zusammengetragen und geordnet werden. Der Verlust des Materials stellt also zweifellos für den betroffenen Schriftsteller einen schweren finanziellen und ideellen Schaden dar. Pacific Palisades, den 18. März 1957. Lion Feuchtwanger.«

387 *Gutachten* – S. die Anm. zu Brief 386.
Brecht hat so recht – »Wirklich, ich lebe in finsteren Zeiten«, erster Vers aus dem Gedicht »An die Nachgeborenen« in: »Svendborger Gedichte«, Kopenhagen, 1939.

388 *Münchner Dichterpreis* – Feuchtwanger erhielt den Literaturpreis für das Jahr 1957 der Stadt München.
zum Leben verhalf – Graf berichtet von dieser Episode in seinem Brief vom 19. November 1957 an Lotte Branz (»Oskar Maria Graf in seinen Briefen«, herausgegeben von Gerhard Bauer und Helmut F. Pfanner, Süddeutscher Verlag, München, 1984, S. 279–280). Ende der zwanziger Jahre, so schreibt Graf, hatte er verschiedene anonyme Notizen in deutschen Zeitungen erscheinen lassen, die einen Münchner Dichterpreis ankündigten. Nach anfänglichen Dementis seitens des Magistrates sah sich dieser gezwungen, einen solchen Preis auszuschreiben. Er wurde 1927 bestätigt, aber nicht vergeben; das wiederholte sich 1936. Zum ersten Mal wurde er 1946 vergeben.
Rilke vertrieben – Eine im Juni 1919 von schwerbewaffneten Polizisten durchgeführte Haussuchung seiner Wohnung in der Ainmillerstraße bewog Rainer Maria Rilke, München endgültig zu verlassen. Darüber berichtet Oskar Maria Graf später in »Gelächter von außen. Aus meinem Leben«, Kurt Desch Verlag, München, 1966, S. 98 bis 103.
eine Rechnung für die Aufräumungsarbeiten – Dieser Vorfall kann, auch nach Anfragen beim Thomas-Mann-Archiv, Zürich, nicht belegt werden.
in einem bayrischen Dorfbild – Oskar Maria Graf, »Bild und Geschichte eines bayrischen Dorfes«, in: »Der Greifenalmanach«, Rudolstadt, (1954), S. 132–142.

389 *Ihnen ... den Preis geben* – Graf erhielt den Literaturpreis der Stadt München nicht. Im Dezember 1962 wurde ihm ein kultureller Ehren- und Förderungspreis der Stadt München in Höhe von DM 5000 zuerkannt.
einen Ausschnitt – Es war der Artikel »Oberton des Hasses; umstrittene Vergabe des Münchener Literaturpreises an Feuchtwanger«, in »Allgemeine Wochenzeitung der Juden in Deutschland«, Düsseldorf, Berlin, 26. Juli 1957.

390 *»Jefta und seine Tochter«* – S. Brief 181 und die fünfte Anm. dazu.
an meinem eigenen Roman – »Die Flucht ins Mittelmäßige«, Frankfurt a. M., 1961.
Ihren »Goya« – S. Brief 54 und die vierte Anm. dazu.
»Rousseau« – S. Brief 126 und die letzte Anm. dazu.

390 *»Ballade«* – Feuchtwangers Roman »Die Jüdin von Toledo«, Berlin, 1955, erschien im gleichen Jahr in Hamburg und Stuttgart unter dem Titel »Spanische Ballade«.

391 *die »Kalendergeschichten«* – Die Neuausgabe von Grafs »Kalendergeschichten« erschien im Greifenverlag zu Rudolstadt 1957. Die Ausgabe wurde von dem Autor neu zusammengestellt und erweitert. Der Anhang »Kleiner bayerischer Dialektspiegel« steht als Zwischenteil zwischen »Erster Teil: Geschichten vom Lande« und »Zweiter Teil: Geschichten aus der Stadt«.

mit gleicher Post – Am 28. Dezember 1957 schrieb Feuchtwanger: »Lieber Herr Dietz, Oskar Maria Graf hat mir die neue Ausgabe der ›Kalendergeschichten‹ übersandt, die bei Ihnen erschienen ist. Ich gratuliere Ihnen und Graf herzlich zu diesem schönen Buch. Ich schrieb vor Jahren, daß unter den Werken Grafs der Band ›Kalendergeschichten‹ mir am meisten bedeutet, und ich glaube, das geht mir so nicht nur deshalb, weil mir, dem Münchner, der Stoff dieser Geschichten besonders vertraut ist. Ich glaube vielmehr, das Buch muß einen jeden anrühren. Die Geschichten strotzen von Saft und Leben, sie sind im besten Sinne volkstümlich, ein Lesebuch für den Professor und für die Köchin. Die Art, wie die Geschichten jetzt vermehrt und zusammengestellt sind, ist überaus glücklich. Auch Ihre Ausstattung entspricht genau dem Inhalt. Sie haben einen sehr erfreulichen Band herausgebracht, lieber Herr Dietz, und ich wünsche Ihnen und Graf von Herzen Erfolg. Immer Ihr Lion Feuchtwanger.«

392 *Ihre jüdischen historischen Bücher* – Feuchtwangers »Josephus«-Trilogie, bestehend aus »Der jüdische Krieg«, »Die Söhne«, »Der Tag wird kommen«.

Nobelpreiserteilung an Camus – Der französische Schriftsteller Albert Camus hatte 1957 den Nobelpreis erhalten.

393 *schmeichelhafte Rezensionen* – Kasch, »Lion Feuchtwanger: Neue Romane preisgekrönter Autoren«, in »Abendzeitung«, München, 28. November 1957; Willi Fehse, »Ein biblischer Roman«, in »Stuttgarter Nachrichten«, 14. Dezember 1957; Roland Ziersch, »Lion Feuchtwangers gedichtete Historie«, in »Süddeutsche Zeitung«, 15./16. Februar 1958; Fritz Kölling, »Jüdische Helden-Saga«, in »Rheinische Post«, Düsseldorf, 12. April 1958.

eine besonders schöne Ausgabe – Lion Feuchtwanger, »Josephus« Roman-Trilogie, Frankfurter Verlagsanstalt, Frankfurt a. M., 1952.

394 *für den Münchner Dichterpreis vorgeschlagen* – Am 7. Mai 1958 teilte Feuchtwanger Friedrich Sally Großhut mit, er habe nach München geschrieben, man möge Oskar Maria Graf zur 800-Jahrfeier der Stadt offiziell einladen. Weiter heißt es: »Auch hatte ich bereits vor-

her darauf hingewiesen, daß man doch Graf den Literaturpreis geben solle.«

394 *in München sehen* – Feuchtwanger war zur 800-Jahrfeier der Stadt München eingeladen worden, konnte aber die Vereinigten Staaten nicht verlassen, da ihm als Staatenloser die Wiedereinreise verweigert worden wäre.

Bei mir war's so – In dem in Anmerkung eins zitierten Brief schrieb Feuchtwanger: »Dankbar wäre ich Ihnen, wenn Sie mitteilen wollten, wie lange Graf auf die amerikanische Einbürgerung warten mußte.«

meiner Frau – Mirjam Graf geb. Sachs.

»German American Writers' Association« (GAWA) – (engl.) Deutsch-Amerikanischer Schriftstellerverband. Dieser Verband bestand bereits vor der Ankunft der Emigranten, er wurde jedoch 1938 neu organisiert. Auf der Gründungskonferenz am 7. Oktober 1938 wurde Graf zum Vorsitzenden gewählt. Er war in diesem Amt bis zur Auflösung des Verbandes im September 1940 tätig.

politische Reibereien – Nach dem Abschluß des deutsch-sowjetischen Grenz- und Freundschaftsvertrages im September 1939 verlangten die konservativen Mitglieder der GAWA eine öffentliche Stellungnahme gegen die Sowjetunion. Es kam zu großen ideologischen Spannungen, die schließlich zur Auflösung des Verbandes führten.

eine Broschüre – Es handelt sich um die Zeitschrift »Gegen den Strom«, New York, herausgegeben von Robert Bek-Gran. Sie erschien von 1938 bis 1939 in unterschiedlichen Abständen. Sie war eine unabhängige Zeitschrift, die vom »Club Deutscher Antifaschisten« unterstützt wurde und sowohl den Sozialdemokraten als auch den Kommunisten kritisch gegenüberstand. Das von Graf Zitierte findet sich in dem Artikel »Persönliches« von Julius Epstein, Nr. 11/12, Oktober/November 1939, S. 29–31.

FBI – Federal Bureau of Investigation (engl.) Bundeskriminalamt der Vereinigten Staaten von Amerika.

hearings – (engl.) Verhöre.

verschiedene Verlage dort – Von 1945 bis 1958 waren Bücher von Graf bei folgenden Verlagen der DDR erschienen: Aufbau-Verlag, Berlin und Weimar; Greifenverlag zu Rudolstadt; Gustav Kiepenheuer, Weimar; Märkische Verlagsanstalt, Potsdam; Philipp Reclam jun., Leipzig; Verlag der Nation, Berlin; Werden und Wirken, Weimar.

da sind auch Bücher von mir erschienen – In der BRD erschienen Grafs Werke von 1945 bis 1958 bei Kurt Desch, München; Freitag-Verlag, München; Willi Weismann, München.

den Schwur – Hier handelt es sich um eine Übertreibung: Der Entsagungs- und Treueschwur bei der Einbürgerung besteht aus einem Satz von 140 Wörtern. Für Kriegsdienstverweigerer werden lediglich die folgenden sechzehn Worte: »... that I will bear arms on behalf of the United States when required by the law ...« (... daß ich für die Vereinigten Staaten Waffen tragen werde, wenn es das Gesetz fordert ...) ausgelassen. Siehe Charles Gordon, »Immigration Law and Procedure«, Volume 3, »Naturalization«, Matthew Bender, New York, 1985, S. 1649 sowie »United States Code Annotated«, Titel 8, § 1448, West Publishing Co., St. Paul, Minnesota, 1972, S. 112.

Nansen-Paß – Auf Anregung von Fridtjof Nansen vom Völkerbund geschaffener Paßersatz für Staatenlose.

395 *Einladung nach München* – Friedrich Sally Großhut hatte einen Aufruf verfaßt, der mit den Unterschriften zahlreicher Freunde Grafs – darunter auch Feuchtwanger – nach München geschickt wurde, um dem Kulturreferenten der Stadt eine offizielle Einladung an Graf nahezulegen.

Amerika so bald nicht verlassen – Diese Befürchtungen bewahrheiteten sich; Feuchtwanger starb als Staatenloser in den Vereinigten Staaten.

Inhalt

Lion Feuchtwanger – Thomas, Katia und Erika Mann

Lion Feuchtwanger – Rudolf Olden

Lion Feuchtwanger – Johannes R. Becher

Lion Feuchtwanger – Heinrich Mann

Lion Feuchtwanger – Klaus Mann

Lion Feuchtwanger – Willi Bredel

Lion Feuchtwanger – Oskar Maria Graf

Anhang

Feuchtwanger, Briefwechsel 1–2
ISBN 3-351-01665-4
Bd. 1
ISBN 3-351-01666-2

1. Auflage 1991

Einbandgestaltung Mathias Rohde
Typographie Peter Birmele
Offizin Andersen Nexö Leipzig GmbH, Graphischer Großbetrieb
Printed in Germany